Ne m'appelle plus
Anastasia

John Boyne

Ne m'appelle plus Anastasia

Traduit de l'anglais par Laurent Bury

ÉDITIONS
FRANCE
LOISIRS

Titre original : *The House of Special Purpose*
publié par Doubleday

Édition du Club France Loisirs,
avec l'autorisation des Éditions de l'Archipel.

Éditions France Loisirs,
123 boulevard de Grenelle, Paris
www.franceloisirs.com

ISBN : 978-2-298-04527-7

Pour Mark Herman, David Heyman
et Rosie Alison, avec mes remerciements.

1981

Mon père et ma mère n'étaient pas très heureux en ménage.

Il s'est passé des années depuis la dernière fois où j'ai dû subir leur compagnie, des dizaines d'années même, mais je pense à eux presque tous les jours, pendant quelques instants, pas plus. Comme un murmure de la mémoire, aussi léger que le souffle de Zoïa sur mon cou quand elle dort à côté de moi, la nuit. Aussi doux que ses lèvres sur ma joue quand elle m'embrasse pour commencer la journée. Je ne sais pas exactement quand ils sont morts. Je ne sais rien de leur décès, en dehors de la certitude naturelle qu'ils ne sont plus de ce monde. Mais je pense à eux. Je pense encore à eux.

J'ai toujours imaginé que mon père, Daniil Vladiavitch, était mort le premier. Il avait déjà une trentaine d'années lorsque je suis né et, d'après mes souvenirs, il n'a jamais joui d'une bonne santé. Je me rappelle m'être éveillé, tout enfant, dans notre petite isba en bois, à Kachine, dans le grand-duché de Moscovie, appuyant mes mains contre mes minuscules oreilles pour ne pas l'entendre étouffer, tousser et cracher ses glaires dans le feu qui brûlait dans notre poêle. Ces bruits prouvaient qu'il était mortel. Je pense à présent qu'il devait souffrir des poumons. Un emphysème, peut-être. Difficile à dire. Il n'y avait pas de médecins pour le soigner. Ni de médicaments. Et face à ses nombreuses maladies, il n'était ni stoïque ni discret. Quand il souffrait, nous souffrions aussi.

Son front formait une saillie grotesque, je m'en souviens aussi. Une grande masse membraneuse qui s'enflait, avec des difformités moindres de part et d'autre, la peau tendue de la racine des cheveux jusqu'à l'arête du nez, tirant ses sourcils vers le haut en une expression d'inquiétude permanente. Liska, ma grande sœur, m'a raconté un jour que cela résultait d'un accident à la naissance : un accoucheur incompétent, l'attrapant par le crâne plutôt que par les épaules alors qu'il venait au monde, avait appuyé trop fort sur l'os tendre, pas encore solidifié. Ou bien une sage-femme paresseuse, indifférente aux enfants des autres. Sa mère n'avait pas survécu pour voir l'être qu'elle avait engendré, ce bébé au crâne déformé. Donner la vie à mon père avait coûté la sienne à ma grand-mère. Cela n'avait rien d'exceptionnel à l'époque, et c'était rarement une cause de chagrin : on y percevait un équilibre de la nature. Aujourd'hui, ce serait un événement inacceptable, une cause de procès. Peu après, mon grand-père prit une autre femme, bien sûr, pour élever sa progéniture.

Quand j'étais enfant, les autres garçons du village avaient peur en voyant arriver mon père sur la route ; il lançait des regards anxieux tantôt devant, tantôt derrière lui lorsqu'il revenait des champs, ou bien il secouait le poing en sortant de chez un voisin avec qui il s'était disputé une fois de plus, pour une dette de quelques roubles ou parce qu'il s'était senti insulté. Les gamins lui inventaient des surnoms qu'ils s'amusaient à lui lancer au visage : ils l'appelaient Cerbère, comme le chien à trois têtes des Enfers, pour l'imiter, ils enlevaient leur colback et pressaient les poignets contre leur front, les agitant comme des fous tout en psalmodiant leurs cris de guerre. Ils se comportaient ainsi devant moi, son unique fils, sans redouter les représailles. J'étais petit et faible. Je ne leur inspirais aucune crainte. Ils faisaient des grimaces dans son dos et crachaient à terre comme lui, et quand il se retournait pour hurler comme un animal blessé, ils se dispersaient telles des graines jetées par le semeur, disparaissant dans le paysage. Ils riaient de lui, ils le trouvaient à la fois terrifiant, monstrueux et haïssable.

Contrairement à eux, j'avais peur de mon père, car il se montrait violent et distribuait généreusement les coups de poing, sans remords.

Sans raison particulière, je me le représente rentrant un soir à la maison, peu après cette froide matinée de mars où je m'étais évadé du train à Pskov, pourchassé par les bolcheviks à cause de ce que j'avais fait. Je me vois traverser les rails en courant, puis m'enfoncer dans la forêt, craignant pour ma vie, tandis qu'il se traîne sur la route qui le ramène à la maison, toussant et crachant, inconscient d'être lui aussi en danger de mort. Dans mon arrogance, j'imagine que ma disparition est un sujet d'infamie pour notre famille et pour notre petit hameau, un déshonneur qui crie vengeance.

Je visualise une bande de jeunes villageois – dans mes rêves, ce sont quatre grandes brutes affreuses – qui se jettent sur lui, munis de gourdins, qui l'entraînent vers les ténèbres d'une ruelle bordée de hauts murs, pour l'assassiner sans témoins. Je ne l'entends pas implorer leur pitié, ce n'était pas son genre. J'aperçois du sang sur les pavés où il gît. Je vois une main bouger lentement, trembler, les doigts agités d'un spasme. Puis s'immobiliser.

Quand je pense à ma mère, Youlia Vladimirovna, je l'imagine rappelée à Dieu dans son propre lit, quelques années plus tard, affamée, épuisée, mes sœurs pleurant à son chevet. Je ne peux imaginer les difficultés qu'elle a dû affronter après la mort de mon père et je n'aime pas y penser car, même si c'était une femme froide qui, à chaque étape de mon enfance, m'a montré combien je la décevais, elle était néanmoins ma mère, et donc une sainte. Je me représente ma sœur aînée, Assia, plaçant un petit portrait de moi entre ses mains jointes pour la dernière fois, alors qu'elle se prépare à rencontrer son créateur. Le linceul est serré sur son cou mince, son visage est blanc, ses lèvres d'un bleu pervenche pâle. Assia m'aimait mais elle était jalouse parce que je m'étais enfui. Je me rappelle cela aussi. Un jour, elle est venue me voir et je l'ai chassée. Ce souvenir me fait honte.

Il ne s'est peut-être rien passé de tel, bien sûr. La vie de ma mère, celle de mon père et de mes sœurs ont peut-être connu une fin différente : heureuse, tragique, solitaire, calme ou violente, impossible de le savoir. À aucun moment je n'aurais pu revenir, jamais l'occasion ne s'est présentée d'écrire à Assia, à Liska ou même à Talia, qui avait peut-être oublié son grand frère Gueorgui, le héros et la honte de la famille. Si j'étais revenu les voir, cela aurait été dangereux pour elles, pour moi, et pour Zoïa.

Mais peu importe le nombre d'années écoulées, je pense encore à eux. Il y a des pans entiers de ma vie qui sont un mystère pour moi, des décennies de travail, de vie de famille, de lutte, de trahison, de pertes et de déceptions. Mais de ces premières années persistent des instants qui résonnent dans ma mémoire. Et si ces souvenirs restent comme des ombres dans les couloirs sombres de mon cerveau vieillissant, ils sont d'autant plus vifs et remarquables qu'ils ne seront jamais oubliés. Même si je sombre dans l'oubli.

Voilà plus de soixante ans que je n'ai plus vu un seul membre de ma famille russe. Il est presque impossible de croire que j'ai vécu jusqu'à quatre-vingt-deux ans et que j'ai passé si peu de ce temps parmi eux. J'ai négligé mes devoirs envers eux, mais ce n'est pas ainsi que je le percevais alors. Car je n'aurais pu modifier le cours de ma destinée, pas plus que la couleur de mes yeux. Les circonstances m'ont entraîné d'un moment à un autre, et ainsi de moment en moment, comme pour tous les hommes, et j'en ai suivi le cours sans poser de question.

Puis, un jour, j'ai arrêté. J'étais vieux. Et ils n'étaient plus.

Je m'interroge : leurs corps sont-ils encore en décomposition, ou se sont-ils déjà dissous pour ne plus faire qu'un avec la poussière ? La putréfaction met-elle plusieurs générations à s'accomplir, ou peut-elle être plus rapide, selon l'âge du cadavre et les conditions d'inhumation ? Cette vitesse dépend-elle de la qualité du bois dont est fait le cercueil ? De l'appétit du sol ? Du climat ? Autrefois, j'aurais pu méditer sur ce genre de questions, me détournant de ma lecture du soir. J'en aurais pris note et j'aurais effectué des recherches jusqu'à trouver une réponse satisfaisante, mais cette année, toutes mes habitudes se sont évanouies et ces réflexions me paraissent désormais triviales. Je n'ai pas remis les pieds à la bibliothèque depuis plusieurs mois, depuis que Zoïa est malade. Je n'y retournerai peut-être jamais.

L'essentiel de ma vie, c'est-à-dire de ma vie adulte, s'est déroulé entre les murs tranquilles de la bibliothèque du British Museum. J'ai commencé à y travailler au début de l'automne 1923, peu après être arrivé à Londres avec Zoïa. Nous avions froid, nous avions peur, nous étions sûrs de pouvoir encore être démasqués. J'avais alors vingt-quatre ans et je n'avais jamais soupçonné qu'il existait des emplois aussi tranquilles. Cinq ans auparavant, j'avais renoncé aux symboles de ma vie antérieure – uniformes, fusils, bombes, explosions – mais je restais marqué par leur souvenir. Leur avaient succédé les costumes de coton souple, les classeurs à documents et l'érudition, changement bienvenu.

Et avant Londres, bien sûr, il y avait eu Paris, où je m'étais mis à m'intéresser aux livres et à la littérature, passion née à la Bibliothèque Bleue, curiosité que j'espérais continuer à satisfaire en Angleterre. Je ne me féliciterai jamais assez d'avoir remarqué cette annonce dans le *Times* : le British Museum cherchait un bibliothécaire assistant et je m'étais présenté le jour même, le chapeau à la main. On m'avait aussitôt fait rencontrer M. Arthur Trevors.

Je me rappelle précisément la date. Le 12 août. Je venais de me rendre à la cathédrale de la Dormition et de Tous les Saints, où j'avais allumé un cierge pour un vieil ami, geste annuel de respect coïncidant avec son anniversaire. *Tant que je vivrai*, lui avais-je promis bien des années plus tôt. Il semblait assez approprié que ma nouvelle vie démarre le jour même où sa courte existence avait commencé.

« Savez-vous depuis combien de temps la British Library existe, monsieur Yachmenev ? » m'a-t-il demandé en m'observant par-dessus des lunettes demi-lune perchées inutilement au bout de son nez. Articuler mon nom ne lui coûtait aucun effort, ce dont je fus impressionné puisque tant d'Anglais semblaient s'enorgueillir de ne pas savoir le prononcer. « Depuis 1753, répondit-il aussitôt sans me laisser l'occasion de hasarder une réponse. Quand Sir Hans Sloan légua sa collection de livres et de curiosités à la nation, ce qui donna naissance au musée tout entier. Que dites-vous de ça ? »

Ne trouvant rien de mieux à répondre, je me contentai de louer le bon sens et la philanthropie de Sir Hans, réponse que M. Trevors approuva de tout son cœur.

« Vous avez tout à fait raison, monsieur Yachmenev, dit-il en hochant la tête rageusement. Sloan était un excellent homme. Mon arrière-grand-père jouait régulièrement au bridge avec lui. Bien entendu, à présent, le souci, c'est l'espace. Nous en manquons, voyez-vous. On fabrique trop de livres, voilà le problème. La plupart sont écrits par des imbéciles, des athées ou des sodomites, mais nous sommes obligés de tous les prendre, Dieu nous préserve. Vous n'avez rien à voir avec cette coterie, n'est-ce pas, monsieur Yachmenev ?

— Non, monsieur, m'empressai-je de répondre.

— Ravi de l'apprendre. Nous avons l'espoir d'installer un jour la bibliothèque en un lieu qui lui soit propre, bien sûr, et cela arrangera considérablement les choses. Mais tout dépend du Parlement. Notre budget est entre ses mains, voyez-vous. Et vous savez comment sont les députés. Pourris jusqu'à la moelle, tous jusqu'au dernier. Ce Baldwin est un type épatant, mais à part lui... »

Il secoua la tête et je crus qu'il allait tomber malade.

Dans le silence qui suivit, je ne vis rien de mieux pour me mettre en valeur que d'évoquer mon admiration pour le musée, où j'avais passé à peine une demi-heure avant mon entretien, et pour l'incroyable collection de trésors rassemblée entre ses murs.

« Vous avez déjà travaillé dans un musée, monsieur Yachmenev, n'est-ce pas ? » me demanda-t-il, et je fis signe que non. Il parut surpris et ôta ses lunettes pour continuer à m'interroger. « Je pensais que vous aviez peut-être été employé par l'Hermitage ? À Saint-Pétersbourg ? »

Il n'avait pas besoin de préciser où se situait ce musée, dont le nom m'était familier. Pendant un moment, j'ai regretté de ne pas avoir menti car, après tout, il était peu probable qu'il cherche à vérifier ; toute enquête à ce sujet aurait pris des années, à supposer même que mes références fussent arrivées un jour.

« Je n'y ai jamais travaillé, monsieur, répondis-je. Mais bien sûr, je connais ce musée. J'ai passé à l'Hermitage des centaines d'heures de bonheur. Les antiquités byzantines y sont particulièrement impressionnantes. Tout comme la collection numismatique. »

Il réfléchit un instant, promenant les doigts le long de son bureau, avant de se déclarer satisfait de ma réaction. Se renfonçant dans son fauteuil, il plissa les yeux et respira lourdement par le nez tout en me dévisageant. « Dites-moi, monsieur Yachmenev, reprit-il en s'attardant sur chaque mot comme s'il lui était pénible de les prononcer, depuis combien de temps êtes-vous en Angleterre ?

— Quelques semaines, avouai-je.

— Vous arrivez directement de Russie ?

— Non, monsieur. Ma femme et moi avons passé plusieurs années en France avant de…

— Votre femme ? Vous êtes donc marié ? demanda-t-il, apparemment ravi.

— Oui, monsieur.

— Comment s'appelle-t-elle ?

— Zoïa. C'est un prénom russe, bien sûr. Qui signifie *la vie*.

— Vraiment ? marmonna-t-il en me regardant comme si cette affirmation était tout à fait présomptueuse. Charmant… Et comment gagniez-vous votre vie en France ?

— Je travaillais dans une librairie parisienne. De taille moyenne, mais avec une clientèle fidèle. Le magasin n'était jamais vide.

— Et vous aimiez ça ?

— Beaucoup.

— Pourquoi ?

— C'était un travail prenant. Je ne me reposais jamais, mais il régnait une atmosphère de sérénité qui me plaisait énormément.

— Eh bien, c'est ainsi que nous procédons ici aussi, dit-il gaiement. Dans le calme, mais on travaille dur. Et avant la France, vous avez beaucoup voyagé en Europe, j'imagine ?

— Pas vraiment, monsieur. Avant d'arriver en France, j'étais en Russie.

— Vous avez fui la révolution, c'est ça ?

— Nous sommes partis en 1918. Un an après.

— Vous n'aimiez pas trop le nouveau régime ?

— Non, monsieur.

— Et vous avez bien raison, commenta-t-il, la lèvre légèrement incurvée en une moue dégoûtée. Ces voyous de bolcheviks ! Le tsar était un cousin du roi George, le saviez-vous ?

— Oui, monsieur.

— Et sa femme, Mme tsar, était une petite-fille de la reine Victoria.

— La tsarine, dis-je pour rectifier cette irrévérence de sa part.

— Si vous voulez. Je trouve qu'ils ont un sacré culot. Il faudrait agir avant qu'ils ne répandent leurs sales manières dans toute l'Europe. Vous savez qu'à une époque ce Lénine est venu étudier ici, à la bibliothèque ?

— Je l'ignorais, avouai-je en haussant un sourcil.

— C'est authentique, je vous assure, insista-t-il en percevant mon scepticisme. Vers 1901 ou 1902, je crois. Bien avant moi. Mon prédécesseur m'a tout raconté. Selon lui, Lénine se présentait tous les matins vers neuf heures, il restait jusqu'à l'heure du déjeuner, quand sa femme venait le chercher pour qu'il s'occupe de la feuille de chou révolutionnaire dont il était rédacteur en chef. Il essayait sans cesse d'introduire ici des Thermos de café, mais nous avions l'œil. Il a failli se faire interdire l'accès à la bibliothèque à cause de ça. Rien que ce détail vous indique quel genre d'homme c'était. Vous n'êtes pas un bolchevik, n'est-ce pas, monsieur Yachmenev ? demanda-t-il en se penchant tout à coup vers moi.

— Non, monsieur », dis-je en secouant la tête, les yeux baissés, incapable de soutenir son regard perçant. Je fus surpris par l'opulence du sol de marbre sous mes pieds. Je croyais avoir laissé derrière moi ce genre de splendeurs. « Non, je vous garantis que je n'ai rien d'un bolchevik.

— Alors vous êtes quoi ? Léniniste ? Trotskiste ? Tsariste ?

— Je ne suis rien, monsieur, répondis-je en relevant la tête et en affichant une mine déterminée. Je ne suis rien du tout. Rien qu'un homme qui vient d'arriver dans votre grand pays et qui cherche un travail honnête. Je n'ai aucune appartenance politique et je n'en cherche pas. J'aspire seulement à une existence paisible et à nourrir correctement ma famille. »

Il médita en silence sur ces remarques pendant quelques minutes ; peut-être m'étais-je un peu trop rabaissé, mais j'avais préparé ce discours en chemin pour obtenir ce poste et je le trouvais assez humble pour plaire à un employeur potentiel. Tant pis si je parlais comme un domestique. J'avais besoin de travail.

« Très bien, monsieur Yachmenev, conclut-il en hochant la tête. Je pense que nous allons tenter notre chance avec vous. D'abord à l'essai, disons pendant six semaines, et si nous sommes tous les deux satisfaits à l'issue de cette période, nous aurons à nouveau une petite conversation et nous verrons si vous pouvez être embauché de manière permanente. Qu'en pensez-vous ?

— Je vous suis très reconnaissant, monsieur », répondis-je en souriant et en tendant la main en un geste d'amitié et de gratitude. Il hésita un instant, comme si j'avais pris une terrible liberté, avant de me conduire vers un autre bureau où je fournirais tous les renseignements me concernant et où l'on m'expliquerait mes nouvelles responsabilités.

Je suis resté employé à la bibliothèque du British Museum jusqu'au terme de ma vie active et, une fois à la retraite, j'ai continué à y aller presque tous les jours. Je passais des heures assis à ces tables que je débarrassais autrefois, je lisais, je m'instruisais. Je m'y sentais en sécurité. Il n'y a aucun endroit au monde où je me sois senti aussi à l'abri qu'entre ces murs. Toute ma vie, j'ai attendu qu'ils viennent me chercher, nous chercher tous les deux, mais on dirait que nous avons été épargnés. Seul Dieu pourra désormais nous séparer.

Il est vrai que je n'ai jamais été ce qu'on pourrait appeler un homme moderne. Ma vie avec Zoïa, notre long mariage fut des plus traditionnels. Nous travaillions tous les deux et, le soir, nous rentrions à la maison à peu près à la même heure, mais c'est elle qui préparait nos repas et qui se chargeait des tâches domestiques comme la lessive et le nettoyage. L'idée que j'aurais pu l'aider ne fut jamais envisagée. Pendant qu'elle s'activait en cuisine, je lisais au coin du feu. J'aimais les longs romans, les fresques historiques, et je n'avais guère de temps à accorder à la fiction contemporaine. J'ai essayé de lire D. H. Lawrence à une époque où cela semblait téméraire, mais j'étais rebuté par le dialecte que parlent souvent ses personnages, Walter Morel dans *Fils et Amants* ou Mellors, l'amant de Lady Chatterley. E. M. Forster m'attirait davantage : les sœurs Schlegel dans *Howards End*, sérieuses et pleines de bonnes intentions, M. Emerson, le libre-penseur de *Chambre avec vue*, la farouche Lilia Herriton dans *Monteriano*. Parfois, quand j'éprouvais l'envie de lire à haute voix un passage particulièrement émouvant, Zoïa cessait d'arroser le rôti ou de faire cuire les côtelettes, elle posait la main sur le front, épuisée, et disait « Quoi, Gueorgui ? Qu'est-ce que tu racontes ? » comme si elle avait presque oublié que j'étais même dans la pièce.

Je n'avais pas toujours rêvé d'une existence aussi conservatrice. Pendant nos plus de soixante années de vie commune, il y a même eu des moments, des instants fugitifs où je m'indignais que nous ne puissions pas nous affranchir de l'ombre de nos parents pour créer notre propre mode de vie. Mais Zoïa, peut-être à cause de son enfance et de son éducation, souhaitait uniquement fonder un foyer tout à fait semblable à ceux de nos voisins et amis.

Elle désirait la paix, voyez-vous.

Elle voulait se fondre dans la masse.

« Pourquoi ne pas se contenter d'une vie tranquille ? me demanda-t-elle un jour. Une vie calme et heureuse, comme tout le monde ? Comme ça, personne ne nous remarquerait. »

Nous nous sommes installés dans le quartier de Holborn, pas loin de Doughty Street, où l'écrivain Charles Dickens avait vécu quelque temps. Je passais devant sa maison deux fois par jour quand j'allais au British Museum et quand j'en revenais ; à mesure que ses livres me devenaient plus familiers grâce à mon travail à la bibliothèque, je tentais de me l'imaginer assis dans son bureau, à l'étage, forgeant les phrases si particulières d'*Oliver Twist*. Une voisine âgée me confia que sa mère avait fait le ménage chez M. Dickens, tous les jours pendant deux ans, et qu'il lui avait offert un exemplaire de ce roman dédicacé en page de garde, volume qu'elle conservait sur une étagère dans son salon.

« Un homme très intelligent, ajouta-t-elle, la bouche en cul-de-poule, tout en hochant la tête. C'est ce que maman disait toujours. Et très exigeant. »

Le matin, j'avais des habitudes immuables. Je me réveillais à six heures et demie, je me lavais et je m'habillais. À sept heures, j'entrais dans la cuisine, où m'attendaient mon thé, mes toasts et deux œufs parfaitement pochés. Zoïa avait une technique miraculeuse pour préparer les œufs afin qu'ils gardent leur forme ovale une fois sortis de la coquille ; selon elle, le secret consistait à créer, à l'aide d'un fouet, un tourbillon dans l'eau bouillante avant d'y plonger le blanc et le jaune. Nous nous parlions très peu pendant mon petit déjeuner, mais elle s'asseyait à côté de moi, remplissait ma tasse de thé quand je la vidais, enlevait mon assiette dès que j'avais terminé et la rinçait sous le robinet.

Je préférais aller au musée à pied, quel que soit le temps, afin de faire un peu d'exercice. Dans ma jeunesse, j'étais fier de mon physique, et même à l'approche de l'âge mûr, alors que je commençais à être moins épris de mon reflet dans le miroir, je me suis efforcé de garder ma ligne. J'emportais une sacoche où Zoïa plaçait chaque matin deux sandwichs et un fruit, à côté du roman que je lisais alors. Elle veillait sur moi à la perfection mais, du fait de la répétition quotidienne de ces attentions, je pensais rarement à souligner sa gentillesse ou à la remercier.

Cela donne peut-être l'image un peu vieillotte d'un tyran qui formulait des exigences déraisonnables à l'égard de sa femme.

Rien ne pourrait être plus loin de la vérité.

En fait, quand nous nous étions mariés, à Paris, à l'automne 1919, je ne supportais pas l'idée que Zoïa adopte à mon égard une position servile.

« Mais je ne suis pas ta servante, affirmait-elle. Ça me fait plaisir de m'occuper de toi, Gueorgui, tu ne t'en rends pas compte ? Je n'aurais jamais cru avoir autant de liberté, celle de laver, de cuisiner, d'entretenir ma maison comme le font les autres femmes. Je t'en prie, ne me prive pas de ce qui va de soi pour les autres.

— Mais dont les autres se plaignent, répondis-je avec un sourire.

— Je t'en prie, Gueorgui », répéta-t-elle. Comment lui refuser ? Pourtant, cela me mit mal à l'aise pendant plusieurs années, mais avec le temps, quand nous vint le bonheur d'avoir un enfant, la force de l'habitude eut le dessus, et ma gêne initiale fut oubliée. Cet arrangement nous convenait, voilà tout ce que je peux dire.

J'ai honte, cependant, car elle a si bien veillé sur moi pendant toute notre vie commune que je suis incapable d'assumer les responsabilités fondamentales, maintenant que je suis seul à la maison. Comme je n'y connais rien en cuisine, je mange tous les jours des céréales pour mon petit déjeuner, des flocons d'avoine et de son séchés, des raisins fossilisés que l'adjonction de lait réhydrate. Je déjeune à l'hôpital à treize heures, quand j'arrive pour ma visite quotidienne. Je mange seul sur une petite table en plastique, j'ai vue sur le jardin en friche de l'infirmerie, où les médecins et les infirmières fument côte à côte dans leur tenue bleu pâle presque indécente. La nourriture n'a à peu près aucun goût, mais elle me remplit l'estomac et c'est tout ce que je lui demande. Les aliments anglais de base. Bœuf, pommes de terre. Poulet, pommes de terre. Poisson, pommes de terre. J'imagine qu'un jour il y aura pommes de terre, pommes de terre au menu. Des plats qui ne risquent pas d'indisposer quiconque.

Naturellement, je reconnais désormais certains visiteurs, ces futurs veufs et veuves qui arpentent les couloirs dans une solitude épouvantée, privés de l'être qu'ils aiment le plus au monde, pour la première fois depuis des décennies. Nous sommes quelques-uns à nous adresser de petits signes de tête, il y en a qui aiment à partager leurs espoirs et leurs déceptions, mais j'évite toute conversation. Je ne suis pas là pour me lier d'amitié. Je ne suis là que pour ma femme, pour ma chère Zoïa, pour m'asseoir près d'elle, lui tenir la main, murmurer à son oreille, lui faire savoir qu'elle n'est pas seule.

Je reste à l'hôpital jusqu'à dix-huit heures, puis je l'embrasse sur la joue, je pose la main sur son épaule pendant un moment, et je dis une prière silencieuse pour qu'elle soit encore en vie quand je reviendrai le lendemain.

Deux fois par semaine, notre petit-fils Michael vient passer un peu de temps avec moi. Sa mère, notre fille Arina, est morte à trente-six ans, renversée par une voiture alors qu'elle rentrait de son travail. La cicatrice laissée par son absence ne s'est jamais guérie. Nous étions restés si longtemps persuadés de ne pouvoir avoir d'enfants que la grossesse inattendue de Zoïa nous apparut comme un miracle, un don de Dieu. Une récompense, peut-être, pour nous qui avions perdu nos familles.

Puis notre fille nous fut ravie.

Michael était très jeune quand sa mère est morte. Son père, notre gendre, un homme attentionné et honorable, veilla à ce qu'il conserve des liens avec ses grands-parents maternels. Bien sûr, comme tous les petits garçons, il changeait sans cesse de physionomie, au point que nous ne pouvions déterminer de quel côté de la famille il tenait le plus, mais, maintenant qu'il a atteint l'âge adulte, il me rappelle beaucoup le père de Zoïa. Je pense qu'elle a dû remarquer cette ressemblance, elle aussi, mais elle n'en a jamais parlé. Il y a quelque chose dans la façon dont il tourne la tête en nous souriant, dans la façon dont son front se plisse tout à coup lorsqu'il fronce les sourcils, la profondeur de ses yeux marron où se mêlent assurance et incertitude. Un jour où nous nous promenions tous les trois dans Hyde Park, par un bel après-midi d'été, un petit chien s'est approché en gambadant. Michael s'est mis à genoux pour le serrer dans ses bras, il s'est laissé lécher le visage tout en adressant au chiot des compliments sans queue ni tête ; quand il a relevé la tête pour sourire à ses grands-parents fous d'amour pour lui, je suis sûr que nous avons tous les deux été frappés par cette ressemblance soudaine et imprévue. C'était si troublant, notre esprit s'est rempli de tant de souvenirs que notre conversation est aussitôt devenue guindée ; cet après-midi, charmant par ailleurs, en fut gâché.

Michael est en deuxième année d'études théâtrales à la Royal Academy of Dramatic Arts. Il veut devenir acteur : cette vocation m'étonne car ce fut d'abord un enfant calme et réservé, puis un adolescent boudeur et introverti, et aujourd'hui, à vingt ans, il témoigne d'un talent extraordinaire qu'aucun d'entre nous n'avait pressenti. L'an dernier, avant que Zoïa devienne trop faible pour ce genre de sortie, nous avons assisté à une représentation étudiante de *Major Barbara*, la pièce de George Bernard Shaw, où Michael tenait le rôle du jeune amoureux, Adolphus Cusins. Je l'ai trouvé impressionnant. Convaincant. Et il avait l'air de connaître deux ou trois choses de l'amour, ce qui m'a plu.

« Il est très doué pour faire semblant d'être ce qu'il n'est pas », ai-je glissé à Zoïa quand nous l'attendions dans le foyer du théâtre, pour le féliciter. Après avoir prononcé cette phrase, je me suis demandé s'il s'agissait d'un compliment. « Je ne sais pas comment il y parvient.

— Moi je sais », a-t-elle répondu, ce qui m'a surpris. Avant que je puisse répliquer, Michael nous a présenté une jeune femme, Sarah, qui jouait l'héroïne de la pièce, sa fiancée à la scène et, nous l'avons deviné, sa petite amie à la ville. C'était un joli brin de fille, mais elle n'avait pas l'air de bien comprendre pourquoi elle était obligée de parler de la pluie et du beau temps avec deux vieux parents de son compagnon, et cela l'agaçait peut-être un peu aussi. Pendant toute notre conversation, j'ai eu l'impression qu'elle nous parlait de haut, comme s'il existait à ses yeux une relation directe entre vieillesse et stupidité. À dix-neuf ans, elle était pleine de certitudes sur l'état lamentable du monde, dont MM. Reagan et Brejnev étaient entièrement responsables. D'une voix dure et condescendante, qui me rappelait l'horrible Mme Thatcher citant saint François d'Assise, elle déclara que le président des États-Unis et le secrétaire général du parti allaient anéantir la planète avec leur politique impérialiste. Elle parlait avec une autorité désabusée de la course aux armements, de la guerre froide, autant de sujets qu'elle connaissait seulement à travers ses magazines pour étudiants et sur lesquels elle avait le culot de nous faire la leçon. Elle portait un tee-shirt blanc qui ne cherchait en rien à dissimuler sa poitrine ; un mot y était tracé en lettres rouge sang, dégoulinantes, Solidarność. Lorsqu'elle surprit mon regard – sur le mot, je le jure, pas sur ses seins –, elle entreprit de prononcer un sermon sur l'héroïsme de l'ouvrier des chantiers navals polonais, M. Walesa. Je trouvais ce discours parfaitement intolérable, et même insultant, mais Zoïa me prit le bras pour être sûre que je garderais mon calme. Le petit soldat Sarah finit par nous apprendre qu'elle était absolument enchantée d'avoir fait notre connaissance, que nous étions vraiment adorables, et elle disparut avec un flot de jeunes gens affichant des maquillages grotesques et sans doute les mêmes opinions catégoriques.

Bien entendu, je n'ai dit aucun mal d'elle devant Michael. Je sais ce qu'on ressent quand on est un jeune homme amoureux. Et aussi quand on est un vieil homme amoureux. Parfois, il me paraît absurde que ce garçon formidable connaisse à présent les plaisirs de la chair ; j'ai l'impression qu'il n'y a pas si longtemps, il ne désirait rien de plus que de s'asseoir sur mes genoux pour que je lui lise des contes de fées.

Michael prend soin de venir voir sa grand-mère à l'hôpital tous les deux ou trois jours ; il est très régulier dans ses visites. Il passe une heure avec elle, puis il vient me mentir, en me disant qu'il l'a trouvée beaucoup mieux, qu'elle s'est réveillée pendant quelques instants et s'est redressée pour lui parler, qu'elle avait l'air très animée, telle qu'elle était auparavant, et que ce n'est qu'une question de jours avant que Zoïa soit suffisamment remise pour rentrer à la maison. Je me demande parfois s'il y croit vraiment ou s'il me pense assez bête pour y croire moi-même, et s'il estime me rendre un grand service en mettant dans ma vieille tête des idées aussi merveilleuses qu'impossibles. Les jeunes gens ont si peu de respect pour leurs aînés, peut-être sans le vouloir, mais simplement parce qu'ils refusent d'admettre que notre cerveau fonctionne encore. En tout cas, nous jouons cette comédie ensemble plusieurs fois par semaine. Il me raconte son histoire, j'acquiesce, nous prévoyons ce que nous ferons ensemble tous les trois – tous les quatre – quand Zoïa sera rétablie, puis il regarde sa montre, il paraît s'étonner de l'heure avancée, il m'embrasse sur le crâne et dit : « On se revoit dans quelques jours, papy, appelle-moi si tu as besoin de quoi que ce soit. » Et il s'en va, il s'élance dans l'escalier sur ses longues jambes fines et musclées, il saute presque aussitôt à l'arrière d'un autobus, le tout en l'espace d'une minute.

Il m'arrive de lui envier sa jeunesse, mais j'essaye de ne pas y penser. Un vieil homme ne doit pas en vouloir à ceux qui sont envoyés prendre sa place ; me rappeler l'époque où j'étais jeune, sain et viril n'est qu'une forme de masochisme inutile. Même si Zoïa et moi sommes tous deux encore en vie, mon existence a déjà pris fin. Je serai bientôt privé de ma femme et je n'aurai plus aucune raison de continuer sans elle. Nous ne formons qu'une seule personne, voyez-vous. Nous sommes GueorguietZoïa.

Le médecin de Zoïa s'appelle Joan Crawford. Je ne plaisante pas. La première fois que je l'ai rencontrée, je n'ai pas pu m'empêcher de me demander pourquoi ses parents lui avaient infligé un tel fardeau. À moins que ce nom ne soit le résultat de son mariage… Avait-elle trouvé l'homme idéal, mais possédant un nom de famille loin d'être idéal ? Bien sûr, je n'ai fait aucune réflexion sur ce nom bien connu. J'imagine qu'elle passe sa vie à subir des commentaires idiots. Il se trouve qu'elle présente une certaine ressemblance physique avec la célèbre actrice : elle a une épaisse chevelure brune et des sourcils légèrement arqués, et je la soupçonne d'encourager la comparaison par sa façon de se présenter. Évidemment, j'ignore si elle frappe ses enfants à coups de cintre, elle aussi. Elle porte en général une alliance, mais la bague disparaît parfois de sa main gauche. Chaque fois que cela se produit, elle paraît préoccupée et je me surprends à me demander si sa vie privée la déçoit.

Comme cela fait près de deux semaines que je n'ai pas parlé au Dr Crawford, avant d'aller voir Zoïa, je déambule dans les couloirs blancs, où règne un parfum d'antiseptique, à la recherche de son bureau. J'y suis déjà allé, bien sûr, plusieurs fois, mais j'ai du mal à me repérer dans le service d'oncologie. L'hôpital lui-même est un dédale, et aucun des jeunes gens qui le traversent au pas de course tout en consultant des graphiques et des notes n'a l'air disposé à m'aider. Je finis pourtant par arriver devant la bonne porte, où je frappe délicatement. Une éternité semble s'écouler avant qu'elle réponde – un « oui ? » exaspéré –, après quoi j'entrouvre avec un sourire d'excuses, dans l'espoir de la désarmer par ma politesse puérile.

« Docteur Crawford, pardonnez-moi de vous déranger.

— Monsieur Yachmenev », répond-elle. Je suis impressionné par la rapidité avec laquelle elle se souvient de mon nom. « Vous ne me dérangez pas du tout. Entrez, je vous en prie. »

Content de la trouver si cordiale, je m'introduis dans son bureau et je m'assieds en tenant mon chapeau à la main. Peut-être aura-t-elle de bonnes nouvelles à m'annoncer. Je ne peux m'empêcher de regarder son annulaire et de me demander si sa bonne humeur est liée à cette bague d'or luisant qui reflète la lumière et m'éblouit. Elle sourit incontestablement en m'accueillant et je la dévisage, un peu étonné. Nous sommes dans un service réservé aux malades du cancer, après tout. Cette femme soigne des cancéreux du matin au soir, elle leur annonce des choses terribles, elle accomplit des opérations horribles, elle les voit lutter avant de quitter ce monde et s'aventurer vers l'au-delà. Je ne vois vraiment pas pour quelle raison elle a l'air si heureuse.

« Je suis désolée, monsieur Yachmenev, dit-elle en secouant vivement la tête. Pardonnez-moi. C'est juste que je suis toujours impressionnée par votre élégance. À croire que les hommes de votre génération sont toujours en costume, n'est-ce pas ? Et les hommes à chapeau sont devenus bien rares. Ça me manque, les chapeaux. »

Je baisse les yeux vers mes vêtements, ne sachant trop comment je dois prendre cette remarque. Je m'habille comme ça, je me suis toujours habillé comme ça. Ça ne mérite aucun commentaire, selon moi. Et je ne suis pas non plus trop sûr d'apprécier cette distinction entre sa génération et la mienne, même s'il est vrai que j'ai à peu près quarante ans de plus qu'elle. Le Dr Crawford doit avoir le même âge qu'aurait aujourd'hui Arina, notre fille. Si elle avait vécu.

« Je voulais vous demander des nouvelles de ma femme, dis-je en allant droit au but. Je voulais vous demander des nouvelles de Zoïa.

— Bien sûr, répond-elle aussitôt, tout à fait sérieuse. Qu'aimeriez-vous savoir ? »

Je me sens perdu maintenant, alors que je prépare mes questions depuis que j'ai quitté l'hôpital la veille. Je fouille dans mon cerveau pour trouver les mots justes, pour m'exprimer correctement. « Comment va-t-elle ? » dis-je finalement, quatre mots qui ne semblent pas suffisants pour porter le poids de toutes les interrogations qu'ils traduisent.

« Elle ne souffre pas, monsieur Yachmenev, répond le docteur. Mais, comme vous le savez, la tumeur est à un niveau avancé. Vous vous rappelez, je vous ai déjà décrit l'évolution du cancer des ovaires ? »

Je hoche la tête, mais je ne peux pas la regarder dans les yeux. Comme on s'accroche à l'espoir, même quand on sait qu'il n'y en a pas ! Lors de divers entretiens avec Zoïa et moi, elle a longuement évoqué les quatre étapes de la maladie et leur fin inévitable. Elle a parlé d'ovaires et de tumeurs, de l'utérus, des trompes de Fallope, du pelvis ; elle a employé des expressions qui me dépassent, comme *lavage péritonéal*, *métastases* et *nœuds lymphatiques para-aortiques*, mais j'ai écouté, j'ai posé les bonnes questions et j'ai fait de mon mieux pour comprendre.

« Eh bien, au stade où nous en sommes, le mieux que nous puissions faire est d'essayer de contenir la douleur. À vrai dire, Zoïa réagit très bien au traitement, pour une femme de son âge.

— Elle a toujours été forte.

— Je m'en aperçois, répond le Dr Crawford. De tous les patients que j'ai connus dans ma carrière, elle aura été l'une des plus déterminées. »

Je n'aime pas ce « aura été ». C'est ce qu'on dit de quelqu'un, ou de quelque chose, qui n'est déjà plus. Qui a été, et qui n'est plus.

« Elle ne pourrait pas rentrer à la maison pour... ? » Je n'ai pas envie de terminer la phrase que j'ai commencée, et je lève des yeux pleins d'espoir, mais le docteur secoue la tête.

« La déplacer ne pourrait qu'accélérer la progression du cancer. Je ne pense pas que son corps survivrait au traumatisme. Je sais que c'est difficile, monsieur Yachmenev, mais... »

Je ne l'écoute plus. C'est une dame charmante, un médecin compétent, mais je n'ai pas besoin d'entendre ce genre de banalités. Je quitte son bureau peu après et je regagne la chambre où Zoïa est maintenant réveillée. Elle respire lourdement, entourée de machines. Des fils se glissent sous les manches de sa chemise de nuit ; des tuyaux serpentent sous la surface rugueuse du couvre-lit et s'enfoncent je ne sais où.

« *Doucha* », dis-je en me penchant pour lui embrasser le front. Je laisse mes lèvres s'attarder un moment sur sa chair douce et mince. *Ma chérie*. Je hume son parfum familier, tous mes souvenirs en sont enveloppés. En fermant les yeux, je pourrais être n'importe où. En 1970. En 1953. En 1915.

« Gueorgui », murmure-t-elle. Même prononcer mon nom lui coûte un effort. Tout en lui faisant signe de préserver son énergie, je m'assieds à son chevet et lui prends la main. Ses doigts se ferment sur les miens et je suis d'abord surpris qu'elle arrive encore à trouver en elle autant de force. Mais je me reproche ensuite cette réflexion : en effet, ai-je jamais connu un seul être humain qui puisse rivaliser de force avec Zoïa ? Mort ou vif, qui a jamais survécu à autant de souffrances ? Je serre ses doigts à mon tour, dans l'espoir de lui transmettre le peu de force qui subsiste dans mon corps affaibli, et nous ne disons rien, nous restons simplement l'un à côté de l'autre, comme nous l'avons fait tout au long de notre vie, heureux d'être ensemble, satisfaits de ne former qu'un.

Bien sûr, je n'ai pas toujours été aussi vieux et faible. C'est ma force qui m'a entraîné loin de Kachine. C'est elle qui m'a fait rencontrer Zoïa.

Le prince de Kachine

C'est ma sœur aînée, Assia, qui m'a la première parlé du monde qui existait en dehors de Kachine.

Je n'avais que neuf ans lorsqu'elle mit fin à mon insularité naïve. Assia en avait onze et j'étais un peu amoureux d'elle, je crois, comme un petit frère est parfois fasciné par la beauté et le mystère de l'être féminin dont il est le plus proche, avant que n'apparaisse le besoin d'une composante sexuelle et que ses attentions ne se dirigent ailleurs.

Nous avions toujours été proches, Assia et moi. Elle se chamaillait sans cesse avec Liska, née un an après elle, un an avant moi, et c'est à peine si elle supportait notre cadette Talia, mais quant à moi, j'étais son favori. Elle m'habillait, me faisait ma toilette, elle veillait à ce que je sois tenu à l'abri des pires excès de violence de notre père. Pour son bonheur, elle avait hérité de la beauté de notre mère Youlia, mais pas de son tempérament, et elle savait tirer parti de ses attraits, nattant ses cheveux un jour, les attachant dans le cou un autre jour, les laissant pendre sur ses épaules quand la fantaisie l'en prenait. Comme elle se frottait les joues avec du jus de prunes mûres pour embellir son teint et portait sa jupe retroussée au-dessus des chevilles, mon père l'observait le soir, les yeux rendus plus noirs par un mélange de désir et de mépris. Les autres filles du village la trouvaient vaniteuse, bien sûr, elles lui enviaient surtout son assurance. Puis elles se mirent à raconter que c'était une traînée, qu'elle écartait les cuisses pour tous les hommes et tous les garçons qui voulaient d'elle, mais Assia se moquait bien de ces ragots. Elle riait de leurs provocations, qui glissaient sur elle comme l'eau sur les plumes d'un canard.

Elle aurait dû vivre ailleurs, à une autre époque, je pense. Elle aurait pu connaître une vie heureuse.

« Mais où est cet autre monde ? » lui demandai-je alors que nous étions assis côte à côte près du poêle, dans le coin de notre petite cabane, dans la partie qui faisait office de chambre à coucher, de cuisine et de pièce à vivre pour nous six. À ce moment de la journée, nos parents revenaient du travail et comptaient sur nous pour leur repas, prêts à nous battre si nous avions oublié de le préparer ; Assia faisait cuire des pommes de terre et des légumes dans une marmite, cette épaisse soupe devant nous tenir lieu de dîner. Liska était dehors, occupée à mal faire, ce pour quoi elle était particulièrement douée. Étendue dans un nid de paille, Talia, toujours la plus sage, jouait avec ses doigts et ses orteils en nous observant patiemment.

« Loin d'ici, Gueorgui, dit Assia en mettant avec précaution un doigt dans l'écume du liquide bouillonnant pour le goûter. Mais les gens ne vivent pas là-bas comme on vit ici.

— Ah non ? demandai-je, incapable d'imaginer un autre mode de vie. Alors comment vivent-ils ?

— Eh bien, certains sont pauvres, bien sûr, comme nous, concéda-t-elle comme si nos conditions de vie étaient une chose dont nous devions tous avoir honte. Mais il y en a bien plus qui vivent dans l'opulence. Ce sont les gens qui font la grandeur de notre pays, Gueorgui. Leurs maisons sont construites en pierre, pas en bois comme la nôtre. Ils mangent chaque fois qu'ils en ont envie, dans des assiettes serties de joyaux. De la nourriture spécialement préparée par des cuisiniers qui ont consacré leur vie entière à maîtriser leur art. Et les dames, elles ne voyagent qu'en voiture.

— En voiture ? m'étonnai-je, le nez froncé, ne sachant trop ce que ce mot signifiait. Quelle voiture ?

— Les chevaux les tirent, expliqua-t-elle avec un soupir, comme si mon ignorance n'avait d'autre but que de la contrarier. Des voitures… ah, comment les décrire ? Imagine une cabane avec des roues, dans laquelle on peut s'asseoir confortablement pour se laisser promener. Tu te représentes ça, Gueorgui ?

— Non », répliquai-je, car cette idée me semblait à la fois ridicule et effrayante. Je détournai les yeux et, comme je sentais mon estomac se tordre de faim, je me demandai si elle m'accorderait une ou deux cuillers de soupe avant le retour de nos parents.

« Un jour je voyagerai en voiture », ajouta-t-elle calmement, contemplant le feu qu'elle tisonnait, peut-être dans l'espoir d'y trouver une brindille ou un charbon pas encore enflammé pour le persuader de nous offrir quelques minutes de chaleur en plus.

« Je n'ai pas l'intention de rester à Kachine jusqu'à la fin des temps. »

Je secouai la tête, admiratif. Assia était la personne la plus intelligente que je connaisse, car sa perception de ces autres mondes et de ces autres vies me stupéfiait. Je pense que c'est sa soif de savoir qui nourrissait ma propre imagination, mon désir d'en apprendre davantage. Comment elle s'était instruite de tout cela, je l'ignorais, mais j'étais triste à l'idée que ma sœur me serait un jour ravie. Je me sentais blessé qu'elle aspire à une vie en dehors de celle que nous partagions. Kachine était un village misérable, noir, fétide, malsain, crasseux et déprimant, bien entendu. Mais jusque-là je n'avais jamais imaginé qu'il puisse exister un meilleur endroit pour vivre. Après tout, je ne m'en étais jamais éloigné de plus de quelques kilomètres.

« N'en parle à personne, Gueorgui, finit-elle par dire, se penchant avec enthousiasme, comme sur le point de révéler son secret le plus intime. Mais quand je serai grande, j'irai à Saint-Pétersbourg. J'ai décidé d'y faire ma vie. » Sa voix devint plus animée, plus haletante, à mesure que ses rêves quittaient la solitude de son esprit pour entrer dans la réalité de la parole.

« Mais tu ne peux pas, protestai-je. Tu serais toute seule, là-bas. Tu ne connais personne à Saint-Pétersbourg.

— Au début, peut-être, admit-elle en riant, une main sur la bouche pour contenir sa gaieté. Mais j'aurai tôt fait de rencontrer un homme riche. Un prince, qui sait ? Et il tombera amoureux de moi et nous habiterons ensemble un palais, j'aurai toutes les servantes que je voudrai, des armoires remplies de robes magnifiques. Je porterai des bijoux différents chaque jour, des opales, des saphirs, des rubis, des diamants, nous danserons ensemble dans la salle du trône du palais d'Hiver, et les gens me regarderont du matin au soir, ils m'admireront, ils auront envie d'être à ma place. »

Je la dévisageai, cette fille méconnaissable aux projets fantasques. Était-ce la sœur qui se couchait tous les soirs à côté de moi sur le sol de pin couvert de mousse et qui se réveillait avec l'empreinte des branches sur les joues ? Je ne comprenais pas un traître mot de ses histoires. Princes, servantes, bijoux. Ces notions m'étaient entièrement étrangères. Quant à l'amour… de quoi s'agissait-il vraiment ? En quoi cela nous concernait-il ? Elle surprit ma mine déconfite, évidemment, et elle éclata de rire en me passant la main dans les cheveux.

« Oh, Gueorgui, dit-elle en m'embrassant sur les deux joues puis une fois sur les lèvres pour me porter bonheur. Tu ne comprends rien à ce que je raconte, pas vrai ?

— Mais si, me hâtai-je d'affirmer, car je détestais qu'elle me croie ignorant. Bien sûr que si.

— Tu as entendu parler du palais d'Hiver, quand même ? »

J'hésitai. J'aurais voulu dire oui, mais alors elle ne me donnerait pas d'autre détail, et ces mots ne manquaient pas d'une certaine séduction. « Je crois que oui, dis-je enfin. Je ne me souviens pas bien. Rappelle-moi, Assia.

— Le palais d'Hiver, c'est là où vit le tsar, expliqua-t-elle. Avec la tsarine, bien sûr, et la famille impériale. Tu sais de qui il s'agit ?

— Oui, oui », répondis-je bien vite, car le nom de Sa Majesté, et celui des membres de sa famille, était invoqué avant chaque repas, au moment de prier pour que Dieu préserve sa santé, sa générosité et sa sagesse. Les prières duraient souvent plus longtemps que le repas proprement dit. « Je ne suis pas idiot, tu sais.

— Eh bien alors, tu devrais connaître le nom de la maison du tsar. De l'une de ses maisons, en tout cas. Il en a beaucoup. Tsarskoïe-Selo. Livadia. Le *Standart.* »

Je haussai un sourcil et ce fut mon tour de rire. L'idée que l'on puisse avoir plus d'une maison me semblait absurde. À quoi bon ? Bien sûr, je savais que le tsar Nicolas avait été nommé par Dieu lui-même, que son pouvoir et son autocratie étaient infinis et absolus, mais possédait-il aussi des qualités magiques ? Pouvait-il être en plusieurs endroits à la fois ? Cette idée aberrante avait néanmoins quelque chose de vraisemblable. C'était le tsar, après tout. Il pouvait être tout ce qu'il voulait, faire tout ce qu'il voulait. Il était un dieu au même titre que Dieu.

« Tu m'emmèneras à Saint-Pétersbourg avec toi ? demandai-je après quelques instants, ma voix réduite à un murmure, comme si je craignais qu'elle ne me refuse cet honneur suprême. Quand tu partiras, Assia, tu ne vas pas m'abandonner ici, hein ?

— J'essayerai, dit-elle, magnanime. Ou bien tu viendras nous rendre visite, au prince et à moi, quand nous serons installés dans notre nouvelle maison. Tu pourras avoir toute une aile du palais pour toi tout seul. Et nous aurons aussi des enfants, bien sûr. De beaux enfants, beaucoup d'enfants, des garçons et des filles. Tu seras leur oncle, Gueorgui. Ça te plairait ?

— Certainement », acquiesçai-je, alors que j'étais jaloux à l'idée de partager ma sœur si belle, même avec un prince de sang royal.

« Un jour... », soupira-t-elle, les yeux fixés sur l'âtre, comme si elle voyait les images de son glorieux avenir s'animer et danser dans les flammes. Bien sûr, elle n'était elle-même qu'une enfant. Je me demande si elle détestait Kachine ou si elle rêvait simplement d'une vie meilleure.

Cela m'attriste de me rappeler cette conversation si lointaine dans le temps. Mon cœur se serre de penser que ma sœur n'a jamais pu atteindre cet objectif. Car ce ne fut pas Assia qui prit le chemin de Saint-Pétersbourg et du palais d'Hiver. Ce ne fut pas elle qui vécut entourée de la puissance fascinante de la richesse et du luxe.

Ce fut moi. Ce fut le petit Gueorgui.

L'ami le plus intime de ma jeunesse était un garçon nommé Kolek Boriavitch Tanksi, dont la famille vivait à Kachine depuis autant de générations que la mienne. Nous avions beaucoup de choses en commun, Kolek et moi. Nous étions nés à quelques semaines d'intervalle, à la fin du printemps 1899. Nous avions passé toute notre enfance à jouer dans la boue ensemble, à explorer tous les recoins de notre petit village, à nous accuser l'un l'autre quand nos escapades tournaient mal. Nous venions tous deux d'une famille de sœurs. Moi, bien sûr, j'avais la chance de n'en avoir que trois, mais Kolek en avait deux fois plus.

Et nous tremblions tous les deux devant nos pères.

Le mien, Daniil Vladiavitch, et celui de Kolek, Boris Alexandrovitch, se connaissaient depuis toujours, ils avaient probablement passé leur enfance ensemble, tout comme le feraient leurs fils trente ans après. C'étaient deux hommes passionnés, enclins à l'admiration et à la haine, mais leurs opinions politiques divergeaient considérablement.

Daniil adorait son pays natal. Le patriotisme le rendait aveugle, et il pensait que nous n'étions en vie que pour obéir aux décrets du tsar de Russie, messager de Dieu sur la terre. La haine que je lui inspirais, moi, son unique fils, était cependant aussi incompréhensible que bouleversante. Dès l'instant de ma naissance, il me traita avec dédain. Il trouvait toujours quelque chose à me reprocher : j'étais trop petit, trop faible, trop timide ou trop stupide. Comme il est dans la nature des ouvriers agricoles de vouloir se reproduire, on se demande bien pourquoi mon père me jugeait si décevant après avoir engendré deux filles. Faute de mieux, j'aurais pu grandir dans l'idée que les relations entre père et fils étaient toujours semblables, si je n'avais pas eu sous les yeux l'exemple inverse.

Boris Alexandrovitch adorait son fils et le considérait comme le prince de notre village, ce qui implique, je pense, qu'il en était lui-même le roi. Il faisait constamment l'éloge de Kolek, il l'emmenait partout avec lui et ne l'excluait jamais de la conversation des adultes ainsi que le faisaient les autres pères. Mais contrairement à Daniil, son obsession était de critiquer la Russie et ses dirigeants : son insuccès, sa pauvreté lui semblaient être entièrement l'œuvre de ces autocrates dont les caprices dirigeaient le cours de notre vie.

« Un jour, tout changera dans ce pays, annonçait-il régulièrement à mon père. Tu ne sens pas ça dans l'air, Daniil Vladiavitch ? Les Russes ne supporteront plus longtemps d'être gouvernés par une famille pareille. Nous devons prendre notre destinée en main.

— Toujours révolutionnaire, Boris Alexandrovitch », ripostait mon père en secouant la tête et en riant. Cette bonne humeur, des plus rares, n'était jamais causée que par les prophéties radicales de son ami. « Tu as passé toute ta vie ici, à Kachine, à labourer les champs, à manger de la kacha et à boire du kvas, et tu as malgré tout ces idées-là en tête. Tu ne changeras donc jamais ?

— Et toi, tu es satisfait d'avoir été un moujik toute ta vie, s'irritait Boris. Oui, nous travaillons la terre, nous gagnons notre vie à la sueur de notre front, mais ne sommes-nous pas des hommes tout comme le tsar ? Dis-moi pourquoi nous n'avons rien, nous ne possédons rien, nous n'avons le droit de rien, parce que nous vivons dans la pauvreté et la crasse ? Tu continues à prier pour lui tous les soirs, je parie ?

— Bien sûr », répondit mon père, qui commençait à s'énerver, car il avait horreur de tout propos critique envers le tsar. Il avait grandi avec le sentiment inné de la servitude, qui coulait dans ses veines aussi librement que le sang. « La destinée de la Russie est indissociable de celle du tsar. Songe jusqu'où remonte cette lignée. Jusqu'au tsar Michel ! Il y a plus de trois siècles, Boris.

— Trois siècles de Romanov, c'est trois siècles de trop, rugit son ami, crachant sans vergogne ses glaires entre ses pieds. Et explique-moi un peu ce qu'ils nous ont apporté pendant ce temps-là ? Rien de bon, selon moi. Un jour… un jour, Daniil… » Il hésita. Boris Alexandrovitch avait beau avoir des opinions radicales et révolutionnaires, poursuivre aurait été une hérésie, synonyme de condamnation à mort.

Cependant, personne au village n'ignorait comment il aurait terminé sa phrase. Et beaucoup étaient de son avis.

Bien sûr, avec Kolek Boriavitch, je ne parlais jamais de politique. Ces questions ne signifiaient rien pour les enfants que nous étions. Non, nous jouions à tous les jeux de garçons, nous nous attirions les ennuis que s'attirent les garçons, nous riions, nous nous battions, mais nous passions tant de temps ensemble que des voyageurs traversant notre village nous auraient pris pour deux frères, si nous n'avions pas été aussi différents physiquement.

J'étais de petite taille, et mes cheveux blonds bouclés justifiaient peut-être le mépris de mon père. Il avait voulu un fils qui porte son nom et je n'avais pas vraiment l'air capable d'accomplir cette tâche. À six ans, je mesurais trente centimètres de moins que tous mes amis, ce qui m'avait valu le surnom de Pacha, « le petit ». À cause de mes boucles d'or, mes grandes sœurs me jugeaient le plus joli de la famille, elles me paraient de tous les rubans qu'elles pouvaient trouver: mon père hurlait de rage et me dépouillait de ces ornements, tout en m'arrachant des poignées de cheveux. Malgré la frugalité de nos repas, j'avais tendance à prendre du poids, ce que Daniil Vladiavitch considérait comme une offense personnelle.

Kolek, en revanche, avait toujours été grand pour son âge, élancé, solide et d'une beauté très virile. À dix ans, il attirait les regards admiratifs des filles du village qui imaginaient déjà à quoi il ressemblerait quand il aurait atteint l'âge adulte. Leurs mères rivalisaient pour attirer l'attention de la sienne, une créature timide nommée Ania Petrovna, car on sentait qu'il serait un jour un grand homme, qu'il ferait la gloire de notre village, et elles espéraient qu'il choisirait une de leurs filles comme fiancée pour partager son lit.

Évidemment, ces attentions le flattaient. Il était plus que conscient des œillades qu'on lui lançait, mais il était déjà amoureux, de ma propre sœur Assia. Elle était la seule à pouvoir le faire rougir et perdre toute assurance. Mais à son grand désarroi, elle était aussi la seule fille du village à rester indifférente à ses charmes, ce qui ne fit qu'augmenter son désir pour elle. Il tournait tous les jours autour de notre isba, cherchant une occasion de l'impressionner, résolu à briser la glace pour qu'elle l'aime autant que toutes les autres.

« Le jeune Kolek Boriavitch est amoureux de toi, signala un soir notre mère à sa fille aînée, alors qu'elle préparait une nouvelle marmite de *chtchi*, abominable soupe aux choux presque indigeste. Il est incapable de tourner les yeux vers toi, tu l'as remarqué ?

— Il ne me regarde pas, donc je lui plais, conclut Assia, chassant ses attentions comme si un insecte désagréable était tombé sur ses vêtements. Drôle de logique, tu ne crois pas ?

— Tu l'intimides, voilà tout, expliqua Youlia. Il est si joli garçon ! J'en connais une qui aura bien de la chance d'avoir un jour un aussi bon mari.

— Peut-être, mais ce ne sera pas moi. »

Quand je la taquinai ensuite à ce sujet, elle parut presque indignée qu'on estime Kolek assez bon pour elle. « Il a deux ans de moins que moi, pour commencer, m'expliqua-t-elle d'un air exaspéré. Et de toute façon, il ne me plaît pas. Il croit que tout lui est dû, ce que je ne supporte pas. Comme si le monde n'existait que dans son intérêt à lui. Il est comme ça depuis toujours, et c'est la faute de tous les habitants de ce village miteux. En plus, c'est un lâche. Son père est un monstre, tu t'en rends bien compte, Gueorgui, non ? Un homme horrible. Pourtant, tout ce que fait ton Kolek n'a pour but que d'impressionner son cher papa. Je n'ai jamais vu un garçon être autant l'esclave de son père. C'est épouvantable. »

Je ne savais que répondre à cette litanie de mépris. Comme tout le monde, je considérais Kolek Boriavitch comme le meilleur garçon du village et je m'étais toujours réjoui en secret qu'il m'ait choisi comme son intime. Peut-être notre amitié s'était-elle épanouie grâce à notre différence physique. J'étais le subordonné, petit et grassouillet, avec mes boucles blondes, et il était le héros, grand et mince, aux cheveux bruns : quand j'étais à côté de lui, il paraissait encore plus superbe qu'il ne l'était. Et cela rendait son père encore plus orgueilleux. Sur ce point, je sais qu'Assia avait raison. Kolek était prêt à tout pour impressionner son père. Et je n'y voyais rien de mal. Au moins Boris Alexandrovitch était fier de son fils.

Finalement, je me suis lassé d'être Pacha et j'ai voulu redevenir Gueorgui. Vers mes quatorze ans, mon corps s'est mis à changer, je suis devenu un homme, et j'ai encouragé cette transformation par l'exercice et l'activité. En quelques mois, j'ai beaucoup grandi et ma taille s'est soudain stabilisée juste au-dessus d'un mètre quatre-vingts. Je perdis la lourdeur dont toute mon enfance avait pâti quand je commençai à courir autour du village tous les jours, me levant chaque matin très tôt pour aller nager une heure dans les eaux glaciales de la Kachinka voisine. Mon corps se muscla, mon estomac se sculpta. Mes cheveux se défrisèrent et passèrent de la couleur du soleil à celle du sable lavé. En 1915, à seize ans, je pouvais me tenir à côté de Kolek sans avoir à rougir de la comparaison. Je restais le moins grand, bien sûr, mais l'écart entre nous s'était comblé.

Et il y avait des filles qui me trouvaient joli, je le savais. Pas autant que Kolek, c'est vrai, mais quand même, j'étais loin de déplaire.

De son côté, Assia secouait la tête en disant que je ne devais pas chercher à ressembler à Kolek, parce qu'il ne serait jamais le grand homme qu'on prévoyait, et que tôt ou tard ce jeune prince vaudrait à Kachine non l'honneur mais la honte.

Boris Alexandrovitch fut le premier à me communiquer la nouvelle qui allait changer ma vie.

Nous étions au coin d'un champ près de la cabane de ma famille, Kolek et moi, torse nu par une froide matinée de printemps, nous débitions du petit bois en riant et en tâchant d'impressionner les filles du village qui passaient par là. Nous avions seize ans, nous étions beaux et forts, et alors que certaines nous ignoraient complètement, d'autres nous admiraient avec des sourires tentants, se mordant la lèvre en riant, elles nous regardaient balancer nos haches très haut avant de les abattre au cœur du bois pour le fendre en deux, les éclats jaillissant comme un feu d'artifice. Quelques coquettes formulaient des commentaires indécents qui encourageaient Kolek, mais je n'étais pas encore assez sûr de moi pour participer à ces échanges, je restais embarrassé et je me détournais.

Mon père, Daniil, sortit de notre isba et nous contempla un moment, secouant la tête avec une moue de dégoût. « Bande d'imbéciles, cria-t-il, agacé par notre jeunesse et notre vigueur. Vous allez attraper une pneumonie, vous croyez que les jeunes ne meurent pas comme les autres ?

— Je suis solide, Daniil Vladiavitch », répliqua Kolek, lui adressant un clin d'œil tout en dressant une fois de plus ses bras musclés afin de faire jouer ses biceps sous les yeux de tous. Le fer de sa hache scintilla dans la lumière et projeta des points noirs et dorés devant mes yeux. Quand je battis des paupières, j'eus l'impression qu'une superbe auréole s'était formée autour de mon ami. « Tu ne le vois pas ?

— Tu es peut-être solide, Kolek Boriavitch, répondit mon père en lorgnant sur moi comme s'il regrettait que Kolek ne soit pas son fils. Mais Gueorgui suit ton exemple et il n'a pas ta force. C'est toi qui veilleras sur lui quand il frissonnera dans son lit, en suant comme un cheval et en appelant sa mère ? »

Kolek me regarda et sourit, ravi par cette insulte, mais je gardai le silence et poursuivis mon travail. Un groupe de gamins gloussa en nous voyant là, ravis par notre quasi-indécence, mais lorsqu'ils aperçurent mon père, avec sa tête difforme et sa terrible réputation, leurs sourires s'évanouirent et ils prirent leurs jambes à leur cou.

« Tu vas rester planté là à nous regarder tout l'après-midi, ou tu as mieux à faire ? » finis-je par demander, puisque Daniil ne faisait pas mine de nous laisser à notre travail et à notre conversation. Je n'avais pas l'habitude de lui parler ainsi. En général, je m'adressais à lui avec un certain respect, non par crainte, mais pour éviter toute discussion. Ce jour-là, pourtant, avec ces paroles de défi, je cherchais à étaler ma bravoure devant Kolek plutôt qu'à insulter mon père par mon insolence.

« Mon fils est un lâche, Kolek Boriavitch, annonça-t-il alors, ravi de son triomphe. Voilà ce qui arrive quand on grandit dans une famille de femmes. Tu es devenu l'une d'elles.

— Mais moi aussi j'ai grandi entouré de femmes, protesta Kolek, enfonçant la lame de la hache dans le bois, le manche au creux de ses bras croisés. Alors moi aussi, je suis un lâche, Daniil Vladiavitch ? »

Mon père ouvrit la bouche pour répondre, mais avant qu'il n'en ait eu le temps, le père de Kolek arriva à pas lourds, le visage rouge et furieux, son haleine se changeant en vapeur dans le froid du matin. Il s'arrêta lorsqu'il nous vit tous trois réunis, secoua la tête, puis jeta les bras au ciel de manière si théâtrale que je fus obligé de me mordre les lèvres pour m'empêcher de rire.

« C'est une honte, rugit-il si fort et avec tant d'agressivité que nous restâmes un moment muets, tout en le dévisageant pour apprendre la source de son déplaisir. Une honte, absolument. Pourquoi ai-je vécu un tel moment ? Tu connais la nouvelle, je suppose, Daniil Vladiavitch ?

— Quelle nouvelle ? demanda mon père. Que s'est-il passé ?

— Si j'étais plus jeune, reprit Boris en agitant un doigt en l'air comme un instituteur grondant un groupe d'écoliers désobéissants. Je vous le dis, si j'étais plus jeune et que j'avais encore tous mes moyens...

— Boris, l'interrompit Daniil, l'air presque amusé par la rage de son ami. On te croirait prêt à tuer quelqu'un, ce matin.

— Ne plaisante pas à ce sujet, mon ami !

— Plaisanter, moi ? Je ne sais même pas ce qui t'a mis dans cet état.

— Papa », dit Kolek en s'avançant vers lui, l'air si inquiet que je le croyais sur le point de serrer Boris dans ses bras. C'était pour moi une source de fascination constante que cette affection évidente entre le père et le fils. N'ayant jamais connu pareille chaleur, j'étais toujours curieux de l'observer chez les autres.

« Un marchand que je connais, finit par expliquer Boris en bafouillant de colère. Un homme honnête, qui ne triche ni ne ment jamais, a traversé ce matin notre village et…

— Je l'ai vu ! » lançai-je gaiement, car il était assez exceptionnel de voir un étranger dans Kachine. Moins d'une heure auparavant, un inconnu était passé devant notre cabane, vêtu d'un manteau en poil de chameau, je l'avais remarqué et je l'avais salué, mais il ne m'avait pas répondu. « Il était ici il n'y a pas une heure et…

— Tiens ta langue, gamin ! glapit mon père, agacé de me voir jouer un rôle dans cette histoire. Laisse parler tes aînés.

— Je le connais depuis bien des années, poursuivit Boris, et il serait difficile de trouver homme plus sincère. Hier soir, il était à Kaliazine, et apparemment, l'un des monstres a l'intention de venir par ici pour aller à Saint-Pétersbourg. Il va traverser Kachine ! Notre propre village ! ajouta-t-il en crachant ces mots, si profonde était l'insulte qu'il en ressentait. Et bien sûr il exigera que nous sortions tous sur le seuil de nos maisons et que nous nous abaissions devant lui en adoration, comme les Juifs l'ont fait quand Jésus est entré dans Jérusalem sur un âne. Une semaine avant de le crucifier, bien sûr.

— Qui ça, quels monstres ? demanda Daniil sans comprendre. De qui parles-tu ?

— D'un Romanov, répliqua Boris en guettant notre réaction. Le grand-duc Nicolas Nicolaïevitch en personne. » Et pour un homme qui avait si piètre opinion de la famille impériale, il fit rouler ce nom dans sa bouche comme si chaque syllabe était une pierre précieuse à manier avec précaution, de peur que la gloire n'en soit amoindrie et perdue à tout jamais.

« Nicolas le Grand, dit calmement Kolek.

— Lui-même.

— Pourquoi *le Grand* ? demandai-je en fronçant les sourcils.

— Pour le distinguer de son cousin, voyons, jappa Boris Alexandrovitch. Nicolas le Petit. Le tsar Nicolas II. Le bourreau du peuple russe. »

Mes yeux s'écarquillèrent. « Le cousin du tsar va venir à Kachine ? » Je n'aurais pas été plus étonné si Daniil m'avait passé un bras autour des épaules pour m'embrasser comme son fils et héritier.

« Ne prends pas cet air impressionné, Pacha, dit Boris Alexandrovitch, m'insultant parce que je ne me joignais pas à sa colère. Tu ne sais donc pas qui sont ces gens ? Qu'ont-ils fait pour nous à part...

— Boris, s'il te plaît ! supplia mon père avec un profond soupir. Pas aujourd'hui. La politique peut sûrement attendre. C'est un grand honneur pour notre village.

— Un honneur ? ricana l'autre. Tu appelles ça un honneur ? Ces Romanov nous maintiennent dans la misère, et tu trouves que c'est un privilège que l'un d'eux choisisse nos rues pour s'arrêter et laisser à son cheval le temps de boire et de crotter un peu ? Un honneur ? Tu te déshonores, Daniil Vladiavitch, en disant une chose pareille. Regarde ! Regarde autour de toi ! »

Nous tournâmes la tête dans la direction qu'il indiquait : la plupart des villageois se hâtaient de rentrer chez eux. Ils avaient sans doute appris que nous allions recevoir un visiteur illustre et ils voulaient s'y préparer de leur mieux. Se laver le visage et les mains, bien sûr, car ils ne pouvaient pas se montrer à un prince de sang royal avec des traînées de boue sur la figure. Cueillir quelques fleurs pour former une guirlande à jeter aux pieds du cheval du grand-duc.

« Le grand-père de cet homme était l'un des pires parmi tous les tsars, continuait Boris, délirant, le visage de plus en plus rouge. Sans Nicolas Ier, les Russes n'auraient jamais entendu parler d'autocratie. C'est lui qui a exigé que tous les hommes, toutes les femmes et tous les enfants du pays croient en son autorité illimitée sur tous ses sujets. Il se considérait comme notre sauveur, mais toi, tu te sens sauvé, Daniil Vladiavitch ? Et toi, Gueorgui Daniilovitch ? Ou bien tu as froid, tu as faim et tu as envie de liberté ?

— Rentre te préparer, m'ordonna mon père sans tenir compte de son ami. Tu ne vas pas me faire honte en te présentant tout nu devant un si grand homme.

— Bien, papa », dis-je en me soumettant à son autorité, et je courus chercher une tunique propre. En fouillant dans la petite pile de vêtements qui constituait toute ma garde-robe, j'entendis à nouveau des cris à l'extérieur, puis mon ami Kolek dire à son père qu'ils devaient eux aussi aller se préparer. Et que crier dans la rue ne rendait service à personne, ni aux loyalistes ni aux radicaux.

« Si j'étais plus jeune, entendis-je Boris Alexandrovitch alors qu'il se laissait entraîner. Je te le dis, mon fils, si seulement j'étais...

— Moi, je suis plus jeune », lui répondit Kolek. Mais c'est seulement bien plus tard que je me souvins de ces mots et que je maudis ma stupidité.

À peine plus d'une heure après, les premiers membres de la garde avancée apparurent à l'horizon et commencèrent à se rapprocher de Kachine. Les moujiks ordinaires comme nous ne connaissaient de nom que la famille impériale immédiate, mais le grand-duc Nicolas Nicolaïevitch, cousin germain du tsar, était célèbre dans toute la Russie pour ses exploits militaires. Évidemment, il n'était pas aimé. Les hommes comme lui ne sont jamais aimés. Il était cependant respecté et jouissait d'une réputation terrible. On prétendait que, pendant la révolution de 1905, il avait brandi un revolver devant le tsar et menacé de se faire exploser la cervelle si son cousin ne permettait pas la création d'une Constitution russe, ce qui lui valait l'admiration de plus d'un. Néanmoins, cette bravoure laissait indifférents les radicaux comme Boris Alexandrovitch ; ils ne voyaient qu'un titre, un oppresseur, un individu méprisable.

L'idée que le grand-duc allait arriver suffit pourtant à agiter mon cœur d'un frisson d'excitation et de peur. Je n'avais pas le souvenir que nous ayons jamais vécu un tel événement à Kachine. Tandis que les cavaliers avançaient, presque tout le monde au village balayait la rue devant son isba, pour les chevaux de ce visiteur des plus illustres.

« Par qui crois-tu qu'il sera accompagné ? » me demanda ma sœur Assia, debout près de moi sur le pas de la porte, où toute la famille était rassemblée pour pousser des vivats et des cris de joie. Elle avait les joues encore plus rouges que d'habitude et sa robe était retroussée jusqu'aux genoux, dévoilant ses jambes. « Peut-être par quelques-uns des jeunes princes de Saint-Pétersbourg ?

— Le grand-duc n'as pas de fils pour toi, répondis-je en souriant. Tu devras lancer ton filet plus loin.

— Il me remarquera peut-être, lui, insista-t-elle en haussant les épaules.

— Assia ! m'écriai-je, abasourdi mais amusé. C'est un homme âgé. Il doit bien avoir soixante ans. Et il est marié. Tu ne crois quand même pas que…

— Je te taquine, Gueorgui ! s'écria-t-elle et elle me tapota l'épaule en riant, mais je ne la croyais pas tout à fait. Malgré tout, il y aura sûrement dans sa suite quelques jeunes soldats disponibles. Si l'un d'eux s'intéressait à moi… Oh, n'aie pas cet air scandalisé ! Je t'ai déjà dit que je n'avais pas l'intention de moisir ici jusqu'à la fin de mes jours. J'ai dix-huit ans, après tout. Il est temps que je me trouve un mari avant que je sois trop vieille et trop laide.

— Et Ilia Goriavitch ? demandai-je, faisant référence au jeune homme avec qui elle passait le plus clair de son temps. Comme mon ami Kolek, ce pauvre Ilia était fou amoureux d'Assia, mais elle n'avait guère d'affection à lui offrir en retour. Elle l'encourageait sans doute à croire qu'elle finirait par lui céder entièrement. J'avais pitié de sa sottise, et je savais qu'il n'était guère plus qu'une marionnette pour ma sœur, une poupée dont elle manipulait les fils pour occuper son ennui. Un jour, elle l'éconduirait, c'était évident. Elle trouverait un meilleur jouet, venu de Saint-Pétersbourg, peut-être.

« Ilia Goriavitch est un gentil garçon, dit-elle avec désinvolture. Mais je pense qu'à vingt et un ans, il n'y a plus rien à attendre de lui. Et je ne suis pas sûre qu'il soit ce que moi, j'attends. »

Je voyais bien qu'elle allait ajouter un commentaire inutilement désagréable sur ce rustre au grand cœur, mais les soldats approchaient et nous pûmes distinguer les officiers de tête, qui défilaient lentement sur leurs chevaux, superbes dans leurs tuniques noires croisées, leurs pantalons et leurs lourds manteaux gris. J'admirais leurs chapkas de fourrure, intrigué par le V découpé juste au-dessus de leurs yeux, et j'imaginais qu'il serait merveilleux d'appartenir à leur régiment. Ils ne se souciaient aucunement du tohu-bohu causé par les paysans qui couvraient le tsar de bénédiction et jetaient des guirlandes sous les sabots des chevaux. Après tout, ils n'espéraient rien de nous.

Kachine ne recevait guère de nouvelles de la guerre, mais de temps en temps, un colporteur nous informait des défaites ou des victoires militaires. Parfois une brochure arrivait chez l'un de nos voisins, envoyée par un parent bien intentionné, et nous avions le droit de la lire à tour de rôle, suivant en imagination l'avancée des armées. Quelques jeunes gens du village étaient déjà partis pour le front ; certains avaient été tués, d'autres étaient portés disparus, d'autres encore étaient toujours en service actif. Dès nos dix-sept ans, Kolek et moi serions convoqués pour rejoindre une unité et couvrir notre village de gloire.

Pourtant, les grandes responsabilités de Nicolas Nicolaïevitch étaient bien connues de tous.

Le tsar avait nommé le grand-duc commandant suprême des forces russes, et la guerre se menait sur trois fronts : contre l'Empire austro-hongrois, contre le kaiser d'Allemagne, et contre les Turcs. Il n'avait jusque-là rencontré aucun succès éclatant, mais il n'en suscitait pas moins l'admiration et la loyauté absolue de ses hommes, et ces sentiments étaient partagés dans les villages paysans de Russie. Nous le considérions comme un être exceptionnel, nommé à ce poste par un Dieu bienveillant qui envoyait de tels hommes nous protéger, dans notre simplicité et notre ignorance.

Les acclamations devinrent encore plus sonores au passage des soldats, puis, approchant comme une divinité, j'aperçus un grand cheval de bataille blanc au centre de la foule, sur lequel était monté un véritable géant en uniforme, la moustache taillée, cirée, dressant ses pointes de part et d'autre de la lèvre supérieure. Il regardait fixement devant lui, mais levait la main gauche de temps à autre pour adresser un salut royal à la population rassemblée.

Quand les chevaux passèrent devant moi, je vis notre voisin révolutionnaire, Boris Alexandrovitch, de l'autre côté de la rue, et je fus surpris de le trouver là, car s'il y a bien un homme qui aurait pu refuser de venir rendre hommage au grand général, c'était lui.

« Regarde, dis-je à Assia en lui tapotant l'épaule. Là-bas, Boris Alexandrovitch. Où sont donc ses beaux principes ? Le voilà épris du grand-duc autant que nous tous.

— Comme ils sont séduisants, tous ces soldats ! » s'exclama-t-elle sans me répondre. Elle examinait chaque homme tout en jouant avec une mèche de ses cheveux. « À ton avis, comment font-ils pour se battre et garder leurs uniformes en parfait état ?

— Et voici Kolek », ajoutai-je en repérant mon ami qui se frayait un passage jusqu'au premier rang, l'anxiété se mêlant à l'exaltation sur son visage. « Kolek ! » criai-je en agitant la main, mais il ne put ni me voir ni m'entendre dans le vacarme du défilé et des applaudissements. En temps normal, je n'aurais prêté aucune attention à ce détail et me serais retourné vers la parade, mais son expression me troubla : jamais le visage de ce garçon songeur n'avait affiché un air aussi angoissé. Il fit un pas en avant et contempla la scène pour s'assurer que son père, l'homme dont l'approbation comptait le plus pour lui, se trouvait parmi la foule. Lorsqu'il fut certain de la présence de Boris Alexandrovitch, il se retourna pour dévisager le grand-duc alors que le cheval blanc se dirigeait vers lui.

Nicolas Nicolaïevitch se trouvait à cinq mètres, pas plus, lorsque je vis la main gauche de Kolek plonger dans sa tunique et y rester un instant, tout en tremblant un peu.

À quatre mètres, je vis la crosse en bois du revolver émerger lentement de sa cachette, serrée par le poing de mon ami dont l'index était posé sur la détente.

À trois mètres, il sortit l'arme, que j'étais le seul à avoir vue, et il retira la sécurité.

Le grand-duc n'était plus qu'à un mètre cinquante lorsque je hurlai le nom de mon ami – « Kolek ! *Non !* ». Profitant d'un écart entre deux cavaliers, je traversai la rue en courant. Les soldats remarquèrent un incident anormal et tournèrent la tête dans ma direction. Mon ami me vit lui aussi et déglutit nerveusement avant de brandir son revolver pour viser Nicolas Nicolaïevitch qui se trouvait juste devant lui et avait finalement daigné regarder le jeune homme qui se tenait à sa gauche. Il avait dû entrevoir l'acier luisant, mais il n'eut pas le temps de dégainer son arme, ni de s'enfuir sur son cheval, car le coup de feu partit presque aussitôt avec une détonation assourdissante. Le revolver envoya sa charge mortelle vers le cousin et confident du tsar à l'instant précis où, sans réfléchir aux conséquences de mon acte, je bondissais devant.

Il y eut un brusque éclat lumineux, une douleur perçante, un cri dans la foule, et je m'écroulai à terre, m'attendant à ce que, d'un instant à l'autre, les sabots ferrés des chevaux m'écrasent le crâne sous leur masse énorme, alors même qu'une souffrance telle que je n'en avais jamais connu me déchirait l'épaule, comme si on avait pris une barre de fer rougie dans un four pendant une heure pour l'insérer dans ma chair innocente. Je tombai lourdement, l'esprit envahi d'une soudaine impression de paix et de tranquillité, avant que l'obscurité ne voile mes yeux, que le silence ne remplace tous les bruits, que la foule ne se fonde en une brume indistincte, ne laissant qu'une petite voix qui me conseillait le repos – *dors, Pacha !* – et j'obéis à cet ordre chuchoté.

Je fermai les yeux et restai seul dans les ténèbres vides et propices au sommeil.

Le premier visage que je vis en me réveillant fut celui de ma mère, Youlia Vladimirovna, qui appuyait un linge humide sur mon front et me contemplait avec un mélange d'irritation et d'inquiétude. Sa main tremblait, et elle semblait aussi nerveuse à l'idée de prodiguer le réconfort maternel que je l'étais à l'idée de le recevoir. Assia et Liska murmuraient dans un coin, tandis que la petite Talia m'observait froidement. Je ne croyais pas du tout faire partie de ce tableau inhabituel et je les dévisageai en me demandant ce qui était arrivé pour inspirer une telle manifestation d'émotion, jusqu'au moment où une subite explosion de douleur dans mon épaule gauche me fit grimacer. Je poussai un cri angoissé lorsque ma main tenta de soulager le membre blessé.

« Doucement », dit une voix grave et sonore. Ma mère sursauta et prit une expression apeurée. Je ne l'avais jamais vue aussi intimidée et je crus d'abord que c'était mon père qui lui ordonnait de s'éloigner, mais la voix n'était pas celle de Daniil Vladiavitch. Ma vision était un peu floue et je battis des paupières plusieurs fois avant que la brume se dissipe et que je puisse y voir plus clair.

Je compris alors que ce n'était pas mon père qui se tenait à mon chevet. Du fond de la pièce, il me regardait en souriant à demi, trahissant le conflit entre la fierté et l'hostilité à mon endroit. Non, la voix qui s'était adressée à moi était celle du commandant suprême des forces armées russes, le grand-duc Nicolas Nicolaïevitch.

« N'essaye pas de bouger, dit-il en se penchant pour examiner mon épaule, les yeux plissés pour scruter la plaie. Tu as été blessé, mais tu as eu de la chance. La balle a directement traversé la chair de l'épaule mais elle a évité les artères et la veine. Elle est ressortie de l'autre côté, et c'est heureux. Un peu plus à droite et tu aurais pu avoir le bras paralysé ou être saigné à mort. La douleur va durer encore quelques jours, j'imagine, mais il n'y aura pas de séquelles. Une petite cicatrice, tout au plus. »

Je déglutis – j'avais la bouche si sèche que ma langue collait désagréablement à mon palais – et je demandai à ma mère quelque chose à boire. Elle resta immobile, bouche bée, comme si la scène qui se déroulait devant elle la terrifiait trop pour qu'elle y prenne part, et c'est le grand-duc qui dut détacher un flacon de sa taille pour aller le remplir au tonneau avant de me le tendre. J'étais presque trop intimidé par la splendeur de l'étui en cuir pour y boire, surtout quand je remarquai le sceau impérial des Romanov brodé au fil d'or, mais ma soif était si extraordinaire que mes hésitations ne durèrent pas longtemps. La sensation de l'eau glacée entrant dans mon corps et descendant jusqu'à mes entrailles aida à soulager quelques instants la douleur de mon épaule.

« Tu sais qui je suis ? » demanda le grand-duc qui se dressa alors de toute sa hauteur et dont la silhouette impressionnante remplit la pièce. Il mesurait au moins un mètre quatre-vingt-quinze. Un corps large et musclé. Beau et imposant. Et cette moustache incroyable qui le rendait encore plus digne et majestueux. J'avalai et hochai bien vite la tête.

« Oui, répondis-je faiblement.

— Tu sais qui je suis ? répéta-t-il plus fort, si bien que je crus avoir fait une bêtise.

— Oui, dis-je à nouveau quand j'eus retrouvé toute ma voix. Vous êtes le grand-duc Nicolas Nicolaïevitch, commandant de l'armée et cousin de Sa Majesté impériale, le tsar Nicolas II. »

Il esquissa un sourire et son corps fut secoué par un petit rire. « Oui, oui, fit-il comme pour évacuer ces titres pompeux. Alors ta mémoire est en parfait état, mon garçon ? Si tu te rappelles si bien mon nom, tu te souviens de ce qui t'est arrivé ? »

Je me redressai sur mon séant, ignorant les élancements de douleur que je ressentais dans le côté gauche, du haut de l'épaule jusqu'au pli du coude, et je contemplai mon corps. J'étais allongé dans le petit hamac qui me servait de lit, en pantalon mais sans chaussures, et je fus embarrassé de voir la couche de crasse que mes pieds avaient ramassée sur le sol de notre cabane. Ma tunique propre, celle que j'avais choisie spécialement pour aller voir le grand-duc, gisait à terre ; elle n'était plus blanche, mais présentait un désagréable mélange de noir et de rouge foncé. J'étais sans chemise et j'avais la poitrine maculée de sang à cause de mon bras blessé, malgré les pansements serrés. Ma première pensée fut de me demander où l'on avait trouvé ces bandages, mais je me rappelai alors les soldats qui avaient défilé dans notre village et je supposai que l'un d'eux m'avait soigné avec une trousse militaire.

Et de ce fait, je me remémorai les événements de l'après-midi.

La parade. Le cheval blanc. Le grand-duc sur sa monture.

Et notre voisin, Boris Alexandrovitch. Son fils, mon meilleur ami, Kolek Boriavitch.

Le revolver.

« Une arme ! » m'écriai-je. Et je bondis comme si je voyais à nouveau tout se dérouler sous mes yeux. « Il est armé !

— Tout va bien, mon garçon, dit le grand-duc en tapotant mon épaule indemne. Il n'y a plus d'arme. Tu as accompli une noble action, si tu t'en souviens.

— Euh... Je ne suis pas sûr, répondis-je, alors que je tâchais de me rappeler ce que j'avais pu faire pour mériter un tel compliment.

— Mon fils a toujours été très courageux, monsieur, dit Daniil en s'avançant du fond de la pièce. Il aurait sacrifié sa vie pour sauver la vôtre.

— Il y a eu une tentative d'assassinat, poursuivit Nicolas Nicolaïevitch en me regardant sans tenir compte de mon père. Un jeune radical. Il a braqué son arme en direction de ma tête. Je jure que j'ai vu la balle s'apprêter à quitter le barillet pour venir se planter dans mon crâne, mais tu as couru, brave garçon que tu es, et tu as pris la balle dans ton épaule. » Il hésita avant de continuer. « Tu m'as sauvé la vie, jeune Gueorgui Daniilovitch.

— Vraiment ? » Je ne comprenais pas du tout ce qui avait pu m'inspirer un tel geste. Mais le brouillard commençait à se lever dans mon esprit et je me souvins d'avoir couru vers Kolek pour le ramener de force dans la foule et l'empêcher de commettre un acte qui allait lui coûter la vie.

« Tout à fait, confirma le grand-duc. Et je t'en remercie. Le tsar lui-même te remerciera. Toute la Russie te remerciera. »

Il avait à coup sûr une très haute idée de sa propre importance en ce monde. Ne sachant que répliquer, je me recouchai, la tête lourde, désespérément assoiffé.

« Il n'est pas obligé de partir, hein, papa ? » demanda tout à coup Assia, arrêtant un instant de pleurer pour poser cette question. Je regardai dans sa direction et fus touché de la voir si affligée par ce qui m'était arrivé.

« Tais-toi, la fille, ordonna mon père en la repoussant contre le mur. Il fera ce qu'on lui dit. Comme nous tous.

— Partir ? murmurai-je sans comprendre. Où ça ?

— Tu es un brave garçon », dit le grand-duc en remettant ses gants. Il prit une petite bourse dans sa poche et l'offrit à mon père, qui la dissimula aussitôt dans les mystérieuses cavernes de sa tunique, hors de notre vue. *Ils m'ont vendu,* pensai-je aussitôt. *Ils m'ont livré à l'armée en échange de quelques centaines de roubles.* « Pour un garçon comme toi, c'est du gâchis de rester dans un endroit pareil. Tu prévoyais de t'engager cette année, bien sûr ?

— Oui, monsieur, répondis-je avec hésitation, car je savais que l'échéance approchait à grands pas, mais j'avais espéré la différer encore de quelques mois. C'était mon intention, mais...

— Eh bien, je ne peux pas t'envoyer te battre, où tu ne ferais qu'essuyer d'autres balles. Pas après ce que tu as accompli aujourd'hui. Non, tu peux attendre quelques jours, le temps de reprendre des forces, et après tu me suivras. Je laisserai deux hommes pour t'escorter jusqu'à ta nouvelle maison.

— Ma nouvelle maison ? » Tout était de plus en plus confus. Je tentai de me redresser alors qu'il s'éloignait vers la porte. « Mais où est-elle, monsieur ?

— Voyons, à Saint-Pétersbourg, bien entendu, expliqua-t-il en se retournant pour me sourire. Tu as déjà prouvé que tu étais prêt à recevoir une balle pour protéger un homme comme moi. Imagine quelle loyauté tu manifesterais envers un plus haut personnage qu'un simple duc. »

Je secouai la tête et je déglutis nerveusement. « Encore plus haut que vous ? »

Il hésita un instant, comme s'il n'était pas sûr de pouvoir me révéler ce qu'il avait en tête, au cas où le choc de la révélation m'aurait poussé à perdre tout à fait connaissance. Lorsqu'il reprit la parole, il se comporta comme si cette idée invraisemblable était la chose la plus naturelle du monde. « Le tsarévitch Alexeï. Tu seras l'un des responsables de sa protection. Dans son tout dernier message, mon cousin le tsar annonçait qu'il cherchait un jeune garde du corps et me demandait si je connaissais quelqu'un de confiance. Quelqu'un de jeune. Le tsarévitch a déjà de nombreux gardes, mais il lui faut davantage que cela. Il a besoin d'un compagnon qui veille sur sa sécurité. Je crois avoir trouvé la perle rare. C'est toi que je veux lui offrir, Gueorgui Daniilovitch. À condition qu'il approuve mon choix. Mais ne bouge pas pour le moment. Repose-toi, remets-toi sur pied, et nous nous reverrons à Saint-Pétersbourg à la fin de la semaine. »

Là-dessus, il sortit de notre cabane. Mes sœurs le dévisageaient, stupéfaites, ma mère semblait plus terrorisée que jamais, et mon père comptait son or.

Je me forçai à me redresser un peu plus et, par la porte ouverte, j'aperçus alors la rue où un if en fleurs dressait son tronc vigoureux. Mais quelque chose avait changé. Un poids considérable semblait se balancer à l'une de ses branches. Je plissai les yeux et quand je finis par identifier l'objet, je ne pus que rester muet.

C'était Kolek.

Ils l'avaient pendu dans la rue.

1979

C'est Zoïa qui avait eu l'idée de faire ensemble notre dernier voyage.

Nous n'avions jamais beaucoup aimé bouger, ni l'un ni l'autre. À la fatigue des vacances, nous préférions la chaleur et la sécurité de notre paisible appartement de Holborn. Après avoir quitté la Russie, nous nous étions aussitôt installés en France ; nous avions passé quelques années à Paris, où nous nous étions mariés juste avant d'opter finalement pour Londres. Bien sûr, quand Arina était petite, nous faisions de notre mieux pour prendre une semaine loin de la ville tous les étés, mais c'était en général à Brighton, à la rigueur en Cornouailles, pour lui montrer la mer et la laisser jouer sur le sable. Être une enfant parmi d'autres enfants. Mais une fois arrivés, nous n'avons plus jamais quitté l'Angleterre. Et j'étais persuadé que nous ne la quitterions plus.

Zoïa me fit part de son idée un soir où nous étions assis au coin du feu dans notre salon, à regarder les flammes diminuer, tandis que le charbon crépitait encore un peu. J'étais en train de lire un roman de Kingsley Amis, que j'ai refermé, tout surpris lorsqu'elle s'est mise à parler.

Notre petit-fils, Michael, était parti une demi-heure auparavant, après une conversation difficile. Il était venu dîner, nous dire comment tournait sa nouvelle vie d'étudiant en théâtre, mais toute la joie de la soirée avait été balayée quand Zoïa lui avait révélé sa maladie et l'évolution de son cancer. Elle ne voulait rien lui cacher, dit-elle, mais elle ne voulait pas non plus de sa compassion. C'était la vie, après tout, suggéra-t-elle. La vie, rien de plus.

« J'ai déjà vécu jusqu'à un âge inimaginable, déclara-t-elle en souriant. Et j'ai eu beaucoup de chance, tu sais. Je suis déjà passée très près de la mort. »

Bien sûr, Michael est jeune, il a aussitôt cherché une solution, un espoir. Il a affirmé que son père paierait tous les traitements nécessaires, qu'il renoncerait lui-même à ses études et chercherait un emploi pour financer tout ce dont elle aurait besoin, mais elle a secoué la tête, a pris ses mains dans les siennes et lui a expliqué que personne n'y pouvait rien, et surtout que l'argent n'y pouvait rien. C'était un mal incurable. Il ne lui restait peut-être que peu de mois à vivre et elle ne voulait pas les gaspiller à chercher des remèdes impossibles. Michael l'a très mal pris. Il avait vécu si longtemps sans mère, c'était normal qu'il déteste l'idée de perdre aussi sa grand-mère.

Avant de partir, il m'a pris à part et m'a demandé s'il pouvait faire quoi que ce soit pour sa grand-mère. « Elle a les meilleurs médecins, n'est-ce pas ?

— Bien sûr, répondis-je, ému par les larmes qui baignaient ses yeux. Mais tu sais, ce n'est pas une maladie facile à vaincre.

— Mais mamie est coriace », protesta-t-il. Cela me fit sourire et je hochai la tête.

« Oui, c'est vrai.

— J'ai entendu parler de gens qui arrivent à surmonter le cancer.

— Moi aussi. » Je ne voulais pas lui offrir de faux espoirs. Avec Zoïa, nous avions déjà passé des semaines à en discuter : elle désirait ne pas se soigner, laisser le cancer s'installer dans son corps et la tuer lorsqu'il en aurait assez d'elle. J'avais tout essayé pour l'en dissuader, mais en vain. Elle avait simplement décidé que son heure était venue.

« Appelle-moi si tu as besoin de moi, d'accord ? avait insisté Michael. Moi ou papa. On sera là dès qu'il te faudra quoi que ce soit. Et je viendrai plus souvent, d'accord ? Deux fois par semaine si j'y arrive. Dis-lui de ne rien préparer, je mangerai avant.

— Tu veux l'insulter ? le grondai-je. Tu mangeras ce qu'elle te servira, Michael.

— OK… comme tu voudras. » Il haussa les épaules en passant la main dans ses cheveux longs et il me présenta le sourire de son visage mince. « Je suis là, c'est tout ce que je dis. Je ne bouge pas. »

Il a toujours été un bon petit-fils. Il nous a toujours rendus si fiers de lui. Après son départ, nous avons avoué tous les deux, Zoïa et moi, que nous étions touchés par ses attentions.

« Un voyage ? demandai-je, surpris par sa suggestion. Tu es sûre d'en être capable ?

— Je pense. En tout cas, je peux encore. Dans quelques mois, qui sait ?

— Tu n'aimerais pas mieux rester ici pour te reposer ?

— Pour mourir, tu veux dire ? » demanda-t-elle. Peut-être regretta-t-elle ces mots dès qu'elle les eut prononcés, car elle vit mon désarroi et se pencha pour m'embrasser. « Je suis désolée, je n'aurais pas dû parler ainsi. Mais réfléchis-y, Gueorgui. J'ai le choix entre rester ici pour attendre ma dernière heure, et faire quelque chose du temps qui me reste.

— Eh bien, je suppose que nous pourrions aller quelque part en train, pour une semaine ou deux. Nous avons passé de bons moments sur la côte sud quand nous étions jeunes.

— Je ne pensais pas aux Cornouailles, dit-elle vivement en secouant la tête, et ce fut mon tour de regretter, car ce nom évoquait des souvenirs de notre fille, le chagrin et la fureur.

— L'Écosse, peut-être, proposai-je. Nous n'y sommes jamais allés. J'ai toujours pensé que ce serait agréable de voir Édimbourg. À moins que ce ne soit trop loin ? Sommes-nous trop ambitieux ?

— On n'est jamais trop ambitieux, Gueorgui, dit-elle avec un sourire.

— Pas l'Écosse, alors. » Je me représentai mentalement la carte de l'Angleterre et j'y cherchai l'endroit idéal. « De toute façon, il y fait trop froid à cette période de l'année. Pas le Pays de Galles non plus. La région des lacs, peut-être ? Le pays de Wordsworth ? Ou bien l'Irlande ? Nous pourrions prendre le ferry pour Dublin, si tu t'en sens la force.

Ou partir vers le sud, du côté de Cork. On dit que les paysages sont très beaux.

— Je pensais à quelque chose d'un peu plus au nord. » Et je sus au ton de sa voix que ce n'était pas une conversation en l'air, mais une chose à laquelle elle avait longuement songé. Elle savait exactement où elle avait envie d'aller, et elle ne voulait rien d'autre. « Je pensais à la Finlande.

— La Finlande ?

— Oui.

— Et pourquoi la Finlande, justement ? demandai-je, étonné par ce choix. C'est tellement... Enfin, je veux dire, c'est la Finlande, quoi ! Il n'y a rien à voir, là-bas.

— Bien sûr que si, Gueorgui, soupira-t-elle. C'est un pays comme un autre.

— Mais tu n'as jamais exprimé le désir d'y aller.

— J'y suis allée dans mon enfance. Je ne me rappelle pas grand-chose, évidemment, mais je pensais... On ne pourra jamais se rapprocher davantage, n'est-ce pas ? Se rapprocher de la Russie, je veux dire.

— Ah, fis-je en hochant lentement la tête. Bien sûr. » Je visualisais dans mon esprit la carte de l'Europe du Nord, la longue frontière de plus de mille kilomètres qui s'étend tout le long de la Finlande, de Grense Jacobselv au nord à Hamina au sud.

« J'aimerais me sentir à nouveau proche de Saint-Pétersbourg, reprit-elle. Rien qu'une dernière fois, c'est tout. Tant que je peux encore. J'aimerais regarder l'horizon et m'imaginer la ville encore debout. Invincible. »

J'inspirai profondément par le nez et me mordis la lèvre tout en contemplant le feu, où les derniers charbons se réduisaient à des braises, et je réfléchis à sa requête. La Finlande. La Russie. C'était ses dernières volontés. Et je reconnais que cette idée m'enthousiasmait aussi. Pourtant, je n'étais pas sûr que ce voyage soit très prudent. Et pas seulement à cause du cancer.

« Je t'en prie, Gueorgui, dit-elle après quelques minutes de silence. Je t'en prie, rien que ça.

— Tu es sûre d'être assez forte ?

— Je le suis en ce moment. Dans quelques mois, qui sait ? Mais en ce moment, oui. »

J'acquiesçai. « Alors nous irons. »

Toute une série de signes avant-coureurs de la maladie de Zoïa auraient dû m'avertir, mais comme il s'était écoulé plusieurs mois entre eux, et comme ils s'accompagnaient des douleurs typiques de la vieillesse, il était difficile d'identifier le lien existant entre ces symptômes. Ajoutez à cela que ma femme me dissimula les détails de ses souffrances aussi longtemps qu'elle le put. Voulait-elle que j'ignore ce qu'elle endurait ? Cherchait-elle à éviter tout traitement ? Je ne lui ai jamais posé la question, de peur d'être blessé par la réponse.

J'avais cependant remarqué qu'elle se fatiguait plus qu'auparavant et que le soir, devant la cheminée, son visage blafard trahissait un véritable épuisement et qu'elle avait du mal à respirer. Quand je l'interrogeais, elle haussait les épaules, prétendait que ce n'était rien, qu'elle avait simplement besoin d'une bonne nuit de sommeil, voilà tout, et que je ne devais pas tant m'inquiéter pour elle. Puis elle se mit aussi à souffrir du dos, je la voyais tressaillir de douleur lorsqu'elle plaçait une main à la base de sa colonne vertébrale et l'y maintenait jusqu'à ce que son martyre prenne fin, le visage déformé par la souffrance.

« Il faut que tu voies un docteur, lui dis-je quand la torture semblait durer plus longtemps qu'elle ne pouvait le supporter. Tu t'es peut-être déplacé un disque. Il pourra te prescrire un anti-inflammatoire ou…

— Ou c'est juste que je me fais vieille, répliqua-t-elle avec un effort pour ne pas hausser la voix. Ça va passer, Gueorgui. Ne t'inquiète pas. »

En quelques semaines, la douleur s'était propagée vers son abdomen et je remarquai chez elle un net manque d'appétit. À table, elle poussait les aliments du bout de sa fourchette, elle ne prenait dans la bouche que de tout petits morceaux et les mâchait distraitement avant d'écarter son assiette en déclarant qu'elle n'avait pas faim.

« J'ai pris un gros déjeuner, me racontait-elle, et comme un imbécile je la croyais. Je ne devrais pas tant manger en milieu de journée. »

Néanmoins, quand ces symptômes persistèrent pendant plusieurs mois, comme elle avait perdu du poids et qu'en plus la douleur l'empêchait de dormir, je finis par la convaincre d'aller voir notre généraliste. À son retour, elle dit qu'il allait lui faire passer des examens, et mes pires craintes furent confirmées deux semaines plus tard, lorsqu'on l'envoya consulter une spécialiste, le Dr Joan Crawford, qui fait maintenant partie de notre vie.

Curieusement, la nouvelle de sa maladie m'a attristé bien plus qu'elle n'a attristé Zoïa. Dieu me pardonne, elle parut soulagée, presque heureuse, le jour où les résultats arrivèrent. Elle me les communiqua en ménageant mes sentiments mais sans aucune crainte, sans aucune affliction personnelle. Elle ne pleura pas, moi si. Elle n'éprouvait ni rage ni terreur, émotions qui s'emparèrent de moi dans les jours qui suivirent. C'était comme si elle avait reçu... pas exactement une bonne nouvelle, mais une information intéressante dont elle n'était pas entièrement satisfaite.

Une semaine plus tard, nous attendions le Dr Crawford dans son bureau. Zoïa semblait tout à fait à l'aise, mais je remuais sur ma chaise, je m'agitais nerveusement tout en regardant les certificats encadrés suspendus aux murs, pour me persuader qu'un médecin formé pour lutter contre le cancer et titulaire de tant de diplômes d'universités illustres trouverait sûrement le moyen de combattre cette maladie.

« Monsieur et madame Yachmenev », nous salua le Dr Crawford en entrant. Elle était en retard mais elle était vive et s'adressait à nous de manière strictement professionnelle. Elle n'était pas dépourvue de sympathie, mais j'ai aussitôt senti qu'elle n'éprouvait aucune compassion, ce que Zoïa attribua au fait qu'elle voyait tous les jours des patients souffrant du même mal et qu'il est difficile de considérer chaque cas de manière aussi tragique que les parents de la victime. « Je suis désolée de vous avoir fait attendre. Comme vous pouvez vous en douter, notre charge de travail augmente de jour en jour. »

Je ne fus pas tout à fait rassuré, mais je gardai le silence pendant qu'elle étudiait le dossier posé devant elle. Elle brandit une radio devant la lumière, mais alors qu'elle l'examinait, sa physionomie ne laissa rien transparaître. Finalement, elle referma la chemise cartonnée, posa les deux mains dessus et nous regarda, les lèvres serrées en ce qui me parut être l'approximation d'un sourire.

« Yachmenev, ce n'est pas un nom courant.

— C'est russe, précisai-je aussitôt pour éviter toute conversation oiseuse. Docteur, vous avez examiné le dossier de ma femme ?

— Oui, et ce matin j'ai eu un entretien avec votre généraliste, le Dr Cross. Avez-vous parlé de votre état avec lui, madame Yachmenev ?

— Oui. Il m'a dit que c'était le cancer.

— Un cancer des ovaires, pout être très précis », répondit le Dr Crawford en lissant les papiers posés sur le bureau, habitude qui me rappela ces mauvais acteurs qui, sur scène, ne savent jamais quoi faire de leurs mains. C'était peut-être ma façon de ne pas entrer tout entier dans cette conversation. « Vous souffrez depuis quelque temps, je suppose ?

— Il y avait des symptômes, oui, dit prudemment Zoïa, son ton suggérant qu'elle ne voulait pas être punie pour avoir tant tardé à les signaler. Mal de dos, fatigue, nausées, mais je ne m'en suis pas préoccupée. J'ai soixante-dix-huit ans, docteur Crawford. Depuis dix ans, je me réveille tous les matins avec quelque chose qui ne va pas. »

Le docteur sourit et, après un moment, s'adressa à Zoïa plus aimablement. « Ça n'a rien d'inhabituel à votre âge, bien sûr. Les femmes âgées sont très exposées au cancer des ovaires, qui apparaît en général entre cinquante-cinq et soixante-quinze ans. Votre cas est plus rare.

— Je me suis toujours efforcée d'être exceptionnelle », dit Zoïa avec un sourire. Le Dr Crawford sourit à son tour et les deux femmes se dévisagèrent quelques instants, comme si chacune essayait de comprendre chez l'autre une chose dont j'étais forcément ignorant. Nous n'étions que trois dans la pièce, mais je me sentais tout à fait exclu.

« Puis-je vous demander s'il y a des antécédents dans votre famille ?

— Non, répondit Zoïa. Enfin, si, vous pouvez me demander. Mais non, personne n'a jamais eu le cancer.

— Et votre mère ? Est-elle décédée de mort naturelle ? »

Zoïa hésita avant de répondre. « Ma mère n'avait pas le cancer.

— Vos grands-mères ? Votre sœur, votre tante ?

— Non.

— Et votre propre passé médical, avez-vous subi un traumatisme majeur dans votre vie ? »

Zoïa parut vaciller un instant, puis cette question la fit éclater de rire et je me tournai vers elle, stupéfait. Devant son hilarité, voyant qu'elle faisait tout son possible pour s'arrêter de trembler d'amusement et de chagrin, j'avais à la fois envie de rire avec elle et de cacher mon visage dans mes mains. J'aurais voulu être ailleurs, tout à coup. J'aurais voulu que rien de tout cela n'arrive. Le mot était des plus mal choisis, c'était certain, mais le Dr Crawford se contenta de la regarder rire sans formuler aucun commentaire. Elle avait dû être témoin de quantité de réactions bizarres lors de semblables entretiens.

« Je n'ai subi aucun traumatisme médical, finit par répondre Zoïa lorsqu'elle eut recouvré ses esprits, en insistant sur le dernier mot. Je n'ai pas eu une vie facile, docteur Crawford, mais j'ai toujours été en bonne santé.

— Ah, c'est vrai, acquiesça le médecin, soupirant comme si elle ne comprenait que trop bien. Les femmes de votre génération ont beaucoup souffert. Il y a eu la guerre, pour commencer.

— Oui, la guerre, approuva Zoïa d'un air songeur. Il y en a même eu plusieurs.

— Docteur, interrompis-je pour la première fois. Le cancer des ovaires, ça se soigne ? Vous pouvez aider ma femme ? »

Elle me regarda avec une certaine pitié, comprenant bien que le mari pouvait être le plus terrorisé. « Je crains que le cancer n'ait déjà commencé à se propager, monsieur Yachmenev, dit-elle calmement. Et comme vous le savez sans doute, la science médicale n'a pour le moment aucun remède à proposer. Tout ce que nous pouvons tenter, c'est d'alléger la souffrance et d'offrir à nos patients l'espoir de survivre aussi longtemps que possible. »

Je gardai les yeux fixés au sol. Cette réponse me donnait le vertige, alors que je m'y étais attendu. Au British Museum, à ma table habituelle, j'avais déjà passé plusieurs semaines à me documenter sur la maladie dont nous avait parlé le Dr Cross, et je savais fort bien qu'il n'existait aucun remède. Il y avait toujours de l'espoir, cependant, et je m'y accrochais.

« Il y a d'autres examens que j'aimerais vous faire passer, madame Yachmenev, dit-elle en se tournant de nouveau vers ma femme. Nous aurons besoin d'un second examen pelvien, bien entendu. Et des tests sanguins, un ultrason. Un lavement baryté nous permettra de déterminer l'étendue du cancer. Nous ferons aussi quelques scanners. Nous devons savoir à quel point le cancer s'est développé au-delà des ovaires et dans la zone pelvienne, et s'il est descendu vers la cavité abdominale.

— Mais les traitements, docteur, insistai-je en me penchant en avant. Que pouvez-vous faire pour que ma femme aille mieux ? »

Elle me dévisagea, un peu agacée, pensai-je ; elle avait l'habitude des maris effondrés mais elle ne se souciait pas d'eux, elle ne s'intéressait qu'à sa patiente.

« Comme je l'ai dit, monsieur Yachmenev, les traitements peuvent seulement ralentir la progression du cancer. La chimiothérapie sera importante, bien sûr. Une opération s'impose presque dans l'immédiat pour retirer les ovaires, et il sera nécessaire de pratiquer une hystérectomie. Nous pourrons en même temps prélever des biopsies des nœuds lymphatiques, du diaphragme, du tissu pelvien, pour savoir...

— Et si je ne suis aucun traitement ? demanda Zoïa à voix basse, mais résolue, perçant le granit froid de ces formules médicales que le Dr Crawford avait sans doute proférées un millier de fois.

— Si vous ne suivez aucun traitement, madame Yachmenev », répondit-elle, visiblement habituée à cette question-là aussi, qui me choquait – il semblait tout simple pour cette dame d'évoquer les éventualités les plus terribles –, « alors le cancer continuera sans doute à se développer. Vous souffrirez autant qu'à présent, ce pour quoi nous pourrions vous prescrire quelque chose, mais un jour la maladie vous prendra par surprise et votre santé se dégradera très vite. Ce seront les derniers stades, quand le cancer aura quitté l'abdomen pour s'attaquer à vos organes, le foie, les reins, et cetera.

— Nous devons commencer le traitement tout de suite, cela va de soi », insistai-je. Le Dr Crawford me sourit avec l'indulgence d'un grand-parent face à un enfant attardé, puis tourna de nouveau son attention vers ma femme.

« Madame Yachmenev, votre mari a raison. Il est important de commencer au plus tôt. Vous en êtes bien consciente ?

— Combien de temps cela prendra-t-il ?

— Le traitement pourrait durer indéfiniment. Jusqu'à ce que nous maîtrisions la maladie. Cela peut être très court, ce peut être pour toujours.

— Non, fit Zoïa en secouant la tête. Je veux dire, combien de temps me resterait-il à vivre si je ne suis aucun traitement ?

— Par pitié, Zoïa, m'exclamai-je en la dévisageant comme si elle avait perdu la raison. Qu'est-ce que c'est que cette question ? Tu n'as pas compris que... »

Elle leva la main pour m'imposer le silence, sans regarder dans ma direction. « Combien de temps, docteur ? »

Le Dr Crawford expira bruyamment et haussa les épaules, ce qui ne m'inspira guère. « C'est difficile à dire. De toute façon, nous aurions besoin de ces examens pour déterminer exactement à quel stade le cancer en est. Mais je dirais pas plus d'un an. Peut-être un peu plus si vous avez de la chance. Et il n'y a pas moyen de savoir comment votre qualité de vie sera affectée pendant ce temps-là. Vous pouvez rester valide presque jusqu'au bout, et alors le cancer attaque très vite, ou bien votre santé peut commencer à se dégrader très tôt. Le mieux serait vraiment d'agir sans tarder. » Elle ouvrit un épais agenda posé au centre du bureau et promena un doigt sur l'une des pages. « Je peux programmer votre premier examen pelvien le... »

Elle ne termina jamais cette phrase, car Zoïa s'était déjà levée, avait repris son manteau près de la porte et était sortie.

À l'origine, nous avions prévu de n'aller pas plus à l'est qu'Helsinki, mais sur un coup de tête, nous avons poursuivi vers la ville portuaire de Hamina, sur la côte finnoise. Le bus Matkahuolto nous fit traverser lentement Porvoo, jusqu'au nord de Kotka, ces noms qui m'étaient aussi familiers que le mien, soixante ans auparavant, mais qui s'étaient lentement effacés de ma mémoire, remplacés par les expériences et les souvenirs de l'âge adulte. En déchiffrant ces noms sur les horaires de bus, en prononçant tout bas ces syllabes perdues, je me sentis ramené au temps de ma jeunesse, les sons chargés de la nostalgie d'une comptine bien connue.

Du fait de notre âge avancé – j'avais fêté mes quatre-vingts ans quatre jours avant de quitter Londres et ma femme n'avait que quelques années de moins que moi –, on nous proposa des places à l'avant de l'autobus et nous pûmes admirer les villes et les villages qui défilaient dans ce pays qui n'était pas le nôtre, où nous n'avions jamais vécu, mais où nous nous sentions plus près de notre pays natal que nous ne l'avions été depuis des décennies. Le paysage du golfe de Finlande me rappelait des excursions sur la Baltique, longtemps oubliées, mes journées et mes nuits remplies de jeux, de rires, de la voix des filles, exigeant constamment mon attention. En fermant les yeux pour écouter les cris des mouettes, je pouvais croire que, comme autrefois, nous jetions l'ancre à Tallinn, sur la côte estonienne, ou que nous faisions voile de Kaliningrad vers Saint-Pétersbourg, poussés par la brise, le soleil dardant ses rayons sur le pont du *Standart*.

Même les voix qui nous entouraient semblaient familières ; elles parlaient une autre langue, bien sûr, mais nous pouvions reconnaître certains mots, et en entendant les sons gutturaux des basses terres se mélanger au parler sifflant des fjords je m'interrogeais : peut-être aurions-nous dû venir bien plus tôt.

« Comment te sens-tu ? » demandai-je à Zoïa en me tournant vers elle lorsqu'un panneau indiqua que nous serions à Hamina dans quinze minutes tout au plus. Elle était un peu pâle et je sentais bien qu'elle était émue jusqu'aux larmes par ce voyage vers l'est, même si son expression n'en montrait rien. Si nous avions été seuls, peut-être aurait-elle pleuré, de tristesse et de joie, mais des inconnus étaient assis dans ce bus avec nous, et elle n'allait pas confirmer leurs préjugés en leur offrant le spectacle de la faiblesse d'une vieille femme.

« Je voudrais que ce voyage ne se termine jamais », répondit-elle avec calme.

Nous étions en Finlande depuis près d'une semaine et Zoïa allait particulièrement bien : n'aurions-nous pas dû nous installer dans ce climat nordique si sa santé s'en trouvait mieux ? Cela me rappelait les biographies de grands écrivains que j'avais lues au British Museum depuis que j'étais à la retraite. Ils avaient quitté leur foyer pour respirer l'air glacé des montagnes européennes afin de lutter contre les maladies de leur temps. Stephen Crane avait laissé la tuberculose étouffer son génie à Badenweiler, Keats contemplait la place d'Espagne alors que ses poumons se remplissaient de bactéries, tout en écoutant Severn et Clark se disputer à propos de son traitement. Ils partaient en quête d'une nouvelle vie, bien sûr. D'une revitalisation. Mais tout ce qu'ils trouvaient, c'était la tombe. En irait-il autrement pour Zoïa ? Un retour vers le nord offrirait-il l'espoir et la possibilité d'une vieillesse plus longue, ou la certitude accablante que rien ne pourrait vaincre l'envahisseur qui menaçait de me ravir ma femme ?

En ville, un petit café proposait un *lounas* traditionnel ; nous tentâmes notre chance en terrasse, emmitouflés dans nos manteaux et nos écharpes, et la serveuse nous apporta des assiettes chaudes garnies de poisson fumé et de pommes de terre, nous remplissant nos verres dès qu'ils se vidaient. Un groupe d'enfants passa devant nous et l'un des garçons bouscula une petite fille qui tomba à la renverse dans un monticule de neige, avec un cri terrifié. Zoïa se pencha, prête à le réprimander pour sa cruauté, mais la victime se remit très vite sur pied et prit sa revanche, ce qui lui suscita un sourire satisfait. Des familles allaient à l'école voisine ou en revenaient, et nous pûmes nous concentrer sur nos pensées et nos souvenirs, jouir de la certitude paisible qu'une relation longue et heureuse se dispense fort bien de bavardage. Zoïa et moi avions depuis longtemps perfectionné l'art de rester assis en silence pendant des heures, ensemble, sans jamais manquer de choses à dire.

« Tu as remarqué ce parfum dans l'air ? finit par me demander Zoïa alors que nous terminions notre repas.

— Quel parfum ?

— Oui, il y a... c'est difficile à décrire, mais quand je ferme les yeux et que je respire lentement, c'est plus fort que moi, ça me rappelle l'enfance. Pour moi, Londres sent toujours le travail. Paris sent la peur. Mais la Finlande me rappelle une époque beaucoup plus simple de ma vie.

— Et la Russie ? La Russie sent quoi ?

— Pendant un moment elle a senti le bonheur et la prospérité, dit aussitôt Zoïa sans avoir besoin de réfléchir. Ensuite elle a senti la folie et la maladie. Et la religion, bien sûr. Après... » Elle sourit et secoua la tête, n'osant pas conclure sa phrase.

« Quoi ? insistai-je en souriant. Dis-moi.

— Tu vas me trouver sotte, répondit-elle en haussant les épaules, mais j'ai toujours imaginé la Russie comme une sorte de grenade gâtée. Bien rouge et brillante à l'extérieur, si tu la fends en deux, les graines se répandent devant toi, noires et répugnantes. La Russie me fait penser à ce genre de grenade. Avant qu'elle devienne complètement pourrie. »

Je hochai la tête mais restai muet. Je n'avais pas de conception particulière de l'odeur de notre pays perdu, mais les gens, les maisons et les églises dont j'étais entouré en Finlande me rappelaient le passé. Mes idées étaient peut-être plus simples – Zoïa a toujours été plus douée pour les métaphores, sans doute parce qu'elle était plus instruite – mais j'aimais me sentir à nouveau près de ma patrie. Près de Saint-Pétersbourg. Du palais d'Hiver. Et même de Kachine.

Pourtant, comme j'avais changé depuis la dernière fois que j'avais mis le pied dans ces endroits ! Dans le miroir, en me lavant les mains après le déjeuner, j'aperçus un vieillard qui contemplait son reflet, un homme qui avait jadis été beau, jeune et fort, mais qui n'était plus rien de tout cela. J'avais les cheveux fins et clairsemés, comme des filaments blancs regroupés sur mes temps, dévoilant un front couvert de taches brunes, sans aucune ressemblance avec la peau claire et bronzée de ma jeunesse. Mon visage était maigre, mes joues creuses, mes oreilles paraissaient anormalement grandes, comme si elles étaient le seul élément de ma physionomie à n'avoir pas rétréci. Mes doigts étaient devenus osseux, une mince couche de peau recouvrait le squelette. J'avais de la chance que ma mobilité n'ait pas souffert comme je l'avais souvent redouté, même si le matin, au réveil, il me fallait désormais plus longtemps pour rassembler mes forces afin de me tirer du lit, faire mes ablutions et m'habiller. Une chemise, une cravate, un gilet tous les jours, car dès l'âge de seize ans, j'avais pris l'habitude de présenter une apparence soignée. À mesure que les mois passaient, je sentais de plus en plus le froid.

Il me semblait parfois étrange qu'un homme aussi vieux et ravagé que moi puisse encore être aimé et respecté par une femme aussi belle et jeune que mon épouse. Car j'avais l'impression qu'elle avait à peine changé.

« Il m'est venu une idée, Gueorgui, dit-elle alors que je regagnais notre table en me demandant si je devais prendre le risque de me rasseoir ou attendre qu'elle se lève.

— Une bonne idée ? la questionnai-je avec un sourire, tout en décidant de me rasseoir puisque Zoïa ne donnait aucun signe de vouloir se lever.

— Je crois, répondit-elle d'un air hésitant. Mais je ne sais pas trop ce que tu vas en penser.

— Tu voudrais que nous nous installions à Helsinki. » J'avais prévu ce qu'elle allait m'avouer et l'absurdité de ce projet me faisait rire. « Vivre nos derniers jours à l'ombre de *Suurkirkko*. Tu es tombée amoureuse de la Finlande.

— Non, protesta-t-elle en secouant la tête. Non, ce n'est pas ça. Je ne crois pas du tout que nous devrions nous installer ici. En fait, je crois que nous devrions repartir. »

Je la regardai en fronçant les sourcils. « Repartir ? Pour aller où ? Ailleurs en Finlande ? C'est envisageable, mais je crains que le voyage ne…

— Ce n'est pas ça non plus, m'interrompit-elle d'une voix claire et posée, comme si elle ne voulait pas risquer mon refus en affichant un enthousiasme excessif. Je parle de rentrer chez nous. »

Je soupirai. J'avais craint en quittant Londres que ce voyage ne dépasse ses forces et qu'elle n'ait des remords, qu'elle ne regrette la chaleur et le confort de notre appartement familial de Holborn. Nous n'étions plus des enfants, après tout. Ce n'était pas facile d'être aussi longtemps loin de sa maison.

« Tu ne te sens pas bien ? » demandai-je en m'avançant pour lui prendre la main. Je scrutai son visage pour y découvrir des signes de désarroi.

« Ni mieux ni pire.

— La douleur est devenue intolérable ?

— Non, Gueorgui, répondit-elle avec un petit rire. Je me sens tout à fait bien. Pourquoi dis-tu ça ?

— Parce que tu veux rentrer. Et nous pouvons, bien sûr que nous pouvons, si c'est vraiment ce que tu souhaites. Mais il ne nous reste plus que quatre jours de voyage. Il serait plus simple de retourner à Helsinki pour nous reposer en attendant notre vol.

— Je ne parle pas de rentrer à Londres, rectifia-t-elle en hâte, secouant la tête sans quitter des yeux les enfants qui jouaient bruyamment dans les tas de neige. Je ne parle pas de ça.

— Alors où ?

— À Saint-Pétersbourg, bien sûr. Nous en sommes maintenant si près. Ça ne prendrait plus beaucoup d'heures, nous pourrions y passer une journée, rien qu'une journée. Après tout, nous n'aurions jamais cru revoir la place du Palais. Nous n'aurions jamais cru respirer à nouveau l'air de la Russie. Et si nous n'y allons pas maintenant que nous sommes si près, nous n'irons jamais. Qu'en penses-tu, Gueorgui ? »

Je la dévisageai sans savoir quoi dire. Quand nous avions décidé d'entreprendre ce voyage, il y avait indubitablement eu en nous une petite voix qui se demandait quand cette suggestion arriverait et qui serait le premier à la formuler. L'idée était d'aller en Finlande, d'aller aussi loin vers l'est que le temps et notre santé le permettraient, de contempler l'horizon et peut-être de distinguer une fois encore le contour des îles du Vyborgskiy Zaliv, même la pointe de Primorsk, de se souvenir, d'imaginer, de s'interroger.

Mais ni l'un ni l'autre n'avait évoqué tout haut la possibilité de parcourir les quelques centaines de kilomètres restants jusqu'à la ville où nous nous étions rencontrés. Jusqu'à cet instant.

« Je crois..., commençai-je, roulant lentement ces mots dans ma bouche, avant de secouer la tête et de reprendre. Je me demande...

— Quoi ?

— Si c'est prudent. »

Le palais d'Hiver

Je prenais sur moi pour qu'on ne me voie pas trop trembler.

Le long couloir situé au troisième étage du palais d'Hiver, où le tsar et sa famille résidaient lorsqu'ils étaient à Saint-Pétersbourg, s'étendait, glacial, à gauche et à droite, ses murs dorés disparaissant dans une obscurité intimidante où de faibles bougies vacillaient dans le lointain. Au centre du corridor, un jeune garçon de Kachine pouvait à peine respirer à l'idée de tous ceux qui l'avaient arpenté dans le passé.

Évidemment, je n'avais jamais vu pareille splendeur, je ne croyais même pas que de tels endroits puissent exister hors de mon imagination, mais en baissant les yeux, je vis les articulations de mes deux mains blanchir alors que je serrais vigoureusement les bras de mon fauteuil. J'avais l'estomac noué, et chaque fois que j'empêchais mon pied droit de battre le sol de marbre avec anxiété, il restait immobile un moment avant de se remettre à sa petite danse nerveuse.

Le fauteuil lui-même était un objet d'une beauté tout à fait extraordinaire. Ses quatre pieds étaient sculptés dans le chêne rouge, avec des détails complexes fleurissant aux arêtes. Sur les flancs s'incrustaient deux épaisses couches d'or, elles-mêmes incrustées de trois sortes de pierres précieuses dont je ne reconnaissais qu'une seule, un pointillé de saphirs bleus qui étincelaient et changeaient de couleur quand je les examinais sous différents angles. Le tissu était tendu sur une galette lourdement rembourrée des plumes les plus moelleuses. Malgré mon angoisse, il était difficile de ne pas pousser un soupir de plaisir maintenant que j'y reposais, car les cinq jours précédents n'avaient offert aucune consolation en dehors du cuir impitoyable de la selle.

Le trajet de Kachine jusqu'à la capitale de l'empire russe avait démarré moins d'une semaine après que le grand-duc Nicolas Nicolaïevitch avait traversé notre village où il avait été victime d'une tentative d'assassinat. Ma sœur Assia avait changé mon bandage deux fois par jour, et quand le pansement ne fut plus moucheté de sang, les soldats laissés en arrière pour m'escorter jusqu'à ma nouvelle demeure avaient annoncé que j'étais en état de voyager. Si la balle était entrée dans mon corps un peu plus à droite, j'aurais pu avoir le bras paralysé, mais j'avais eu de la chance et il n'avait fallu qu'un jour ou deux pour restaurer l'harmonie entre l'épaule, le coude et le poignet. De temps en temps, une pointe de douleur juste au-dessus de la plaie venait me rappeler mon exploit et je grimaçais alors, non par sensibilité, mais en songeant que mon geste impétueux avait coûté la vie à mon plus vieil ami.

Le corps de Kolek Boriavitch était resté là où les soldats l'avaient pendu, il s'était balancé à l'if près de notre cabane pendant trois jours avant que son père, Boris Alexandrovitch, n'obtienne la permission de le détacher pour lui donner une sépulture décente. Il l'avait inhumé avec dignité, et la cérémonie avait eu lieu à un peu plus d'un kilomètre de notre village, l'après-midi qui avait précédé mon départ.

« Penses-tu que nous pourrions assister à l'enterrement ? » avais-je demandé à ma mère la veille au soir. C'était la première fois que je mentionnais devant elle la mort de mon ami, tant je me sentais coupable. « J'aimerais dire au revoir à Kolek.

— Tu as perdu la raison, Gueorgui ? » s'étonna-t-elle, en tournant vers moi son front plissé. Ces derniers jours, elle s'était montrée pleine d'attentions à mon égard, plus prévenante qu'elle l'avait été durant seize années, et je me demandais si elle regrettait d'avoir été si distante parce que je venais de frôler la mort. « Notre présence ne serait pas bien accueillie.

— C'était mon plus proche ami, insistai-je. Et tu le connaissais depuis le jour de sa naissance.

— Du jour de sa naissance jusqu'au jour de sa mort, acquiesça-t-elle en se mordant la lèvre. Mais Boris Alexandrovitch… il s'est exprimé très clairement là-dessus.

— Je pourrais peut-être lui parler, suggérai-je. Je pourrais aller le voir. Mon épaule va mieux. Je pourrais essayer de lui expliquer…

— Gueorgui, dit-elle en s'asseyant à terre à côté de moi, la main posée à plat sur le muscle de mon bras blessé, son ton radouci au point que je la trouvais tout à coup plus humaine. Il ne veut même pas te parler, tu comprends ? Il ne pense pas à toi. Il a perdu son fils. C'est tout ce qui compte pour lui désormais. Il hante les rues, l'air hagard, il appelle Kolek et il maudit Nicolas Nicolaïevitch, il dénonce le tsar, il accuse tout le monde sauf lui-même. Les deux soldats, ils l'ont mis en garde contre ces paroles qui sentent la trahison, mais il n'écoute pas. Un de ces jours, il ira trop loin, Gueorgui, et il finira au bout d'une corde, lui aussi. Fais-moi confiance, mieux vaut ne pas trop s'approcher de lui. »

J'étais torturé par le remords et je dormais à peine. En vérité, je ne croyais vraiment pas avoir eu l'intention de sauver la vie du grand-duc, mais plutôt celle d'empêcher Kolek de commettre un acte dont le résultat inévitable serait sa propre mort. Par une ironie du sort dont j'étais bien conscient, mon intervention lui avait coûté la vie.

À ma grande honte, j'étais pourtant presque soulagé que son père ait refusé que j'assiste à ses obsèques, car si j'avais été autorisé à parler, j'aurais sans doute présenté mes excuses, et les gardes auraient compris que je n'étais pas le héros que tous croyaient, et ma nouvelle vie à Saint-Pétersbourg aurait pris fin avant d'avoir débuté. C'était hors de question, car je voulais partir. La possibilité d'une vie hors de Kachine avait été placée devant moi et, alors que la semaine se terminait et que l'heure du départ approchait, j'en venais à me demander si j'avais même eu l'intention de sauver Kolek, ou si j'avais surtout espéré me sauver, moi.

Le matin où je sortis de notre cabane pour commencer le long voyage vers Saint-Pétersbourg, je vis mes amis moujiks me dévisager avec un mélange d'admiration et de mépris. Certes, j'avais valu à notre village un grand honneur en sauvant la vie du cousin du tsar, mais tous ceux qui me regardaient rassembler mes quelques effets personnels et les placer dans les sacoches du cheval destiné à me transporter avaient vu Kolek grandir dans ces mêmes rues. Sa mort prématurée – sans parler du rôle que j'y avais joué – flottait dans l'air comme une mauvaise odeur. C'étaient de fidèles sujets des Romanov, c'est vrai. Ils croyaient en la famille impériale et dans le bien-fondé de l'autocratie. Ils pensaient que Dieu avait mis le tsar sur le trône et que ses proches vivaient dans la gloire. Mais Kolek était un garçon de Kachine. Il était des nôtres. Dans une telle situation, il était impossible de décider à qui la loyauté était due.

« Tu reviendras me chercher bientôt ? » demanda Assia alors que je m'apprêtais à partir. Elle négociait avec les soldats depuis plusieurs jours pour qu'ils la laissent m'accompagner à Saint-Pétersbourg, où elle espérait commencer une nouvelle vie elle aussi, mais ils ne voulaient pas en entendre parler et elle se résignait à un avenir solitaire à Kachine, privée de son confident.

« J'essayerai », lui promis-je, sans trop savoir si j'étais sincère. Après tout, j'ignorais ce qui m'attendait. Je ne pouvais m'engager à rien pour les autres.

« Chaque jour j'espérerai une lettre, insista-t-elle, serrant ma main dans les siennes et avec un regard suppliant, les larmes prêtes à jaillir. Et sur un mot de toi, je partirai te rejoindre. Ne me laisse pas pourrir ici, Gueorgui. Jure-le-moi. Parle de moi à tous ceux que tu rencontreras. Dis-leur qu'ils auraient tout à gagner à me compter parmi eux. »

Je hochai la tête et lui baisai la joue, avant d'embrasser mes sœurs et ma mère, puis d'aller serrer la main de mon père. Daniil me regarda comme s'il ne savait comment réagir. L'argent investi en moi avait fini par payer, mais avec le profit venait mon départ. Je fus surpris de le trouver abattu, mais le mal était fait. Je pris brièvement congé de lui et montai sur le superbe étalon gris, en adressant un dernier adieu. Je m'éloignai alors de Kachine et de ma famille à tout jamais.

Le trajet se déroula sans incident ; cinq jours à chevaucher, presque sans aucune conversation pour passer le temps. C'est seulement l'avant-dernier soir qu'un des soldats, Rouskine, me manifesta un peu de sympathie, tandis que je contemplais les flammes, assis devant le feu de camp.

« Tu as l'air malheureux, dit-il en prenant place à côté de moi, remuant les branches du brasier avec la pointe de sa botte. Tu n'as pas envie de voir Saint-Pétersbourg ?

— Si, bien sûr, répondis-je en haussant les épaules, même si je n'y avais guère pensé.

— Alors quoi ? Ton visage raconte une autre histoire. Tu as peur, peut-être ?

— Je n'ai peur de rien », glapis-je aussitôt en me tournant vers lui. Le sourire qui affleura sur son visage suffit à diluer ma colère. C'était un grand gaillard, viril et musclé, et il n'était pas question de se quereller avec lui.

« Très bien, Gueorgui Daniilovitch, dit-il, les paumes dressées devant lui. Pas la peine de te fâcher. Je pensais que tu avais envie de parler, c'est tout.

— Eh bien non, je n'en ai pas envie. »

Le silence se prolongea un moment. J'aurais voulu qu'il retourne voir son collègue et me laisse seul, mais il reprit la parole, comme je savais qu'il le ferait.

« Tu t'accuses d'avoir tué ton ami, commença-t-il sans me regarder, les yeux fixés sur les flammes. Non, ne me démens pas si vite. Je sais ce que tu ressens. Je t'observe depuis notre départ. Et j'étais là, ce jour-là, souviens-toi. J'ai vu ce qui s'est passé.

— C'était mon plus vieil ami, dis-je, envahi d'une énorme vague de remords. Si je n'avais pas couru vers lui ainsi...

— Il aurait peut-être tué Nicolas Nicolaïevitch et il aurait quand même été exécuté pour son crime. Peut-être pire. Si le cousin du tsar avait été assassiné, c'est peut-être toute la famille de ton ami qui aurait été liquidée. Il avait des sœurs, non ?

— Six.

— Alors elles vivent encore parce que notre général vit. Tu as tenté d'empêcher Kolek Boriavitch de commettre un crime détestable, voilà tout. À une minute près, tout cela aurait pu se passer autrement. Tu n'as rien à te reprocher. Tu as fait pour le mieux. »

Je hochai la tête, conscient qu'il avait raison, mais cela ne changeait rien. Tout était de ma faute, j'en étais convaincu. J'avais causé la mort de mon plus cher ami et personne ne pourrait me dire le contraire.

C'est la nuit suivante que je vis Saint-Pétersbourg pour la première fois, quand nous entrâmes finalement dans la capitale. Ce que je reconnaîtrais bientôt comme la splendeur du grand dessein de Pierre le Grand était un peu diminué par les ténèbres, mais je fus malgré tout éberlué par la largeur des rues et par le nombre de gens, de chevaux et de voitures qui filaient en tous sens. Je n'avais encore jamais vu une telle frénésie. Le long des rues, des hommes se tenaient près de braseros où ils faisaient griller des marrons pour les vendre aux messieurs et aux dames qui passaient, vêtus de toques et de fourrures de la meilleure qualité. Mes gardes semblaient indifférents à ce spectacle – je suppose qu'ils y étaient si accoutumés qu'ils n'en étaient plus impressionnés – mais pour un garçon de seize ans qui n'était jamais allé à plus de quelques kilomètres de son village natal, tout cela était éblouissant.

La foule réunie devant un des braseros s'écarta et nous nous arrêtâmes devant une voiture très décorée. Je n'avais rien mangé de la journée et j'avais envie d'un cornet de marrons, mon estomac gargouillait à la perspective d'un souper chaud. Autour de nous, les gens plaisantaient et riaient ; une femme d'âge mûr à la mine sévère avait près d'elle quatre jeunes filles habillées de manière identique – des sœurs, visiblement –, chacune un peu plus jeune que sa voisine. Elles étaient très jolies et, malgré la faim qui me tenaillait, mes yeux étaient attirés par leur beauté. Elles ne m'avaient pas remarqué jusqu'au moment où l'une d'elles, la dernière de la rangée – âgée d'une quinzaine d'années, je crois – tourna la tête et m'aperçut. En temps normal, j'aurais pu rougir ou détourner les yeux, cependant je ne fis ni l'un ni l'autre. Je soutins son regard et nous nous dévisageâmes, comme de vieux amis, jusqu'au moment où elle prit conscience de la chaleur du cornet qu'elle tenait : elle poussa un cri en le laissant tomber, et cinq ou six marrons roulèrent au sol dans ma direction. Je me baissai pour les ramasser et elle courut vers moi les récupérer, pourtant une réprimande de sa gouvernante l'arrêta en chemin, et elle n'hésita qu'un instant avant d'aller rejoindre ses sœurs.

« Madame », criai-je en me dirigeant vers elle avec mon trophée, mais je ne pus parcourir qu'un mètre avant qu'un de mes gardes ne m'attrape brutalement par mon bras blessé, ce qui me fit hurler de douleur et lâcher le cornet. « Que faites-vous ? » demandai-je en me retournant vers lui car, sans savoir exactement pourquoi, j'étais furieux de paraître, devant la jeune fille, affaibli par la poigne de cet homme. « Ces marrons lui appartiennent.

— Elle pourra s'en acheter d'autres, dit-il en me ramenant vers nos chevaux, aussi affamé que lorsque nous nous étions arrêtés. Reste à ta place, mon garçon, sinon on te la rappellera bien vite. »

Je fronçai les sourcils et regardai à ma gauche, où la femme et ses protégées remontaient en voiture. Elles repartirent, admirées par tous les badauds réunis, ce qui n'avait rien d'étonnant puisque chacune des jeunes filles était plus belle que sa voisine, la benjamine les surpassant toutes.

Quelques instants après, nous chevauchions sur les berges de la Neva. J'admirais les quais de granit et les jeunes couples joyeux qui s'y promenaient, en grande conversation. Les gens semblaient heureux, ce qui me surprit, car je m'étais attendu à une ville déchirée par la guerre. Il semblait cependant qu'aucun de ces désagréments n'était arrivé à Saint-Pétersbourg ; les rues et les places étaient pleines de gaieté, d'allégresse et de prospérité. J'avais toutes les peines du monde à réfréner mon enthousiasme.

Enfin, nous tournâmes dans une place magnifique, à l'autre bout de laquelle se dressait le palais d'Hiver. Malgré la nuit, la pleine lune me permettait d'admirer la façade vert et blanc de la citadelle, les yeux écarquillés. Comment on avait pu construire un édifice aussi extraordinaire, voilà qui dépassait mon entendement, mais je semblais le seul à en être stupéfait.

« C'est là ? demandai-je à l'un des gardes. C'est là que vit le tsar ?

— Bien sûr », répliqua-t-il d'un ton bourru, avec le même manque d'intérêt que m'avaient manifesté son collègue et lui durant tout notre voyage. Je les soupçonnais d'avoir jugé insultante la tâche d'escorter un gamin à la capitale, alors que les autres poursuivaient leur route dans l'entourage du grand-duc.

« Et c'est là aussi que je vais vivre ? m'enquis-je, en essayant de ne pas rire à cette idée absurde.

— Qui sait ? Nos ordres sont de te conduire au comte Tcharnetski. Après, à toi de jouer. »

Au pied du granit rouge de la colonne d'Alexandre, presque deux fois plus haute que le palais, je levai les yeux vers l'ange qui présidait au sommet, une croix à la main. Il avait la tête baissée, comme en signe de défaite, mais sa pose était triomphante, car le pouvoir de la foi lui assurerait la victoire. Je suivis les gardes sous une arche qui menait directement au palais, et l'on me prit mon cheval. Je fus accueilli par un homme imposant qui me toisa tandis que je m'étirais après cette longue chevauchée. Apparemment, ce qu'il vit ne l'impressionna guère.

« Tu es Gueorgui Daniilovitch Yachmenev ? demanda-t-il alors que je m'approchais de lui.

— Oui, monsieur.

— Je suis le comte Vladimir Vladiavitch Tcharnetski, annonça-t-il, de toute évidence assez fier du son des mots qu'il prononçait. J'ai l'honneur d'être chargé de la *Leib-Garde* de Sa Majesté impériale. On me dit que tu as accompli un geste héroïque dans ton village natal et que tu en as été récompensé par une place dans la maison du tsar, c'est bien ça ?

— C'est ce qu'on dit, avouai-je. En vérité, tout s'est passé si vite cet après-midi-là que je...

— Peu importe », m'interrompit-il. Il pivota sur ses talons et m'indiqua que je devais franchir avec lui une autre porte, vers la chaleur de l'intérieur. « Apprends que ce genre d'acte fait partie des responsabilités quotidiennes de ceux qui protègent le tsar et sa famille. Tu travailleras aux côtés d'hommes qui ont mis leur vie en danger des dizaines de fois, alors ne va pas te prendre pour un héros. Tu n'es qu'un galet sur la plage, rien de plus.

— Bien sûr, monsieur, dis-je, surpris de son hostilité. Je n'ai jamais cru être davantage. Et je vous assure que...

— En règle générale, je n'aime pas qu'on impose de nouveaux gardes », déclara-t-il, haletant et soufflant tandis que nous montions une série de vastes escaliers recouverts de tapis pourpres, à un tel rythme que j'étais obligé de courir pour le rattraper, fait inattendu compte tenu de notre grande différence d'âge et de poids. « Je déteste en particulier devoir encadrer des jeunes gens qui n'ont aucune formation et qui ignorent tout de nos usages.

— Bien sûr, monsieur », répétai-je en courant après lui et en m'efforçant de me montrer déférent et soumis.

Tout en gravissant les escaliers du palais, je contemplais bouche bée les épaisses moulures dorées qui entouraient les miroirs et les vitres. Les statues d'albâtre surgissaient des murs et se dressaient, triomphales, sur des socles, le visage détourné des énormes colonnades grises qui couraient du sol au plafond. Par les portes ouvertes menant à une série d'antichambres, on discernait des tapisseries et des peintures magnifiques, dont la plupart représentaient de grands hommes à cheval entraînant leurs soldats au combat. Le sol de marbre résonnait sous nos pieds. J'étais étonné qu'un homme aussi ventripotent que le comte Tcharnetski, dont la panse était véritablement extraordinaire, puisse se déplacer avec autant d'agilité. Le résultat d'années d'entraînement, sans aucun doute.

« Mais le grand-duc a parfois de ces fantaisies, et dans ces cas-là, nous devons tous nous aligner. Quelles que soient les conséquences.

— Monsieur », dis-je en m'arrêtant un instant, résolu à défendre ma virilité, ambition qui fut un peu compromise par le temps qu'il me fallut pour reprendre haleine, car j'étais plié en deux, les mains sur les hanches, à bout de souffle. « Vous devez savoir que, même si je ne m'attendais pas le moins du monde à occuper ces très hautes fonctions, je ferai tout ce qui est en mon pouvoir pour agir avec bravoure et correction, selon les meilleures traditions de ce corps d'élite. Et j'ai hâte de m'instruire de tout ce qu'un garde est censé savoir. Vous verrez que j'apprends très vite, je vous le promets ! »

Il s'arrêta à un mètre de moi et se retourna, me dévisageant avec un tel étonnement que je me demandai s'il voulait me gifler ou simplement me jeter par une des hautes fenêtres à vitrail. Finalement, il ne fit ni l'un ni l'autre et se contenta de secouer la tête, puis il reprit son chemin, en me criant que je devais le suivre et ne pas traîner.

Quelques minutes plus tard, j'étais dans un long couloir où l'on me dit de m'asseoir sur un siège au goût exquis, et je fus reconnaissant de pouvoir me reposer. Le comte hocha la tête et, satisfait de s'être acquitté de sa mission, il s'apprêtait à s'en aller mais, avant qu'il ait pu disparaître entièrement, je trouvai le courage de le héler.

« Monsieur ! Comte Tcharnetski !

— Qu'est-ce que c'est ? demanda-t-il en me foudroyant du regard, comme s'il ne pouvait croire que j'aie eu l'audace de m'adresser à lui.

— Eh bien..., commençai-je en haussant les épaules. Que dois-je faire, maintenant ?

— Ce que tu dois faire, mon garçon ? » Il revint vers moi en ricanant, mais d'amertume, non d'amusement. « Ce que tu dois faire ? Tu dois attendre. Qu'on t'appelle. Et là tu prendras tes ordres.

— Et après ?

— Après, conclut-il tout en s'enfonçant dans les ténèbres du couloir, tu feras ce que nous faisons tous ici, Gueorgui Daniilovitch. Tu obéiras. »

Les minutes que je passai dans ce corridor semblaient sans fin et j'en vins à me demander si l'on ne m'avait pas totalement oublié. Je ne voyais aucun mouvement ni aucun signe de vie, en dehors du sentiment que toute une communauté de serviteurs dévoués s'affairait derrière chaque porte. La personne censée m'instruire de mes devoirs ne paraissait pas pressée d'arriver et mon malaise allait croissant, ne sachant ni ce que je ferais ni où j'irais au cas où personne ne s'occuperait de moi. J'avais espéré un repas chaud, un lit, un endroit où nettoyer mon corps de la poussière du voyage, mais ces luxes avaient peu de chances de m'être offerts.

Le comte Tcharnetski, à qui ma simple présence était déplaisante, s'était engouffré au cœur du labyrinthe. Je me demandai si le grand-duc Nicolas Nicolaïevitch allait s'entretenir avec moi, mais je supposai qu'il devait avoir regagné la Stavka, le quartier général de l'armée. Mon estomac se mit à gargouiller – je n'avais rien mangé depuis près de vingt-quatre heures – et je fronçai les sourcils en le regardant, comme s'il allait suffire d'une réprimande pour lui imposer silence. Son grommellement, comme le bruit d'une porte mal graissée qu'on ouvre lentement, retentit en écho à travers le couloir, répercuté par les murs et les fenêtres, de plus en plus sonore, de plus en plus embarrassant. En toussant un peu afin de masquer le bruit, je me levai pour m'étirer les jambes et je sentis une grande douleur passer des chevilles aux cuisses, à cause de cette longue chevauchée depuis Kachine.

Le corridor où je me tenais ne donnait pas sur la place du Palais, mais se trouvait de l'autre côté de la citadelle, avec vue sur la Neva, dont les rives étaient éclairées par des réverbères électriques. Malgré l'heure tardive, quelques bateaux naviguaient encore, ce qui m'étonna car la soirée était froide et je ne pouvais qu'imaginer la température à la surface de l'eau. Les plaisanciers appartenaient de toute évidence aux classes fortunées, et même de loin, je voyais combien ils étaient emmitouflés de toques, de gants et de fourrures coûteuses. J'imaginais le pont de ces navires où l'on festoyait, toute une génération de princes et de duchesses qui riaient et cancanaient comme s'ils n'avaient pas eu un seul souci en tête.

Face à un tel spectacle, personne n'aurait cru notre pays en guerre depuis plus d'un an et demi, alors que des milliers de jeunes Russes mouraient d'heure en heure sur les champs de bataille d'Europe. Ce n'était pas tout à fait Versailles avant l'arrivée des sans-culottes, mais l'atmosphère était insouciante, comme si les propriétaires terriens de Saint-Pétersbourg refusaient d'admettre que le malheur et le mécontentement montaient dans les villes et les villages des faubourgs.

Je regardai un de ces bateaux, peut-être le plus somptueux, jeter l'ancre juste devant le palais, et deux gardes impériaux rejoignirent la digue d'un bond alors que le navire se rangeait en douceur. Ils abaissèrent une large passerelle pour permettre aux passagers de débarquer sans danger. Une femme corpulente parut la première et fut bientôt suivie par quatre jeunes filles qui bavardaient entre elles, toutes pareillement vêtues de gris, longue robe, manteau et chapeau. Je tendis le cou pour mieux les voir et fus stupéfait d'identifier les demoiselles rencontrées près du marchand de marrons. Leur voiture avait dû les mener jusqu'au bateau, une petite croisière pour conclure une belle soirée, mais de là où j'étais, au troisième étage du palais, j'étais trop haut pour les observer plus longtemps. Je me demandai si elles se sentaient épiées car, juste avant de disparaître, l'une d'elles – la plus jeune, dont les marrons étaient tombés à terre et dont le regard m'avait subjugué – hésita, leva la tête et m'aperçut ; elle eut l'air de me reconnaître, comme si elle s'attendait à me trouver là. Je la vis sourire un instant avant de disparaître, puis je déglutis nerveusement et fronçai les sourcils, confus de l'émotion inhabituelle qui s'emparait de moi.

Je n'avais posé les yeux sur cette jeune fille que pendant le plus bref des instants, nous avions à peine échangé quelques mots à côté du brasero, mais il y avait une chaleur, une bonté dans ses yeux qui me donnaient envie de descendre la rejoindre tout de suite, lui parler et apprendre qui elle était. L'absurdité de mes sentiments me fit presque rire. *Tu es ridicule, Gueorgui !* me dis-je, en secouant la tête bien vite pour me débarrasser de ces images. Et comme toujours personne n'approchait, je me mis à arpenter le couloir, loin de ces dangereuses vitres et de la solitude de mon superbe fauteuil.

C'est alors que je commençai à entendre des voix au loin.

Toutes les portes closes étaient magnifiquement décorées, hautes de quatre mètres, avec une frise en demi-cercle au-dessus des moulures dorées qui en ornaient la surface. Je me demandai combien d'heures de travail représentaient tous ces détails compliqués. Combien de portes de ce genre y avait-il dans ce palais ? Mille ? Deux mille ? C'en était trop pour mon cerveau et la tête me tourna à la pensée du nombre de gens qui s'étaient donné bien du mal pour produire ces merveilles, pour le plaisir d'une seule famille. Ces privilégiés étaient-ils même conscients de ces splendeurs, ou bien toute cette beauté passait-elle inaperçue ?

N'hésitant qu'un instant, je tournai à l'angle du corridor, où m'attendait un couloir beaucoup moins long. Sur la gauche, il n'était pas éclairé et ses ténèbres croissantes me rappelaient certaines des plus terrifiantes histoires qu'Assia me racontait dans mon enfance pour que je fasse des cauchemars. J'eus un frisson et me détournai. À droite, en revanche, de nombreuses bougies étaient allumées sur le rebord des fenêtres et, avec précaution, sans bruit, je poursuivis mon exploration, en veillant à ne pas faire crisser mes bottes sur le parquet.

Là encore, toutes les portes étaient fermées. Il ne fallut pourtant pas longtemps pour que je localise d'où venaient les voix. Intrigué, je m'avançai, collant une oreille à chaque porte, mais je n'entendais rien derrière elles. Que se passait-il dans ces pièces ? Qui pouvait donc y vivre, y travailler, y donner des ordres ? Les bruits s'amplifiaient et, au bout du couloir, une porte était légèrement entrouverte, mais je n'osai m'en approcher. Les voix étaient maintenant plus distinctes, bien que basses, et en risquant un œil je découvris une pièce très simple, avec un prie-Dieu placé exactement au centre.

Agenouillée, la tête enfoncée dans le coussin, une femme pleurait.

Je la contemplai un moment, intrigué par son chagrin, avant que mes yeux ne glissent vers l'autre occupant de la pièce, un homme qui me tournait le dos, face au mur où une grande icône était posée sur une tapisserie lumineuse. Il avait des cheveux noirs d'une longueur anormale, qui lui pendaient dans le dos, épais et emmêlés, apparemment très sales, et il portait des vêtements simples de paysan, une tunique et un pantalon qui n'auraient pas paru déplacés à Kachine. Je me demandai ce qu'il pouvait bien faire, ainsi vêtu. S'était-il introduit ici par effraction ? Était-ce une sorte de voleur ? Mais non, c'était impossible, car la dame agenouillée devant lui arborait la plus belle robe que j'aie jamais vue et avait clairement une raison d'être là, dans le palais ; un intrus n'aurait pas obtenu d'elle une attention aussi intense.

« Tu dois prier, Matiouchka », dit l'homme tout à coup, d'une voix grave et profonde, comme venue des abîmes de l'enfer. Il étendit les bras, dans une posture rappelant le Christ en croix. « Tu dois mettre ta foi en un pouvoir plus grand que celui des princes et des palais. Tu n'es rien, Matiouchka. Et je ne suis rien qu'un intermédiaire par lequel la voix de Dieu se fait entendre. Devant Sa Grâce tu dois t'humilier. Tu dois t'abandonner à Dieu, quelle que soit l'apparence sous laquelle il se présente. Tu dois faire tout ce qu'il te demande. Pour ton enfant. »

La femme ne répondit rien, mais enfouit sa tête un peu plus dans le coussin, sur le devant du prie-Dieu. Je sentis tout mon corps se glacer et la scène qui se déroulait devant moi me mit mal à l'aise. J'étais cependant comme hypnotisé, incapable de détourner les yeux. Je retins ma respiration et m'attendais à ce que l'homme reprenne la parole, mais soudain il pivota sur les talons, conscient de ma présence, et nos regards se croisèrent.

Ces yeux. Encore maintenant, ce souvenir... Ils étaient comme deux billes de charbon, exhumées du cœur d'une mine malsaine.

Mes propres yeux s'écarquillèrent alors que nous nous dévisagions et tous mes membres s'engourdirent de frayeur. *Cours,* me criai-je mentalement. *Va-t'en !* Mes jambes ne voulaient pas obéir et nous continuâmes à nous regarder jusqu'à ce que l'homme penche finalement la tête sur le côté, comme curieux d'en savoir plus sur mon compte, et me sourie largement, une grimace horrible, dévoilant une rangée de dents jaunes dans une grotte noire. Sa mine patibulaire suffit à me désensorceler, et je partis à toutes jambes. Je me retrouvai à l'intersection des deux corridors, sans savoir quelle direction prendre pour regagner l'endroit où le comte Tcharnetski m'avait dit d'attendre.

Je courais, convaincu que l'homme me pourchassait pour m'assassiner, je tournais tantôt à droite, tantôt à gauche, je me trompais de couloir et de direction. J'étais maintenant perdu dans le palais, terrorisé, hors d'haleine, le cœur battant, ignorant comment je pourrais justifier ma disparition. Devais-je simplement descendre autant d'escaliers que possible, jusqu'à ce que je sois de nouveau à l'extérieur, pour m'enfuir, retourner à Kachine, et faire comme s'il ne s'était jamais rien passé ?

Puis, comme par quelque magie étrange, je revins dans le couloir initial. Je m'arrêtai, le corps plié en deux, et quand j'eus repris mon souffle, je compris en levant les yeux que je n'étais plus seul.

Un homme se tenait au bout du passage, devant une porte ouverte, d'où provenait une lumière vive qui l'éclairait presque comme un dieu. Je le dévisageai en me demandant quelles autres terreurs me réservait cette soirée. Qui était cet homme auréolé de gloire ? Pourquoi avait-il été envoyé me chercher ?

« Es-tu Yachmenev ? demanda-t-il calmement, d'une voix paisible qui n'eut aucun mal à parvenir jusqu'à moi.

— Oui, Sire.

— Je t'en prie, dit-il en désignant la porte derrière lui. Je croyais que tu avais disparu. »

Je n'hésitai qu'un instant avant de le suivre. Je n'avais jamais rencontré cet homme, bien sûr, je n'avais jamais posé les yeux sur lui. Mais je le reconnus aussitôt.

Sa Majesté impériale, le tsar Nicolas II, empereur et autocrate de toutes les Russies, grand-duc de Finlande, roi de Pologne.

Mon employeur.

« Pardonne-moi de t'avoir fait attendre, dit-il alors que je pénétrais dans la pièce, en refermant la porte derrière moi. Comme tu peux l'imaginer, il y a bien d'autres affaires d'État à régler. Et cette journée a été très, très longue. J'avais espéré... » Il s'interrompit en me regardant, stupéfait. « Mais que fais-tu donc, mon garçon ? »

Il se tenait à gauche de son bureau, sans doute surpris de me voir à genoux à trois mètres de lui, me prosternant sur le superbe tapis, les mains tendues, le front touchant le sol.

« Votre très impériale Majesté, commençai-je, mes mots étouffés par les poils rouge et violet dans lesquels mon nez était enfoncé. Puis-je vous présenter toute ma sincère gratitude pour l'honneur de...

— Par tous les saints du paradis, redresse-toi, mon garçon, que je puisse te voir et t'entendre ! »

En levant les yeux, je vis l'esquisse d'un sourire sur ses lèvres. Je devais offrir un spectacle extraordinaire.

« Je vous demande bien pardon, Votre Majesté. Je disais que...

— *Debout !* Étendu sur le tapis, tu as l'air d'un chien battu. »

Je me remis sur pied et rajustai mes habits, en tâchant de m'inventer un semblant de dignité. Comme le sang m'était monté à la tête quand j'étais à terre, je me sentais le visage en feu et devais sembler embarrassé d'être en sa présence. « Je vous demande bien pardon, répétai-je.

— Commence donc par arrêter de me demander pardon, ordonna-t-il en s'asseyant derrière son bureau. Depuis deux minutes, nous ne faisons que nous présenter des excuses l'un à l'autre. Il faut en finir.

— Oui, Votre Majesté », acquiesçai-je. Quand j'osai enfin le regarder tandis qu'il m'examinait, je fus un peu surpris par son apparence. Il n'était pas grand, il ne mesurait guère plus d'un mètre soixante-dix, et je l'aurais donc dépassé d'une bonne tête si nous avions été debout côte à côte. Il était néanmoins bel homme, le corps compact, apparemment athlétique, avec des yeux d'un bleu perçant, la barbe taillée avec soin, les pointes de la moustache cirées mais un peu tombantes, peut-être parce qu'il était si tard. Il devait les redresser une fois pour toutes le matin, ou de nouveau, les soirs de réception, pour ses invités. Cela n'avait pas tant d'importance pour un visiteur tel que moi.

Contrairement à mes attentes, le tsar ne portait pas un extravagant costume impérial, mais les vêtements simples d'un moujik : une chemise ordinaire, couleur vanille, des pantalons amples et des bottes de cuir noir. Bien sûr, ces habits étaient incontestablement taillés dans les meilleurs tissus, mais ils semblaient confortables et je commençai à me sentir un peu moins gêné devant lui.

« Tu es donc Yachmenev, dit-il enfin, d'une voix claire qui ne trahissait ni l'ennui ni l'intérêt, comme si je n'étais qu'une des nombreuses tâches de la journée.

— Oui, Sire.

— Ton nom entier ?

— Gueorgui Daniilovitch Yachmenev. Du village de Kachine.

— Et ton père ? Qui est-il ?

— Daniil Vladiavitch Yachmenev. De Kachine lui aussi.

— Je vois. Il est encore parmi nous ? »

Je le regardai étonné. « Il ne m'a pas accompagné, Sire. Personne ne l'a ordonné.

— Yachmenev, je te demande s'il vit encore, expliqua-t-il avec un soupir.

— Ah. Oui. Oui, il est en vie.

— Et quelle est sa position dans la société ?

— Il est fermier, Sire.

— Il a sa propre terre ?

— Non, Sire. Il est métayer.

— Tu as dit "fermier".

— Je me suis trompé, Sire. Je voulais dire qu'il travaille la terre. Mais ce n'est pas la sienne.

— Celle de qui, alors ?

— La vôtre, Votre Majesté. »

Cela le fit sourire et il haussa un sourcil en y réfléchissant. « En effet. Même s'il y en a qui pensent que toutes les terres de Russie devraient être également distribuées entre les paysans. C'est mon ex-Premier ministre, Stolypine, qui a introduit cette réforme-là, ajouta-t-il sur un ton laissant entendre qu'il n'y avait pas lui-même été favorable. Tu connais M. Stolypine ?

— Non, Sire, répondis-je honnêtement.

— Tu n'as jamais entendu parler de lui ? s'étonna-t-il.

— Je crains que non, Sire.

— Eh bien, peu importe, je suppose, déclara-t-il en frottant avec soin une tache sur sa tunique. Il est mort, à présent. Il a reçu une balle à l'opéra de Kiev pendant que j'étais dans la loge impériale, au-dessus de lui. Jamais ces meurtriers ne se sont approchés davantage. C'était un brave homme, ce

Stolypine. Je ne l'ai pas traité comme il le méritait. » Il resta quelques instants muet, la langue contre la joue, perdu dans ses souvenirs ; je n'avais passé que quelques minutes avec le tsar, mais je soupçonnais déjà que le poids du passé l'accablait. Et que le présent n'était guère plus réconfortant.

« Ton père, reprit-il en levant les yeux vers moi. Penses-tu qu'il faudrait lui accorder sa propre terre ? »

Je pris le temps d'y penser, mais cette notion et mes paroles même devinrent confuses et je haussai les épaules pour indiquer que je n'en savais rien. « Je crains de ne pas être très au courant de ces choses-là, Sire. Je suis sûr que votre décision sera la bonne, quelle qu'elle soit.

— Tu as donc confiance en moi ?

— Oui, Sire.

— Mais pourquoi ? Tu ne m'avais jamais vu.

— Parce que vous êtes le tsar, Sire.

— Et quelle importance cela a-t-il ?

— Quelle importance ?

— Oui, Gueorgui Daniilovitch. Quelle importance, que je sois le tsar ? Il me suffit d'*être* le tsar pour t'inspirer confiance ?

— Eh bien... oui », répondis-je en haussant à nouveau les épaules. Il soupira et secoua la tête.

« On ne hausse pas les épaules en présence de l'Oint du Seigneur. C'est impoli.

— Je vous demande pardon, Sire, dis-je en sentant que je m'empourprais une fois encore. Je ne voulais pas vous manquer de respect.

— Et voilà que tu me demandes encore pardon.

— C'est parce que je suis nerveux, Sire.

— Nerveux ?
— Oui.
— Mais pourquoi ?
— Parce que vous êtes le tsar. »

Il éclata de rire, d'un long rire qui dura près d'une minute et me laissa abasourdi. En toute franchise, je n'avais pas prévu que je rencontrerais l'empereur ce soir-là, ni même jamais, et notre entrevue avait été si peu préparée, elle était si dépourvue de cérémonie que j'en étais tout troublé. Il semblait vouloir me faire subir un interrogatoire complet pour un poste que je ne comprenais pas encore, mais il se montrait pondéré et prudent dans ses questions, il écoutait mes réponses et y réagissait, dans l'espoir de me piéger. Et maintenant il riait comme si j'avais dit quelque chose de drôle, sauf que je ne voyais vraiment pas de quoi il pouvait s'agir.

« Tu parais troublé, Gueorgui Daniilovitch, finit-il par remarquer avec un sourire charmant quand il eut cessé de rire.

— Je le suis un peu. Ai-je dit quelque chose d'impoli ?

— Non, non. C'est juste la cohérence de tes réponses qui m'amuse, c'est tout. *Parce que je suis le tsar*. Je suis le tsar, n'est-ce pas ?

— Mais oui, Sire.

— Et c'est une bien curieuse position, dit-il en ramassant sur son bureau un coupe-papier en acier incrusté de diamants qu'il plaça en équilibre sur sa pointe. Peut-être un jour te l'expliquerai-je. Pour l'heure, je crois te devoir des remerciements.

— Des remerciements, Sire ? » Comment pouvait-il me devoir quoi que ce soit ?

« Mon cousin, le grand-duc Nicolas Nicolaïevitch. Il t'a recommandé. Il m'a dit que tu l'avais sauvé lors d'une tentative d'assassinat.

— Je ne suis pas sûr que ç'ait été aussi sérieux, Sire. » Même sortant de la bouche du tsar, les mots « tentatives d'assassinat » me semblaient relever de la traîtrise.

« Ah non ? Alors comment appellerais-tu ça ? »

Je réfléchis. « Le garçon en question, Kolek Boriavitch, je le connaissais depuis l'enfance. Il était... ce fut une erreur stupide de sa part, voyez-vous. Son père était un homme aux convictions très affirmées et Kolek voulait l'impressionner.

— Mon père aussi avait des convictions très affirmées, Gueorgui Daniilovitch. Ce n'est pas une raison pour que je tente d'assassiner les gens.

— Non, Sire, mais vous avez une armée à votre disposition. »

Il redressa brusquement la tête et me dévisagea, stupéfait par mon impertinence, et je fus moi-même choqué d'avoir prononcé ces mots.

« Ai-je bien entendu ? dit-il après ce qui me parut une éternité.

— Sire, j'ai parlé de travers. Je voulais simplement dire que Kolek était soumis à son père, voilà tout. Il a essayé de lui faire plaisir.

— C'est donc son père qui voulait assassiner mon cousin ? Je devrais donc envoyer des soldats l'arrêter, *lui* ?

— Seulement si un homme peut être arrêté pour les idées qu'il a en tête et non pour les actes qu'il commet », répliquai-je, car si j'étais responsable de la mort de mon plus vieil ami, j'aurais préféré être damné que d'avoir aussi le sang de son père sur les mains.

« Je vois. Non, mon jeune ami, nous n'arrêtons pas les gens pour ces raisons. À moins que leurs idées ne débouchent sur un complot. L'assassinat est une chose terrible. C'est la plus lâche des formes de protestation. »

Je gardai le silence, car je ne voyais rien à répondre.

« Je n'avais que treize ans quand mon grand-père fut assassiné, tu sais. Alexandre II. Le tsar libérateur, comme on l'appelait. L'homme qui a libéré les serfs, et qui fut assassiné pour sa générosité. Un lâche a lancé une bombe sur sa voiture dans une rue près d'ici. Il en est sorti indemne, mais alors un autre s'est jeté sur lui pour en faire exploser une deuxième. On l'a ramené ici, dans ce palais. Notre famille se rassembla autour du tsar mourant. J'ai vu la vie le quitter peu à peu. Je m'en souviens comme si c'était hier. Une de ses jambes avait été emportée, et de l'autre il ne restait presque rien. Son ventre était béant, il n'arrivait plus à respirer. Il n'en avait visiblement plus que pour quelques minutes. Pourtant, il prit soin de s'adresser à chacun d'entre nous, l'un après l'autre, pour nous donner son ultime bénédiction, tant il était fort, même en un pareil moment. Il sacra mon père. Il me prit la main. Puis il mourut. Il avait dû tellement souffrir. Alors tu vois, je connais les conséquences de ce genre de violence et je suis résolu à ce qu'aucun autre membre de ma famille ne soit victime d'un attentat. »

Je hochai la tête, ému par ce récit. Mon regard s'aventura vers les livres dont les murs étaient garnis, à droite, et je plissai les yeux pour en déchiffrer les titres.

« Tu ne détournes pas la tête de moi, dit le tsar d'une voix qui exprimait plus de curiosité que de colère. C'est moi qui me détourne de toi.

— Je suis désolé, Sire. Je ne savais pas.

— Encore des excuses ! soupira-t-il. Je vois bien qu'il faudra du temps pour que tu apprennes nos façons de faire. Elles peuvent te paraître... curieuses, j'imagine. Tu t'intéresses aux livres ? demanda-t-il en désignant la bibliothèque.

— Non, Sire. Enfin, si, Votre Majesté. » Je gémis en moi-même, et tâchai de me donner l'air moins ignorant. « C'est-à-dire que... je m'intéresse à ce qu'ils racontent. »

Le tsar sourit un instant, comme sur le point de rire, mais son visage s'embruma et il se pencha en avant.

« Mon cousin compte beaucoup pour moi, Gueorgui Daniilovitch. Mais surtout, il compte énormément pour l'effort de guerre. Sa mort aurait été une perte incalculable. Ton acte te vaut la gratitude du tsar et de tout le peuple russe. »

Je sentis qu'il ne conviendrait pas de protester davantage et je me contentai de garder un moment la tête baissée en signe d'appréciation.

« Tu dois être fatigué, mon garçon. Pourquoi ne t'assieds-tu pas ? »

En regardant autour de moi, je vis un fauteuil semblable à celui du couloir, mais moins décoré que celui où il était lui-même assis. J'y pris place, et je me sentis aussitôt un peu plus détendu. J'en profitai pour jeter un coup d'œil rapide à travers la pièce, pour admirer non plus les livres mais les tableaux accrochés aux murs, les tapisseries, les objets d'art disposés sur toutes les surfaces disponibles. Je n'avais jamais vu pareille opulence. C'était à couper le souffle. Derrière le tsar, juste au-dessus de son épaule gauche, je voyais une sculpture décorative absolument extraordinaire et, malgré mon impolitesse, je ne pouvais en détacher les yeux. Le tsar s'en aperçut et se retourna pour voir ce qui avait captivé mon attention.

« Ah, fit-il avec un sourire. Tu as repéré un de mes trésors.

— Je suis désolé, Sire, dis-je en m'efforçant ne pas hausser les épaules. C'est juste que… je n'ai jamais rien vu d'aussi beau.

— Oui, c'est assez joli, n'est-ce pas ? » Des deux mains, il se saisit de la statue en forme d'œuf et la posa entre nous sur le bureau. « Approche-toi, Gueorgui. Tu pourras l'examiner de plus près si tu veux. »

J'avançai mon siège et me penchai. L'objet ne mesurait pas plus de vingt centimètres de hauteur, et peut-être la moitié en largeur. C'était un œuf émaillé, blanc et or, orné de minuscules portraits, soutenu par un aigle juché sur une base rouge incrustée de pierreries.

« C'est ce qu'on appelle un œuf de Fabergé, m'apprit le tsar. Tous les ans, à Pâques, l'artiste en offre un à ma famille, un nouveau modèle chaque année, avec une surprise dedans. Celui-là est assez réussi, tu ne trouves pas ?

— Je n'ai jamais rien vu de pareil. » Je mourais d'envie de toucher l'extérieur, mais j'avais trop peur de l'abîmer.

« Il nous a été offert, à la tsarine et à moi, il y a deux ans, pour célébrer le tricentenaire de la dynastie Romanov. Tu vois, les portraits sont ceux de mes prédécesseurs. » Il fit pivoter l'œuf et commença à me montrer ses ancêtres. « Mikhaïl Fiodorovitch, le premier des Romanov, dit-il en désignant un petit homme ratatiné, sans aucune allure, coiffé d'un chapeau pointu. Et voici Pierre le Grand, un siècle après. Et la Grande Catherine, cinquante ans plus tard. Mon grand-père, dont j'ai parlé, Alexandre II. Et mon père, ajouta-t-il, en indiquant un homme qui ressemblait beaucoup à celui qui était assis face à moi. Alexandre III.

— Et vous, Sire, dis-je en désignant le portrait central. Le tsar Nicolas II.

— En effet, approuva-t-il. Mon seul regret est qu'un dernier portrait n'ait pas été inclus.

— Lequel, Sire ?

— Celui de mon fils, bien sûr. Le tsarévitch Alexeï. Je pense qu'il aurait été tout à fait judicieux de faire figurer ici son effigie. En signe de nos espoirs pour l'avenir. » Il resta un moment songeur avant de reprendre la parole. « Et si j'appuie ici… » Il mit la main en haut de l'objet et souleva avec précaution le couvercle articulé. « … tu vois la surprise cachée à l'intérieur. »

Je me penchai encore un peu plus, si bien que je finis presque couché sur le bureau. Je restai bouche bée en voyant le globe terrestre contenu dans l'œuf, les continents en or, les océans en acier bleu.

« Le globe est composé de deux hémisphères nord. » À son ton, je compris qu'il était ravi d'avoir un public intéressé. « Voici la Russie en 1613, à l'époque où mon ancêtre Mikhaïl Fiodorovitch accéda au trône. Et là, voici notre territoire trois siècles plus tard, sous mon règne. Un peu différent, comme tu peux le constater. »

Je secouai la tête, ne sachant que dire. L'œuf était d'un dessin si ravissant, composé de détails si exquis, que j'aurais pu passer la journée et la nuit à l'admirer sans me lasser de sa beauté. Cela ne me serait pas permis car, après avoir étudié quelques instants encore les pays sur lesquels s'étendait son autorité, le tsar replaça le couvercle et remit l'œuf sur une table, derrière lui.

« Et voilà, dit-il, les mains jointes, tout en consultant l'horloge. Il se fait tard. Peut-être devrais-je t'exposer l'autre raison pour laquelle je voulais te parler.

— Bien sûr, Sire. »

Il me dévisagea un moment, comme s'il cherchait la bonne formulation. Son regard était si perçant que je fus obligé de détourner les yeux. J'aperçus sur son bureau une photographie encadrée.

« Ah, dit-il en hochant la tête, je suppose que nous pouvons aussi bien commencer par là. » Il s'empara de la photographie et me la tendit. « Je suppose que tu connais la famille impériale ?

— Son existence m'est connue, bien entendu, Sire, mais je n'ai pas eu l'honneur…

— Ces quatre demoiselles, continua-t-il sans tenir compte de ma réponse, ce sont mes filles, les grandes-duchesses Olga, Tatiana, Marie et Anastasia. Elles sont en train de devenir de splendides jeunes filles, je dois l'ajouter. Je suis extrêmement fier d'elles. L'aînée, Olga, a maintenant vingt ans. Peut-être la marierons-nous bientôt, c'est une possibilité. Il y a beaucoup de bons partis parmi les familles royales d'Europe. Cela ne se fera pas tout de suite, cela va de soi. Pas tant que durera cette satanée guerre. Mais bientôt, je pense. Quand ce sera terminé. La benjamine, que tu vois là, est ma petite préférée, la grande-duchesse Anastasia, qui va sur ses quinze ans. »

Je contemplai son visage sur le portrait. Elle était jeune, bien sûr, mais j'avais moins de deux ans de plus qu'elle. Je la reconnus aussitôt. C'est elle que j'avais rencontrée en fin d'après-midi près du marchand de marrons ; la même demoiselle qui, une heure auparavant, m'avait souri en débarquant de son bateau. Celle qui m'avait obligé à me détourner, en pleine confusion, stupéfait par mon soudain élan de passion.

« Il y a eu des moments – je pense pouvoir te l'avouer, Gueorgui – où je croyais que je n'aurais jamais le bonheur d'avoir un fils, continua-t-il, me reprenant le cadre des mains pour m'en proposer un autre, où était placé le portrait d'un jeune garçon. Je pensais que la Russie n'aurait jamais le bonheur d'avoir un héritier. Mais par chance, mon Alexeï est né il y a onze ans. C'est un bel enfant. Ce sera un grand tsar, un jour. »

Sur le cliché, le petit garçon semblait joyeux, mais je fus un peu surpris de lui trouver le corps aussi maigre et les yeux aussi cernés. « Je n'en doute pas, Sire, répondis-je.

— Naturellement, il y a de nombreux membres de la *Leib-Garde* qui se consacrent à sa protection au quotidien. » J'eus l'impression qu'il cherchait un peu ses mots, comme s'il n'était pas sûr de ce qu'il souhaitait me confier. « Et ils veillent très bien sur lui, bien entendu. Mais je pensais... peut-être un compagnon qui soit un peu plus proche de lui en âge. Et en même temps quelqu'un d'assez grand et d'assez courageux pour le protéger, le cas échéant. Quel âge as-tu, Gueorgui ?

— Seize ans, Sire.

— Seize ans, c'est très bien. Un enfant de onze ans ne peut que respecter un garçon de ton âge. Je pense que tu pourrais être un bon modèle pour lui. »

Je vidai mes poumons nerveusement. Le grand-duc avait mentionné quelque chose de ce genre lorsqu'il était venu à mon chevet à Kachine, mais je n'avais pas cru que l'on puisse charger un moujik d'une telle mission. Cela paraissait tellement dépasser mes espoirs en ce monde que j'allais forcément me réveiller et découvrir que ce n'avait été qu'un rêve ; le tsar, le palais d'Hiver et toutes ses splendeurs, jusqu'au superbe œuf de Fabergé, tout allait se dissoudre sous mes yeux et je me retrouverais sur le sol de notre cabane, à Kachine, tiré de ma torpeur par les coups de pied de Daniil qui exigerait son petit déjeuner.

« Je serais honoré, Sire. Si vous me jugez digne de ces fonctions.

— Le grand-duc n'a aucun doute là-dessus », dit le tsar en se levant. Évidemment, je l'imitai et me levai aussi. « Et tu me fais l'effet d'être un jeune homme tout à fait respectable. Je pense que tu t'acquitteras bien de ton rôle. » Tandis que nous marchions vers la porte, il plaça son impériale main sur mon épaule, et tout mon corps fut parcouru d'une décharge électrique. Le tsar, nommé par Dieu en personne, me touchait. C'était la plus grande bénédiction que j'aie jamais reçue. Il me serrait fermement la clavicule et je me sentais si intimidé, si honoré que peu m'importait la douleur qu'il me causait dans le bras en appuyant négligemment sur ma plaie.

« Voyons, puis-je te faire confiance, Gueorgui Daniilovitch ? demanda-t-il en me regardant au fond des yeux.

— Bien sûr, Votre Majesté.

— Je l'espère, dit-il avec une pointe de désarroi, de désespoir. Si tu acceptes cette responsabilité, il y a une chose… Gueorgui, ce que je vais te dire ne doit pas sortir de cette pièce.

— Sire, j'emporterai votre secret dans la tombe. »

Il déglutit, hésitant. Le silence dura plus d'une minute, mais je n'éprouvais plus aucun embarras ; je me sentais au centre d'un grand secret, que le Seigneur de notre pays allait me confier. Mais, à ma grande déception, il parut changer d'avis car, au lieu de me prendre pour confident, il secoua la tête et détourna le regard, libérant mon épaule et ouvrant la porte du couloir.

« Ce n'est peut-être pas le moment. Voyons d'abord comment tu te débrouilles. Tout ce que je demande, c'est que tu veilles sur mon fils avec le plus grand soin. Il est notre principal espoir, vois-tu. Il est l'espoir de tous mes fidèles sujets.

— Je ferai tout mon possible pour le protéger. Ma vie est à lui.

— Alors je n'ai pas besoin d'en savoir davantage », répondit le tsar en souriant à nouveau avant de me fermer la porte au nez et de me laisser à nouveau seul dans le couloir désert et glacé, à me demander si quelqu'un allait venir me chercher et où je devais aller ensuite.

1970

Pendant la première année qui suivit mon départ à la retraite, je choisis délibérément de ne pas m'approcher de la bibliothèque du British Museum. Non parce que je ne voulais pas y aller ; au contraire, après avoir passé toute ma vie adulte enfermé dans le confort érudit de cette paisible salle, il n'existait à peu près aucun endroit où je me sentais aussi à l'aise. Non, si je m'en tins à l'écart, c'est parce que je ne voulais pas devenir un de ces hommes qui ne peuvent admettre que leur vie active a pris fin et qu'aux habitudes liées à leur emploi, source d'ordre et de discipline, a succédé la totale confusion – ce que Lamb appelle « la délivrance » – de celui qui a atteint la limite d'âge.

Je ne me rappelais que trop ce vendredi soir de 1959 où une petite fête avait été organisée en l'honneur de M. Trevors, qui venait d'accomplir, à soixante-cinq ans, sa dernière semaine de travail à la bibliothèque. Autour d'un buffet, on avait prononcé des discours, des dizaines de gens étaient venus lui présenter tous leurs vœux pour ce qu'il pensait faire ensuite. Sans que cette hypocrisie nous inspire la moindre honte, nous lui avions servi les clichés ordinaires, comme quoi le monde lui appartenait désormais. L'atmosphère aurait dû être à la joie et à la légèreté mais, au fil de la soirée, mon ex-employeur était devenu de plus en plus morose et, au grand embarras de ses invités, il s'était demandé tout haut comment il occuperait ses journées.

« Je suis seul au monde, nous dit-il avec un sourire misérable, les yeux pleins de larmes, tandis que nous détournions tous le regard, dans l'espoir que quelqu'un d'autre le réconforterait. Sans mon emploi, que me reste-t-il ? Une maison vide. Ni Dorothy, ni Mary, ajouta-t-il calmement, en référence à la famille qui aurait été une consolation mais lui avait été ravie. Ce travail était ma seule raison de me lever le matin. »

Le lundi suivant, il arriva à la bibliothèque comme d'habitude, à l'heure précise, la cravate parfaitement nouée, et il insista pour nous aider dans les tâches les plus humbles, dont il ne s'était encore jamais préoccupé. Comme nous ne savions trop que faire – après tout, il conservait à nos yeux un certain air d'autorité, après avoir été si longtemps notre supérieur –, nous ne fîmes rien pour l'en empêcher. Mais nous fûmes bien embarrassés lorsqu'il revint le lendemain, et le jour d'après. Le jeudi matin, l'un des directeurs du musée le prit à part et lui expliqua qu'il devait se rappeler que nous étions là pour travailler, nous autres, que nous étions *payés* pour cela, et que nous ne pouvions passer nos journées à bavarder. Retournez à la maison et profitez de votre retraite, lui dit-il gaiement. Reposez-vous et faites tout ce que vous n'avez jamais pu faire quand vous étiez coincé ici tous les jours ! Le pauvre homme obéit. Il rentra chez lui et se pendit le soir même.

Bien sûr, en envisageant ma propre retraite, j'avais bien l'intention d'éviter ce sort funeste. D'une part, Zoïa et moi avions la chance d'être en bonne santé. Nous nous avions l'un l'autre, et nous avions notre petit-fils de neuf ans, Michael, pour rester jeunes. Il n'était pas du tout question que je succombe à la dépression ou au sentiment d'être inutile. Néanmoins, au bout d'un an, je commençai à avoir la nostalgie, non de mon emploi, mais de l'atmosphère d'érudition qui me manquait tant. J'avais envie de lire. De m'instruire dans les domaines où j'étais resté ignorant. Après tout, j'avais passé ma carrière entouré de livres mais je n'avais guère eu l'occasion de les étudier. Je décidai donc de regagner la tranquillité de la bibliothèque pendant quelques heures chaque après-midi, en veillant à ne pas gêner mes anciens collègues, dont je me cachais en général, pour qu'ils ne se sentent pas obligés de me parler. Et cet arrangement me convenait, j'étais heureux de consacrer à compléter mon éducation les années que j'avais encore à vivre.

À la fin de l'automne 1970, cependant, peu après mes soixante et onze ans, j'étais assis à ma table habituelle, un après-midi, lorsque je vis une femme – de trente ans moins âgée que moi – qui faisait semblant de déchiffrer les titres, debout devant les étagères, alors que de toute évidence elle ne s'y intéressait pas du tout, mais ne songeait qu'à m'observer. Sur le moment, je n'y accordai aucune attention ; elle était sans doute perdue dans ses pensées et ne se rendait pas compte qu'elle me dévisageait. Je me replongeai dans mon livre et n'y pensai plus.

Le lendemain, je la revis pourtant, assise à trois places de moi, et je surpris ses regards en ma direction quand elle pensait que je ne la remarquerais pas. Cela commença à me perturber et à m'agacer, je l'avoue. Si j'avais été plus jeune, peut-être me serais-je imaginé que cette femme me trouvait attirant, mais en l'occurrence, c'était tout à fait impossible. J'étais entré dans ma huitième décennie. Le peu de cheveux qu'il me restait révélaient un crâne couvert de bosses et de taches brunes. J'avais encore mes dents, et assez blanches, mais elles n'ajoutaient rien à mon sourire, comme dans ma jeunesse. Et si la vieillesse m'avait laissé assez mobile, je n'en avais pas moins adopté l'usage d'une jolie canne de jonc, pour mieux assurer mon équilibre quand je me rendais à la bibliothèque chaque jour à pied. Bref, je n'avais rien d'un séducteur, rien en moi ne pouvait inspirer du désir à une femme qui avait la moitié de mon âge.

Je songeai un instant à changer de place, mais j'y renonçai. J'occupais cette table tous les après-midi depuis cinq ans. Elle était bien éclairée, ce qui m'aidait à lire car mes yeux n'étaient plus aussi bons. Et c'était un endroit paisible, car j'y étais entouré de livres sur des sujets si impopulaires que je n'y étais guère dérangé. Pourquoi serais-je allé ailleurs ? À elle de bouger, décidai-je. C'est ici ma place.

Elle partit peu après, non sans avoir hésité en passant derrière moi, comme si elle avait eu quelque chose à me dire, mais avait préféré s'en abstenir.

« Tu as l'air préoccupé, me dit Zoïa ce soir-là alors que nous allions nous coucher. Ça ne va pas ?

— Tout va bien », répondis-je en souriant. Je n'avais pas envie d'entrer dans les détails, elle aurait pu croire que je me faisais des idées et que je perdais la tête. Trente ans, même vingt ans auparavant, un tel incident m'aurait rendu paranoïaque : qui envoyait cette femme m'espionner ? que me voulaient-ils ? cherchaient-ils Zoïa aussi ? Mais nous étions en 1970. Cette époque-là était depuis longtemps révolue. Je ne voyais aucune raison à l'intérêt que cette femme manifestait à mon égard, je me demandais si c'était bien la même que j'avais vue la veille, ou si, victime de sénilité, j'avais entièrement inventé cette apparition.

Ce souci fut dissipé le lendemain quand j'arrivai à la bibliothèque peu après l'heure du déjeuner. La dame attendait à l'extérieur, à côté des grands lions de pierre, enveloppée dans un lourd manteau foncé, et elle prit un air tendu lorsqu'elle me vit approcher.

De mon côté, je fronçai les sourcils et devins aussitôt nerveux. Je savais qu'elle allait me parler, mais je pensais que si je poursuivais mon chemin sans m'arrêter, elle me laisserait peut-être tranquille. Car je savais exactement qui elle était. C'était évident. Je n'avais jamais posé les yeux sur elle, je ne l'avais pas voulu, mais à présent elle cherchait la confrontation, ce qui était un indice en soi.

Continue à marcher. Ignore-la, Gueorgui. N'ouvre pas la bouche.

« Monsieur Yachmenev », dit-elle en me voyant avancer. Je levai ma main gantée et lui adressai un demi-sourire et un petit signe de tête, comprenant au même instant que je me faisais vieux. C'était le geste d'un homme âgé, d'un monarque passant dans son carrosse doré. Cela me rappela le grand-duc Nicolas Nicolaïevitch offrant sa bénédiction à la foule alors qu'il défilait à cheval dans les rues de Kachine, ignorant des dangers qui l'attendaient.

« Monsieur Yachmenev, excusez-moi, pourrais-je vous parler...

— Je dois entrer, m'empressai-je de marmonner, résolu à ne laisser aucun nouveau Kolek viser sur moi. J'ai beaucoup de travail aujourd'hui, je le crains.

— Ce ne sera pas long. » Je vis ses yeux se remplir de larmes tandis qu'elle tentait de me barrer le passage. Elle aussi était nerveuse, son expression le trahissait, et le tremblement de ses mains ne pouvait pas entièrement être attribué au froid. « Je suis désolée de vous déranger, mais il le fallait. Je n'avais pas le choix.

— Non, murmurai-je en secouant la tête, fuyant son regard. Non, je vous en prie...

— Monsieur Yachmenev, si vous me dites de partir, je vous obéirai et je promets de vous laisser en paix, mais tout ce que je demande, c'est quelques minutes de votre temps. Permettez-moi de vous offrir un thé, c'est tout. Je sais que vous ne me devez rien, je le sais, mais je vous en prie. Je vous en supplie. Si vous aviez la gentillesse... »

Elle se mit à pleurer avant d'avoir pu terminer sa phrase et je fus contraint de lever les yeux. Je sentais dans mon cœur une grande douleur, cette terrible souffrance qui me venait aux moments les plus inattendus, quand je ne pensais même pas à ce qui était arrivé. À ces instants, je la détestais tant que j'aurais voulu la retrouver, lui prendre le cou entre mes vieilles mains et contempler son visage alors que je l'étranglais.

Mais c'est elle qui m'avait retrouvé. Et elle était là, elle proposait de m'offrir un thé.

« Je vous en prie, monsieur Yachmenev », dit-elle. J'ouvris la bouche pour lui répondre, mais je n'entendis sortir de mon corps qu'un grand cri de colère, une infime fraction des peines qu'elle m'avait infligées, de tous ces tourments secrets dont mon cœur était enserré.

Nous avions attendu si longtemps avant d'avoir un enfant. Nous avions subi tant de déceptions. Puis un jour, un bébé était venu, en parfaite santé. Notre petite Arina, qu'il était impossible de ne pas aimer.

Les premiers jours, Zoïa et moi la posions au centre de notre lit et nous nous asseyions de part et d'autre, souriant comme deux illuminés. Nous prenions ses petits pieds dans nos mains, en nous émerveillant de la voir aussi heureuse, stupéfaits d'avoir nous-mêmes reçu tant de bonheur.

« Cela signifie *paix* », expliquions-nous à tous ceux qui voulaient savoir comment nous avions choisi son nom, et c'était ce qu'elle nous avait apporté : la paix, la satisfaction d'être parents. Quand elle pleurait, nous étions étonnés qu'un si petit être puisse produire un tel son. Pour ma part, quand je revenais chaque soir de la bibliothèque, j'avais bien du mal à me retenir de courir dans la rue, tant j'avais hâte d'arriver à la maison, de voir sa mine quand je franchirais le seuil, son air qui me disait qu'elle m'avait peut-être oublié pendant huit heures, mais qu'à présent elle se souvenait de moi et qu'elle était bien contente de me revoir.

En grandissant, elle ne fut ni plus ni moins difficile que les autres enfants ; elle travaillait bien à l'école, elle n'était ni la première ni la dernière de sa classe. Elle se maria jeune – trop jeune, avais-je alors pensé – mais ce fut un couple heureux. Qu'elle ait ou non rencontré les mêmes problèmes que sa mère et moi, je l'ignore, mais sept années s'écoulèrent avant qu'elle ne vienne nous prendre la main pour nous annoncer que nous allions être grands-parents. Michael naquit et sa présence fut une joie constante. Un soir, pendant le dîner, elle déclara qu'elle aimerait lui donner un petit frère ou une petite sœur. Pas tout de suite, mais bientôt. Et cette nouvelle nous enthousiasma, car nous aimions l'idée d'avoir une maison pleine de petits-enfants venus nous rendre visite.

Puis elle mourut.

Arina avait trente-six ans lorsqu'elle nous fut ravie. Elle enseignait dans une école voisine de Battersea Park et un jour, en fin d'après-midi, alors qu'elle rentrait chez elle à pied par Albert Bridge Road, le vent emporta son chapeau ; elle courut à travers la chaussée sans regarder à droite ou à gauche et elle fut renversée par une voiture. C'est difficile à avouer, mais c'était entièrement sa faute. Le véhicule n'aurait pas pu l'éviter. Bien sûr, nous lui avions appris à se méfier de la circulation, elle le savait bien, mais lequel d'entre nous ne s'est jamais laissé entraîner à oublier ce qu'on lui avait appris ?

Le chapeau d'Arina s'était envolé, elle avait voulu le récupérer. C'était tout simple. Et elle en était morte.

C'est seulement en fin de soirée que Zoïa et moi fûmes mis au courant, lorsqu'on frappa à notre porte. J'ouvris et vis un jeune homme pâle, dont le visage ne m'était pas inconnu mais que je ne pus identifier tout de suite. Il avait l'air soucieux, presque effrayé, et tenait une casquette brune qu'il tripotait nerveusement. Sans savoir pourquoi, je me concentrai sur ses mains tandis qu'il parlait. Elles étaient osseuses, la peau en était presque transparente, assez semblable à mes propres mains, moi qui avais pourtant quarante ans de plus que lui. Je les observais, peut-être pour garder mon sang-froid, car sa mine impliquait qu'il avait des informations désagréables à nous communiquer.

« Monsieur Yachmenev ?

— Oui.

— Je ne sais pas si vous vous souvenez de moi, monsieur. Je m'appelle David Frasier. »

Je le dévisageai et j'hésitai, incertain, mais Zoïa apparut derrière moi avant que j'aie pu dire une bêtise.

« David, qu'est-ce qui vous amène ici ce soir ? Gueorgui, tu te rappelles l'ami de Ralph, non ? Au mariage ?

— Bien sûr, bien sûr. » Je me souvenais, maintenant. Ivre, il avait essayé de danser le gopak, les bras croisés, il donnait des coups de pied en l'air tout en s'efforçant de garder le corps droit. Il y voyait un symbole d'unité, une marque de respect pour ses hôtes, et je n'avais pas envie de lui dire que cette danse n'était guère plus qu'un exercice pour s'échauffer avant le combat.

« Monsieur Yachmenev, reprit-il d'un air anxieux. Madame Yachmenev. C'est Ralph qui m'envoie. Il m'a demandé d'aller vous chercher.

— Nous chercher ? Comment ça, *nous chercher* ? Que lui avons-nous fait ?

— Ralph vous a demandé ça ? s'étonna Zoïa, sans tenir compte de moi, le sourire s'effaçant un peu de son visage. Pourquoi ? Que s'est-il passé ? C'est Michael ? Arina ?

— Il y a eu un accident, dit-il très vite. Avec un peu de chance, ce ne sera pas trop grave. Je regrette, je ne connais pas les détails. C'est Arina. Elle rentrait de l'école. Une voiture l'a renversée. »

Je me rendis compte qu'il s'exprimait par phrases courtes, martelées, et je me demandai si c'était sa façon normale de parler. Comme une mitraillette. Voilà à quoi cela me faisait penser. Les coups de feu. Les soldats sur le front. Des rangées de jeunes, Anglais, Allemands, Français, Russes, côte à côte, tirant sur tout ce qu'il y avait devant eux, s'entretuant sans comprendre que leurs victimes étaient des jeunes gens comme eux, dont le retour était attendu avec angoisse par des parents insomniaques. Ces images flottaient dans mon esprit. La violence. Je me focalisai entièrement là-dessus. Je ne voulais pas écouter ce qu'il racontait. Je ne voulais pas entendre les mots que proférait cet homme, ce type qui prétendait avoir été envoyé nous chercher, ce gamin qui osait suggérer qu'il connaissait ma fille. Si je n'écoute pas, il ne se sera rien passé. Si je n'écoute pas. Si je pense à complètement autre chose.

« Où ? demanda Zoïa. Quand est-ce arrivé ?

— Il y a quelques heures, répondit-il et je ne pus m'empêcher de l'entendre. Dans le quartier de Battersea, je crois. Elle a été emmenée à l'hôpital. Je pense qu'elle va bien. Je ne crois pas que ce soit grave. Mais j'ai la voiture de Ralph. Il m'a demandé de passer vous prendre. »

Zoïa sortit aussitôt et se précipita jusqu'à la voiture, comme prête à partir toute seule pour l'hôpital, alors que nous avions besoin de M. Frasier pour nous y conduire. Je restai immobile, les jambes engourdies, l'estomac barbouillé, et la pièce se mit à basculer autour de moi.

« Monsieur Yachmenev, dit le jeune homme en tendant une main vers moi, comme pour m'aider à tenir debout. Monsieur Yachmenev, vous allez bien ?

— Oui, mon garçon, aboyai-je en me tournant moi aussi vers la porte. Venez. Si vous devez nous emmener là-bas, allons-y, par pitié. »

Le trajet fut difficile. Dans les embouteillages, il nous fallut près de quarante minutes pour aller de notre appartement jusqu'à l'hôpital. Tout le long du trajet, Zoïa harcela le jeune homme de questions. Assis à l'arrière, silencieux comme une souris, j'écoutais et refusais de parler.

« Vous pensez qu'elle va bien ? Pourquoi pensez-vous ça ? C'est Ralph qui l'a dit ?

— Je crois », répondit-il, et il avait de plus en plus l'air de regretter d'être dans cette situation. Il m'a téléphoné à mon travail. Je ne suis pas loin de l'hôpital, vous savez. Il m'a dit où il était, il voulait que je le retrouve tout de suite à l'accueil et que je prenne sa voiture pour aller vous chercher tous les deux.

— Mais qu'a-t-il dit ? insista Zoïa d'un ton agressif. Répétez-le-moi exactement. A-t-il dit qu'elle allait s'en tirer ?

— Il a dit qu'elle avait eu un accident. Je lui ai demandé si elle allait bien et il m'a crié après. Il a dit *Oui, oui, elle va s'en tirer, mais va me chercher ses parents tout de suite.*

— Il a dit qu'elle allait s'en tirer ?

— Je crois. » J'entendais maintenant la panique dans la voix de M. Frasier. Il ne voulait pas en dire plus qu'il ne devait. Il ne voulait pas nous donner de fausses informations. Offrir de l'espoir alors qu'il n'y en avait plus. Nous suggérer de nous préparer au pire si ce n'était pas nécessaire. Mais il avait sur nous un avantage que je sentais dans sa voix. Il avait vu Ralph. Il avait vu le visage de Ralph lorsque celui-ci lui avait confié les clefs de sa voiture.

En arrivant à l'hôpital, nous fonçâmes jusqu'à l'accueil et l'on nous indiqua immédiatement d'emprunter un petit couloir, puis une volée de marches. Une fois sur le palier, alors que nous regardions dans tous les sens, nous entendîmes une voix nous appeler – *Grand-mère ! Grand-père !* – puis de petits pieds, notre Michael, âgé de neuf ans à peine, courant vers nous, les bras déployés, le visage baigné de larmes.

« *Doucha* », s'écria Zoïa en se baissant pour le ramasser. Je jetai un coup d'œil vers le bout du corridor et aperçus un homme à la tignasse rousse, en grande conversation avec un médecin. Je reconnus mon gendre, Ralph. J'attendis. Sans bouger. Le médecin parlait. Il avait l'air sérieux. Il finit par tendre un bras, posa la main sur l'épaule gauche de Ralph et serra les lèvres. Il n'y avait plus rien à dire.

Ralph se retourna, conscient de l'agitation derrière lui, et nos yeux se rencontrèrent. Il parut ne pas me voir, il lui fallut un long moment pour me reconnaître, et son expression m'apprit aussitôt tout ce que je devais savoir.

« Ralph », dit Zoïa, et elle écarta Michael pour aller à sa rencontre. Elle laissa tomber son sac à main – quand s'en était-elle muni ? me demandai-je – un peigne, des trombones, un carnet, un stylo, des mouchoirs en papier, des clefs, un porte-monnaie, une photo, je me rappelle tout, s'éparpillèrent sur le carrelage blanc, comme si toute sa vie s'effondrait d'un seul coup. « Ralph, hurla-t-elle en le saisissant par les épaules, Ralph, où est-elle ? Comment va-t-elle ? Réponds-moi, Ralph ! Où est-elle ? Où est ma fille ? »

Il la regarda et secoua la tête. Dans le silence qui suivit, Michael se tourna vers moi, le menton tremblant de terreur, à cause de ces émotions inattendues qui l'entouraient. Il portait un maillot de football aux couleurs de son équipe préférée, et je songeai que je pourrais bientôt l'emmener voir un match, si le temps le permettait. Il aurait besoin de se sentir aimé, cet enfant. De savoir que notre famille se définissait par les membres qu'elle avait perdus.

S'il vous plaît, monsieur Yachmenev, avait dit la femme qui m'avait observé à la bibliothèque et que j'avais fini par accompagner dans Russell Square. Nous nous assîmes sur un banc, côte à côte, non sans embarras. Il me semblait étrange de partager une telle intimité avec une femme qui n'était pas mon épouse. J'avais envie de m'enfuir, de ne pas participer à cette scène, mais j'avais accepté de l'écouter et je n'allais pas revenir sur ma parole.

« Je n'essaye pas de comparer ma souffrance à la vôtre, dit-elle en choisissant ses mots avec soin. Je comprends bien qu'il s'agit de deux choses tout à fait différentes. Mais je vous en prie, monsieur Yachmenev, il faut me croire quand je vous dis que je suis désolée. Je ne crois pas pouvoir vous exprimer tous les remords que j'ai. »

J'étais content de l'activité qui nous entourait, car le bruit et le bourdonnement des conversations me permettaient de ne pas accorder à cette femme toute mon attention. Alors qu'elle parlait, j'écoutais aussi un jeune couple assis à moins de trois mètres, qui discutait avec véhémence de la nature de leur relation, que je devinais instable.

« La police m'a recommandé de ne pas vous contacter, poursuivit Mme Elliott, car ainsi s'appelait la dame qui avait renversé et tué ma fille dans Albert Bridge Road plusieurs mois auparavant. Mais ça ne me paraissait pas correct de ne rien dire. Il fallait que je vous rencontre, que je vous parle à tous les deux pour vous présenter mes excuses. J'espère que je n'ai rien fait de mal. Je ne veux surtout pas rendre les choses plus pénibles qu'elles ne le sont déjà pour vous.

— Nous parler à tous les deux ? » Je me focalisai sur cette formule et je plissai le front. « Je ne comprends pas.

— À vous et à votre épouse.

— Mais il n'y a que moi, ici. C'est moi que vous êtes venue trouver.

— Oui. J'ai pensé que ça vaudrait mieux », répondit-elle en regardant ses mains. Je voyais combien elle était nerveuse, à la façon dont elle ne cessait de tordre une paire de gants entre ses doigts, geste qui me rappela aussitôt David Frasier, le soir où il s'était présenté sur notre seuil. Ces gants avaient visiblement coûté cher. Elle portait aussi un manteau d'excellente qualité. Je me demandai qui était cette femme, comment elle s'était enrichie. Si cet argent était le fruit de son travail, d'un héritage, d'un mariage. Bien sûr, la police était prête à m'apprendre tout ce que je voulais savoir, mais je les avais surpris en annonçant que je ne voulais rien savoir. Je n'avais besoin de rien savoir. Quelle différence cela aurait-il pu faire, après tout ? Arina n'en serait pas moins morte. Rien ne pourrait changer cela.

« Je pensais que si je vous voyais d'abord, si je vous expliquais ce que je ressens, alors peut-être vous pourriez en parler avec votre femme et je pourrais la rencontrer elle aussi. Pour lui présenter mes excuses.

— Ah, fis-je avec un hochement de tête, en laissant s'échapper un léger soupir. Je comprends maintenant. Je trouve très intéressante la manière dont les gens s'adressent à ma femme et à moi depuis quelques mois, madame Elliott.

— Intéressante ?

— Les gens ont l'étrange impression que c'est pire pour la mère que pour le père. Que le chagrin est plus intense pour elle. Les gens me demandent constamment si Zoïa tient bon, comme si j'étais le médecin de ma femme et non le père de ma fille, mais je ne pense pas qu'ils lui posent la même question à mon sujet. Je me trompe peut-être, évidemment…

— Non, monsieur Yachmenev, m'interrompit-elle en secouant la tête. Non, vous vous méprenez. Je ne voulais pas du tout dire que…

— Et même à présent, c'est moi que vous venez voir en premier, pour préparer le terrain avant d'en venir à une tâche beaucoup plus difficile selon vous. Bien sûr, je ne crois pas un instant que cette conversation soit facile pour vous. Je vous admire de l'avoir provoquée, en toute franchise, mais c'est assez déprimant que vous m'attribuiez une réaction différente de celle de ma femme face à la mort d'Arina. Que vous jugiez sa mort moins douloureuse pour moi. »

Elle ouvrit la bouche, puis se ravisa et détourna les yeux. Je gardai le silence un moment, je voulais qu'elle réfléchisse à ce que j'avais dit. À ma gauche, le jeune homme conseillait à sa compagne de se détendre, que cela n'avait aucune importance, qu'il s'agissait d'une soirée, qu'il avait bu, qu'elle savait bien qu'en réalité il n'aimait qu'elle, à quoi elle ripostait par une série d'insultes, toutes plus abjectes les unes que les autres. Si elle cherchait à l'humilier, c'était un échec car il ricanait d'un air faussement horrifié, ce qui la rendait plus furieuse encore. Je me demandais pourquoi ils éprouvaient le besoin de laver leur linge sale en public. Si, comme des stars de cinéma, leur passion ne devenait réelle qu'en présence de témoins.

« Je suis une mère, moi aussi, monsieur Yachmenev, finit par dire Mme Elliott. C'est naturel que je prenne d'abord en compte les sentiments d'une autre mère. Mais je ne voulais nullement minimiser votre souffrance.

— Vous avez des enfants », répliquai-je, mais je me radoucis malgré tout. On voyait bien que cette femme souffrait. Moi aussi, mais rien ne pourrait jamais alléger ma souffrance. Il aurait été si facile d'atténuer son angoisse, de soulager un tant soit peu sa conscience. Ç'aurait été un geste d'une infinie bonté, mais en étais-je capable ? « Combien en avez-vous ? demandai-je après un moment.

— Trois », dit-elle, ravie que je l'interroge. C'est normal, tout le monde aime parler de ses enfants. Tout le monde, mais pas *nous*. « Deux garçons à l'université. Une fille qui est encore à l'école.

— Je peux savoir leurs noms ?

— Bien sûr. » Peut-être était-elle surprise par cette question amicale. « Mon aîné s'appelle John, c'était le prénom de mon mari. Le deuxième, Daniel. Et la fille, c'est Beth.

— *C'était* le prénom de votre mari ? » Je me tournai pour lui faire face, car j'avais aussitôt remarqué cet usage de l'imparfait.

« Oui, je suis veuve depuis quatre ans.

— Il devait être très jeune, dis-je, car elle n'avait qu'une quarantaine d'années.

— Oui. Il est mort une semaine avant son quarante-neuvième anniversaire. D'une crise cardiaque. On ne s'y attendait pas du tout. » Elle haussa les épaules et regarda au loin, perdue un instant dans son chagrin et ses souvenirs. Je contemplai le parc, en me demandant combien parmi les promeneurs connaissaient une douleur comparable. La jeune fille assise à ma gauche suggérait au garçon toutes sortes de choses qu'il pourrait s'infliger, dont aucune ne semblait particulièrement agréable, et il cherchait à la retenir. J'aurais aimé qu'ils baissent la voix, car ils ne m'inspiraient qu'un profond ennui.

« Puis-je vous poser quelques questions sur votre fille ? » À cette audace, je sentis mon corps se raidir. « Bien sûr, si vous préférez ne pas…

— Non. Ça ne me dérange pas. Que voudriez-vous savoir ?

— Elle était enseignante, c'est bien ça ?

— Oui.

— Dans quelle discipline ?

— Anglais et histoire, répondis-je, en souriant de la fierté que m'avait inspirée ce choix si détaché des contingences matérielles. Mais elle avait d'autres projets. Elle voulait devenir écrivain.

— Ah oui ? Qu'écrivait-elle ?

— Des poèmes, dans sa jeunesse. Ils ne valaient pas grand-chose, pour être franc. Puis des nouvelles, qui étaient bien meilleures. Elle en avait publié deux, vous savez. Une dans une petite anthologie, l'autre dans *The Express*.

— Je ne savais pas, dit Mme Elliott en secouant la tête.

— Comment l'auriez-vous su ? Ce n'est pas le genre de choses que la police vous aurait indiquées.

— Non. » Sa mâchoire se bloqua en entendant ce vilain mot.

« Elle écrivait un roman quand elle est morte, continuai-je. Elle l'avait presque fini. »

Je dois maintenant avouer mes propres remords, car pas un mot de ce que je disais à cette femme n'était vrai. Arina n'avait jamais écrit un seul poème, à ma connaissance. Elle n'avait publié aucune nouvelle, elle n'avait entamé aucun roman. Ce n'était pas du tout sa vocation. Mais en lui inventant cette créativité, je laissais entendre qu'un vaste potentiel avait été étouffé trop tôt, qu'on avait tué non seulement une personne, mais aussi les dons qu'elle aurait pu offrir au monde tout au long de sa vie. « Elle avait déjà reçu des propositions, je crois, poursuivis-je, perdu dans les embellissements de mon propre mensonge. Un éditeur avait lu ses nouvelles et voulait en voir plus.

— Quel était le sujet ?

— Que voulez-vous dire ?

— Le roman qu'elle écrivait. Vous l'avez lu ?

— En partie. C'était une histoire de culpabilité. Et d'accusation. De coupable accusé à tort.

— Elle en avait trouvé le titre ?

— Oui.

— Je peux vous le demander ?

— *La Maison à destination spéciale* », répondis-je sans hésiter, épouvanté par le nombre de vérités que mon mensonge exposait, mais Mme Elliott resta muette, le visage détourné, gênée par l'orientation que notre conversation avait prise. Je me sentais mal à l'aise, moi aussi, et je savais que je ne pourrais pas continuer ce jeu-là bien longtemps.

« Vous devez comprendre, madame Elliott, que je ne vous reproche pas entièrement ce qui s'est passé. Et certainement je ne… je n'ai aucune haine pour vous, si c'est ce que vous pensez. Arina s'est mise à courir sur la chaussée, m'a-t-on dit. Elle aurait dû faire attention. Peu importe, en fait. Rien de tout ça ne pourra nous la rendre. Vous avez été courageuse de venir me voir, et j'en suis bien conscient, je vous assure. Mais vous ne pourrez pas rencontrer ma femme.

— Enfin, monsieur Yachmenev…

— Non, dis-je fermement, en posant la main sur mon genou, comme un juge baissant son marteau. Il ne peut en être autrement, je le crains. Je dirai à Zoïa que je vous ai vue, bien sûr. Je lui parlerai de vos remords. Mais aucun contact n'est possible entre elle et vous. Ce serait trop pénible pour elle.

— Peut-être, si je…

— Madame Elliott, vous ne m'écoutez pas, insistai-je avec un peu d'agacement. Ce que vous demandez est impossible et égoïste. Vous voudriez nous voir tous les deux, obtenir notre pardon, afin de pouvoir un jour passer outre à ce terrible événement et, sinon l'oublier, du moins apprendre à vivre avec, mais nous, nous ne pourrons jamais faire cela, et peu nous importe comment vous affrontez votre propre réaction à l'accident. Oui, madame Elliott, je sais que c'était un accident. Et si cela peut vous aider, alors oui, je vous pardonne ce que vous avez fait. Mais je vous en prie, n'essayez pas de me revoir. Et n'essayez pas de trouver ma femme. Elle ne supporterait pas de vous rencontrer, vous comprenez ? »

Elle hocha la tête et se mit à sangloter, mais je me fis la réflexion que je n'avais pas à devenir son protecteur. Si elle a des larmes à verser, qu'elle pleure. Si elle souffre, qu'elle ressente la douleur. Ses enfants lui parleront et lui diront les choses qu'elle a besoin d'entendre pour émerger de cette période sombre. Elle les a encore, après tout.

Il était temps que je rentre chez moi.

« Tu penses que c'est ta faute, hein ? »

Zoïa se retourna, avec un mélange d'incrédulité et d'hostilité sur son visage. « Que veux-tu dire ? Qu'est-ce qui est ma faute ?

— Tu oublies. Je te connais mieux que quiconque. Je sais à quoi tu penses. »

Plus de six mois après la mort d'Arina, le train-train quotidien s'était de nouveau imposé, comme s'il ne s'était rien produit d'exceptionnel. Notre gendre, Ralph, avait repris le travail et faisait tout son possible pour surmonter son chagrin, dans l'intérêt de Michael. Le petit pleurait encore tous les jours et parlait de sa mère comme s'il était persuadé que nous la lui cachions ; il ne pouvait accepter sa perte, sa mort incompréhensible. Soixante-deux ans nous séparaient, Michael et moi, mais par la similitude de nos émotions, nous aurions pu être jumeaux.

Nous revenions de chez notre gendre, où Zoïa et Ralph s'étaient querellés à propos de l'enfant. Elle voulait qu'il passe plus souvent la nuit chez nous, mais Ralph estimait qu'il était encore trop tôt pour qu'il quitte son lit. Par le passé, Michael avait eu l'habitude de dormir chez nous, dans la chambre qui avait été celle de sa mère, mais cet arrangement avait pris fin aussitôt après sa mort. Ce n'est pas que Ralph essayait d'éloigner Michael de ses grands-parents, mais simplement qu'il ne voulait pas se priver de lui. Je le comprenais. Je trouvais cette attitude tout à fait rationnelle. Car je savais ce qu'éprouve un père qui ne veut pas se séparer de son enfant.

« Bien sûr que c'est ma faute, dit Zoïa. Et tu me le reproches aussi, je le sais. Tu serais bien bête de ne pas me le reprocher.

— Je ne te reproche rien », criai-je. Je m'avançai et l'obligeai à se retourner face à moi. Son visage avait quelque chose de dur, une expression qui était restée dissimulée pendant des années, mais qui reparaissait maintenant qu'Arina avait été tuée, et je savais exactement ce qu'elle pensait. « Crois-tu que je t'accuse de la mort de notre fille ? C'est de la folie. Je ne te considère comme responsable que d'une chose. De sa vie !

— Pourquoi me dis-tu ça ? » Elle était au bord des larmes, sa voix le trahissait.

« Parce que tu l'as toujours senti et que cela a plombé notre vie. Et tu as tort, Zoïa, tu ne t'en rends pas compte ? Tu ne pourrais pas te tromper davantage. Rappelle-toi, j'ai été le témoin de toutes tes réactions. Quand Léo est mort…

— Gueorgui, c'était il y a des années !

— Quand nos amis sont morts pendant le Blitz.

— Tout le monde a perdu des amis dans les bombardements, non ? Tu crois que je me le suis reproché ?

— Et à chacune de tes fausses couches. Je l'ai bien vu.

— Gueorgui... je t'en prie », cria-t-elle. Je ne cherchais pas à la blesser, comprenez-moi bien, mais cela partait du cœur. Il fallait que ça sorte.

« Et maintenant, Arina, continuai-je. Maintenant, tu penses qu'elle est morte parce que...

— Arrête ! » Elle se jeta sur moi pour me rouer la poitrine de coups de poing. « Tu ne peux pas t'arrêter une seconde ? Pourquoi crois-tu devoir me rappeler tout ça ? Léo, les bébés, nos amis, notre fille... oui, ils sont tous morts, sans exception. À quoi bon en parler ? »

Je m'assis et me passai la main sur le visage, désespéré. J'adorais ma femme, mais notre vie avait toujours été parcourue de souffrances laissées implicites. Ses tourments, ses souvenirs faisaient tellement partie d'elle-même qu'il ne lui restait guère de place pour ceux des autres, même les miens.

« Il y a dans la vie des choses qu'on ne peut ignorer, dit-elle au bout de quelques minutes de silence, nichée dans un fauteuil à côté de moi, serrant son corps entre ses bras, sur la défensive, le visage aussi blanc que la neige à Livadia. Il y a des coïncidences... trop nombreuses pour qu'on les appelle ainsi. Je suis un véritable porte-malheur, Gueorgui. Voilà ce que je suis. Toute ma vie, je n'ai apporté que chagrin, que souffrance à tous ceux qui m'aimaient. C'est ma faute s'ils sont si nombreux à être morts, je sais que c'est vrai. Peut-être aurais-je dû mourir aussi quand j'étais enfant. Peut-être... » Elle eut un rire amer et secoua la tête. « Que dis-je ? Bien sûr que j'aurais dû mourir. C'était ma destinée.

— Mais c'est de la folie ! » protestai-je en essayant de prendre sa main dans la mienne. Elle s'éloigna de moi, comme si elle risquait de s'enflammer à mon contact. « Et moi, Zoïa ? Tu n'as rien introduit de tel dans ma vie.

— La mort, non. Mais la souffrance ? Le chagrin ? L'angoisse ? Tu ne crois pas que je t'ai infligé tout ça ?

— Bien sûr que non, dis-je, cherchant désespérément à la rassurer. Regarde-nous, Zoïa. Nous sommes mariés depuis plus de cinquante ans. Nous avons été heureux. *Moi,* j'ai été heureux. » Je la dévisageai, l'implorant de laisser mes paroles adoucir sa détresse. « Toi non ? » demandai-je, craignant presque d'entendre sa réponse et de voir nos vies s'écrouler.

Elle soupira mais finit par hocher la tête. « Si. Tu le sais bien. Mais ce qui est arrivé – je parle de ce qui est arrivé à Arina – c'en est trop. C'est une tragédie de trop. Ma vie en compte déjà trop. Beaucoup trop, Gueorgui.

— Que veux-tu dire ?

— J'ai soixante-neuf ans, dit-elle en esquissant un sourire. Et j'en ai assez. Je ne... Gueorgui, la vie me pèse désormais. Elle m'a toujours pesé, en toute honnêteté. Je n'en veux plus, j'en ai assez. Tu peux comprendre ça ? »

Elle se leva et me regarda d'un air si déterminé que j'en eus peur.

« Zoïa, que dis-tu là ? Tu n'as pas le droit de parler ainsi, c'est...

— Oh, ce n'est pas ce que tu crois. Pas cette fois, je te le promets. Je dis juste que lorsque la fin viendra, et elle viendra bientôt, je n'en serai pas fâchée. Ça suffit, Gueorgui, tu ne t'en rends pas compte ? Tu ne ressens jamais ça ? Regarde la vie que j'ai menée, que nous avons menée ensemble. Réfléchis-y. Comment avons-nous pu même survivre aussi longtemps ? » Elle secoua la tête et exhala un long soupir, comme si la réponse était simple et évidente. « Je veux en finir, Gueorgui. C'est tout. Je veux simplement en finir. »

Le prince de Moguilev

Pendant plusieurs semaines après mon arrivée à Saint-Pétersbourg, je me surpris à dériver mentalement vers Kachine, vers la famille que j'y avais laissée et l'ami dont la mort me pesait lourd sur la conscience. La nuit, étendu sur ma mince couche, je voyais apparaître devant moi le visage de Kolek, les yeux lui sortant de la tête, la gorge meurtrie et blessée par les cordes. J'imaginais sa terreur quand les gardes l'avaient emmené vers les arbres où il avait été pendu ; malgré son air bravache, il avait dû en cet instant avoir peur de mourir et regretter ces dizaines d'années qu'il ne vivrait jamais. Je priais pour qu'il ne m'en veuille pas trop, et cependant, ses reproches n'étaient rien auprès de ceux que je m'adressais.

Et quand je ne pensais pas à Kolek, c'était ma famille qui dominait mes pensées, en particulier ma sœur Assia, qui aurait tout donné pour être où je me trouvais. C'est à elle que je pensais, un jour, en fin d'après-midi, lorsque je découvris la grande salle de lecture du palais d'Hiver. Les portes étaient ouvertes et j'étais sur le point de m'éloigner lorsqu'un instinct me fit changer d'avis et j'entrai : pour la première fois de ma vie, je me trouvai seul dans la sérénité d'une bibliothèque.

Trois murs étaient garnis de livres du sol au plafond, avec chacun une échelle attachée à un rail, afin que le lecteur puisse se déplacer d'un endroit à l'autre. Au centre trônait une lourde table de chêne, sur laquelle reposaient deux gros volumes, contenant une série de cartes. De vastes fauteuils de cuir étaient placés à différents points de la salle et je m'imaginai y passant un après-midi, perdu dans ma lecture. Je n'avais jamais lu un seul livre, bien sûr, mais ils m'attiraient, leurs reliures uniformes m'appelaient tout bas ; je les pris l'un après l'autre, déchiffrant les pages de titre, lisant de mon mieux le premier paragraphe, après quoi je posais les volumes sur la table derrière moi, sans réfléchir.

J'étais si concentré sur ma tâche que je n'entendis pas une porte s'ouvrir derrière moi, et c'est seulement quand de lourdes bottes crissèrent sur le plancher que je revins à la réalité. Comprenant que je n'étais plus seul, je me retournai et, dans ma surprise, je lâchai le livre que j'avais à la main. Il s'écrasa à mes pieds et le bruit de sa chute résonna entre les murs. Je me mis aussitôt à genoux, baissant la tête en présence de l'Oint du Seigneur.

« Votre Majesté, dis-je sans oser lever les yeux. Votre Majesté, je dois vous présenter mes plus plates excuses. Je me suis égaré, voyez-vous, et…

— Debout, Gueorgui Daniilovitch », dit le tsar, et j'obéis lentement. Peu auparavant, je regrettais ma famille ; à présent, je craignais qu'il ne me renvoie auprès d'elle. « Regarde-moi. »

Je redressai lentement la tête et nos yeux se rencontrèrent. Je sentis mes joues s'empourprer mais il ne semblait ni furieux ni mécontent.

« D'abord, que fais-tu ici ?

— Je me suis égaré. Je n'avais pas l'intention de venir ici, mais quand je les ai vus…

— Les livres ?

— Oui, Sire. Ça m'a intéressé, voilà tout. J'ai voulu voir ce qu'il y avait dedans. »

Il soupira lourdement, comme pour se donner le temps d'affronter la situation, avant de reculer et de passer derrière la table de chêne où il contempla les volumes de cartes. Il se mit à les feuilleter et parla sans me regarder.

« Je ne t'aurais pas cru lecteur.

— Je ne lis pas, Sire. Je n'ai jamais lu.

— Mais tu sais lire ?

— Oui, Sire.

— Qui t'a appris, ton père ? »

Je secouai la tête. « Non, Sire. Mon père n'aurait pas su. C'est ma sœur, Assia. Elle avait des livres achetés à un colporteur. Elle m'a appris mes lettres, enfin, la plupart.

— Je vois. Et elle, qui les lui avait apprises ? »

Je fus bien obligé d'admettre que je l'ignorais. Peut-être, dans son désir de fuir notre village natal, s'était-elle simplement instruite toute seule afin de s'échapper vers des mondes plus beaux, l'espace de quelques pages.

« Mais tu aimais ça ? demanda le tsar. Quelque chose t'a attiré ici ? »

Je parcourus la pièce des yeux et réfléchis un moment avant d'offrir une réponse franche. « Il y a quelque chose… d'intéressant, oui, Sire. Ma sœur me racontait des histoires. J'adorais les écouter. Je pensais que je pourrais en trouver ici qui me la rappellerait.

— Je suppose que ta famille commence à te manquer, dit le tsar en se dirigeant vers la fenêtre, si bien qu'une lumière douce l'éclairait de tous les côtés. Je sais que la mienne me manque dès que je m'absente un peu longuement.

— Je n'ai pas eu l'occasion de songer à eux. J'essaye de travailler de mon mieux. Avec le comte Tcharnetski, je veux dire. Et le reste de mon temps, j'ai l'honneur de le passer avec le tsarévitch. »

Il sourit à la mention de son fils et hocha la tête. « Oui, en effet. Et vous vous entendez bien, tous les deux ?

— Oui, Sire. Très bien.

— Il semble t'apprécier. Je lui ai demandé son opinion sur toi.

— Je suis heureux de l'apprendre, Sire. »

Il détourna le regard, son attention de nouveau accaparée par les cartes, et il marcha vers la table en caressant sa barbe. « Ces dessins… Tout est dans ces dessins, te rends-tu compte, Gueorgui ? La terre. Les frontières. Les ports. Comment gagner. Si seulement je pouvais le voir. Mais je ne vois rien », murmura-t-il, plus pour lui-même que pour moi. Décidant que je devais le laisser à ses études, je partis à reculons vers la porte, sans jamais lui tourner le dos.

« Peut-être faudrait-il te faire donner quelques leçons, dit-il tout haut avant que je ne sorte.

— Des leçons, Sire ?

— Pour que tu lises mieux. Ces livres sont là pour être lus, je dis toujours à mes gens qu'ils peuvent lire ce qu'ils veulent, pourvu qu'ils prennent soin des volumes et les rendent dans l'état où ils les ont trouvés. Cela te plairait-il, Gueorgui ? »

J'étais incapable de déterminer si cela me plairait ou non mais, pour ne pas le décevoir, je répondis comme il semblait le souhaiter. « Oui, Votre Majesté. Cela me plairait beaucoup.

— Eh bien, je veillerai à ce que le comte t'envoie aux cours dispensés aux garçons du Corps des pages. Si tu dois passer autant de temps avec Alexeï, il est normal que tu sois instruit. Tu peux disposer, maintenant. »

Je pivotai sur mes talons et quittai la pièce en refermant la porte derrière moi, sans me douter qu'une vie entière passée parmi les livres avait été inaugurée par cette conversation avec le tsar.

Avant d'échanger un seul mot avec la grande-duchesse Anastasia Nicolaïevna, je l'ai embrassée.

Je l'avais déjà vue trois fois, d'abord sur les berges de la Neva, près du marchand de marrons, puis de nouveau, en attendant d'être reçu par le tsar, lors de mon premier soir au palais d'Hiver, alors que je contemplais les rives du fleuve, quand les quatre grandes-duchesses débarquèrent de leur navire de plaisance.

La troisième rencontre eut lieu deux jours plus tard, tandis que je revenais d'un après-midi de formation avec la *Leib-Garde*. Épuisé, inquiet à l'idée que je ne pourrais jamais rivaliser d'énergie ou de force avec eux et que l'on me renverrait bien vite à Kachine, je regagnais ma chambre et m'étais perdu dans le labyrinthe du palais. J'ouvris une porte dont j'espérais qu'elle me conduirait à mon couloir, mais qui donnait en fait sur une sorte de salle de classe que je traversai à moitié avant de lever mes yeux fatigués pour prendre conscience de mon erreur.

« Puis-je vous aider, jeune homme ? » s'enquit une voix à ma gauche. C'était M. Gilliard, le précepteur suisse des filles du tsar, debout à son bureau, qui me dévisageait avec un mélange d'irritation et d'amusement.

« Je vous demande pardon, monsieur, m'empressai-je de dire, en rougissant un peu de ma sottise. Je pensais que la porte menait à ma chambre.

— Eh bien, comme vous pouvez voir, répliqua-t-il en écartant les bras pour désigner les cartes et les portraits qui ornaient les murs, effigies des romanciers célèbres et des grands musiciens qu'étudiaient les jeunes filles, ce n'est pas le cas.

— Non, monsieur. » Je le saluai poliment avant de rebrousser chemin. Je remarquai alors les quatre sœurs assises sur deux rangées, derrière des pupitres individuels. Elles portaient sur moi des regards exprimant à la fois la curiosité et l'ennui. C'est la première fois que je me tenais devant elles – le jour du marchand de marrons, elles m'avaient à peine vu – et j'étais un peu gêné, mais je savais que d'être en leur présence était un grand privilège. Pour un moujik comme moi, c'est un honneur indescriptible que de me trouver dans la même pièce que les filles du tsar. L'aînée, Olga, leva les yeux de son livre avec une expression de pitié.

« Il paraît épuisé, monsieur Gilliard. Il n'est ici que depuis quelques jours et il est déjà épuisé.

— Je vais très bien, je vous remercie, Votre Altesse, dis-je en m'inclinant bien bas.

— C'est celui qui a reçu une balle dans l'épaule, n'est-ce pas ? demanda sa cadette Tatiana, une grande jeune fille élégante qui avait les cheveux et les yeux gris de sa mère.

— Non, ça ne peut pas être lui, j'ai entendu dire que celui qui a sauvé la vie du cousin Nicolas était extrêmement bel homme », gloussa la troisième, Marie. Je lui lançai un coup d'œil agacé car, même si j'étais encore intimidé par ma nouvelle vie au palais royal, j'étais bien trop fatigué par les exercices au sabre et au fleuret avec les hommes du comte Tcharnetski pour me laisser malmener par un groupe de filles, malgré leur position élevée.

« C'est lui », dit une voix plus calme. En me retournant, je m'aperçus que la grande-duchesse Anastasia me regardait. Alors âgée de près de quinze ans, elle avait environ une année de moins que moi, des yeux bleu vif et un sourire qui me rendit aussitôt toute ma vigueur.

« Comment peux-tu savoir ça, *Chvipsik* ? demanda Marie à la benjamine, qui ne manifestait pas le moindre embarras.

— Parce que tu as raison, répondit Anastasia en haussant les épaules. J'ai entendu dire la même chose. Un beau jeune homme a sauvé la vie de notre cousin. Il s'appelle Gueorgui. Ce doit être lui. »

Les autres jeunes filles se mirent à pouffer, à hurler de rire tant cette remarque semblait téméraire, mais nous continuâmes à nous dévisager et je vis bientôt les coins de sa bouche remonter un peu. Un sourire apparut sur son visage et, à mon grand étonnement, je trouvai l'impertinence de lui offrir en retour le même compliment.

« Notre sœur est amoureuse », s'exclama Tatiana.

Là-dessus, M. Gilliard frappa sur son bureau avec la brosse dont il se servait pour nettoyer le tableau noir. Il nous fit sursauter, Anastasia et moi, le lien qui nous unissait fut rompu, et je me tournai piteusement vers le professeur.

« Je vous présente mes excuses, monsieur. J'ai perturbé votre leçon.

— En effet, jeune homme. Vous voulez nous faire part de votre opinion sur le comportement du comte Vronski ? »

J'ouvris de grands yeux. « Pas du tout. Je n'ai jamais rencontré ce monsieur.

— Sur l'infidélité de Stepan Arkadievitch, alors ? Sur la quête d'épanouissement de Lévine ? Peut-être aimeriez-vous commenter la réaction d'Alexeï Alexandrovitch face à la trahison de son épouse ? »

Je ne voyais pas du tout de quoi il parlait, mais comme un roman était ouvert sur chacun des quatre pupitres, je soupçonnai qu'il ne s'agissait pas de personnes réelles, mais de personnages de fiction. Anastasia adressait à son maître des regards noirs, l'air déçu.

« Il ne comprend pas, hein ? lança Tatiana, constatant peut-être que j'hésitais sur la conduite à tenir. C'est un nigaud, vous croyez ?

— Tais-toi, Tatiana, glapit Anastasia avec mépris. Il est perdu, voilà tout.

— C'est vrai, dis-je à M. Gilliard, n'osant pas parler directement à la grande-duchesse. Je suis perdu.

— Eh bien ce n'est pas ici que vous vous retrouverez, riposta-t-il sans soupçonner à quel point il avait tort. Veuillez partir. »

Je hochai bien vite la tête et exécutai encore un salut rapide avant de filer. Avant de fermer la porte, je surpris une fois de plus le regard d'Anastasia. Elle me regardait encore et je détectai une légère rougeur sur ses joues. Dans ma vanité, je m'imaginai qu'elle n'arriverait plus à se concentrer sur sa leçon ; de mon côté, je savais que je lui consacrerais ma soirée.

Je passai l'après-midi suivant à m'entraîner à nouveau avec les soldats. Le comte Tcharnetski, tout à fait hostile à ma nomination, ne perdait pas une occasion d'exprimer son déplaisir ; il avait exigé que je passe un mois à apprendre les compétences de base que ses hommes avaient passé des années à acquérir, et chaque journée de formation accélérée me laissait entièrement vidé de mes forces. Je venais de rester près de sept heures à cheval, à maîtriser ma monture de la main gauche tout en brandissant un pistolet de la main droite pour abattre un assassin potentiel, et quand je traversai la place du Palais, mes jambes flageolantes et mes bras tremblants ne me propulsaient que vers le réconfort de mon lit.

Je m'arrêtai dans le petit atrium couvert qui servait de passage entre la place et le palais, et je contemplai le jardin qui s'ouvrait devant moi. Les arbres bordant la courte allée étaient dépouillés de leurs feuilles et je vis la plus jeune fille du tsar assise à l'extérieur malgré la température glaciale, sur le bord du bassin central, perdue dans ses pensées, aussi immobile que les statues d'albâtre qui garnissaient les escaliers et les vestibules du palais.

Ayant peut-être senti ma présence, elle rejeta les épaules en arrière, se redressa un peu, puis avec précaution, sans bouger le corps, elle tourna la tête vers la gauche pour que je puisse admirer son profil. Ses joues étaient deux fleurs roses, ses lèvres s'entrouvraient, ses mains se soulevèrent de la margelle, comme désireuses d'agir, puis s'apaisèrent. Je vis ses cils parfaits battre dans l'air froid ; je ressentais chacun des mouvements de son corps.

Et tout bas je murmurai son nom.

Anastasia.

À cet instant, elle se retourna. Elle ne pouvait m'avoir entendu, pourtant elle savait. Son corps était raide, mais son visage cherchait le mien. Le manteau bleu foncé qu'elle portait glissa un peu de ses épaules et elle le resserra autour d'elle, se leva et s'approcha de moi. Nerveux, je battis en retraite derrière l'une des douze colonnes qui ceinturaient la pièce et la regardai marcher vers moi d'un pas résolu, les yeux fixés sur moi.

Je ne savais ni que dire ni que faire, alors qu'elle me dévisageait avec un mélange de désir et d'incertitude. Nous n'avions pas encore échangé deux mots de conversation. Elle promena sa petite langue rose sur ses lèvres, supportant le froid quelques instants avant de la ranger dans la caverne humide de sa bouche. Comme cette langue douce me semblait attirante. Comme elle suscitait en mon imagination des pensées qui me remplissaient de honte et d'excitation.

Je restai planté là, j'avais peine à déglutir, je la désirais désespérément. J'aurais dû me prosterner devant elle et la saluer avant de poursuivre mon chemin, mais je ne pus m'obliger à respecter le protocole. Je me réfugiai un peu plus dans la pénombre de la colonnade pour l'observer, sans jamais la quitter des yeux à mesure qu'elle s'avançait. J'avais la bouche sèche, je cherchais mes mots. Nous nous tînmes face à face, en silence, jusqu'au moment où un autre membre de la *Leib-Garde*, qui patrouillait aux abords de la place du Palais, passa à cheval près d'Anastasia si brusquement qu'elle sursauta, poussa un petit cri, de peur d'être piétinée par les sabots de l'animal, et se jeta dans mes bras.

À ce moment, comme un couple d'amants dansant le plus gracieux des pas de deux, je la fis tournoyer, de sorte qu'elle eut le dos plaqué contre la porte de chêne qui nous dominait de toute sa hauteur. Nous étions tous deux dans l'ombre, personne ne nous voyait, et nous nous regardions dans les yeux. Quand je vis les siens commencer à se fermer, je me penchai vers elle et je pressai mes lèvres froides et gercées contre la chaleur de sa bouche rose et tendre. Mes bras l'enveloppèrent, l'un fermement appuyé à son dos, l'autre se perdant dans la douceur de ses cheveux auburn.

Je ne pouvais penser à rien d'autre qu'à l'intensité de mon désir pour elle. Peu importait que nous ne nous soyons encore rien dit. Peu importait qu'elle soit une grande-duchesse, une fille de sang impérial, alors que j'étais un simple serviteur, un moujik venu offrir un peu de sécurité à son jeune frère. Peu m'importait qu'on puisse nous voir ; je savais qu'elle désirait cela autant que moi. Nous nous embrassâmes pendant je ne sais combien de temps. Se dégageant un instant pour respirer, elle posa une main sur ma poitrine et me dévisagea, mi-épouvantée, mi-grisée, avant de se détourner et de baisser les yeux, en secouant la tête comme si elle ne pouvait en aucune façon comprendre comment elle avait été aussi audacieuse.

« Je suis désolé » furent les premiers mots que je lui adressai.

« Désolé de quoi ?

— Vous avez raison, répondis-je avec un haussement dépité. Je ne regrette rien. »

Elle n'hésita qu'une seconde, puis me sourit. « Moi non plus. »

Nous nous regardâmes et j'eus honte à l'idée que j'ignorais ce qu'elle attendait de moi.

« Il faut que je rentre, dit-elle. Nous dînons bientôt.

— Votre Altesse… » Je voulais lui prendre la main, je me dépêtrais dans ma phrase, sans savoir ce que j'essayais de lui dire, sauf que j'aurais voulu la garder avec moi un peu plus longtemps.

« Je vous en prie. Mon nom est Anastasia. Puis-je vous appeler Gueorgui ?

— Oui.

— J'aime ce prénom.

— Il signifie *fermier* », répondis-je gauchement. Elle sourit.

« C'est ce que vous êtes ? Ce que vous étiez ?
— C'est ce qu'est mon père.
— Et vous, qu'êtes-vous donc ? »

Je réfléchis. Je ne m'étais jamais posé une question pareille, mais à présent, debout dans le froid glacial, sous la colonnade avec cette jeune fille devant moi, il ne semblait exister qu'une réponse véridique.

« Je suis à vous. »

J'étais encore un nouveau venu à la cour lorsque je pris le train impérial pour me rendre à Moguilev, petite ville d'Ukraine, près de la mer Noire, où était situé le quartier général de notre armée russe. Assis face à moi, enthousiasmé par la perspective de troquer le monde confiné du palais contre l'environnement plus viril d'une base militaire, un garçon de onze ans, Alexeï Nicolaïevitch, tsarévitch et grand-duc de la maison des Romanov.

En de tels moments, je m'étonnais encore que ma vie ait connu un bouleversement aussi radical. Un mois auparavant, j'étais un moujik comme un autre, je fendais du bois à Kachine, je dormais sur un sol rugueux, j'étais affamé et épuisé, je redoutais l'hiver glacé qui étoufferait bientôt tout espoir de bonheur. Maintenant, je portais l'uniforme ajusté de la *Leib-Garde*, je me préparais à un voyage confortable, bien au chaud, dans la certitude d'un déjeuner et d'un dîner plantureux, avec le fils du tsar assis à un mètre de moi.

C'était la première fois que je voyageais à bord du train impérial. J'avais beau m'être un peu habitué à l'extravagance et à la prodigalité depuis mon arrivée à Saint-Pétersbourg, l'opulence du décor me stupéfiait encore. Il y avait dix voitures en tout, dont un salon, une cuisine, un bureau privé pour le tsar et un autre pour la tsarine, ainsi que des appartements pour chacun des enfants, les domestiques et les bagages. Un second train moins long suivait à une heure d'intervalle, rempli de conseillers et de serviteurs. En général, le premier ne transportait que la famille royale, ainsi que deux médecins, trois cuisiniers, une petite armée de gardes du corps et ceux de ses conseillers que le tsar honorait d'une invitation. Comme j'étais depuis trois semaines aux côtés du tsarévitch en tant que protecteur et confident, ma place à bord était une question de protocole.

Naturellement, les planchers, les murs et les plafonds étaient tous couverts des matières les plus précieuses sur lesquelles les décorateurs avaient pu mettre la main. Les parois étaient en teck indien, avec capitonnage de cuir estampé et incrustation de soie dorée. Sous nos pieds, un épais tapis allait d'un bout à l'autre de la voiture, et tous les meubles étaient réalisés en bouleau ou en citronnier, sculptés, dorés ou couverts d'une superbe cretonne anglaise. C'était comme si tout le palais d'Hiver avait été mis sur une plate-forme mobile ; à bord, personne n'aurait jamais à songer que, de l'autre côté des vitres, s'étendaient des villes et des villages dont les habitants croupissaient dans une pauvreté abjecte, de plus en plus déçus par leur tsar.

« J'ai presque peur de bouger, au cas où je casserais quelque chose », déclarai-je au tsarévitch alors que nous passions entre les champs et les hameaux dont les habitants venaient acclamer le tsar, même si cela n'avait pas l'air de les réjouir, la bouche tordue, le corps d'une maigreur terrible. Bien sûr, il n'y avait presque aucun homme jeune dans le nombre ; la plupart étaient morts, se cachaient, ou luttaient sur le front pour que nous puissions continuer à mener notre étrange mode de vie.

« Que veux-tu dire, Gueorgui ?

— Eh bien, tout est si magnifique, expliquai-je en regardant les murs d'un bleu éclatant et les soieries pendues aux fenêtres. Vous ne vous en rendez pas compte ?

— Tous les trains ne sont pas comme celui-ci ? s'étonna-t-il.

— Non, Alexeï », répondis-je en souriant, car ce qui me stupéfiait, pour ma part, c'était la vie quotidienne du fils du tsar. « Non, celui-ci est particulier.

— C'est mon grand-père qui l'a fait construire, déclara-t-il, comme si chacun comptait un monarque parmi ses grands-parents. Alexandre III. Il était fasciné par les chemins de fer, à ce qu'il paraît.

— Il y a une seule chose que je ne comprends pas : la vitesse à laquelle il se déplace.

— Pourquoi, qu'y a-t-il d'anormal ?

— Simplement… Je ne m'y connais pas beaucoup, bien sûr, mais un train comme celui-ci pourrait sûrement rouler beaucoup plus vite, non ? » Depuis que nous avions quitté Saint-Pétersbourg, le train ne dépassait pas les quarante kilomètres à l'heure. Il maintenait ce rythme presque à la perfection, sans jamais ralentir ni accélérer en cours de route, ce qui rendait le voyage extrêmement régulier, mais aussi un peu frustrant. « J'ai connu des chevaux qui auraient dépassé ce train.

— Il roule toujours aussi lentement, répliqua le tsarévitch. Quand je suis à bord, du moins. Maman dit que nous ne pouvons risquer la moindre secousse.

— On croirait que vous êtes en porcelaine », dis-je, oubliant un moment ma position. Je regrettai aussitôt mes paroles, car il plissa les yeux pour me lancer un regard désapprobateur. Mon sang se glaça dans mes veines et je songeai qu'un jour cet enfant serait bel et bien tsar. « Je suis désolé », ajoutai-je bientôt, mais il semblait déjà avoir oublié ma transgression et avait repris son livre, une histoire de l'armée russe que son père lui avait offerte plusieurs jours auparavant et qui occupait son attention depuis. C'était un garçon très intelligent, je l'avais déjà compris, et il aimait autant la lecture que les activités de plein air dont ses parents essayaient constamment de le protéger.

J'avais été présenté au tsarévitch le lendemain de mon arrivée au palais d'Hiver et il m'avait plu sur-le-champ. Malgré sa pâleur et ses yeux noirs, il avait une assurance que j'attribuai au fait qu'il attirait l'attention de tous ceux qu'il croisait. Il tendit la main pour m'accueillir et je la serrai avec fierté, en baissant respectueusement la tête alors que je me présentais.

« Et tu seras mon nouveau garde du corps », annonça-t-il calmement.

Je me tournai aussitôt vers le comte Tcharnetski, qui m'avait mené à la salle d'audience, et qui s'empressa de faire un signe d'approbation. « Oui,

Votre Altesse, mais j'espère que je serai aussi votre ami. »

Là-dessus, il plissa le front, comme si ce mot ne signifiait rien pour lui, et il réfléchit un instant avant de reprendre la parole.

« Mon dernier garde du corps s'est enfui avec une des cuisinières pour l'épouser, le savais-tu ? »

Je secouai la tête et ris un peu, amusé par le sérieux avec lequel il s'indignait de ce crime. Il n'aurait pas paru plus offensé si l'homme en question avait tenté de l'étouffer dans son sommeil. « Non, Votre Altesse, je l'ignorais.

— J'imagine qu'ils devaient être terriblement amoureux pour abandonner leurs fonctions, mais c'était une véritable mésalliance, puisqu'il était le cousin du prince Hagurov et qu'elle n'était qu'une putain repentie. Leurs familles doivent être bien honteuses.

— Oui, Votre Altesse. » J'hésitai quelques secondes : étaient-ce ses propres paroles, ou des formules qu'il avait entendu ses aînés prononcer et qu'il répétait comme s'il exprimait son opinion ? Ses sourcils froncés indiquaient surtout qu'il avait été très proche de son garde du corps et qu'il regrettait cette perte.

« Mon père croit beaucoup à l'égalité des conjoints. Il ne supporte pas qu'un homme se marie en dessous de sa condition. Avant celui-là, j'ai eu un garde du corps que je n'aimais pas du tout. D'abord, il avait mauvaise haleine. Et il était incapable de contrôler ses fonctions corporelles. Je trouve cela très vulgaire, pas vous ?

— Si, je suppose, dis-je pour ne pas lui déplaire.

— Pourtant, continua-t-il en se mordant un peu la lèvre, parfois je trouve ça drôle. Comme quand oncle Willy est venu chez papa, il faisait des bruits terribles quand nous sommes allés le saluer, mes sœurs et moi. C'était même comique. Mais il a fallu le renvoyer à cause de ça. Le garde, je veux dire. Pas mon oncle.

— Ce ne semble pas être un comportement très convenable, Votre Altesse, fis-je remarquer, choqué à l'idée qu'on puisse appeler "oncle Willy" le kaiser Wilhelm, avec qui notre pays était en guerre.

— Non, en effet. Cela le rabaissait à mes yeux, mais on nous disait de ne tenir aucun compte de sa vulgarité. Et puis il y en a eu un autre avant lui. Ce garde-là, je l'aimais bien.

— Que lui est-il arrivé ? demandai-je, m'attendant encore à quelque histoire d'amours illicites ou d'habitudes personnelles désagréables.

— Il a été tué, répondit Alexeï sans aucune émotion. C'était à Tsarskoïe-Selo. Un assassin a lancé une bombe sur la voiture où je me trouvais, mais le conducteur l'a vue à temps et a foncé avant que la machine infernale ne me tombe sur les genoux. Mon garde du corps était assis dans la voiture suivante et c'est sur lui que la bombe est arrivée. Il a explosé.

— C'est affreux. » Horrifié par la violence de cet incident, je compris soudain que ma propre vie courrait un semblable danger lorsque je veillerais sur un aussi illustre personnage.

« Oui. Mais papa a dit qu'il serait fier d'être mort ainsi. Au service de la Russie. Après tout, ç'aurait été bien pire si j'étais mort. »

Venant de n'importe quel autre enfant, cette remarque aurait paru irréfléchie ou arrogante, mais le tsarévitch la prononçait avec tant de compassion pour la victime et une telle conscience de sa propre position que je ne pus lui en vouloir.

« Eh bien, je ne prévois ni d'enlever la cuisinière, ni de faire des pets, ni d'être déchiqueté par une bombe », déclarai-je en souriant. Dans ma naïveté, je croyais pouvoir lui parler avec franchise, compte tenu de son âge et non de son titre. « J'espère donc être votre garde pendant un certain temps.

— Yachmenev ! » protesta aussitôt le comte Tcharnetski. J'étais prêt à présenter mes excuses, mais je vis que le tsarévitch me dévisageait, bouche bée. Pendant un moment, je ne sus s'il allait éclater de rire ou appeler les autres gardes pour qu'on m'enchaîne, mais finalement il se contenta de secouer la tête, comme si les gens du commun étaient pour lui une source constante d'intérêt et d'amusement. C'est ainsi que nous commençâmes tous deux à jouer notre nouveau rôle.

Dans les semaines qui suivirent, une camaraderie sans façon s'instaura entre nous. Il me donna l'ordre de l'appeler Alexeï, ce dont je fus ravi, car j'aurais eu du mal à passer mes journées à appeler « Votre Altesse » un garçon de onze ans. Il m'appelait Gueorgui, prénom qui lui rappelait un chien qu'il avait eu jadis, mais qui avait été écrasé par l'une des voitures de son père, accident où il voyait un mauvais présage.

Il avait ses passe-temps réguliers, et je l'accompagnais partout où il allait. Le matin, il assistait à la messe avec son père et sa mère, puis il prenait son déjeuner avant d'aller étudier avec le précepteur suisse, M. Gilliard. L'après-midi, il se promenait dans les jardins, mais je remarquai que ses parents, malgré toutes leurs occupations, le surveillaient de près et qu'il n'avait pas le droit de s'adonner à une activité trop fatigante ; j'y voyais le signe de leur inquiétude pour l'héritier du trône. Le soir, il retrouvait sa famille pour le dîner, après quoi il s'installait avec un livre, ou bien nous jouions au trictrac, jeu qu'il m'avait appris dès notre première soirée ensemble et auquel je ne l'avais jamais battu.

Et puis il y avait ses quatre sœurs, Olga, Tatiana, Marie et Anastasia, dont il envahissait la chambre à chaque occasion, et qu'il tourmentait autant qu'elles l'adoraient et le câlinaient. En tant que garde du corps d'Alexeï, je côtoyais les grandes-duchesses toute la journée, mais en général elles m'ignoraient, bien entendu.

Sauf une, dont j'étais tombé amoureux.

« Oublions les chevaux, dis-je à Alexeï tout en regardant par la fenêtre. Même moi je pourrais courir plus vite que ce train.

— Alors pourquoi ne le fais-tu pas, Gueorgui Daniilovitch ? Je suis sûr que le conducteur s'arrêterait pour te laisser essayer. »

Je fis une grimace et il gloussa, montrant qu'il avait beau être bien des choses – instruit, poli, intelligent, héritier d'un trône, futur souverain d'une nation comptant des millions d'habitants –, il restait ce que tout Russe avait été à un moment de sa vie.

Un petit garçon.

La tsarine, Alexandra Fedorovna, s'était d'emblée opposée à ce voyage.

De tous les membres de la famille impériale, c'est avec elle que j'avais eu le moins de contacts depuis mon arrivée à Saint-Pétersbourg. Le tsar lui-même était toujours cordial et charmant, il se rappelait mon nom la plupart du temps, ce que je considérais comme un grand honneur. Le cours de la guerre lui causait bien de la peine, et cela se reflétait sur son visage, ridé et aux yeux cernés. Il passait ses journées dans son bureau, en consultation avec ses généraux, dont il appréciait la compagnie, ou avec les dirigeants de la Douma, assemblée dont il semblait haïr l'existence même. Mais il ne laissait jamais ses sentiments personnels influencer ses rapports avec son entourage. Chaque fois que je le rencontrais, il me saluait avec courtoisie et me demandait si j'étais content de mes nouvelles fonctions. Bien sûr, il m'intimidait toujours, mais je m'aperçus que j'étais assez présomptueux pour le trouver sympathique et pour m'enorgueillir d'être à ses côtés.

Alexandra était différente. Femme grande et séduisante, au nez fin et aux yeux inquisiteurs, elle estimait qu'une pièce était vide si elle n'accueillait que des domestiques ou des gardes, et se conduisait alors, en actions et en paroles, comme si elle était seule.

« Ne lui adresse jamais la parole », me conseilla un soir Sergueï Stassiovitch Poliakov, membre de la *Leib-Garde* avec qui je m'étais lié d'amitié parce que nos quartiers étaient voisins, nos lits n'étant séparés que par une mince cloison à travers laquelle je l'entendais ronfler toutes les nuits. À dix-huit ans, mon aîné de deux années, il n'en était pas moins l'un des plus jeunes membres du régiment d'élite du comte Tcharnetski, et j'étais flatté qu'il m'ait choisi pour ami, car il semblait bien plus au fait des usages du monde et bien plus à l'aise dans le palais. « Elle jugerait que tu lui manques de respect si tu essayais de bavarder avec elle.

— Je ne le ferais jamais. Mais parfois, nos regards se croisent dans une pièce, et je ne sais pas si je dois lui parler ou simplement la saluer.

— Ton regard croise peut-être le sien, Gueorgui, répliqua-t-il en riant, mais crois-moi, elle ne te voit pas. Les gens comme nous sont transparents pour elle. Nous sommes tous des fantômes.

— Je ne suis pas un fantôme ! protestai-je, surpris de mon indignation. Je suis un homme !

— Oui, oui, fit-il en éteignant la moitié de sa cigarette sous le talon de sa botte alors qu'il se levait pour s'en aller, non sans avoir placé la moitié non fumée dans la poche de sa veste, pour plus tard. Mais rappelle-toi comment elle a été élevée. Sa grand-mère était la reine d'Angleterre, Victoria. Une éducation pareille ne rend pas les gens très sociables. Elle ne parle jamais aux domestiques si elle peut l'éviter. »

Cela me parut tout à fait logique. Je n'avais ni rois ni princes parmi mes ancêtres — j'ignorais même le nom de certains de mes grands-parents – alors pourquoi la tsarine de Russie aurait-elle daigné m'adresser la parole ? Mon admiration pour la famille impériale était si grande que je ne m'attendais à être remarqué par aucun de ses membres, mais en songeant à l'affabilité de son mari, de son fils et de ses filles, je me demandais parfois en quoi je l'avais offensée.

Je l'avais aperçue le soir de mon arrivée au palais, bien sûr, même si je n'avais pas alors compris qui était cette dame agenouillée sur son prie-Dieu, me tournant le dos. Je la revoyais encore, en prières, fiévreuse, apparemment toute dévouée à Dieu. Et je n'avais pas oublié l'être ténébreux qui se tenait devant elle, ce prêtre terrifiant qui m'avait montré son sourire malveillant. Je ne l'avais plus rencontré par la suite, mais son image continuait à me hanter.

Néanmoins, comme elle ne tenait aucun compte de mon existence, l'impératrice se comportait de manière bien peu solennelle quand j'étais dans la pièce, et j'en étais parfois gêné, comme lorsque, deux jours avant de prendre le train, le tsar avait proposé d'emmener d'abord Alexeï au quartier général de l'armée.

« Nicky ! » cria-t-elle en s'avançant dans l'un des salons du dernier étage du palais où le tsar était perdu dans ses pensées, penché sur ses papiers. J'étais assis dans un coin sombre car Alexeï était allongé par terre pour jouer avec un petit train qu'il faisait rouler sur le tapis. Naturellement, les wagons étaient plaqués or et les rails étaient en acier fin. Le père et le fils m'ignoraient tout à fait, bien sûr, et se parlaient par intermittence. Quoique absorbé par son travail, le tsar semblait toujours beaucoup plus à l'aise quand son fils était près de lui, et il devenait soucieux dès que celui-ci quittait la pièce. « Nicky, dis-moi que tu m'as mal comprise.

— Mal comprise, ma chérie ? s'étonna-t-il, en levant des yeux fatigués, et pendant un instant je me demandai s'il n'avait pas dormi dans son fauteuil.

— Anna Vyroubova m'apprend que tu vas voir l'armée à Moguilev jeudi ?

— C'est vrai, Sunny », confirma-t-il, en appelant son épouse « petit soleil », ce surnom qui offrait un contraste total avec son air généralement sombre et fragile. Leur jeunesse et leur première rencontre s'étaient-elles déroulées de manière bien différente de leur vie actuelle ? « J'ai écrit à mon cousin Nicolas la semaine dernière pour lui annoncer que je passerais là-bas quelques jours afin d'encourager les troupes.

— Oui, oui, mais tu ne vas quand même pas prendre Alexeï avec toi ? On me dit que…

— J'en avais bien l'intention, répondit-il en détournant son regard, comme s'il savait fort bien quel tour allait prendre leur entretien.

— Je ne peux pas le permettre, Nicky !

— Tu ne peux pas le permettre ? répéta-t-il avec une note d'amusement dans la voix. Et pourquoi donc ?

— Tu sais bien pourquoi. Il ne sera pas en sécurité là-bas.

— Nous ne sommes plus en sécurité nulle part, Sunny, ne l'as-tu pas remarqué ? Ne sens-tu pas l'orage qui menace ? » Il hésita un moment et les bouts de sa moustache se haussèrent un peu lorsqu'il tenta de sourire. « Moi, je le sens. »

Elle ouvrit la bouche pour insister, mais parut troublée par ce dernier commentaire et préféra diriger son attention vers son fils, assis à un mètre à peine. Il se désintéressait à présent de son train pour observer la scène qui se jouait devant lui. Elle lui sourit un instant, un sourire inquiet, et se tordit les mains nerveusement, avant de revenir vers son mari.

« Non, Nicky. Non, j'exige qu'il reste ici avec moi. Le voyage même serait insupportable. Et qui sait quelles conditions vous trouverez en arrivant ? Quant aux risques qu'il courrait à la Stavka, tu les connais parfaitement ! Et si un bombardier allemand vous localisait ?

— Sunny, nous affrontons ces dangers tous les jours de la semaine, dit-il sur un ton plein de lassitude. Et c'est ici, à Saint-Pétersbourg, que nous sommes le plus localisables.

— Toi, tu affrontes ces dangers, oui. Et je les affronte aussi. Mais pas Alexeï. Pas notre fils. »

Le tsar ferma les yeux quelques secondes avant de se lever pour aller contempler la Neva de la fenêtre.

« Il doit m'accompagner, trancha-t-il enfin en regardant fixement sa femme. J'ai déjà signalé au cousin Nicolas que nous serions ensemble. Le message a dû être diffusé auprès des soldats.

— Alors dis-lui que tu as changé d'avis.

— C'est impossible, Sunny. La présence du tsarévitch à Moguilev sera pour eux un grand encouragement. Tu sais que leur moral n'est pas bon ces temps-ci, ils perdent l'espoir. Tu lis autant de dépêches que moi, je les ai vues dans ton boudoir. Tout ce que nous pouvons faire pour réconforter nos hommes…

— Et tu penses qu'un garçon de onze ans peut faire ça ? demanda-t-elle avec un rire amer.

— Mais ce n'est pas n'importe quel garçon de onze ans ! C'est le tsarévitch. L'héritier du trône de Russie. C'est un symbole...

— Ah, j'ai horreur que tu parles de lui ainsi ! cria-t-elle en traversant la pièce à la manière d'une furie, passant à côté de moi comme si je n'étais guère plus qu'un morceau de papier peint ou un canapé décoratif. Pour moi, ce n'est pas un symbole. C'est mon fils.

— Sunny, il est bien davantage, et tu le sais.

— Maman, je veux y aller », lança une petite voix, celle d'Alexeï, qui leva vers la tsarine des yeux sincères et pleins d'amour. Il avait les yeux de sa mère. Ils se ressemblaient beaucoup, elle et lui.

« Je le sais bien, mon ange, dit-elle en se baissant pour lui embrasser la joue. Mais ce serait dangereux pour toi.

— Je ferai attention, je te le promets.

— C'est bien joli, de me promettre, mais si tu trébuches ? Si une bombe éclate près de toi et que tu tombes ? À Dieu ne plaise, si une bombe explose, que deviendras-tu ? »

Je mourais d'envie de secouer la tête et de soupirer, face à cette mère surprotectrice. Et s'il tombait par terre ? Quelle idée ridicule. Il avait onze ans. Il devait se casser la figure vingt fois par jour. Oui, et se remettre debout aussitôt après.

« Sunny, ce garçon doit découvrir la réalité, dit le tsar, d'une voix plus ferme, comme si sa décision était définitive et que toute discussion était close. Depuis toujours il est dorloté dans des palais, enveloppé dans du coton. Réfléchis : s'il m'arrivait quelque chose demain et qu'il devait me succéder ?

Il ne connaît rien des devoirs d'un tsar. Moi-même je les connaissais à peine quand notre cher père nous a quittés, alors que j'étais un homme de vingt-six ans. Quel espoir y aurait-il pour Alexeï dans de telles circonstances ? Il passe sa vie ici avec toi et ses sœurs. Il est temps qu'il apprenne ses responsabilités.

— Mais le danger, Nicky ! implora-t-elle en courant vers son mari et en lui prenant les mains. Tu dois en être conscient. Je me suis renseignée à ce sujet. Avant même de venir te trouver, j'ai demandé au père Grigori ce qu'il pensait de ce projet. Alors tu vois, je ne suis pas aussi impétueuse que tu pourrais le croire. Et il m'a dit que c'était une très mauvaise idée. Que tu devrais envisager…

— Le père Grigori me dicte ma conduite ? s'exclama-t-il, horrifié. Le père Grigori croit peut-être pouvoir mieux gouverner le pays que moi ? Il pense qu'il serait pour Alexeï un meilleur père que celui qui l'a engendré ?

— C'est un homme de Dieu. Il parle à Celui qui est plus haut que le tsar.

— Ah, je t'en prie ! rugit-il d'une voix contrariée, en se détournant avec rage. Je ne veux pas avoir cette conversation à nouveau. Pas tous les jours ! Ça suffit, maintenant, m'entends-tu ? Ça suffit !

— Mais, Nicky !

— Mais rien du tout ! Oui, je suis le père d'Alexeï, mais je suis aussi le père de millions de Russes, et j'ai des responsabilités envers eux aussi. Mon fils viendra avec moi à Moguilev. On prendra soin de lui, je te l'assure. Derevenko et Federov seront avec nous, donc si quelque chose se produisait, les médecins s'en occuperaient tout de suite. Gilliard viendra aussi, pour qu'il ne prenne pas de retard dans ses études. Il y aura des soldats et des gardes du corps pour veiller sur lui. Et Gueorgui ne le quittera pas un instant, de son réveil jusqu'au moment où il s'endormira le soir.

— Gueorgui ? cria la tsarine, le front plissé par la surprise. Et qui est Gueorgui, s'il te plaît ?

— Ma chère, tu l'as rencontré. Une bonne douzaine de fois au moins. » D'un mouvement de la tête, il me désigna ; je m'éclaircis la gorge et me levai, émergeant de l'ombre pour me montrer. Elle me dévisagea comme si elle n'avait pas la moindre idée de ce que je faisais là ou de pourquoi je sollicitais son attention. Elle se détourna de moi et repartit vers son mari.

« S'il lui arrivait la moindre chose, Nicky…

— Il ne lui arrivera rien.

— Mais s'il arrivait quoi que ce soit, je te promets…

— Que me promets-tu, Sunny ? demanda-t-il sèchement. Qu'est-ce donc que tu me promets ? »

Elle hésita, le visage tout près du sien, mais garda le silence. Vaincue, elle dirigea vers moi un regard froid, puis en voyant son fils, elle retrouva un air heureux, comme si n'existait au monde rien de plus parfait ou de plus beau.

« Alexeï, dit-elle doucement, la main tendue. Alexeï, laisse tes jouets et viens avec maman, veux-tu ? Il doit être l'heure de ton dîner. »

Il acquiesça et se leva, lui prit la main et la suivit hors de la pièce.

« Eh bien, demanda le tsar en me fixant, la voix glaciale. Qu'attends-tu ? Va avec lui. Protège-le. Tu es ici pour ça. »

Le quartier général de l'armée, la Stavka, était situé au sommet d'une colline, dans ce qui avait été la maison du gouverneur de la province avant qu'il ne soit obligé de s'installer ailleurs pour être sûr d'avoir encore une région à administrer, une fois la guerre achevée. Cette gigantesque demeure était bâtie au centre d'une propriété couvrant plusieurs dizaines d'hectares, avec assez de pavillons et de cabanes éparpillés dans le paysage pour accueillir tout le personnel militaire de passage.

Le grand-duc Nicolas Nicolaïevitch, qui vivait pratiquement à la Stavka, occupait une chambre superbe et calme, au premier étage, surplombant un jardin où le gouverneur avait vainement tenté de cultiver des légumes dans la terre gelée. La meilleure chambre, une grande suite située au dernier étage, avec un bureau et une salle de bains particulière, restait inoccupée car elle était réservée au tsar lorsqu'il venait passer les troupes en revue. Les fenêtres à croisillons offraient une vue paisible sur les collines lointaines, et par les soirées tranquilles, on entendait parfois l'eau des ruisseaux voisins, donnant l'illusion d'un monde en paix, où nous menions une innocente vie rurale, dans la sérénité de la Biélorussie orientale. Pendant tout notre séjour, le tsar partagea cette chambre avec Alexeï, et l'on m'attribua un lit de camp dans un petit salon du rez-de-chaussée, où dormaient trois autres gardes du corps, dont mon ami Sergueï Stassiovitch, un de ceux dont les fonctions se bornaient strictement à la protection du tsar.

C'était un plaisir d'observer le tsar et le tsarévitch ensemble, car je n'avais jamais vu un père et un fils autant apprécier la compagnie l'un de l'autre. À Kachine, ce genre d'affection aurait paru déplacé. La seule forme de tendresse admise était le respect que mon vieil ami Kolek témoignait à son père Boris. Mais il existait entre ce garçon et cet homme une affection naturelle qui me rendait jaloux et, loin de l'austérité de la vie au palais, leur camaraderie semblait encore renforcée. En ces moments, je pensais souvent à Daniil, avec regret.

Dès le départ, le tsar insista pour qu'Alexeï ne soit pas traité comme un enfant, mais comme l'héritier du trône de Russie. Aucune conversation n'était jugée trop privée ou trop sérieuse pour ses jeunes oreilles. Aucun spectacle ne devait être dérobé à ses jeunes yeux. Quand Nicolas partait inspecter ses hommes, Alexeï l'accompagnait, suivi de près par Sergueï et moi. Lors des revues, les soldats au garde-à-vous répondaient aux questions de leur empereur, et le petit garçon, poli et attentif, écoutait tout ce qui se disait et digérait chaque mot.

Lorsque nous allions visiter les hôpitaux de campagne, ce que nous faisions fréquemment, il ne manifestait ni dégoût ni effroi, malgré les horreurs qui s'offraient à nos yeux.

À un campement, tout notre entourage pénétra dans une tente grise où un groupe de médecins et d'infirmiers soignaient de cinquante à soixante blessés, couchés dans des lits si serrés qu'on aurait cru un seul long matelas assemblé pour qu'ils y meurent. Il flottait dans l'air une odeur de sang, de membres en décomposition et de chair en putréfaction ; quand nous entrâmes, j'eus aussitôt envie de sortir en courant pour respirer l'air frais, mon visage se tordit et ma gorge dut lutter contre le désir de vomir. Le tsar ne trahit aucune répugnance, et Alexeï lui-même ne parut nullement affecté par cette agression contre les sens. Lorsqu'il se tourna vers moi alors que je toussais, je distinguai sur son visage une désapprobation très nette ; je fus embarrassé car ce n'était qu'un enfant, de cinq ans mon cadet, mais il se conduisait avec plus de dignité que je n'en étais capable. Humilié, je surmontai ma répulsion et suivis l'empereur et son fils de lit en lit.

Le tsar parlait à chaque homme tour à tour, se penchant tout près d'eux pour que leur conversation ait un semblant d'intimité. Certains soldats pouvaient murmurer une réponse, d'autres n'avaient ni la force ni le calme nécessaires bavarder. Tous semblaient abasourdis par la présence du tsar parmi eux ; peut-être se croyaient-ils atteints de visions engendrées par la fièvre. C'était comme si le Christ en personne était venu sous la tente leur offrir sa bénédiction.

À mi-parcours, Alexeï lâcha la main du tsar, se glissa vers le côté opposé et se mit à parler aux hommes pour imiter son père. Il s'asseyait à leur chevet et je l'entendis leur expliquer qu'il était venu de très loin, de Saint-Pétersbourg, pour passer cette journée avec eux. Que sa monture était un cheval de bataille, mais que nous allions au pas pour lui éviter tout danger. Il parlait de choses et d'autres, de broutilles qui devaient lui sembler terriblement importantes, mais les malades appréciaient la simplicité de sa conversation, ils étaient charmés. Lorsque les visiteurs de marque parvinrent tous deux au bout de leur rangée de lits, le tsar regarda son fils déposer une petite icône entre les mains d'un homme qui avait perdu la vue dans une attaque. Se tournant vers un de ses généraux, il formula tout bas une réflexion que je ne pus entendre. L'autre homme hocha la tête et attendit que le tsarévitch ait terminé son entretien.

« Qu'y a-t-il, papa ? demanda Alexeï en voyant tous les yeux fixés sur lui.

— Rien du tout, mon fils, répondit le tsar, et je suis sûr que les mots s'étranglèrent dans sa gorge, car il était accablé par un mélange de compassion pour ses hommes et de fierté face à la patience de son fils. Viens, il est temps de partir. »

C'est plus d'une semaine après notre arrivée à la Stavka que je vis le grand-duc Nicolas Nicolaïevitch, dont j'avais sauvé la vie et dont la recommandation m'avait valu une nouvelle vie. Lors de ces retrouvailles, il rentrait tout juste du front, où son armée avait connu des succès divers ; il venait à Moguilev discuter avec son cousin le tsar et préparer la stratégie pour l'automne.

J'avais laissé Alexeï dans le jardin, où il construisait un fortin entre quelques arbres, lorsque je vis ce géant s'avancer vers moi dans un couloir. Mon premier instinct fut de prendre mes jambes à mon cou, car son immense stature et sa carrure imposante suggéraient une présence des plus intimidantes, presque plus que celle du tsar lui-même, mais il était trop tard pour m'enfuir : il m'avait vu et me faisait signe de la main.

« Yachmenev ! rugit-il en s'approchant, masquant presque toute la lumière des portes ouvertes. C'est bien toi ?

— Oui, monsieur, avouai-je avec un salut respectueux. C'est un plaisir de vous revoir.

— Vraiment ? s'étonna-t-il. Eh bien, je suis content de l'apprendre. Te voici donc, ajouta-t-il en me toisant pour décider si je lui plaisais encore ou non. Je pensais bien que ça marcherait. J'ai dit à mon cousin Nicky : j'ai rencontré un gamin dans la cambrousse, un garçon très courageux. Il n'a pas très fière allure, c'est certain. Il lui manque quelques centimètres en hauteur et quelques kilos de muscles en plus, mais c'est un brave gars. Exactement ce qu'il te faudrait pour veiller sur le jeune Alexeï. Je suis heureux qu'il m'ait écouté.

— Vous avez toute ma gratitude, monsieur, pour avoir transformé mon existence.

— Oui, oui. Ça fait une fameuse différence par rapport à… Où donc t'ai-je rencontré ?

— À Kachine, monsieur.

— Ah oui, Kachine. Quel trou affreux. Il a fallu pendre l'imbécile qui avait essayé de me tirer dessus. Il ne voulait pas me tuer, ce n'était qu'un gosse, mais on ne peut pardonner ce genre de crime. Il fallait faire un exemple. Tu peux comprendre ça, non ? »

Je hochai la tête sans rien dire. Je préférais ne pas m'attarder sur le souvenir du rôle que j'avais joué dans la mort de Kolek, car je me sentais terriblement coupable d'en avoir profité. Et j'aurais bien eu besoin de son amitié.

« C'était ton copain, hein ? demanda le grand-duc après un moment, sentant ma réticence.

— Nous avions grandi ensemble. Il avait parfois de drôles d'idées, mais il n'était pas méchant.

— Je n'en suis pas si sûr, répliqua-t-il avec un haussement d'épaules. Il m'a quand même visé avec un pistolet.

— Oui, monsieur.

— Enfin, c'est du passé, désormais. La survie du plus apte, etc. À propos, où est le tsarévitch ? N'es-tu pas censé être toujours à côté de lui ?

— Il est dehors, dis-je en désignant le petit bosquet où l'enfant traînait des bûches dans l'herbe pour former les murs de son fortin.

— Il se débrouille très bien tout seul, non ? » demanda le grand-duc, et je ne pus m'empêcher de pousser un soupir de frustration. Je veillais sur le tsarévitch depuis deux mois et je n'avais jamais connu d'enfant aussi couvé que lui. Ses parents agissaient comme s'il risquait à tout instant de se casser en deux. Et maintenant le grand-duc suggérait qu'il ne fallait pas le laisser seul, de peur qu'il ne se blesse. *Ce n'est qu'un petit garçon !* avais-je parfois envie de leur crier. *Un enfant ! Vous n'avez donc jamais été enfants ?*

« Je peux aller le rejoindre, si vous voulez. Je n'étais rentré qu'un instant pour…

— Non, non, je suppose que tu sais ce que tu fais. Je ne suis pas là pour apprendre leur métier aux serviteurs des autres. »

Je me hérissai un peu à cette idée. Le serviteur du tsar. N'étais-je rien d'autre ? Bien sûr que non. Je n'étais pas vraiment libre. Malgré tout, ces mots n'étaient pas agréables à entendre tout haut.

« Et tu t'es bien habitué à tes nouvelles fonctions ? me demanda-t-il.

— Oui, monsieur. Je suis... Ce n'est peut-être pas très bien dit, mais j'apprécie beaucoup mon travail.

— Pas mal dit du tout, mon garçon, approuva-t-il en reniflant un peu, avant de se vider le nez dans un immense mouchoir blanc. Rien de mieux que d'aimer ce qu'on fait. Comme ça le temps passe plus vite. Et comment va ton bras ? ajouta-t-il en me donnant une bourrade si forte, là où la balle m'était entrée dans l'épaule, que j'eus bien du mal à retenir un cri de douleur et à ne pas le frapper à mon tour, geste qui aurait eu pour moi les plus sinistres conséquences.

— Beaucoup mieux, monsieur, répondis-je en serrant les dents. Il y a une cicatrice, comme vous l'aviez prédit, mais...

— Un homme doit toujours avoir une cicatrice. J'en ai partout sur le corps, moi. J'en suis couvert. Quand je suis nu, on croirait qu'un chat a fait ses griffes sur moi. Il faudra que je te montre, un de ces jours. » Je le dévisageai, stupéfait par cette proposition. La perspective d'une visite guidée des cicatrices du grand-duc ne me tentait pas le moins du monde. « Il n'y a pas un soldat dans cette armée qui n'ait pas de cicatrices, poursuivit-il sans remarquer ma stupeur. Prends-le comme une marque d'honneur, Yachmenev. Quant aux femmes... quand elles la verront, je te promets que ça leur plaira bien plus que tu n'imagines. »

Je rougis, innocent que j'étais, et baissai les yeux en silence.

« Par tous les saints, gamin ! Te voilà rouge comme une pivoine. Tu as déjà montré ta cicatrice à toutes les putains qui tournent autour du palais d'Hiver ? »

Je restai muet et regardai ailleurs. Je n'avais rien fait de tel, j'ignorais encore tout des plaisirs charnels, comme au jour de ma naissance. Les prostituées ne m'attiraient pas, même si j'aurais pu avoir accès à elles car elles étaient une des bases de la vie au palais. Et les femmes qui ne faisaient pas payer leurs charmes ne m'attiraient pas davantage. Toutes mes attentions se concentraient sur une seule jeune fille, mais le dévoiler était impossible, et la révélation de cet amour malvenu aurait pu me coûter la vie. C'était la dernière chose que j'aurais confiée à Nicolas Nicolaïevitch.

« Eh bien, bravo, mon garçon ! s'exclama-t-il en me donnant un nouveau coup sur le bras. Tu es jeune. Tu peux prendre ton plaisir où tu le… Grands dieux ! »

Son soudain changement de ton me fit lever les yeux et je vis qu'il s'était tourné vers la fenêtre, vers le jardin où le fortin du tsarévitch commençait à se dresser. Alexeï avait disparu, en revanche, en suivant le regard du grand-duc, je l'aperçus, à cinq mètres du sol, assis sur une grosse branche horizontale.

« Alexeï ! murmura le grand-duc, tremblant.

— Hé ho ! » cria le garçon de son poste d'observation. À sa voix, on le devinait ravi d'être monté si haut dans le chêne. « Cousin Nicolas, Gueorgui, vous me voyez ?

— Alexeï, ne bouge pas ! hurla le grand-duc en courant vers l'extérieur. Reste où tu es, tu m'entends ! Ne bouge pas d'un centimètre. Je viens te chercher. »

Je partis après lui, étonné par le sérieux avec lequel il prenait l'affaire. L'enfant avait réussi à escalader l'arbre, il n'aurait pas plus de mal à en dégringoler. Pourtant, Nicolas Nicolaïevitch fonçait vers le chêne comme si notre vie et l'avenir de la Russie en dépendaient.

Néanmoins, il était trop tard. Le petit garçon ne put résister à la vue de ce monstre qui chargeait. Il essaya de se lever et de descendre le tronc, peut-être convaincu d'avoir enfreint une règle inconnue ; il lui semblait donc plus prudent de se sauver avant d'être attrapé et puni. Mais il se prit le pied dans une branche et, un instant après, je l'entendis pousser un cri de surprise alors qu'il s'efforçait de trouver prise sur l'une des branches plus petites. Il tomba bruyamment à terre, se redressa, se frotta la tête et le coude, nous sourit à tous les deux comme si tout cet épisode avait été pour lui une grande aventure, mais pas entièrement déplaisante.

Je lui souris en retour. Tout allait bien, après tout. C'était un tour digne d'un petit garnement, et il y avait eu plus de peur que de mal.

« Dépêche-toi, m'ordonna le grand-duc, le visage blême. Appelle les médecins. Fais-les venir, Yachmenev.

— Mais l'enfant n'a rien, monsieur. Regardez-le, il a simplement…

— Fais-les venir tout de suite, Yachmenev ! » Dans sa fureur, il faillit me renverser, et cette fois je n'eus aucune hésitation.

Je fis demi-tour, je courus chercher de l'aide.

Et en quelques minutes, tout s'était arrêté dans la maisonnée.

Le soir passa sans que le dîner ne soit servi ; la nuit passa sans qu'aucun divertissement ne soit proposé. Enfin, juste après deux heures du matin, je trouvai un prétexte pour quitter la pièce où s'étaient réunis les membres de la *Leib-Garde*. Alors qu'ils me lançaient des regards plus méprisants les uns que les autres, je regagnai mon lit de camp où j'aspirais avant tout à fermer les yeux, m'endormir vite et mettre derrière moi les événements de cette horrible journée.

Entre l'accident et le petit matin, j'avais éprouvé des sentiments de confusion, de colère et d'apitoiement sur moi-même, mais j'ignorais toujours pourquoi la chute d'Alexeï était considérée comme un si terrible désastre, car il ne montrait aucun signe extérieur de traumatisme, à part quelques bleus répartis entre son coude, sa jambe et son buste. Bien sûr, je commençais à comprendre que la vigilance avec laquelle on veillait sur le tsarévitch ne tenait pas seulement à sa proximité du trône, mais à un problème plus sérieux. Rétrospectivement, je me souvins de conversations avec le tsar, avec certains gardes, avec Alexeï lui-même, lourdes de sous-entendus jamais explicités, et je maudis ma stupidité pour n'avoir pas tâché d'en savoir plus.

Alors que je me déplaçais dans les couloirs, pleurant de plus en plus sur mon sort, une porte s'ouvrit sur ma gauche et, avant que j'aie pu tourner la tête dans cette direction pour voir qui était à l'intérieur, une main agrippa le revers de ma veste et me souleva pratiquement du sol.

« Comment as-tu pu être aussi bête ? » me demanda Sergueï Stassiovitch en fermant la porte et en me faisant pivoter vers lui. À mon grand étonnement, je vis que la seule autre personne présente était la sœur d'Alexeï, la grande-duchesse Marie, dos à la fenêtre, le visage pâle, les yeux rougis par les larmes. L'un des gardes avait signalé que la tsarine Alexandra était déjà arrivée de Saint-Pétersbourg, et en l'apprenant j'avais soudain ressenti l'espoir qu'elle ne serait pas venue seule. « Pourquoi ne le surveillais-tu pas, Gueorgui ?

— Mais je le surveillais, Sergueï, affirmai-je, bouleversé de constater que l'univers entier semblait avoir décidé que tout s'était produit par la faute de ce pauvre moujik de Kachine. J'étais dans le jardin avec lui, il ne faisait rien de dangereux. Je suis entré un moment et j'ai été distrait par…

— Tu n'aurais pas dû le quitter », dit Marie en s'avançant vers moi. Je la saluai bien bas, mais elle eut un geste d'agacement, comme si ma politesse l'insultait. Elle avait le même âge que moi – nous avions tous les deux dix-sept ans depuis quelques jours – et son teint de porcelaine faisait se retourner tous les hommes dès qu'elle entrait dans une pièce. Certains la considéraient comme la plus belle des filles du tsar. Mais pas moi.

« Voilà ce qui arrive quand on admet des amateurs dans nos rangs, s'exclama Sergueï qui tournait en rond comme un ours en cage. Oh, je suis désolé de te le dire, Gueorgui, ce n'est pas vraiment ta faute, mais tu n'as pas l'expérience qu'il faut pour une telle responsabilité. Nicolas Nicolaïevitch n'aurait jamais dû te recommander. Tu sais depuis combien de temps je m'entraîne à protéger le tsar ?

— Eh bien, comme tu n'as que deux ans de plus que moi, je ne vois pas bien la différence, répondis-je, car il était hors de question que je le laisse me parler de haut.

— Et il est au palais depuis huit années, glapit la grande-duchesse en s'approchant de moi, exaspérée par ma remarque. Sergueï a passé son enfance dans le Corps des pages. As-tu la moindre idée de ce que c'est ? » Elle me dévisagea d'un air dédaigneux avant de répondre à sa propre question : « Non, bien sûr. Il comptait parmi les cent cinquante jeunes garçons choisis parmi la noblesse de cour pour devenir membres de la *Leib-Garde*. Et seuls les meilleurs membres du corps ont le privilège de protéger ma famille. Chaque jour, il apprend de quoi il doit se méfier, où se cachent les dangers, comment empêcher une tragédie. Sais-tu seulement combien de mes parents et ancêtres ont été assassinés ? Te rends-tu compte que mon frère, mes sœurs et moi-même passons chaque instant de chaque journée dans l'ombre de la mort ? Nous ne pouvons nous fier qu'à nos prières et à nos gardes. Ce sont des hommes comme Sergueï Stassiovitch qu'il nous faut autour de nous. Pas des gens comme toi. »

Elle secoua la tête d'un air pitoyable. Je trouvais extraordinaire que sa colère semble fondée en partie sur ce qui était arrivé à son frère, en partie sur ce que j'avais dit de Sergueï. Qu'était-il pour elle, après tout, sinon un membre de la *Leib-Garde* parmi tant d'autres ? L'homme dont elle prenait si vigoureusement la défense fulminait à la fenêtre ; je la vis aller vers lui et lui parler tout bas avant qu'il dise non. Je me demandai si Marie n'était pas un peu amoureuse de lui, peut-être, car c'était un superbe jeune homme, grand et beau, aux yeux d'un bleu perçant, à qui son épaisse chevelure blonde donnait une physionomie plus aryenne que russe.

« Je ne sais pas ce qu'on attend de moi, dis-je enfin, au bord des larmes. Je m'occupe de lui depuis l'instant où l'on m'a nommé à ce poste. C'était un accident, pourquoi est-ce si difficile à comprendre ? C'est le genre de choses qui arrive aux petits garçons.

— Va dormir, Gueorgui », dit calmement Sergueï en se retournant et en venant me tapoter l'épaule en signe de commisération. Je repoussai sa main, car je ne voulais pas de sa condescendance. « Demain sera une journée bien remplie, sans aucun doute. Ils voudront t'interroger. Ce n'est pas ta faute, pas vraiment. La vérité, c'est qu'on aurait dû t'en parler bien avant. Peut-être, si tu avais su…

— Si j'avais su ? demandai-je, perplexe. Su quoi ?

— Va. » Il ouvrit la porte et me poussa dans le couloir. J'aurais voulu poursuivre la discussion, mais il s'était remis à chuchoter avec la grande-duchesse. Sentant que je ne les intéressais plus, je me sentis plus contrarié que jamais et me hâtai de partir, non pour aller me coucher comme prévu, mais pour repartir vers ce jardin où tout avait commencé.

La lune était pleine et je me retrouvai au même endroit où j'avais conversé avec le grand-duc, dans l'après-midi, heureux d'être maintenant seul avec mes pensées et mes regrets. Une douce brise soufflait, je fermai les yeux devant les portes ouvertes et la laissai me rafraîchir, m'imaginant bien loin, en un lieu où l'on n'en attendait pas tant de moi. Dans la nuit, dans la solitude obscure de ce couloir de la Stavka, je pus trouver un peu d'apaisement, un répit après le drame qui nous avait engloutis tout l'après-midi et toute la soirée.

J'entendis des pas dans le corridor pendant quelque temps avant de songer à me retourner. Ils avaient une urgence, une détermination qui me rendait nerveux.

« Qui est là ? » criai-je. Malgré ce que pouvaient penser Sergueï et la grande-duchesse Marie, j'avais appris au cours des derniers mois des moyens toujours plus ingénieux pour affronter un possible assassin, mais le quartier général de l'armée était bien le dernier endroit où il aurait pu s'en introduire un. « Qui est là ? répétai-je, plus fort, en me demandant si j'aurais une chance de me racheter aux yeux de la famille impériale avant le lever du soleil. Qui êtes-vous ? »

Là-dessus, la silhouette finit par émerger des ténèbres et, avant que j'aie pu reprendre mon souffle, elle vint se planter devant moi, leva une main en l'air et, d'un geste vif et résolu, me gifla avec force. Je fus si surpris par la vigueur et le caractère imprévu de cette action que je titubai et m'écroulai, tombant douloureusement sur le coude. je ne poussai aucun cri, je restai hébété en frottant ma mâchoire endolorie.

« Imbécile », dit la tsarine en faisant encore un pas vers moi, et je reculai un peu, comme un crabe sur une plage, même si je ne la soupçonnais pas de vouloir à nouveau me frapper. « Pauvre imbécile, répéta-t-elle d'une voix ravagée par la colère et la peur.

— Votre Majesté. » J'étais maintenant debout, mais je me tenais à distance. Une lueur de terreur absolue brillait dans ses yeux, une panique telle que je n'en avais encore jamais vu. « Je n'arrête pas de le dire aux gens, c'est un accident. Je ne sais pas comment…

— Nous ne pouvons pas nous permettre d'avoir un accident, cria-t-elle. À quoi sers-tu si tu ne peux pas veiller sur mon fils ? Si tu ne le protèges pas du danger ?

— À quoi je sers ? demandai-je, certain de ne guère apprécier cette formule, même si elle émanait de l'impératrice de Russie. Je ne peux avoir les yeux sur lui à chaque instant de la journée. C'est un petit garçon. Il est un peu casse-cou.

— Il est tombé d'un arbre, voilà ce qu'on me dit. D'abord, que faisait-il dans un arbre ?

— Il l'a escaladé. Le tsarévitch construisait un fortin. Je suppose qu'il lui a fallu plus de bois et que…

— Pourquoi n'étais-tu pas avec lui ? Tu aurais dû être là ! »

Je secouai la tête et détournai le regard, incapable de comprendre comment elle croyait possible que je ne quitte pas son fils une seconde. C'était un enfant actif, malgré ce qu'ils pensaient. Il m'échappait constamment.

« Gueorgui, dit la tsarine, plaçant ses deux mains sur ses joues, où elle les laissa un moment avant d'exhaler longuement. Gueorgui, tu ne comprends pas. J'ai dit à Nicky que nous aurions dû t'expliquer.

— M'expliquer ? » C'est moi qui haussai la voix à présent, malgré notre différence de rang, car le secret ne pouvait rester caché un instant de plus. « M'expliquer quoi ? Dites-le-moi, je vous en prie !

— Écoute. » Elle mit un doigt contre ses lèvres et je balayai la pièce du regard, m'attendant à apprendre ce qui allait tout justifier.

« Qu'y a-t-il ? Je n'entends rien.

— Je sais. Il n'y a plus de bruit maintenant. Plus un son. Mais dans une heure, peut-être moins, ces couloirs résonneront des cris de mon fils quand la douleur apparaîtra. Le sang entourant ses blessures ne va pas coaguler. C'est là qu'il commencera à souffrir. Tu croiras peut-être ne jamais avoir entendu de cri aussi angoissés, mais… » Elle émit un petit rire amer tout en secouant la tête. « Ce ne sera rien, rien en comparaison de ce qui suivra.

— Il n'est pas tombé de très haut, protestai-je, conscient de la faiblesse de mon excuse, car je mesurais enfin la nécessité de protéger le tsarévitch.

— Au bout de quelques heures, la véritable douleur va démarrer. Les médecins ne pourront pas arrêter le flux de sang, car ses blessures sont toutes internes, et il est impossible de l'opérer, puisqu'il est exclus de le laisser saigner davantage. N'ayant aucune issue naturelle, le sang inondera les muscles et les articulations d'Alexeï, il essaiera de remplir des espaces déjà pleins, de se répandre plus encore dans ces zones blessées. Mon fils commencera à souffrir d'une manière que nous ne pouvons nous représenter, ni toi ni moi. Il criera. Puis il hurlera. Il hurlera pendant une semaine, peut-être davantage. Gueorgui, peux-tu imaginer ce que ce doit être, de hurler aussi longtemps ? »

Je la dévisageai sans rien dire. Bien sûr que je ne pouvais l'imaginer. Cela dépassait l'imagination.

« Et pendant tout ce temps, il lui arrivera constamment de perdre connaissance, mais il sera généralement conscient de la souffrance. Tout son corps sera agité de spasmes, il délirera. Il sera déchiré entre les cauchemars, les hurlements de douleur et les prières pour que nous l'aidions, son père ou moi, pour que nous soulagions son martyre, mais nous ne pourrons rien faire. Nous resterons assis à son chevet, nous lui tiendrons la main, mais nous ne pleurerons pas, parce que nous ne pouvons nous laisser aller devant l'enfant. Et Dieu sait combien cela durera ! Sais-tu ce qui se produira ensuite, Gueorgui ? »

Je fis signe que non. « Quoi ?

— Il mourra peut-être, dit-elle froidement. Mon fils mourra peut-être. La Russie n'aura plus d'héritier. Et tout cela parce que tu l'as autorisé à escalader un arbre. Comprends-tu, maintenant ? »

Je ne savais que dire. Ce petit garçon était hémophile, il avait ce qu'on appelait cette « maladie des rois » dont j'avais entendu des domestiques parler, mais à laquelle je n'avais guère songé. Feue la reine d'Angleterre, Victoria, grand-mère de la tsarine, en était porteuse et, comme elle avait marié la plupart de ses enfants et petits-enfants aux princes et princesses d'Europe, ce mal était un secret honteux qu'on taisait dans bien des cours royales. Et dans la nôtre. Ils auraient dû me prévenir bien avant, songeai-je amèrement. Ils auraient dû me faire confiance. Après tout, j'aurais préféré me plonger un poignard dans le cœur plutôt que de causer au tsarévitch une telle torture.

« Puis-je le voir ? » demandai-je, et elle me sourit un moment, tout à coup radoucie, avant de disparaître dans la pénombre du long couloir, en direction de la chambre du tsarévitch. « Je veux le voir ! lui criai-je, sans même réfléchir à l'incorrection de ma conduite. S'il vous plaît, laissez-moi le voir ! »

Mais mes cris ne furent pas entendus. Inversant la situation préalable, les pas de la tsarine s'éloignèrent vite et s'estompèrent au loin, jusqu'à ce que je sois de nouveau seul, à contempler le jardin, désespéré et accablé par ma faute.

C'est alors qu'Anastasia vint me rejoindre.

Elle n'avait rien perdu de la conversation que je venais d'avoir avec sa mère. Elle devait être arrivée peu auparavant, comme je l'avais espéré. Elle était venue voir son frère.

Et me voir, pensai-je.

« Gueorgui ! » Sa voix s'éleva au-dessus du chuchotement et passa par-dessus les haies et les buissons pour charmer mon oreille comme une mélodie. Je tournai mon visage dans l'endroit d'où elle émanait et je vis sa robe blanche danser entre la végétation vert sombre. « Gueorgui, je suis là. »

Je vérifiai rapidement que personne ne nous observait et courus dehors. Elle m'attendait derrière un buisson, et quand je vis son visage inquiet, j'eus envie de pleurer. Son frère était alité, terrorisé, se préparant à des semaines de souffrance, mais soudain rien de tout cela ne comptait plus, et j'eus honte. Car elle était là devant moi.

« J'espérais que tu viendrais, avouai-je.

— Maman nous a toutes amenées, expliqua-t-elle en tombant dans mes bras. Alexeï est...

— Je sais. Et c'est ma faute. C'est entièrement ma faute. J'aurais dû... J'aurais dû être plus vigilant. Si j'avais su...

— Tu ne pouvais pas deviner les risques. J'ai peur, Gueorgui. Serre-moi dans tes bras, veux-tu ? Serre-moi et dis-moi que tout ira bien. »

Je n'hésitai pas. Je l'enlaçai et j'appuyai son visage contre ma poitrine, j'embrassai ses cheveux dorés et j'y posai mes lèvres, tout en inspirant son doux parfum.

« Anastasia, dis-je en fermant les yeux et en me demandant comment j'avais pu en aboutir à cette situation. Anastasia, ma bien-aimée. »

1953

Assis à la fenêtre d'un café en face de la Central School of Art and Design, j'attendais Zoïa et je consultais ma montre de temps à autre, en m'efforçant de ne pas entendre les gens jacasser autour de moi. Elle avait déjà plus d'une demi-heure de retard et je commençais à m'énerver. J'avais ouvert devant moi *Ouragan sur le Caine* mais je ne pouvais me concentrer sur les mots, et finis par écarter le livre. Je pris une cuiller pour mélanger mon café tout en tambourinant nerveusement sur la table avec les doigts de ma main gauche.

Sur le trottoir d'en face, le personnel et les élèves de l'école passaient, s'arrêtaient et bavardaient entre eux, riaient, cancanaient, s'embrassaient, certains attirant le froncement de sourcils désapprobateur des passants à cause de leurs habits peu orthodoxes. Un jeune homme d'environ dix-neuf ans tourna au coin de la rue et s'avança comme pour un défilé militaire, vêtu d'un pantalon tuyau de poêle, d'une chemise foncée et d'un gilet, le tout surmonté d'une redingote qui lui tombait jusqu'aux genoux. Ses cheveux plaqués à la brillantine se redressaient sur le front en une houppe élégante, et il se pavanait comme si la ville était à lui. Il était impossible de ne pas le contempler, ce sur quoi il comptait sans doute.

« Gueorgui. »

Je me retournai et fus surpris de voir ma femme devant moi ; j'étais si absorbé par les déambulations devant l'école que je ne l'avais pas vue arriver. Un an auparavant, cela n'aurait jamais pu se produire, pensai-je tristement.

« Coucou », dis-je en regardant ma montre, ce que je regrettai aussitôt, car c'était un geste agressif, conçu pour lui indiquer son retard sans avoir à le dire. J'étais agacé, c'est vrai, mais je ne voulais pas le montrer. Je venais de passer six mois à ne pas montrer que j'étais agacé. C'était l'une des choses qui maintenaient encore notre couple.

« Je suis désolée », dit-elle en s'asseyant, l'air épuisé, avant d'enlever son chapeau et son manteau. Quelques semaines plus tôt, elle avait fait couper ses cheveux très court, dans un style rappelant la reine – non, la reine mère, je n'avais pas encore pris l'habitude de l'appeler ainsi – et, en toute franchise, cette nouvelle coiffure ne me plaisait pas. Mais il y avait alors beaucoup de choses qui ne me plaisaient pas.

« J'ai été retenue alors que je m'en allais. La secrétaire du Dr Highsmith avait quitté son bureau et je ne pouvais pas partir sans avoir fixé mon prochain rendez-vous. Il lui a fallu une éternité pour réapparaître, et une fois de retour, elle ne retrouvait plus son agenda. » Elle secoua la tête et soupira, comme si le monde était décidément un endroit trop épuisant pour y vivre, puis elle se tourna vers moi avec un petit sourire. « Tout ça prit un temps fou. Ensuite, l'autobus… enfin, que veux-tu que je te dise ? À part que je suis désolée.

— C'est bon, répondis-je, comme si c'était sans importance. Je n'ai pas vu l'heure tourner. Tout va bien ?

— Très bien.

— Qu'est-ce que tu prendras ?

— Juste un thé, s'il te plaît.

— Rien que du thé ?

— S'il te plaît.

— Tu n'as pas faim ? »

Elle hésita un instant, réfléchit, puis secoua la tête. « Pas pour le moment. Je n'ai pas beaucoup d'appétit aujourd'hui, bizarrement. Je prendrai juste du thé, merci. »

J'approuvai et je partis commander du thé au comptoir. En attendant que l'eau soit bouillante, puis que les feuilles de thé infusent, je contemplai Zoïa qui regardait par la fenêtre cet établissement où elle enseignait depuis environ cinq ans, et je m'efforçai de ne pas la détester pour ce qu'elle nous avait fait. Pour ce qu'elle m'avait fait. Pour oser arriver en retard, sans appétit, ce qui me laissait entendre qu'elle était allée ailleurs, avec quelqu'un d'autre, avec qui elle avait déjeuné. Même si je savais que ce n'était pas le cas, je la détestais parce qu'elle m'avait rendu méfiant envers chacun de ses faits et gestes.

« Merci, dit-elle quand je posai la tasse devant elle. J'en ai besoin. Il fait froid, maintenant. J'aurais dû mettre une écharpe. Comment s'est passée ta matinée ? »

Je haussai les épaules, irrité par sa gaieté et son bavardage, comme si tout allait bien, comme si notre vie était ce qu'elle avait toujours été et ce qu'elle serait toujours. « Comme d'habitude. Je me suis ennuyé.

— Oh, Gueorgui ! » Elle tendit la main par-dessus la table et la posa sur la mienne. « Ne dis pas ça. Ta vie n'est pas ennuyeuse.

— Ah, c'est sûr, elle n'est pas aussi palpitante que la tienne. » Je regrettai aussitôt ces mots quand je la vis se pétrifier, se demandant si j'avais vraiment voulu être à ce point blessant. Sa main resta encore quelques secondes sur la mienne, puis se retira. Elle regarda dehors et sirota son thé avec précaution. Je savais qu'elle ne serait pas la première à parler. Après plus de trente ans de mariage, il y avait bien peu de choses dans son comportement que je ne pouvais anticiper. Elle était capable de me surprendre, évidemment, elle l'avait prouvé. Mais quand même, je la connaissais mieux que quiconque.

« La nouvelle employée commençait aujourd'hui, repris-je en m'éclaircissant la gorge pour aborder un sujet de conversation sans danger. C'est tout ce qu'il y a de nouveau.

— Ah oui ? demanda-t-elle sur un ton neutre. Comment est-elle ?

— Charmante. Désireuse d'apprendre. Assez calée en livres. Elle a fait des études de littérature à Cambridge. Redoutablement intelligente. »

Zoïa sourit et étouffa un petit rire. « *Redoutablement intelligente*, répéta-t-elle. Gueorgui, tu es devenu un véritable Anglais.

— Moi ?

— Oui, toi. Tu n'aurais jamais utilisé d'expressions de ce genre quand nous sommes arrivés à Londres. C'est à force d'être entouré de professeurs et d'universitaires, à la bibliothèque.

— J'imagine. On dit qu'on change de façon de parler à mesure qu'on devient plus assimilé dans un pays.

— C'est une petite souris ?

— Qui ?

— La nouvelle employée. Comment s'appelle-t-elle, d'ailleurs ?

— Mlle Llewellyn.

— Elle est galloise ?

— Oui.

— Et c'est une petite souris ?

— Non. Tu sais, ce n'est pas parce qu'elle a choisi d'être bibliothécaire que c'est forcément une petite chose fragile qui rougit dès qu'on lui adresse la parole. »

Zoïa soupira et me dévisagea. « Très bien. Je disais ça uniquement pour alimenter la conversation. »

J'étais irritable, irascible, anxieux. Malgré moi, je cherchais quelque chose à reprocher à chacun des mots qu'elle utilisait. J'avais besoin de la critiquer, de la mettre mal à l'aise. Je l'entendais chaque fois que nous parlions. Et je m'en voulais. Nous n'étions pas censés vivre ainsi. Nous étions censés nous aimer, nous traiter avec respect et amabilité. Après tout, nous n'avions jamais été Gueorgui et Zoïa. Nous étions GueorguietZoïa.

« Elle s'en sortira très bien, dis-je sur un ton un peu plus léger, car je ne voulais pas aggraver la tension déjà perceptible. Bien sûr, ce ne sera plus la même chose sans Mlle Simpson. Je devrais plutôt dire sans Mme Harris. Mais voilà, la vie continue, les temps changent.

— Oui. » Zoïa prit son sac à main et en tira le *Times* du jour. « Tu as vu ça ? » demanda-t-elle en plaçant le journal devant moi.

« Je l'ai vu », répondis-je après la plus brève des hésitations. Chaque matin, je lisais le *Times* à la bibliothèque, elle le savait parfaitement. Ce qui m'étonna, c'est qu'elle ait vu le journal, car elle ne s'intéressait pas particulièrement à l'actualité, surtout quand celle-ci se résumait presque tout entière aux nouvelles des différentes guerres en cours dans le monde.

« Et qu'en penses-tu ?

— Je n'en pense rien. » Je ramassai le journal et j'étudiai un moment le visage de Joseph Staline sur la photo, la grosse moustache, les yeux aux paupières lourdes me souriant avec une cordialité feinte. « Que voudrais-tu que j'en pense ?

— Nous devrions donner une réception, répliqua-t-elle d'une voix froide mais triomphante. Il faut fêter ça, tu ne crois pas ?

— Non. Il n'y a pas de quoi se réjouir. Il est mort, soit. Et après lui, tu penses qu'il y aura quoi ? Tu penses que tout va revenir comme avant ?

— Bien sûr que non. » Elle me reprit le journal et observa la photo un instant avant de le replier pour le faire rentrer de force dans son sac. « Je suis contente, c'est tout.

— Qu'il ne soit plus là ?

— Qu'il soit mort. »

Je restai muet. Je détestais l'entendre aussi venimeuse. Je n'étais pas un admirateur de Staline, car j'en savais assez sur lui pour le mépriser. Depuis que j'avais quitté la Russie, trente-cinq ans auparavant, je me tenais assez bien informé des événements dans mon pays natal pour me sentir soulagé de ne plus y habiter. Mais je ne pouvais faire la fête pour une mort, même celle de Staline.

« Enfin, je vais bientôt devoir retourner au travail et je veux que tu me racontes ta matinée. »

Zoïa baissa les yeux. Elle parut déçue que je change si vite de sujet ; peut-être voulait-elle se lancer dans une longue discussion sur Staline, son action, ses purges, ses crimes innombrables. Cette discussion, je l'avais déjà décidé, elle pourrait l'avoir si elle le souhaitait. Mais pas avec moi. « Tout s'est très bien passé, dit-elle calmement.

— C'est tout ?

— C'était un peu plus... compliqué, cette fois, je suppose. »

Je réfléchis avant de lui poser d'autres questions.

« Compliqué ? Dans quel sens ?

— C'est difficile à expliquer, répondit-elle, le front plissé. Quand nous avons eu notre premier rendez-vous la semaine dernière, le Dr Highsmith avait l'air de ne s'intéresser qu'à mon quotidien et à mes habitudes. Il voulait savoir si mon travail me plaisait, depuis combien de temps je vivais à Londres, de quand datait notre mariage. Des questions tout à fait basiques. Le genre de choses qu'on peut raconter à un inconnu lors d'une soirée.

— Et ça t'a mise mal à l'aise ?

— Pas particulièrement. Disons qu'il y avait une limite à ce dont j'étais prête à parler, bien sûr. Je ne le connais pas, cet homme. Mais il a eu l'air de s'en rendre compte très vite. Il m'a très vite fait remarquer cette réticence de ma part. »

Je hochai la tête. « Et jusqu'où êtes-vous remontés ?

— Assez loin, de plusieurs façons. J'ai parlé de ce qui s'était passé pendant la guerre, des premières années après notre arrivée ici. J'ai évoqué tout ce temps pendant lequel nous avons attendu de devenir parents. J'ai parlé… » Elle se mordit la lèvre, mais redressa la tête et poursuivit avec plus d'assurance ; je me demandai si c'était une chose que le Dr Highsmith l'avait encouragée à faire. « J'ai un peu parlé de Paris.

— Ah bon ? m'étonnai-je. Nous ne parlons jamais de Paris.

— Non, répondit-elle avec une nuance d'accusation. C'est vrai, nous n'en parlons jamais.

— Nous devrions ?

— Peut-être.

— Quoi d'autre ?

— La Russie.

— Tu as parlé de la Russie ?

— Là encore, de façon très superficielle. Cela semble étrange d'évoquer des problèmes personnels avec quelqu'un que je connais depuis si peu de temps.

— Tu ne lui fais pas confiance ? »

Elle secoua la tête. « Ce n'est pas ça. J'ai confiance en lui, je pense. C'est juste que… c'est étrange, il ne pose pas vraiment de questions. Il me parle, nous bavardons, et tout à coup je m'ouvre à lui. Je lui avoue des choses. C'est presque comme une forme d'hypnose. J'y pensais tout à l'heure, quand j'attendais que sa secrétaire revienne, et il me fait penser… il me rappelle…

— Je sais », dis-je très doucement, presque à voix basse, comme si la seule mention de son nom risquait de ranimer la bête. Un souvenir explosa dans ma mémoire. J'avais dix-sept ans, j'étais gelé, et je traînais un corps vers les rives de la Neva, prêt à le jeter dans les profondeurs du fleuve. Il y avait du sang à terre. Malgré les balles qu'il avait reçues, nous avions l'impression que le monstre abattu pouvait renaître et nous tuer tous. La pièce se mit à tournoyer à mesure que me revenaient les sensations de ce soir fatal, et je tremblai. Ce n'était pas une chose que j'aimais à me remémorer. Ce n'était pas une chose à laquelle je me permettais de repenser.

« Son ton est très apaisant, dit Zoïa sans tenir compte de mon intervention. Il me met à l'aise. J'avais peur qu'il ressemble au Dr Hooper, mais pas du tout. Il a l'air sincère.

— Et vous avez parlé des cauchemars ?

— Aujourd'hui, oui. Il a commencé par me demander pourquoi je m'étais adressée à lui. Tu sais, je ne m'étais même pas rendu compte qu'il ne m'avait pas posé la question, la première fois. Ça ne te dérange pas que je te parle de tout ça, Gueorgui ?

— Bien sûr que non, dis-je en tentant de sourire. J'ai envie de savoir, mais… seulement si tu as envie de m'en parler. S'il t'aide, c'est tout ce qui compte pour moi. Tu ne dois pas te sentir obligée de tout me dire.

— Merci. J'imagine qu'il y a des choses qui sembleraient étranges si je te les répétais hors contexte. Des choses qui ont du sens sur le moment, si tu vois ce que je veux dire. Enfin, je lui ai expliqué qu'il m'arrivait très souvent de me réveiller en pleine nuit ces derniers temps, avec ces cauchemars terribles, qui ont surgi de nulle part. C'est vraiment ridicule que ces souvenirs-là reviennent à la surface après toutes ces années.

— Et qu'a-t-il dit ?

— Pas grand-chose. Il m'a demandé de les lui raconter, et je l'ai fait. Certains, du moins. Il y en a d'autres que je ne me sens pas encore prête à lui confier. Ensuite nous avons discuté d'un tas de choses différentes. On a parlé de toi.

— De moi ?

— Oui. »

Je déglutis. Je n'étais pas sûr de vouloir poser cette question, mais je ne voyais pas comment l'éviter. « Que voulait-il savoir sur moi ?

— Il m'a simplement demandé de te décrire. Quel genre d'homme tu es.

— Et que lui as-tu dit ?

— La vérité, bien sûr. Combien tu es bon. Attentionné. Aimant. » Elle hésita un instant et se pencha vers moi. « Comme tu t'occupes de moi depuis toutes ces années. Et combien tu es indulgent. »

Je la regardai et sentis mes larmes monter. Je n'étais plus en colère, je me sentais de nouveau blessé. Trahi. Je cherchais le mot exact. Je ne voulais pas être agressif. « Et tu lui as parlé de… tu lui as dit ? »

Elle hocha la tête. « De Henry ? Oui. J'en ai parlé. »

Je soupirai et détournai les yeux. Même au bout d'un an, ce nom suffisait à anéantir ma bonne humeur et mon assurance. J'avais encore peine à croire que cela ait pu se produire, qu'après tant d'années ensemble elle m'ait trahi avec un autre homme.

Arina nous avait présenté Ralph à la fin de l'été. Je ne savais pas à quoi m'attendre – après tout, c'était la première fois qu'elle ramenait un garçon à la maison – et pour être honnête, je redoutais plutôt la perspective de cette rencontre. Non seulement j'étais forcé d'admettre que ma fille approchait de l'âge adulte, mais je devais aussi affronter mon propre vieillissement. Dans ma sottise, je croyais encore que ma vie se déployait devant moi comme un tapis de fleurs au printemps, une superbe rangée de tulipes sur le point d'éclore, alors qu'elle ressemblait davantage à des rosiers en automne, quand les feuilles commencent à noircir et à se flétrir, quand ne les attend plus que le déclin hivernal. Perdu parmi les fichiers de la British Library, je gardai mon calme pendant la journée alors que cette pensée me donnait à réfléchir, et quand Mlle Llewellyn me demanda si tout allait bien, je ne pus lui offrir qu'un sourire embarrassé et une réponse franche.

« Je ne sais pas. J'ai une soirée un peu inhabituelle qui m'attend, voilà tout.

— Ah ? Intéressant… Vous allez dans un endroit particulier ?

— Non, hélas. Ma femme a invité à dîner le petit ami de notre fille. C'est la première fois que je subis ce genre d'épreuve et je ne m'en réjouis guère.

— Il y a quelques mois, j'ai présenté mon copain Billy à mes parents, dit-elle en frémissant à ce souvenir et en serrant sa poitrine entre ses bras. Ça s'est terminé par une bagarre épouvantable. Mon père l'a jeté dehors en jurant qu'il ne m'adresserait plus jamais la parole si je continuais à sortir avec ce type.

— Vraiment ? » J'espérais que notre soirée ne se terminerait pas de manière aussi dramatique. « Votre fiancé ne lui a pas plu ? »

Elle roula des yeux comme si la scène était trop affreuse pour être narrée. « C'est absurde, je vous assure. Billy a dit quelque chose qu'il n'aurait pas dû dire, et mon père a dit quelque chose d'encore pire. Il se prend un peu pour un révolutionnaire, mon Billy, et papa ne supporte pas ça. C'est un Anglais de la vieille école, vous voyez le style. Vous les auriez entendus se crier dessus quand il a été question de ce pauvre vieux roi, Dieu ait son âme. J'ai cru qu'il faudrait appeler la police ! Mais quel âge a votre fille, monsieur Yachmenev, si vous me permettez ?

— Elle vient d'avoir dix-neuf ans.

— Oh, alors, ça ne fait que commencer, j'imagine. Je suis sûre que vous devez vous préparer à bien d'autres dîners. Vous verrez. Ce garçon n'est que le premier d'une longue série. »

Cette suggestion ne provoqua pas le soulagement désiré et, ce soir-là, je rentrai chez moi un peu plus tard que d'ordinaire, après m'être arrêté dans une église pour allumer un cierge – *tant que je vivrai* – car c'était le 12 août, et j'avais une promesse à tenir.

« Gueorgui ! s'exclama Zoïa, rouge d'inquiétude, en me dévisageant quand je franchis le seuil. Qu'est-ce qui t'a retenu ? Je t'attendais une demi-heure plus tôt.

— Désolé. » Je remarquai tout le mal qu'elle s'était donné pour soigner sa tenue et son apparence. « Tu es superbe », ajoutai-je, un peu agacé qu'elle ait pris tant de peine pour un garçon que nous ne connaissions même pas.

« Eh bien, n'aie donc pas l'air si surpris, répliqua-t-elle avec un rire indigné. Ça m'arrive de faire des efforts de temps en temps, tu sais. »

Je souris et l'embrassai. Pendant des années, j'aurais accueilli ce type de remarque comme une taquinerie affectueuse. À présent, il y avait une tension sous-jacente, le sentiment que ce que nous avions réussi à enfouir entre nous n'était pas du tout pardonné, et qu'un mauvais mot au mauvais moment pourrait, comme entre le fiancé et le père de Mlle Llewellyn, entraîner la dispute la plus calamiteuse.

« Tu prends un bain ? me demanda-t-elle.

— Il faut ?

— Tu as travaillé toute la journée, s'empressa-t-elle de répondre en se mordant la lèvre.

— Alors je suppose que ça vaut mieux. » Je soupirai et lâchai ma sacoche là où je savais qu'elle serait forcée de la ramasser pour la ranger dès que je serai sorti de la pièce. « Ça ne sera pas long. À quelle heure est-il censé arriver, de toute façon ?

— Pas avant huit heures. Arina a dit qu'ils allaient prendre un verre après le travail mais qu'ils viendraient tout de suite après.

— C'est un buveur, alors, conclus-je en fronçant les sourcils.

— Un verre, j'ai dit. Donne-lui une chance, Gueorgui. On ne sait jamais, tu pourrais le trouver sympathique. »

J'en doutais mais, quelques minutes plus tard, dans la baignoire, apaisé, détendu par l'eau chaude et savonneuse, je continuai à méditer sur ce fait troublant : Arina avait atteint l'âge où ses pensées se tournaient vers le sexe opposé. Elle qui, il y a si peu de temps, était encore une petite fille. Ou même un bébé. J'avais l'impression que seules quelques courtes années s'étaient écoulées depuis que Zoïa et moi désespérions à l'idée de ne jamais avoir d'enfant. Je compris que ma vie était en train de me glisser entre les doigts. J'avais à présent cinquante-quatre ans ; comment en était-on arrivés là ? N'était-ce pas il y a quelques mois à peine que j'avais suivi le comte Tcharnetski dans les couloirs du palais d'Hiver pour être présenté au tsar ? N'était-ce pas en début d'année que je m'étais autorisé un instant de répit à bord du *Standart* tandis que la famille impériale écoutait le Quatuor à cordes de Saint-Pétersbourg ?

Non, pensai-je, désolé par ma propre bêtise, tout en laissant mon corps sombrer un peu plus dans le bain. Non, tout cela remontait à plusieurs années. À plusieurs décennies.

Cette époque appartenait à une autre vie, à une existence à laquelle on ne faisait plus jamais allusion. Je fermai les yeux, plongeai la tête sous l'eau et retins ma respiration. L'écho du passé remplit mes oreilles et ma mémoire, je m'égarai entre 1915 et 1918, dans ces années terribles et merveilleuses où le drame de notre pays s'était joué devant moi. Coupé du monde, je sentais à nouveau l'air hivernal me pincer le nez et me couper le souffle, le long des rives de la Neva, je voyais le visage du tsar et de la tsarine aussi distinctement que si je les avais eus devant moi. Et le parfum d'Anastasia inondait mes sens comme dans un rêve, avec l'image floue de la jeune fille dont j'étais tombé amoureux.

« Gueorgui », dit Zoïa en frappant à la porte et en passant la tête dans la salle de bains. Je refis aussitôt surface, haletant, et j'écartai mes cheveux mouillés de mon front et de mes yeux. « Gueorgui, ils seront bientôt là. » Elle hésita, peut-être troublée par mon expression de regret et de tristesse. « Qu'y a-t-il ? Quelque chose ne va pas ?

— Rien.

— Ce n'est pas rien. Tu pleures.

— C'est l'eau du bain, rectifiai-je, en me demandant si la mousse avait pu se mêler à mes larmes sans que je m'en rende compte.

— Tu as les yeux rouges.

— Ce n'est rien. Je pensais à quelque chose.

— À quoi ? » Sa voix était angoissée, comme si elle craignait d'entendre la réponse.

« À rien d'important. À quelqu'un que j'ai connu autrefois. Quelqu'un qui est mort depuis longtemps. »

À certains moments, je la détestais pour ce qu'elle avait fait. Je n'aurais jamais cru pouvoir ressentir pour Zoïa autre chose que de l'amour, mais parfois, allongé à côté d'elle dans le lit, j'avais la sensation que mon corps se dissiperait en fumée si je la touchais, et j'avais envie de hurler de douleur et de désespoir.

Quand ce fut fini, alors que nous tentions de réparer nos vies brisées, j'eus le courage de lui demander pourquoi tout cela était arrivé.

« Je ne sais pas, Gueorgui, soupira-t-elle, comme si j'étais cruel de vouloir une réponse.

— Tu ne sais pas ? éructai-je.

— Non.

— Et comment suis-je censé réagir ?

— Je n'ai jamais été amoureuse de lui, si c'est ce que tu veux savoir.

— C'est encore pire. » Je ne sais pas si c'était vrai, mais je voulais la blesser. « Alors pourquoi, si tu ne l'as jamais aimé ? Au moins, cela aurait eu un sens.

— Il ne me connaissait pas. Cela le rendait différent à mes yeux.

— Comment ça, il ne te connaissait pas ?

— Mes péchés. Il ne connaissait pas mes péchés.

— Arrête ! criai-je en me jetant sur elle avec fureur. Arrête de prendre ce prétexte pour justifier tes actes.

— Mais ce n'est pas un prétexte, Gueorgui. C'est simplement… comment t'expliquer ce que je ne comprends pas moi-même ? Tu vas me quitter ?

— Rien ne te ferait plus plaisir. » C'était un mensonge, bien sûr. « Moi, je ne t'aurais jamais infligé ça. Jamais.

— Je le sais.

— Tu crois que j'ignore la tentation ? Tu crois que je ne regarde pas les femmes, que je n'ai jamais envie de les posséder ? »

Elle cessa de pleurer et secoua la tête. « Non, Gueorgui, je ne crois pas que tu aies ce genre de désir. Je crois que tu n'es jamais tenté. »

J'ouvris la bouche pour contester, mais comment aurais-je pu ? Elle avait raison.

« C'est ce qui constitue ta personnalité, insista-t-elle. Tu es bon et honnête, alors que moi... » Quand elle reprit la parole après s'être interrompue, elle articula chaque mot d'un ton catégorique que je ne lui avais jamais connu. « Moi je ne le suis pas. »

Nous restâmes muets un long moment, et une pensée me traversa l'esprit, si monstrueuse que j'eus peine à en croire mes oreilles lorsque je la formulai.

« Zoïa, as-tu fait cela pour que je te quitte ? » Elle me regarda, déglutit et détourna la tête sans rien dire. « Croyais-tu que, si je te quittais, ce serait une sorte de châtiment ? Que tu mérites d'être punie ? »

Silence.

« Mon Dieu, tu penses encore que c'était ta faute, c'est ça ? Tu as encore envie de mourir. »

La porte s'ouvrit à exactement vingt heures et Arina entra la première, affichant un sourire timide, l'expression qu'elle avait toujours, depuis l'enfance, lorsqu'elle avait commis une bêtise et voulait être découverte. Elle s'avança vers Zoïa et moi, nous embrassa tous les deux, comme toujours, puis un jeune homme surgit de la pénombre du vestibule, le chapeau à la main, les joues un peu rouges, visiblement désireux de faire bonne impression. Malgré moi, je fus conquis par son émoi et dus me concentrer pour m'empêcher de sourire. C'était décidément le jour des souvenirs, car son trouble me rappelait ma propre nervosité lorsque j'avais été présenté au père de Zoïa.

« Macha, Pacha, dit Arina en désignant le jeune homme, comme si nous ne pouvions pas le voir dans toute sa gaucherie, je vous présente Ralph Adler.

— Bonsoir, monsieur Yachmenev », dit-il aussitôt en tendant la main pour serrer la mienne. Mon nom le fit bafouiller, alors qu'il semblait s'être entraîné à maintes reprises en perspective de cette épreuve. « C'est un grand honneur de vous rencontrer. Et madame Yachmenev, j'aimerais vous remercier de m'avoir invité chez vous.

— Vous êtes le bienvenu, Ralph, dit-elle en souriant. Nous sommes ravis de vous rencontrer enfin. Arina nous a beaucoup parlé de vous. Venez donc vous asseoir. »

Arina et Ralph prirent place à table et je m'assis face à Ralph tandis que Zoïa finissait de préparer le repas, ce qui me donna l'occasion d'examiner le jeune homme un peu plus en détail. Il était de taille et de corpulence moyennes. Je fus surpris par sa tignasse rousse, mais il était plutôt bel homme. Pour un garçon de son âge.

« Vous êtes plus âgé que je ne pensais », dis-je, en me demandant aussitôt si, avant Arina, il avait déjà séduit toute une série d'autres jeunes filles.

« J'ai vingt-quatre ans, répondit bien vite Ralph. Je suis encore jeune, j'espère.

— Bien sûr que vous êtes jeune ! s'exclama Zoïa. Si vous aviez cinquante-quatre ans, ce serait une autre affaire.

— Arina n'a que dix-neuf ans, fis-je observer.

— Cinq années d'écart... » Pour lui, cette différence n'avait aucune importance, et je dus m'abstenir de toute remarque. Chaque fois qu'il parlait, il cherchait des yeux l'approbation d'Arina, et quand elle souriait, il souriait aussi. Lorsqu'elle parlait, il la regardait et ses lèvres s'entrouvraient. Je sentis qu'il aurait voulu se pencher vers moi et m'expliquer, de façon purement abstraite, qu'il avait une chance incroyable qu'une fille comme elle puisse s'intéresser à quelqu'un comme lui. Je reconnus ce mélange de passions dans ses yeux : admiration, désir, fascination, amour. J'étais ravi pour ma fille, car il me semblait naturel qu'elle inspire de telles émotions, mais cela me rendait aussi un peu triste. Elle était si jeune. Je n'étais pas prêt à la perdre.

« Arina nous a dit que vous étiez musicien, Ralph », dit Zoïa au cours du dîner. Elle avait préparé un repas comme nous n'en mangions d'habitude que le dimanche. Rosbif et pommes de terre. Deux légumes différents. De la sauce. « De quel instrument jouez-vous ?

— De la clarinette. Mon père était un clarinettiste formidable. Il a tenu à ce que mon frère, mes sœurs et moi prenions des leçons très tôt. Quand j'étais enfant, j'avais horreur de ça, bien sûr, mais on change en grandissant.

— Pourquoi aviez-vous horreur de ça ? demandai-je.

— À cause de notre professeur, je pense. Elle avait environ cent cinquante ans, et chaque fois que je me trompais, elle me frappait à la fin de la leçon. Quand je jouais bien, elle chantonnait pendant que je jouais du Mozart, du Brahms ou du Tchaïkovski.

— Vous aimez Tchaïkovski ?

— Oui, beaucoup.

— Je vois.

— Mais vous avez fini par changer d'attitude, dit Zoïa. Si vous êtes musicien professionnel.

— Oh, j'aimerais que ce soit vrai, répliqua-t-il vivement. Pardonnez-moi, madame Yachmenev, mais la musique ne me permet pas de gagner ma vie. Pas encore, en tout cas. Je suis étudiant à la Guildhall School of Music and Drama.

— Oui, je connais.

— Vous n'êtes pas un peu vieux pour être encore étudiant ? m'étonnai-je.

— C'est le cursus supérieur. Pour que je puisse aussi enseigner, en cas de besoin. Je suis en dernière année.

— En dehors de ses cours, Ralph joue aussi dans un orchestre, précisa Arina. Depuis trois ans, il participe à la messe de Noël à la cathédrale Saint-Paul, et l'an dernier, on lui a même confié un solo, n'est-ce pas, Ralph ?

— Vraiment ? » demanda Zoïa, impressionnée. Le jeune homme sourit et rougit d'être l'objet de tant d'attention. « Alors vous devez être très doué.

— Je ne sais pas, dit-il en plissant le front. Enfin, j'espère que je progresse.

— Vous auriez dû apporter votre clarinette, poursuivit-elle. Vous auriez pu nous jouer quelque chose. Je jouais du piano quand j'étais jeune, vous savez. Je regrette souvent de ne pas avoir assez de place pour avoir un instrument ici.

— Et vous aimiez le piano ?

— Oui. » Elle s'apprêtait à en dire plus, mais se ravisa.

« Moi, je n'ai jamais appris la musique, dis-je pour combler le silence. Pourtant, j'en ai toujours eu envie. Si j'avais eu l'occasion, j'aurais aimé étudier le violon. J'ai toujours pensé que c'est le plus élégant des instruments.

— Eh bien, on n'est jamais trop vieux pour apprendre, monsieur », dit Ralph. Dès qu'il eut prononcé ces mots, il s'empourpra, d'autant plus gêné que je le dévisageais de mon air le plus sérieux, comme s'il venait de m'insulter terriblement. « Je suis confus, balbutia-t-il, je ne voulais pas dire que…

— Que je suis vieux ? Et après ? C'est la vérité. J'y pensais encore tout à l'heure. Vous aussi, un jour, vous serez vieux. Vous verrez si ça vous amuse.

— Je voulais simplement dire qu'on peut se mettre à la musique à n'importe quel âge.

— Ce sera peut-être un réconfort pour moi, quand je serai retombé en enfance.

— Non, pas du tout. Je…

— Gueorgui, arrête de taquiner ce pauvre garçon », intervint Zoïa, en me prenant la main. Nos doigts s'entrelacèrent et, en baissant les yeux, je vis que la peau de ses articulations commençait à se tendre avec l'âge ; je crus un instant voir le sang et les phalanges, comme si sa main était devenue transparente avec les années. Nous vieillissions tous les deux, et c'était déprimant. Je lui serrai les doigts et elle se tourna vers moi, un peu surprise, se demandant peut-être si j'essayais de la rassurer ou de lui faire mal. En vérité, je voulais lui dire combien je l'aimais, que rien d'autre ne comptait, ni les cauchemars, ni les souvenirs, ni même Henry, mais il m'était impossible de prononcer ces mots. Et pas parce que Ralph et Arina étaient là. C'était impossible, voilà tout.

« Votre père est-il allé à la même école ? finit par demander Zoïa. A-t-il appris la clarinette au même endroit que vous ?

— Non, il n'a jamais pris de leçons, une fois arrivé en Angleterre. Son père lui avait appris dans son enfance, et il a continué à pratiquer tout seul.

— Une fois arrivé en Angleterre ? répétai-je. Que voulez-vous dire ? Il n'est pas d'ici ?

— Non, monsieur. Mon père est né à Hambourg. »

Arina nous avait raconté beaucoup de choses sur son petit ami, mais elle n'avait pas mentionné ce détail, et Zoïa et moi levâmes immédiatement la tête de nos assiettes, abasourdis par cette nouvelle. « Hambourg ? repris-je. Hambourg en Allemagne ?

— Le père de Ralph est arrivé en 1920, expliqua Arina, dont le visage me parut trahir une certaine nervosité.

— Vraiment ? Après la Grande Guerre ?

— Oui, répondit calmement Ralph.

— Et pendant l'autre guerre, celle d'après, il est reparti dans sa patrie, je suppose ?

— Non, monsieur. Mon père était farouchement opposé aux nazis. Il n'est jamais retourné en Allemagne, depuis le jour où il a émigré.

— Mais l'armée ? Ils ne l'ont pas…

— Il fut interné pendant la durée du conflit. Dans un camp, sur l'île de Man. Nous aussi. Mon père et ma mère, toute la famille.

— Je vois. Et votre mère est allemande, elle aussi ?

— Non, monsieur. Elle est irlandaise.

— Irlandaise ! » J'éclatai de rire et secouai la tête, incrédule, pour m'adresser à Zoïa : « Eh bien, de mieux en mieux ! Je suppose que cela explique les cheveux roux.

— Je suppose », répondit-il, mais avec une réticence que j'admirais. Nous ne savions que trop bien, Zoïa et moi, ce qu'avait été la vie en Angleterre pendant la guerre pour des gens qui n'avaient pas le même accent que leurs voisins. Nous avions été insultés, malmenés, c'est contre nous que s'exerçait la violence. Durant ces années, j'avais accompli mon travail en partie pour affirmer ma solidarité envers la cause des Alliés. Malgré tout, nous étions des Russes. Nous étions des émigrés. C'était déjà assez difficile, et j'avais peine à imaginer ce que nous aurions vécu si nous avions été une famille allemande installée en Angleterre à la même époque. Je soupçonnais que le jeune Ralph était bien plus solide que ne l'aurait laissé croire sa timidité face aux parents de sa petite amie. Il devait parfaitement savoir se défendre.

« Cela a dû être difficile pour vous, dis-je, conscient de l'euphémisme.

— Oui.

— Vous avez des frères et sœurs ?

— Un de chaque.

— Et votre famille a souffert ? »

Il hésita avant de hocher la tête, en me regardant droit dans les yeux. « Beaucoup. Et pas seulement la mienne. Nous n'étions pas les seuls. Et je ne parle pas de tous les disparus. Ce n'est pas une époque dont j'aime à me souvenir. »

Un silence descendit sur la table. Je voulais en savoir plus, mais je sentis que j'en avais assez demandé. En nous révélant tout cela, il prouvait combien il aimait notre fille. Je décidai que Ralph Adler me plaisait, que je le soutiendrais.

« Eh bien, dis-je en remplissant tous les verres et en levant le mien pour porter un toast, nous vivons tous ici maintenant, nous sommes tous des immigrés. Russes, Allemands, Irlandais, peu importe. Nous avons tous laissé des parents au pays, et nous en avons perdu en chemin. Peut-être devrions-nous boire à leur mémoire. »

Nous trinquâmes et reprîmes notre repas. Nous formions déjà une famille de quatre, et non plus de trois.

Arina me supplia d'acheter un téléviseur pour que nous puissions regarder chez nous le couronnement de la nouvelle reine. Au début, je m'y opposai, non parce que la cérémonie ne m'intéressait pas, mais parce que je ne voyais pas l'intérêt de dépenser autant d'argent pour quelque chose qui ne servirait qu'une fois.

« Mais nous l'utiliserons tous les jours, protesta-t-elle. En tout cas, moi je l'utiliserai. S'il te plaît, nous ne pouvons pas être la seule famille de la rue à ne pas avoir la télévision. C'est gênant.

— N'exagère pas ! Que veux-tu, à la fin ? Que nous passions toutes nos soirées à regarder une boîte dans le coin de la pièce sans jamais nous parler ? Et si tout le monde en a une, pourquoi ne vas-tu pas assister au couronnement chez un de nos voisins ?

— Parce que nous devrions regarder ça ensemble. En famille. Je t'en prie, Pacha », ajouta-t-elle avec ce sourire vainqueur qui m'ensorcelait toujours. Et bien entendu, le lundi suivant, la veille du jour où la reine devait se rendre à l'abbaye de Westminster, je me laissai attendrir et revins à la maison chargé d'un énorme poste Ambassador dont la console triangulaire s'encastrait parfaitement dans le coin de notre petite salle de séjour.

« Mais c'est affreux », s'exclama Zoïa, assise sur le canapé, tandis que j'essayais de raccorder correctement les câbles. Dans le magasin, j'avais été séduit par les modèles présentés et j'avais choisi ce récepteur pour son cadre en bois, semblable à notre table de salle à manger. Il était divisé en deux moitiés, un petit écran de trente centimètres reposant au-dessus d'un haut-parleur de même taille, les deux donnant à la boîte l'aspect d'un feu de circulation inachevé. Malgré moi, j'étais excité par ce nouvel achat.

« C'est extraordinaire, dit Arina, assise à côté de sa mère et contemplant l'objet avec émerveillement, comme si c'était un Picasso ou un Van Gogh.

— Il y a de quoi, marmonnai-je. C'est ce que nous avons de plus cher.

— Combien t'a coûté cette chose, Gueorgui ?

— Soixante-dix-huit livres. » En avouant la somme, j'étais moi-même stupéfait d'avoir dépensé autant pour un objet aussi fondamentalement dénué de valeur. « J'ai dix ans pour les payer, bien sûr. »

Zoïa émit tout bas un juron russe, mais s'abstint de tout commentaire ; peut-être était-elle déjà séduite par l'appareil, elle aussi. Il me fallut un peu de temps pour comprendre comment le faire fonctionner, mais une fois tous les branchements effectués, j'appuyai sur le bouton « marche » et nous vîmes tous les trois apparaître un petit cercle blanc au centre de l'écran. Deux ou trois minutes plus tard, il s'élargit et le symbole de la BBC remplit l'écran.

« Les émissions ne commencent pas avant dix-neuf heures », expliqua Arina, qui parut néanmoins ravie de rester là pour admirer la mire.

Le lendemain avait été déclaré jour férié dans tout le pays, et les rues étaient si décorées de drapeaux et de banderoles que la ville semblait s'être transformée en cirque du jour au lendemain. Ralph arriva avant le déjeuner, chargé de viande froide, de chutney et de fromage pour les sandwichs, et de plus de bières que je ne le jugeais strictement nécessaire.

« À te voir, on croirait que c'est le jour de ton mariage », dis-je à Arina. Debout depuis six heures du matin, en pleine euphorie, elle avait fini par s'asseoir par terre devant le téléviseur, pour suivre l'événement d'aussi près que possible. « Est-ce à cela que nous allons ressembler désormais, à une famille de babouins fascinés par le clignotement sorti d'une boîte en bois ?

— Oh, Pacha, chut. » Elle regardait le journaliste en studio répéter inlassablement la même information qu'il faisait passer pour une grande nouvelle.

Zoïa semblait moins intéressée que les jeunes et maintenait la distance maximale entre le poste et elle, en s'affairant à diverses tâches inutiles. Mais quand la jeune reine quitta le palais dans son carrosse doré, fixant sur son peuple un sourire assuré et saluant avec cette torsion du poignet qui est propre aux monarques, mon épouse rapprocha sa chaise et se mit à regarder en silence.

« Elle est mignonne », dis-je alors qu'Élisabeth montait sur le trône, mais je fus une fois de plus invité à me taire par ma fille. Elle ne se privait pas de formuler ses commentaires sur le moindre bijou, le moindre diadème, le moindre trône ou la moindre splendeur qui s'offrait à nos yeux, mais elle ne supportait pas que je perturbe la cérémonie en articulant un seul mot.

« C'est magnifique, hein ? » demanda-t-elle en se tournant vers nous, le visage illuminé de plaisir. Je lui souris, mal à l'aise, et lançai un regard vers Zoïa, elle aussi pétrifiée par les images apparues à l'écran. Elle n'avait pas entendu un mot de ce que notre fille avait dit.

« On va au palais, Ralph et moi, annonça Arina quand le couronnement fut terminé.

— Pourquoi donc, au nom du ciel ? demandai-je en haussant le sourcil. Tu n'en as pas vu assez ?

— Tout le monde y va, monsieur Yachmenev, dit Ralph comme si c'était la chose la plus évidente.

Vous n'avez pas envie de voir la reine quand elle se montrera sur le balcon ?

— Pas spécialement.

— Allez-y », dit ma femme en se levant pour aller à la cuisine. Elle remplit l'évier d'eau chaude et y jeta toute la vaisselle sale. « C'est pour les jeunes, pas pour nous. Nous ne supporterions pas la foule.

— Alors on ferait mieux de partir maintenant, Ralph, sinon il ne restera plus de bonnes places », dit Arina en lui prenant la main et en l'entraînant avant qu'il n'ait eu le temps de nous remercier pour notre hospitalité. J'entendais dans la rue d'autres personnes sortir de chez elles après avoir regardé le couronnement, pour se diriger vers Charing Cross Road, puis vers Pall Mall dans l'espoir de s'approcher autant que possible du monument à la reine Victoria. Je les écoutai quelques minutes avant d'aller rejoindre Zoïa.

« Tout va bien ?

— Oui.

— Tu es sûre ?

— Non.

— C'est à cause de la cérémonie ? »

Elle soupira et se tourna vers moi, nos yeux se rencontrèrent un instant avant qu'elle ne regarde ailleurs.

« Zoïa... » J'avais envie de la prendre dans mes bras, de l'étreindre, de la consoler, mais quelque chose m'en empêchait. La brisure de notre couple. Elle le sentit et poussa un soupir d'épuisement, s'éloignant sans un mot, sans me toucher. Elle partit dans la chambre, ferma la porte derrière elle et me laissa seul.

Bien avant qu'elle ne m'en parle, je sus que quelque chose n'allait pas. Cet Américain, Henry, était venu à la Central School, où Zoïa travaillait, pour y enseigner un an, et ils s'étaient vite liés d'amitié. Il était plus jeune qu'elle, il avait près de quarante ans, je crois, et il se trouvait sans doute isolé dans une ville où il ne connaissait personne et n'avait pas d'amis. Zoïa n'était pas du genre à se sentir responsable des étrangers solitaires – elle évitait en général toute forme de relation avec ses collègues en dehors de l'école – mais, pour une raison mystérieuse, elle le prit sous son aile. Ils en vinrent bientôt à déjeuner ensemble tous les jours, et arrivaient à leurs cours en retard parce qu'ils oubliaient l'heure, dans le feu de leur conversation.

Ils prenaient un verre ensemble tous les jeudis en fin de journée. Je ne fus invité qu'une fois, et il me parut agréable, malgré la banalité de ses propos et sa haute opinion de lui-même. Par la suite, je ne fus jamais réinvité et il n'en fut plus question. C'était comme si j'avais raté mon audition pour entrer dans leur petit club ; ils ne voulaient pas me froisser en en parlant. Cela ne me dérangeait pas, j'étais même plutôt content que Zoïa se soit fait un ami, car elle n'en avait jamais eu beaucoup. Malgré tout, ce rejet me fut pénible.

Le soir, à la maison, elle n'avait que Henry à la bouche : ce qu'il avait fait ce jour-là, ce qu'il avait dit, comme il était cultivé, comme il était drôle. Il imitait le président Truman presque à la perfection, me déclara-t-elle, et je me demandai comment elle pouvait bien savoir à quoi ressemblait la voix de Truman. J'étais peut-être naïf, mais rien de tout cela ne m'ennuyait. En fait, je m'amusais de sa petite obsession et me mis à la taquiner à ce sujet de temps en temps, elle répondait en riant que ce n'était qu'un gamin avec qui elle s'entendait bien, il n'y avait vraiment pas de quoi en faire une histoire.

« Ce n'est plus vraiment un gamin, fis-je remarquer.

— Ah, tu vois bien ce que je veux dire. Il est si jeune. Il ne m'intéresse pas du tout dans ce sens-là. »

Je me souviens bien de cette conversation. Nous étions dans la cuisine, Zoïa n'en finissait pas de récurer une casserole qu'elle avait pourtant nettoyée à fond quelques minutes auparavant. Ses joues s'étaient empourprées et elle avait détourné la tête, comme incapable de me regarder dans les yeux. Je plaisantais simplement, tout comme elle ironisait toujours au sujet de ma collègue Mlle Simpson, mais je fus surpris de la voir minauder ainsi.

« Je ne dis pas qu'il t'intéresse, poursuivis-je comme si je n'avais pas senti la tension surgie tout à coup entre nous. Je dis que tu l'intéresses.

— Oh, Gueorgui, ne sois pas ridicule. Quelle idée ! »

Puis un beau jour, elle cessa purement et simplement de parler de lui. Elle rentrait toujours à l'heure normale, elle prenait toujours un verre avec lui une fois par semaine, mais quand je lui demandais si elle avait passé une bonne soirée, elle haussait les épaules comme si elle pouvait à peine se rappeler un seul détail, comme si ce n'était plus qu'une formalité dont elle ne tirait aucun plaisir.

« Et il se trouve bien à Londres ?

— Qui ?

— Henry, bien sûr.

— Oui, j'imagine. Il n'en parle pas vraiment.

— Alors de quoi parlez-vous ?

— Eh bien, je ne sais pas, moi, répliqua-t-elle, comme si elle n'avait pas même assisté à leurs conversations. Du travail, surtout. Des étudiants. Rien de passionnant.

— S'il n'est pas passionnant, pourquoi passes-tu autant de temps avec lui ?

— Qu'est-ce que tu racontes ? demanda-t-elle, soudain exaspérée. Je ne le vois presque jamais. »

Toute cette affaire commença à me sembler bizarre, mais je préférai ne pas m'en soucier, malgré la petite voix qui m'avertissait : ma femme ne me disait pas tout. Cette idée me paraissait totalement absurde. Zoïa avait la cinquantaine, nous avions passé ensemble plus de la moitié de notre vie, nous nous aimions beaucoup. Nous avions traversé ensemble les pires épreuves. Nous avions souffert et survécu ensemble. Pendant tout ce temps, nous n'avions toujours formé qu'une entité, nous avions toujours été Gueorgui*et*Zoïa.

Puis l'année se termina et Henry regagna l'Amérique.

Au début, Zoïa en devint un peu hystérique. Elle rentrait du travail et parlait toute la soirée, comme si elle avait peur qu'un instant de silence ne lui donne le temps de penser à ce qu'elle avait perdu et ne la pousse à s'écrouler entièrement. Elle préparait des repas compliqués et, le week-end, exigeait d'entreprendre des expéditions vers les endroits les plus insensés – le zoo de Londres, la National Portrait Gallery, le château de Windsor – comme si nous étions de jeunes amoureux qui se découvrent, et non un couple marié qui se connaissait depuis le début de l'âge adulte. J'avais l'impression qu'elle essayait de refaire ma connaissance, comme si elle m'avait perdu de vue en chemin mais savait que j'étais digne de son amour, si seulement elle parvenait à se rappeler pourquoi je lui avais jadis inspiré cette émotion.

À l'hystérie succéda la dépression. Elle se mit à me parler de moins en moins, dédaignant toutes mes tentatives pour partager les détails de nos journées. Elle allait se coucher tôt et ne voulait plus jamais faire l'amour. Elle qui avait toujours soigné son apparence, surtout depuis qu'elle avait trouvé ce poste inespéré à la Central School, pour être à la hauteur des enseignants et des étudiants en matière d'élégance, voilà qu'elle se mit à s'habiller un peu n'importe comment, se présentant en classe avec les mêmes vêtements deux jours d'affilée, et moins bien coiffée qu'auparavant.

Enfin, incapable de me jouer la comédie plus longtemps, elle s'assit un soir à côté de moi et m'annonça qu'elle voulait m'avouer une chose.

« Ça concerne Henry ? » Elle fut surprise, car il avait quitté l'Angleterre depuis plus de cinq mois et son nom n'avait plus été mentionné une seule fois chez nous.

« Oui. Comment le sais-tu ?

— Comment pourrais-je ne pas le savoir ? »

Elle hocha la tête et me dit tout. J'écoutai sans me mettre en colère et tentai de comprendre.

Difficile.

Puis, quelques semaines plus tard, les cauchemars démarrèrent. Elle se réveillait en pleine nuit, tout en sueur, la respiration lourde, tremblant de peur. Couché près d'elle – nous n'avions jamais fait lit à part, même lors de nos pires moments –, je tendais la main et elle sursautait de frayeur car elle ne me reconnaissait pas ; une fois la lampe allumée, ses craintes se dissipaient, je la prenais dans mes bras. Elle s'efforçait de ne pas pleurer mais de décrire les images auxquelles elle avait été confrontée dans les ténèbres et la solitude de ses rêves.

Finalement, notre couple toucha le fond : ma femme avait perdu le sommeil, elle ne s'alimentait presque plus, j'étais empli d'amour, de colère et de peine. Un jour, en se réveillant, elle me dit que cela ne pouvait plus durer, qu'il fallait que ça change. Je m'immobilisai, craignant le pire. Elle allait me quitter, je devrais envisager la vie sans elle.

« Que veux-tu dire ? » demandai-je en avalant ma salive. Je préparai mentalement un discours où je pardonnerais tout, absolument tout, si seulement elle m'aimait comme auparavant.

« J'ai besoin d'aide, Gueorgui. »

Le starets et les patineurs

Pendant plusieurs jours, j'eus l'étrange impression d'être suivi. En quittant le palais pour aller me promener le long de la Moïka en début de soirée, j'hésitais, je m'arrêtais et faisais demi-tour en scrutant les visages des passants, convaincu que l'un d'eux m'épiait. C'était une sensation curieuse et troublante que j'attribuai d'abord à la paranoïa liée à ma nouvelle condition.

J'étais désormais si heureux de ma position auprès de la famille impériale que je pouvais à peine me remémorer le passé sans craindre d'y retourner. Quand je songeais à la maison de mes parents, ma conscience m'adressait des reproches, mais je passais outre et les chassais bien vite.

Pourtant, je ne pensais pas du tout à Kachine lorsque le village se rappela à mon souvenir. Je pensais à la grande-duchesse Anastasia, à ces moments où, dans les corridors obscurs du palais, je pouvais l'entraîner dans l'une des centaines de salles vides pour l'embrasser, la serrer contre moi, dans l'espoir qu'elle suggérerait une plus grande intimité encore pour assouvir mes appétits d'adolescent. Le soir précédent, je m'étais entièrement oublié, je lui avais pris la main pour la glisser le long de ma tunique, vers ma ceinture, le cœur battant de désir, en anticipation de l'instant où elle se dégagerait en protestant : « Non, Gueorgui... nous ne pouvons pas... nous ne pouvons pas... »

J'avais l'esprit si occupé, j'étais si pressé de retrouver la solitude de ma chambre que je regardai à peine la jeune femme emmitouflée dans des châles épais, à côté de l'Amirauté. Elle dit quelque chose, une phrase que je n'entendis pas car le vent soufflait tout autour de moi ; dans mon égoïsme, je lui répondis sèchement que je n'avais pas d'argent à lui donner et qu'elle ferait mieux d'aller chercher un peu de nourriture et de chaleur dans l'une des soupes populaires récemment ouvertes un peu partout dans Saint-Pétersbourg.

À ma surprise, elle me courut après et je me retournai alors qu'elle me saisissait le bras, en me demandant si elle croyait vraiment pouvoir me dérober le peu que j'avais. Même alors, je fus incapable de l'identifier, jusqu'à ce qu'elle prononce mon nom.

« Gueorgui.

— Assia ! m'écriai-je, abasourdi, d'abord enchanté, contemplant ma sœur comme si elle était une apparition et non un être en chair et en os. Je ne peux pas le croire. C'est bien toi ?

— C'est moi, confirma-t-elle, les yeux pleins de larmes de joie. Je t'ai enfin trouvé.

— Toi ici ! À Saint-Pétersbourg !

— Où j'ai toujours voulu être. »

Je l'embrassai, l'étreignis, puis ressentis une vive honte : *Mais que fait-elle donc ici ? Que veut-elle de moi ?*

« Viens, dis-je en la guidant vers une des colonnades. Mettons-nous à l'abri du froid, tu parais gelée. Depuis combien de temps es-tu ici ?

— Pas longtemps », répondit-elle en s'asseyant à côté de moi sur un banc de pierre protégé des bourrasques sonores, où nous pourrions mieux nous entendre. « Quelques jours, à peine.

— Quelques jours ? m'étonnai-je. Et c'est seulement maintenant que tu viens à moi ?

— Je ne savais pas trop comment t'approcher, Gueorgui. Chaque fois que je te voyais, tu étais entouré d'autres soldats et j'avais peur de te déranger. Je savais que je finirais tôt ou tard par te trouver seul. »

Je hochai la tête, me rappelant ce sentiment déplaisant d'avoir été observé.

« Je comprends. Eh bien, voilà, tu m'as trouvé.

— Enfin ! dit-elle avec un sourire. Et comme tu as fière allure ! Tu manges bien, ça se voit.

— Je fais aussi du sport ! m'indignai-je. Je travaille sans arrêt.

— Tu as l'air en bonne santé, c'est ce que je voulais dire. La vie au palais a l'air de te convenir. »

Je haussai les épaules et regardai la place, la colonne d'Alexandre, l'un des premiers sites que j'avais aperçus de ce nouveau monde. J'étais conscient de la pâleur et de la maigreur extrême de ma sœur.

« J'ai failli m'évanouir en le voyant, dit-elle en suivant mon regard.

— Le palais ?

— C'est si beau, Gueorgui. Je n'ai jamais rien vu de semblable. »

J'acquiesçai, mais tentai de paraître blasé. Je voulais qu'elle sente que j'y avais ma place, que ma vie m'y conduisait depuis toujours.

« C'est une maison comme une autre.

— Mais non !

— À l'intérieur, quand tu es avec la famille, c'est leur maison, tout simplement. On s'habitue vite à toute cette richesse, mentis-je.

— Alors tu les as rencontrés ?

— Qui ?

— Leurs majestés. »

J'éclatai de rire. « Mais Assia, je les vois tous les jours. Je suis le compagnon du tsarévitch Alexeï. Tu sais bien qu'on m'a fait venir ici pour ça. »

Elle hocha la tête et sembla chercher ses mots. « C'est juste... Je ne croyais pas que ça puisse être vrai.

— Eh bien, ça l'est, répondis-je avec agacement. Pourquoi es-tu ici, de toute façon ?

— Gueorgui ?

— Excuse-moi. » Je regrettai aussitôt mon ton. Je souhaitais tellement la voir partir que j'en étais moi-même stupéfait, comme si j'avais cru qu'elle voulait me ramener chez nos parents. Elle représentait une partie de ma vie qui était désormais révolue, une époque que je voulais dépasser, oublier tout à fait. « Quel bon vent t'a guidée jusqu'à la ville, toi aussi ?

— Aucun. Pour le moment. Sans toi, je ne supportais plus Kachine, vois-tu. Je ne tolérais pas d'avoir été laissée en arrière. Alors je suis venue. Je pensais... Je pensais que tu pourrais m'aider.

— Bien sûr, dis-je nerveusement. Mais comment ? Que puis-je faire pour toi ?

— Je pensais que peut-être… eh bien, ils doivent avoir besoin de servantes, au palais. Il pourrait y avoir du travail pour moi. Si tu en parlais à quelqu'un.

— Oui, oui, fis-je en fronçant les sourcils. Oui, j'en suis certain. Je peux essayer de me renseigner. » Je réfléchis : qui devais-je consulter ? Je me représentai ma sœur en uniforme de bonne, ou dans la tenue plus ordinaire d'une fille de cuisine, et cette idée me parut d'abord assez satisfaisante. J'aurais une amie, mais pas quelqu'un dont je cherchais le respect, comme Sergueï Stassiovitch. Pas quelqu'un dont je désirais l'affection, comme Anastasia. « Où habites-tu ?

— J'ai trouvé une chambre. Pas grand-chose, mais je n'ai pas les moyens d'y rester longtemps. Crois-tu que tu pourrais poser la question pour moi, Gueorgui ? Nous pourrions nous retrouver. Ici, peut-être. »

J'approuvai et j'eus soudain besoin de me débarrasser d'elle, de regagner l'univers irréel du palais, au lieu d'être là, dehors, à évoquer le passé. Je me haïssais pour mon égoïsme mais je n'arrivais pas à le dominer.

« Dans une semaine, conclus-je en me levant. À la même heure, dans une semaine jour pour jour. J'aurai une réponse pour toi. Je suis désolé de ne pas pouvoir rester, mes fonctions…

— Bien sûr, dit-elle tristement. Mais tout à l'heure, ce soir même ? Je pourrais revenir et…

— C'est impossible. La semaine prochaine, je te promets. Je te verrai à ce moment-là. »

Elle se soumit et m'embrassa une fois de plus. « Merci, Gueorgui. Je savais que tu ne me laisserais pas tomber. Pour moi, c'est ça ou rentrer à la maison. Je n'ai pas d'autre endroit où aller. Tu feras ce que tu pourras, n'est-ce pas ?

— Oui, oui. Maintenant il faut que j'y aille. À la semaine prochaine, grande sœur. »

Là-dessus, je regagnai la place et courus vers le palais, en la maudissant d'être ici, d'introduire le passé là où il n'avait rien à faire. Quand j'atteignis ma chambre, je m'étais radouci, et j'étais résolu à faire mon possible pour l'aider, le lendemain matin. Quand j'eus fermé ma porte, Assia avait disparu de mon esprit et mes pensées se concentraient de nouveau sur la seule jeune fille dont l'existence comptait pour moi.

Des trois principales résidences impériales – le palais d'Hiver à Saint-Pétersbourg, la citadelle bâtie au sommet d'une falaise à Livadia, et le palais Alexandre à Tsarskoïe-Selo –, la dernière était ma préférée. C'est un village entier, à une vingtaine de kilomètres au sud de la capitale, et la cour s'y rendait régulièrement en train – lentement, bien sûr, pour éviter les brusques secousses qui auraient pu déclencher chez le tsarévitch une crise d'hémophilie.

Alors qu'à Saint-Pétersbourg j'étais cantonné dans une cellule étroite, au milieu d'un couloir habité par d'autres membres de la garde impériale, mes quartiers à Tsarskoïe-Selo se trouvaient tout près de la chambre du tsarévitch, elle-même dominée par un énorme *kiot* sur lequel sa mère avait placé une quantité incroyable d'icônes.

« Bon Dieu, s'exclama Sergueï Stassiovitch en glissant la tête à la porte, un soir où il passait dans le corridor, c'est ici qu'ils t'ont mis, Gueorgui Daniilovitch ?

— Pour le moment », répondis-je gêné qu'il m'ait trouvé allongé, à moitié endormi, alors que le reste de la maisonnée était en plein travail. Sergueï avait les joues rouges, il débordait d'énergie, et quand je lui demandai où il avait passé la soirée, il secoua la tête et examina les murs et le plafond comme s'ils présentaient une importance capitale.

« Nulle part, répondit-il à contrecœur. J'ai fait un tour dans les jardins, c'est tout. Du côté du palais Catherine.

— Tu aurais dû me prévenir. » J'étais déçu qu'il ne m'ait pas proposé de l'accompagner, car il était ce que j'avais de plus ressemblant à un ami, et je pensais parfois que je pourrais lui confier certains de mes secrets. « J'y serais allé avec toi. Tu étais seul ?

— Oui. Non », se corrigea-t-il un instant après. « Enfin, oui, j'étais seul. Qu'est-ce que ça peut te faire ?

— Rien du tout. Je me demandais seulement…

— Tu as de la chance d'avoir cette chambre, dit-il pour changer de sujet.

— De la chance ? Ça devait être un placard à balais, avant, elle est tellement petite.

— Petite ? ricana-t-il. Ne te plains pas. On est vingt dans l'un des grands dortoirs du deuxième étage. Essaye un peu de dormir, la nuit, quand ils sont tous en train de tousser, de péter et de pleurer après leurs fiancées ! »

Je souris, heureux de ne pas devoir me joindre aux gardes dans un pareil endroit. Ma chambre pouvait à peine accueillir un lit de camp et une petite table pour y poser une cruche et un bassin, mais Alexeï et moi étions devenus proches et il aimait que je sois près de lui. Le tsar ayant décrété qu'il en serait ainsi, il en était donc ainsi.

La tsarine Alexandra semblait moins ravie. Depuis l'incident à Moguilev où Alexeï était tombé de l'arbre et s'était blessé, j'étais en disgrâce auprès de l'impératrice. Elle me croisait sans un mot dans les couloirs, alors même que je me prosternais et m'humiliais devant elle. Lorsqu'elle entrait dans une pièce où je me trouvais avec son fils, elle m'ignorait complètement et lui adressait toutes ses remarques. Cela n'avait en soi rien d'exceptionnel – tous ceux qui n'étaient ni ses parents ni membres d'une famille illustre étaient invisibles pour elle – mais c'est la moue déformant sa bouche quand j'étais dans les parages qui me fit comprendre l'ampleur de son mépris. Je pense qu'elle aurait été contente de me voir exclu du service de la famille royale et renvoyé à Kachine, ou même exilé en Sibérie. Cependant, le tsar restait mon défenseur et je parvins à conserver ma place. Sans la foi qu'il avait en moi, ma vie aurait pu prendre un cours bien différent.

Trois nuits s'écoulèrent encore avant que j'aie de nouveau de la compagnie dans ma chambre, mais cette fois mon visiteur n'était pas tout à fait aussi bienvenu que Sergueï Stassiovitch. Je m'apprêtais à m'endormir lorsqu'on frappa à ma porte, si doucement que je n'entendis pas la première fois. La deuxième fois, je fronçai les sourcils : qui pouvait bien avoir besoin de moi à une heure aussi tardive ? Sans doute pas Alexeï, qui ne prenait jamais la peine de frapper. Peut-être… je respirais à peine, à l'idée que ce pouvait être Anastasia. Je me redressai, déglutis nerveusement et allai entrouvrir. Le couloir était plongé dans l'obscurité.

Je crus d'abord que mes oreilles m'avaient trompé et qu'il n'y avait personne. Mais alors que j'étais sur le point de refermer ma porte, un homme surgit de l'ombre. Ses longs cheveux noirs et sa longue robe noire se fondaient dans les ténèbres du corridor, de sorte que pendant un instant je ne vis que le blanc de ses yeux.

« Bonsoir, Gueorgui Daniilovitch, dit-il d'une voix claire, dévoilant des dents jaunes en un sourire difforme.

— Père Grigori. » Je ne lui avais jamais parlé, mais je l'avais vu à de nombreuses reprises, quand il entrait dans les appartements de la tsarine ou en sortait. J'avais pour la première fois posé les yeux sur lui lors de mon premier soir au palais d'Hiver, bien sûr : je l'avais dérangé tandis qu'il psalmodiait une bénédiction au-dessus de la tête de l'impératrice, il s'était tourné vers moi et m'avait terrorisé par son regard.

« J'espère qu'il n'est pas trop tard pour venir te voir.

— J'étais couché, répondis-je, soudain conscient de lui avoir ouvert alors que je ne portais que le maillot de corps et le caleçon qui constituaient ma tenue pour la nuit. Peut-être cela peut-il attendre demain ?

— Non, je ne crois pas. » Son sourire s'élargit comme s'il s'agissait d'une excellente plaisanterie. Il s'avança dans ma chambre, non en m'écartant, mais en poursuivant son chemin comme si je n'avais pas d'autre choix que de lui céder la place. Il contempla mon lit, parfaitement immobile, puis dirigea son regard vers l'étroite fenêtre qui donnait sur la cour. On l'aurait cru changé en pierre. C'est seulement quand j'eus refermé la porte et allumé une bougie qu'il se retourna, mais la lueur vacillante de la flamme était si faible qu'elle ne me permit guère de mieux le distinguer.

« Je suis surpris de vous voir », dis-je, résolu à ne pas paraître intimidé par lui, même si je trouvais sa présence menaçante. « Y a-t-il un message du tsarévitch ?

— Non, et s'il y en avait un, crois-tu que j'en serais le porteur ? » demanda-t-il en me toisant lentement. Je commençai à me sentir mal à l'aise dans mes sous-vêtements, et j'attrapai mon pantalon que j'enfilai sous ses yeux, restés fixés sur moi. « Nous avons tant de choses en commun, toi et moi, et pourtant nous ne nous parlons jamais. C'est affreusement triste, non ? Quand nous pourrions être si bons amis…

— Je ne vois pas pourquoi. En vérité, père Grigori, je n'ai jamais été très religieux.

— Mais l'esprit est en nous tous.

— Je n'en suis pas sûr.

— Pourquoi pas ?

— J'ai grandi sans les avantages de l'instruction, expliquai-je. Nous devions travailler dur, mes sœurs et moi. Nous n'avions pas le temps d'adorer les icônes ou de dire des prières.

— Cependant tu m'appelles père Grigori. Tu respectes ma position.

— Bien sûr.

— Tu sais comment les autres me désignent, n'est-ce pas ?

— Oui, répondis-je aussitôt, décidé à ne manifester ni crainte ni admiration. Ils vous appellent le starets.

— En effet. Le maître vénéré. Celui qui mène une vie entièrement honorable. Trouves-tu ce nom approprié, Gueorgui Daniilovitch ?

— Je n'en suis pas sûr. » Je déglutis nerveusement. « Je ne vous connais pas.

— Voudrais-tu me connaître ? »

Je n'avais pas de réponse prête, et je restai où j'étais, incapable de bouger. J'avais beau vouloir fuir sa présence, mes jambes pesaient des tonnes et m'attachaient au sol.

« Ils ont un autre nom pour moi, reprit-il d'une voix grave et profonde, après avoir laissé planer un long silence. Tu as aussi entendu ce nom, je pense.

— Raspoutine, répondis-je, la gorge serrée.

— C'est exact. Et tu sais ce qu'il signifie ?

— Un homme dépourvu de vertu. » J'avais du mal à maîtriser ma voix, car ces yeux noirs qui ne clignaient jamais, plongés dans les miens, me déconcertaient totalement. « Un homme qui se permet des familiarités avec beaucoup de gens.

— Comme tu es poli, Gueorgui Daniilovitch. *Qui se permet des familiarités avec beaucoup de gens.* Voilà une formule étrange. Ce qu'ils veulent dire, c'est que j'ai des relations avec toutes les femmes que je rencontre.

— Oui.

— Mes ennemis prétendent que j'ai violé la moitié de la population de Saint-Pétersbourg, pas vrai ?

— Je l'ai entendu dire.

— Et pas seulement les femmes, les filles aussi. Et les garçons. On raconte que je prends mon plaisir partout où je le trouve. » Je me mis à regarder ailleurs. « Il y en a même qui ont l'audace de suggérer que je couche avec la tsarine. Et que j'ai pénétré chacune des grandes-duchesses tour à tour, comme un taureau en rut. Qu'en penses-tu, Gueorgui Daniilovitch ? »

Je revins à lui, avec une moue de dégoût. J'avais envie de le frapper, de le chasser de ma chambre, mais j'étais impuissant sous ce regard noir. Un frisson me parcourut le corps et j'envisageai de courir vers la porte, de l'ouvrir toute grande et de m'enfuir dans le couloir, tout pour être loin de cet homme. Pourtant, j'en étais incapable. Malgré toute la répugnance que m'inspiraient ses propos, j'étais fasciné par lui, et il me semblait que mes jambes refuseraient de m'obéir même si je leur ordonnais de courir. Il y eut un silence d'une minute, peut-être davantage, et il semblait jouir de mon inconfort, car il souriait et riait tout bas en secouant la tête.

« Mes ennemis mentent, bien sûr, finit-il par dire, en tendant les bras comme pour m'enlacer.

Tous des affabulateurs. Pour l'amour du ciel, je ne suis rien qu'un homme de Dieu, mais ils me dépeignent comme un parfait débauché. Et ce sont des hypocrites car, comme tu l'as dit toi-même, tantôt je suis un homme honorable, tantôt je suis sans vertu. On ne peut pas être à la fois un starets et Raspoutine, tu es d'accord ? Je ne me laisse pas blesser par ces gens, tu sais pourquoi ? »

Je fis signe que non.

« Parce que j'ai été envoyé sur cette terre pour un objectif plus élevé. T'arrive-t-il de ressentir cela, Gueorgui Daniilovitch ? Que tu es ici pour une raison précise ?

— Parfois.

— Et quelle est cette raison, selon toi ? »

J'y réfléchis et j'ouvris la bouche, mais je changeai d'avis et la refermai. J'avais répondu « parfois » mais, en vérité, je n'y avais jamais pensé ; c'est seulement lorsqu'il me posa la question que j'en pris conscience. Oui, je croyais avoir été amené ici dans un but que je ne comprenais pas encore. Cette idée suffisait à me perturber plus encore, et quand je levai les yeux, le starets présentait à nouveau son horrible sourire. Malgré toute la révulsion qu'il m'inspirait, le plus étrange était que je me sentais incapable de détourner le regard de son visage.

« J'ai dit tout à l'heure que nous étions semblables, toi et moi », ajouta-t-il. La zone noire entourant ses pupilles tournoyait devant moi à la lueur de la bougie, aussi malveillante et destructrice que la Neva au cœur de l'hiver.

« Je ne suis pas de cet avis.

— Mais tu es le protecteur de l'enfant et je suis le gardien de la mère. Ne le vois-tu pas ? Et pourquoi veillons-nous si bien sur eux ? Parce que nous aimons notre pays. N'est-ce pas vrai ? Tu ne peux rien laisser arriver de mal à l'enfant, sinon le tsar régnerait sans héritier direct. Et en ce temps de crise ! La guerre est une chose terrible, Gueorgui Daniilovitch, tu es d'accord ?

— Je ne laisserai rien arriver de mal à Alexeï. Je sacrifierais ma vie pour lui s'il le fallait.

— Et pendant combien de semaines a-t-il souffert à Moguilev ? Combien de semaines ont-ils tous souffert, l'enfant, les sœurs, la mère, le père ? Ils croyaient qu'il allait mourir, tu le sais. La nuit, tu restais éveillé et tu écoutais ses cris, comme nous tous. Comment sonnaient-ils à tes oreilles, comme du bruit ou comme de la musique ? »

Je déglutis. Tout ce qu'il disait était vrai. Les jours et les semaines qui avaient suivi la chute du tsarévitch avaient été cauchemardesques. Jamais je n'avais vu personne souffrir autant que lui. Quand j'avais le droit d'entrer dans sa chambre pour lui parler, je ne voyais pas le petit garçon joyeux et vif avec lequel je me sentais lié par une affection quasi fraternelle. Je trouvais un enfant squelettique, aux membres tordus sur le lit, au visage jaune, à la peau baignée d'une sueur qui revenait malgré toutes les compresses froides qu'on y appliquait. Je voyais un petit garçon dont les yeux ne reconnaissaient personne mais dont le regard me suppliait de l'aider, un innocent qui tendait la main avec le peu de force qui lui restait, qui m'interpellait, qui m'implorait de faire quelque chose, n'importe quoi, pour mettre fin à ses tourments. Je n'avais jamais été témoin d'un tel désarroi, je n'aurais même jamais cru que les souffrances qu'il endurait puissent exister. J'ignore comment il put y survivre. Chaque jour, chaque nuit, je m'attendais à ce qu'il succombe et se laisse mourir. Mais ce n'était jamais le cas. Il faisait preuve d'une force tout à fait inattendue. Pour la seconde fois, je compris que cet enfant avait bien l'étoffe d'un tsar.

Et pendant tout ce temps, durant ces trois semaines de torture, la tsarine, cette femme si bonne, n'avait presque jamais quitté son chevet. Elle restait assise près de lui, lui tenait la main, lui parlait tout bas à l'oreille, l'encourageait. Nous n'étions pas amis, elle et moi, mais par Dieu, je savais reconnaître une mère aimante et dévouée quand j'en voyais une, d'autant plus que je n'en avais jamais eu moi-même. Quand le soulagement arriva enfin, quand Alexeï commença à se rétablir et que les forces lui revinrent peu à peu, elle avait visiblement vieilli. Ses cheveux étaient devenus gris, sa peau s'était marbrée. Cet incident dont j'étais seul responsable l'avait irréparablement altérée.

« Si j'avais pu l'aider, je l'aurais fait, déclarai-je au starets. Je n'y pouvais plus rien.

— Bien sûr, dit-il en écartant les mains. Mais tu ne dois pas te reprocher ce qui s'est passé. C'est même pour cela que je suis venu te voir ce soir, Gueorgui. Pour te remercier. »

Mon front se plissa. « Pour me remercier ?

— Mais bien sûr. Sa Majesté la tsarine est très préoccupée par la santé de son fils, depuis quelque temps. Elle craint de s'être montrée... déplaisante à ton égard.

— Je n'ai pas eu ce sentiment, père Grigori, mentis-je. C'est l'impératrice. Elle peut me traiter comme elle l'entend.

— Oui, mais nous jugions important que tu saches que tu es apprécié.

— Nous ?

— La tsarine et moi. »

Je haussai un sourcil, surpris par cette formulation. « Eh bien, la gratitude n'est pas nécessaire, finis-je par dire, confus par ce qu'il m'annonçait, refusant de croire que la tsarine avait pu tenir de tels propos ou lui confier la mission de me les répéter. Veuillez assurer Sa Majesté que je ferai tout ce qui est en mon pouvoir pour garantir que ce genre d'accident ne se reproduira plus.

— Tu n'es pas seulement joli garçon, hein ? » demanda-t-il d'une voix douce. Il se rapprocha, j'avais le dos plaqué au mur et nous n'étions plus séparés que par quelques centimètres. « Tu es aussi un garçon très loyal.

— Je l'espère, répondis-je en souhaitant qu'il parte.

— Les garçons de ton âge ne possèdent pas toujours cette loyauté. » Il s'avança encore un peu ; je sentis son haleine pestilentielle et son corps vint se coller au mien. J'eus un haut-le-cœur, car je fus soudain convaincu qu'on l'envoyait m'assassiner. Cependant, il tourna simplement la tête et sourit, avec une expression affreusement sinistre, ses yeux terribles fixés sur les miens. « Tu es loyal envers toute la famille, marmonna-t-il en promenant un doigt tout le long de mon bras. Ici, tu t'es laissé tirer dessus pour sauver le grand-duc Nicolas, chuchota-t-il en cherchant l'endroit exact où la balle de Kolek avait traversé mon épaule. Et là, tu te laisserais tirer dessus pour sauver l'enfant, dit-il en appuyant la paume de sa main contre ma poitrine, sous laquelle mon cœur battait à tout rompre. Mais où seras-tu quand les balles arriveront à l'avenir ?

— Père Grigori, murmurai-je, désespérant de le voir s'en aller. S'il vous plaît... Je vous en supplie.

— Où seras-tu, Gueorgui ? Quand les portes s'ouvriront et que les hommes entreront avec leurs revolvers ? Recevras-tu les balles ou te cacheras-tu dans les arbres comme un lâche ?

— Je ne sais pas de quoi vous parlez. Quels hommes ? Quelles balles ?

— Tu t'interposerais entre une balle et elle, pas vrai ?

— Qui ça, elle ?

— Tu sais de qui je parle, Gueorgui. » Il avait maintenant la main à plat contre mon abdomen et j'attendais de voir le couteau qu'il m'enfoncerait dans les entrailles pour me tuer. Il était au courant, c'était évident. Il avait découvert la vérité au sujet d'Anastasia et on l'envoyait me tuer pour cette indiscrétion. Je n'allais pas le nier. J'étais amoureux d'elle et, si tel devait être mon destin, qu'il en soit ainsi. Je fermai les yeux, alors que ma chair allait être transpercée, que le sang allait jaillir, inondant mes pieds nus de sa chaleur poisseuse, mais les secondes et les minutes s'écoulèrent sans qu'il se passe rien, sans qu'aucune lame ne m'ouvre en deux. Quand je rouvris les yeux, il avait disparu.

C'était comme s'il s'était dissous dans l'atmosphère, ne laissant derrière lui aucune trace.

Transpirant, tremblant de peur, je m'écroulai à terre et me pris la tête entre les mains. Le starets savait tout, bien entendu. Mais à qui en parlerait-il ? Et quand tout se saurait, qu'adviendrait-il de moi ?

La dame qui supervisait toute la domesticité du palais d'Hiver était la duchesse Raïssa Afonovna, qui s'était montrée étonnamment amicale avec moi depuis notre première entrevue, le lendemain de mon arrivée en ville. Nos chemins se croisaient de temps en temps dans les appartements impériaux car c'était une intime de la tsarine ; quand elle me voyait, elle me saluait toujours cordialement et s'arrêtait pour bavarder, ce que bien peu de personnes de son rang daignaient faire. C'est donc elle que je partis trouver afin d'obtenir un emploi pour Assia.

Elle travaillait dans un bureau relativement petit, au premier étage du palais. Je frappai à la porte et j'attendis qu'elle réponde avant de passer la tête et la saluer.

« Gueorgui Daniilovitch ! s'exclama-t-elle avec un sourire, en me faisant signe d'entrer. Voilà une heureuse surprise.

— Bonjour, Votre Grâce », dis-je en fermant la porte, avant d'aller m'asseoir à la place qu'elle m'indiquait, près d'elle, sur un petit canapé. J'aurais préféré le fauteuil situé à un mètre de là, mais je n'aurais pas osé occuper cette position de supériorité. « J'espère que je ne vous dérange pas.

— Pas du tout, répliqua-t-elle en rassemblant quelques papiers pour les poser avec soin sur une petite table. Je serais plutôt ravie d'être tirée de mes corvées. »

Je hochai la tête, surpris une fois encore par son amabilité, si opposée à l'indifférence que me témoignait son amie la tsarine Alexandra.

« Comment vas-tu ? Tu es bien installé ?

— Très bien, Votre Grâce. Je pense que je commence à comprendre mes devoirs.

— Et tes responsabilités aussi, j'espère. Car tu en as beaucoup. Tu as gagné la confiance du tsarévitch, paraît-il.

— C'est vrai, avouai-je avec un sourire à la mention d'Alexeï. Il me donne du travail, si je puis me permettre.

— Tu peux ! dit-elle en riant. C'est un garçon plein d'énergie, c'est certain. Ce sera un jour un grand tsar, si tout va bien. » Cette réserve m'étonna, et je crus voir le rouge lui venir aux joues. « Un grand tsar, assurément. Mais la vie ici doit te sembler bien étrange, non ?

— Étrange ?

— Tu es si loin de chez toi. De ta famille. Je sais que mon fils Lev me manque tous les jours.

— Il n'habite donc pas Saint-Pétersbourg ?

— En temps ordinaire, si... Mais il est... » Elle soupira et secoua la tête. « Il est soldat, bien sûr. Il se bat pour son pays.

— Oui. » C'était logique. La duchesse n'avait pas plus de quarante ans ; il était normal qu'elle ait un fils dans l'armée.

« Il ne doit avoir que deux ou trois ans de plus que toi. Tu me fais penser à lui, par certains côtés.

— Vraiment ?

— Un peu. Tu as sa taille. Ses cheveux. Sa carrure. Vous pourriez être frères !

— Vous devez vous inquiéter pour lui.

— De temps en temps, j'arrive à faire une bonne nuit de sommeil. Mais pas souvent.

— Je suis désolé. » Je sentais qu'elle risquait de se laisser envahir par son chagrin. « Je ne devrais pas parler de cela avec vous.

— Ce n'est rien. Parfois j'ai peur pour lui, parfois je suis fière. Et parfois je suis en colère.

— En colère ? Pourquoi ? »

Elle hésita et détourna les yeux, comme si elle luttait pour s'imposer le silence. « À cause de l'orientation qu'il nous impose, dit-elle à travers ses dents serrées. À cause de la folie de tout cela. À cause de sa totale incompétence dans les opérations militaires. Il va tous nous faire tuer.

— Votre fils ? » Ses phrases n'avaient guère de sens pour moi.

« Non, pas mon fils, Gueorgui. Il n'est qu'un pion sur l'échiquier. Mais j'en ai trop dit. Tu venais me voir. Que puis-je faire pour toi ? »

Devais-je poursuivre cette conversation ? Je décidai de m'en abstenir. « Je m'interrogeais au sujet du personnel du palais. Auriez-vous besoin d'engager une personne supplémentaire ?

— Tu n'as pas envie d'échanger tes fonctions à la *Leib-Garde* pour mettre un tablier de bonniche ?

— Non, dis-je en riant. Non, il s'agit de ma sœur, Assia Daniilovna. Elle voudrait prendre du service.

— Ah oui ? » La duchesse parut intéressée. « C'est une jeune fille convenable, je suppose ?

— Irréprochable.

— Eh bien, il y a toujours du travail pour les filles à la vertu irréprochable. Est-elle à Saint-Pétersbourg, ou là-bas à... Pardon, Gueorgui, j'oublie d'où tu viens.

— Kachine. Dans le grand-duché de Moscovie. Mais non, elle n'y est plus, elle est déjà... » Je me repris à temps. « Excusez-moi. Oui, elle est encore là-bas, mais elle voudrait venir.

— Alors si nous lui envoyons un mot, elle pourrait être ici dans quelques jours. Écris-lui, Gueorgui, pas de problème. Invite-la et préviens-moi quand elle sera là. Je pourrai très certainement lui trouver un emploi.

— Merci. » Pourquoi avais-je menti sur la situation d'Assia ? « Vous êtes trop bonne.

— Je t'ai expliqué... » Elle sourit en ramassant ses papiers. « Tu me rappelles mon fils.

— J'allumerai un cierge pour lui.

— Merci. »

Je la saluai bien bas et quittai la pièce, puis je restai quelques instants dans le couloir. J'étais content de pouvoir porter à ma sœur de telles nouvelles, de redevenir un héros à ses yeux. Et en même temps, j'étais furieux de la voir entrer dans mon univers, dans ce monde que j'aurais voulu garder pour moi seul.

« Tu sembles troublé, Gueorgui Daniilovitch, dit le starets, le père Grigori, qui surgit devant moi si soudainement que je lâchai un cri de stupeur.

Calme-toi, ordonna-t-il, tendant une main pour me caresser l'épaule.

— Je dois voir le comte Tcharnetski et je suis en retard, prétextai-je en essayant de me dégager.

— Un homme odieux, dit-il en montrant ses dents jaunes. Pourquoi aller le voir ? Pourquoi ne pas rester avec moi ? »

Pourquoi, contre toute attente, éprouvais-je le désir incompréhensible de consentir ? Je m'esquivai cependant sans rien dire.

« Tu finiras par prendre la bonne décision, Gueorgui, lança-t-il après moi, d'une voix qui résonna entre les murs de pierre et retentit sous mon crâne. Tu feras passer tes propres plaisirs avant les désirs des autres. C'est ce qui te rend humain. »

Je partis à toutes jambes et le bruit de mes bottes martelant le sol étouffa bientôt la vérité que, je le savais, ses paroles renfermaient.

Tout au long de l'hiver et au début du printemps 1916, je veillai à empêcher le tsarévitch de pratiquer la moindre activité qui aurait pu déboucher sur un accident ; ce n'était pas facile, avec un garçon de onze ans, plein d'entrain, qui ne voyait absolument pas pourquoi on le privait des jeux et des exercices auxquels s'adonnaient ses sœurs. En de nombreuses occasions, il perdait patience, se jetait sur son lit et frappait ses oreillers à coups de poing, tant il lui était pénible d'être ainsi protégé. Peut-être sa contrariété était-elle exacerbée par le fait qu'il n'avait que des sœurs : il avait beau être le tsarévitch, elles seules pouvaient faire ce qu'il désirait le plus.

À la fin de l'hiver, la famille impériale partit patiner sur un lac gelé près de Tsarskoïe-Selo. Le tsar lui-même et ses quatre filles, avec le précepteur, M. Gilliard, et le Dr Federov, passèrent l'après-midi à décrire des figures sur la glace épaisse, tandis que, vêtus de fourrures, de toques et de gants, la tsarine et son fils restaient en sécurité, au bord du lac.

« Ne pourrais-je pas y aller quelques minutes ? plaida-t-il lorsque le jour commença à faiblir, alors que la fin des jeux approchait, de toute évidence.

— Tu sais bien que non, mon chéri, répondit sa mère, en lissant ses cheveux sur son front. S'il t'arrivait quelque chose…

— Mais il ne m'arrivera rien. Je te promets que je ferai très attention.

— Non, Alexeï.

— C'est trop injuste ! protesta-t-il, les joues rouges de rage. Je ne vois pas pourquoi je devrais être obligé de rester ici, sur la berge du lac, pendant que mes sœurs s'amusent là-bas et ont le droit de faire tout ce qu'elles veulent. Regardez Tatiana. Elle est pratiquement bleue de froid. Pourtant, personne n'exige qu'elle aille se réchauffer, n'est-ce pas ? Regardez Anastasia. Elle n'arrête pas de tourner les yeux vers moi. Elle veut que je les rejoigne, c'est évident. »

Je me tenais à l'arrière du groupe royal et j'esquissai un sourire en l'entendant car, je le savais, ce n'était pas son frère qu'Anastasia regardait, mais moi. Je n'en revenais toujours pas que nous ayons préservé le secret de nos amours depuis près d'un an. Bien sûr, tout cela restait très innocent. Nous avions des rendez-vous clandestins, nous nous adressions des messages dans un code de notre invention, et quand nous nous étions assuré un tête-à-tête, nous nous tenions les mains, nous embrassions et nous jurions que notre amour durerait toujours. Nous étions tout l'un pour l'autre et nous étions horrifiés à l'idée que notre idylle pourrait être découverte, car cela entraînerait assurément une séparation.

« Tu exiges tant de choses, Alexeï, dit la tsarine avec un soupir épuisé tout en remplissant de chocolat chaud une timbale en étain. Mais je n'ai sûrement pas besoin de te rappeler les tortures que tu endures lorsqu'il t'arrive de tomber.

— Mais je ne tomberai pas ! insista-t-il. Va-t-on me traiter ainsi pour le restant de mes jours ? Dois-je être toujours enveloppé dans du coton sans jamais avoir le droit d'être heureux ?

— Non, Alexeï, bien sûr que non. Et quand tu seras un homme, tu feras comme tu voudras, mais pour le moment, c'est moi qui prends les décisions, et dans ton intérêt. Fais-moi confiance.

— Papa », cria Alexeï, s'adressant maintenant au tsar qui patinait aux côtés d'Anastasia sur le bord du lac, où il avait forcément entendu cette dispute. Le visage rosi par le froid, le père et la fille riaient et s'amusaient malgré la température glaciale. Anastasia me sourit et je lui souris à mon tour, en veillant à ne pas me faire remarquer. « Papa, laissez-moi patiner un peu, s'il vous plaît !

— Alexeï, répondit-il en secouant tristement la tête, nous en avons déjà parlé.

— Mais si je n'y vais pas seul ? suggéra l'enfant. Si je patine avec une personne de chaque côté ?

Quelqu'un pour me tenir les mains et m'empêcher de tomber ? »

Le tsar prit le temps de réfléchir. Contrairement à sa femme, il prêtait attention aux autres personnes qui accompagnaient cette excursion – les domestiques, les membres de la famille étendue, les princes du sang – et il était toujours soucieux que son fils ne fasse pas figure de gringalet incapable des activités les plus ordinaires. C'était le tsarévitch, après tout. Il était essentiel, pour maintenir la sécurité de sa position, qu'il paraisse fort et viril. Sentant son père hésiter, l'enfant profita aussitôt de cette faiblesse.

« Et je ne passerai que dix minutes dehors, continua-t-il, pour plaider sa cause. Quinze au maximum. Peut-être vingt. Et j'irai très lentement. Comme si je marchais, si vous le voulez.

— Alexeï, tu ne peux pas…, commença la tsarine, avant d'être interrompue par son mari.

— Me donnes-tu ta parole de ne pas aller plus vite que si tu marchais ? Et de tenir les mains de ceux qui t'accompagneront ?

— Oui, papa ! » Alexeï poussa un cri de joie, bondit de sa chaise et, sous les yeux horrifiés de nous tous, faillit trébucher en allant chercher une paire de patins. Je m'élançai pour le rattraper avant qu'il ne tombe par terre, mais il reprit son équilibre à temps et resta planté là, un peu gêné par sa cabriole.

« Nicky, non ! hurla immédiatement la tsarine, debout elle aussi, portant sur son mari un regard furieux. Tu ne peux pas autoriser cela.

— Il faut qu'il dépense un peu son énergie », répondit le tsar en se détournant d'elle, peu désireux de croiser le regard de sa femme. Je voyais combien il lui était désagréable de se donner ainsi en spectacle. « Après tout, Sunny, tu ne peux quand même pas t'attendre à ce qu'il passe tout l'après-midi assis sans se sentir frustré.

— Et s'il tombait ? demanda-t-elle d'une voix brisée par les larmes.

— Je ne tomberai pas, maman, dit Alexeï en lui baisant la joue. Je le promets.

— Tu as bien manqué de tomber de ta chaise !

— C'était un accident. Il n'y en aura pas d'autre.

— Nicky... » Elle implora de nouveau son mari, mais le tsar secoua la tête. Je compris qu'il voulait voir son fils sur le lac. Et quelles que soient les conséquences, il voulait que nous tous le voyions aussi. Les époux se dévisagèrent, leurs forces réciproques rivalisant en une lutte de pouvoir. D'après les ragots du palais, ils avaient fait un mariage d'amour, vingt ans auparavant, ils s'étaient unis contre la volonté du père du tsar, Alexandre III, et de sa mère, l'impératrice douairière Marie Fedorovna, qui n'aimait guère les ancêtres anglo-allemands de la tsarine. Pendant toutes ces années ensemble, il l'avait toujours traitée avec adoration, même quand elle avait engendré fille après fille, alors que la possibilité d'un fils semblait de plus en plus lointaine. C'était seulement ces derniers temps, depuis qu'on avait détecté l'hémophilie d'Alexeï, que leur relation avait commencé à se dégrader.

Bien sûr, selon d'autres rumeurs, colportées dans tout le pays, le tsar avait été remplacé dans le cœur d'Alexandra et dans son lit par le starets, le père Grigori, mais j'ignorais si c'était une vérité ou une calomnie.

« Je vais l'emmener, papa, proposa une voix douce. Et je vis Anastasia qui offrait son charmant sourire innocent. Je lui tiendrai la main tout le temps.

— Là, vous voyez ? dit Alexeï à sa mère. Tout le monde sait qu'Anastasia est la meilleure patineuse de nous tous.

— Ta sœur ne suffira pas, cependant », répliqua la tsarine, consciente de sa défaite mais soucieuse de prendre part à la décision. Elle se retourna et me surprit en sachant exactement où me trouver. « Gueorgui Daniilovitch, poursuivit-elle, tu accompagneras mes enfants. Alexeï, tu resteras entre eux et tu leur tiendras les mains, c'est bien compris ?

— Oui, maman.

— Et si je te vois les lâcher une seule fois, je te ferai revenir et tu ne me désobéiras plus. »

Le tsarévitch accepta ces conditions et finit de nouer ses lacets alors que je m'approchais du lac. Je troquai mes lourdes bottes contre les lames légères des patins. Je croisai le regard d'Anastasia qui prit une mine coquette ; comme elle avait bien tout manigancé ! Nous allions danser ensemble sur le lac, au vu et au su de tout le monde, sans éveiller le moindre soupçon.

« Vous patinez à merveille, Votre Altesse, déclarai-je alors que nous avancions lentement vers le centre du lac, où les autres patineurs et les grandes-duchesses s'écartèrent pour nous céder la place.

— Merci, Gueorgui, répondit-elle avec hauteur, comme si je n'étais rien d'autre qu'un serviteur à ses yeux. Tu parais étonnamment peu sûr de toi sur la glace.

— Vous trouvez ?

— Oui, n'as-tu jamais patiné ?

— Si, souvent.

— Vraiment ? » s'étonna-t-elle, tandis que nous faisions tous les trois le tour du lac, avec force crissements, nous attendant l'un l'autre, prenant régulièrement de la vitesse jusqu'à ce que les vociférations de la tsarine nous forcent à ralentir. « J'ignorais que tu avais assez de temps libre pour t'adonner à ce genre de frivolités hors du palais. Peut-être tes devoirs ne sont-ils pas aussi lourds que je le croyais.

— Pas ici, Votre Altesse. Je voulais dire là-bas, à Kachine, mon village natal. L'hiver, quand les lacs gelaient, nous nous laissions glisser dessus. Pas avec des patins, bien sûr. Nous n'avions pas de quoi nous offrir ce genre de luxe.

— Je vois, dit-elle, goûtant ce marivaudage. Tu patinais seul, j'imagine ?

— Pas toujours, non.

— Avec tes amis, alors ? Les autres garçons au corps épais et à l'esprit obtus, parmi lesquels tu as grandi ?

— Pas du tout, Votre Altesse. À Kachine, comme partout dans le monde, les familles comptent autant de filles que de fils. Non, il m'arrivait de patiner avec les filles du village.

— Arrêtez de vous disputer, tous les deux », s'écria Alexeï, qui se concentrait pour rester debout, car en toute franchise, il ne patinait pas bien du tout. Et il était aussi trop jeune pour reconnaître que ce n'était pas une dispute, mais un flirt prolongé.

« Je vois, dit Anastasia après un moment. Eh bien, ces glissades sur les lacs avec ces grosses filles laborieuses t'ont donné un certain entraînement. Je suis moi-même une patineuse accomplie depuis des années.

— Je m'en rends compte.

— Oui, tu as rencontré le prince Evgueni Iliavitch Simonov ?

— Parfois. » Je me rappelais ce beau jeune homme, issu d'une des plus riches familles de Saint-Pétersbourg, doté d'une peau couleur d'érable, d'une épaisse chevelure blonde et des dents les plus blanches que j'aie jamais vues sur un être vivant. On savait bien que la moitié des jeunes femmes de la bonne société étaient folles de lui.

« Oui, il m'a appris tout ce que je sais, expliqua Anastasia.

— Tout ?

— Presque tout », concéda-t-elle un instant après, la bouche en cœur et les yeux vers moi. C'est ce que nous pouvions faire de plus approchant d'un baiser en public.

« Essayons un cercle, dis-je en regardant Alexeï.

— Un cercle ?

— Oui, nous pourrons tourner sur nous-mêmes. Votre Altesse, dis-je à Anastasia, prenez ma main vous aussi, pour que nous formions un cercle tous les trois. »

Elle s'exécuta et, peu après, nous glissions ainsi, ensemble, en une ronde délicieuse qui prit fin seulement lorsque la tsarine se mit à agiter les bras, en exigeant que nous revenions à la raison. Même si j'aurais voulu que ce moment dure à jamais, je suggérai avec un soupir que nous obéissions. Mais, à l'instant où Alexeï fut rendu à la sécurité des bras de sa mère, Anastasia me reprit la main et, plus vite qu'auparavant, fila avec moi sur la glace. J'eus bien des peines à maintenir mon équilibre et à l'égaler en rapidité.

« Anastasia ! » cria la tsarine, qui savait fort bien qu'il était inconvenant de nous laisser ainsi patiner seuls ensemble. Pourtant, en entendant le tsar éclater de rire alors que j'avais failli tomber à la renverse, je sus que cette escapade pourrait durer encore quelques instants.

Nous patinâmes donc. Et le patinage devint danse. Nos mouvements s'accordèrent, s'harmonisèrent. Cela ne dura que quelques minutes, mais j'eus le sentiment d'une éternité. Quand je repense à Tsarskoïe-Selo et à l'hiver 1916, c'est ce souvenir qui est le plus présent.

La grande-duchesse Anastasia et moi, seuls sur la glace, main dans la main, dansant à notre rythme propre, tandis que le soleil rouge baissait et s'assombrissait. Ses parents et sa sœur nous observaient de loin, ignorants de notre passion, inconscients de notre idylle. Nous dansions en accord l'un avec l'autre, parfaitement assortis, et ce moment n'aurait jamais dû finir.

Je dois maintenant relater la plus grande honte de ma vie. J'en supporte la mémoire en me disant que j'étais jeune, que j'étais amoureux, pas seulement d'Anastasia mais de la famille impériale, du palais d'Hiver, de Saint-Pétersbourg, de toute cette vie nouvelle qui m'avait soudain été offerte. Je me dis que j'étais ivre d'égoïsme et d'orgueil, que je ne voulais associer personne d'autre à ma nouvelle existence, que je voulais prendre un nouveau départ. Je me dis tout cela, mais ce n'est pas assez. J'ai péché.

Assia m'attendait à l'heure dite ; je la soupçonnai d'avoir été là une bonne partie de l'après-midi.

« Je suis désolé, annonçai-je en la regardant dans les yeux alors même que je la trahissais. Il n'y a rien ici pour toi. Je me suis renseigné, mais il n'y a rien à faire. »

Elle hocha la tête et accepta sans se plaindre. Elle disparut dans la nuit et je songeai qu'elle serait bien mieux à Kachine, où elle avait des amis et de la famille, un foyer. Puis je la chassai de mon esprit comme si elle n'avait été rien de plus qu'une vague connaissance et non une sœur aimante.

Je ne l'ai plus jamais revue, je n'ai plus jamais entendu parler d'elle. Je dois vivre avec ce souvenir, avec ce déshonneur.

1941

Je n'avais pas remarqué ce monsieur les trois premières fois où il était venu à la bibliothèque, mais la quatrième, Mlle Simpson, qui le trouvait charmant, m'entraîna à l'écart, l'air euphorique.

« Il est revenu », murmura-t-elle, accrochée à moi, en regardant dans la grande salle avant de se retourner vers moi ; je ne l'avais jamais vue aussi animée. Elle avait l'excitation fiévreuse d'un enfant le matin de Noël.

« Qui est revenu ? demandai-je.

— *Lui* ! répondit-elle, comme si je jouais les imbéciles, alors que nous n'avions encore jamais évoqué cet individu. M. Tweed, comme je l'appelle. Vous l'avez repéré, non ? »

Je la dévisageai en me demandant si elle devenait folle ; après tout, la guerre faisait des ravages dans tous les cerveaux. Les bombardements incessants, la menace de nouveaux bombardements, le contrecoup des bombardements… cela aurait suffi pour que les esprits les plus rationnels basculent dans la démence. « Mademoiselle Simpson, je n'ai aucune idée de ce dont vous parlez. Il y a ici quelqu'un que vous avez déjà vu, c'est ça ? Un enquiquineur ? Je ne comprends pas. »

Elle me saisit par le bras, m'éloigna du bureau où je travaillais, et un instant après nous étions dissimulés derrière des étagères pour observer un homme assis à l'une des tables, plongé dans un gros volume, un ouvrage de référence. Il n'avait rien de très remarquable, hormis le fait qu'il portait un costume coûteux, en tweed, d'où le surnom que Mlle Simpson lui donnait. Je suppose qu'il était plutôt bel homme, avec ses cheveux noirs plaqués en arrière, dégageant bien son front. Son bronzage suggérait que soit il n'était pas anglais, soit il avait passé beaucoup de temps à l'étranger. Bien sûr, le plus inhabituel était qu'un homme de son âge – il approchait la trentaine – se trouve à la bibliothèque du British Museum un jeudi après-midi à quatorze heures. Il aurait dû être dans l'armée.

« Eh bien, qu'y a-t-il ? m'exclamai-je, agacé par l'enthousiasme de ma jeune collègue. Qu'a-t-il fait ?

— Il vient tous les jours depuis une semaine, dit-elle en hochant la tête d'un air féroce. Vous ne l'avez pas remarqué ?

— Non. Je n'ai pas l'habitude de m'intéresser aux jeunes gens qui décident de recourir aux ressources de la bibliothèque.

— Je pense qu'il en pince pour moi, gloussa-t-elle avec un sourire gourmand. Comment me trouvez-vous, monsieur Yachmenev ? Mon rouge à lèvres est bien ? Ça fait des mois que je n'en ai plus, mais ce matin j'ai retrouvé un vieux tube au fond de mon placard et je me suis dit *C'est mon jour de chance*, alors j'en ai mis pour m'arranger un peu. Et mes cheveux ? J'ai une brosse dans mon sac. Qu'est-ce que vous en pensez, je me recoiffe en vitesse ? »

Je la contemplai et sentis la moutarde me monter au nez. Je n'étais pas fondamentalement hostile à la frivolité qui s'emparait parfois des jeunes ; après tout, ces derniers temps, le quotidien était devenu plus difficile et plus effrayant pour nous tous. Je n'avais aucune envie de priver quiconque d'un peu de plaisir, dans les rares occasions où l'on pouvait en trouver. Mais il y avait une limite à ce que je pouvais tolérer. Cette sottise m'agaçait prodigieusement.

« Vous êtes superbe, déclarai-je, en tentant aussitôt de regagner mon bureau. Et vous serez encore plus séduisante si vous repreniez votre travail et arrêtiez de perdre votre temps à ces bêtises. Vous n'avez donc rien de mieux à faire ?

— Bien sûr que si. Mais allons, monsieur Yachmenev, il y a si peu d'hommes à Londres en ce moment, et puis regardez-le, comme il est mignon ! S'il vient tous les jours me voir, je ne vais quand même pas lui dire non ? Il est peut-être trop timide pour parler. Il y aurait bien une solution, évidemment.

— Mademoiselle Simpson, s'il vous plaît, ne pouvez-vous… »

Mais c'était trop tard. Elle prit un livre au hasard et partit vers l'inconnu. Malgré moi, je la suivis des yeux, par un désir maladif de voir ce qui allait se passer. Le comportement de Mlle Simpson réveillait toujours mes pulsions voyeuristes, auxquelles je cédais parfois. Elle se déhanchait exagérément, avec toute l'assurance d'une star de cinéma, et quand elle fut parvenue à destination, elle lâcha délibérément son livre, dont la couverture cartonnée s'écrasa sur le sol de marbre avec un bruit qui résonna sous la rotonde et me fit rouler de gros yeux. Lorsqu'elle se baissa pour le ramasser, elle offrit à tous une vue imprenable sur son postérieur et sur le haut de ses bas. C'en était presque indécent, mais elle était jolie et il aurait fallu être plus fort que moi pour détourner le regard.

M. Tweed tendit la main et je la vis lui dire quelque chose en riant, elle caressa un instant l'épaule de sa veste, mais il la découragea très vite en murmurant une réponse sèche, puis lui restitua le volume. Elle lui posa une autre question ; cette fois, il se contenta de refermer le livre qu'il avait sur sa table pour en montrer la couverture et elle se pencha au-dessus de lui, pour qu'il profite de la vue plongeante sur sa poitrine généreuse. Il parut néanmoins indifférent à ce spectacle et, en vrai gentleman, il dirigea les yeux ailleurs. De ma place, je vis qu'il lisait *Déclin et chute de l'Empire romain*, de Gibbon, et je me demandai si c'était un universitaire, un enseignant. Peut-être une maladie l'empêchait-elle de s'enrôler. Toutes sortes de raisons pouvaient justifier sa présence ici.

Rien d'étonnant à ce que Mlle Simpson s'intéresse autant à lui. Quelques années auparavant, on voyait tous les jours quantité de jeunes gens à la bibliothèque ou au musée, mais la vie avait bien changé depuis le début de la guerre, et l'irruption d'un beau célibataire ne pouvait passer inaperçue, quand tant de ses semblables avaient été entraînés loin des villes comme les rats par le Joueur de Flûte du conte. Notre vie était régie par le rationnement, le couvre-feu, le hurlement des sirènes antiaériennes toutes les nuits. Dans les rues, on rencontrait des jeunes filles qui se promenaient par groupes de deux ou trois, toutes devenues infirmières, qui marchaient d'un bon pas entre un hôpital de fortune et leur logis, le visage pâle, les yeux creusés et cernés à force de ne pas assez dormir et de voir défiler les corps brisés, démantibulés, de leurs compatriotes. Leur jupe blanche était souvent mouchetée d'écarlate, mais elles semblaient ne plus y prêter attention, ne plus s'en soucier.

Depuis deux ans, je m'attendais à ce que la bibliothèque soit fermée pour une durée indéterminée, mais c'était l'un de ces symboles de la vie britannique par lesquels M. Churchill maintenait son attitude de défi opiniâtre, et nous restions donc ouverts au public, souvent comme refuge pour les aides du ministère de la Guerre, installés dans les recoins tranquilles de la salle de lecture pour consulter des cartes et des ouvrages de référence, afin d'impressionner leurs supérieurs en exposant des stratégies validées par l'Histoire. Le personnel avait été considérablement réduit, même si M. Trevors était encore avec nous, bien sûr, car il était beaucoup trop âgé pour combattre. Mlle Simpson nous avait rejoints au début des hostilités, on lui avait confié un poste parce qu'elle « ne supportait pas la vue du sang ». Il y avait aussi quelques autres assistants, qui avaient eux aussi dépassé la limite d'âge, et puis il y avait moi. Le Russe. L'émigré. L'homme qui habitait Londres depuis près de vingt ans mais qui inspirait soudain la méfiance à presque tout le monde pour une raison bien simple.

Mon accent.

« Celui-là, il ne découvre pas facilement son jeu, dit Mlle Simpson en revenant au bureau où je me tenais à nouveau, las d'observer son flirt.

— Ah oui ? fis-je, en essayant de paraître intéressé.

— Je lui ai simplement demandé son nom, poursuivit-elle, indifférente à mon ton, et il m'a répondu que j'étais bien curieuse, alors je lui ai dit : "Moi, je vous appelle monsieur Tweed à cause du beau costume que vous portez tous les jours. C'est un cadeau de votre femme ou de votre petite amie ? – Je crains de ne pouvoir vous le révéler", il m'a dit, tout sucre et tout miel. J'ai expliqué que je ne voulais pas paraître indiscrète, mais qu'on ne voyait pas souvent de gens comme lui l'après-midi. "Des gens comme moi ? Qu'entendez-vous par là ? – Eh, ne le prenez pas mal, mais vous avez l'air d'un être supérieur, voilà, quelqu'un qui a de la conversation, peut-être, d'ailleurs moi-même je suis libre ce soir et..."

— Mademoiselle Simpson, je vous en prie ! » Je fermai les yeux et me frottai les tempes avec les pouces, exaspéré, car ses jacassements me donnaient mal à la tête. « Nous sommes dans une bibliothèque. Un lieu de savoir et de culture. Et vous êtes ici pour travailler. Nous ne sommes pas sur la place du marché, pour échanger des potins ou des bavardages stupides. Si cela vous semble possible, voudriez-vous bien réserver vos...

— Oh, pardon, mes excuses ! lança-t-elle, les mains sur les hanches comme si je venais de lui adresser les pires injures. Écoutez-vous un peu, monsieur Yachmenev. On croirait que je vais balancer un secret d'État aux Boches, à vous entendre.

— Je suis désolé si je me suis montré abrupt, mais vraiment, c'en est trop. Il y a là-bas deux chariots de livres qui attendent d'être débarrassés depuis le début de la matinée. Il y a sur les tables des livres qui n'ont pas été remis à leur place. Est-ce réellement trop demander que de vouloir simplement que vous fassiez votre métier ? »

Elle me fixa d'un œil noir, serra les lèvres puis secoua la tête et s'éloigna avec autant de majesté et d'indignation qu'elle en était capable. Je la contemplai un moment, un peu coupable. J'aimais bien Mlle Simpson, elle ne voulait de mal à personne et sa compagnie était le plus souvent agréable. Mais je frémis à l'idée qu'Arina pourrait un jour devenir une jeune femme dans son genre.

« Un sacré numéro, cette demoiselle », dit tout bas une voix, quelques instants après. En levant les yeux, je vis devant moi M. Tweed en personne. Je m'apprêtais à prendre son livre, mais il n'en avait pas. « Elle ne doit pas être facile tous les jours.

— C'est une brave fille, au fond. » Par solidarité entre collègues, je n'avais aucune envie de la critiquer avec un inconnu. « J'imagine que la plupart des jeunes ont trop peu d'occasions de se distraire, de nos jours. Enfin, je vous présente mes excuses si elle vous a dérangé, monsieur. Elle s'emballe un peu trop vite, c'est tout. Je pense qu'elle est flattée par l'intérêt que vous lui témoignez, si vous me permettez.

— L'intérêt que je lui témoigne ? demanda-t-il en haussant un sourcil.

— Vous êtes venus la voir tous les jours de la semaine.

— Elle n'est pas la raison de ma présence ici », protesta-t-il, sur un ton qui m'obligea à le regarder à nouveau. Il avait un air un peu bizarre, comme s'il n'était pas exactement l'universitaire que j'avais cru.

« Je ne comprends pas. Y a-t-il quelque chose que je puisse…

— Ce n'est pas elle que je viens voir, monsieur Yachmenev. »

Je le dévisageai et sentis mon sang se glacer. Je cherchai d'abord à déterminer s'il avait un accent. S'il était lui aussi immigré. S'il était des nôtres.

— Comment connaissez-vous mon nom ?

— Vous êtes bien monsieur Yachmenev ? Monsieur Gueorgui Daniilovitch Yachmenev ? »

Je déglutis. « Que voulez-vous ?

— Moi ? » Il parut un peu surpris, puis secoua la tête et détourna les yeux un instant avant de se pencher vers moi. « Je ne veux rien. Ce n'est pas moi qui recherche votre aide. Qui ai *besoin* de votre aide.

— Alors qui ? » Mais il ne dit rien et se contenta de me sourire. Si Mlle Simpson ne s'était pas enfin mise à l'ouvrage dans une autre partie de la salle de lecture, ce sourire aurait suffi à l'achever.

La guerre éclair au-dessus de Londres durait depuis des mois et avait atteint un degré d'intensité tel que nous risquions tous de devenir fous. Chaque soir nous attendions, paniqués, le mugissement des sirènes ; l'anticipation était presque pire que leur déclenchement même, car personne ne pouvait se sentir en sécurité dans le silence tendu qui précédait leur tintamarre inévitable. Zoïa, Arina et moi courions vers l'abri antiaérien de Chancery Lane, deux longs tunnels parallèles qui se remplissaient vite d'habitants des rues voisines, pour y trouver « nos » places.

Il n'existait que huit abris dans toute la ville, nombre bien insuffisant pour la quantité de gens qui devaient y trouver refuge. C'étaient des endroits sombres, déplaisants, des couloirs souterrains nauséabonds, bruyants, fétides, où nous nous sentions bien moins en sécurité que dans nos maisons. Malgré les règles strictes concernant la répartition de la population entre les différents abris, des gens arrivaient en début de soirée des quartiers les plus éloignés, ils attendaient dehors pour être sûrs d'avoir une place, et c'était souvent la pire des bousculades quand les portes s'ouvraient. Contrairement à la légende alimentée par la flamme du patriotisme et par une étrange nostalgie, je n'ai le souvenir d'aucun moment de gaieté dans ces abris, et rares étaient les nuits où la moindre solidarité se manifestait entre nous, pauvres souris précipitées sous la terre par les bombardements dans le ciel. On parlait rarement, on ne riait pas, on ne chantait jamais. Non, on se réunissait par petites cellules familiales, tremblants, anxieux, irritables, dans une atmosphère électrique où des violences éclataient parfois. Nous éprouvions la sensation constante et terrible qu'à tout moment le toit pourrait s'effondrer sur nos têtes et nous enterrer tous dans les décombres, sous les rues de la cité détruite.

Vers le milieu de 1941, les bombardements avaient commencé à devenir un peu moins fréquents que six mois auparavant, mais on ne savait jamais quelle nuit, à quelle heure les sirènes allaient se déclencher, situation qui nous laissait dans un état d'épuisement permanent. Même si tout le monde détestait le bruit des bombes qui éclataient, déchirant les maisons de nos voisins, ouvrant des abîmes au milieu des rues et tuant les pauvres âmes qui n'étaient pas arrivées aux abris à temps, Zoïa en souffrait particulièrement. La simple idée de détonation ou de fusillade suffisait à la plonger dans la dépression.

« Combien de temps tout ça va-t-il durer ? » me demanda-t-elle un soir dans Chancery Lane, alors que nous comptions les minutes en attendant de pouvoir émerger de ce tombeau pour aller inspecter les dégâts du bombardement. Arina dormait, blottie dans mon manteau ; elle avait maintenant sept ans, c'était une enfant pour qui la guerre était une des choses ordinaires de la vie, car elle pouvait à peine se rappeler une époque où le conflit mondial n'était pas au centre de son univers.

« Difficile à déterminer », répondis-je. J'aurais voulu lui donner un espoir, mais je me refusais à créer un optimisme infondé. « Il ne devrait plus y en avoir pour très longtemps.

— Mais tu n'as rien entendu dire ? Personne ne t'a annoncé quand nous pourrons…

— Zoïa », l'interrompis-je en m'assurant que personne ne nous écoutait. Il y avait trop de bruit autour de nous pour que notre conversation soit captée par d'autres. « Nous ne devons pas parler de ça ici.

— Mais moi je n'en peux plus ! cria-t-elle, les yeux baignés de larmes. Toutes les nuits c'est la même chose. Tous les jours, je me demande si nous survivrons jusqu'au lendemain. Tu as des amis, à présent, Gueorgui. Tu comptes pour eux. Si seulement tu pouvais leur…

— Zoïa, tais-toi ! » Je jetai bien vite un regard tout autour de nous. « Je te l'ai dit, je ne sais rien. Je ne peux rien demander à personne. Je t'en prie… Je sais combien c'est difficile, mais nous ne pouvons pas discuter de ces choses-là. Pas ici. »

Arina bougea dans mes bras et entrouvrit des yeux assoupis. Sa langue apparut entre ses lèvres, son expression changea tandis qu'elle s'assurait que nous étions encore là tous les deux, son père et sa mère, pour veiller sur elle. Zoïa s'avança et lui embrassa le front, puis elle lui caressa les cheveux jusqu'à ce qu'elle se rendorme.

« Gueorgui, ça t'arrive de penser que nous sommes venus au mauvais endroit ? demanda-t-elle d'une voix résignée. Nous aurions pu aller n'importe où quand nous avons quitté Paris.

— Mais cette guerre est partout, mon amour. Le monde entier est touché. Nulle part nous n'aurions pu y échapper. »

Mon esprit s'évadait souvent vers la Russie, durant ces longues nuits dans l'abri. Je tentais d'imaginer Saint-Pétersbourg ou Kachine telles qu'elles pouvaient être après vingt ans passés loin de ces villes, et je ne pouvais m'empêcher de me demander comment elles survivaient à la guerre, comment leurs habitants vivaient ce martyre. Je ne pensais jamais à Saint-Pétersbourg sous le nom de Leningrad, bien sûr, même si les journaux la désignaient comme la ville des bolcheviks. Je ne m'étais pas davantage habitué à Petrograd, appellation que le tsar avait imposée pendant la Grande Guerre, craignant que le nom initial ne soit trop germanique pour une grande cité russe, d'autant plus que nous étions engagés dans une guerre de frontières avec son cousin allemand. Je tentais de me représenter ce Staline, que les journaux mentionnaient si souvent, et dont le visage ne m'inspirait que méfiance. Je ne l'avais jamais rencontré, bien sûr, mais j'avais entendu son nom évoqué au palais au cours de la dernière année – avec ceux de Lénine et de Trotski – et il semblait étrange qu'il ait été le seul à survivre et à diriger. Le règne des Romanov s'était terminé dans un déferlement de haine envers l'autocratie des tsars, mais il me semblait que ce nouveau gouvernement soviétique ne différait du vieil Empire russe que par le nom.

Même si je pensais rarement à elles, je me demandais comment mes sœurs affrontaient la guerre, si elles étaient même encore en vie. Assia devait avoir près de cinquante ans, Liska et Talia la quarantaine. Elles étaient assurément en âge d'avoir des fils, mes neveux, qui combattaient peut-être sur les fronts russes, sacrifiant leur vie sur les champs de bataille européens. J'avais souvent regretté de ne pas avoir de fils, et j'étais triste à l'idée que je ne connaîtrais jamais ces garçons, qu'ils ne partageraient jamais rien avec leur oncle, mais c'était le prix à payer pour mes actes en 1918 : bannissement loin de ma famille, exil éternel loin de ma patrie. Il était tout à fait possible qu'aucune de mes sœurs ne vive encore, qu'elles n'aient pas eu d'enfants, ou qu'elles aient été tuées pendant la Révolution. Qui sait de quelles représailles Kachine avait pu être le théâtre si l'on avait eu vent de ma conduite dans ce petit village désespéré...

Trois bombardements en particulier eurent un effet terrible sur ma famille. Le premier fut la destruction partielle du British Museum, que je considérais un peu comme ma maison. La bibliothèque s'en sortit presque indemne, mais certaines parties du bâtiment principal furent anéanties et fermées en attendant les réparations, dans un avenir hypothétique. J'étais désolé de voir un édifice aussi magnifique réduit à cela.

Le deuxième marqua la destruction de l'Holborn Empire, le cinéma où nous allions régulièrement avant la guerre, Zoïa et moi, un endroit que j'associais entièrement avec ma fascination pour Greta Garbo et avec la soirée où nous avions passé deux heures perdus dans les images et les souvenirs de notre pays, pendant *Anna Karénine*.

Le troisième fut le plus dévastateur. Rachel Anderson, qui habitait depuis six ans l'appartement voisin du nôtre, qui était la confidente de Zoïa et tenait lieu de grand-mère à Arina, fut tuée dans une maison de Brixton alors qu'elle rendait visite à une amie : elle n'avait pu atteindre un abri antiaérien à temps. Son corps ne fut découvert qu'après une semaine, alors que son absence nous faisait craindre le pire. Sa perte nous attrista beaucoup, surtout

Arina, qui voyait Rachel tous les jours et n'avait encore jamais connu le deuil d'un être cher.

Contrairement à ses parents, pour qui cette expérience n'était que trop familière.

Cela commença par une série de lettres, dont aucune ne contenait la moindre information qu'on aurait pu juger essentielle. Je les traduisais quand même, en quête d'un sens caché. Elles étaient datées de plus d'un an auparavant et comportaient des détails sur des activités militaires terminées depuis longtemps alors que je m'efforçais de transcrire en anglais le texte russe ; la plupart des hommes concernés par ces mouvements de troupes étaient déjà morts. J'étais très consciencieux, je lisais chaque message d'un bout à l'autre pour bien en comprendre la signification avant de décider comment les déchiffrer. Je traçais de belles lettres bien nettes sur le vélin blanc fourni par le ministère de la Guerre, et me servais d'un superbe stylo-plume noir ; je le trouvais sur la table en arrivant et, quand j'avais fini, presque à l'instant précis où je reposais le stylo, la porte s'ouvrait et il entrait.

« La glace, dis-je en désignant le miroir qui courait tout le long d'un mur. Vous me regardiez à travers, je suppose ?

— Oui, monsieur Yachmenev. Nous aimons observer. J'espère que cela ne vous dérange pas.

— Si cela me dérangeait, je ne serais pas ici, monsieur Jones. De toute façon, vous n'en faites pas grand mystère. Je vous entendais parler de l'autre côté. Ce n'est pas très sûr. J'espère que vous ne vous en servez pas avec des gens plus importants que moi. »

Il hocha la tête et haussa les épaules avant de s'asseoir dans un coin de la pièce pour lire mes pages avec attention. Il ne portait plus le même costume qu'à la bibliothèque, le jour où il s'était présenté à moi, mais le tissu en était de tout aussi bonne qualité et je ne pouvais m'empêcher de me demander comment il pouvait se l'offrir à une époque de rationnement aussi strict. *M. Tweed,* l'avait baptisé Mlle Simpson lors de ce premier après-midi. *M. Jones,* avait-il annoncé un peu plus tard, sans préciser aucun prénom, et ce mode de présentation très inhabituel sous-entendait que c'était un pseudonyme, au même titre que le ridicule surnom conçu par Mlle Simpson. Peu importe, son identité réelle ne changeait rien à mes yeux. Après tout, j'avais déjà rencontré bien d'autres individus qui déclaraient être ce qu'ils n'étaient pas.

« Votre costume... » Je l'examinais pendant qu'il parcourait ma traduction, son expression changeant parfois, oscillant entre l'approbation et la surprise.

« Mon costume ? demanda-t-il en levant les yeux.

— Oui. Je l'admirais. »

Il me dévisagea et les coins de sa bouche se redressèrent un peu, comme s'il ne savait trop comment accueillir cette remarque. « Merci, répondit-il avec l'ombre d'un soupçon.

— Je me demande comment un jeune homme peut se procurer un aussi beau costume. Par ces temps difficiles, surtout.

— J'ai des revenus privés, répliqua-t-il aussitôt, et la rapidité de sa réaction me fit comprendre qu'il n'avait pas envie d'en parler. Très bon travail, poursuivit-il en venant s'asseoir près de moi. C'est vraiment très bien. Vous avez évité les erreurs que commettent la plupart de nos traducteurs.

— Lesquelles ?

— Ils traduisent chaque mot et chaque formule exactement comme elles apparaissent sur la page. Ils ignorent les différences d'usage d'une langue à l'autre. En fait, vous ne les avez pas du tout traduites, n'est-ce pas ? Vous me dites ce que chaque lettre contient. Ce n'est pas du tout la même chose.

— Je suis content que cela vous convienne. Mais puis-je vous poser une question ?

— Bien sûr.

— Votre russe est évidemment aussi bon que le mien.

— En fait, monsieur Yachmenev, dit-il en souriant, il est même meilleur. »

J'ouvris de grands yeux, amusé par son arrogance, car il avait bien quinze ans de moins que moi, et son accent indiquait qu'il avait fait ses études à Eton ou à Harrow, dans l'un de ces établissements exclusifs qui transformaient en gentlemen les fils des riches. « Vous venez de Russie ? demandai-je, incrédule. Vous semblez si… anglais.

— C'est parce que je suis anglais. Je ne suis allé en Russie que trois ou quatre fois. Moscou, Leningrad, bien sûr. Stalingrad.

— Saint-Pétersbourg, rectifiai-je. Et Tsaritsyne.

— Si vous voulez. Je suis allé jusqu'au plateau de Sibérie centrale, à l'est. Jusqu'à Irkoutsk au sud. Mais c'était purement pour le plaisir. Je suis même allé à Ekaterinbourg. »

Alors que je relisais les lettres, heureux de revoir des caractères russes, je sursautai en entendant ce nom, le plus terrible de tous. Je relevai la tête et scrutai le visage de mon interlocuteur pour y trouver un signe qui trahirait ses secrets.

« Pourquoi ?

— On m'y avait envoyé.

— Pourquoi Ekaterinbourg ?

— Je vous l'ai dit, j'y étais en mission. »

Je sentis un mélange d'exaltation et d'angoisse parcourir mes veines. Je n'avais plus rencontré depuis longtemps un être aussi capable de maîtriser ses émotions ; un jeune homme qui ne transpirait jamais, qui ne perdait jamais son calme et qui ne disait jamais que ce qu'il était absolument certain de vouloir dire.

« Vous n'avez fait que quelques séjours en Russie, conclus-je, car il ne semblait pas prêt à reprendre la parole avant moi.

— C'est exact.

— Vous n'y avez jamais vécu ?

— Non.

— Mais vous estimez votre russe meilleur que le mien ?

— Oui. »

Je ne pus m'empêcher de rire face à la certitude absolue de son ton. « Puis-je savoir pourquoi ?

— Parce que mon métier est de parler russe mieux que vous.

— Votre métier ? Et quel est exactement ce métier, monsieur Jones ?

— Parler russe mieux que vous. »

Je soupirai et détournai mon regard. Cette conversation était absolument vaine, évidemment. Il ne me révélerait rien contre sa volonté. Il aurait été plus simple d'attendre qu'il parle. Ce qui n'aurait rien changé, d'ailleurs.

« Cela dit, ajouta-t-il en éparpillant les lettres sur la table, votre russe est excellent. Je vous félicite. Après tout, depuis vingt ans, vous n'avez plus personne avec qui pratiquer.

— Ah non ?

— Votre épouse, bien sûr. Mais vous ne parlez pas russe à la maison. Et jamais devant votre fille.

— Comment savez-vous dans quelle langue je m'exprime chez moi ? » Je commençais à m'énerver, car il avait l'air de tout savoir sur moi ! Depuis vingt ans, je tentais de protéger ma vie de famille, et voilà que ce gamin me racontait des choses dont il n'aurait jamais dû être informé. Comment les avait-il apprises ? Que connaissait-il d'autre à mon sujet ?

« Me serais-je trompé ? demanda-t-il sur un ton moins péremptoire, sentant peut-être mon agacement.

— Vous savez bien que non.

— Et pourquoi donc, monsieur Yachmenev ? Pourquoi ne parlez-vous pas votre langue devant Arina ? Voulez-vous la couper de ses racines ?

— À vous de me le dire, puisque rien de ce qui me concerne ne vous est étranger. »

Ce fut son tour de sourire. J'eus l'impression qu'un long moment de silence s'écoula, pendant lequel il se contenta de secouer la tête.

« Vraiment du très bon travail, répéta-t-il en tapotant les lettres avec l'index. Je savais que j'avais trouvé l'homme idéal. La prochaine fois, nous vous proposerons sans doute quelque chose d'un peu plus stimulant, d'accord ? »

Être russe à Londres entre 1939 et 1945 n'était pas facile. Bien des soirs, Zoïa me raconta comment, à l'épicerie ou à la boucherie où elle faisait ses courses depuis des années, on la regardait avec méfiance dès qu'elle ouvrait la bouche et révélait son accent ; les portions de viande rationnée qu'on lui vendait étaient toujours un peu plus petites que celles qu'on servait aux Anglaises qui faisaient la queue devant ou derrière elle. La bouteille de lait était toujours plus proche de sa date de péremption, le pain toujours un peu plus rassis. Malgré les liens d'amitié et le sentiment d'appartenance construits avec nos voisins depuis plus de vingt ans, et même si nous pensions avoir réussi notre assimilation dans leur pays, tout cela sembla se dissiper du jour au lendemain. Nous avions beau ne pas être allemands, tout ce qui comptait, c'était que nous n'étions pas anglais. Nous parlions différemment, alors nous devions être des agents de l'ennemi, infiltrés au cœur de leur capitale pour découvrir leurs secrets, trahir leurs familles, égorger leurs enfants. Tout autour de nous n'était que soupçon pestilentiel.

Chaque fois que je m'arrêtais devant une des affiches de propagande généreusement placardées sur les murs de la ville – LES MURS ONT DES OREILLES ! PRUDENCE, LES ESPIONS SONT PARTOUT ! – je comprenais pourquoi les gens s'interrompaient dès qu'ils m'entendaient parler, et pourquoi ils se tournaient vers moi, les yeux écarquillés comme si je constituais une menace pour leur bien-être. J'avais désormais horreur de dire un mot dans un magasin ou un café, et je préférais désigner ce dont j'avais besoin, dans l'espoir qu'on me servirait sans que j'aie à prononcer un mot. Et quand nous n'étions pas dans un abri antiaérien pour échapper aux bombes, nous passions toutes nos soirées ensemble à la maison, Zoïa et moi, pour parler librement, loin des regards intimidants des inconnus.

Vers la fin de l'année 1941, je rentrais du travail particulièrement déprimé après une journée longue et difficile. La femme, la fille et la belle-mère de mon employeur, M. Trevors, avaient été tuées la nuit précédente, quand leur maison avait été frappée par une bombe – un avion de la Luftwaffe avait dévié de sa trajectoire. C'était le plus tragique des hasards, leur maison étant la seule de la rue à avoir été endommagée, et M. Trevors en avait perdu la raison. En fin d'après-midi, il était entré dans la bibliothèque sans qu'on le remarque et, peu après, j'avais entendu des cris venant de son bureau. En y pénétrant, j'avais découvert le pauvre homme absolument catastrophé, et je n'avais pu provoquer que des larmes et des hurlements quand j'avais tenté de le consoler. Mlle Simpson m'avait bientôt suivi et m'avait étonné en prenant la situation en main : elle dénicha Dieu sait où du whisky pour que M. Trevors arrête de trembler, puis le ramena chez lui et lui offrit le réconfort qu'il était prêt à accepter en un pareil moment.

Encore perturbé par ces événements, je fis quelque chose qui ne me ressemblait pas du tout : sur le chemin du retour à la maison, j'entrai dans un pub car j'avais désespérément besoin d'alcool. Le pub était plein aux trois quarts, principalement d'hommes trop vieux pour être enrôlés, de femmes de tous âges, et de quelques soldats en uniforme, revenus en permission. Je les regardai à peine et me dirigeai vers le bar, pour m'appuyer au comptoir, heureux de ce soutien.

« Une pinte de blonde, s'il vous plaît, commandai-je au barman, que je ne connaissais pas car nous ne fréquentions guère cet établissement, Zoïa et moi.

— Pardon ? » lança-t-il sur un ton provocateur. Il plissa les yeux et me toisa avec un mépris non dissimulé. Il était difficile de ne pas remarquer ses bras épais, puisque les manches de sa chemise étaient remontées jusqu'aux biceps, laissant entrevoir le début d'un tatouage sous les poignets.

« Je voudrais une pinte de bière blonde », répétai-je. Cette fois, il me dévisagea pendant dix, peut-être vingt secondes, comme s'il hésitait à me jeter dehors. Il finit par acquiescer et se dirigea lentement vers l'une des pompes pour remplir un grand verre couronné de mousse, qu'il posa devant moi.

« Ce n'est pas de la brune ? » demandai-je, en sachant parfaitement qu'il aurait mieux valu quitter le pub et rentrer chez moi. Zoïa cachait toujours dans un placard quelques bouteilles de bière rationnée, en cas d'urgence.

« Une pinte de brune, dit le barman en tendant la main. C'est ce que vous vouliez. Six pence, s'il vous plaît. »

Ce fut mon tour d'hésiter. Je contemplai le verre, les gouttes d'eau que la condensation faisait perler à l'extérieur, et je décidai que ce n'était pas le moment de protester. Le bourdonnement des conversations avait déjà diminué, comme si les autres clients espéraient que j'allais riposter, que j'allais provoquer une bagarre.

« Très bien, dis-je en fouillant dans ma poche et en plaçant la monnaie exacte sur le comptoir. Et merci. » Je pris le verre, m'assis à une table inoccupée, et ramassai un journal abandonné par un autre client pour prendre connaissance des titres.

Il y était surtout question de la guerre, bien entendu. Des extraits d'un discours prononcé la veille à Birmingham par M. Churchill. Un autre que M. Attlee avait prononcé pour défendre le gouvernement. De courts articles sur les bombardements, le nom de quelques victimes, leur âge et leur profession, mais encore rien sur les proches de M. Trevors ; peut-être figureraient-elles dans les rapports du lendemain, à moins qu'il n'y ait trop de morts pour qu'on les énumère tous. De toute façon, il n'était sûrement pas très bon pour le moral de la population de découvrir chaque jour une longue liste de défunts. Je m'apprêtais à lire un article relatif à un événement sportif sans grand intérêt pour moi lorsque je remarquai deux hommes qui avaient quitté le fond de la salle pour venir s'asseoir près de moi. Je levai les yeux – leurs verres étaient à moitié vides et ils devaient être là depuis un bon moment – mais je replongeai aussitôt dans mon journal car je n'avais aucune envie de bavarder.

« Bonsoir », dit l'un des hommes en m'adressant un signe de tête. Il avait à peu près mon âge, le teint blême et des dents pourries.

« Bonsoir, répondis-je sur ton qui aurait dû décourager toute tentative de dialogue.

— Je vous ai entendu commander, au comptoir. Vous êtes pas d'ici, vous ? »

Je le regardai et soupirai, en me demandant si le mieux ne serait pas de partir tout de suite, mais je refusai de me laisser intimider.

« En fait, si, j'habite à deux rues d'ici.

— Peut-être que vous habitez à deux rues d'ici, mais vous êtes pas d'ici, hein ? »

Je le dévisageai, puis jetai un coup d'œil à son compagnon, un peu plus jeune, qui avait l'air un peu simple d'esprit. « Mais si. Je vis ici depuis près de vingt ans.

— Vous devez avoir le même âge que moi, dit l'homme. Vous étiez où avant d'arriver ici ?

— Vous voulez vraiment le savoir ?

— Si je veux le savoir ? ricana-t-il. Bon sang, pour sûr que je veux le savoir, sinon je demanderais pas ! Il me demande si je veux savoir ! ajouta-t-il à la cantonade, comme si tous les autres clients étaient son public.

— C'est juste que ça ne me paraît pas passionnant.

— Ohé, camarade, dit-il en haussant la voix, j'essaye juste de faire la conversation, c'est tout. Je veux juste être causant. On est comme ça, en Angleterre, vous voyez. On est causant. Peut-être que vous connaissez pas trop nos façons, c'est ça ?

— Écoutez, répondis-je en posant mon verre pour regarder l'homme dans les yeux. Si ça ne vous dérange pas, j'aimerais avoir la paix. Je voudrais simplement boire ma bière et lire ce journal.

— La paix ? » Il croisa les bras sur sa poitrine et se tourna vers son compagnon comme s'il n'avait jamais rien entendu d'aussi extravagant. « T'entends ça, Frankie ? Le monsieur dit qu'il veut avoir la paix. Et nous autres, qu'est-ce qu'on veut, sauf avoir la paix aussi ?

— Ouais, brailla Frankie en remuant la tête de haut en bas comme un âne. Moi je veux la paix.

— Sauf qu'en ce moment on peut pas avoir la paix. Avec tous les ennuis qu'on a à cause des gens comme vous.

— Des gens comme moi ? Qui sont les gens comme moi ? demandai-je en fronçant les sourcils.

— À vous de nous le dire. Tout ce que je sais, c'est que vous êtes pas anglais. Moi je trouve que vous causez comme un Allemand. »

Ce fut mon tour de rire. « Vous croyez vraiment que, si j'étais allemand, je serais ici, dans un pub du centre de Londres ? Vous ne croyez pas que j'aurais été arrêté et interné depuis longtemps ?

— Ça, je sais pas. Ils vous ont peut-être pas encore repéré. Vous êtes malins, vous, les Allemands.

— Je ne suis pas allemand.

— C'est pas ce que j'entends, à votre voix. Vous avez pas grandi dans le quartier, c'est sûr.

— Non, avouai-je.

— Alors pourquoi vous faites des mystères ? De quoi vous avez honte ? Vous avez peur de quoi ? »

J'hésitai avant de répondre. Les conversations continuaient, mais je me rendais bien compte que la plupart des clients tendaient l'oreille pour nous écouter.

« Je n'ai ni honte ni peur. Et j'aimerais que nous en restions là, si vous êtes d'accord.

— Alors répondez-moi, c'est tout ce que je demande, exigea-t-il, moins patient, plus agressif. Allez, milord, c'est pas un grand secret, pourquoi vous me dites pas où vous l'avez chopé, cet accent-là ?

— En Russie. Je suis né en Russie. Ça vous suffit ? »

Il se rassit, car il paraissait presque impressionné.

« En Russie, marmonna-t-il. On en est où, sur les Russes, Frankie ?

— On les écrabouille », répondit le plus jeune, en se penchant vers moi d'un air qu'il croyait menaçant, chose bien difficile pour lui car il avait une expression innocente d'enfant, comme un agneau nouveau-né s'efforçant de se tenir sur ses pattes. J'eus l'impression que, lorsqu'on ne le sollicitait pas, il restait perdu dans son monde.

« Messieurs, je pense qu'il est temps que je vous quitte. » Je me levai et m'éloignai d'eux. Ils me crièrent qu'ils voulaient juste causer, juste passer le temps, mais je les ignorai et quittai le bar, sachant que tous les yeux étaient fixés sur moi. Je regardai droit devant, imperturbable, et je pris la rue qui menait jusque chez nous. Quelques instants après, j'entendis des pas derrière moi et mon cœur se noua. Pendant vingt, trente secondes, je tentai désespérément de ne pas me retourner, mais les pas se rapprochaient. Enfin, incapable de m'arrêter, je fis volte-face et vis les deux hommes du pub.

« Tu vas loin comme ça ? demanda le plus âgé, qui me plaqua contre le mur, les mains contre mon cou. Tu vas raconter nos secrets à tes amis russes, hein ?

— Lâchez-moi, sifflai-je en me dégageant. Vous avez bu. Vous auriez intérêt à tourner les talons et à me laisser tranquille.

— On aurait intérêt, ah ouais ? » Il ricana et regarda son acolyte avant de serrer le poing, prêt à me frapper. « Je t'en foutrais, moi. »

Cette main n'entra jamais en contact avec mon visage. Mon bras gauche saisit son bras droit et, par un vieux réflexe, l'écarta aussitôt, tandis que mon poing droit se reculait pour lui porter à la mâchoire un coup qui le fit tomber à la renverse sur le trottoir. Grommelant un juron, il palpa son bras cassé, qui ne souffrait pas encore, mais dont l'engourdissement laissait présager une grande douleur à venir.

« Il m'a pété le bras, Frankie ! gémit-il, les mots ruisselant sur son menton comme de la bière répandue. Frankie, il vient de me péter le bras. Rattrape-le, Frankie, fais-lui son affaire. »

Le plus jeune me contempla, stupéfait – il ne s'attendait pas à une telle violence, ni moi non plus – et je le dévisageai froidement, soutenant un moment son regard avant de secouer la tête, comme pour lui indiquer que tout geste de sa part serait une mauvaise idée. Il déglutit nerveusement et je partis d'un bon pas, en m'efforçant de ne pas prêter attention aux bruits et aux menaces qu'ils proféraient.

Depuis bien des années je n'avais pas eu à me défendre de la sorte, mais j'avais été bien formé auprès du comte Tcharnetski, et les mouvements me revenaient vite. Malgré tout, j'avais un peu honte de mon acte et, en rentrant, je ne dis rien à Zoïa des événements de la soirée. Je préférai lui parler de la tragédie de M. Trevors, et de la compassion que Mlle Simpson lui avait témoignée.

Mes heures de travail restaient inchangées. J'arrivais à la bibliothèque à huit heures du matin et je partais à dix-huit heures précises. Je passais l'essentiel de mon temps derrière le comptoir principal, à entrer des titres dans le fichier, comme je l'avais toujours fait. Quand les tables devenaient trop désordonnées, j'aidais Mlle Simpson à les débarrasser. Quand des lecteurs avaient du mal à trouver certains ouvrages de référence, je les cherchais et les leur apportais aussi efficacement que possible.

Mais ce n'était qu'une couverture pour mes véritables responsabilités, qui étaient tout autres.

S'il s'agissait simplement de me faire parvenir une enveloppe, on glissait un message dans la poche de ma veste alors que je me rendais à mon travail, sans même que je le remarque. Une phrase était inscrite sur le papier, une phrase dénuée de sens. *Achète du lait en rentrant, Zoïa,* dans une écriture qui n'était évidemment pas celle de ma femme.

À la bibliothèque, une fois sûr que personne ne m'observait, je prenais une feuille et un crayon et je relisais ces mots.

A pour 1. D pour 4. L, c'est 12, égale 3. E, 5. R, 18, donc 9, et enfin Z, 26, c'est-à-dire 8.

Achète du lait en rentrant, Zoïa.

143598.

143-598.

La référence du livre. Trouver le livre, trouver la lettre.

Lire la lettre.

Traduire la lettre.

Détruire la lettre.

Rendre le sens.

Quand il y avait plus d'une enveloppe, si c'était une série de documents à examiner, un homme me croisait lorsque je quittais notre appartement le matin, jamais le même homme, il se cognait à moi, me demandait pardon en disant qu'il regardait ailleurs. Je m'arrêtais ensuite pour acheter un journal et un fruit à la boutique voisine du musée. En vérifiant que le fruit n'était pas abîmé, je laissais ma sacoche à terre. Quand je la reprenais, elle était un peu plus lourde qu'avant. Je payais et je partais.

Parfois, à la bibliothèque, le téléphone sonnait à exactement seize heures vingt-deux, et je décrochais.

« Monsieur Samuels ? demandait une voix au bout du fil.

— Il n'y a pas de M. Samuels ici, je suis désolé. » Je devais prononcer exactement ces mots, sans rien changer. « Vous êtes au British Museum. Qui cherchez-vous ?

— Excusez-moi. J'ai dû faire un faux numéro. Je voulais appeler le Museum d'histoire naturelle.

— Mais je vous en prie. » Je raccrochais puis, au lieu de partir à pied pour retrouver ma femme et mon enfant, je prenais un bus pour Clapham, et une voiture m'attendait à l'angle de Lavender Hill et d'Altenburg Gardens, pour m'emmener voir M. Jones.

« Un problème coriace pour vous aujourd'hui, monsieur Yachmenev, disait-il en me voyant. Vous pensez être à la hauteur ?

— Je vais essayer », répondais-je avec un sourire. Il me guidait vers une pièce au calme, où une série de documents ou de photographies étaient préparés. Ou bien il me conduisait dans une salle pleine d'hommes très stricts ; aucun ne se présentait, mais tous me harcelaient de questions dès que j'apparaissais, et je m'efforçais de leur répondre avec clarté et assurance.

Il m'arriva de passer une nuit entière à lire plus de trois cents pages de télégrammes et de lettres. Ayant transmis à M. Jones tout ce que j'avais compris, il parut surpris par mon raisonnement et me demanda de lui réexpliquer la logique de ma traduction. J'obéis, il y réfléchit encore un peu, puis fit appeler une voiture. Moins d'une heure après, je me trouvai devant M. Churchill, qui écouta, le cigare à la bouche, tout ce que j'avais déjà dit à M. Jones. Il parut très mécontent, comme si la guerre allait entièrement changer d'orientation, et par ma faute.

« Vous êtes sûr de vous, hein ? demanda-t-il en martelant ces mots, le front plissé.

— Oui, monsieur. Tout à fait sûr.

— Eh bien, c'est très intéressant. » Ses doigts boudinés tambourinèrent sur la table pendant quelques instants, puis il se leva. « Très intéressant et très étonnant.

— En effet, monsieur.

— Bravo, monsieur Jones, dit-il à mon escorte, en consultant sa montre de gousset. Il faut que je vous laisse. Continuez à faire du bon travail, mon ami. Vous nous avez trouvé l'oiseau rare. Rappelez-moi son nom?

— Yachmenev, répondis-je, alors que la question ne s'adressait pas à moi. Gueorgui Daniilovitch Yachmenev. »

Il se retourna pour me dévisager, comme si j'avais fait preuve de la plus grande impudence, mais finalement il hocha la tête et s'en alla.

« Une voiture vous ramènera à Clapham, me dit M. Jones. Je crains que vous ne deviez ensuite vous débrouiller pour rentrer chez vous. »

Je me débrouillai donc. Fatigué après une longue journée, je regagnai mon domicile à pied. Sous le clair de lune, je craignais à tout instant que les sirènes ne retentissent et que nous soyons séparés, Zoïa, Arina et moi.

Zoïa me sourit lorsque je franchis le seuil et posa devant moi la théière du petit déjeuner. Pas une seule fois elle ne me demanda où j'avais passé ma nuit.

Les nuits blanches

La guerre ne tournait pas à notre avantage.

Alors que, dans les rues, les émeutes se transformaient en attaques des réserves de grain et des entrepôts municipaux, l'atmosphère entourant la famille impériale passa de l'assurance arrogante à l'inquiétude contrariée. Pourtant, le tsar et la tsarine continuaient à partager leur temps entre les palais de Saint-Pétersbourg, de Livadia et de Tsarskoïe-Selo, sans oublier leurs voyages d'agrément à bord du *Standart*, comme si le monde était tel qu'il avait toujours été. Nous autres, pauvres subalternes, nous faisions nos bagages et nous les suivions partout où ils allaient.

Ils semblaient parfois inconscients de l'humeur du peuple qu'ils gouvernaient, mais à mesure que nous parvenaient les nouvelles du front concernant le nombre de victimes russes, le tsar décida d'abandonner entièrement le palais d'Hiver et de remplacer son cousin, le grand-duc Nicolas Nicolaïevitch, à la tête des forces armées. À ma surprise, la tsarine n'opposa guère de résistance à cette décision, mais il n'avait pas prévu, cette fois, d'autoriser leur fils à l'accompagner.

« Est-ce bien nécessaire ? » demanda-t-elle alors que la famille se rassemblait pour un repas somptueux ; je me tenais près des domestiques, invisible, contre les murs de la salle à manger. Aucun d'entre nous ne se permettait de respirer trop fort, de peur de perturber leur impériale digestion. Naturellement, je m'étais placé en face d'Anastasia afin de pouvoir la regarder manger ; quand elle l'osait, elle m'adressait une œillade et un tendre sourire qui me faisaient oublier la fatigue de mes jambes. « Tu ne dois pas te mettre en danger, Nicky. Après tout, tu assumes déjà trop de grandes responsabilités.

— Je comprends, mais il est crucial de procéder à quelques changements », répliqua le tsar, en allant lentement se resservir au samovar qui se trouvait sur la table. Il plissa les yeux alors que sa tasse se remplissait de thé, comme si ce spectacle allait l'hypnotiser et l'emporter sous des cieux plus heureux. Un instant après, il se massait les tempes avec le bout des doigts, en un geste d'épuisement. Il avait beaucoup perdu de poids ces derniers temps, et son épaisse chevelure brune commençait à grisonner. Il semblait crouler sous le poids d'un terrible fardeau, qu'il ne pourrait plus porter très longtemps. « L'Angleterre redoute que nous retirions nos troupes, poursuivit-il d'une voix lasse. Notre cousin Georgie me l'a écrit. Quant à la France…

— Tu lui as dit que tu n'en ferais rien, bien sûr ? interrompit la tsarine, horrifiée à cette idée.

— Bien sûr, Sunny, répondit-il avec agacement. Mais il devient difficile de le justifier. L'essentiel des territoires russes en Pologne est maintenant sous le contrôle du cousin Willy et de ses brutes allemandes, sans parler des régions baltes. » Je sentis mes yeux rouler alors qu'il prononçait cette phrase ; je trouvais invraisemblable que les dirigeants de chacun de ces pays soient unis par des relations familiales aussi intimes. C'était comme si toute cette affaire n'était guère plus qu'un jeu d'enfants. Willy, Georgie et Nicky couraient dans le jardin, construisaient leurs fortins et disposaient leurs soldats de plomb, ils s'amusaient bien tout l'après-midi, jusqu'au moment où l'un d'eux allait trop loin, nécessitant l'intervention d'un adulte responsable. « Non, ma décision est prise. Si je prends les commandes de l'armée, cela constitue, pour nos alliés comme pour nos ennemis, un message sur le sérieux de mes intentions. Et cela sera bon aussi pour le moral des hommes. Il est important qu'ils me voient comme un tsar guerrier, un dirigeant qui combat à leurs côtés.

— Alors tu dois y aller. » Avec un haussement d'épaules, elle détacha la chair d'un homard de sa carapace et y chercha les défauts, avant d'accorder à l'animal l'honneur d'être dégusté par elle. « Mais en ton absence…

— Tu endosseras évidemment la charge de nos devoirs constitutionnels, termina-t-il, devinant sa question. Comme l'exige la tradition.

— Merci, Nicky. » Elle se pencha en souriant et posa une main sur la sienne. « Je suis ravie que tu aies autant foi en moi.

— Mais bien sûr », répondit-il. Il ne semblait pas extrêmement convaincu de la sagesse de cette décision, mais il savait qu'il aurait été impossible de confier à quiconque une position supérieure à celle de son épouse. Le seul individu adéquat n'avait que onze ans et n'était pas prêt pour ce genre de responsabilité.

« De toute façon, dit calmement la tsarine, sans regarder son mari, j'aurai toujours mes conseillers près de moi. Je promets d'écouter avec soin tes ministres, même Stürmer, que je méprise.

— C'est un Premier ministre efficace, ma chère.

— C'est un fat et un pleutre. Mais c'est toi qui l'as choisi et je lui témoignerai tous les égards dus à ses fonctions. Et le père Grigori ne sera jamais loin, bien entendu. Son aide sera inestimable. »

Je vis le tsar se pétrifier un moment lorsqu'elle mentionna le starets. La tension de sa mâchoire reflétait son hostilité à l'influence que pourrait exercer cette créature malfaisante, mais s'il avait des inquiétudes ou des arguments à formuler, il les garda pour lui et se contenta de hocher la tête d'un air résigné.

« Alors tu seras bien servie », déclara-t-il au terme d'un long silence, après quoi on passa à un autre sujet.

« Cependant, je ne pourrai consacrer tout mon temps aux affaires constitutionnelles », reprit la tsarine, dont la voix trahissait maintenant une légère anxiété. Je tournai la tête de son côté, tout comme son époux, qui posa sa tasse et fronça les sourcils.

— Ah ? Et pourquoi donc ?

— J'ai une idée. Et j'espère que tu l'approuveras.

— Je ne peux rien en penser tant que tu ne me dis pas de quoi il s'agit, n'est-ce pas ? » Il lui souriait, mais son ton exprimait une certaine impatience, comme s'il craignait ce que sa femme allait annoncer.

« Je pensais que je pourrais moi aussi faire quelque chose pour aider le peuple. Tu sais que je suis allée la semaine dernière à l'hôpital situé en face de la cathédrale Saint-Isaac ?

— Oui, tu en as parlé.

— Eh bien, c'était horrible, Nicky, absolument horrible. Ils n'ont pas assez de médecins ni d'infirmières pour soigner les malades qui arrivent chaque jour par centaines. Et pas seulement là, mais dans toute la ville. Il paraît qu'il y a en ce moment plus de quatre-vingts hôpitaux répartis dans Saint-Pétersbourg. »

Le tsar fronça les sourcils et détourna les yeux ; il n'avait pas envie d'être confronté aux réalités de la guerre. L'image de ces jeunes hommes apportés sur des civières n'était pas de celles qu'il aimait à contempler.

« Je suis sûr que tout ce qui peut être accompli pour eux l'est déjà, Sunny.

— Mais justement, répliqua-t-elle, le visage rouge d'enthousiasme. On peut toujours en faire plus. Et je pensais que j'étais toute désignée pour cela. Je pourrais être infirmière. »

Pour la première fois depuis que j'habitais au palais, un silence absolu s'installa dans la salle à manger impériale. Tous les membres de la famille semblaient avoir été changés en pierre, leurs couverts suspendus en l'air, et ils fixaient la tsarine comme s'ils ne pouvaient en croire leurs oreilles.

« Eh bien, pourquoi me regardez-vous tous ainsi ? s'étonna-t-elle. Il n'y a vraiment rien d'extraordinaire à ce que je souhaite aider ces pauvres garçons.

— Non, bien sûr, ma chérie, dit le tsar qui avait recouvré l'usage de la parole. C'est simplement… Tu n'as aucune formation médicale, voilà tout. Peut-être gênerais-tu plus que tu n'aiderais le travail qui se fait dans les hôpitaux.

— Pas du tout, Nicky. J'ai parlé à l'un des docteurs et il m'a dit qu'il ne faudrait que quelques jours pour inculquer à une profane comme moi les tâches fondamentales d'une infirmière. Oh, ce n'est pas comme s'il fallait procéder à des opérations ou ce genre de chose. Nous serions juste là pour aider. Pour panser les plaies, changer les bandages, même nettoyer un peu. Je sens… Vois-tu, ce pays s'est montré si bon envers moi depuis que je suis arrivée il y a tant d'années. Et pour chaque malotru qui ose salir mon nom, il y a mille Russes fidèles qui adorent leur impératrice et sacrifieraient leur vie pour elle. C'est ma façon de les remercier. Dis oui, Nicky, s'il te plaît. »

Le tsar tapota la nappe pendant qu'il réfléchissait à cette requête, sans doute aussi surpris que nous tous par ce soudain élan de philanthropie chez son épouse. Elle semblait néanmoins sincère, et il finit par hausser les épaules avec un sourire nerveux, avant d'acquiescer.

« Je pense que c'est une merveilleuse idée, Sunny. Et bien sûr, tu as ma permission. Sois prudente, c'est tout ce que je demande. Des règles de sécurité devront être mises en place, mais si c'est ce que tu désires, comment pourrais-je m'y opposer ? Le peuple verra combien nous sommes dévoués à son bien-être et à la réussite de l'effort de guerre. J'ai quand même une question : tu as dit "nous", pas "je". Qu'est-ce que cela signifie ?

— Eh bien, je n'ai pas envie d'être là-bas toute seule, expliqua-t-elle en intégrant à la discussion le reste de la famille. Je pensais qu'Olga et Tatiana pourraient m'accompagner. Elles sont assez grandes. Et elles pourraient se rendre utiles. »

Les deux filles aînées de l'impératrice avaient blêmi. Elles restèrent d'abord muettes, tournées vers leur père plutôt que leur mère, puis se regardèrent l'une l'autre, effondrées.

« Papa ? » fit Tatiana, mais il hochait déjà furieusement la tête. Son choix était fait.

« C'est une idée formidable, Sunny. Et mes filles, je ne puis vous dire à quel point je suis fier de savoir que vous voulez toutes les deux nous aider de cette manière.

— Mais papa, dit Olga, visiblement atterrée, c'est la première fois que nous entendons parler de…

— Je suis très fier de toi, ma chérie. Nous sommes tous fiers de toi. Quelle famille j'ai ! Et si cela ne fait pas taire les moujiks qui nous insultent, je ne sais pas ce qu'il leur faut ! C'est grâce à des actes comme ceux-là que l'on gagne les guerres, pas en se battant. Jamais en se battant. Vous en êtes conscients, mes enfants ?

— Et moi, papa ? demanda soudain Anastasia. Puis-je aider, moi aussi ?

— Non, non, *Chvipsik*, dit-il en riant. Tu es un peu trop jeune pour voir de telles choses.

— J'ai quinze ans !

— Quand tu en auras dix-huit, comme Tatiana, il sera temps d'y penser. Si la guerre n'a pas été gagnée d'ici là, avec l'aide de Dieu. Mais ne t'inquiète pas, nous trouverons d'autres moyens de contribuer à l'effort, pour toi et Marie. Nous allons tous participer. Toute la famille. »

Je poussai un soupir de soulagement en apprenant qu'Anastasia n'aurait pas le droit de se joindre à sa mère et à ses sœurs, car tout ce projet me semblait absurde, bien que généreux. Un groupe d'infirmières sans formation, réunies dans le même hôpital, entourées de gardes du corps : c'était bien la meilleure méthode pour créer des ennuis au lieu de rendre service. Peut-être mon soupir fut-il néanmoins trop bruyant, car la tsarine me foudroya du regard, elle qui semblait en général ne pas me voir.

« Et toi, Gueorgui Daniilovitch, as-tu un commentaire à avancer ?

— Je vous demande pardon, Votre Majesté. J'ai la gorge irritée, c'est tout. »

Je m'empourprai et elle haussa un sourcil dégoûté avant de reprendre son repas. Je m'aperçus qu'Anastasia m'observait, toujours aussi souriante.

« C'est si affreux », s'exclama la grande-duchesse Tatiana plusieurs semaines après, assise avec Marie, Anastasia et Alexeï dans leur salon particulier, au terme d'une journée spécialement éprouvante. Elle était pâle et avait maigri depuis qu'elle avait commencé à jouer les infirmières ; tôt levée, tard couchée, comme le trahissaient les poches noires qu'elle avait sous les yeux, elle souffrait de mal de dos à force de se pencher au-dessus des soldats blessés. Comme le tsarévitch était avec ses sœurs, j'étais moi aussi présent, sans oublier Sergueï Stassiovitch ; il n'était pas au garde-à-vous, ainsi que l'exigeait le protocole, mais perché sur l'accoudoir de l'un des canapés et se roulait négligemment une cigarette, comme s'il avait été un intime de la famille impériale, et non un serviteur. « Les hôpitaux sont remplis au maximum, poursuivit Tatiana, les hommes ont des blessures atroces, certains ont perdu des membres ou leurs yeux. Il y a du sang partout. Des pleurs et des gémissements perpétuels. Les médecins courent d'une salle à l'autre en criant des ordres sans tenir aucun compte du rang de ceux à qui ils s'adressent, et leur langage est parfois à la limite de la grossièreté. Certains jours, en me réveillant, je voudrais moi-même tomber malade pour ne plus devoir y aller.

— Tatiana ! » s'indigna Marie, car elle avait hérité de son père le même sentiment de son devoir envers les soldats et elle enviait à ses aînées leurs nouvelles responsabilités. Elle avait supplié sa mère de la laisser devenir infirmière comme elles mais, de même qu'Anastasia, elle s'était heurtée à un refus. « Tu ne devrais pas dire des choses pareilles. Pense aux souffrances qu'endurent nos soldats.

— Marie Nicolaïevna a raison », renchérit Sergueï, se joignant pour la première fois à la conversation et fixant sur Tatiana un regard de pur dégoût, expression qu'elle n'avait sans doute jamais vue sur aucun visage. « Votre répugnance à la vue du sang n'est rien, comparée à ce que vivent ces hommes. Et qu'est-ce, après tout, qu'un peu de sang ? Nous en avons tous plein les veines, quelle que soit sa couleur. » Je me tournai vers lui, étonné. C'était une chose pour nous que d'assister à ce genre de conversations, et même d'offrir de temps à autre notre acquiescement, mais critiquer ouvertement l'une des grandes-duchesses était une impertinence qui ne saurait rester impunie.

« Je ne dis pas que je souffre plus qu'eux, Sergueï Stassiovitch, répondit Tatiana, les joues visiblement rouges de colère. Jamais je ne suggérerais une chose pareille. Je voulais simplement dire que c'est un spectacle qu'on ne devrait imposer à personne, voilà tout.

— Bien entendu, Tatiana, dit Marie. C'est évident. Cependant, vois-tu, c'est bien joli pour nous de parler de tout cela, toutes ensemble, en sécurité, dans le palais d'Hiver, mais pense aux jeunes gens qui meurent pour nous permettre de continuer à vivre ainsi. Pense à eux et dis-moi que tu ne souffres pas pour eux.

— Ma sœur, bien sûr que je souffre pour eux, protesta-t-elle en haussant le ton. Et je soigne leurs blessures, je leur fais la lecture, je chuchote à leurs oreilles, je fais tout ce que je peux pour qu'ils se sentent mieux. Oh, peu importe ! Tu ne m'as pas du tout comprise. Quant à vous, Sergueï Stassiovitch, ajouta-t-elle en lui lançant un regard furieux, vous parleriez peut-être avec moins d'arrogance si vous étiez au front plutôt qu'ici.

— Tatiana ! cria Marie, abasourdie.

— Eh bien, c'est vrai, poursuivit-elle en rejetant la tête en arrière comme le faisait souvent sa mère. Qui est-il pour me parler de cette manière, d'ailleurs ?

Que connaît-il de la guerre, après tout, puisqu'il passe ses journées à nous suivre et à s'entraîner à l'escrime ?

— Je connais un peu la guerre, répliqua Sergueï. Après tout, j'ai six frères qui combattent pour la survie de votre famille. Enfin, j'en avais six. Trois ont été tués, l'un est porté disparu, et je n'ai plus de nouvelles des deux autres depuis plus de sept semaines. »

Cette riposte fit rougir Tatiana, qui eut peut-être un peu honte, à juste titre. Quand Sergueï mentionna ses frères morts, je remarquai que la grande-duchesse Marie s'avançait sur son siège, comme si elle avait eu envie de le consoler. Elle avait les larmes aux yeux, et semblait très belle à cet instant, tandis que les ombres projetées par les flammes dansaient sur la pâleur de sa peau. Sergueï s'en aperçut lui aussi et les coins de sa bouche se soulevèrent légèrement en un sourire d'appréciation. Je fus surpris par cette intimité entre eux, et j'en fus ému.

« Je ne dis pas que je chercherai un moyen de ne pas y aller, reprit Tatiana, en nous regardant tous à tour de rôle pour être sûre que nous percevions le sérieux de ses propos. Je voudrais seulement que la guerre se termine bientôt, c'est tout. Nous le souhaitons tous. Ainsi, nous pourrions retrouver la vie telle qu'elle était avant.

— Mais la vie ne sera plus jamais telle qu'elle était, m'entendis-je objecter, et c'est vers moi qu'elle tourna son regard glacial.

— Et pourquoi dis-tu cela, Gueorgui Daniilovitch ?

— Je veux simplement dire, Votre Altesse, qu'une époque, qu'un mode de vie est désormais perdu. Quand la guerre finira, quand la paix sera rétablie, les gens exigeront de leurs dirigeants davantage que par le passé. C'est évident. Toutes les familles du pays auront perdu un fils au combat. Ne croyez-vous pas qu'ils voudront obtenir une compensation ?

— Une compensation de qui ?

— De votre père, bien sûr. »

Elle ouvrit la bouche pour répondre, mais elle semblait trop choquée par mon impertinence pour trouver les mots nécessaires pour argumenter. Le silence fut pourtant bref, avant qu'elle ne renonce et jette les bras au ciel.

« Ma sœur voudrait que tout redevienne comme avant, expliqua Marie en pacificatrice. Ce n'est pas un vœu si étrange. Nous avons grandi dans un pays merveilleux. Il y avait tous les soirs des bals au palais, des fêtes merveilleuses. Nous aurions toutes voulu que les choses continuent ainsi pour toujours. »

Je restai muet, mais adressai à Sergueï un regard amusé, face à tant d'innocence et de naïveté. À ma surprise, cependant, il ne me retourna pas mon sourire, mais me dévisagea comme s'il était insulté par l'audace avec laquelle je l'incluais dans quelque plaisanterie dont la victime était la grande-duchesse Marie.

« Tu devrais t'estimer heureuse, Tatiana, dit Anastasia, prenant la parole pour la première fois. C'est un grand honneur que d'aider ainsi notre armée. Tu sauves des vies.

— Ah, mais je ne suis pas du tout douée pour ça, soupira-t-elle en secouant la tête. Et tous ces membres coupés ! Il faut les avoir vus pour comprendre, *Chvipsik*. Tu sais qu'hier notre mère a assisté à une opération durant laquelle un garçon de dix-sept ans a été amputé des deux jambes ? Elle a regardé d'un bout à l'autre, elle s'est rendue utile de son mieux. Mais les hurlements de ce garçon… Je jure que j'entendrai ces cris jusqu'à mon dernier instant.

— Si seulement j'avais un ou deux ans de plus, pour pouvoir aider, moi aussi », dit Anastasia avec regret. Elle se leva et marcha jusqu'à la fenêtre pour observer la cour, en contrebas ; j'entendais le gazouillis du bassin dont le jet d'eau montait et descendait et j'imaginais qu'elle contemplait les colonnades voisines, où elle était tombée dans mes bras pour la première fois et où nous nous étions embrassés. J'avais hâte qu'elle se retourne et croise mon regard, mais elle restait silencieuse et forte, les yeux perdus bien plus loin que les murs du palais.

« Eh bien, tu peux prendre ma place si tu veux, dit Tatiana en se levant et en lissant le devant de sa jupe. Je me sens anéantie et j'ai l'intention de prendre un long bain. Bonne nuit. » Et elle sortit comme si elle avait été gravement outragée, suivie par Marie, qui eut l'air de vouloir ajouter un dernier commentaire, mais se ravisa et quitta la pièce sans un mot de plus.

À ce moment, Sergueï partit lui aussi, invoquant une tâche oubliée. La soirée allait se terminer. Pendant qu'Anastasia emmenait Alexeï dans sa chambre, j'éteignis une partie des lumières, ne laissant brûler que quelques bougies. J'attendais de la voir reparaître, lorsqu'elle fermerait sans bruit les portes derrière elle et viendrait se blottir entre mes bras.

Je n'avais encore jamais vu les nuits blanches, et Anastasia voulait que je les découvre avec elle. En vérité, je n'avais jamais entendu parler de ce phénomène, et je crus devenir fou lorsque, me réveillant en pleine nuit, j'ouvris les yeux et trouvai ma chambre inondée par la vive lumière du jour. Pensant que j'avais laissé passer l'heure habituelle de mon réveil matinal, je me lavai et m'habillai en hâte, puis je descendis en courant l'escalier menant à la salle de jeu, où Alexeï se trouvait en général, s'occupant avec un de ses livres militaires ou avec un nouveau jouet.

La pièce était cependant déserte et, en traversant les salles d'apparat et les espaces de réception, toutes aussi vides les unes que les autres, je commençai à paniquer. Je me demandai si, pendant mon sommeil, une grande calamité s'était produite. Je n'étais pourtant plus très loin de la chambre du tsarévitch et, quand j'y entrai soudain, je fus soulagé de voir l'enfant endormi dans son lit, une jambe nue dépassant de sous les couvertures.

« Alexeï, dis-je en m'asseyant à son chevet pour lui secouer doucement l'épaule. Alexeï, mon ami. Venez, vous devriez être debout. »

Il grogna et marmonna quelques mots incompréhensibles avant de rouler sur le côté. Comme j'imaginais déjà la scène, si sa mère le trouvait encore endormi lorsqu'elle viendrait lui dire au revoir avant de partir pour l'hôpital, je le secouai à nouveau pour l'empêcher de replonger dans ses rêves. « Alexeï, réveillez-vous. C'est l'heure de vos leçons. »

Il ouvrit lentement les yeux et me dévisagea comme s'il ignorait qui et où il était, puis regarda la fenêtre où la lumière se répandait à travers les rideaux.

« C'est le milieu de la nuit, Gueorgui », gémit-il. Il fit claquer ses lèvres et émit un bâillement exagéré tout en s'étirant. « Je ne suis pas obligé de me lever maintenant.

— Mais si. Regardez, il fait grand jour. Il doit être… » Je consultai l'horloge suspendue au mur de sa chambre et constatai avec stupeur qu'il était quatre heures. Il était impossible que nous ayons tous dormi jusqu'au milieu de l'après-midi, et la seule explication était donc que c'était encore le petit matin.

« Recouche-toi, Gueorgui », murmura-t-il, en rebasculant aussitôt dans le sommeil, avec la facilité de ceux qui ont la conscience tranquille.

Désorienté, je regagnai ma chambre et me rallongeai, mais je ne pus fermer l'œil.

Le lendemain, je me retrouvai seul avec Anastasia qui finissait son petit déjeuner, et elle m'éclaircit sur le phénomène.

« Nous appelons cela les nuits blanches. Tu n'en a jamais entendu parler ?

— Non.

— Je pense que ce doit être propre à Saint-Pétersbourg. Cela tient au fait que la ville est située très au nord. M. Gilliard nous l'a expliqué récemment. À cette période de l'année, pendant quelques jours le soleil ne descend pas en-dessous de l'horizon, si bien que le ciel n'est jamais noir. On a l'impression qu'il fait jour tout le temps, mais je suppose qu'on a plus la sensation du crépuscule aux premières heures de la matinée.

— C'est extraordinaire. J'étais sûr d'avoir dormi trop longtemps.

— Oh, on ne t'aurait pas laissé faire. Quelqu'un serait forcément venu te chercher. »

Je hochai la tête, vaguement agacé par cette réflexion, et me détendis seulement lorsqu'elle se rapprocha et, une fois sûre que personne ne nous voyait, m'embrassa doucement sur la bouche.

« Tu sais, la tradition veut que, pendant les nuits blanches, les jeunes amoureux se promènent ensemble sur les rives de la Neva, m'apprit-elle avec une coquetterie qui me fit venir un sourire aux lèvres.

— Vraiment ?

— Oui. Il y en a même qui en profitent pour prévoir leur mariage. C'est un phénomène aussi curieux que les nuits blanches elles-mêmes.

— Bien, dis-je en m'échappant pour rire, comme si l'idée d'un tel engagement me faisait horreur, alors il faut que je m'en aille.

— Gueorgui ! s'écria-t-elle en se moquant de moi.

— Je plaisante. » Je la repris dans mes bras, mais j'étais un peu fébrile. De nous deux, j'étais toujours celui qui craignait le plus d'être surpris, peut-être parce que, je le savais, les conséquences seraient bien plus graves pour moi que pour elle. « Tu ne penses pas que c'est un peu tôt pour des fiançailles ? Et je devine comment réagirait ton père.

— Ou ma mère.

— Ou elle. » Je grimaçai car, si l'idée qu'on pourrait m'autoriser un jour à épouser la fille du tsar était absurde, je ne pouvais totalement m'empêcher de penser que le tsar verrait cette union d'un œil bien plus favorable que la tsarine. Tout cela n'avait ni queue ni tête. Jamais mariage n'aurait été plus saugrenu, mais nous préférions ne pas nous attarder sur cette considération, Anastasia et moi.

« Quand même, reprit-elle, une fois passé cet instant d'embarras, il faut que tu voies les nuits blanches, maintenant que tu es à Saint-Pétersbourg. Nous devrions y aller ce soir.

— Nous ? Tous les deux ?

— Pourquoi pas ? Après tout, nous serons dehors, mais ce sera la nuit. Tout le monde dormira au palais. Nous pourrions nous glisser à l'extérieur, bien déguisés, et personne n'en saurait rien. »

Je fronçai les sourcils. « Ce n'est pas un peu risqué ? Et si on nous voit ?

— On ne nous verra pas. Du moins, tant que nous n'attirerons pas l'attention sur nous. »

Je doutais de la sagesse de ce projet, mais je fus conquis par l'enthousiasme d'Anastasia, comme par la perspective d'une escapade sur les berges, main dans la main, comme tous les autres amoureux qui se promèneraient ce soir-là. Pour une fois, nous serions des gens ordinaires. Nous ne serions plus une grande-duchesse et un membre de la *Leib-Garde*, la fille du tsar et le moujik. Nous ne serions plus que deux jeunes gens.

Gueorgui et Anastasia.

En général, la famille impériale se couchait tôt, surtout maintenant que le tsar était à la Stavka et que la tsarine et ses deux filles aînées se levaient à sept heures pour être à l'hôpital une heure après. Nous décidâmes donc de nous retrouver au pied de la colonne d'Alexandre, sur la place du palais, à trois heures du matin, heure à laquelle personne ne serait éveillé pour nous voir. Je montai dans ma chambre à minuit, comme d'habitude, mais je ne m'endormis pas. Je lus quelques chapitres d'un livre emprunté à la bibliothèque, un volume de poèmes de Pouchkine que je lisais depuis peu pour m'instruire ; je me concentrai de mon mieux, mais n'y compris pas grand-chose. Lorsqu'il fut temps de partir, je mis un pantalon, une chemise et un manteau, plutôt que mon uniforme, je descendis sur la pointe des pieds et sortis dans la clarté étonnante de la nuit.

Je n'avais jamais vu la place aussi calme, mais des passants la traversaient encore, rendus euphoriques par la lumière inaccoutumée. Des groupes de soldats revenaient bruyamment de quelque virée. Deux prostituées, jeunes et fardées, lorgnèrent dans ma direction et me proposèrent ces plaisirs sensuels qui m'étaient encore inconnus, et auxquels j'aspirais désespérément. Après une beuverie, des ivrognes cherchaient les paroles d'une vieille chanson, les chantaient d'une voix éraillée et les oubliaient aussitôt. Je n'adressai la parole à personne, je repoussai toutes les avances, et j'attendis en silence à l'endroit fixé jusqu'au moment où je vis ma bien-aimée surgir de derrière une colonnade et lever une main gantée pour me faire signe. Elle avait revêtu la plus invraisemblable des tenues. Une robe simple, avec un *dousségreï* par-dessus, le gilet sans manches, doublé de fourrure, que portaient les femmes du peuple sous leur *letnik*. Des chaussures bon marché. Un foulard. Je ne l'avais encore jamais vue aussi dépourvue de bijoux.

« Mon Dieu ! m'exclamai-je en m'avançant vers elle et en tâchant de ne pas rire. Où as-tu donc trouvé ces nippes ?

— Je les ai dérobées à la garde-robe d'une de mes bonnes. Je les restituerai demain matin, elle n'y verra que du feu.

— Mais pourquoi ? C'est déchoir que de porter…

— Déchoir ? Oh, Gueorgui, tu me connais bien mal si tu crois que je vois les choses ainsi.

— Non, je ne voulais pas dire ça. C'est juste que…

— Des gens pourraient me reconnaître, m'interrompit-elle en serrant le foulard sur sa tête. C'est peu probable mais, malgré tout, ce n'est pas la peine de prendre des risques. Ces habits m'aideront à me fondre dans la masse, c'est tout. »

Je lui pris la main et pressai mes lèvres contre les siennes, mon corps épousant les courbes du sien, avec un désir qui ne demandait qu'à être identifié. « Jamais tu ne pourrais te fondre dans la masse. Tu ne le sais pas encore ? »

Elle sourit et se mordit la lèvre comme elle en avait la plaisante habitude, réprouvant ma sottise, pourtant je voyais bien que le compliment l'avait touchée.

Quelques minutes plus tard, nous cheminions le long du palais, vers le chemin qui bordait le fleuve. La nuit était plus chaude que la plupart de celles que j'avais connues ; nous pouvions respirer sans voir des nuages de mots non prononcés se dissoudre devant nous dans l'atmosphère, et mon pantalon ne me collait pas aux jambes avec cette sensation d'humidité qui caractérisait tant de soirées à Saint-Pétersbourg. Nous fûmes d'abord accueillis par le pont du Palais, dont la construction, commencée avant même que j'arrive en ville, avait été suspendue à cause de la guerre ; ce pont inachevé nous rappelait combien les progrès accomplis étaient faibles, ces dernières années. S'étendant de la façade de l'Hermitage à l'île Vassilievski, les énormes piles de brique et d'acier étaient en place de part et d'autre de la Neva, mais rien n'indiquait que les deux côtés finiraient jamais par se rejoindre ; ils semblaient tendre les bras l'un vers l'autre, comme deux amoureux séparés par une grande étendue d'eau. Je surpris Anastasia à les contempler avec découragement, et j'eus de la peine pour elle.

« Tu regardes le pont ? »

Elle hocha la tête mais garda un moment le silence, songeant à ce qui aurait pu être. « Oui, finit-elle par répondre. Crois-tu qu'il sera fini un jour ?

— Bien sûr, affirmai-je en masquant mon incertitude derrière un ton assuré. Un jour. Il ne restera pas comme ça éternellement.

— Quand ils ont commencé, je devais avoir onze ou douze ans. L'âge d'Alexeï. Selon la loi, les travaux devaient s'arrêter tous les jours entre neuf heures du soir et sept heures du matin, ce qui était pourtant peut-être l'heure la plus adéquate, si on y réfléchit.

— Ah bon ? » J'étais étonné qu'elle en sache tant sur un tel sujet.

« Oui. Et tu sais pourquoi cette décision avait été prise ?

— Non.

— Parce que cela m'aurait empêchée de dormir. Enfin, mes sœurs et moi. Et mon frère. »

Je ris, sûr qu'elle me taquinait, mais l'expression de son visage prouvait le contraire. Je ne pus que rire à nouveau, stupéfait par la vie extraordinaire qu'elle menait.

« Au moins, maintenant, tu peux dormir autant que tu veux. Il n'y aura plus d'ouvriers, ni d'acier, jusqu'à ce que la guerre soit terminée.

— Ce jour-là n'arrivera jamais assez vite, dit-elle alors que nous nous étions remis à marcher.

— Ton père te manque ?

— Oui, beaucoup. Mais ce n'est pas tout. Et si je veux que la guerre finisse, ce n'est pas pour la même raison que ma sœur. Je ne m'intéresse ni aux bals, ni aux belles robes, ni à toutes ces frivolités qu'apprécie par-dessus tout la haute société pétersbourgeoise.

— Non ? Je pensais que tu aimais ce genre de divertissements.

— Non, Gueorgui. Je ne les *déteste* pas non plus, ce n'est pas si simple. Parfois, cela m'amuse. Mais tu n'as pas idée de ce qu'était la vie ici avant la guerre. Mes parents allaient à des réceptions tous les soirs de la semaine. Olga venait de faire son entrée dans le monde. Ils lui auraient bien vite trouvé un mari. Un prince anglais, sans doute. Et ils lui en trouveront un dès que la guerre aura pris fin, c'est certain. On a toujours dit qu'elle était promise au cousin David, le prince de Galles.

— Ah oui ? » J'étais surpris, car je n'avais pas imaginé que la main d'Olga puisse être promise à qui que ce soit. « Ils sont amoureux depuis longtemps ?

— Amoureux ? répéta-t-elle en haussant un sourcil. Ne sois pas ridicule, Gueorgui, ils ne s'aiment pas.

— Alors comment...

— Que tu es naïf ! Tu sais bien comment ces choses-là sont arrangées. Olga est une belle jeune femme, tu es d'accord ?

— Oui, bien sûr. Pourtant, elle a une sœur plus belle encore. »

Anastasia sourit et appuya sa tête contre mon bras tandis que nous continuions notre promenade. La statue du Cavalier de bronze se dressait à ma gauche, comme prête à charger au galop vers le fleuve. « Alors il lui faudra un mari, poursuivit Anastasia. Elle est la fille aînée du tsar, après tout. Elle ne peut pas épouser n'importe qui.

— Non, je m'en doute.

— Et il a toujours été dit que le cousin David et elle seraient parfaitement assortis. Il sera roi un jour, bien entendu. Quand le cousin Georgie mourra. Ce pourrait être dans de nombreuses années, mais le trône finira par lui revenir. Et Olga sera reine d'Angleterre. Comme notre arrière-grand-mère, la reine Victoria. »

Je secouai la tête, perdu dans toutes ces relations entre les différentes familles royales d'Europe.

« Y a-t-il quelqu'un à qui tu ne sois pas apparentée ?

— Je ne crois pas, répondit-elle avec un sérieux absolu. Personne d'important, en tout cas. Le cousin Georgie règne en Angleterre. Le cousin Alfonso règne sur l'Espagne, le cousin Christian sur le Danemark. Et puis il y a bien sûr le cousin Willy, le kaiser, mais nous n'avons plus le droit de l'appeler cousin, maintenant que nous sommes en guerre. Il était le petit-fils de la reine Victoria, tout comme maman était sa petite-fille. Tout cela est peut-être un peu bizarre. Tu ne trouves pas ça curieux, Gueorgui ?

— Je ne sais trop quoi en penser. Je m'égare dans tous ces noms et tous ces pays qu'ils gouvernent. Je croyais que le prince de Galles était le prince Édouard.

— C'est bien lui. On l'appelle David, mais il régnera sous le nom d'Édouard.

— Je vois, dis-je alors que je ne voyais rien du tout. Et si Olga épouse le prince de Galles pour devenir reine d'Angleterre, Tatiana et Marie subiront-elles un sort comparable ?

— Bien sûr. » Elle serra son manteau, car la nuit était maintenant froide, même si le soleil consentait encore à nous offrir sa lumière. « On leur trouvera un prince stupide, à toutes les deux, j'en suis certaine. Pas aussi illustre que le cousin David, peut-être. Tatiana pourrait épouser le cousin Bertie, je suppose. Maman a lancé l'idée l'an dernier et papa a approuvé. Comme ça, elles seraient sœurs à la cour d'Angleterre, tu vois, ce serait très pratique.

— Et toi ? » demandai-je calmement. Je m'arrêtai et lui pris le bras pour la tourner face à moi. La marée faisait remonter le fleuve vers les berges et le vent soulevait les cheveux du front d'Anastasia, l'obligeant à fermer un peu les yeux, alors même qu'elle portait la main à son cou pour mieux nouer son foulard.

« Moi, Gueorgui ?

— Oui, toi. Qui vas-tu épouser ? Vais-je te perdre pour un prince anglais ? ou grec, ou danois ? Pour un Italien ? Apprends-moi au moins la nationalité de mon rival.

— Oh, Gueorgui, dit-elle tristement en se détournant, mais je n'allais pas la lâcher aussi facilement.

— Dis-moi, insistai-je. Dis-le-moi tout de suite, que je puisse me préparer à avoir le cœur brisé.

— Mais c'est toi, Gueorgui, répondit-elle, les yeux baignés de larmes, en s'avançant pour m'embrasser. C'est toi que je compte épouser. Personne d'autre.

— Et moi, qu'ai-je à t'offrir ? m'exclamai-je, désespéré d'amour et de désir. Je ne t'apporte aucun royaume, tu comprends ? Aucune principauté, aucune terre sur laquelle régner. Je viens sans titre ni ancêtres, sans argent ni espoirs. Je ne suis que moi. Je ne suis que Gueorgui. Je ne suis personne. »

Elle hésita et plongea ses yeux dans les miens. J'y vis la tristesse. L'angoisse. Je sus qu'elle ne se souciait pas du tout de mon obscurité roturière, que je n'avais pas besoin d'être de sang royal pour qu'elle m'aime. Malgré tout, cette question nous divisait, comme le cours de la Neva séparant les deux côtés du pont inachevé. La guerre prendrait fin, un jour viendrait, et le tsar déciderait. Un autre jeune homme arriverait à Saint-Pétersbourg. Il serait présenté à Anastasia, ils danseraient ensemble une mazurka au palais Mariinski, sous les yeux de toute la haute société, et elle n'aurait d'autre choix que d'obéir. Ce serait la fin de cette histoire. Elle serait fiancée à un autre. Et c'en serait fait de moi.

« Il y a une possibilité », commença-t-elle, mais avant qu'elle ait pu en dire davantage, nous fûmes dérangés et fîmes tous deux un bond de frayeur. Notre conversation nous absorbait tellement que nous avions entièrement perdu de vue la réalité qui nous entourait, à laquelle nous rappela brusquement le son d'une voix masculine.

« Excusez-moi, dit le jeune homme, qui avait à peu près mon âge et portait des vêtements semblables aux miens. Vous auriez du feu, s'il vous plaît ? »

Il tendait vers moi sa cigarette, et je fouillai les poches de mon pardessus. Anastasia se dégagea de mon étreinte et s'éloigna un peu, serrant sa poitrine entre ses bras pour se protéger du froid tout en contemplant l'eau. Je dénichai dans ma poche une petite boîte d'allumettes et, tandis que l'homme en prenait une, je remarquai sa compagne, une jeune paysanne qui regardait fixement Anastasia. Elle avait presque le même âge que ma bien-aimée, pas plus de seize ans, des traits charmants, gâchés seulement par une cicatrice très visible sur la joue gauche, qui courait sur cinq centimètres, de l'œil jusqu'à la pommette. Le jeune homme, beau garçon avec son épaisse chevelure blonde et son sourire plein d'assurance, alluma sa cigarette et me remercia.

« Nous aurons tous envie de dormir, demain après-midi, dit-il en jetant un coup d'œil en direction de l'horizon.

— Probablement. Je n'arrête pas de me dire que je devrais déjà me sentir fatigué, alors que ce n'est pas le cas. La lumière me joue des tours.

— L'an dernier, je suis resté debout trois jours d'affilée, dit-il en tirant une longue bouffée de sa cigarette. J'étais censé retrouver mon régiment aussitôt après, mais j'ai dormi trop longtemps. J'ai failli être fusillé.

— Vous êtes soldat, alors ?

— Je l'étais. J'ai pris une balle dans l'épaule et j'ai perdu l'usage de mon bras gauche. Alors ils m'ont laissé partir.

— Vous avez de la chance.

— Pas tant que ça. Ma place est là-bas, pas ici. J'ai envie de me battre. Et vous ? demanda-t-il en me toisant pour vérifier que j'étais en bonne santé. Vous êtes dans l'armée ?

— En permission, mentis-je. Jusqu'à la fin de la semaine. »

Il hocha la tête, d'un air de regret. « Tous mes vœux, alors, dit-il en regardant Anastasia avec un sourire. Tous mes vœux à vous deux.

— À vous aussi.

— Bonne soirée », ajouta-t-il en se retournant pour prendre la main de son amoureuse, mais celle-ci dévisageait Anastasia avec une sorte de terreur, comme si la Vierge en personne était descendue des cieux pour venir se promener sur les berges du fleuve. Elle avait reconnu Anastasia, de toute évidence. Et comme la plupart des moujiks, elle considérait que la fille du tsar avait été désignée à cet honneur par Dieu lui-même. Je retins mon souffle, attendant de voir si elle allait pousser un cri et nous trahir, mais sa dignité prit le dessus et elle se secoua pour se tirer de sa propre stupeur. Elle s'avança et prit la main droite d'Anastasia dans la sienne, avant de tomber à genoux sur les pavés humides. Cette jolie fille, dont le visage avait été affreusement blessé d'une manière ou d'une autre, pressait ses lèvres contre la main blanche et sans défaut de ma bien-aimée ; tout à coup, je m'émerveillai à mon tour de me trouver là. La jeune paysanne finit par lever les yeux, avant de baisser la tête.

« Puis-je avoir votre bénédiction ? demanda-t-elle, et Anastasia ne put cacher sa surprise.

— Ma... ?

— Je vous en prie, Altesse. »

Anastasia hésita, immobile. « Tu l'as, dit-elle avec un sourire bienveillant, en se penchant pour étreindre la jeune fille. Et bien qu'elle ne vaille pas grand-chose, j'espère qu'elle t'apportera la paix. »

La paysanne acquiesça en souriant, prit la main de son soldat blessé et ils repartirent sans un mot. Anastasia se tourna vers moi, les larmes aux yeux.

« Il commence à faire froid, Gueorgui.

— Oui.

— Il est temps de rentrer. »

Je hochai la tête, lui pris la main, et nous regagnâmes le palais en silence, sans reprendre la conversation que nous avions eue sur le possible mariage d'Anastasia. Nous étions nés pour des vies si différentes, c'était tellement simple. Nous ne pouvions pas plus en changer que nous ne pouvions modifier la couleur de nos yeux.

Nous nous séparâmes en arrivant sur la place du palais, avec un ultime baiser empreint de tristesse, et je me dirigeai vers les portes menant à l'escalier qui me conduirait à ma chambre. En regardant les fenêtres obscures, je remarquai au troisième étage une silhouette sombre qui m'observait, mais j'eus beau plisser les yeux et battre des paupières pour tenter de discerner qui était là-haut, la fatigue s'empara de moi, la vision sembla se dissoudre et disparaître comme si ce n'avait été qu'une illusion. Je cessai d'y penser et montai me coucher.

1935

Un moment de grand bonheur.

Nous sommes assis sur notre lit, Zoïa et moi, dans une chambre située sous le toit d'une pension très animée, à Brighton. Nous avons pris une semaine de vacances et ma femme vient de m'offrir une chemise neuve, bien coupée, pour mon anniversaire. Il est rare que nous nous permettions ce genre d'escapade ; nos journées, nos semaines et nos mois sont toujours remplis de travail, de responsabilités, de soucis d'argent, de sorte que des extravagances de ce genre sont en général au-dessus de nos moyens. Mais Zoïa a proposé de quitter Londres pour une courte pause, dans un endroit où nous pourrions prendre de longs déjeuners paresseux en terrasse sans avoir l'œil sur la montre, où nous pourrions nous promener sur la plage, main dans la main, tandis que les enfants riraient et joueraient sur les galets. J'ai dit oui sans un instant d'hésitation. Oui, allons-y. Oui, quand pouvons-nous partir ?

Notre voyage coïncidait avec mon trente-sixième anniversaire et, ce matin-là, je m'étais réveillé en sachant que j'avais désormais passé plus d'années loin de ma famille à Kachine que je n'en avais passé avec elle, idée qui avait étouffé sous le poids des regrets et de la honte mon humeur par ailleurs joyeuse. Je ne laissais pas souvent le visage de mes parents et de mes sœurs reparaître dans mon esprit – j'avais été un mauvais fils, c'était bien certain, et un plus mauvais frère encore – mais ils étaient avec moi, ce matin-là, surgis de quelque chambre obscure de ma mémoire, jaloux d'apprendre que j'avais trouvé un bonheur aussi imprévu tandis qu'eux... Oh, j'ignorais ce qu'ils étaient devenus, mais j'étais certain qu'ils étaient morts.

« Je l'ai achetée chez Harrods », dit Zoïa, se mordant un peu la lèvre tandis que je déballais son cadeau ; c'était une chemise d'une qualité exceptionnelle, le genre de luxe que je ne me serais jamais autorisé mais que j'étais ravi qu'on m'offre. « Elle te plaît, hein, Gueorgui ?

— Bien sûr, qu'elle me plaît, répondis-je en embrassant ma femme. Elle est magnifique. Mais c'est trop, vraiment.

— Je t'en prie. » Il était hors de question qu'elle me laisse lui gâcher son plaisir en énumérant toutes les raisons pour lesquelles elle n'aurait pas dû me gâter ainsi. « Je n'avais encore jamais mis les pieds chez Harrods. Une expérience inoubliable, je l'avoue. »

J'éclatai de rire lorsqu'elle dit cela : elle avait dû préparer cette expédition des semaines à l'avance, choisir le bon jour pour aller jusqu'à Knightsbridge à pied, sélectionner le cadeau, le rapporter, l'examiner, l'emballer et le cacher avant que je revienne du travail. Je n'étais moi-même jamais entré dans ce grand magasin, même si j'étais souvent passé devant. J'en avais toujours eu un peu peur, cependant, certain d'en être chassé par un portier trop zélé si je tentais d'y pénétrer, car mon costume à deux sous et mon accent étranger auraient aussitôt montré que je n'y avais pas ma place. Zoïa, en revanche, n'était pas intimidée par tant de splendeur ; si elle évitait ces endroits, c'était par bon sens, parce qu'elle refusait de perdre son temps à désirer ce qu'elle ne pouvait avoir.

« Et maintenant mon cadeau, mon cadeau ! » cria Arina. Elle s'avança vers moi d'un pas mal assuré, les bras tendus, un petit paquet dans les mains, dans un papier superbe. Elle souriait jusqu'aux oreilles mais titubait encore un peu sur ses jambes ; elle n'avait pas encore l'habitude de se tenir debout et de marcher sans aide, mais était ravie de cette indépendance nouvellement acquise. Elle se fâchait quand nous la suivions de trop près, et préférait la liberté de courir où elle voulait, sans se soucier du danger. Notre fille n'avait pas envie de filets de sécurité.

« Un autre cadeau ? » m'exclamai-je en la prenant dans mes bras pour la soulever. En gigotant, elle repoussa mon embrassade et exigea que je la repose immédiatement à terre. « J'en ai de la chance ! Mais qu'est-ce que ça peut bien être ? »

J'ouvris lentement l'emballage et sortis le cadeau de son papier de soie. Je contemplai l'objet un moment, sans trop savoir de quoi il s'agissait, puis je reconnus la chose et j'en eus le souffle coupé par la stupéfaction. Je regardai Zoïa et elle sourit, un peu nerveusement, me sembla-t-il, comme si elle n'était pas sûre de ma réaction face à ce rappel de mon passé. À court de mots, et de peur de trahir mon émotion par une formule malvenue, je restai muet et me dirigeai vers la fenêtre, tournant le dos à ma famille pour laisser le soleil illuminer mon trésor.

Ma fille m'avait offert une boule à neige, la base n'en était pas plus grande que ma paume, un dôme en plastique blanc surmonté d'un hémisphère de verre. Au centre se dressait une maquette maladroite du palais d'Hiver à Saint-Pétersbourg, sa façade bleu foncé alors qu'elle aurait dû être vert pâle, les statues du toit invisibles, la colonne d'Alexandre manquant sur la place ; malgré tous ses défauts, le bâtiment était reconnaissable au premier coup d'œil. Il aurait été reconnaissable pour quiconque avait vécu ou travaillé sous ses lambris dorés. Je le contemplai en retenant ma respiration, comme si je craignais que mon souffle ne le fasse s'écrouler, et j'étrécis les yeux pour examiner les petites fentes blanches qui représentaient les fenêtres des trois étages.

Et les souvenirs revinrent en foule.

Je voyais le tsarévitch Alexeï s'élancer à travers la cour, courir d'une colonnade à l'autre, pourchassé par un membre de la *Leib-Garde*, terrifié à l'idée que l'enfant pourrait tomber et se blesser.

Je me représentais son père dans son bureau du premier étage, en grande discussion avec ses généraux et son Premier ministre, sa barbe parsemée de poils gris, ses yeux injectés de sang qui trahissaient son angoisse face aux nouvelles décourageantes du front.

Au-dessus d'eux, j'imaginais la tsarine agenouillée sur son prie-Dieu, le starets debout derrière elle, marmonnant tout bas d'obscures incantations tandis qu'elle restait prostrée devant lui, non comme une impératrice, mais comme la femme d'un simple moujik.

Puis, à la porte d'une des cours intérieures, un jeune homme, un paysan de Kachine, allumait une cigarette dans l'air froid, refusait la compagnie d'un autre garde car il voulait être seul avec ses pensées, afin de se demander comment étouffer l'amour immense qu'il éprouvait pour une femme tellement hors de sa portée, une liaison condamnée à l'échec.

Je secouai le globe et les flocons qui reposaient sur la base montèrent dans l'eau, flottèrent doucement vers le toit du palais avant de descendre lentement, et les personnages peuplant ma mémoire surgirent de leurs cachettes pour regarder le ciel, les mains tendues, se souriant les uns aux autres, à nouveau réunis en un moment qu'ils auraient voulu ne jamais voir finir.

Je me tournai vers Zoïa, ému par ce cadeau qui avait évidemment été acheté par elle et non par notre fille d'un an. « J'ai du mal à y croire, dis-je d'une voix brisée par une soudaine émotion.

— Je l'ai trouvée dans une bijouterie du Strand », expliqua-t-elle en me rejoignant à la fenêtre. Elle posa la tête sur mon épaule alors que je tenais le globe entre nous deux. La neige continuait à tomber, le palais était toujours debout, la famille continuait à respirer. « Il y en avait toute une étagère. Avec des monuments différents, bien sûr. Le Colisée, la tour de Londres, la tour Eiffel. » Elle hésita avant de lever les yeux vers moi. « Mais je ne l'ai pas choisie, Gueorgui, je te le jure. J'ai laissé Arina les regarder et elle a pris celle qu'elle préférait. Elle a choisi Saint-Pétersbourg. »

Je la dévisageai, étonné, et ne pus m'empêcher de sourire. « C'est tellement inattendu. Ça fait… » Je réfléchis un instant pour faire le calcul mental. « Ça fait près de vingt ans, tu le crois ? J'étais si jeune, je n'étais qu'un gamin.

— Mais tu es encore jeune, Gueorgui. » Elle rit en me passant une main dans les cheveux. J'étais ravi de la voir si heureuse. C'étaient des années de joie, avec notre petite Arina, le cadeau le plus inattendu de tous. « Et de toute façon, je vieillis en même temps que toi. J'aurai bientôt des rides. Je deviens une vieille femme. Que penseras-tu de moi, alors ?

— Ce que j'ai toujours pensé », répondis-je en l'embrassant. Je l'enlaçai tout en tenant le globe avec précaution, jusqu'à ce que notre fille vienne nous séparer, se glisser entre nous, résolue à faire partie des heureux.

« Papa, dit-elle avec le sérieux qu'elle affichait toujours quand elle avait une question qui lui semblait de la plus haute importance. Tu préfères quel cadeau, celui de maman ou le mien ?

— Je les aime tous les deux autant. Et je vous aime toutes les deux autant. » Je la pris dans mes bras pour l'embrasser, je la serrai, l'enveloppai dans mon étreinte, refusant de la lâcher.

Quand nous étions arrivés à Londres, nous avions loué un petit appartement dans le quartier de Holborn, où nous avions le malheur d'avoir pour voisin un fonctionnaire intolérant qui lorgnait sur

Zoïa chaque fois qu'il la croisait dans la rue mais qui me toisait comme si j'étais le plus méprisable des individus. Les rares fois où je tentai d'engager la conversation, il se comporta comme si mon accent suffisait à le persuader que je lui faisais perdre son temps.

« Vous ne pouvez pas l'empêcher de crier ? hurla-t-il un matin, me barrant le passage alors que je tentai de monter les marches menant à la rue.

— Bonjour, monsieur Nevin, répondis-je, résolu à me montrer poli face à sa grossièreté.

— Oui, oui. Votre gamine, elle me réveille toutes les nuits. C'est ridicule ! Quand allez-vous y remédier ?

— Je suis désolé. » Je ne voulais pas l'exaspérer car la colère rendait ses joues écarlates et il avait des cernes noirs sous les yeux à cause du manque de sommeil. « Elle n'a que quelques semaines et, ajoutai-je en espérant le toucher, nous n'avons pas beaucoup d'expérience dans ce domaine. Nous faisons de notre mieux.

— Eh bien, votre mieux ne suffit pas, monsieur Jackson », aboya-t-il en pointant sur moi un doigt noueux. Heureusement pour lui, ce doigt n'entra pas en contact avec ma poitrine ; j'étais fatigué, moi aussi, et il aurait pu dépasser les limites de ma patience s'il m'avait touché. « Le sommeil, c'est sacré, j'habite ici depuis…

— C'est Yachmenev, rectifiai-je calmement alors que je sentais la moutarde me monter au nez.

— Quoi ?

— Mon nom. Je ne m'appelle pas Jackson, mais Yachmenev. Mais vous pouvez m'appeler Gueorgui

Daniilovitch, si vous voulez. Nous sommes voisins, après tout. »

Il resta un instant silencieux, me dévisageant comme s'il se demandait si j'essayais délibérément de le provoquer. Puis il haussa les épaules et partit en laissant flotter dans l'atmosphère quelques commentaires xénophobes en guise de souvenir.

C'était énervant, bien sûr, cet homme était un rustre, mais ni Zoïa ni moi ne voulions nous disputer avec nos voisins. Cependant, le problème fut résolu quelques mois plus tard, lorsqu'il déménagea sur un coup de tête. Son appartement fut repris par une veuve d'une quarantaine d'années, Rachel Anderson. Loin d'être irritée par notre fille, elle semblait tout à fait sous le charme, réaction qui la rendit naturellement sympathique à des parents aussi fiers que nous l'étions, et nous devînmes vite amis.

Elle proposait souvent de nous garder Arina. Notre confiance grandit en même temps que notre amitié pour elle, et nous acceptâmes cette offre. Elle était seule et se sentait isolée, cela se voyait. Elle aimait servir de grand-mère à Arina, pour compenser l'absence de ces enfants et petits-enfants que la vie lui avait refusés.

« Une chance pour nous que Rachel aime les bébés, dis-je à Zoïa un soir où nous allions au cinéma, contents de nous retrouver en tête-à-tête, même pour quelques heures. Tu te vois laisser Arina chez notre voisin d'avant ?

— Jamais de la vie, répondit Zoïa, dont la réticence à passer toute une soirée loin de chez nous avait entièrement disparu dès que nous avions quitté l'appartement. Malgré tout, tu es sûr de vouloir aller au cinéma ?

— On peut aller ailleurs, si tu veux. » Pour moi, l'essentiel était de passer du temps ensemble. En voyant ce qu'on donnait à l'Holborn Empire, j'avais proposé un film sans vraiment y réfléchir, et je compris que c'était la meilleure idée possible, ou la pire.

« Non, non. J'en ai envie. Pas toi ?

— Si. » Je dois l'avouer, je n'étais allé que trois fois au cinéma dans ma vie, mais à chaque fois pour voir Greta Garbo. La première fois, c'était cinq ans auparavant : mes pas m'avaient mené à l'Empire, sans savoir ce qu'on y donnait, et j'avais vu l'actrice dans le rôle d'Anna Christie, une ancienne prostituée qui tente d'améliorer son sort. Je l'avais revue deux ans plus tard, quand elle jouait Grousinskaïa, la danseuse vieillissante de *Grand Hôtel*, qui me plut moins. Mais elle me reconquit l'année suivante en reine Christine de Suède. Je m'apprêtais à l'admirer pour la quatrième fois, avec Zoïa, dans un rôle qui m'allait droit au cœur, celui d'Anna Karénine.

Ce nom seul suffisait à me ramener vingt ans en arrière. En le voyant imprimé en grandes lettres noires au-dessus de l'entrée du cinéma, je sentais encore la douleur dans mes os après les interminables séances d'entraînement imposées par le comte Tcharnetski, j'étais de nouveau perdu, incapable de trouver ma chambre dans le palais où je venais d'arriver.

C'est celui qui a reçu une balle dans l'épaule, n'est-ce pas ? avait demandé Tatiana, en se tournant vers moi, heureuse que la leçon soit interrompue.

Non, j'ai entendu dire que celui qui a sauvé la vie de cousin Nicolas était extrêmement bel homme, avait répliqué Marie en secouant la tête

C'est lui, avait dit calmement Anastasia dont le regard avait croisé le mien.

Le cinéma était plein, ce soir-là, l'air était déjà chargé de fumée de cigarettes, les couples amoureux et les romantiques solitaires remplissaient la salle de leur bavardage, mais nous trouvâmes deux sièges au balcon et je m'installai, d'avance ravi, tandis que les lumières s'éteignaient et que le bourdonnement des conversations devenait moins audible. La séance commença par les actualités et nous vîmes des images d'un ouragan s'abattant sur les côtes de Floride, détruisant tout sur son passage. Un nommé Howard Hughes, nous dit-on, venait de battre le record de vitesse en avion, en volant à 563 kilomètres/heure, et l'on nous montra le président des États-Unis, M. Roosevelt, sur le point d'inaugurer le barrage Hoover, dans le Black Canyon, entre l'Arizona et le Nevada. On termina par un film de cinq minutes consacré au chancelier allemand, Herr Hitler : il défilait dans les rues de Nuremberg, passait son armée en revue et prononçait des discours lors de rassemblements auxquels assistaient des dizaines de milliers d'Allemands. Le public fut horrifié par les ravages de l'ouragan, s'amusa des folies de M. Hughes, parla bruyamment par-dessus l'allocution de M. Roosevelt, mais écouta avec fascination le chancelier s'adresser aux foules, crier, hurler, supplier, implorer, insister, exiger, comme si, sachant que son discours serait entendu à huit cents kilomètres, dans l'Holborn Empire, il avait voulu subjuguer tous les spectateurs par ses féroces cris de guerre, même si nous ne pouvions pas en comprendre un mot.

Nous comprenions assez d'allemand, Zoïa et moi, pour saisir le sens de ce qu'il disait. Et nous nous rapprochâmes un peu pendant qu'il rugissait, mais sans rien dire.

Lorsque Hitler disparut de l'écran, le film commença et le train amenant Anna et la comtesse Vronski entra dans la gare de Moscou avec d'énormes nuages de fumée qui se dissipèrent peu à peu pour révéler Garbo – Anna Karénine – ses grands yeux clairs parfaitement centrés sur l'écran, le vison sombre de sa toque et de son manteau en contraste frappant avec les boucles de ses cheveux.

« Qu'elle était belle ! m'exclamai-je par la suite, ébloui par son interprétation. Quelle passion dans son regard ! Et dans les yeux de Vronski aussi, d'ailleurs. Ils n'avaient même pas besoin de parler, ils se regardaient et ils étaient envahis par leurs passions.

— Tu penses que c'était de l'amour ? demanda Zoïa. J'ai vu autre chose.

— Quoi ?

— La peur.

— La peur ? Mais ils n'ont pas du tout peur l'un de l'autre. Ils sont faits l'un pour l'autre. Ils le savent dès l'instant où ils se rencontrent.

— Mais leur visage, Gueorgui, dit-elle d'une voix que contrariait ma vision naïve des choses. Oh, ce ne sont que des acteurs, je le sais, mais tu n'as pas vu ? J'avais l'impression qu'ils se regardaient avec horreur, comme s'ils savaient qu'ils ne pourraient jamais maîtriser les événements qu'allait déclencher cette rencontre simple et inévitable. La vie qu'ils avaient vécue jusque-là avait pris fin. Et peu importait ce qui arriverait ensuite, leur destin était déjà tracé.

— Tu as une vision très noire de l'existence, Zoïa, protestai-je.

— Qu'est-ce que disait Vronski à Anna ? *Nous sommes condamnés, vous et moi, condamnés à un désespoir inimaginable. Ou au bonheur… à un bonheur inimaginable.*

— Je ne me rappelle pas ces mots dans le roman.

— Non ? Ils n'y sont peut-être pas. Je l'ai lu il y a si longtemps. Pourtant, j'ai le sentiment de connaître cette femme.

— Tu ne lui ressembles pas du tout !

— Pas du tout ?

— Anna n'aime pas Karénine. Mais toi, tu m'aimes.

— Bien sûr, répondit-elle vivement. Ce n'est pas ce que je voulais dire.

— Et tu ne commettrais jamais une infidélité, comme Anna.

— Non. Mais sa tristesse, Gueorgui. La conscience qu'elle a, en descendant du train, que sa vie est déjà finie, qu'elle n'a plus qu'à subir le temps qui lui reste en attendant la fin… cela ne te semble pas familier ? »

Je m'arrêtai dans la rue et me tournai vers elle, sourcils froncés. Je ne savais comment réagir. J'avais besoin de temps pour réfléchir à ce qu'elle avait dit, pour comprendre le message qu'elle essayait de m'adresser.

« Peu importe, conclut-elle en souriant. Regarde, Gueorgui, nous sommes arrivés. »

Chez nous, Arina dormait déjà, et Rachel nous assura que notre fille était tout bonnement l'enfant la plus merveilleuse avec qui elle ait eu le bonheur de passer une soirée, ce que nous savions déjà, mais que nous fûmes ravis d'entendre.

« Je ne suis plus allée au cinéma depuis des années », dit notre voisine en remettant son manteau pour rentrer chez elle. « Mon Albert, il m'y emmenait tout le temps, à l'époque où il me faisait la cour. On voyait toutes sortes de choses. Charlie Chaplin, c'était mon préféré, malgré tout. Vous aimez bien ses films ?

— Nous ne l'avons jamais vu, avouai-je. Nous le connaissons, bien sûr, mais…

— Jamais vu un Charlot ? s'indigna-t-elle. Attendez le prochain, je vous garderai la petite bien volontiers. C'est le meilleur, notre Charlot. Je l'ai connu quand il était tout gamin, vous savez. Il a grandi à Walworth, il habitait tout près de chez moi. Vous ne me croirez pas, je le voyais courir dans tous les sens, en culotte courte, toujours à faire des farces, on n'avait pas une minute de répit. Moi j'habitais dans Sandford Row, et mon Albert, il était de Faraday Gardens. Tout le monde se connaissait, en ce temps-là, et ce cher Charlie, il était déjà connu pour ses blagues. Et ça lui a réussi, pas vrai ? Regardez-le maintenant. Millionnaire en Amérique, avec tout le gratin à ses pieds. C'est difficile à croire, je vous jure. Alors c'était qui, dans le film que vous avez vu ce soir ? Jamais vu un Charlot ? Je n'ai jamais entendu ça.

— Greta Garbo, répondit Zoïa. Gueorgui est à moitié amoureux d'elle, vous ne le saviez pas ?

— De Greta Garbo ? demanda Rachel avec la même grimace que si elle venait de remarquer une mauvaise odeur. Celle-là, je ne peux pas la voir en peinture. Elle me fait penser à un homme.

— Je ne suis pas "à moitié amoureux d'elle", dis-je en rougissant. Honnêtement, Zoïa, pourquoi racontes-tu des choses pareilles ?

— Regardez-le, madame Anderson ! Il est tout gêné !

— Il est plus rouge qu'une tomate, répondit la voisine en riant elle aussi, et je restai là, détournant les yeux, avec une moue d'humiliation.

— Quelles sottises ! m'écriai-je en allant m'asseoir dans mon fauteuil pour faire semblant de lire le journal.

— Bon, il était comment, ce film ? demanda Rachel à mon épouse. Avec votre Greta Garbo, c'était bien ?

— Ça m'a rappelé le pays, dit sereinement Zoïa, sur un ton qui m'obligea à la regarder pour étudier son air mélancolique.

— C'est plutôt une bonne chose, non ? »

Zoïa sourit, avant d'acquiescer en laissant un grand soupir s'échapper de ses lèvres. « Oh oui, madame Anderson. C'est une bonne chose. Une très bonne chose, vraiment. »

Avant la naissance d'Arina, à l'usine où Zoïa était employée comme opératrice de machine à coudre, il avait été question qu'elle passe contremaître.

Les horaires n'auraient évidemment pas été plus agréables, de longues journées de travail allant de huit heures du matin jusqu'à passé dix-huit heures, avec seulement une demi-heure de pause déjeuner, mais le salaire aurait été bien meilleur, et au lieu de rester assise à sa machine toute la journée, elle aurait eu la liberté de se déplacer à travers l'usine.

Cette possibilité cessa d'en être une lorsqu'elle tomba enceinte.

La nouvelle resta secrète pendant près de quatre mois ; nous avions essuyé trop de déceptions pour croire que nous finirions par devenir parents, mais cette grossesse finit par se voir et notre médecin nous rassura. Oui, l'œuf était bien accroché et il n'y avait aucune raison de craindre une fausse couche. Presque instantanément, Zoïa décida de ne plus retourner à l'usine, mais de se consacrer à élever notre enfant. De toute façon, ses employeurs n'autorisaient pas les jeunes mères à reprendre le travail tant que leur progéniture n'était pas en âge d'aller à l'école. Nos finances s'en ressentirent, puisque nous vivions désormais sur mon seul salaire, mais nous avions économisé au cours des années précédentes et, compte tenu de mes nouvelles responsabilités, M. Trevors m'accorda une augmentation aussitôt après la naissance d'Arina.

Je fus donc bien surpris, un soir en rentrant à la maison, de trouver une grosse machine à coudre dans un coin de notre salon, sa lourde boîte métallique comme un défi. Quand je franchis le seuil, ma femme débarrassait une place sur une petite table où poser son tissu, ses aiguilles et ses épingles. Arina l'observait avec attention, les yeux écarquillés, captivée par cette activité inhabituelle, mais elle applaudit en me voyant et désigna la machine avec un cri de joie.

« Bonsoir tout le monde, dis-je en enlevant mon chapeau et mon manteau. Qu'est-ce qui se passe ici ?

— Tu ne vas pas le croire », répondit Zoïa en m'embrassant. Elle semblait tout excitée par ce qui lui était arrivé ce jour-là, mais son ton révélait aussi la crainte que je ne partage pas son enthousiasme. « Je préparais le petit déjeuner d'Arina ce matin quand on a frappé à la porte. Et quand j'ai regardé à la fenêtre, je n'en ai pas cru mes yeux. C'était Mme Stevens. »

Zoïa devenait nerveuse chaque fois qu'on frappait à la porte. Nous avions peu d'amis et ils venaient rarement sans nous avertir ; tout élément imprévu dans notre quotidien mettait ma femme mal à l'aise, comme s'il allait se produire quelque chose de terrible. Au lieu d'ouvrir aussitôt la porte, elle se dirigeait d'abord vers la fenêtre et écartait le rideau de dentelle pour voir qui avait frappé, car de cet angle il était possible de distinguer le dos du visiteur, à son insu. C'est une habitude dont elle ne se défit jamais. Elle ne se sentait jamais en sécurité, voilà le problème. Elle croyait qu'un jour, Dieu sait comment, quelqu'un la retrouverait. Qu'on nous retrouverait tous.

« Mme Stevens ? fis-je, haussant le sourcil. De chez Newsom ?

— Oui, elle m'a prise complètement au dépourvu. Je pensais qu'il y avait peut-être un problème lié à mon arrêt de travail et qu'elle avait été envoyée le régler, mais non, pas du tout. Elle a commencé par dire qu'elle passait voir comment nous allions, Arina et moi, mais je ne l'ai évidemment pas crue. Après une tasse de thé, alors que je me sentais très mal dans ma propre maison, elle a fini par annoncer qu'ils étaient en manque de personnel à l'usine, que leur carnet de commandes débordait. Ils voulaient savoir si je serais prête à faire un peu de travail chez moi.

— Je vois, répondis-je, sachant comment cet entretien s'était forcément terminé. Et tu as dit oui, bien sûr.

— Eh bien, je ne vois vraiment pas pourquoi j'aurais dit non. Ils me proposent un salaire très généreux. Quelqu'un de chez Newsom apportera une fois par semaine tout ce dont j'ai besoin et récupérera alors mon travail, donc je n'aurai même pas besoin d'aller à l'usine. Cet argent-là ne sera pas de trop, n'est-ce pas ?

— Non, bien sûr. Même si j'aime penser que je suis capable de nous nourrir tous les trois.

— Oh, je sais que tu peux, Gueorgui. Simplement…

— Elle devait être sûre de ta réponse si elle est venue avec la machine. »

Zoïa me dévisagea, stupéfaite, avant d'éclater de rire. « Oh, Gueorgui, tu n'imagines pas que c'est Mme Stevens qui l'a apportée elle-même de l'usine ? Je peux à peine la faire glisser par terre, cette machine. Non, un des ouvriers l'a livrée cet après-midi, après que j'ai accepté. Ça ne fait pas longtemps qu'il est parti. »

J'avais peut-être tort, mais je n'étais pas très content de cet arrangement. Il me semblait que notre maison n'avait pas à être transformée en atelier clandestin, et cette organisation avait été décidée sans que j'aie été consulté. En même temps, je voyais combien Zoïa était heureuse, ce travail lui changerait les idées, elle qui passait ses journées à jouer avec Arina, et je compris que j'aurais eu mauvaise grâce à m'y opposer.

« Tu es d'accord, hein, Gueorgui ? demanda-t-elle, sentant mon incertitude. Tu veux bien ?

— Oui, oui. Si ça te rend heureuse.

— Très heureuse. Je me sens flattée qu'ils aient pensé à moi. Et je serai contente de gagner mon propre argent. Je te promets, je ne travaillerai jamais le soir. Tu n'auras pas à subir le bruit de la machine quand tu rentreras de la bibliothèque. Et si je m'achète un peu de tissu, je pourrai aussi faire des vêtements pour Arina, ce sera un gros avantage. »

Je souris et déclarai que c'était une excellente idée. À ma surprise, Zoïa passa le reste de la soirée à coudre, à examiner les différents modèles qu'on lui avait fournis pour commencer avant que l'envoyé de Newsom ne revienne la semaine suivante. Elle se concentrait sur la tâche, plissant les yeux pour suivre la couture sur un morceau de coton fin et pâle, cassant le fil et soulevant le bras de la machine avant de faire un nœud. En Russie, on aurait vu là un travail dégradant, bon pour les moujiks, mais à Londres, à trois mille kilomètres de Saint-Pétersbourg et à vingt années de distance, cette activité satisfaisait mon épouse. Cela suffisait à me rendre reconnaissant.

Quand nous avions de la visite en soirée, c'était généralement Rachel Anderson qui frappait à notre porte une ou deux fois par semaine et passait une heure en notre compagnie pour atténuer un peu sa solitude. Nous étions tous deux contents de la voir, car c'était une brave femme et elle venait autant pour jouer avec Arina, qui l'adorait, que pour parler avec nous, ce qui ne manquait pas de nous la rendre sympathique.

Cette année-là, alors que Noël approchait, nous étions réunis dans notre salon pour écouter un concert à la TSF. Arina dormait dans mes bras, sa petite bouche entrouverte, ses paupières frémissant au gré de ses rêves. Cette heureuse vie de famille, cadeau de la vie, me procurait une intense sensation de bien-être. Zoïa était assise à côté de moi, la tête appuyée sur un coussin, tandis que nous écoutions la quatrième symphonie de Tchaïkovski. Nos doigts étaient entrelacés et je voyais qu'elle était perdue dans la musique et les souvenirs que celle-ci éveillait en elle. En jetant un coup d'œil en direction de Rachel, je remarquai chez elle, malgré son sourire, une expression de tristesse presque insupportable.

« Rachel, tout va bien ?

— Oui, me rassura-t-elle. Tout va très bien.

— Ça ne se voit pas. Vous avez l'air à deux doigts d'éclater en sanglots.

— Moi ? dit-elle en levant les yeux comme pour refouler les larmes imminentes. Oui, je suis peut-être un peu émue.

— Tchaïkovski provoque parfois ce genre de sensation. Quand j'écoute ce mouvement, j'ai la tête pleine de souvenirs de vieilles chansons russes. Je ne peux pas m'empêcher de me sentir nostalgique.

— Ce n'est pas la musique. C'est vous trois.

— Nous ? »

Elle rit et détourna les yeux. « Je ne suis qu'une vieille folle. Vous avez l'air si heureux, tous les trois, assis ensemble, vous vous entendez si bien. Ça me rappelle mon Albert. Ça me fait penser à ce qui aurait pu être. » Elle hésita avant de hausser les épaules, comme pour s'excuser. « Demain, ça aurait été son anniversaire, vous voyez. Son quarantième anniversaire. On aurait fait la fête, s'il était encore de ce monde.

— Rachel, il fallait nous le dire. » Zoïa se leva pour aller s'asseoir près d'elle, lui passa un bras autour des épaules et lui embrassa la joue. Son immense compassion prenait toujours le dessus dans ce genre d'occasion, lorsqu'elle voyait quelqu'un souffrir ; c'était l'une des choses que j'aimais en elle. « Vous pensez beaucoup à lui, je suppose.

— Oui, tous les jours. Même si ça fait plus de vingt ans qu'il est mort. Ils l'ont enterré en Belgique, je vous l'avais raconté ? Avant, je trouvais que c'était encore pire, parce que je ne pouvais pas aller porter des fleurs sur sa tombe, comme tout le monde. Il fut un temps où j'aurais voulu plus que tout me préparer un petit Thermos de thé et aller me promener au cimetière pour être près de lui, mais je ne pouvais pas. Pas ici. Pas à Londres.

— Vous n'êtes jamais allée là-bas ? demandai-je. De Douvres, ce n'est pas loin.

— J'y suis allée huit fois ! J'y retournerai peut-être dans un an si j'ai les moyens. Il est enterré à

Ypres, au cimetière militaire de Prowse Point. Des tombes blanches alignées, rangée après rangée, avec des morts en dessous. Et c'est bien entretenu, impeccable. Comme si on voulait nous faire croire, je ne sais pas, qu'ils avaient eu une mort bien propre. Alors que c'est tout le contraire. C'est un mensonge, toute cette propreté. C'est pour ça que, depuis toujours, j'aimerais mieux l'avoir ici, dans un cimetière ordinaire, avec de vieux arbres, des haies touffues et des mulots. Un endroit plus honnête.

— C'était un fantassin ? Un officier ?

— Oh non. Non, Gueorgui, il n'était pas assez instruit pour être officier. Et il n'en aurait pas eu envie. Il était avec l'infanterie légère du Somerset. Simple soldat, rien de spécial. Sauf pour moi. Il est mort fin 1914, tout au début de la guerre. Il ne s'était presque jamais battu. Des fois, je me dis que c'est une chance. J'ai toujours eu pitié des pauvres gars qui sont morts en 17 ou en 18. Ceux qui ont passé les dernières années de leur vie à se battre, à souffrir, et à voir Dieu sait quelles horreurs. Au moins, mon Albert… au moins il n'a pas eu à subir tout ça. Il est vite allé au ciel.

— Mais il vous manque toujours, dit tout bas Zoïa, la main de Rachel dans la sienne, en s'efforçant de retenir ses larmes.

— Oh oui, il me manque tous les jours. Je pense à tout ce qu'on aurait pu vivre ensemble. Tout ce qu'on aurait pu faire. Des fois, ça me rend triste à pleurer, d'autres fois, ça me met en rage, je pourrais hurler. Ces foutus hommes politiques. Et Dieu. Et ceux qui ont poussé à la guerre, Asquith, le kaiser et le tsar, tous ces salauds-là. » À ces mots, Zoïa se hérissa, mais ne fit aucun commentaire. « Je les déteste parce qu'ils me l'ont pris, vous voyez. Un bon petit gars comme lui. Un jeune gars. Avec toute sa vie devant lui. Mais après tout, je ne vous apprends rien. Vous aussi vous devez avoir souffert pendant la guerre. Vous avez dû quitter votre pays. Je ne peux même pas imaginer ce que ça a dû vous faire.

— Cette époque-là n'a été facile pour personne, dis-je, sans savoir si c'était un sujet prudent à aborder.

— J'ai perdu toute ma famille dans la guerre, déclara Zoïa, curieusement prête à évoquer son passé. Toute ma famille.

— Oh, ma pauvre ! s'exclama Rachel, étonnée, se penchant pour lui frictionner les mains. Je ne savais pas. Je pensais que vous les aviez laissés en Russie. Vu que vous n'en parlez jamais. Et voilà que je vous rappelle tous ces mauvais souvenirs.

— C'est toujours l'effet des guerres, lançai-je pour essayer de faire dévier la conversation. Elles nous prennent nos êtres chers, elles divisent les familles, elles créent des malheurs insoupçonnés. Et pour quoi ? Difficile à dire.

— On en aura bientôt une autre, vous savez. » Le sérieux soudain de notre voisine m'étonna.

« Une autre ?

— Une autre guerre. Vous ne vous en doutez pas ? Moi, j'en sens presque l'odeur. »

Je secouai la tête. « Je ne crois pas. L'Europe est… agitée, c'est certain. Il y a des troubles, des inimitiés, mais je ne crois pas qu'il y ait une nouvelle guerre.

Pas de notre vivant. Personne n'a envie de revivre ce que nous avons connu la dernière fois.

— Vous ne trouvez pas ça drôle, que tous ces garçons conçus dans un grand élan d'amour et de désir après la fin de la Grande Guerre aient juste le bon âge pour se battre quand la prochaine commencera ? Comme si Dieu les avait créés uniquement pour aller se faire tuer. Pour aller se planter devant les fusils et avaler les balles qui voleront vers eux. Quelle blague !

— Mais il n'y aura pas de guerre, l'interrompit Zoïa. Comme dit Gueorgui…

— Quel gâchis, soupira Rachel en se levant et en allant prendre son manteau. Quel affreux gâchis. Ce n'est pas pour vous contredire, Gueorgui, surtout chez vous, mais vous vous trompez, je le crains. Elle arrive, cette guerre, et elle sera là avant longtemps. Attendez. Vous verrez. »

La Neva

Le billet, introduit sous la porte de ma chambre, avait glissé sur le plancher et disparaissait presque sous le lit. Seul mon nom figurait sur le dessus – *Gueorgui Daniilovitch* – dans une belle écriture cyrillique. Il était rare que je reçoive des messages de cette manière ; en général, les changements de programme de la *Leib-Garde* étaient transmis par le comte Tcharnetski aux chefs de division, qui à leur tour en informaient les hommes placés sous leurs ordres. Je l'ouvris en hâte, mais je fus surpris de ne trouver à l'intérieur qu'une adresse et une heure. Ni instructions, ni rien qui puisse indiquer qui en était l'auteur. C'était un mystère que j'attribuai d'abord à Anastasia, mais je me rappelai qu'elle dînait ce soir-là avec sa famille chez le prince Rogeski, si bien qu'elle ne pouvait m'avoir fixé ce rendez-vous secret. Cela piquait ma curiosité, j'avais ma soirée à moi et j'étais de bonne humeur ; je me rendis donc aux bains pour me laver consciencieusement, avant d'endosser ma meilleure tenue civile et de quitter le palais pour aller à l'adresse proposée.

La nuit était sombre et froide, une épaisse couche de neige recouvrait les rues, de sorte que j'étais forcé de soulever mes bottes très haut pour ne pas trébucher. Tout en marchant, les mains enfoncées dans mes poches, je ne pouvais ignorer les affiches de propagande collées aux murs et aux réverbères du centre-ville. Des effigies de Nicolas et d'Alexandra, des images affreuses, les désignant comme des exploiteurs, des tyrans, des despotes. Des portraits de la tsarine en prostituée, en louve, parfois entourée d'un harem de jeunes hommes en rut, parfois offerte au regard lubrique du starets aux yeux noirs. Ces affiches étaient devenues un des éléments ordinaires de la ville ; arrachées chaque jour par les autorités, elles réapparaissaient aussi vite. Quiconque en possédait s'exposait à la mort. Je me demandais comment le tsar et son épouse pouvaient tolérer de se voir dépeints de façon aussi obscène lorsqu'ils passaient dans les rues. Lui qui avait consacré des mois et sacrifié sa santé à mener l'armée pour protéger nos frontières. Elle qui était tous les jours à l'hôpital, à soigner les malades et veiller les mourants. La tsarine n'était pas Marie-Antoinette, son mari n'était pas Louis XVI, mais les moujiks semblaient voir le palais d'Hiver comme un second Versailles, et j'avais le cœur gros en me demandant comment tout cela finirait.

L'adresse que l'on m'avait communiquée me conduisit dans une partie de la ville où j'allais rarement, une de ces zones curieuses où l'on ne trouvait ni palais pour les princes ni taudis pour les paysans. Des rues quelconques, de petites boutiques, des tavernes, rien ne suggérait une activité hors du commun qui nécessite ma venue. Je crus un instant que ce billet ne m'était pas du tout destiné.

Peut-être le destinait-on à quelque membre de l'une des nombreuses sociétés secrètes dont Saint-Pétersbourg était infesté. À quelqu'un qui se mêlait de politique. Peut-être allais-je tomber sur une réunion censée causer de nouveaux soulèvements contre les Romanov, où je ferais figure de traître. J'eus envie de tourner les talons pour regagner le palais d'Hiver, mais avant que j'aie pris ma décision, la maison que je cherchais apparut devant moi. Je regardai prudemment la porte noire toute simple, derrière laquelle un inconnu attendait ma visite.

J'hésitai, surpris par ma propre anxiété, puis je frappai bien vite sur le chambranle de bois. Après tout, j'étais invité. Le message portait mon nom. Comme on ne répondait pas, j'ôtai mon gant pour frapper à nouveau. Mais à ce moment, la porte s'ouvrit et j'eus en face de moi une silhouette vêtue de noir, qui me dévisagea un moment pour me reconnaître dans l'obscurité. Son visage ravi se fendit d'un sourire affreux.

« Tu es venu ! rugit-il en posant les mains sur mes épaules. Je le savais ! Les jeunes gens se laissent si facilement mener, pas vrai ? Je t'aurais dit de te jeter dans la Moïka, tu serais maintenant au fond de la rivière. »

Je voulus me dégager du poids de ces deux grosses mains, mais je haussai les épaules en vain ; il m'écrasait comme s'il voulait mettre à l'épreuve sa force et mon endurance. « Père Grigori – car c'est lui qui m'avait ouvert, ce moine, cet homme de Dieu, ce moujik qui avait fait de l'impératrice une catin –, je n'avais pas compris que c'était vous qui m'invitiez ici.

— Pourquoi, tu serais venu plus vite ? Ou pas venu du tout, peut-être ? Qu'aurais-tu fait, Gueorgui Daniilovitch ? Mais non, je ne peux pas croire une seconde que tu aurais manqué le rendez-vous.

— Je suis surpris, voilà tout », avouai-je. Je me sentais mal à l'aise en sa présence, il me dégoûtait, mais je ne pouvais éviter d'être également fasciné par sa personnalité envoûtante. Chaque fois que je le voyais, j'étais réduit à la quasi-paralysie. Et je n'étais pas le seul. Tout le monde le détestait, mais personne ne pouvait détacher les yeux de lui.

« Tu es venu, c'est tout ce qui compte, dit-il en me faisant entrer. Viens, il fait froid dehors et il ne s'agirait pas que tu tombes malade ! Je veux te présenter mes amis.

— Mais qu'est-ce que je fais ici ? » demandai-je en le suivant dans un couloir sombre qui menait à l'arrière de la maison. Je discernais au fond une chambre entièrement éclairée par des bougies rouges. « Pourquoi m'avez-vous invité ?

— Parce que j'apprécie la compagnie des gens intéressants, Gueorgui Daniilovitch, répliqua-t-il, visiblement enchanté par le son de ma voix. Et je considère que tu es quelqu'un de très intéressant.

— Je ne vois pas pourquoi.

— Ah non ? Tu devrais. » Il s'arrêta et se retourna pour me sourire, dévoilant deux rangées de dents jaunes. « J'aime tous ceux qui ont quelque chose à cacher, et toi, mon mignon, tu es plein de secrets, non ? »

Je fixai ses yeux d'un bleu profond et je déglutis nerveusement.

« Je n'ai aucun secret. Aucun.

— Bien sûr que si. Seuls les imbéciles n'ont pas de secrets, et tu n'en es pas un, si ? En tout cas, nous avons tous quelque chose à cacher. Tous sans exception. Nos supérieurs, nos égaux. Ceux qui n'ont pas eu les mêmes avantages que nous. Personne n'aime révéler sa véritable identité ; on passerait son temps à se disputer. Mais tu es un peu différent de la plupart des gens, je suis d'accord là-dessus, car tu sembles parfaitement incapable de cacher tes secrets. Je ne peux pas croire que je suis le seul à l'avoir remarqué. Enfin, ce n'est pas pour ça que je t'ai fait venir. Cette conversation-là peut attendre. Je vais te présenter à mes amis. Je pense que vous vous plairez. »

J'aurais dû prendre mes jambes à mon cou, mais il avait disparu dans la pièce aux bougies rouges et aucune force sur terre n'aurait pu m'empêcher de le suivre. Je ne savais pas ce que j'allais trouver. Une petite bande d'autres starets, peut-être. Ou la tsarine. Impossible de deviner. J'avais beau me creuser la cervelle, le spectacle qui m'accueillit quand je franchis le seuil était des plus étranges et des moins prévisibles.

La salle était remplie de canapés bas, recouverts de tissu écarlate ou violet, et dominée par des tapis précieux qui semblaient avoir été rapportés des bazars de Delhi. Assis sur les sofas et les chaises longues, une douzaine de personnes arboraient les tenues les plus provocatrices. Une femme que je savais être une comtesse, ancienne intime de l'impératrice, en disgrâce depuis un séjour à Livadia où elle avait osé donner un coup de pied au méchant fox-terrier de la tsarine, Eira. Un prince de sang royal. La fille d'un des sodomites les plus notoires de Saint-Pétersbourg. Quatre ou cinq jeunes gens, d'à peu près mon âge, que je n'avais jamais vus. Quelques prostituées. Un jeune garçon d'une beauté tout à fait extraordinaire, mais dont le visage était barbouillé de rouge à lèvres. La plupart étaient à moitié nus, la chemise déboutonnée, les pieds nus, certains ne portant que leurs sous-vêtements. L'une des prostituées, visible à travers la brume oppressante qui flottait dans la pièce et me rendit aussitôt somnolent, avait la tête d'un jeune homme sur les genoux ; il était entièrement nu et la léchait comme un chat aurait lapé une soucoupe de lait. Je contemplai ce tableau, partagé entre la répulsion et le désir, l'un m'incitant à fuir, l'autre exigeant que je reste.

« Mes amis, rugit le père Grigori en écartant les bras pour imposer le silence à l'assemblée, mes très chers amis, acolytes et intimes, permettez-moi de vous présenter un délicieux jeune homme dont j'ai eu la chance de faire la connaissance. Gueorgui Daniilovitch Yachmenev, du village de Kachine, un misérable trou à rats situé au centre de notre pays béni. Il a manifesté une grande loyauté envers la famille royale, à défaut de se montrer aussi fidèle à son plus vieil ami. Il est depuis quelque temps à Saint-Pétersbourg, mais n'a jamais appris à s'amuser, je pense. J'entends que cela change aujourd'hui. »

Les invités m'examinèrent avec un mélange d'ennui et de désintérêt, tout en continuant à boire du vin et à fumer les pipes à eau qui circulaient entre eux. Leur conversation reprit à voix basse.

Tous avaient le regard éteint. Tous sauf le père Grigori. Il était, lui, bien en vie.

« Gueorgui, n'es-tu pas content d'avoir été convié ici ? » me demanda-t-il en posant un bras autour de mon épaule et en m'attirant vers lui alors qu'il contemplait la femme et le jeune homme qui commençaient à s'agiter et à gémir en rythme. « On est tellement mieux ici que dans cet assommant vieux palais, tu ne trouves pas ?

— Que voulez-vous de moi ? Pourquoi m'avoir convoqué ici ?

— Mais mon cher, c'est toi qui as voulu venir, répondit-il en me riant au nez comme si j'étais un abruti, un demeuré. Je ne t'ai pas pris la main pour te guider dans les rues !

— Je ne savais pas qui était l'auteur du billet. Si j'avais su…

— Tu le savais fort bien, mais ça t'était égal. À quoi bon se mentir à soi-même ? Mens aux autres, je t'en prie, mais ne te mens pas. Allons, mon jeune ami, ne te mets pas en colère contre moi. Pas de hargne ici, nous n'acceptons que l'harmonie. Prends un verre de vin, détends-toi, laisse-toi distraire. Tu pourrais te plaire ici, Gueorgui Daniilovitch, si tu t'autorisais à oublier qui tu crois être, pour devenir celui que tu veux être réellement. Ou bien dois-je t'appeler Pacha ? Tu préférerais ça ? »

J'ouvris de grands yeux. Depuis des années, personne ne m'avait plus donné ce surnom que seul mon père employait. « Où avez-vous entendu ce nom ? Qui vous en a parlé ?

— J'entends beaucoup de choses », cria-t-il en haussant soudain le ton, mais sans qu'aucun de ses invités s'en étonne. Sa voix tremblait d'indignation et de terreur. « J'entends la voix des paysans dans les champs, qui demandent justice et égalité. J'entends la voix de Matiouchka, qui pleure la nuit sur son fils malade. J'entends tout, Pacha, poursuivit-il sur un ton pitoyable, approchant de moi ses traits tordus par la douleur. J'entends son souffle lorsqu'elle voit le véhicule prêt à l'écraser, à lui dérober la vie. J'entends les cris des pécheurs en enfer, qui supplient qu'on les libère. J'entends rire les élus qui se détournent de nous, là-haut, au paradis. J'entends les bottes des soldats qui entrent dans la pièce, le fusil à la main, prêts à piller, à tuer, à torturer. » Il s'interrompit et dissimula son visage dans ses mains. « Et je t'entends aussi, Gueorgui Daniilovitch Yachmenev, dit-il en posant ses deux mains chaudes sur mes joues froides. J'entends ce que tu dis, les choses que tu essayes désespérément de ne pas entendre.

— Quelles choses ? demandai-je d'une voix presque inaudible. Qu'est-ce que je dis ? Qu'est-ce que vous entendez ?

— Oh, mon cher enfant. Tu dis *Que s'est-il passé ? Qui a tiré ?*

— Tiens, bois », dit une voix à ma droite. Je vis le prince qui me tendait un verre de vin rouge sombre. Ne voyant aucune raison de refuser, je le portai aussitôt à ma bouche et l'avalai d'un trait.

« Très bien », approuva la père Grigori avec un sourire, en palpant ma joue avec une douceur qui me donna envie de la poser sur sa main et de m'endormir. « Très bien, Pacha. Assieds-toi, veux-tu ? Que je te présente à mes amis. Je pense qu'il y en a ici qui pourront te donner du plaisir. » Il alla chercher une autre pipe qu'il plaça au-dessus d'une flamme, d'une main insensible à la douleur de la brûlure. « Tu vas aussi fumer avec nous, Gueorgui. Cela te détendra. Fais-moi confiance, murmura-t-il. Tu as confiance en moi, Pacha, n'est-ce pas ? Tu as confiance en ton ami Grigori ? »

Il n'y avait qu'une réponse possible. J'étais hypnotisé. Je sentis des mains se tendre vers moi pour frotter mon corps. La prostituée. Le garçon. Ils m'invitaient à me joindre à leurs jeux. À l'autre bout de la pièce, la comtesse m'observait en se caressant les seins, qu'elle me montrait sans le moindre embarras. Devant elle, le prince s'était mis à genoux. Les autres chuchotaient entre eux, fumaient, buvaient, me regardaient de temps à autre. J'avais l'impression que mon corps partait à la dérive, comme un fardeau superflu, en même temps que je me laissais tomber, ne faisant plus qu'un avec les autres, m'unissant à leur joyeuse assemblée. Quand je parlai, les sons que j'émis ne ressemblaient plus du tout à ma voix, mais au soupir d'un inconnu, s'exprimant dans un pays lointain.

« Oui. Oui, j'ai confiance en vous. »

Alors que 1916 se terminait, Saint-Pétersbourg devenait un volcan près d'exploser, mais le palais et ses habitants persistaient dans une ignorance bienheureuse des troubles qui agitaient la rue, et notre existence se poursuivait comme si de rien n'était. Début décembre, le tsar revint de la Stavka pour quelques semaines ; la famille impériale vécut dans une atmosphère de joie et même de frivolité, jusqu'au jour où le tsar finit par découvrir que sa fille chérie avait une liaison illicite avec un de ses fidèles *Leib-Gardes*. Il sembla alors que la guerre s'était éloignée des frontières allemandes, russes, baltes et turques, pour concentrer toute sa fureur sur le deuxième étage du palais d'Hiver.

Ni Anastasia ni moi ne découvrîmes jamais de façon certaine qui avait trahi ce secret longtemps gardé. Selon une rumeur, un dénonciateur avait laissé un message anonyme sur le bureau de Nicolas. Un autre bruit voulait que la tsarine en ait été informée par l'une de ses bonnes, qui avait vu la chose de ses yeux. Des ragots entièrement infondés prétendaient qu'Alexeï, témoin d'un baiser clandestin, en avait parlé à son père, mais il n'aurait jamais fait une chose pareille. Je le connaissais assez pour l'affirmer.

J'appris la nouvelle un soir où, sortant de la chambre du tsarévitch, j'entendis des cris au bout du couloir, où se trouvait le bureau de son père. En d'autres circonstances, j'aurais tendu l'oreille pour distinguer la raison de cette tempête, mais j'étais fatigué, j'avais faim et je partis dans la direction opposée. Tout à coup, on me prit par le bras et l'on m'entraîna dans un salon de réception, dont la porte fut bientôt refermée à clef. Je pivotai sur mes talons, abasourdi, pour faire face à mon ravisseur.

« Anastasia ! m'exclamai-je, ravi de la voir, convaincu, dans mon arrogance, que mue par le désir de me voir, elle avait attendu que je passe dans le corridor. Tu es bien aventureuse, ce soir.

— Tais-toi, Gueorgui, dit-elle vivement en me relâchant. Tu ne sais donc pas ce qui est arrivé ?

— Qu'est-ce qui est arrivé ? À qui ?

— À Marie. Marie et Sergueï Stassiovitch. »

Je battis des paupières et me mis à réfléchir. J'étais las, mon cerveau ne fonctionnait pas aussi rapidement qu'il aurait dû, et je ne compris pas tout de suite.

« Marie, ma sœur, précisa-t-elle en voyant mon hébétude. Et Sergueï Stassiovitch Poliakov.

— Sergueï ? Eh bien, quoi ? Je ne l'ai pas vu aujourd'hui, si c'est ce que tu veux savoir. Ne faisait-il pas partie de la suite de ton père, cet après-midi, à la cathédrale Pierre-et-Paul ?

— Écoute-moi, Gueorgui, ordonna Anastasia, agacée par ma stupidité. Papa est au courant, pour eux.

— Pour Marie et Sergueï Stassiovitch ?

— Oui.

— Mais je ne comprends pas. Quoi, Marie et Sergueï Stassiovitch ? Comment ça, Marie et Sergueï Stassiovitch ? » Quand j'entendis ces mots sortir de ma bouche, tout devint clair. « Non ! fis-je, la bouche grande ouverte et les yeux écarquillés. Tu ne veux pas dire…

— Cela durait depuis quatre mois.

— Je ne peux pas le croire, protestai-je en secouant la tête. Ta sœur est une grande-duchesse impériale, une fille de sang royal. Quant à Sergueï Stassiovitch… oh, c'est un homme charmant, et beau garçon, je suppose, si on aime ce genre, mais jamais elle ne tomberait amoureuse d'un… » Je préférai ne pas terminer ma phrase. Anastasia haussa un sourcil et, malgré son inquiétude, ne put s'empêcher de sourire. « C'est possible, bien sûr. Où avais-je la tête ?

— Quelqu'un a prévenu papa. Et il est furieux. Tout simplement furieux, Gueorgui. Je ne crois pas l'avoir jamais vu dans cet état.

— C'est juste que... Je ne peux pas croire que Sergueï ne m'en ait jamais parlé. Je pensais que nous étions amis, après tout. En fait, c'est de lui que je me sens le plus proche ici. » Là-dessus, mon esprit se remplit soudain d'images d'un autre dont je m'étais senti le plus proche. De ce garçon avec qui j'étais passé de l'enfance à l'âge adulte. L'ami dont j'avais encore le sang sur les mains.

« Et tu lui as parlé de nous ? demanda-t-elle en se mettant à arpenter la pièce.

— Bien sûr que non. Je ne lui aurais jamais confié une chose pareille.

— Alors il doit penser la même chose de toi.

— Je suppose. » Malgré cette hypocrisie, je me sentis un peu irrité. « Et toi, tu étais au courant ?

— Évidemment, Gueorgui. Nous nous disons tout, Marie et moi.

— Mais tu ne m'en as jamais parlé.

— Non, c'était un secret.

— Je pensais que nous n'avions pas de secrets.

— Ah bon ?

— Nous cachons tous quelque chose », marmonnai-je en regardant ailleurs. Elle me dévisagea, me fixant droit dans les yeux, avec la même intensité que le starets quelques semaines auparavant, lors de cette terrible soirée. Ce souvenir fut comme un couteau enfoncé dans mon cœur, et je tressaillis de honte. « Et nous ? demandai-je en tâchant de retrouver mon aplomb. Marie est au courant, pour nous ?

— Oui. Mais je te promets, Gueorgui, qu'elle ne dira rien. C'est notre secret.

— Marie et Sergueï Stassiovitch, c'était votre secret aussi. Et il est éventé.

— En tout cas, ce n'est pas moi qui en ai parlé à papa. Je ne ferais jamais ça.

— Et Olga ? Et Tatiana ? Elles savaient pour Marie et Sergueï ? Elles savent pour nous ?

— Non. Ce sont des choses dont nous parlions quand nous nous couchions, Marie et moi. Des secrets que nous étions les deux seules à connaître. »

Je la crus. Même s'il existait des centaines de pièces dans chacun des palais de la famille impériale, les deux aînées, Olga et Tatiana partageaient toujours une chambre, tandis que Marie et Anastasia se tenaient compagnie. Rien d'étonnant à ce que ces deux couples de sœurs aient chacun leurs propres secrets.

« Eh bien, que s'est-il passé ? dis-je, en me rappelant les cris qui venaient du bureau du tsar un peu auparavant. Sais-tu ce qui se trame là-bas ?

— Il y a une heure, maman a traîné de force Marie dans le bureau de papa. Quand elle est revenue, elle était presque hystérique. Elle pleurait tellement qu'elle n'arrivait pas à me parler, Gueorgui. Elle a juste dit que Sergueï Stassiovitch était exilé en Sibérie.

— En Sibérie ? Ce n'est pas vrai.

— Il part ce soir. Ils ne se reverront plus jamais. Et encore, il a de la chance. Il aurait pu être exécuté, si leurs relations étaient allées plus loin. »

Je plissai les yeux et elle s'empourpra. Même si nous nous aimions depuis longtemps, rien de sexuel ne s'était produit entre nous, rien que nos baisers infinis.

« Ils ont appelé le Dr Federov, précisa-t-elle, les joues plus rouges encore.

— Le Dr Federov ? Mais d'habitude, on le convoque uniquement pour veiller sur la santé de ton frère. Pourquoi avaient-ils besoin de lui ?

— Il a examiné Marie. Mes parents voulaient qu'il vérifie si… si elle avait été violée. »

De surprise, je restai bouche bée. Je ne pouvais imaginer une telle horreur. Marie avait dix-sept ans depuis quelques mois à peine. Être soumise à un examen aussi humiliant, entre les mains du vieux Federov, avec ses parents dans la pièce voisine – je supposais du moins qu'ils étaient dans la pièce voisine – était une expérience si atroce qu'il valait mieux ne pas y penser.

« Et elle… ? commençai-je, sans trop savoir comment continuer.

— Elle est innocente », insista Anastasia. Une nuance de férocité était apparue dans son regard lorsqu'elle leva les yeux vers moi, d'un air de défi.

Je hochai la tête et réfléchis un moment avant de consulter ma montre. « Et Sergueï Stassiovitch, où est-il ? Est-il déjà loin ?

— Je pense. Je n'en suis pas sûre. Gueorgui, ne pars pas à sa recherche. Si tu prends sa défense, cela ne te vaudra rien de bon.

— Mais c'est mon ami. Il le faut.

— S'il était vraiment ton ami, il t'aurait mis au courant.

— Peu importe. Il souffre. Je ne peux pas le laisser partir sans lui avoir parlé. J'ai déjà trahi un ami et j'en porterai la honte jusqu'à la fin de mes jours. Plus jamais je n'agirai ainsi, quoi que tu en penses. »

Elle me regarda comme si elle s'apprêtait à protester, mais elle lut la détermination sur mon visage et finit par acquiescer malgré son air soucieux.

« Nous devrons désormais être très prudents, dit-elle alors que j'ouvrais la porte. Si nous étions découverts, je ne le supporterais pas. Si l'on t'envoyait loin de moi. Personne ne doit l'apprendre. »

Je courus la prendre dans mes bras et elle se mit à pleurer, un peu pour nous, un peu pour le cœur brisé de sa sœur.

« Personne ne l'apprendra », confirmai-je, inquiet à l'idée que *quelqu'un* le savait déjà.

Je trouvai Sergueï Stassiovitch au moment où il quittait le palais, sous la garde de deux autres jeunes officiers, deux camarades avec qui nous nous étions enivrés certains soirs de liberté. Ils semblaient accomplir leur mission bien à contrecœur. Je les implorai de m'accorder quelques minutes avec mon ami et ils acceptèrent, en s'éloignant pour nous laisser faire nos adieux.

« Je ne peux pas le croire », dis-je en observant son visage fatigué et malheureux. Il semblait hanté, comme s'il ne parvenait pas tout à fait à assimiler les événements des dernières heures.

« Essaye, Gueorgui, répondit-il avec un sourire.

— Dois-tu vraiment partir ? Ne vont-ils pas... » Je regardai ses gardiens, nos amis. « Ne vont-ils pas te relâcher en chemin ? Tu pourrais aller n'importe où. Commencer une nouvelle vie.

— Ils n'ont pas le droit. Ils risqueraient leur vie. Il y aura quelqu'un là-bas pour me réceptionner, et qui écrira au tsar. Ce sont les ordres. Et je ne peux pas désobéir. Je suis désolé de te dire au revoir, Gueorgui, ajouta-t-il d'une voix brisée par le chagrin. Je ne sais pas si j'ai vraiment été un ami pour toi…

— Ni moi pour toi.

— Peut-être avions-nous tous deux l'esprit ailleurs, pas vrai ? » Je me sentis blêmir. Il savait, bien entendu. Il savait à mon sujet ce que je n'avais pas eu l'intelligence de comprendre dans son cas. « Sois prudent, insista-t-il en baissant la voix. Il attend son heure. Et il te fauchera, comme il a fait pour moi.

— Lui ? Qui ?

— Raspoutine ! susurra-t-il en me tirant pour une ultime embrassade. L'auteur de tous mes malheurs. Raspoutine sait tout, Gueorgui, chuchota-t-il à mon oreille. Il nous traite tous comme si nous n'étions rien de plus que les pions de ses jeux infinis. Depuis le tsar et la tsarine jusqu'aux gens les plus insignifiants comme nous. Il joue avec moi depuis des mois.

— De quelle manière ? » demandai-je alors que nous nous séparions.

Il eut un ricanement amer. « Aucune importance. J'ai honte rien qu'à y penser. Mais c'est un homme qui ne doit pas connaître tes secrets. Ce n'est même pas un homme, à mon avis. C'est un démon. J'aurais dû le tuer quand j'en avais l'occasion.

— Mais tu n'aurais jamais agi ainsi, sans raison.

— Et pourquoi pas ? Que sera désormais ma vie, sans elle ? Que sera sa vie à elle, sans moi ? Il est là-haut en ce moment, je te le garantis, et il se moque de nous. Dans ma sottise, j'ai cru qu'il ne nous trahirait pas si... si...

— Si quoi, Sergueï ?

— Si je faisais ce qu'il voulait de moi. J'aurais dû le tuer, Gueorgui. J'aurais dû lui trancher la gorge d'une oreille à l'autre. »

Je me tournai vers les fenêtres du palais, m'attendant à demi à voir la silhouette obscure que j'y avais aperçue à plusieurs reprises, mais il n'y avait alors pas trace du père Grigori. J'aurais voulu voir le message qui avait été adressé au tsar, examiner l'enveloppe, le papier à lettre, l'écriture. Je me représentais tout cela parfaitement.

De superbes caractères cyrilliques.

« Il faut que j'y aille, dit Sergueï, car les gardes avaient amené trois chevaux. Nous ne nous reverrons plus. Mais pense à ce que je t'ai expliqué. Ma vie est finie. La mienne et celle de Marie. Mais la tienne et celle d'Anastasia... vous avez encore du temps. »

J'ouvris la bouche, voulant protester, mais je ne voyais pas ce qu'il voulait dire. Je gardai le silence, et je le vis s'éloigner du palais, en direction de son avenir solitaire et désolé.

Le père Grigori. Le moine. Le starets. Raspoutine. Appelez-le comme vous voudrez. Il était derrière toute cette affaire, naturellement. Il avait manipulé Sergueï Stassiovitch, Dieu sait comment. Mon ami avait fini par refuser, par se retourner contre lui. Et telle était sa récompense.

J'avais déjà essayé, en vain, de chasser de mon esprit les événements de cette soirée. En vérité, je me rappelais fort peu de choses. L'alcool. La drogue. Les potions qu'il m'avait fait boire. Les autres acteurs de ce tableau vivant. J'avais même oublié ce que j'avais fait. Sauf que j'avais honte. Sauf que je regrettais. Sauf que j'aurais voulu ne jamais avoir ramassé cette enveloppe à terre, dans ma chambre.

Désormais, seule Anastasia comptait pour moi. Je ne pouvais pas le laisser nous faire ce qu'il avait fait à Sergueï Stassiovitch et à Marie. Je ne pouvais pas le laisser nous séparer. Et je l'avoue donc. Je le confesse aujourd'hui, une fois pour toutes. Je devins l'homme que je n'aurais jamais pensé être. Je décidai qu'il ne nous détruirait pas tous les deux.

Il ne fut pas difficile de trouver des ennemis du père Grigori : ils étaient légion. Son influence sur toutes les couches de la société était extraordinaire. Depuis qu'il était à Saint-Pétersbourg, il avait acquis assez de pouvoir pour faire renvoyer des ministres et des Premiers ministres. Ses appétits incontrôlables avaient fait se briser Dieu sait combien de couples. Il s'était attiré l'hostilité de la classe dirigeante pour avoir dressé le peuple contre l'aristocratie, car si les dames de la haute société, dont la tsarine elle-même, se laissaient subjuguer par sa séduction hypnotique, ce n'était pas le cas des moujiks des villes et villages de Russie.

Le plus étonnant n'était pas que tant de gens soient prêts à l'assassiner, mais qu'il ait pu rester aussi longtemps en vie.

Les jours qui suivirent la découverte de la liaison entre Marie et Sergueï Stassiovitch furent marqués par l'anxiété. J'étais fou d'inquiétude à la pensée que le starets pourrait vouloir informer le tsar de ma propre idylle avec la plus jeune de ses filles. J'étais attristé par la perte de mon ami et je me faisais du souci pour Anastasia, qui ne quittait plus sa sœur affligée, en disgrâce, et qui semblait souffrir tout autant qu'elle.

Il semblait impossible de poursuivre une telle existence, terrorisé dès qu'on frappait à ma porte, craignant de parcourir les couloirs du palais au cas où j'aurais croisé mon bourreau. Quelques jours après l'exil de Sergueï, sans prendre le temps de songer aux conséquences de mes actes, je me rendis donc à l'arsenal pour décrocher un pistolet de l'un des râteliers, et j'attendis la nuit pour me rendre dans cette maison où j'étais allé moins de trois semaines auparavant, en cette soirée où je m'étais avili pour le plaisir du starets. Bien déguisé, je portais un lourd manteau acheté la veille, une toque et une longue écharpe. Personne ne m'aurait reconnu, et je pouvais passer pour un marchand affairé, traversant les rues d'un pas vif, soucieux de rentrer chez lui pour ne plus être dehors dans le froid. À me retrouver dans ce quartier, à m'entendre frapper sur ce chambranle de bois noir, je fus rempli de honte et de remords; j'eus un haut-le-cœur au souvenir de ce que j'avais fait et de ce que j'avais désespérément tenté d'oublier. Mon innocence était perdue, je ne savais même plus si j'étais encore digne de l'amour d'Anastasia.

Mes mains tremblaient, pas seulement à cause de l'air glacé, mais aussi à cause de la peur que m'inspirait mon projet. En attendant que mon ennemi apparaisse, je serrai le pistolet caché dans ma pelisse. Devais-je l'abattre sur place ? Lui donnerais-je le temps de prononcer une dernière prière, d'implorer le pardon, de se prosterner devant le dieu ou le diable qu'il vénérait, tout comme il avait forcé tant de gens à s'abaisser devant lui.

J'entendis des pas se rapprocher et mon cœur se mit à palpiter, mes doigts collés à la détente. Non, si je devais le tuer, ce serait dès qu'il paraîtrait, avant qu'il comprenne ce qui lui arrivait, avant qu'il puisse me cajoler et m'apitoyer. À ma surprise, ce ne fut pourtant pas lui qui ouvrit la porte, mais la prostituée dont j'avais goûté les caresses quelques semaines auparavant. Elle ne me reconnut pas, et son visage inexpressif ne me permit pas de décider si elle avait bu ou si elle avait perdu la raison grâce à Dieu sait quelle mixture.

« Où est-il ? demandai-je, d'une voix grave et terrible, sentant que je ne pouvais désormais plus revenir en arrière.

— Où est qui ? » répondit-elle, indifférente à mon apparition comme à mon énergie. Je n'étais que l'un des nombreux visiteurs amenés ici par le starets. Ils se comptaient sans doute par dizaines. Par centaines.

« Tu le sais bien. Le prêtre. Celui qu'on appelle Raspoutine.

— Mais il n'est pas là, soupira-t-elle avant de hausser les épaules avec un ricanement d'ivrogne. Il me laisse toute seule, ajouta-t-elle sur un ton rêveur.

— Alors où est-il ? » Je m'avançai et la secouai par les épaules. Elle se mit en colère et me lança un regard plein de haine, avant de se raviser et de sourire.

« Le prince est venu le chercher.

— Le prince ? Quel prince ? Dis-moi son nom !

— Youssoupov. Il y a plusieurs heures. Je ne sais pas où ils allaient.

— Bien sûr que si, insistai-je en la menaçant du poing sans le moindre scrupule. Dis-moi où ils sont, sinon je te jure que...

— Je ne sais pas. Il ne m'a rien dit. Il peut être n'importe où. De toute façon, qu'est-ce que tu penses faire, Pacha ? Tu crois que tu peux me faire mal ? C'est vraiment ça que tu veux ? »

Je la dévisageai, troublé de constater qu'elle m'avait reconnu, après tout. Je ne dis rien et me contentai de pivoter sur mes talons pour ne plus avoir à la regarder.

« Le palais de la Moïka », dis-je tout bas. La résidence de Félix Youssoupov. C'était l'endroit le plus vraisemblable ; après tout, le palais était connu pour ses fêtes et ses orgies. Le père Grigori devait s'y sentir chez lui. Je jetai un ultime coup d'œil à la prostituée qui se remit à parler, à me braver, mais je n'entendis pas un mot et partis en direction du canal.

Me dirigeant vers les rives de la Moïka, je traversai la Gorokhovaïa Oulitsa et passai devant les lumières vives du palais Marie en marchant vers le palais Youssoupov. Le canal était presque entièrement gelé, et entre les berges, les plaques de glace se chevauchaient comme une chaîne de montagnes neigeuses vue d'au-dessus. Je ne croisai pas une âme au cours de ce long trajet ; c'était une chance, car mon acte n'entraînerait ainsi que ma propre condamnation à mort, surtout si la tsarine en était informée. Beaucoup m'applaudiraient, bien sûr, mais ce serait une majorité silencieuse, qui en aucun cas ne prendrait mon parti si un procès avait lieu. Et si j'étais jugé coupable, je terminerais mes jours pendu à un arbre, dans les bois entourant Saint-Pétersbourg, ultime victime de Raspoutine.

Le palais de la Moïka finit par apparaître. Je fus ravi de voir qu'aucun garde ne le surveillait. Dix ou quinze ans auparavant, il y aurait eu des dizaines de soldats en faction dans la cour, mais plus maintenant. Voilà qui en disait long sur le déclin des grandes familles. On estimait que les palais ne dureraient peut-être même plus une année. En attendant, les riches menaient leur vie de débauche tant que c'était encore possible, à se gorger de vin, à s'empiffrer de viande, à sodomiser leurs catins. La fin était proche et ils le savaient, mais ils étaient trop saouls pour s'en inquiéter.

Je gagnai l'arrière du bâtiment et m'apprêtais à essayer l'une des portes quand j'entendis un coup de feu dans le palais. Stupéfait, je m'immobilisai, comme pétrifié. Était-ce vraiment un coup de feu ou mon imagination ? Je déglutis et regardai autour de moi, mais il n'y avait personne en vue. De l'intérieur provenaient des cris, des rires, des appels à se taire puis, à mon grand effroi, une nouvelle détonation. Puis une autre. Et encore une autre. Quatre au total. À cet instant, une forte lumière m'éclaira : la porte s'ouvrit et un inconnu se jeta sur moi, me prenant la gorge au creux de son bras, la lame de son couteau contre la peau de mon cou.

« Qui es-tu ? Parle, vite, ou je te tue.

— Un ami, bredouillai-je, en articulant sans bouger, de peur que le couteau ne plonge dans mon cou.

— Un ami ? Tu ne sais même pas à qui tu t'adresses.

— Je suis... » J'hésitai. Devais-je m'identifier comme un homme du tsar ? Ou comme un intime de Raspoutine ? Comme un ennemi, peut-être ? Comment savoir à qui j'avais affaire ?

« Dimitri, non », dit une seconde voix. Un homme sortit du palais, en qui je reconnus aussitôt le prince Félix Youssoupov. « Lâche-le. Je connais ce garçon. » Je fus aussitôt libéré mais je restai planté là, une main sur la gorge pour vérifier que je n'étais pas blessé. « Que fais-tu ici ? Je te connais, non ? Tu es le garde du corps du tsarévitch ?

— Oui, je m'appelle Gueorgui Daniilovitch.

— Eh bien, que cherches-tu ici ? Il est tard. C'est le tsar qui t'envoie ?

— Non. Personne ne m'envoie. Je suis venu de mon propre chef.

— Mais pourquoi ? Que veux-tu ? »

L'homme qui m'avait capturé un instant auparavant vint se placer devant moi et je le contemplai d'un œil noir. J'avais vu deux ou trois fois cet individu dégingandé, à la mine désolée. Un grand-duc, ou peut-être un comte. Il me toisa d'un air de défi. « Réponds, glapit-il. Qui cherches-tu ?

— Le starets. Je suis allé chez lui mais il n'y était pas. Je pensais le trouver ici. »

Le prince Youssoupov eut l'air surpris. « Raspoutine ? Et pourquoi le cherchais-tu ?

— Pour le tuer ! » criai-je. Peu m'importait désormais. Il était hors de question que je continue à être manipulé comme un simple pion. « Je suis venu l'assassiner et je le ferai, même si je dois d'abord vous tuer tous les deux. »

Le prince et son compagnon se regardèrent, puis se tournèrent vers moi et éclatèrent de rire. J'eus envie de les abattre l'un et l'autre. Pour qui me prenaient-ils, pour un gamin qui pique sa crise ? J'étais ici pour tuer le starets et je ne partirais pas sans avoir accompli ma mission.

« Et pourquoi ferais-tu cela, jeune Gueorgui Daniilovitch ?

— Parce que c'est un monstre. Parce que si on ne l'anéantit pas, c'est nous tous qui serons anéantis.

— Nous le serons de toute façon, dit le prince avec un sourire sans joie. Nous n'y pouvons plus rien. Mais quant au moine fou… je crains que tu n'arrives trop tard. »

Je ne sais si je ressentis du soulagement ou de l'effroi. « Il est déjà parti ? » J'imaginai qu'il avait déjà regagné les étreintes de ses putains.

« Oui.

— Mais il était ici ?

— Il l'était. Je l'ai amené ici en début de soirée. Je lui ai offert du vin. Je lui ai offert des gâteaux.

J'y avais mélangé assez de cyanure pour tuer dix hommes, surtout un moujik puant de Pokrovskoïe. »

J'ouvris de grands yeux. « Alors il est mort ? Vous l'avez déjà tué ? »

Les deux hommes haussèrent les épaules, comme pour me présenter leurs excuses. « Il devrait être mort, n'est-ce pas ? » demanda le prince. Son attitude n'était pas celle d'un homme qui vient de commettre un meurtre, et je me demandai s'il était ivre ou s'il avait perdu la raison. « Mais tout cela n'a eu aucun effet sur lui. Ce n'est pas un être humain, vois-tu, ajouta-t-il comme s'il s'agissait d'un fait bien simple dont toute personne civilisée était consciente. C'est la créature du diable. Le cyanure ne l'a pas tué.

— Alors qu'est-ce qui l'a tué ? » Un frisson me parcourut les veines.

— Ça », répondit le prince en sortant de sa tunique un pistolet dont la gueule fumait encore. Je me rappelai aussitôt la détonation qui m'avait donné envie de fuir moins de dix minutes auparavant.

« Vous l'avez abattu, dis-je d'une voix neutre, glacé par la réalité de ces mots, même si j'avais moi-même eu l'intention d'en faire autant.

— Bien sûr. Je vais te montrer, si tu veux. »

Il me fit entrer et me conduisit dans un couloir sombre, éclairé de part et d'autre par de hautes bougies blanches. Au centre, face contre terre, était étendu le corps du père Grigori, reconnaissable entre tous, son manteau noir déployé autour de lui, les bras écartés en une posture grotesque, ses longs cheveux crasseux éparpillés sur le sol de marbre.

« J'ai décidé que si le poison ne suffisait pas, quelques balles en viendraient à bout, expliqua le prince tandis que j'examinais le cadavre. Je lui en ai mis une dans le ventre, une dans la jambe, une dans les reins et une dans la poitrine. Il y a longtemps que ça aurait dû être fait. Nous ne serions peut-être pas dans le pétrin où nous sommes à présent. »

Je l'écoutais à peine car toute mon attention était concentrée sur ce corps. J'étais content qu'un autre se soit chargé de cette tâche et je me demandai un moment si j'aurais jamais eu le courage de commettre un crime aussi détestable. Je ne ressentais cependant aucune satisfaction de le savoir mort. Je n'éprouvais que nausée et dégoût, et je compris que j'aspirais plus que tout à retrouver la sécurité de mon lit au palais, même si je n'en avais plus pour longtemps à y vivre. Si j'avais eu le choix, j'aurais aimé être dans les bras de ma chère Anastasia, mais c'était impossible.

« Je suis content que vous l'ayez tué, dis-je au prince pour le rassurer, de peur qu'il me tue comme un témoin dangereux. Il méritait tout ce qu'il… »

Je ne pus terminer ma phrase car un son monta alors du corps du père Grigori, ses yeux s'ouvrirent et il se mit à rire, à grincer, à pousser des grognements de bête. Bouche bée, je le vis nous présenter son sourire épouvantable, ses lèvres dévoilant ses dents jaunes et sa langue noirâtre. Je voulais hurler, fuir, mais j'en étais incapable. Dans la seconde, le prince lui déchargea une balle dans le cœur. Le corps sursauta, s'effondra et s'avachit.

À présent, il était mort.

Moins d'une heure après, il avait disparu. Nous le portâmes tous trois jusqu'à la Neva et jetâmes le cadavre à l'eau. Il sombra rapidement, son affreux visage tourné vers nous alors qu'il s'enfonçait dans les profondeurs noires, les yeux encore ouverts alors que nous le regardions pour la dernière fois.

Cette nuit-là fut l'une des plus froides, de mémoire d'homme, et le fleuve resta gelé pendant près d'une semaine.

Quand la glace commença à fondre et que l'on découvrit le corps de Raspoutine, il avait les bras écartés, les mains serrées comme des griffes, les ongles blancs d'avoir gratté la glace. Il avait essayé de s'échapper. Il n'était pas encore mort quand nous l'avions jeté à l'eau. Il s'était débattu pendant un temps indéterminé. Le cyanure ne l'avait pas tué, ni les quatre balles du prince, ni la noyade. Tout cela avait échoué.

J'ignore à quoi il finit par succomber. Tout ce qui comptait, c'est qu'il n'était plus.

1924

Nous n'eûmes pas de mal à trouver du travail à Londres ; quelques semaines après avoir quitté Paris, Zoïa et moi exercions une activité respectable qui nous permettait de nous nourrir et de ne pas songer exclusivement au passé. Mon entretien avec M. Trevors eut lieu le jour où Zoïa trouva un emploi à l'usine de textile Newsom, spécialisée dans la production de sous-vêtements et de chemises de nuit pour femmes. Le lendemain matin, et tous les matins qui suivirent, elle quitta notre petit appartement de Holborn à sept heures, vêtue de l'uniforme gris et terne des ouvrières, les cheveux dissimulés par un bonnet de toile tout aussi peu seyant, mais rien de tout cela ne pouvait amoindrir sa beauté. Ses tâches étaient monotones et elle avait rarement l'occasion d'exploiter les compétences perfectionnées à Paris, mais elle était néanmoins fière de son travail. Je trouvais qu'elle gaspillait son talent dans cet emploi dégradant, mais elle semblait satisfaite et ne rêvait pas de fonctions plus nobles pour le moment.

« J'aime être à l'usine, disait-elle chaque fois que nous en parlions. Il y a tant de gens là-bas, on se fond dans la masse. Tout le monde a une tâche simple et unique, tout le monde l'accomplit calmement et sans histoires. Personne ne fait attention à moi. J'aime cela. Je n'ai pas envie de me distinguer. Je n'ai pas envie qu'on me remarque. »

Lorsqu'elle rentrait à la maison, pourtant, elle se plaignait parfois d'avoir du mal à supporter le bavardage des autres femmes, car son poste se trouvait au centre d'une longue rangée de machines dont les opératrices ouvraient la bouche dès que le sifflet retentissait, le matin, et ne la fermaient guère qu'une fois de retour chez elle à la fin de la journée. Elle avait huit femmes à sa gauche, six autres à sa droite, avec cinq rangées devant et derrière elle. La conversation des ouvrières aurait suffi à donner mal à la tête à n'importe qui, mais du moins, elle détournait l'attention du vacarme incessant des machines à coudre.

En Angleterre, notre accent russe éveillait bien plus la curiosité qu'en France, où la présence de différentes nationalités était devenue la norme après la guerre. Comme nous avions passé cinq années dans la capitale française, nous avions désormais une prononciation hybride, située quelque part entre Saint-Pétersbourg et Paris. On nous demandait régulièrement d'où nous venions, et la réponse poussait la plupart des gens à hausser le sourcil, parfois avec un hochement de tête prudent. Mais on nous traitait poliment car, après tout, nous étions en 1924, c'était l'entre-deux-guerres.

Zoïa suscita l'intérêt d'une jeune femme nommée Laura Highfield, qui travaillait sur la machine voisine de la sienne. Laura était une grande rêveuse, le fait que Zoïa était née en Russie et avait passé tant d'années en France lui semblait à la fois romantique et exotique, et elle l'interrogeait constamment sur son passé, sans grand succès. Un soir à la fin du printemps, alors que le sol jonché de neige tombée me rappelait mon pays natal, je terminai mon travail de bonne heure et partis chercher Zoïa à l'usine pour l'emmener dîner dans l'un des cafés aux prix très raisonnables. Alors que nous nous mettions en route, Laura nous aperçut, héla mon épouse et courut vers nous en agitant frénétiquement les bras.

Deux ou trois cents femmes quittaient l'usine au même moment, et toutes échangeaient bruyamment des potins, mais le bruit de la sirène qui signalait plusieurs fois de suite la fin de la journée de travail me plongea dans une rêverie bien particulière. Je me souvins de la corne de brume qui, dans la campagne russe, annonçait le passage du train impérial transportant la famille du tsar pour leurs incessantes pérégrinations. J'entendis la première sonnerie, et je me représentai Nicolas et Alexandra dans leur salon privé, leur blason doré figurant au centre du tapis épais, alors que le train les emmenait au palais de Livadia pour leurs vacances d'été ; à la deuxième sonnerie, Olga travaillait ses langues vivantes tandis que nous allions à Peterhof ; à la troisième, je vis Tatiana plongée dans un de ses romans, en juin, le train fonçant vers le yacht impérial et les fjords de Finlande. Encore une sonnerie, et je songeai à Marie, la tête tournée vers le relais de chasse dans la forêt polonaise ; une autre, et c'est Anastasia qui tentait désespérément d'attirer l'attention de ses parents alors qu'ils se rendaient en

Crimée ; une dernière, et nous étions en novembre, le train avançait comme un escargot vers Tsarskoïe-Selo pour l'hiver, la tsarine ayant donné l'ordre très strict de ne pas dépasser les vingt-cinq kilomètres à l'heure, de peur que le tsarévitch Alexeï ne souffre d'un nouveau traumatisme, malmené par les secousses des rails. Tant de souvenirs m'assaillaient, tous ranimés par le bruit d'une sirène renvoyant les ouvrières chez elles.

« Tu as l'air tout drôle, dit Zoïa en me prenant le bras et en posant la tête sur mon épaule. Tout va bien ?

— Tout va très bien, *Doucha*, répondis-je en lui embrassant doucement le haut du crâne. Des bêtises, rien de plus. J'ai cru un moment...

— Zoïa ! »

Cette voix dans notre dos était celle de Laura qui s'élançait vers nous, suivie par un groupe de femmes. Elles allaient prendre un thé, expliqua-t-elle à Zoïa en me toisant ; voulait-elle se joindre à elles ?

« Je ne peux pas, répondit mon épouse sans me présenter. Désolée ! Une autre fois, peut-être.

— Des amies à toi ? demandai-je, surpris par la rapidité avec laquelle elle cherchait à leur échapper.

— Elles voudraient bien. Nous travaillons ensemble, c'est tout.

— Si tu veux prendre le thé avec elles, je peux rentrer. Nous ne connaissons pas grand monde à Londres, ça pourrait être agréable d'avoir...

— Non, m'interrompit Zoïa. Non, je n'en ai pas envie.

— Mais pourquoi ? Tu ne les trouves pas sympathiques ? »

Elle hésita et son visage parut soucieux. « Nous ne devons pas nous faire d'amis.

— Je ne comprends pas.

— Moi, je ne dois pas me faire d'amis, rectifia-t-elle. Je ne veux pas les entraîner dans mes problèmes. Voilà. »

Je plissai le front, ne sachant trop comment interpréter cela. « Mais enfin, quel mal y aurait-il ? Zoïa, si tu crois que…

— Ça pourrait être dangereux, Gueorgui, répliqua-t-elle très vite, avec colère. Ça ne leur vaudra rien de bon de devenir mes amies. Je porte malheur, tu le sais bien. Dès que je m'approche… »

Je m'arrêtai au milieu de la rue et la dévisageai avec stupeur. « Zoïa ! Tu n'es pas sérieuse ?

— Pourquoi ?

— Personne ne porte malheur. Cette idée est ridicule.

— Me connaître, c'est souffrir. » Sa voix était grave, ses yeux s'agitaient en tous sens, son front était parcouru de sillons douloureux. « Cela n'a aucun sens, Gueorgui, je le sais, mais c'est la vérité. Tu dois bien le sentir. Je ne veux pas devenir proche de Laura. Je ne veux pas qu'elle meure.

— Qu'elle meure ? » m'écriai-je. Un homme venait de me bousculer et, dans ma fureur, je l'aurais volontiers poursuivi pour le provoquer. Je l'aurais fait si Zoïa ne m'avait retenu par le coude, m'obligeant à la regarder.

« Je suis quelqu'un qui ne devrait pas être en vie », dit-elle, ses mots réduisant la foule en poussière, de sorte que nous étions les deux seules personnes au monde, mon cœur battant à tout rompre face à la conviction et au désespoir qu'exprimait le visage de ma femme. « Il l'avait vu en moi », poursuivit-elle, les yeux ailleurs, fixés sur les amas de neige derrière nous. J'entendais des enfants rire pendant une bataille de boules de neige, leurs cris incrédules lorsqu'ils enfonçaient leurs petites mains dans tout ce blanc pour s'engourdir les doigts. « "Pauvre enfant, avait-il dit, il arrive du mal à tous ceux qui sont proches de toi, n'est-ce pas ?"

— Zoïa, je ne... Comment peux-tu... » J'étais sous le choc car elle ne m'avait jamais révélé ce détail.

« Je ne veux pas d'amis. Je n'ai besoin de personne. Sauf de toi. Penses-y. Pense à eux tous. Pense à ce que j'ai fait. C'est sans fin, vois-tu. Ils sont le prix que je dois payer pour ma vie. Même Léo...

— Léo ! » J'avais peine à croire qu'elle ait pu prononcer ce nom. Nous ne l'avions oublié ni l'un ni l'autre, bien sûr – nous ne l'oublierions jamais – mais, comme tout le monde, il appartenait au passé. Et Zoïa et moi, nous avions enfoui le passé très profondément. Nous n'en parlions jamais. C'est ainsi que nous survivions. « Ce qui est arrivé à Léo n'était la faute de personne, sauf la sienne.

— Oh, Gueorgui, dit-elle en riant doucement. Comme il doit être agréable de voir les choses aussi simplement que toi. »

J'aurais voulu la détromper, car je ne me sentais pas insulté, mais anéanti par sa remarque. Elle avait raison. Pour moi, les choses étaient simples, j'étais presque un nigaud lorsque nous abordions ce sujet.

Je voulais exprimer mon amour pour elle, mais il semblait si creux, si banal, comparé à ce qu'elle était en train de dire. Les mots me manquaient.

« Regarde ! » s'écria-t-elle quelques instants plus tard, et elle se mit à applaudir, ravie de trouver ouvert son café préféré. Son soudain enthousiasme me rappela la jeune fille innocente dont j'étais tombé amoureux. C'était comme si les quinze dernières minutes de notre conversation n'avait pas eu lieu. « Oh, ils ont rouvert, je pensais qu'ils avaient fermé pour de bon. Allons-y, Gueorgui, tu es d'accord ? Nous pourrons dîner là. »

Elle s'élança si vite sur la chaussée, sans regarder à droite ni à gauche, qu'elle faillit être renversée par un autobus qui klaxonna violemment. Mon sang ne fit qu'un tour lorsque je m'imaginai Zoïa écrasée sous les roues, mais le véhicule passa et je la vis entrer en hâte dans le café, parfaitement inconsciente de l'accident qu'elle venait d'éviter.

Cinq mois plus tard, elle fit sa première tentative de suicide.

La journée commença comme bien d'autres, si ce n'est que j'avais la migraine et que je m'en plaignis au petit déjeuner ; c'était une sensation inhabituelle pour moi car je n'étais presque jamais malade. Je m'étais réveillé d'un rêve spectaculaire, haut en couleur, de ceux qu'on espère garder en mémoire pour les reconsidérer à tête reposée, mais qui vous échappent et s'évaporent ou fondent comme le sucre dans l'eau. J'avais dû rêver d'une fanfare ou d'un orchestre d'instruments à cuivre, car ce mal de tête, un martèlement sourd dans mon front qui me troublait la vue et me vidait de mon énergie, fut présent dès l'instant où j'ouvris les yeux, et menaça d'empirer au fil de la matinée.

Zoïa portait encore sa robe de chambre au petit déjeuner, fait exceptionnel car en général elle s'habillait pour le travail pendant que je prenais ma douche. Son œuf dur et son toast n'étaient pas sur la table et, assise face à moi, elle avait un air distant, indifférente à la tasse de thé que j'avais posée devant elle.

« Tout va bien ? demandai-je, presque fâché d'avoir à parler car cela ne faisait qu'aggraver les coups derrière mes yeux. Toi non plus, tu n'es pas dans ton assiette ?

— Si, ça va. C'est juste que je suis en retard. Je me sens très lasse, ce matin. Il est temps que je me prépare. »

Elle se leva et partit se changer dans la chambre. Je voyais bien que son comportement avait quelque chose d'anormal, d'emprunté, mais j'avais un tel mal de crâne que je ne me sentais pas de taille à lui poser la question. Par la fenêtre ouverte, je vis que la matinée était fraîche et claire ; je n'avais qu'une envie, sortir et aller à la bibliothèque à pied, dans l'espoir que le grand air m'éclaircirait les idées avant que j'arrive à Bloomsbury.

« À ce soir », dis-je en entrant dans la chambre pour l'embrasser. Je fus surpris de la trouver encore assise sur le lit, contemplant le mur nu. « Zoïa, qu'est-ce qui se passe ? Tu es sûre que ça va ?

— Oui, Gueorgui, je t'assure. » Et elle se mit debout pour aller chercher son uniforme dans la garde-robe.

« Mais tu étais assise là. Tu n'as pas l'esprit tranquille. »

Elle se tourna vers moi et je vis son front se plisser légèrement, se débattant avec ce qu'elle voulait dire. Ses lèvres s'entrouvrirent et elle inspira, mais finalement elle secoua la tête et regarda ailleurs.

« Je suis seulement fatiguée, c'est tout, conclut-elle en haussant les épaules. La semaine a été longue.

— Mais nous ne sommes que mercredi.

— Alors c'est le mois qui me paraît long.

— On est le 6.

— Gueorgui…, soupira-t-elle avec agacement.

— Bon, bon. Mais tu devrais peut-être te reposer. Ça n'a aucun rapport avec… » Ce fut mon tour d'hésiter ; le sujet était délicat et guère idéal pour cette heure matinale. « Tu ne te tracasses pas pour…

— Pour quoi ? demanda-t-elle, sur la défensive.

— Je sais que tu as été déçue dimanche. Dimanche après-midi, quand…

— Ce n'est pas ça. » Elle parut rougir et s'empressa de décrocher son uniforme du cintre. « Honnêtement, Gueorgui, tout n'est pas lié à ça. Je savais que ce ne serait pas ce mois-ci, de toute façon. Je le sentais.

— Tu avais l'air d'y croire quand même.

— Alors j'avais tort. Si nous avons ce bonheur… ça se produira en son heure. Je ne peux pas continuer à me focaliser là-dessus. C'est trop pour moi, Gueorgui, tu ne le vois pas ? » J'acquiesçai. Je ne voulais pas me disputer avec elle, et même l'effort exigé par cette conversation rendait ma migraine tellement plus pénible que je crus que j'allais vomir. « Quelle heure est-il ? s'enquit-elle après un moment.

— Sept heures et quart. Tu seras en retard si tu ne te dépêches pas. Nous serons tous les deux en retard. »

Elle hocha la tête et s'avança pour m'embrasser. « Alors je file. À ce soir. J'espère que ton mal de tête passera vite. »

Nous nous séparâmes et je me dirigeai vers la porte de notre appartement, mais avant que j'aie pu l'ouvrir, je l'entendis me courir après dans la cuisine. Elle me prit la main et se jeta dans mes bras. « Je suis désolée, Gueorgui, dit-elle d'une voix étouffée, le visage contre ma poitrine.

— Désolée ? m'étonnai-je en me dégageant un peu. Désolée de quoi ?

— Je ne sais pas. Mais je t'aime, Gueorgui. Tu le sais, non ? »

Je la dévisageai, puis j'éclatai de rire. « Bien sûr que je le sais. Je le sens tous les jours. Et tu sais que je t'aime aussi, pas vrai ?

— Je le sais depuis toujours. Parfois, je me demande ce que j'ai fait pour mériter tant de bonté. »

En temps normal, j'aurais volontiers pris le temps d'énumérer ses qualités, les mille façons dont je l'aimais, les cent raisons de l'adorer, mais le martèlement sous mon crâne s'aggravait d'un instant à l'autre, alors je me contentai de me pencher pour lui embrasser les deux joues, en disant que j'avais besoin d'air frais, sans quoi j'allais m'écrouler.

Elle me regarda grimper l'escalier jusqu'au niveau de la rue, mais quand je me retournai pour lui faire signe, la porte se refermait déjà. Je restai planté là, à contempler la vitre dépolie, contre laquelle je discernais son corps appuyé, la tête légèrement penchée. Elle garda cette position pendant cinq, peut-être dix secondes, puis s'éloigna.

Contrairement à ce que j'espérais, je me sentais encore plus mal quand j'arrivai à la bibliothèque, mais je fis un effort pour ignorer la souffrance et vaquer à mes activités. À onze heures, pourtant, la douleur avait gagné mon ventre et tous mes membres ; je devais avoir attrapé un microbe qui traînait, et dix heures de travail ne m'en guériraient pas. Ce fut néanmoins une journée calme, nous n'avions pas de nouvelles acquisitions à cataloguer, la salle de lecture était exceptionnellement tranquille. Je décidai donc d'expliquer ma situation à M. Trevors. Mon visage pâle et ruisselant de transpiration, joint au fait que je n'avais pas une seule fois été malade depuis que j'étais devenu son employé, le poussa à m'accorder sans peine un congé.

En quittant la bibliothèque, comme je ne me sentais pas le courage de rentrer chez moi à pied, je pris le bus. Les secousses du véhicule dans Theobald's Road ne firent que me donner la nausée et je craignais de me mettre à vomir ou d'être obligé de sauter en marche pour éviter ce genre de scène. À la fin du trajet m'attendait pourtant la seule chose qui m'intéressait alors, mon lit, sur lequel je concentrai mes pensées pour tâcher d'oublier la douleur qui menaçait de m'engloutir.

Finalement, vers onze heures et demie, je descendis avec précaution les marches menant à notre appartement et j'ouvris la porte, avec un profond soupir de soulagement. C'était curieux de me trouver là seul – Zoïa était presque toujours à la maison quand j'y étais – mais je me remplis un verre d'eau que je sirotai sans songer à rien de particulier, dans l'espoir que cela contribuerait à m'apaiser l'estomac.

Je tirai le *Times* de ma sacoche et parcourus les titres. Mes yeux furent attirés par un reportage sur l'insurrection en Géorgie. Les mencheviks luttaient contre les bolcheviks pour obtenir leur indépendance, mais leur combat semblait perdu. Je savais bien que de nombreux soulèvements se produisaient dans les différentes parties de l'empire, et que beaucoup d'États aspiraient à la souveraineté. Je lisais le *Times* lors de ma pause, à la bibliothèque, et je m'attachais en général à tout ce qui concernait mon pays natal, mais cet événement particulier m'intéressait à cause du leader des mencheviks, le colonel Tcholokachvili, qui avait fait partie de la délégation envoyée en 1917 à Tsarskoïe-Selo pour informer le tsar des progrès de l'armée russe. Il était plus jeune que les autres délégués réunis au palais, et j'avais eu la chance d'avoir avec lui une brève conversation peu avant son départ : selon lui, protéger l'empereur et son héritier était aussi important que de sauvegarder nos frontières pendant le conflit. Ses mots avaient alors énormément compté pour moi, car je craignais de manquer à mon véritable devoir en restant au service de la famille impériale quand des dizaines de milliers de jeunes soldats de mon âge mouraient dans les Carpates ou sur les champs de bataille des lacs de Mazurie.

Une fois cet article terminé, je m'aperçus que ma migraine et mon mal d'estomac commençaient à diminuer, mais je m'apprêtais à passer la journée au lit. Quand je me réveillerais, je serais remis d'aplomb.

J'ouvris la porte de la chambre et restai interdit.

Les yeux clos, les bras déployés, Zoïa était étendue sur le lit. Le sang suintait de deux profondes entailles à ses poignets, une mare rouge foncé imbibant la couverture. J'étais pétrifié, horrifié, envahi par un étrange sentiment d'impuissance et d'incompréhension. C'était presque comme si mon cerveau ne pouvait vraiment assimiler la scène qui se présentait à lui, et ne pouvait donc offrir à mon corps la moindre instruction quant à la manière de réagir. Avec un rugissement animal surgi du creux de mes entrailles, je finis cependant par courir vers le lit et je la soulevai dans mes bras, le visage ruisselant de larmes. Je criai son nom à plusieurs reprises, tentant désespérément de la ranimer.

Au bout de quelques secondes, ses paupières se mirent à battre, ses pupilles se fixèrent sur les miennes, puis elle regarda ailleurs et laissa échapper un soupir épuisé. Ma présence était indésirable, elle ne voulait pas qu'on la sauve. J'ouvris la garde-robe et j'attrapai deux foulards dont je me servis pour panser les plaies, les nouant serré là où le couteau avait pénétré la chair. Quand j'eus étanché le sang, Zoïa poussa un cri : elle me suppliait de la laisser seule, de l'abandonner, mais je ne pouvais pas, je ne voulais pas. Quand je la crus hors de danger, je filai dans la rue : par chance, un docteur avait son cabinet juste à l'angle du pâté de maisons. J'y entrai et, à l'accueil, une femme poussa un hurlement terrible. J'avais l'œil hagard, la chemise, les bras et le visage couverts du sang de Zoïa, et elle me prit peut-être pour un forcené assoiffé de meurtre. Mais j'avais encore assez de présence d'esprit pour expliquer à l'infirmière ce qui s'était passé et pour demander, exiger de l'aide, maintenant, vite, avant qu'il ne soit trop tard.

Dans la semaine qui suivit, je m'interrogeai souvent sur la migraine et l'indigestion que j'avais ressenties ce jour-là. Cette indisposition était si inhabituelle, et cependant, si j'avais été en pleine forme, je serais resté à la bibliothèque du British Museum jusqu'au soir, et me serais retrouvé veuf en rentrant chez moi.

Considérant la vie que j'avais menée, les gens que j'avais connus, les lieux que j'avais vus, il n'est pas courant que je sois impressionné simplement par ceux qui occupent une position d'autorité, mais le Dr Hooper, à qui fut confiée Zoïa pendant son séjour à l'hôpital, m'impressionnait et je redoutais de paraître stupide en sa présence. C'était un sexagénaire caparaçonné dans un costume de tweed, aux yeux d'un bleu perçant et dont la barbe soigneusement taillée rappelait les Romanov. Son corps d'athlète étonnait chez un homme de son âge et de sa profession. Je le soupçonnais de terroriser les médecins et les infirmières et de ne pas tolérer les imbéciles. J'étais agacé qu'il ne juge pas bon de me parler alors que mon épouse se remettait de ses blessures; chaque fois que je le croisais dans les couloirs de l'hôpital et que je tentais d'engager la conversation, il se déclarait trop occupé et me renvoyait vers un de ses assistants, dont aucun ne semblait beaucoup plus informé que moi quant à l'état de ma femme. La veille du jour où elle devait regagner la maison, je téléphonai à sa secrétaire pour obtenir un rendez-vous avec le docteur avant qu'il ne signe sa lettre de décharge. Trois semaines après avoir découvert Zoïa baignant dans son sang, je me retrouvai donc dans un grand bureau confortable, au dernier étage de l'aile psychiatrique, à dévisager ce vénérable médecin qui étudiait le dossier de mon épouse.

« Les blessures corporelles de Mme Yachmenev sont parfaitement guéries, annonça-t-il enfin, levant les yeux vers moi après avoir écarté le dossier. Les plaies qu'elle s'était infligées n'étaient pas assez profondes pour atteindre les artères. C'est une chance. La plupart des gens sont incapables de terminer le travail correctement.

— Elle a perdu énormément de sang. » J'hésitai à revivre ce moment, mais je sentais qu'il fallait lui raconter tout. « J'ai cru... quand je l'ai trouvée comme ça... enfin, elle était très pâle et... »

— Monsieur Yachmenev, dit-il en levant la main pour m'imposer le silence, vous venez ici deux ou trois fois par jour depuis que votre épouse a été admise, non ? Je suis impressionné par vos attentions. Vous seriez surpris d'apprendre que bien peu de maris prennent la peine de venir voir leur femme, quelle que soit la raison pour laquelle elle est hospitalisée. Mais vous devez avoir remarqué l'amélioration de son état. Vous n'avez réellement plus à vous tracasser pour ses problèmes physiques. Elle conservera de petites cicatrices aux bras, mais elles s'effaceront avec le temps et deviendront presque invisibles.

— Merci, dis-je avec un soupir de soulagement. Je dois avouer que quand je l'ai trouvée, j'ai aussitôt imaginé le pire.

— Cependant, vous connaissez ma spécialité, et je crains bien davantage pour les séquelles mentales que physiques. Comme vous le savez, toute tentative de suicide doit être évaluée avec soin avant que nous laissions le perpétrateur rentrer à la maison. » *Le perpétrateur*. « Dans son intérêt comme dans celui des autres. J'ai longuement parlé à votre épouse au cours de ces dernières semaines, pour déterminer la cause principale de son acte. Je serai franc avec vous, monsieur Yachmenev, son attitude m'inspire une certaine inquiétude.

— Parce qu'elle pourrait recommencer ?

— Non, cela me paraît peu probable. Ceux qui survivent à une tentative de suicide sont en général trop honteux et choqués par leur acte pour réessayer. Pour la plupart, ils ne veulent pas mourir. Ils appellent au secours, en fait.

— Et vous pensez que c'est son cas ?

— Si elle avait voulu mourir, elle aurait trouvé un revolver et se serait tiré une balle dans la tête, répondit-il comme si cela allait de soi. Avec une arme à feu, c'est irréversible. Les gens qui survivent l'ont voulu. C'est un point positif pour votre femme. »

Je n'en étais pas si sûr. Après tout, dans l'esprit de Zoïa, je ne devais pas rentrer avant au moins six heures. Si elle s'était vidée de son sang pendant aussi longtemps, elle n'aurait pas survécu. Et où aurait-elle trouvé un revolver ? Peut-être le Dr Hooper nous jugeait-il tous en fonction de son propre arsenal. Il m'avait l'air d'un homme qui passait ses week-ends le fusil à la main, à abattre tous les spécimens de la faune sauvage, en compagnie de cousins éloignés de la reine.

« Et dans son cas, reprit-il, je pense que le choc de la tentative, associé à ses sentiments envers vous, pourrait empêcher toute récidive.

— Ses sentiments envers moi ? répétai-je en haussant le sourcil. Je ne crois pas qu'elle ait pensé à moi quand elle a fait ça ! »

Ces mots étaient indignes de moi mais, comme Zoïa, j'avais succombé au plus noir pessimisme. Il m'arrivait de ne pas fermer l'œil de la nuit, obsédé par l'idée qu'elle avait frôlé la mort : comment aurais-je pu survivre sans elle ? Certains jours, je me reprochais de ne pas m'être rendu compte de sa souffrance, de ne pas lui être venu en aide. Parfois, je me pressais le front avec les poings, de rage et de contrariété qu'elle ait si peu pensé à moi et m'ait causé de tels tourments.

« N'allez pas croire qu'il s'agisse de vous », conclut le Dr Hooper, qui semblait lire dans mes pensées. Il fit le tour du bureau et se laissa tomber dans un fauteuil à côté de moi. « Il ne s'agit pas de vous du tout. Il s'agit d'elle. De ce qui se passe dans sa tête. Elle est déprimée. Elle est malheureuse. »

Je ne pouvais accepter cette vision des choses. « Docteur Hooper, expliquai-je en choisissant mes mots, vous devez comprendre, Zoïa et moi sommes un couple heureux. Nous ne nous disputons presque jamais, nous nous adorons.

— Et vous êtes ensemble depuis…

— Nous nous sommes rencontrés quand nous étions adolescents. Nous nous sommes mariés il y a cinq ans. Nous sommes heureux. »

Il hocha la tête et joignit les mains, le bout des doigts tourné vers le ciel, la respiration lourde.

« Vous n'avez pas d'enfants, naturellement.

— Non. Il y a eu plusieurs fausses couches, vous le savez.

— Votre épouse m'en a parlé. Trois fois, c'est bien ça ? »

Le souvenir de ces trois bébés perdus me fit hésiter un instant. « Oui, confirmai-je en m'éclaircissant la gorge. Oui, c'est arrivé trois fois. »

Il se pencha en avant et me regarda droit dans les yeux. « Monsieur Yachmenev, il y a beaucoup de points que je n'ai pas le droit d'aborder avec vous, que votre femme m'a confiés sous le sceau du secret médical, voyez-vous ?

— Oui, bien sûr. » J'étais exaspéré de ne pouvoir apprendre exactement ce qui n'allait pas chez Zoïa, alors que, plus qu'aucun autre, je voulais l'aider. « Mais je suis son mari, docteur Hooper. Il y a des choses…

— Oui, oui », fit-il en se renfonçant dans son fauteuil. Je sentais qu'il m'examinait, qu'il m'analysait, comme pour tâcher de déterminer quelle dose d'information il pouvait me communiquer. « Si je vous déclarais que votre épouse est une femme très malheureuse, vous comprendriez sans doute, monsieur Yachmenev.

— Cela me paraît évident, vu ce qu'elle a fait !

— Vous devez même la trouver dérangée.

— Ce n'est pas votre avis ?

— Non, je pense qu'aucune de ces explications ne correspond à son cas. Ce sont des termes simplistes, trop faciles. Le mal vient de plus loin, selon moi. De son histoire. Des événements dont elle a été témoin. Des souvenirs qu'elle a refoulés. »

Ce fut mon tour de le dévisager, et je me sentis blêmir. Je ne voyais pas du tout à quoi il faisait allusion. Je n'imaginais pas une seconde que Zoïa lui avait révélé les détails de notre passé, de son passé, même si elle lui faisait confiance. Cela ne lui correspondait pas du tout. Et je ne pouvais m'empêcher de me demander s'il savait qu'un élément lui était caché, élément que j'aurais pu lui dévoiler si j'y avais été conduit. Bien sûr, il ne me connaissait pas, il ne savait pas que jamais je n'aurais trahi ma femme.

« Quel genre de souvenirs ?

— Je pense que nous avons tous les deux la réponse, monsieur Yachmenev. »

Je déglutis et serrai les mâchoires. Je n'avais aucune envie de valider ses soupçons. « Ce que je veux savoir, c'est si je dois continuer à m'inquiéter pour elle, si je dois la surveiller toute la journée. Je veux savoir si ce qui vient d'arriver pourrait se reproduire. Je dois travailler tous les jours, je ne peux pas être constamment avec elle.

— C'est un peu délicat, mais tout bien réfléchi, je pense que vous n'avez pas grand-chose à craindre. Je n'en ai pas fini avec elle, bien sûr, nous nous verrons en dehors du cadre de l'hôpital. Je pense pouvoir l'aider à surmonter ce qui cause sa souffrance.

Votre épouse a l'impression que ses proches sont en danger, vous en avez conscience ?

— Elle m'en a parlé. Très brièvement. C'est une chose qu'elle garde pour elle.

— Elle a mentionné ces fausses couches, par exemple. Et votre ami M. Raymer. »

J'acquiesçai et baissai les yeux en ranimant ce souvenir. *Léo.*

« Il faut faire admettre à votre femme qu'elle n'est responsable de rien de tout ça, dit-il en se levant pour m'indiquer que notre entretien était terminé. Cette tâche m'incombera pendant mes séances avec elle. Et elle vous incombe à vous, dans votre vie conjugale. »

Lorsque j'entrai dans sa chambre, Zoïa était déjà habillée et m'attendait, assise sur son lit, toute simple, toute belle, vêtue de la petite robe de coton et du manteau que je lui avais apportés la veille. Elle leva la tête et sourit en me voyant. Je souris aussi, je la pris dans mes bras, ravi que les gros bandages qui couvraient ses plaies me soient cachés par les manches du manteau.

Elle fondit en larmes en voyant ma mine mi-réjouie, mi-fâchée.

« Gueorgui, je suis désolée. Je ne voulais pas te faire de mal.

— Tout va bien. » Drôle de formule, car rien n'allait bien, réellement. « Au moins tu peux quitter cet endroit. Tout va bien se passer, je te le promets. »

Elle me prit le bras en sortant de la chambre. « Nous rentrons chez nous ? »

Chez nous. Autre expression curieuse. Où pouvions-nous être chez nous ? Pas ici à Londres. Pas à Paris non plus. Chez nous, c'était à des centaines de kilomètres, dans un pays où nous ne pourrions plus jamais retourner. Je n'allais pas lui mentir en disant oui.

« Nous rentrons dans notre petit appartement. Nous fermerons la porte et nous serons ensemble, parce que nous sommes faits l'un pour l'autre. Rien que nous deux. GueorguietZoïa. »

La signature du tsar

Je n'arrive toujours pas à croire que cette histoire ait pu se terminer ainsi, dans un wagon de chemin de fer, à Pskov.

Le 1er janvier 1917 ne fut pas fêté avec autant de réjouissances que lors des précédentes fêtes de Nouvel An. La maison du tsar était plongée dans un tel désarroi que j'envisageai même de partir de Saint-Pétersbourg pour regagner Kachine, ou de partir vers l'ouest, en quête d'une nouvelle vie ; si je m'en abstins, ce fut uniquement parce qu'Anastasia n'aurait jamais quitté sa famille, et que de toute manière on ne m'aurait jamais laissé l'emmener. Mais tout l'entourage impérial était soumis à une tension extraordinaire. La fin était en vue, seule la date restait incertaine.

Le tsar avait passé une bonne partie de l'année 1916 avec l'armée et, en son absence, la tsarine avait pris la responsabilité des questions politiques. Tant que son mari fut à la Stavka, elle domina le gouvernement avec une force et une détermination aussi impressionnantes que malavisées. Car, bien sûr, elle ne parlait pas de sa voix propre, mais répétait les mots du starets. Il avait toujours exercé son influence dans toutes les sphères, mais à présent il était mort, le tsar était loin, et elle était seule.

Le palais d'Hiver n'apprit la mort du père Grigori que deux jours après cette terrible soirée de décembre où son corps avait été jeté dans le Neva, empoisonné et criblé de balles. L'impératrice en avait évidemment été saisie, et s'était montrée impitoyable dans sa volonté de traquer les meurtriers ; reconnaissant la vulnérabilité de sa propre position, elle se mit pourtant bien vite à intérioriser son affliction. Je l'observais parfois dans son salon particulier, lorsqu'elle regardait dans le vide, par la fenêtre, tandis que l'une de ses dames d'honneur rapportait quelque ragot sans importance : je lisais dans ses yeux la volonté de tenir bon, de régner, et je l'admirais. Peut-être n'était-elle pas simplement le pion manipulé par Raspoutine, après tout.

Quand le tsar revint à Noël pour un court séjour, la tsarine exigea pourtant que Félix Youssoupov soit livré à la justice, mais comme c'était un membre de la famille impériale, le tsar affirma qu'il ne pouvait rien faire.

« Tu crains plus ces parasites, ces sangsues, que tu ne crains Dieu ! » lui cria-t-elle quelques heures après son arrivée, un après-midi où nous avions tous été choqués de voir combien Nicolas semblait mal portant. Il avait vieilli de dix ans, voire de quinze, depuis la dernière fois que nous l'avions vu, en août. Un drame de plus suffirait à l'achever, et il serait heureux de mourir.

« Le père Grigori n'était pas Dieu », répliqua le tsar en se massant les tempes et en cherchant un appui autour de lui. Ses quatre filles faisaient comme si elles n'entendaient rien ; leurs suivantes s'étaient retirées dans un recoin obscur, tout comme moi. Alexeï était presque aussi pâle que son père, et je me demandais s'il ne s'était pas blessé sans en alerter personne. Il était parfois possible de distinguer quand démarrait l'hémorragie interne : l'air paniqué, désespéré, de l'enfant, son désir de rester parfaitement immobile pour retarder le traumatisme imminent, ces détails révélateurs n'étaient que trop connus de ceux qui vivaient près de lui.

« Il était le représentant de Dieu ! hurla la tsarine.

— Ah oui ? s'étonna le tsar, en tâchant de garder son sang-froid. Moi qui croyais être le représentant de Dieu en Russie. Moi qui croyais être l'Oint de Dieu, j'apprends maintenant que c'était en réalité un paysan de Pokrovskoïe.

— Oh, Nicky ! » Elle se jeta dans un fauteuil et se cacha le visage entre les mains, puis se leva et s'avança vers lui en lui parlant comme si elle était sa mère, l'impératrice douairière Marie Fedorovna, et non sa femme. « Tu ne peux pas laisser les assassins en liberté.

— Je n'en ai pas l'intention. Selon toi, c'est là ce que j'attends de la Russie ? De ma propre famille ?

— Ils ne font pas vraiment partie de ta famille.

— Si je les châtiais, cela reviendrait à déclarer que j'approuvais l'influence du père Grigori.

— Il a sauvé notre fils ! Combien de fois n'a-t-il pas...

— Il n'a rien fait de semblable, Sunny. Grand Dieu, comme il te tenait sous sa coupe !

— C'est pour ça que tu le détestais autant ? Parce que je croyais en lui ?

— Il fut un temps où tu croyais en moi. » Il ne la regardait plus, et son visage était marqué par un tel désespoir que j'oubliai presque qu'il était le tsar, je ne voyais plus en lui qu'un homme comme moi. J'étais bien heureux à ce moment que personne ne sache quel rôle j'avais joué dans la mort de Raspoutine ; si ce secret avait été divulgué, la colère du tsar se serait indubitablement rabattue sur moi et il m'aurait sur-le-champ destiné à la potence pour apaiser les récriminations de son épouse.

« Mais je crois en toi, Nicky ! » Elle s'était radoucie et cherchait la réconciliation, mais il se méprit sur son intention et s'éloigna d'elle alors qu'elle tendait les bras vers lui. « Tout ce que je voudrais, c'est...

— Sunny, le peuple le haïssait, tu le sais.

— Bien sûr que je le sais.

— Et tu sais pourquoi. »

Elle hocha la tête sans rien dire, peut-être enfin consciente d'être observée par ses cinq enfants, même s'ils feignaient de n'avoir rien remarqué d'anormal. Je jetai un coup d'œil vers Anastasia, qui faisait du crochet, assise sur un canapé. Ses doigts s'activaient sans faiblir alors qu'elle regardait ses parents se quereller. J'avais envie de courir à elle, de la conduire loin de cet endroit épouvantable qui semblait s'écrouler autour de nous. L'image de Versailles me revint à l'esprit, mais je la chassai ; je ne savais que trop comment cette histoire-là s'était terminée.

« Le père Grigori était mon confesseur, rien de plus, protesta finalement la tsarine d'une voix blessée. Et mon confident. Mais je peux vivre sans lui, Nicky, tu dois me croire. Je peux être forte. Je suis forte. En ton absence, tant que durera cette horrible guerre…

— C'est un autre problème ! Ne vois-tu pas que ton pouvoir est excessif ? Il faut que tu laisses d'autres que toi…

— La tradition veut que la tsarine prenne les rênes de l'État quand le tsar est absent, répondit-elle avec un dédain majestueux. Il y a un précédent. Ta mère l'a fait, tout comme sa propre mère, et comme la mère de sa mère.

— Mais tu vas trop loin, Sunny. Tu le sais. Trepov m'a dit…

— Ah ! Trepov ! cria-t-elle, en crachant presque le nom du Premier ministre. Trepov me déteste. Tout le monde le sait.

— Oui, ricana amèrement le tsar. Oui, il te déteste. Et pourquoi ?

— Il ne sait pas comment gouverner un pays. Il ne comprend pas d'où vient la force.

— Et d'où vient-elle, Sunny, peux-tu me le dire ? » Il marcha vers elle avec colère. Ils ne s'étaient pas vus depuis des mois, chacun connaissait la profondeur de leur amour l'un pour l'autre, qui s'exprimait dans les lettres qu'ils échangeaient quotidiennement, mais voilà qu'ils se disputaient avec hargne, comme si le monde entier avait conspiré pour les séparer. « Elle vient du cœur ! Et de la tête !

— Que sais-tu de mon cœur ? » hurla-t-elle. Ses filles interrompirent leur ouvrage et levèrent vers leurs parents des yeux terrorisés. Je me tournai vers Alexeï, qui semblait près d'éclater en sanglots. « Toi qui n'as pas de cœur ! Toi qui ne penses qu'avec ta tête ! À quand remonte la dernière fois où tu t'es soucié de ce que je ressentais dans mon cœur ? »

Le tsar la fixa un moment sans rien dire, puis haussa les épaules avec résignation. « Trepov insiste. Il ne faut plus que tu gouvernes en mon absence.

— Alors ne t'absente pas !

— Je suis bien obligé, Sunny. L'armée...

— L'armée peut survivre sans toi. Le grand-duc Nicolas Nicolaïevitch peut reprendre les commandes.

— Le tsar doit être à la tête de l'armée.

— Alors je continuerai à gouverner.

— Tu ne peux pas.

— Tu laisses un tel homme te dicter ta conduite ? Tu permets qu'on te donne des ordres ? Toi qui prétends avoir été désigné par Dieu ?

— Je *prétends* ? répéta-t-il en écarquillant les yeux. Comment ça, je *prétends* ? Es-tu en train d'affirmer que tu n'y crois pas ?

— Je te demande si nous en sommes arrivés là. Tu dis que tu refuses d'obéir à un paysan de Pokrovskoïe, mais tu te couches comme un chien devant un escroc de Kiev. Explique-moi la différence, Nicky. Explique-la-moi comme si j'étais un moujik ignorant, et non la petite-fille d'une reine, la cousine du kaiser et la femme du tsar ! »

Le tsar alla s'asseoir à son bureau et resta quelques instants les yeux cachés derrière la main, puis il releva la tête, l'air lugubre. « La Douma. Les députés exigent de véritables droits parlementaires.

— Mais comment peut-il y avoir un Parlement dans une autocratie ? Ces deux termes s'excluent l'un l'autre.

— C'est bien le problème, ma chère Sunny, tu ne crois pas ? Je suis d'accord, c'est impossible, mais je ne peux pas mener deux guerres à la fois. Je m'y refuse, je n'en ai pas la force. Et le pays non plus. Non, je repartirai dans quelques jours pour la Stavka, tu iras à Tsarskoïe-Selo avec la famille, et Trepov s'occupera des questions politiques en mon absence.

— Si tu fais cela, Nicky, il n'y aura plus de palais quand tu reviendras. Je peux te le garantir.

— La situation…, commença-t-il, tout son corps avachi dans son fauteuil. La situation s'arrangera d'elle-même. Ce n'est qu'une question de temps. »

Sentant qu'elle avait été vaincue, la tsarine garda le silence et se contenta de lancer à son mari un regard de pitié. Elle fixa ensuite chacun de ses enfants tour à tour, d'un œil sombre et attendri, qui s'éclaircit seulement lorsqu'elle atteignit son benjamin, Alexeï.

« Mes enfants, venez avec moi, s'il vous plaît. »

Les cinq Romanov se levèrent aussitôt, mais la tsarine tendit les deux mains en avant, les paumes à plat, et secoua la tête ; c'était l'une de ces rarissimes occasions où elle daignait tenir compte de la présence d'humbles mortels dans la pièce.

« Uniquement mes enfants, dit-elle d'une voix forte. Restez ici, vous autres. Avec le tsar. Il pourrait avoir besoin de vous. »

Elle ouvrit la marche en direction de son salon particulier et je vis les enfants la suivre. Anastasia tourna la tête vers moi en partant, nos yeux se rencontrèrent et elle eut un sourire nerveux, auquel je répondis, dans l'espoir de lui procurer un encouragement. Quelques instants après, les demoiselles de compagnie de chacune des grandes-duchesses impériales quittèrent la pièce, et les gardes du corps se mirent en faction devant les portes, jusqu'à ce qu'il ne reste plus que le tsar et moi. Dans ma jeunesse insensée, j'aurais voulu lui parler, lui offrir réconfort et consolation, mais ce n'était pas ma place. J'hésitai un moment avant de sortir. Cependant, il redressa la tête et me héla.

« Gueorgui Daniilovitch.

— Votre Majesté », répondis-je avec une profonde révérence. Il se leva et s'avança lentement vers moi. Je fus choqué de le voir marcher avec autant de difficulté. Il n'avait pas encore cinquante ans, mais les événements de ces dernières années avaient fait de lui un vieillard.

« Mon fils, dit-il, à peine capable de soutenir mon regard après la scène à laquelle je venais d'assister. Il va bien ?

— Je pense, Sire. Il ne s'adonne à aucune activité dangereuse.

— Je le trouve pâle.

— Depuis la mort du starets, la tsarine exige qu'il reste à l'intérieur du palais. Il ne met plus jamais le nez dehors.

— Alors il est prisonnier ici ?

— En quelque sorte.

— Eh bien, nous sommes tous prisonniers ici, Gueorgui, dit-il en esquissant un sourire. Tu ne crois pas ? »

Je restai muet, et lorsqu'il me tourna le dos, je pensai qu'il me signifiait mon congé.

« Ne t'en va pas, Gueorgui. S'il te plaît. J'ai besoin que tu me rendes un service.

— Tout ce que vous voudrez, Sire.

— Tu ne devrais jamais dire cela tant que tu ignores ce qu'on exige de toi.

— Je ne le dirais jamais, mais vous êtes le tsar. Alors je le répète : tout ce que vous voudrez, Sire. »

Il me dévisagea, tout en se mordant la lèvre d'une façon qui me rappela la plus jeune de ses filles.

« Je veux que tu quittes Alexeï. Je veux que tu cesses de le protéger. Pour un moment, du moins. Je veux que tu m'accompagnes. »

Je me demandai si j'avais rêvé, mais non, on avait bien frappé à ma porte, et l'on y frappa à nouveau, avec plus d'insistance. Je sortis de mon lit et j'allai ouvrir très doucement, pour qu'elle ne réveille pas les autres occupants du couloir en grinçant. Sans un mot, la jeune fille entra avant que j'aie le temps de réagir.

« Anastasia ! m'exclamai-je après avoir vérifié qu'elle n'avait pas été suivie. Que fais-tu ici ? Quelle heure est-il ?

— Il est tard, mais il fallait que je vienne. Ferme la porte, Gueorgui. Personne ne peut savoir que je suis ici. »

J'obéis et partis chercher la bougie que je laissais toujours sur le rebord de la fenêtre. Quand la mèche fut allumée, je me retournai et je remarquai qu'Anastasia était en chemise de nuit et en robe de chambre, tenue qui lui couvrait tout le corps mais qui avait une charge érotique suggérant l'heure du coucher et l'intimité. Elle aussi me dévisageait et je m'aperçus seulement alors que j'étais vêtu de façon encore plus inconvenante, puisque je ne portais qu'un ample caleçon. Je m'empourprai – rougeur invisible à la lueur de la bougie, je l'espérais – et me hâtai d'enfiler un pantalon et une chemise tandis qu'elle se détournait.

« Je suis décent, à présent », dis-je lorsque je fus habillé. Elle semblait avoir perdu le fil de ses pensées, tout comme moi. Plus que tout, j'aurais voulu la prendre dans mes bras, me redéshabiller, lui ôter sa robe de chambre et envelopper son corps avec le mien, dans la chaleur des couvertures.

« Gueorgui…, commença-t-elle, mais elle s'interrompit, au bord des larmes.

— Anastasia, qu'y a-t-il ? Que se passe-t-il ?

— Tu es allé là-bas aujourd'hui. Tu as vu. Que va-t-il arriver, selon toi ? Il circule tant de rumeurs terribles. »

Je lui pris la main et nous nous assîmes côte à côte sur mon lit. Après que la tsarine avait emmené ses enfants, j'avais cherché Anastasia pour lui faire part de ma conversation avec son père, mais elle avait passé l'après-midi sous la férule de M. Gilliard, et je n'avais pu trouver d'excuse valable pour m'approcher d'elle une fois les leçons terminées.

« Olga dit que c'est la fin de tout, continua-t-elle d'une voix désespérée. L'inquiétude rend Tatiana presque hystérique. Marie n'est plus la même depuis que Sergueï Stassiovitch est parti. Quant à maman… » Elle eut un ricanement plein de rage. « Ils la détestent, n'est-ce pas, Gueorgui ? Tout le monde la déteste. Le peuple, le gouvernement, Trepov, la Douma. Même papa a l'air de…

— Ne dis pas cela. Ne dis jamais cela. Ton père adore la tsarine.

— Mais ils ne font que se disputer. Il était rentré de la Stavka depuis quelques heures à peine et tu as vu ce qui est arrivé. Et voilà qu'il repart demain. Cette guerre finira-t-elle un jour, Gueorgui ? Et pourquoi les gens nous sont-ils aussi hostiles? »

J'hésitai à répondre. Je l'aimais passionnément, mais les raisons étaient innombrables pour lesquelles la famille impériale se retrouvait dans cette situation. Bien sûr, le tsar avait commis beaucoup d'erreurs dans la conduite de l'assaut contre les Allemands et les Turcs, mais cela n'était rien par rapport à la façon dont étaient traités ses sujets qu'il prétendait aimer. Nous autres, membres de la maison du tsar, nous allions de palais en palais, nous nous déplacions à bord de trains somptueux, nous débarquions de yachts splendides, nous mangions les plats les plus exquis, nous portions les costumes et les robes les plus coûteux. Nous jouions, nous faisions de la musique, nous cancanions – qui allait épouser qui, quel prince était le plus séduisant, quelle débutante était la plus coquette. Les dames dégoulinaient de joyaux qu'elles jetaient après les avoir portés une seule fois ; les hommes décoraient de diamants et de rubis leurs sabres inutiles, dînaient au caviar et s'enivraient tous les soirs de la meilleure vodka et du meilleur champagne. Pendant ce temps, hors des palais, le peuple cherchait désespérément de la nourriture, du pain, du travail, tout ce qui pourrait l'aider à se sentir plus humain. Les Russes tremblaient dans le froid glacial de l'hiver et comptaient les membres de leurs familles qui survivraient jusqu'au printemps. Ils envoyaient leur fils mourir sur les champs de bataille, tandis qu'une femme qu'ils jugeaient plus allemande que russe régissait leur existence. Ils avaient vu leur impératrice s'associer comme une catin avec un paysan qu'ils méprisaient. Ils tentaient d'exprimer leur colère par des manifestations, par des émeutes et par la presse libre, mais la répression était systématique. Combien de fois les hôpitaux avaient-ils été remplis de blessés et de mourants, après que les hommes du tsar avaient assuré la domination de l'autocratie ? Combien de voyages jusqu'aux tombes ? Voilà ce que j'aurais voulu dire à Anastasia, les explications que j'aurais voulu lui donner, mais comment l'aurais-je pu, alors qu'elle ne connaissait que la vie incroyablement privilégiée qui était la sienne depuis la naissance ? Elle qui était destinée à épouser un prince et à devenir un objet de vénération jusqu'à la fin de ses jours. Et de toute façon, qui étais-je pour lui donner ces explications, moi qui avais passé deux années à la cour, à goûter ce luxe, à me vautrer dans l'illusion que j'étais des leurs et non un simple serviteur, un lieutenant corvéable à merci, qui pourrait être envoyé à l'autre bout de la Russie, sur le caprice d'un autocrate ?

« La situation s'arrangera d'elle-même, murmurai-je, faisant écho aux propos de son père, et je la pris dans mes bras sans croire un instant à ce que j'affirmais. Il y a un cycle de la désillusion et…

— Oh, Gueorgui, tu ne comprends pas ! s'écria-t-elle en se dégageant. Papa envoie toute la famille à Tsarskoïe-Selo. Il dit qu'il restera à la Stavka tant que la guerre durera, qu'il combattra en ligne de front s'il le faut.

— Ton père est un homme d'honneur.

— Mais ces rumeurs, Gueorgui... Tu sais à quoi je fais allusion ? »

J'eus un instant d'hésitation. Je savais exactement de quoi elle parlait, mais je ne voulais pas être le premier à prononcer devant elle les mots qui résonnaient contre les murs incrustés d'or du palais comme dans les ruelles les plus sordides de Saint-Pétersbourg. La formule que chaque ministre, chaque membre de la Douma, que tous les moujiks de Russie voulaient entendre.

« On dit..., reprit-elle, en luttant pour articuler, on dit que papa... ce qu'ils veulent, c'est qu'il... Gueorgui, on dit qu'il va devoir renoncer au trône.

— Cela ne se produira jamais, répondis-je automatiquement, et elle plissa les yeux, toute tremblante.

— Mais tu n'as même pas l'air surpris. Tu étais au courant ?

— J'en avais entendu parler. Mais je ne crois pas... Je ne peux pas imaginer que ça puisse arriver. Mon Dieu, Anastasia, le trône de Russie est occupé par les Romanov depuis trois cents ans. Un simple mortel ne pourrait les en déloger. C'est impensable.

— Et si tu te trompais ? Si un jour il n'est plus tsar, que deviendrons-nous ?

— Nous ? » Qui désignait-elle par ce « nous » ? Elle et moi ? Son frère et ses sœurs ? La famille Romanov ?

« Il ne peut rien t'arriver, la rassurai-je. Tu es une grande-duchesse de lignée impériale. Que veux-tu que…

— L'exil, murmura-t-elle comme un blasphème. Il paraît que nous serons exilés, nous tous. Toute ma famille. Chassés de Russie comme un groupe d'immigrés indésirables. Envoyés… Dieu sait où.

— Ça n'arrivera pas. Le peuple russe ne le permettrait pas. Il y a de la colère, bien sûr, mais il y a aussi de l'amour. Et du respect. Dans cette pièce aussi. Quoi qu'il arrive, ma chérie, je serai avec toi. Je te protégerai. Il ne te sera fait aucun mal tant que je serai près de toi. »

Elle sourit, mais je voyais bien qu'elle restait anxieuse. Elle s'éloigna un peu de moi, comme prête à regagner sa chambre avant d'être découverte. À ma grande honte, sa présence dans ce cadre intime m'excitait physiquement, et je devais lutter contre tous les démons de mon corps pour résister au désir de la prendre dans mes bras, la renverser sur le matelas et la couvrir de baisers. *Elle me laisserait faire*, pensais-je. *Si je le lui demandais, elle me laisserait faire.*

« Anastasia, chuchotai-je en me levant pour dissimuler mon visage. C'est une chance que tu sois venue ici ce soir. Il y a une chose que je dois te dire.

— C'est le seul endroit où j'avais envie d'être. Au moins quand nous serons à Tsarskoïe-Selo, nous aurons plus d'occasions d'être ensemble. C'est une bonne chose.

— Mais je ne serai pas à Tsarskoïe-Selo, répliquai-je immédiatement, persuadé que la meilleure solution était de tout avouer au plus vite. Je ne peux pas y aller avec toi. Le tsar m'a relevé de mes fonctions auprès de ton frère. Il veut que je reparte avec lui à la Stavka. »

Le silence parut durer une éternité. Je finis par me tourner vers elle et je vis son expression. Un mince rayon de clair de lune bleu pâle perçait ma fenêtre, divisant son visage en deux.

« Non, finit-elle par protester en secouant la tête. Non.

— Je ne peux rien y faire. Il me l'a ordonné et…

— Non ! » cria-t-elle à nouveau. Je me dirigeai vers la porte, craignant qu'on ne l'entende et que sa présence ne soit détectée. « Ce n'est pas possible. Tu ne vas pas me laisser seule.

— Mais tu ne seras pas seule. Ta mère sera là. Tes sœurs, ton frère. M. Gilliard. Le Dr Federov.

— M. Gilliard ? Le Dr Federov ? À quoi serviront-ils ? C'est de toi que j'ai besoin, Gueorgui, de toi. Rien que de toi.

— Moi aussi j'ai besoin de toi, répondis-je en me précipitant vers elle pour l'embrasser. Tu es tout ce qui compte pour moi, tu le sais.

— Si c'est la vérité, pourquoi me quittes-tu ? Il faut que tu dises non à papa.

— Au tsar ? Comment le pourrais-je. Il ordonne, j'obéis.

— Non, non, non, répéta-t-elle en se mettant à pleurer. Non, Gueorgui, je t'en prie…

— Anastasia, l'interrompis-je, de mon air le plus raisonnable, quoi qu'il arrive pendant ces quelques semaines, je te reviendrai. Tu me crois ?

— Je ne sais plus que croire, dit-elle, en larmes. Tout se désintègre autour de nous. Parfois j'ai l'impression que le monde est devenu fou. »

Un soudain vacarme à l'extérieur nous fit sursauter. Je courus à la fenêtre et vis une foule, cinq cents personnes, peut-être mille, qui marchaient vers la colonne d'Alexandre, munies de banderoles affirmant la supériorité de la Douma, poussant des cris en direction du palais d'Hiver, les yeux animés d'intentions meurtrières. *Ce ne sera pas ce soir*, pensai-je. *Mais bientôt. C'est pour bientôt.*

Je revins vers elle, lui pris les deux mains et la regardai dans les yeux. « Écoute-moi, Anastasia, je veux t'entendre dire que tu me crois.

— Je ne peux pas. J'ai trop peur.

— Quoi qu'il arrive, où que tu ailles, où qu'on t'emmène, je te trouverai. Je serai là. Peu importe le temps qu'il faudra. Tu le crois ? » Elle hocha la tête en pleurant, mais cela ne me suffisait pas. « Tu me crois ?

— Oui. Oui, je te crois.

— Que je meure si je t'abandonne. »

Elle se dégagea de mon étreinte, me dévisagea une dernière fois, puis disparut, me laissant seul, en nage, épouvanté, torturé.

Près de dix-huit mois allaient s'écouler avant que je la revoie.

Le train impérial, jadis si plein de vie et d'enthousiasme, semblait vide et désolé. La famille impériale n'y était pas, l'essentiel de la *Leib-Garde* était absent, il n'y avait ni précepteurs, ni médecins, ni cuisiniers, ni quatuor à cordes rivalisant pour attirer l'attention.

Assis à son bureau dans son wagon privé, le tsar était recroquevillé au-dessus des papiers disposés devant lui, mais sans en lire un seul, à mon avis. C'était en mars 1917, deux mois après que nous avions quitté Saint-Pétersbourg.

Je m'avançai et le regardai avec sollicitude.

« Sire, comment vous sentez-vous ? »

Il releva lentement la tête et me dévisagea comme s'il ne me reconnaissait pas. Un mince sourire apparut sur ses lèvres, puis s'évanouit aussitôt.

« Je vais bien. Quelle heure est-il ?

— Presque trois heures, répondis-je en consultant l'horloge ciselée.

— Je pensais que c'était encore le matin. »

J'ouvris la bouche mais aucune réponse adéquate ne me vint à l'esprit. J'aurais voulu que le Dr Federov soit là, car je n'avais encore jamais vu le tsar faire aussi piteuse figure. Son visage était gris, il avait beaucoup vieilli. La peau de son front était sèche et se desquamait, tandis que ses cheveux épais et brillants étaient devenus gras et filasses. Son bureau, qui sentait le renfermé, me rendait claustrophobe, et j'allai ouvrir une fenêtre.

« Que fais-tu ?

— J'aère un peu. Vous vous sentiriez peut-être mieux si...

— Laisse-la fermée.

— Mais vous ne trouvez pas qu'on manque d'air ? » J'avais les mains sur le montant de la fenêtre, prêt à l'ouvrir.

« Laisse-la fermée ! » cria-t-il. Je sursautai et me retournai aussitôt pour être face à lui.

« Je suis désolé, Votre Majesté.

— Les choses ont-elles tant changé, que je doive répéter mes ordres ? glapit-il, en portant sur moi le regard d'un renard sur le point de capturer un lapin. Quand je dis de laisser fermé, tu laisses fermé, compris ?

— Bien sûr. Je vous présente mes excuses, Sire.

— Je suis encore le tsar.

— Vous serez toujours…

— J'ai fait un rêve, Gueorgui. » Il ne s'adressait déjà plus à moi, mais à un auditoire invisible. En un instant, son ton était passé de la colère à la nostalgie. « En fait, c'était moins un rêve qu'un souvenir. Le jour où je suis devenu tsar. Mon père n'avait pas cinquante ans lorsqu'il est mort, le savais-tu ? Je ne croyais pas que mon tour viendrait si… » Il haussa les épaules et réfléchit. « Enfin, je pensais avoir bien des années devant moi. Certains disaient que je n'étais pas prêt. Mais ils se trompaient. Depuis toujours, je me préparais pour cet instant. C'est une chose étrange, Gueorgui, de pouvoir accomplir sa destinée uniquement lorsque l'on perd son père. Et sa mort m'a accablé. C'était un monstre, bien sûr. Quand même, sa mort m'a fait beaucoup de peine. Tu n'as jamais connu ton père, toi ?

— Mais si, je vous ai déjà parlé de lui, Sire.

— C'est vrai, j'oubliais. Eh bien, mon père était un homme très difficile, cela ne fait aucun doute. Mais comparé à ma mère, ce n'était rien. Dieu te protège d'une mère comme la mienne. »

Je fronçai les sourcils et regardai en direction de la porte ouverte sur le couloir. À part le tsar et moi, le compartiment était vide, et j'aurais aimé que quelqu'un vienne se joindre à nous. Le tsar ne s'était encore jamais confié à moi de cette manière, et je détestais l'entendre exprimer sa désillusion en s'apitoyant sur son sort. C'était comme s'il était devenu l'un de ces ivrognes moroses que l'on croise dans la rue la nuit, pleins de haine envers ceux qui ont, selon eux, détruit leur vie, et qui profitent de toutes les occasions pour raconter leur histoire mélancolique.

« J'ai épousé Sunny une semaine après la mort de mon père, reprit-il en tambourinant sur son bureau en rythme. Cela me semble maintenant appartenir à une tout autre époque. Quand nous sommes entrés dans Moscou pour le couronnement, la foule... Les gens étaient venus de toute la Russie. Ils nous aimaient, vois-tu. Ça ne me paraît pas si ancien, mais ça remonte pourtant à il y a plus de vingt ans. C'est difficile à croire, non ? »

Je souris et hochai la tête, même si je voyais là un très long laps de temps. Je n'avais que dix-huit ans, après tout, et je n'avais jamais connu la Russie sans Nicolas II à sa tête. Vingt ans, c'était plus qu'une vie, plus que la mienne, en tout cas.

« Tu ne devrais pas être ici aujourd'hui, dit-il après un moment en se levant. Je suis désolé de t'avoir emmené.

— Voudriez-vous que je parte, Sire ?

— Non, ce n'est pas ce que je veux dire. » Il se mit à parler d'une voix plaintive. « Pourquoi suis-je constamment mal compris ? Il me semblait simplement injuste de t'avoir entraîné ici avec moi. C'est parce que j'ai confiance en toi. Tu peux le comprendre, Gueorgui ? »

J'acquiesçai, sans trop savoir ce qu'il voulait de moi. « Bien sûr. Et je vous en suis reconnaissant.

— Puisque tu as sauvé la vie d'un Romanov prénommé Nicolas, tu pourrais peut-être en sauver un autre. Pure superstition. J'ai eu tort, n'est-ce pas ?

— Votre Majesté, aucun assassin ne s'approchera de vous tant que je serai ici. »

Ma réponse le fit rire. « Ce n'est pas non plus ce à quoi je faisais allusion. Pas du tout.

— Mais vous avez dit…

— Tu ne peux pas me sauver, Gueorgui. Personne ne le peut. J'aurais dû t'envoyer à Tsarskoïe-Selo. C'est si beau, là-bas, tu ne trouves pas ? »

Je déglutis et m'apprêtais à suggérer qu'il en était encore temps – c'est là qu'était Anastasia – mais je tins ma langue. Ce n'était pas le moment de l'abandonner. J'avais beau n'être qu'un gamin, j'étais assez grand pour savoir cela.

« Sire, vous semblez perturbé. Y a-t-il quelque chose… Et si nous quittions tous cet endroit ? Le train stationne ici depuis deux jours. Nous sommes au milieu de nulle part. »

Il rit à nouveau et se posa sur un canapé en secouant la tête. « Au milieu de nulle part. Tu as raison.

— Je peux envoyer un des soldats chercher un médecin dans la ville la plus proche.

— Pourquoi aurais-je besoin d'un médecin ? Je ne suis pas malade.

— Mais Sire…

— Gueorgui, dit-il en massant les cernes noirs qu'il avait sous les yeux, le général Rouszki sera ici dans quelques minutes. Tu sais pourquoi il vient me voir ?

— Non, Sire. » Le général avait passé une bonne partie de l'après-midi avec le tsar. Je n'avais pas été présent durant leur entretien mais, à travers les cloisons, je les avais entendus hausser la voix, puis le silence s'était fait. Lorsqu'il était reparti, le visage du général avait trahi à la fois l'angoisse et le soulagement. J'avais laissé le tsar seul avec ses pensées pendant près d'une heure, mais comme je m'inquiétais, j'étais entré pour voir s'il n'avait besoin de rien.

« Il m'apporte des papiers à signer. Quand je les aurai signés, un grand changement se produira en Russie. Une chose que je n'aurais jamais crue possible. De mon vivant.

— Oui, Sire », répondis-je mécaniquement, car même quand le tsar s'exprimait ainsi, il aurait été incorrect de le questionner. Il fallait attendre qu'il apporte lui-même des précisions.

« Tu es au courant, pour le palais d'Hiver, naturellement ?

— Non, Votre Majesté.

— Il a été pris d'assaut. Le gouvernement. Ton gouvernement. *Mon* gouvernement. Ils me l'ont pris. Désormais, il est placé sous le contrôle de la Douma, paraît-il. Qui sait ce qu'il deviendra ? Dans quelques années, ce sera peut-être un hôtel. Ou un musée. Nos salles d'apparat seront des boutiques de souvenirs. On vendra des gâteaux et des petits pains dans nos salons.

— Cela n'arrivera jamais, protestai-je, choqué d'imaginer le palais lui échappant ainsi. C'est votre demeure.

— Mais je n'ai plus de maison. Il n'y a plus de place pour moi à Saint-Pétersbourg, c'est certain. Si j'envisageais même d'y retourner... »

Ce discours fut interrompu lorsqu'on frappa à la porte. Comme je l'interrogeais du regard, le tsar soupira, hocha la tête, et j'allai ouvrir. Le général Rouszki se tenait dans le couloir, muni d'un lourd parchemin. Homme mince aux cheveux gris et à la moustache noire broussailleuse, il ne cessait d'aller et venir depuis que le train s'était arrêté quelques jours auparavant, mais jamais il ne m'avait accordé la moindre attention, alors que j'avais assisté à presque tous ses pourparlers avec le tsar. Une fois de plus, il passa sans me voir et s'avança dans le bureau pour aller poser le document devant Nicolas. Comme je voulais sortir, le tsar leva la main.

« Ne t'en va pas, Gueorgui. Je pense que nous aurons besoin d'un témoin. N'est-ce pas, général ?

— Eh bien... oui, Sire, grommela le général, en me toisant comme s'il n'avait encore jamais vu un aussi lamentable spécimen de l'espèce humaine. Mais je ne pense pas qu'un garde du corps soit la personne adéquate. Je peux envoyer chercher un de mes lieutenants.

— Peu importe. Gueorgui fera tout aussi bien l'affaire, dit le tsar. Assieds-toi », m'ordonna-t-il. Je pris un siège dans un coin du compartiment, en m'efforçant de rester invisible. « Voyons, général, reprit-il en étudiant le document avec soin, il y a bien là tout ce dont nous sommes convenus ?

— Oui, Sire, répondit Rouszki en s'asseyant lui aussi. Il ne manque plus que votre signature.

— Et ma famille ? Sera-t-elle protégée ?

— Elle est en ce moment sous la protection de l'armée du gouvernement provisoire à Tsarskoïe-Selo. Il ne lui sera fait aucun mal, je vous le promets.

— Et ma femme ? demanda le tsar dont la voix se brisa. Vous garantissez sa sécurité ?

— Mais bien sûr. Elle reste la tsarine.

— Oui, pour le moment. Je remarque, général, que vous dites "sous la protection de l'armée". Est-ce un euphémisme pour dire "emprisonnée" ?

— Son statut n'a pas encore été décidé, Sire », répondit le général, et je fus choqué par sa réponse. Qui était-il pour parler ainsi au tsar ? Quelle honte ! Et je détestais penser qu'Anastasia était surveillée par des membres du gouvernement provisoire. C'était une grande-duchesse impériale, après tout, fille, petite-fille et arrière-petite-fille de monarques de droit divin.

« Il y a un autre problème, dit le tsar après une longue pause. Depuis notre dernière entrevue, j'ai changé d'avis sur un point.

— Sire, nous en avons discuté, répondit le général avec lassitude. Il est hors de question…

— Non, non, ce n'est pas ce que vous croyez. Il s'agit de la succession.

— La succession ? Mais vous avez déjà choisi. Vous abdiquerez en faveur de votre fils, le tsarévitch Alexeï. »

À ces mots, je bondis sur mon siège et j'eus toutes les peines du monde à retenir un cri d'horreur. Pouvait-il en être ainsi ? Le tsar allait-il renoncer à son trône ? Oui, bien sûr, compris-je aussitôt. Je savais qu'on allait en arriver là. Nous le savions tous. Simplement, je n'avais pas voulu l'admettre.

« Nous… et par "nous" je veux parler de ma famille proche, ma femme, mes enfants et moi… nous serons exilés, en vertu de cette nouvelle loi, n'est-ce pas ? »

Le général hésita un instant, puis hocha la tête. « Oui, Sire. Oui, il sera impossible de garantir votre sécurité en Russie. Vos cousins en Europe, peut-être…

— Oui, oui. Le cousin Georgie et les autres. Je sais qu'ils s'occuperont de nous. Mais si Alexeï devenait tsar, il serait forcé de rester ici, en Russie ? Sans sa famille ?

— Là encore, c'est l'issue la plus vraisemblable. »

Le tsar hocha la tête. « Alors je souhaite ajouter une clause au document. Je renonce à toute prétention au trône, mais mon fils y renonce aussi. La couronne peut passer directement à mon frère Michel. »

Le général se renfonça dans son fauteuil et se lissa un moment la moustache. « Votre Majesté, pensez-vous que ce soit sage ? L'enfant ne mérite-t-il pas une chance de…

— L'enfant, comme vous le dites si clairement, n'est qu'un enfant. Il n'a que douze ans. Et il n'est pas bien portant. Je ne peux autoriser qu'il soit séparé de sa mère et de moi. Faites cette modification, général, et je signerai votre document. Alors peut-être trouverai-je un peu de paix. Après toutes ces années, je l'ai bien mérité, vous ne croyez pas ? »

Le général Rouszki se mit bientôt à griffonner sur la page, tandis que le tsar contemplait le paysage par la fenêtre. Je concentrai mon regard sur lui, dans l'espoir qu'il s'en rendrait compte et qu'il se tournerait vers moi pour que je lui offre un semblant de réconfort. Mais non, il ne bougea pas, jusqu'à ce que le général lui murmure quelques mots. Il prit le papier, le parcourut et le signa.

Après quoi nous restâmes immobiles, jusqu'à ce que le tsar se lève.

« Vous pouvez partir, maintenant. Tous les deux, s'il vous plaît. »

Le général et moi sortîmes et je refermai la porte derrière nous.

À l'intérieur, le dernier tsar resta seul avec ses pensées, ses souvenirs et ses regrets.

1922

Mon employeur parisien, M. Ferré, n'était pas ravi de mes absences continuelles, mais il attendit que le dernier client ait quitté la boutique pour me prendre à part et m'exprimer clairement son déplaisir. Il avait manifesté son mécontentement toute la journée, par une série de commentaires sarcastiques sur mes retards, en me refusant ma pause habituelle, parce qu'il affirmait n'avoir été déjà que trop indulgent. En fin d'après-midi, je tentai de bavarder avec lui, mais il m'éloigna comme on chasse une mouche importune, et me dit tout net qu'il n'avait pas de temps à m'accorder, qu'il terminait ses comptes mensuels et qu'il me parlerait plus tard, quand le magasin aurait fermé. Comme cette perspective ne m'attirait guère, je m'affairais dans le rayon histoire de la librairie quand vint l'heure en question et je ne l'entendis pas m'appeler. Il fut obligé de venir jusqu'à moi et me découvrit en train de ranger une série de volumes sur l'histoire du costume militaire français. De rage, il faillit cracher à terre.

« Yachmenev, vous ne m'avez pas entendu crier votre nom ?

— Toutes mes excuses, monsieur », répondis-je en époussetant mon pantalon ; mes genoux se dérobèrent un peu quand j'essayai de me redresser, car l'espace entre les étagères était extrêmement étroit. Comme M. Ferré exigeait de stocker autant de livres que possible, les volumes étaient beaucoup trop serrés, et les rayonnages si rapprochés que deux personnes ne pouvaient s'y glisser à la fois. « J'étais absorbé dans mon travail, mais il y avait...

— Et si j'avais été un client, hein ? demanda-t-il sur un ton belliqueux. Si vous aviez été seul dans la boutique, caché comme un gamin pour feuilleter un volume de Bellocq, n'importe quel voleur aurait pu s'enfuir avec la recette de la journée, simplement parce que vous êtes incapable de vous concentrer sur deux choses en même temps. »

Je savais par expérience qu'il était vain d'argumenter avec lui, qu'il valait mieux le laisser se débarrasser de sa colère avant de monter ma défense. « Je suis absolument désolé, monsieur, dis-je d'un air contrit. Je tâcherai de faire plus attention à l'avenir.

— Il ne s'agit pas seulement de faire attention, Yachmenev. C'est exactement ce dont je voulais vous parler. Vous avouerez, n'est-ce pas, que je me suis montré plus qu'équitable dans mes relations avec vous, ces dernières semaines ?

— Vous avez été très généreux, monsieur, je vous en sais gré. Tout comme ma femme.

— Je vous ai autorisé à négliger vos devoirs en consacrant autant de temps que nécessaire à surmonter vos... » Il ne savait trop comment terminer sa phrase, et je voyais bien que cette conversation le mettait mal à l'aise. « Vos difficultés récentes. Mais je ne suis pas une organisation charitable, Yachmenev, vous devez bien le comprendre. Je n'ai pas les moyens de payer un employé qui disparaît pour un oui, pour un non, qui ne respecte pas les horaires stipulés dans son contrat, qui me laisse seul au magasin quand j'ai tant d'autres chats à fouetter…

— Monsieur, l'interrompis-je en m'avançant un peu, soucieux de ne pas être licencié, ce qui n'aurait fait qu'accroître les difficultés qu'il avait mentionnées. Monsieur, tout ce que je peux faire, c'est vous présenter mes excuses pour avoir été aussi peu fiable, mais je crois vraiment que le pire est derrière nous. Zoïa est de nouveau sur pied, elle reprend le travail lundi. Si vous pensez pouvoir m'accorder une seconde chance, je vous promets que vous n'aurez plus aucune raison de me réprimander. »

Il me regarda d'un œil noir, puis se mordit la lèvre inférieure, tic qui revenait chaque fois qu'il avait à prendre une décision délicate. Son instinct lui conseillait de me renvoyer, il en avait eu l'intention, mais mon plaidoyer l'avait convaincu et il vacillait au moment de prononcer son verdict.

« Vous reconnaîtrez, monsieur, que depuis trois ans vous avez toujours pu vous fier à moi ?

— Vous avez été un excellent vendeur, Yachmenev, répondit-il malgré lui. C'est bien pourquoi toute cette affaire me chagrine tant. J'ai chanté vos louanges devant des amis à moi, vous savez, d'autres commerçants parisiens. Des hommes qui tiennent en général les émigrés russes en piètre estime, je dois le préciser. Des hommes qui ne voient en vous que des révolutionnaires et des trublions.

Je leur ai dit que vous vous étiez avéré l'un des employés les plus dignes de confiance, parmi tous ceux qui ont travaillé pour moi. Je ne veux pas vous perdre, jeune homme, mais si je dois vous garder...

— Alors je vous garantis solennellement, monsieur, que je serai ici à l'heure tous les matins, et que je resterai à mon poste toute la journée. Une seconde chance, monsieur Ferré, c'est tout ce que je vous demande. Je vous promets que vous n'aurez pas à le regretter. »

Il réfléchit encore un peu, avant d'agiter sous mon nez son petit doigt boudiné. « Une dernière chance, Yachmenev, c'est tout. Vous m'avez compris ?

— Oui, monsieur.

— J'ai beaucoup de sympathie pour vous et votre femme, vous avez vécu des choses terribles, mais cela n'a rien à voir. Si vous m'obligez une fois de plus à vous tenir ce genre de discours, alors tout sera fini entre nous. En attendant, vous pourrez faire quelques heures supplémentaires ce soir, pour rattraper le temps perdu. Certains rayonnages sont complètement en désordre. Tout à l'heure, j'ai remarqué que le système alphabétique n'est plus du tout respecté. Je n'ai rien pu trouver de ce que je cherchais.

— Bien, monsieur, dis-je en m'inclinant un peu, vieille habitude dont je n'avais pas encore pu me défaire devant une figure d'autorité. Je serai ravi de ranger tout ça. Et merci. Pour la seconde chance, je veux dire. »

Il hocha la tête et je repris mon travail avec soulagement, car j'aimais être employé dans une librairie, je jugeais stimulant d'être entouré de tant d'érudition. Surtout, je ne pouvais me permettre de perdre le petit revenu que je gagnais ainsi. Le peu d'économies que nous avions accumulé depuis notre arrivée à Paris plus de trois ans auparavant avait été considérablement réduit par les frais médicaux, au cours du mois dernier, depuis la fausse couche de Zoïa, sans parler de la perte temporaire de notre second revenu, et je préférais ne pas imaginer ce qu'il adviendrait de nous si je perdais mon emploi. Je résolus de ne plus donner à M. Ferré la moindre raison de se plaindre de moi.

Un après-midi de novembre, à la libraire, j'appris que Léo avait été arrêté en voyant arriver Zoïa, le visage gris. Il faisait un froid vivifiant, les arbres s'étaient déjà dépouillés de leurs feuilles. Je me tenais au comptoir et j'examinais une série de manuels d'anatomie que M. Ferré avait inexplicablement achetés lors d'une vente aux enchères. Soudain, la clochette accrochée au-dessus de la porte sonna, je frémis instinctivement, prêt à sentir la bise glaciale s'engouffrer dans la boutique pour me pincer le nez et les oreilles.

« Zoïa ! m'exclamai-je, soulagé que mon employeur se soit absenté, car il n'aurait pas été ravi de me voir accueillir des visites personnelles. Qu'y a-t-il ? Tu es blanche comme un linge ! »

Pendant qu'elle reprenait son souffle, j'eus le temps d'imaginer le pire. Près de trois mois s'étaient écoulés depuis qu'elle avait perdu le bébé, et même si elle n'avait pas encore remonté la pente, elle trouvait à nouveau un certain bonheur dans notre quotidien. Quelques nuits auparavant, nous avions refait l'amour pour la première fois, avec beaucoup de tendresse et de douceur. Ensuite, je l'avais tenue dans mes bras, elle était restée parfaitement immobile, m'embrassant de temps en temps. Les larmes avaient enfin étaient remplacées par la promesse de l'espoir. Je redoutais de la voir retomber malade, mais comme je la dévisageais d'un air paniqué, elle apaisa bien vite mes craintes.

« Il ne s'agit pas de moi. Je vais bien.

— Dieu soit loué. Mais tu parais tout émue. Que peut-il...

— C'est Léo. Il a été arrêté. »

J'ouvris de grands yeux étonnés, mais je ne pus m'empêcher d'esquisser un sourire : dans quel nouveau pétrin notre cher ami avait-il réussi à se fourrer, habitué qu'il était aux drames et aux tragédies ? « Arrêté ? Qu'a-t-il donc fait ?

— C'est à n'y pas croire. » Je vis à sa mine que l'affaire était bien plus sérieuse que je ne l'avais d'abord supposé. « Gueorgui, il a tué un gendarme. »

À ces mots, je restai bouche bée et sentis la tête me tourner. Léo et sa fiancée Sophie étaient nos plus proches amis à Paris, les premiers compagnons que nous avions trouvés. Nous avions partagé d'innombrables dîners, nous nous étions enivrés trop souvent avec eux, nous avions ri ensemble, et nous avions surtout discuté politique. Léo était un rêveur, un idéaliste, un romantique, un révolutionnaire ; il pouvait être spirituel et exaspérant, passionné et acariâtre, insinuant et généreux. Les adjectifs ne manquaient pas pour le décrire, et nous l'avions souvent quitté, Zoïa et moi, complètement sous le charme ou jurant que nous ne le reverrions plus jamais. Il incarnait la jeunesse, la poésie, l'art, l'ambition et la détermination. Mais ce n'était pas un assassin. Il n'y avait en lui pas une once de violence.

« C'est impossible, il doit s'agir d'une erreur.

— Il y a des témoins, dit-elle en s'asseyant, le visage dans les mains. Et plusieurs, à ce qu'il semble. Je ne sais pas exactement ce qui s'est passé. Je sais seulement qu'il est retenu à la gendarmerie et qu'il n'y a pas moyen de le libérer. »

Je m'appuyai au comptoir et m'accordai quelques instants de réflexion. C'était presque impossible à croire. L'idée d'une telle violence me répugnait, et à lui aussi, j'en étais sûr. Il prêchait le pacifisme et l'entente mutuelle, même si ses idées révolutionnaires l'entraînaient parfois à admirer les exemples historiques de sauvagerie prolétarienne. Pour ma part, j'étais certain d'avoir laissé tout cela ailleurs, dans un autre pays.

« Raconte-moi tout, raconte-moi ce que tu sais.

— J'en sais très peu. » Sa voix étouffée m'indiquait qu'elle aussi avait espéré que ce genre d'événement ne ferait plus partie de notre vie. « C'était il y a une heure à peine. Je travaillais avec Sophie comme d'habitude, nous terminions deux robes qui devaient être prêtes pour ce soir, nous cousions une bordure de dentelle au col, quand un homme est entré dans la boutique, très grand, très sérieux. Je n'ai pas trop su qu'en penser. Il se passe parfois un mois entier sans qu'on voie un homme franchir la porte. J'ai honte, Gueorgui, mais en le voyant, il avait l'air si sérieux, si décidé, que j'ai cru… J'ai cru un moment…

— Qu'on nous avait découverts ? »

Elle hocha la tête, mais sans rien ajouter sur ce point. « Je l'ai dévisagé et lui ai demandé ce que je pouvais faire pour lui, mais il a simplement pointé son doigt sous mon nez, comme un pistolet, et j'ai cru que j'allais m'évanouir. Il a dit : "Sophie Tambleau ?" J'étais tellement troublée que je n'ai pas répondu. "Vous êtes Sophie Tambleau ?" Et avant que j'aie pu dire quoi que ce soit, Sophie s'est avancée, intriguée et inquiète. "Je suis Sophie Tambleau. Puis-je vous aider ? – Non. On m'envoie vous porter un message, c'est tout. – Un message ?" Sophie a ri et s'est tournée vers moi. J'ai souri, soulagée, mais la situation était bizarre. Qui pouvait bien nous envoyer des messages ? "Vous êtes la concubine de Léo Raymer ?" Sophie a haussé les épaules. La formule était grotesque, mais elle a acquiescé. "M. Raymer est à la gendarmerie de la rue de Clignancourt. Il a été arrêté. – Arrêté ?" a crié Sophie. L'homme nous a appris que Léo avait tué un gendarme en début d'après-midi et qu'il était en détention provisoire, en attendant d'être jugé. Il avait demandé qu'on porte un message à Sophie pour l'informer.

— Léo ? *Notre* Léo ? Comment aurait-il pu tuer quelqu'un ? Pourquoi aurait-il fait une chose pareille ?

— Je ne sais pas, Gueorgui. » Zoïa se mit à arpenter le magasin, impuissante. « Je ne sais rien d'autre que ce que je t'ai raconté. Sophie est aussitôt partie le voir. J'ai dit que j'irais t'avertir et qu'on la suivrait. J'ai eu raison ?

— Bien sûr, dis-je en attrapant les clefs de la librairie, sans songer que je n'aurais dû fermer qu'une heure plus tard. Bien sûr qu'il faut y aller, nos amis ont des ennuis. »

Nous sortîmes dans la rue et je fermai la porte derrière moi, en me maudissant d'avoir oublié mes gants ce matin-là ; le vent soufflait si fort que je sentis bientôt mes joues rosir de froid. Tandis que nous marchions d'un bon pas, je ne pensais presque qu'à mon cher ami, enfermé dans une cellule pour un crime affreux. Pourtant, je ne pus m'empêcher d'être rassuré, comme Zoïa, à l'idée que c'était Sophie, et pas nous, que l'homme était venu chercher.

Nous avions quitté la Russie quatre ans auparavant. Je croyais encore qu'un jour ils nous rattraperaient.

Nous ne fûmes pas autorisés à voir Léo, et les gendarmes refusèrent de nous fournir la moindre information. Le vieux sergent en faction à l'accueil me lança un coup d'œil méprisant lorsqu'il entendit mon accent et ne répondit à chacune de mes questions que par des grommellements et des haussements d'épaules, comme si c'était au-dessous de sa dignité. Nous nous heurtions rarement à une hostilité raciste – après tout, la guerre avait rempli Paris d'immigrés de toutes les nationalités – mais de temps en temps une certaine animosité éclatait chez ces Français plus âgés qui n'aimaient guère que leur capitale ait été envahie par tant d'exilés européens et russes.

« Vous n'êtes pas de sa famille, déclara le sergent sans me regarder, en continuant à remplir sa grille de mots croisés. Je ne peux rien vous dire.

— Mais nous sommes ses amis, protestai-je. M. Raymer était témoin à mon mariage. Sa femme et la mienne travaillent ensemble. Vous pouvez sûrement... » À ce moment, une porte s'ouvrit à ma gauche et Sophie apparut, blême, tentant désespérément de refouler ses larmes, escortée par un autre gendarme. Elle parut surprise de nous voir, mais reconnaissante, et s'efforça de sourire avant de ressortir.

« Sophie ! dit Zoïa en la suivant dans la nuit. Sophie, que se passe-t-il ? Qu'est-ce qui est arrivé ? Où est Léo ? »

Elle secoua la tête, incapable de trouver les mots adéquats. Nous la conduisîmes donc jusqu'à un bistrot voisin ; heureusement, le vent soufflait beaucoup moins que dans la journée. Nous commandâmes trois cafés et elle trouva enfin la force de nous répéter ce qu'elle avait appris.

« C'est absolument ridicule. Un accident, voilà tout. Un accident stupide. Mais comme c'est un gendarme qui a été tué...

— Tué ? » Je fus frappé par la brutalité de ce mot, par sa sonorité déplaisante. « Par Léo ? Mais c'est impossible. Raconte-moi exactement ce qui s'est passé.

— Ce matin, il est parti comme d'habitude, commença-t-elle avec un soupir, comme si elle pouvait à peine croire qu'une journée au début aussi banal puisse connaître une fin aussi dramatique. Il est parti de bonne heure, dans l'espoir de trouver un bon emplacement pour son chevalet. Avec ce temps, il a moins d'occasions de peindre des portraits. Les gens n'ont pas envie de rester une demi-heure sur une chaise dans une rue en plein vent. Il s'est dirigé vers le Sacré-Cœur, où il y aurait sûrement des touristes. Ces temps-ci, on ne roule pas sur l'or, avoua-t-elle. Pas de quoi s'inquiéter inutilement, vous comprenez, mais on ne pouvait pas laisser perdre une journée. C'est difficile.

— C'est difficile pour tout le monde. Mais vous auriez pu nous demander, tu le sais bien. » Je n'aurais pas dû dire cela, car en vérité, si Léo ou Sophie nous avaient demandé secours, nous n'aurions pas eu les moyens de leur venir en aide. Suggérer le contraire relevait d'une arrogance indigne de moi. Zoïa le savait bien et me regarda en fronçant les sourcils. Je baissai la tête, gêné par ma vantardise.

« C'est gentil de le proposer, Gueorgui. » Sophie se doutait bien que notre situation financière était identique à la leur. « Mais nous n'en sommes pas vraiment à devoir vivre de la charité de nos amis.

— Léo, insista doucement Zoïa en posant sa main sur celle de Sophie, qui s'était mise à trembler un peu alors même que nous étions entrés dans le café. Parle-nous de Léo.

— Il y avait plus de gens qu'il ne prévoyait au Sacré-Cœur. Plusieurs dessinateurs avaient déjà planté leur chevalet et tout le monde essayait de persuader les touristes de se faire tirer le portrait. Une vieille dame assise dans l'herbe nourrissait les oiseaux…

— Par ce froid ? Elle devait être gelée.

— Tu sais bien que les plus vieilles sont les plus résistantes. Elles viennent, été comme hiver, elle se moquent bien du temps qu'il fait. »

C'était vrai. J'avais observé en maintes occasions le nombre de vieux Parisiens qui passaient la matinée ou l'après-midi assis sur les talus herbeux devant la basilique, à répandre du pain sec pour les oiseaux. Ils semblaient croire que, sans leur assistance, les volatiles étaient menacés d'extinction. Trois semaines auparavant, j'avais vu un octogénaire, un petit vieillard ratatiné dont le visage n'était qu'un amas de plis et de rides, servir de perchoir à une nuée de moineaux. Je l'avais contemplé pendant près d'une heure, et pendant tout ce temps il était resté parfaitement immobile ; s'il n'avait pas eu les bras tendus, je l'aurais pris pour un cadavre.

« Un autre artiste, poursuivit Sophie, un nouveau que Léo n'avait encore jamais vu, est arrivé et a décidé qu'il voulait se placer exactement là où la petite vieille était assise. Il lui a demandé de déguerpir, elle n'a pas voulu. Il a annoncé qu'il voulait peindre à cet endroit-là, elle lui a conseillé d'aller se mettre la tête sous un robinet d'eau froide. L'homme a essayé de la soulever, de l'obliger à se mettre debout, elle hurlait.

— D'où venait-il ? » demanda Zoïa. Cette question m'étonnait. Peut-être espérait-elle qu'il n'était pas originaire de notre pays.

« D'Espagne, pense Léo. Ou du Portugal. En tout cas, il considérait que c'était un sacrilège de lui prendre sa place, et tu sais comment est Léo, il n'a pas supporté un tel manque de galanterie. »

C'était vrai, là encore. Léo ôtait son chapeau chaque fois qu'il croisait une vieille dame, il les charmait toutes avec son large sourire et ses manières cordiales. Il leur offrait un siège dans les cafés, il portait leurs sacs lorsqu'il allait dans la même direction qu'elles. Il était l'un des derniers représentants de cet esprit chevaleresque qui tendait à disparaître dans le Paris des années vingt.

« Il s'est approché et il a empoigné l'Espagnol pour lui reprocher la façon dont il se conduisait avec cette femme. Ils en sont venus aux mains, évidemment. Des coups, des insultes, Dieu sait à quels enfantillages ils se sont livrés. Et ils criaient fort. Léo s'égosillait, il traitait son adversaire de tous les noms, et l'Espagnol n'était pas en reste. Ça allait dégénérer quand un gendarme a voulu les séparer, et c'est là que Léo s'est mis encore plus en colère. Il a accusé le jeune agent de prendre le parti d'un étranger contre un de ses compatriotes, et cette remarque provoqua une dispute. Vous savez comment il est face aux représentants de l'autorité. J'imagine qu'il s'est déchaîné, il ne s'est pas gêné pour dire ce qu'il pensait des gardiens de la paix, et avant que quelqu'un ait pu prendre le contrôle de la situation, Léo avait mis un coup de poing sur le nez de l'Espagnol et sur la tête du gendarme, l'un après l'autre.

— Mon Dieu ! » Je tentai de me représenter le poing serré s'écrasant sur la trogne de l'un, puis reculant pour frapper l'autre. Léo était musclé ; je n'aurais pas voulu être le destinataire de ces coups.

« Évidemment, après ça, reprit Sophie, le gendarme n'avait plus le choix, il l'a arrêté, mais Léo a essayé de lui échapper, il l'a poussé pour le faire tomber. Hélas, le gendarme a trébuché et a perdu l'équilibre dans les escaliers. Il a dégringolé quinze, vingt marches, jusqu'au palier suivant, et il est allé s'écraser le crâne contre la pierre. Léo a couru l'aider, mais il avait déjà les yeux dans le vague. Il était mort. »

Nous restâmes muets et je regardai Zoïa. Le visage pâle, la mâchoire serrée, elle semblait redouter sa propre réaction si elle s'autorisait à manifester la moindre émotion. Toute idée de violence, de mort, de l'instant où une vie prend fin, suffisait à la bouleverser, à ramener de terribles souvenirs à son esprit. Personne ne parlait. Nous attendions que Sophie continue, car elle semblait plus calme depuis qu'elle avait commencé à nous raconter cette histoire.

« Il a essayé de s'enfuir. Et bien sûr ça n'a fait qu'aggraver les choses. Il a réussi à aller assez loin, je crois. Il a filé dans la rue de la Bonne, il a débouché rue Saint-Vincent, il a fait demi-tour et il est parti vers Saint-Pierre de Montmartre... »

Je tressaillis : c'est là que j'avais d'abord résidé à Paris, et l'appartement que je partageais avec Zoïa depuis notre mariage se trouvait rue Cortot, tout près de l'église Saint-Pierre. Je me demandai si Léo avait espéré se réfugier chez nous.

« ... mais il y avait maintenant six ou sept gendarmes lancés à sa poursuite, on entendait leurs sifflets dans toutes les rues, ils se sont jetés sur lui et l'ont plaqué au sol. Oh, Zoïa, ils l'ont aussi roué de coups. Il a un œil tout gonflé et la joue presque violette. Tu ne le reconnaîtrais pas si tu le voyais. Ils disent qu'il a fallu le maîtriser, mais je ne peux pas le croire.

— C'est un accident involontaire, déclara fermement Zoïa. Ils vont bien s'en rendre compte, non ?

Et pour une raison aussi bête. Cet Espagnol, c'est autant sa faute que celle de Léo.

— Ils ne voient pas ça comme ça. » Sophie se remit à pleurer, comme si une réserve de sanglots remontait de son cœur. Les émotions jusque-là contenues éclataient, comme si elle comprenait enfin ce qui s'était passé. « Ils voient ça comme un meurtre. Léo va être jugé. Il risque de passer des années en prison, peut-être toute sa vie. S'il est relâché un jour, il sera déjà vieux. Et je ne peux pas vivre sans lui ! ajouta-t-elle d'une voix hystérique. Je ne veux pas vivre sans lui. »

Je vis le patron du café nous observer avec méfiance. Il s'éclaircit la gorge et je lui fis signe que nous partions, en laissant quelques francs sur la table.

Nous ramenâmes Sophie chez nous, et après lui avoir versé deux grandes rasades de cognac, nous l'envoyâmes se reposer dans notre chambre. Elle obéit sans protester et s'endormit très vite, même si nous l'entendions s'agiter sur le lit.

« Il ne peut pas aller en prison, dit Zoïa tandis que nous cherchions tous deux une solution, assis à notre petite table de cuisine. C'est impensable. Il doit bien y avoir un moyen de le tirer d'affaire. »

Je hochai la tête sans rien répondre. J'étais inquiet pour Léo, bien entendu, mais ce n'était pas la perspective de la prison que je craignais pour lui. Il risquait bien pire. Après tout, il était responsable de la mort d'un représentant des forces de l'ordre. Le châtiment serait peut-être plus sévère que ma femme ou celle de Léo n'osaient l'envisager.

Le procès de Léo Raymer commença trois semaines plus tard, vers la mi-décembre, et ne dura que trente-six heures. Il démarra un mardi matin et le verdict fut prononcé le mercredi à midi.

Sophie avait passé quelques jours chez nous, mais elle regagna ensuite son appartement : à quoi bon dormir sur notre canapé et être dans nos jambes tous les soirs alors qu'un très bon lit l'attendait à quatre rues de là ? Nous la laissâmes partir sans trop protester, mais nous passions quand même toutes nos soirées avec elle, chez elle, chez nous ou, quand nous pouvions nous le permettre, dans l'un des cafés qui parsemaient le quartier.

Au début, elle paraissait être au bord de l'hystérie quand elle se rappelait l'enchaînement des événements. Peu à peu, elle devint plus forte, plus optimiste, résolue à faire tout son possible pour libérer Léo. Puis elle devint déprimée, exaspérée par son compagnon qui était cause de tous ces ennuis. Quand le procès débuta, elle était épuisée par ces émotions contradictoires, par le manque de sommeil. J'en vins à me demander comment elle réagirait en cas d'issue défavorable.

Le mardi où commença le procès, je suppliai M. Ferré de m'accorder ma journée mais j'eus le malheur de le déranger à un mauvais moment ; il jeta sa plume sur la table, je reculai pour éviter l'encre qui gicla dans ma direction, et il me dévisagea en respirant bruyamment par le nez.

« Une journée de congé, Yachmenev ? Encore une journée ? Je pensais que nous étions tombés d'accord, vous et moi.

— En effet, monsieur. » Je n'avais pas prévu qu'une requête aussi simple susciterait tant de violence. Depuis ma réprimande, j'étais un employé modèle, et je pensais qu'il m'autoriserait sans difficulté cette unique journée d'absence. « Je suis désolé de devoir vous demander ça, mais...

— Votre femme doit comprendre qu'on ne peut pas...

— Il ne s'agit pas de ma femme, monsieur Ferré. » Je n'appréciais guère qu'il ose critiquer Zoïa. « Cela n'a aucun rapport avec ce qui est arrivé il y a plusieurs mois. Je pense vous avoir parlé de mon ami, M. Raymer ?

— Ah oui, l'assassin. Oui, je me rappelle. Et bien sûr, j'ai lu tous les détails dans le journal.

— Léo n'est pas un assassin. C'est un terrible accident.

— Au cours duquel un homme est mort.

— Oui.

— Et pas simplement un homme, un agent chargé de protéger les citoyens. Votre ami n'est pas tiré d'affaire. L'opinion populaire s'oppose à sa remise en liberté. »

Je m'efforçai de juguler ma nervosité ; il ne faisait que répéter ce que je savais déjà. « Puis-je prendre cette journée ou non ? » demandai-je, en soutenant son regard aussi longtemps que j'en eus l'audace. Il finit par céder en jetant les bras au ciel.

« Bien, bien. Je vous autorise à ne pas venir. Mais vous ne serez pas payé, évidemment. Et s'il y a des journalistes à l'entrée du palais de justice, ce qui est à peu près garanti, ne leur dites pas que vous travaillez ici. Je ne veux pas que ma librairie soit mêlée à ce crime sordide. »

J'acceptai ses conditions et, le matin du procès, j'accompagnai Zoïa et Sophie au tribunal. Nous prîmes place dans la galerie, tandis que tous les yeux se tournaient vers nous. Sentant que cela mettait Zoïa mal à l'aise, je pris sa main dans la mienne, en la serrant deux fois pour nous porter chance.

« Je n'aime pas être l'objet de tant d'attention, dit-elle tout bas. En chemin, un journaliste a voulu savoir qui je suis.

— Tu n'es pas obligée de leur répondre. Nous ne leur devons rien, ni toi, ni moi. Et rappelle-toi, ce n'est pas à nous qu'ils s'intéressent. C'est Sophie qu'ils veulent. »

Cette remarque avait quelque chose de brutal, mais c'était la vérité, et je voulais avant tout rassurer ma femme. Si elle se croyait à l'abri, je le croirais peut-être aussi.

La salle était pleine de spectateurs intéressés et le silence se fit bientôt lorsqu'une porte s'ouvrit, laissant apparaître Léo encadré par plusieurs gendarmes. Il scruta l'auditoire, et quand il nous eut trouvés, il eut un sourire courageux qui masquait à coup sûr l'angoisse qu'il éprouvait réellement. Il semblait plus pâle et plus maigre que la dernière fois où je l'avais vu. La veille de l'incident, nous avions bu trop de vin rouge ensemble dans un bar, rien que nous deux ; ce soir-là, il m'avait avoué qu'il comptait proposer le mariage à Sophie le jour de Noël, ce qu'elle ignorait entièrement. Au tribunal, il se tenait fièrement ; il regarda droit devant lui quand on lui lut l'acte d'accusation et répondit d'une voix claire qu'il plaidait « non coupable ».

La matinée fut occupée par une série d'ennuyeuses discussions de procédure entre le juge, le procureur et l'avocat commis d'office qui défendait notre ami. En fin d'après-midi, plusieurs témoins furent appelés à la barre, dont la vieille femme que l'Espagnol avait tenté de déloger. Elle chanta les louanges de Léo, bien sûr, et accusa le gendarme – ainsi que l'Espagnol, qui se montra étonnamment dur envers Léo, peut-être à cause de son amour-propre blessé. Quelques autres firent une apparition, des hommes et des femmes présents sur les marches du Sacré-Cœur au moment de l'incident, qui avaient donné leur nom aux enquêteurs. Une dame qui s'était trouvée à quelques centimètres du mort lors de sa chute. Le médecin qui l'avait examiné en premier. Le légiste.

« Ça s'est bien passé, non ? me demanda Sophie ce soir-là, et je hochai la tête, car ce mensonge consolateur ne me coûtait rien.

— Certains témoignages ont bien aidé, concédai-je, sans préciser que la plupart des dépositions dépeignaient Léo comme un personnage emporté et agressif, dont la conduite impulsive avait entraîné la mort d'un jeune homme honnête et innocent.

— Demain tout ira bien, dit Zoïa en serrant notre amie dans ses bras alors que nous nous séparions pour la nuit. J'en suis certaine. »

Après quoi nous nous disputâmes, Zoïa et moi. Ce fut la première fois que nous haussions la voix l'un contre l'autre. Je comptais bien me rendre au tribunal, mais je commis l'erreur d'avouer que

M. Ferré allait sans doute beaucoup m'en vouloir de prendre un deuxième jour de congé. Alors que je craignais pour notre avenir, ma femme n'y vit que de l'égoïsme, un manque de considération envers nos amis, et ce reproche me blessa.

Cette nuit-là, au lit, après cette querelle – nous étions si peu habitués à cela que ce seul souvenir nous faisait pleurer –, je conseillai à Zoïa de se préparer à ce que l'affaire ne se termine pas comme nous l'aurions souhaité.

Elle ne répondit pas et se contenta de se retourner pour dormir, mais je savais bien qu'elle avait discerné la vérité de mon avertissement. Elle n'était pas si naïve.

Le lendemain, nous occupions les mêmes places dans la salle d'audience. Cette fois, il y avait foule pour entendre la déposition de Léo. D'abord nerveux, il retrouva vite sa force habituelle et offrit une prestation d'une éloquence remarquable ; je crus même un moment que cette prouesse le sauverait. Il se présenta comme un héros du peuple, incapable de laisser un étranger insulter et maltraiter une vieille dame, une *Française*. Il dit combien il admirait le travail des gendarmes. Il avait vu le jeune agent perdre l'équilibre, il lui avait même tendu la main, pour le rattraper et non pour le pousser, mais c'était trop tard. Le gendarme était tombé. Tout l'auditoire retint son souffle pendant son discours, et lorsqu'il quitta la barre, il jeta un coup d'œil en direction de Sophie, qui lui sourit d'un air inquiet ; il répondit par un sourire, avant de se rasseoir entre ses gardes.

Le dernier témoin était cependant la mère du jeune gendarme, qui raconta ce qu'il avait fait ce matin-là, et qui dépeignit son fils – à raison, peut-être – comme un saint. Elle s'exprima avec dignité, sans retenir ses larmes, et lorsqu'elle eut terminé, je sus qu'il n'y avait plus grand espoir.

Une heure après, les jurés revinrent, déclarèrent Léo coupable de meurtre, sous des applaudissements spontanés. Sophie se leva d'un bond avant de s'évanouir aussitôt. Zoïa et moi dûmes la porter dans le couloir.

« Ce n'est pas possible, pas possible, marmonna-t-elle alors qu'elle reprenait connaissance sur l'un des froids bancs de pierre qui longeaient les murs. Il est innocent. Ils ne peuvent pas me le prendre. »

Zoïa était en pleurs, elle aussi, et les deux femmes tremblaient violemment, blotties l'une contre l'autre. Je sentis les larmes me monter aux yeux, moi aussi. C'en était trop. Je ne voulais pas qu'elle me voie m'effondrer.

« Je repars à l'intérieur, dis-je en leur tournant le dos. Je veux savoir ce qui va se passer ensuite. »

De retour dans la salle, je dus me frayer un chemin pour voir. Léo était debout, entre deux gendarmes, blême, apparemment incapable de comprendre ce qui lui arrivait, sûr d'être bientôt libéré avec les excuses de la cour. Mais c'était hors de question.

Le juge donna plusieurs coups de maillet devant lui pour imposer le silence et prononça la sentence.

Quand je ressortis, quelques instants après, je fus d'abord sûr que j'allais vomir. Je courus dehors remplir mes poumons d'autant d'air que possible, et c'est alors que l'horreur de ce que je venais d'entendre me frappa pleinement. Je dus m'appuyer au mur, de peur de m'écrouler et me couvrir de honte.

À un mètre de moi, Zoïa et Sophie cessèrent de pleurer.

« Qu'y a-t-il ? demanda Sophie en accourant. Gueorgui, dis-moi ! Que s'est-il passé ? »

Je secouai la tête. « Je ne peux pas.

— Dis-moi ! cria-t-elle. Dis-moi, Gueorgui ! » Elle me gifla, une fois, deux fois, trois fois, très fort. Les poings serrés, elle me martela les épaules, mais je ne sentais rien. Je restai immobile. « Dis-moi », continuait-elle à hurler, mais les mots se perdaient dans un tel désarroi qu'ils étaient presque inintelligibles.

« Gueorgui ? » Zoïa me dévisagea et déglutit nerveusement. « Gueorgui, qu'y a-t-il ? Nous devons savoir. Tu dois lui dire. »

Je la regardai, ne sachant trop comment formuler la chose, comment mettre en mots une chose aussi inexprimable.

L'exécution eut lieu le lendemain matin, de bonne heure. Ni Zoïa ni moi n'y assistâmes, mais Sophie fut autorisée à passer trente minutes avec son amant avant qu'il soit mené à la guillotine. Je fus choqué, plus que choqué, d'apprendre que tel serait son châtiment ; un instrument de mort que j'associais à la Révolution française était encore en usage, plus d'un siècle après, pour les condamnés à mort. Cela me semblait barbare. Aucun de nous trois ne pouvait croire qu'une telle punition serait infligée à notre jeune ami, si beau, si drôle, si plein de vie. Mais le doute n'était pas permis. La sentence avait été prononcée, et elle fut appliquée en moins de vingt-quatre heures.

Après cela, Paris perdit pour nous toute sa beauté. J'envoyai ma lettre de démission à M. Ferré, qui la déchira sans la lire : de toute façon, j'étais renvoyé.

Cela n'avait aucune importance.

Sophie ne vint nous voir qu'une fois avant de quitter le pays, en nous remerciant pour l'aide que nous lui avions apportée, et en promettant de nous écrire dès qu'elle serait arrivée, où qu'elle aille.

Zoïa et moi décidâmes de quitter Paris pour de bon. C'était son choix, mais j'approuvai sans peine.

Lors de notre dernier soir dans notre appartement vide, alors que nous contemplions par la fenêtre les clochers des nombreuses églises de la capitale, Zoïa dit :

« C'est ma faute. »

Le voyage à Ekaterinbourg

Quand je me couchai ce soir-là dans l'un des petits lits de camp qui bordaient les parois du wagon des gardes, j'étais sûr qu'il me serait impossible de dormir. La journée s'était terminée dans le désarroi total, le tsar avait sombré dans une dépression silencieuse, et ceux d'entre nous qui formions son entourage étions mal à l'aise, abattus. Je ne suis pas fier d'avouer que je pleurai lorsque je posai ma tête sur l'oreiller, car mon émotion était à son comble, et même si j'arrivai finalement à fermer les yeux, je fus tourmenté par des cauchemars et me réveillai plusieurs fois pendant la nuit, complètement désorienté. Les heures passant, je m'enfonçai néanmoins dans un sommeil plus profond, et quand je rouvris les yeux, non seulement la nuit s'était écoulée, mais aussi une bonne partie de la matinée. Je battis des paupières et j'attendis que les événements de la veille se dissipent comme les rêves, mais au lieu de s'évanouir, ils s'affirmèrent, plus clairs que jamais, et je compris que tout était vrai. L'inimaginable s'était bel et bien produit.

Le soleil se répandait par les fenêtres. Je cherchai à voir qui d'autre partageait le compartiment avec moi, et je fus surpris de découvrir que j'étais absolument seul. Cette partie du train était presque toujours pleine d'autres membres de la *Leib-Garde*, qui dormaient, tentaient de dormir, s'habillaient, parlaient, discutaient. Le silence qui y régnait alors était déconcertant. Un calme surnaturel m'entourait quand je me glissai lentement hors de mon lit pour enfiler ma chemise et mon pantalon. Je regardai avec méfiance l'interminable forêt glacée qui s'étendait sur des centaines de kilomètres de part et d'autre du train.

Traversant en hâte le wagon-restaurant, le salon de jeu et les voitures réservées aux grandes-duchesses, je me dirigeai vers le bureau particulier du tsar, où la veille il s'était dessaisi de ses droits héréditaires, ainsi que de ceux de son fils, et je frappai à la porte. Il n'y eut pas de réponse. Je collai mon oreille au bois pour entendre une éventuelle conversation à l'intérieur.

« Votre Majesté, appelai-je, résolu à lui donner encore son titre. Votre Majesté, puis-je faire quelque chose pour vous ? »

Comme il ne répondait toujours pas, j'ouvris la porte et découvris la pièce aussi vide que l'était tout à l'heure le wagon des gardes. Je fronçai les sourcils et tentai d'imaginer où pouvait être le tsar ; il passait toutes ses matinées enfermé dans son bureau, à travailler sur ses papiers. Cela ne pouvait avoir changé, même dans les circonstances nouvelles où nous nous trouvions. Après tout, il y avait encore des lettres à écrire, des documents à signer, des décisions à prendre. À présent plus que jamais, il devait s'occuper de ses affaires. Après avoir jeté un coup d'œil dans le couloir pour m'assurer que personne ne s'approchait, je m'avançai et fouillai rapidement les papiers étalés sur le bureau. Il s'agissait de documents politiques complexes qui ne signifiaient rien pour moi, et je m'en détournai, déçu, avant de remarquer que la photographie de famille que le tsar gardait d'habitude sous les yeux avait disparu. Le cadre d'argent était vide. Je le contemplai un instant, comme s'il avait pu m'indiquer où était le tsar, mais je le reposai aussitôt. Il fallait que je sorte immédiatement.

Le train n'avait pas bougé depuis la veille. Quand je sautai à terre, mes bottes firent crisser les cailloux du ballast. Je distinguai la silhouette de Piotr Iliavitch Maksi, autre membre de la *Leib-Garde*, qui faisait partie de la suite du tsar depuis bien avant mon arrivée à Saint-Pétersbourg ; nous n'avions jamais sympathisé et je l'évitais, en général. Ayant appartenu au Corps des pages, il n'appréciait guère ma présence au service de Nicolas ; il avait été exaspéré lorsque j'avais été relevé de ce qu'il appelait mes fonctions de « nounou » auprès du tsarévitch pour rejoindre l'entourage immédiat du tsar. Cependant, comme il ne restait apparemment que lui dans les parages, je fus bien obligé de lui adresser la parole.

« Piotr Iliavitch », dis-je en parcourant à grands pas l'espace nous séparant. Je tâchai de ne pas me laisser désarçonner par l'air bougon avec lequel il me dévisageait, comme si je n'étais qu'un menu désagrément. Il garda longtemps sa cigarette au coin de la bouche avant d'en tirer une ultime bouffée et de la jeter à terre, où il la piétina.

« Mon ami, répondit-il avec un hochement de tête, la voix chargée de sarcasme. Bonjour.

— Que se passe-t-il ? Où sont-ils tous ? Le train est vide.

— Ils sont tous à l'avant. Enfin, ceux qui restent, du moins.

— Ceux qui restent ? Comment ça, "ceux qui restent" ?

— Tu n'as pas entendu ? Tu ne sais pas ce qui est arrivé hier soir ? »

Je sentis la terreur monter peu à peu en moi, mais je me refusais à deviner ce à quoi il faisait allusion. « Réponds-moi, Piotr. Où est le tsar ?

— Il n'y a plus de tsar, répliqua-t-il comme si c'était la chose la plus naturelle du monde. Il est parti. Nous sommes enfin débarrassés.

— Parti ? Mais où ça ? Tu ne veux pas dire…

— Il a renoncé au trône.

— Je le sais. Mais où…

— Un train est venu le chercher au milieu de la nuit.

— Qui l'avait envoyé, ce train ?

— Notre nouveau gouvernement. Ne me raconte pas que tu dormais ! Tu as raté un fameux spectacle. »

Je fus aussitôt soulagé : il était encore en vie, et sa famille était sans doute indemne elle aussi. Ce sentiment fut pourtant vite remplacé par le désir de savoir où on l'avait emmené.

« Qu'est-ce que ça peut te faire ? » me demanda Piotr en plissant les yeux. Il tendit la main pour enlever un peu de poussière sur mon col, geste agressif qui me fit reculer d'un pas.

« Rien du tout », mentis-je. Je compris combien le monde avait changé du jour au lendemain, et qu'il était plein de nouveaux dangers. « Ça m'intéresse, voilà tout.

— Tu t'intéresses au sort des Romanov ?

— J'ai envie de savoir. Je suis allé me coucher et… Je devais être épuisé. J'ai dormi comme un loir. Je n'ai rien entendu.

— Nous sommes tous épuisés, Gueorgui. Mais c'est fini, maintenant. Désormais, tout ira mieux.

— Quel train est venu le chercher ? insistai-je, sans tenir compte du plaisir évident que lui inspirait l'abdication du tsar. À quelle heure est-il arrivé ?

— Il devait être deux ou trois heures du matin, répondit-il en allumant une nouvelle cigarette. Les autres dormaient, pour la plupart, mais pas moi. Je voulais les voir l'emmener loin d'ici. Le train venait de Saint-Pétersbourg, il s'est arrêté à un kilomètre de celui-ci. Il transportait un groupe de soldats avec un mandat d'arrêt concernant Nicolas Romanov.

— Ils l'ont arrêté ? m'étonnai-je, en évitant le piège qu'il me tendait en gratifiant le tsar de ce surnom moqueur. Mais pourquoi ? Il avait fait ce qu'ils lui demandaient.

— Ils ont dit que c'était pour sa protection. Qu'il aurait été risqué pour lui de regagner la capitale. Il y a des émeutes partout, c'est la pagaille. Le palais est infesté de gens. Les boulangeries sont pillées, on prend le pain et la farine. C'est l'anarchie dans la ville. À cause de lui, bien sûr.

— Épargne-moi ton bulletin d'information, lui criai-je avec rage, en le saisissant par le col. Dis-moi juste où ils l'ont emmené.

— Eh, Gueorgui, lâche-moi ! Qu'est-ce qui te prend ?

— Ce qui me prend ? L'homme que nous servions est emmené par des soldats et tu restes là à fumer tes cigarettes comme si nous étions un jour ordinaire.

— Mais c'est un jour magnifique ! » Il était stupéfait que je ne partage pas son enthousiasme. « Tu ne l'attendais pas avec impatience ?

— Pourquoi n'ont-ils pas utilisé ce train-ci ? demandai-je en me tournant vers les quinze wagons immobilisés. Pourquoi en envoyer un autre ?

— Romanov n'a plus le droit à tout ce luxe. C'est un prisonnier, tu vois ? Il ne possède rien. Il n'a pas d'argent. Ce train ne lui appartient pas. Il appartient à la Russie.

— Hier encore, il *était* la Russie.

— Mais nous sommes aujourd'hui. »

J'aurais aimé le provoquer sur-le-champ, l'arracher à cet endroit où il se tenait avec tant d'assurance, lui mettre un bon coup de poing sur le nez pour le mettre au défi de se venger. J'aurais aimé décharger sur lui ma colère, mais c'était inutile.

« Gueorgui Daniilovitch ! s'exclama-t-il en ricanant. Je n'y crois pas. Tu es vraiment la chienne du tsar, hein ? »

Ma lèvre se retroussa de dégoût. Je savais que, dans l'entourage impérial, certains méprisaient le tsar et tout ce qu'il représentait, mais j'éprouvais envers cet homme une loyauté que rien ne pouvait affaiblir. Il m'avait bien traité, c'était incontestable, et je n'allais pas l'abandonner maintenant. Quelles que soient les conséquences.

« Je suis son serviteur. Jusqu'à ma mort.

— Je vois », murmura-t-il en regardant ses pieds, soulevant la terre avec la pointe de sa botte. Je détournai les yeux, car je souhaitais mettre un terme à cette conversation, et je scrutai l'horizon, vers le nord, vers Saint-Pétersbourg. Ils ne l'avaient certainement pas ramené là-bas. Si les émeutes étaient aussi graves que le disait Piotr Iliavitch, il aurait été écartelé sur la place du Palais, et les bolcheviks n'auraient pas autorisé un tel carnage au début de leur révolution. Je décidai d'obtenir de Piotr davantage de précisions, mais il avait disparu. Je discernai alors des éclats de voix provenant du wagon situé en tête du train. Je ne comprenais pas ce qui se disait, mais la discussion semblait animée. À gauche du train, je remarquai deux wagons qui n'étaient pas là la veille – d'autres bolcheviks, sans doute – et j'éprouvai une soudaine angoisse quant à la suite des événements.

Je m'étais montré imprudent dans mes propos ; Piotr Iliavitch devait être en train de me dénoncer.

Je déglutis nerveusement et me dirigeai lentement vers l'arrière du train, pressant le pas quand le dernier wagon fut en vue. Je ne vis personne en regardant par-dessus mon épaule, mais je savais qu'il ne me restait que quelques instants avant qu'ils viennent me chercher. Qui étais-je, après tout, sinon un moujik chanceux dont la vie avait pris une tournure inespérée ? Le tsar aurait peut-être la vie sauve – c'était un trophée – mais moi ? J'avais sauvé un Romanov et j'en avais protégé un autre.

La forêt s'ouvrait devant moi, à ma gauche ; je traversai les rails et courus vers ce mélange de pins et de sapins, de cèdres et de mélèzes serrés les uns contre les autres. Par-dessus ma respiration haletante et le bruit des branches, j'étais sûr d'entendre la voix des soldats lancés à ma poursuite, le fusil à la main, bien décidés à me retrouver. J'hésitai un instant, à bout de souffle ; oui, c'était vrai, ils me pourchassaient, je n'avais pas rêvé.

Je n'étais plus un membre de la *Leib-Garde* ; cette partie-là de ma vie était terminée. Je n'étais plus qu'un fugitif.

Nous étions presque en octobre quand je revins à Saint-Pétersbourg, mais la perspective d'être capturé et assassiné par les bolcheviks suffisait à me faire presser le pas dès que j'avais l'impression d'être suivi. J'avais donc choisi de ne pas retourner immédiatement en ville, préférant faire profil bas dans les villes situées sur le trajet. Je dormais partout où je trouvais un coin abrité, je franchissais les ruisseaux et les rivières à la nage pour laver mon corps de la puanteur. Je me laissai pousser les cheveux et la barbe, tant et si bien que je devins méconnaissable, et personne n'aurait deviné que j'étais le jeune soldat de dix-huit ans qui avait vu finir la dynastie des Romanov. Mes bras et mes jambes se musclèrent grâce à l'activité constante. J'appris à tuer les animaux, à les écorcher et les dépecer, à les faire cuire en plein air, sacrifiant leur vie pour sauver la mienne.

De temps en temps, je m'arrêtais dans de petits villages et l'on me proposait du travail aux champs pendant quelques jours, en échange du lit et du couvert. J'interrogeais les fermiers sur la situation politique, et je fus surpris qu'un gouvernement provisoire qui se vantait tellement d'appartenir au peuple tienne ses activités aussi secrètes. À ce que je pus découvrir, un nommé Vladimir Ilitch Oulianov – surnommé Lénine – avait pris la tête de la Russie ; pour mieux marquer le contraste avec le tsar, il avait installé son quartier général au Kremlin, à Moscou, ville que Nicolas détestait et où il se rendait rarement. Il y avait été couronné, bien sûr, comme tous les tsars avant lui, et je ne pus m'empêcher de me demander si Lénine avait eu cette tradition à l'esprit en choisissant le siège de sa puissance.

Quand je retrouvai Saint-Pétersbourg – ou Petrograd, comme elle avait été officiellement rebaptisée –, la ville avait beaucoup changé, mais pas au point que je ne puisse la reconnaître. Les palais le long de la Neva avaient tous été fermés, et je me demandais où s'étaient installés les princes, les comtes et les duchesses douairières. Ils étaient apparentés à toutes les familles royales d'Europe, évidemment. Certains avaient dû fuir vers le Danemark, d'autres vers la Grèce. Les plus robustes avaient pu traverser le continent et s'embarquer pour l'Angleterre, comme le tsar en avait eu le projet. En tout cas, ils n'étaient pas là. Ils n'y étaient plus.

Alors que les berges étaient jadis dominées par les voitures à chevaux qui emmenaient leurs riches propriétaires patiner sur les lacs gelés ou se divertir dans les demeures les uns des autres, elles étaient à présent désertes, à l'exception des paysans qui couraient sur le trottoir, soucieux de rentrer chez eux pour échapper au froid et pour manger le maigre repas qu'ils avaient pu dénicher.

Il gelait, je m'en souviens. L'air de la place du Palais était si froid qu'à chaque coup de vent il me mordait les joues, les oreilles et le bout du nez, m'obligeant à m'enfoncer les ongles dans les paumes pour m'empêcher de crier. À l'ombre des colonnades, j'admirai le bâtiment où j'avais habité et je songeai combien les choses étaient différentes quand j'étais arrivé deux ans auparavant, si naïf, si innocent, si désireux d'une existence différente de celle que j'avais endurée à Kachine. Qu'aurait pensé ma sœur Assia en me voyant blotti contre un mur, serrant ma poitrine entre mes bras pour me réchauffer ?

Elle aurait peut-être pensé que je l'avais bien mérité.

J'ignorais ce qu'était devenue la famille impériale et je n'avais presque rien appris au cours de mon errance de village en village. Je supposais qu'ils avaient été brièvement emprisonnés, puis exilés, la pire crainte d'Anastasia, déportée à l'autre bout du continent, dans cette Angleterre où le roi George avait sans doute accueilli ses cousins en se demandant ce qu'il allait bien faire de ces Romanov qui attendaient tant de lui.

Bien sûr, le visage d'Anastasia continuait à me hanter au cours de mon voyage, ainsi que la nuit, quand je tentais de dormir. Je rêvais d'elle, je composais dans ma tête des lettres, des sonnets et toutes sortes de poèmes absurdes. Je lui avais juré de ne jamais l'abandonner ; quoi qu'il arrive, je serais auprès d'elle. Mais neuf mois s'étaient écoulés depuis notre dernier entretien, la nuit où elle était venue me voir dans ma chambre, au palais d'Hiver, troublée par les malheurs de sa famille. Nous ne soupçonnions pas alors que ce seraient nos adieux, mais le tsar avait choisi de partir de bonne heure le lendemain, avant que sa famille ne se lève, et mon devoir avait été de l'accompagner. À son réveil, Anastasia avait dû être bouleversée en apprenant que j'étais parti.

Rêvait-elle de moi comme je rêvais d'elle, couché dans les granges et les écuries, contemplant les étoiles à travers les interstices entre les poutres ? Peut-être s'endormait-elle en même temps que moi, tandis que des éclairs argentés zébraient le ciel londonien ; elle se demandait où j'étais, m'imaginait allongé sous la même nuit, murmurant son nom, l'implorant de croire en moi. Les temps étaient difficiles. Si j'avais pu lui écrire, je l'aurais fait, mais à quelle adresse ? Pour la voir, j'aurais traversé des déserts, mais où la rejoindre ? Je n'avais aucun indice, et c'est seulement là, à Saint-Pétersbourg – oui, pour moi, cette ville serait toujours Saint-Pétersbourg, jamais Petrograd – que je pourrais trouver une réponse à mes questions.

Au bout d'une semaine, je trouvai l'indice que je cherchais. Cet après-midi-là, j'avais récolté quelques roubles en aidant à décharger des tonneaux de grain pour un des nouveaux entrepôts d'État, et j'avais décidé de m'offrir un repas chaud tel que je m'en autorisais rarement. Assis au coin du feu dans une petite salle confortable, alors que je savourais un bol de *chtchi* et buvais de la vodka, en essayant de profiter pour une fois de ces quelques plaisirs simples, d'être à nouveau un jeune homme, d'être Gueorgui, je remarquai à la table voisine un individu âgé de quelques années de plus que moi, qui s'enivrait peu à peu. Il était glabre et portait l'uniforme du gouvernement provisoire, c'était un bolchevik pur et dur. Pourtant, quelque chose en lui m'indiquait que je touchais au but.

« Tu as l'air tout triste, l'ami », lui dis-je. Il me dévisagea un moment, m'examinant avec soin pour déterminer si je méritais son intérêt.

« Ah ! fit-il, j'étais triste, c'est vrai. » De la main gauche, il souleva sa bouteille de vodka, puis me sourit. « Mais je ne le suis plus !

— Je comprends, dis-je en levant mon verre. *Na zdarovié !*

— *Na zdarovié !* » Il vida son verre et s'en versa un autre.

J'attendis quelques instants, puis je vins m'asseoir en face de lui. « Je peux ? »

Il m'inspecta d'un air las, puis haussa les épaules. « Comme tu voudras.

— Tu es soldat.

— Oui. Et toi ?

— Fermier.

— Il nous faut plus de fermiers, dit-il avec une énergie d'ivrogne, en frappant du poing sur la table. C'est comme ça que nous nous enrichirons. Par le grain.

— Tu as raison, approuvai-je en nous servant à tous deux de la vodka. Grâce à vous, les soldats, nous serons tous plus riches un jour. »

Il soupira et secoua la tête, l'air revenu de tout. « Ne te fais pas d'illusions, mon ami. Personne ne sait ce qu'ils font. Ils n'écoutent pas les gens comme moi.

— Mais tout va mieux qu'avant, non ? » Même s'il était mécontent de son sort, ses sympathies devaient aller du côté des révolutionnaires. « Mieux quand nous vivions sous le ts... sous Nicolas Romanov.

— Tu dis vrai, dit-il en se penchant pour me serrer la main comme à un frère. Peu importe ce qu'il arrive, nous nous portons tous mieux grâce au grand changement. Foutus Romanov ! » Et il cracha à terre, ce qui lui valut une réprimande du tenancier : s'il ne savait pas se tenir, il serait jeté dans la rue.

« Qu'est-ce qui t'arrive ? demandai-je. Pourquoi as-tu l'air triste ? À cause d'une femme, peut-être ?

— Si seulement c'était à cause d'une femme ! Les femmes sont le cadet de mes soucis, à présent. Non, ce n'est rien, mon ami. Je ne veux pas t'ennuyer avec mes histoires. J'attendais une faveur d'un petit fonctionnaire du gouvernement de Lénine, mais j'ai été déçu, voilà tout. Alors je noie mon chagrin dans l'alcool. Demain je serai encore déçu, mais ça passera.

— Et tu auras la gueule de bois.

— Ça aussi, ça passera.

— Tu es proche de Lénine ? » J'étais sûr qu'en le flattant, j'obtiendrais ce que je voulais.

« Bien sûr que non. Je ne l'ai jamais vu.

— Alors comment...

— J'ai des relations. Il y a des gens haut placés qui ont beaucoup d'estime pour moi.

— J'en suis certain. Ce sont les hommes comme toi qui transforment ce pays.

— Va dire ça à mon bureaucrate.

— Puis-je te demander... » Je ne voulais pas paraître désespérément en quête d'informations. « Es-tu l'un de ces héros qui sont responsables de la disparition des Romanov ? Dis-le tout de suite, que je puisse te payer à boire, car nous vous devons énormément, nous pauvres moujiks. »

Il haussa les épaules.

« Pas vraiment. La paperasserie, peut-être. C'est tout ce que j'ai eu à faire.

— Ah ! fis-je, le cœur bondissant dans ma poitrine. Tu penses qu'ils seront un jour autorisés à revenir ici ?

— À Petrograd ? Non, non. Absolument pas. Ils se feraient massacrer. Le peuple ne le supporterait pas. Non, ils sont plus en sûreté là où ils sont. »

Je m'efforçai de déguiser en toux mon soupir de soulagement. C'était la première preuve qu'ils étaient en vie, qu'*elle* était en vie.

« Ils ne sont pas habitués au temps qu'il fait là-bas, dis-je en ricanant pour gagner sa confiance. On dit qu'ici les hivers sont froids, mais ce n'est rien par rapport à là-bas.

— À Tobolsk ? Je ne savais pas. Mais on s'occupera d'eux. La résidence du gouverneur de Sibérie n'est peut-être pas un palace, mais c'est une maison bien plus belle que nous n'en connaîtrons jamais, toi ou moi. Les gens comme eux savent survivre. Ils sont comme les chats, ils retombent toujours sur leurs pattes. »

J'eus toutes les peines du monde à retenir un hurlement de surprise. Ils n'étaient donc pas en Angleterre ! Ils n'avaient pas même quitté la Russie. Ils avaient été emmenés à Tobolsk, au-delà de l'Oural. Au fin fond de la Sibérie. C'était loin, bien sûr, mais je pourrais me débrouiller. J'irais là-bas. Je la trouverais.

« Bien sûr, on ne le crie pas sur les toits, mon ami, ajouta-t-il sans avoir l'air de se soucier particulièrement de ce que je ferais de cette information. Je parle de l'endroit où ils sont. Tu ne dois en parler à personne.

— Ne t'inquiète pas. » Je me levai et jetai quelques roubles sur la table pour payer son dîner et le mien. Il avait bien mérité cela. « Je n'ai pas l'intention d'en parler à quiconque. »

En quittant Saint-Pétersbourg, je partis vers l'est, et je traversai Volodga, Viatka et Perm avant d'atteindre les plaines de Sibérie. Cela faisait plus d'un an que je n'avais pas vu Anastasia, et il s'était écoulé presque aussi longtemps depuis que le tsar était devenu Nicolas Romanov. J'arrivai amaigri et affamé, mais poussé par le désir de la revoir, de la protéger. Mon corps était épuisé par le long voyage et, si j'avais eu un miroir, j'aurais sans doute trouvé que je paraissais dix ans de plus que mon âge, alors que je n'avais pas vingt ans.

Le trajet était semé d'embûches. J'avais succombé à la fièvre peu après Viatka, mais j'avais eu la chance d'être recueilli chez un fermier dont la femme m'avait soigné jusqu'à ma guérison ; elle avait subi mon délire mais ne m'en voulait pas. Lors de ma dernière nuit chez eux, comme j'étais assis au coin du feu, Polina Pavlovna posa sa main sur la mienne, geste dont l'intimité me surprit.

« Sois prudent, Pacha », me dit-elle, car le premier ou le deuxième jour, on m'avait demandé mon nom et, dans mon état, l'esprit perturbé, j'avais indiqué ce surnom de mon enfance que je détestais pourtant. « Il y a du danger dans ce que tu vas entreprendre.

— Ce que je vais entreprendre ? » Pendant ma convalescence, je leur avais dit que je retournais voir ma famille, qui habitait Sourgout, afin d'aider aux récoltes. « Mais je ne vois là aucun danger.

— Quand nous nous sommes rencontrés, Louka et moi, mon père n'était pas d'accord, murmura-t-elle. Ça nous était égal, notre amour était assez fort. Mais son père était pauvre, c'était un homme dont personne ne se souciait beaucoup. Pour toi, c'est différent. »

Je déglutis, troublé, car j'ignorais quels secrets j'avais pu trahir pendant ma maladie. « Polina…

— Ne t'en fais pas. Tu n'en as parlé qu'à moi. Et je n'ai rien dit, même à Louka. »

Je hochai la tête et regardai par la fenêtre. « J'en ai encore pour longtemps à marcher ?

— Plusieurs semaines. Mais ils seront sains et saufs, j'en suis certaine.

— Comment peux-tu le savoir ?

— Parce que leur histoire ne s'arrête pas à Tobolsk, répondit-elle sereinement, détournant les yeux avec une expression de tristesse. Et la grande-duchesse, celle que tu aimes, son histoire est encore loin d'être terminée. »

Je ne savais que dire et restai muet. Je n'étais pas du genre à croire aux superstitions ou aux prophéties des vieilles femmes. Je n'avais pas cru le starets, je n'allais pas croire une fermière de Viatka, même si j'espérais qu'elle disait vrai.

« Le tsar est passé par ici un jour, tu sais, m'apprit-elle avant que je parte. Quand je n'étais encore qu'une petite fille. »

Je fronçai les sourcils car c'était une femme âgée. Cela me semblait invraisemblable.

« Pas ton tsar ! Son grand-père, Alexandre II. Quelques semaines avant son assassinat. Il est arrivé et reparti comme l'éclair. Toute la ville avait couru le voir et il nous a à peine regardés, il fonçait sur son cheval, mais tout le monde a eu l'impression d'être touché par la main de Dieu. C'est difficile à imaginer maintenant, non ?

— Un peu », concédai-je.

Je partis le lendemain et, par bonheur, je restai en bonne santé jusqu'à la fin du voyage. J'arrivai à Tobolsk début juillet. La ville était pleine de bolcheviks, mais personne ne s'intéressa à moi. Je compris que je n'étais plus recherché. Qui étais-je, après tout, sinon un serviteur, un néant ? Même s'ils avaient d'abord eu l'intention de me retrouver après l'arrestation du tsar, ils y avaient renoncé depuis longtemps.

Je n'eus pas de mal à découvrir la maison du gouverneur. J'y parvins en fin d'après-midi, et je m'attendais à la voir entourée de gardes. Je n'étais pas sûr de ce que je ferais. J'aurais aimé demander simplement à parler au tsar – ou à Nicolas Romanov, s'ils y tenaient – après quoi je proposerais de rester avec la famille comme domestique, ce qui m'aurait permis de voir Anastasia tous les jours jusqu'à leur départ en exil.

Cependant, la maison n'était pas exactement comme je l'avais imaginé. Il n'y avait aucune voiture à l'extérieur, et seulement un soldat, adossé à la clôture, qui bâillait à se décrocher la mâchoire. Il me regarda approcher et eut l'air agacé, mais ne parut pas du tout inquiet. Il ne prit même pas la peine de se redresser.

« Bonsoir, dis-je.

— Camarade.

— Je me demandais… C'est bien la résidence du gouverneur ?

— Et après ? Qui es-tu ?

— Je m'appelle Gueorgui Daniilovitch Yachmenev. Mon père est fermier à Kachine. »

Il détourna la tête pour cracher à terre. « Jamais entendu parler.

— Non, bien sûr. Mais ton prisonnier me connaît.

— Mon prisonnier ? Quel prisonnier ? »

Je soupirai. Je n'avais pas envie de jouer à ce petit jeu. « J'ai fait un long chemin pour venir jusqu'ici. J'arrive de Saint-Pétersbourg.

— De Petrograd, tu veux dire ?

— Si tu veux.

— À pied ? demanda-t-il en haussant le sourcil.

— Sur une bonne partie du trajet, oui.

— Eh bien, que cherches-tu ici ?

— Jusqu'à l'année dernière, je travaillais au palais impérial. Je travaillais pour le tsar. »

Il hésita avant de répondre. « Il n'y a pas de tsar. Tu travaillais peut-être pour l'ex-tsar.

— Pour l'ex-tsar, d'accord. Je pensais... Je me demandais si je pourrais lui présenter mes respects. »

Il plissa le front. « Bien sûr que non. Tu es débile, Yachmenev ? Tu crois que n'importe qui a le droit de voir les Romanov ?

— Je ne suis une menace pour personne, dis-je en tendant les bras pour montrer que je ne cachais aucune arme. Je veux simplement leur proposer mes services.

— Et pourquoi ferais-tu ça ?

— Parce qu'ils ont été bons pour moi.

— C'étaient des tyrans. Tu es fou de vouloir être avec eux.

— Mais c'est ce que je veux. Est-ce possible ?

— Tout est possible, répondit-il avec un haussement d'épaules. Mais c'est trop tard. »

Mon cœur cessa un instant de battre ; j'eus grand-peine à m'empêcher de saisir le soldat par les revers de son uniforme pour exiger de savoir ce que signifiait cette remarque.

« Trop tard ? demandai-je avec désinvolture. Comment ça ?

— Ils ne sont plus là. Le gouverneur est à nouveau dans ses murs. Je peux t'obtenir une audience, si tu veux.

— Non, non. Non, c'est inutile. » J'avais envie de m'asseoir par terre et de me cacher la tête entre les mains. Ce tourment prendrait-il fin un jour ? Ne serions-nous jamais réunis ? « Je... j'espérais les voir.

— On ne les a pas emmenés bien loin. Tu peux essayer de les suivre. »

Je le regardai avec espoir. « Ah oui ? Où sont-ils ? »

Il sourit et ouvrit la main. Je sus aussitôt que cette information allait me coûter cher. Je fouillai mes poches et sortis tous les roubles que je possédais. « Je ne peux pas négocier, dis-je en les lui donnant. Tu peux me fouiller si tu veux. C'est tout ce que j'ai. Absolument tout. Alors je t'en supplie… »

Il regarda dans sa paume, compta les pièces et les glissa dans sa poche. Puis, avant de s'éloigner, il se pencha et me chuchota un mot à l'oreille.

« Ekaterinbourg. »

C'est ainsi que je me remis en marche, cette fois vers le sud-ouest, en direction d'Ekaterinbourg, sachant déjà que ce serait la dernière ligne droite et que je trouverais enfin Anastasia. Les villages que je traversai en chemin – Tavda, Tirinsk, Irbit – me rappelaient un peu Kachine, et je m'y reposai parfois, dans l'espoir de parler aux fermiers. Mais ce fut en vain, ils semblaient se méfier de moi. Je me demandai s'ils savaient qui avait traversé leur village avant moi, s'ils les avaient vus. Quoi qu'il en soit, ils n'en dirent rien.

Il me fallut près d'une semaine.

Plus que n'importe où ailleurs, la population locale était inquiète, et je sus que j'avais atteint ma destination. Il ne me fallut pas longtemps pour trouver quelqu'un qui me montrerait le chemin. Une grande maison au coin de la ville, entourée de soldats.

« Elle appartient à un très riche marchand, m'expliqua l'homme qui avait bien voulu m'aider. Les bolcheviks la lui ont confisquée. Nous l'appelons encore la maison Ipatiev, mais eux l'appellent "la maison à destination spéciale". »

J'acquiesçai et partis dans la direction qu'il m'indiquait.

Elle serait là, je le savais. Ils seraient tous là.

1919

Cela paraîtra peut-être étrange ou vieillot, mais Zoïa et moi avions pris chacun une chambre sur la butte Montmartre, dans deux immeubles qui se tournaient le dos, si bien que nous ne pouvions pas même nous faire signe avant de nous coucher le soir, ou nous envoyer un baiser pour clore la journée. De son logement, Zoïa avait vue sur le dôme blanc de la basilique du Sacré-Cœur, elle voyait la foule monter les marches vers les trois arches de la façade, elle entendait les bavardages des gens qui passaient sous sa fenêtre pour aller au travail ou en revenir. De chez moi, je voyais le clocher de Saint-Pierre de Montmartre, là où avait été fondé l'ordre des jésuites, et en me penchant, j'apercevais les artistes plantant leur chevalet dans la rue tous les matins, dans l'espoir de gagner quelques francs pour leur modeste repas. Nous n'avions pas prévu de nous entourer de tous ces bâtiments religieux, mais les loyers étaient moins chers dans le XVIIIe arrondissement, et deux émigrés russes pouvaient s'y fondre dans la masse des réfugiés sans susciter de commentaires.

La guerre avait pris fin alors que des traités de paix étaient signés à Budapest, à Prague, à Zagreb, et enfin dans un wagon de chemin de fer à Compiègne, mais les quatre années précédentes avaient vu arriver dans la capitale française des dizaines de milliers d'Européens, chassés par l'avance des armées du kaiser dans leur pays natal. Le nombre d'immigrés diminuait déjà quand nous arrivâmes, mais il ne fut pas difficile de prétendre n'être que deux exilés de plus, et personne ne contesta jamais la vérité de notre version des faits.

Quand nous découvrîmes la ville, après un séjour pénible et apparemment interminable à Minsk, je commis l'erreur de supposer que nous vivrions comme mari et femme, Zoïa et moi. Cette idée m'occupait l'esprit à mesure que les campagnes de mon enfance étaient remplacées par des villes, des fleuves et des montagnes dont je ne connaissais l'existence que par les livres ; la perspective de la vie conjugale m'inquiétait et m'excitait à la fois. Je consacrai le plus clair du voyage à chercher les mots qui me permettraient d'aborder la question.

« Nous n'aurons besoin que d'un petit appartement, suggérai-je à une quinzaine de kilomètres de Paris, sans oser regarder Zoïa, de peur qu'elle ne lise le trouble sur mon visage. Un salon et une cuisine. Une petite salle de bains, si nous avons de la chance. Une chambre, bien sûr », ajoutai-je en rougissant horriblement. Nous n'avions encore jamais fait l'amour, évidemment, mais mon plus vif espoir était que notre existence à Paris nous offrirait non seulement l'indépendance et un nouveau départ, mais aussi la révélation des plaisirs sensuels.

« Gueorgui, dit-elle en secouant la tête. Nous ne pouvons pas vivre ensemble, tu le sais. Nous ne sommes pas mariés.

— Bien sûr, répondis-je, la bouche si sèche que ma langue collait désagréablement à mon palais. Mais nous vivons une époque nouvelle pour nous, n'est-ce pas ? Nous ne connaissons personne ici, nous sommes seuls au monde. Je pensais que peut-être...

— Non, Gueorgui, m'interrompit-elle en se mordillant la lèvre. Non. Pas encore. Je ne peux pas.

— Alors... Alors nous nous marierons, proposai-je, surpris de ne pas y avoir encore pensé. Mais naturellement, je ne souhaite que ça. Nous serons mari et femme ! »

Zoïa me dévisagea et, pour la première fois depuis qu'elle m'était tombée dans les bras une semaine auparavant, elle éclata de rire et roula de gros yeux, non pour indiquer que j'étais un imbécile, mais parce que ma suggestion lui paraissait absurde.

« Gueorgui, tu me demandes de t'épouser ?

— Oui, répondis-je, radieux. Je veux que tu sois ma femme. » Je tentai de m'agenouiller, suivant la tradition, mais l'espace entre les bancs du compartiment ne permettait pas un mouvement gracieux. Je réussis à mettre un genou à terre, mais je dus tordre le cou pour la regarder. « Je n'ai pas encore d'anneau à t'offrir, mais tu as mon cœur. Tu as tout de moi, tu le sais.

— Je le sais, dit-elle m'aidant aimablement à me rasseoir. Mais tu me le demandes pour que nous puissions... pour que...

— Non ! protestai-je, gêné qu'elle me juge aussi mal. Non, Zoïa, non. Je te demande en mariage parce que je veux passer ma vie avec toi. Tous mes jours et toutes mes nuits. Il n'existe pour moi personne d'autre au monde, tu dois le savoir.

— Et il n'existe personne d'autre pour moi non plus, Gueorgui. Mais je ne peux pas t'épouser. Pas encore.

— Pourquoi pas ? » Je tentai de maîtriser l'irritation qui se glissait dans ma voix. « Si nous nous aimons, si nous sommes promis l'un à l'autre, alors...

— Gueorgui... réfléchis, je t'en prie. » Elle détourna la tête et je me sentis aussitôt tout penaud. Comment avais-je pu me montrer aussi insensible ? Jamais je n'aurais dû évoquer notre union à un moment pareil, mais j'étais jeune, débordant d'amour, et je ne désirais rien plus que d'être avec cette femme jusqu'à la fin de mes jours.

« Pardonne-moi, dis-je tout bas après quelques instants. J'ai parlé trop vite. J'aurais dû y penser. » Je vis qu'elle était au bord des larmes. « Je ne... je n'aborderai plus la question. Enfin, jusqu'au moment opportun, précisai-je, car il devait être clair que je n'oublierais pas le sujet. Ai-je la permission de t'en reparler, Zoïa ? Dans quelque temps ?

— Je vivrai avec cet espoir », répondit-elle, ayant retrouvé le sourire.

Pour ma part, je considérais que nous étions désormais fiancés et mon cœur se remplit de bonheur à cette pensée.

Nous arrivâmes ainsi à Montmartre où nous nous mîmes à frapper aux portes, en quête de chambres à louer. Nous n'avions pas de bagages, pas d'autres vêtements que les haillons que nous portions. Nous ne possédions rien. Nous avions très peu d'argent. Nous venions en pays inconnu commencer une autre vie, et tout ce que nous pourrions acquérir servirait de base à cette nouvelle existence. De notre ancienne vie, nous n'avions absolument rien conservé. Je n'en gardais que Zoïa, elle n'en gardait que moi.

Mais cela nous suffirait sûrement, pensais-je.

Cet hiver-là, nous fêtâmes Noël deux fois.

Mi-décembre, nos amis Léo et Sophie nous invitèrent à partager leur repas du 25, date traditionnelle de la fête chrétienne, dans leur appartement voisin de la place du Tertre. Je me demandais comment Zoïa supporterait cette occasion, et je suggérai donc d'oublier Noël pour passer l'après-midi à nous promener sur les bords de la Seine, rien que nous deux, en profitant du calme exceptionnel qu'offrirait cette journée.

« Mais je veux y aller, Gueorgui ! Ce sera tellement drôle, à ce qu'il semble. Nous avons bien besoin de nous amuser un peu, tu ne crois pas ?

— Bien sûr, dis-je, ravi de son enthousiasme, car je souhaitais accepter l'invitation. Mais nous n'irons que si tu es sûre de toi. Cela risque d'être un jour difficile, notre premier Noël depuis que nous avons quitté la Russie. »

Elle prit le temps de peser le pour et le contre, et répondit lentement :

« Je pense que ce serait peut-être une bonne idée de le passer avec des amis. Nous aurons moins le temps de songer à des choses tristes. »

Depuis cinq mois que nous vivions à Paris, la personnalité de Zoïa avait commencé à changer. En Russie, elle était amusante et gaie, bien sûr, mais à Paris, elle baissa la garde et se montra plus libre dans ses enthousiasmes. Ce changement lui réussit. Elle avait conservé toute son innocence, mais elle accueillait plus volontiers les plaisirs que le monde avait à offrir, même si notre piteuse situation financière ne nous permettait guère d'en profiter. Il y avait pourtant des moments, de nombreux moments où son affliction refaisait surface, où ces terribles réminiscences renversaient les barrières dressées par sa mémoire et l'accablaient. Elle préférait alors rester seule et j'ignore comment elle retrouvait son chemin dans l'obscurité. Certains matins, au petit déjeuner, je la trouvais pâle, les yeux soulignés par des cernes noirs. Je lui demandais comment elle allait et elle éludait mes questions en disant que cela ne valait pas la peine d'en parler, qu'elle avait simplement mal dormi. Quand j'insistais, elle secouait la tête, se mettait en colère et changeait de sujet. J'appris à la laisser affronter ces horreurs seule. Elle savait que j'étais là pour elle ; elle savait que j'écouterais chaque fois qu'elle aurait envie de parler.

Zoïa avait rencontré Sophie dans l'atelier de couture où elles étaient toutes deux employées et elles étaient vite devenues amies. Elles fabriquaient des robes toutes simples pour les Parisiennes, pour un magasin qui avait vendu des vêtements utilitaires pendant toute la durée de la guerre. Par Sophie, nous avions fait la connaissance de son compagnon Léo le peintre, et souvent, tous les quatre, nous dînions ensemble, nous nous promenions le dimanche après-midi, nous traversions la Seine, l'esprit aventureux, et nous allions parcourir le jardin du Luxembourg. Je trouvais Léo et Sophie terriblement cosmopolites et je les idolâtrais, car ils n'avaient que quelques années de plus que nous mais ils vivaient dans une harmonie déclarée, ils affichaient publiquement leur passion par de fréquentes manifestations d'affection qui, je l'avoue, m'embarrassaient et m'excitaient.

« J'ai préparé une dinde », annonça Sophie le jour de Noël, en déposant sur la table un oiseau d'aspect étrange. Une partie de l'animal semblait avoir passé trop de temps au four, tandis que le reste était encore curieusement rose, et cet aspect hors du commun rendait le plat assez peu appétissant. Les convives étant ce qu'ils étaient, et le vin coulant à flots, cela ne nous empêcha pas de festoyer toute la nuit. Nous détournions les yeux, Zoïa et moi, chaque fois que nos hôtes échangeaient un de leurs longs baisers ardents.

Après quoi, confortablement installés dans les deux canapés de leur salon, nous parlâmes art et politique. Son corps appuyé contre le mien, Zoïa me laissa placer un bras autour de ses épaules pour la rapprocher de moi. La chaleur de sa peau s'additionnait à la mienne, et l'odeur de ses cheveux me grisait, un parfum à la lavande, emprunté à Sophie.

« Eh bien, vous deux, dit Léo en abordant son sujet préféré, vous venez de Russie. Vous avez dû baigner dans la politique toute votre vie.

— Pas vraiment, répondis-je. J'ai grandi dans un tout petit village où l'on n'avait pas le temps de songer à tout ça. On travaillait, on labourait, on essayait de rester en vie, c'est tout. On n'avait pas le temps pour les débats. Ça aurait été considéré comme un grand luxe.

— Vous auriez dû trouver le temps. Surtout dans un pays comme le vôtre.

— Oh, Léo, fit Sophie en nous reversant du vin, ne recommence pas, s'il te plaît ! » Elle le grondait avec bonne humeur. Chaque fois que nous passions une soirée ensemble, la conversation finissait toujours par rouler sur la politique. Léo était un artiste – et un bon – mais, comme beaucoup d'artistes, il pensait que le monde qu'il recréait sur ses toiles était corrompu, et que des hommes intègres comme lui devaient le reconquérir au profit du peuple. Il était jeune, bien sûr, sa naïveté l'indiquait bien, pourtant il espérait un jour se présenter à la Chambre des députés. C'était un idéaliste et un rêveur, mais aussi un paresseux, et je doutais qu'il ait jamais l'énergie nécessaire à faire campagne.

« Mais c'est important, persista-t-il. Chacun de nous a un pays qu'il appelle le sien, non ? Tant que nous vivons, nous avons le devoir de chercher à en faire un lieu meilleur pour tous.

— Meilleur dans quel sens ? demanda Sophie. J'aime la France telle qu'elle est, pas toi ? Je ne me vois pas vivre ailleurs. Je ne veux pas que ça change.

— Meilleur car plus juste pour tous. Équité sociale. Liberté financière. Libéralisation de la politique.

— Que veux-tu dire ? » demanda Zoïa d'une voix tranchante, car elle n'avait ni l'enthousiasme un peu ivre de Sophie, ni l'assurance bravache de Léo. Elle gardait le silence depuis un moment, les yeux fermés ; elle ne dormait pas, mais semblait se détendre dans l'atmosphère de la pièce et les vapeurs d'alcool. Tous les trois, nous la regardâmes aussitôt.

« Eh bien, répondit Léo, il me semble logique que chaque citoyen ait le devoir de…

— Non, pas ça. Ce que tu as dit avant. À propos d'un pays comme le nôtre. »

Léo réfléchit un moment et finit par hausser les épaules comme si c'était parfaitement évident. « Ah oui, ça ! fit-il en se redressant sur le coude, enflammé par son sujet. Écoute, Zoïa, mon pays, la France, a passé des siècles sous l'oppression d'une aristocratie abjecte, des générations de parasites qui suçaient le sang de tous les travailleurs, qui nous volaient notre argent, qui achetaient nos terres, qui nous laissaient mourir de faim, dans la misère, pendant qu'ils satisfaisaient tous leurs caprices, toutes leurs perversions, s'adonnant à tous les excès. Nous avons fini par dire : "C'en est trop !" Nous avons résisté, nous nous sommes révoltés, nous avons placé ces pourceaux dans nos charrettes pour les mener place de la Concorde, et couic ! » Il trancha l'air du plat de la main, mimant la chute d'une lame. « On leur a coupé la tête ! Et on a pris le pouvoir. Mais mes amis, c'était il y a presque cent cinquante ans. Mon arrière-arrière-arrière-grand-père s'est battu aux côtés de Robespierre, vous savez. Il a pris la Bastille avec...

— Ah, Léo, protesta Sophie, tu n'en sais rien. Tu racontes toujours ça, mais quelle preuve en as-tu ?

— J'ai la preuve qu'il a raconté ses hauts faits à son fils. Et ces récits ont été transmis de père en fils.

— Oui, dit Zoïa avec comme un frisson, mais quel rapport avec la Russie ? Tu compares deux pays qui ne se ressemblent pas.

— Oh, pff, siffla Léo entre ses dents. Je me demande seulement pourquoi la Mère Russie a pris tellement plus longtemps à faire la même chose, voilà tout. Pendant combien de siècles les paysans comme vous – pardonnez-moi, tous les deux, mais il faut appeler les choses par leur nom – ont-ils été contraints à une vie misérable pour que les palais restent ouverts et que les bals continuent ? Pour que la saison batte son plein ? » Il secoua la tête comme si la seule idée de ces mondanités l'écœurait. « Pourquoi vous a-t-il fallu assez longtemps pour renverser vos autocrates ? Pour reprendre le pouvoir sur votre propre terre ? Pour les décapiter ? Mais vous n'avez pas fait ça, vous les avez fusillés, je me souviens.

— Oui, confirma Zoïa. C'est ce que nous avons fait. »

Je ne me rappelle pas si j'avais beaucoup bu ce soir-là, mais je fus aussitôt dégrisé et je regrettai de ne pas avoir deviné dans quel sens la conversation s'orientait. Si j'avais pu le prévoir, je l'aurais vite fait dévier, mais il était trop tard. Zoïa s'était redressée sur le canapé, le visage exsangue.

« Pauvre imbécile, que sais-tu de la Russie, à part ce que tu as lu dans tes journaux ? Tu ne peux pas comparer ton pays au nôtre. Ils sont entièrement différents. Les arguments faciles que tu avances sont ceux d'un inculte ! »

Il fut étonné par son agressivité mais refusa de s'avouer vaincu. J'aimais beaucoup Léo, cependant il était de ces gens qui croient toujours avoir raison et qui regardent avec surprise ou pitié ceux qui ne partagent pas son opinion.

« Zoïa, les faits sont incontestables. Il suffit de lire n'importe quelle publication pour voir comment...

— Alors tu penses être un bolchevik ? un révolutionnaire ?

— Je serais du côté de Lénine, c'est certain. C'est un grand homme. Venir d'où il venait et accomplir tout ce qu'il a accompli...

— C'est un assassin.

— Et le tsar n'en était pas un, peut-être ?

— Léo, dis-je en posant mon verre devant moi sur la table, ce n'est pas très poli de parler ainsi. Tu dois comprendre, nous avons grandi sous l'autorité du tsar. Il y a beaucoup de gens qui le vénéraient, qui continuent à le vénérer. Deux d'entre eux sont dans cette pièce avec toi. Nous en savons peut-être plus que toi sur le tsar, sur les bolcheviks et même sur Lénine, puisque nous avons vécu cette époque, nous n'avons pas simplement lu la presse. Nous avons peut-être souffert plus que tu ne peux le soupçonner.

— Et nous ne devrions peut-être pas discuter de ces choses-là le jour de Noël, déclara Sophie en remplissant tous les verres. Nous sommes ici pour nous amuser, pas vrai ? »

Léo se rassit, ravi de laisser tomber ce débat, persuadé d'avoir raison, déçu que nous ne cédions pas à son arrogance. Zoïa resta quasi muette et la fête se termina dans un climat tendu, les poignées de mains furent un peu plus forcées, les embrassades un peu moins sincères.

« Est-ce vraiment ce que les gens pensent ? me demanda Zoïa alors que nous regagnions nos chambres respectives. Est-ce le souvenir qu'ils ont du tsar ? Comme nous pensons à Louis XVI ?

— Je ne sais pas ce que les gens pensent. Et je m'en moque. Ce qui compte, c'est ce que nous pensons. Ce qui compte, c'est ce que nous savons.

— Mais ils ont falsifié l'Histoire, ils ne savent rien de notre lutte. Ils voient la Russie de manière tellement simpliste. Les privilégiés comme des monstres, les pauvres comme des héros, tous dans le même sac. Ils s'expriment de façon si idéaliste, ces révolutionnaires, ils n'ont que des théories naïves. C'est trop drôle.

— Léo n'est pas un révolutionnaire ! C'est un peintre, rien de plus. Il aime croire qu'il pourrait changer le monde, mais que fait-il d'autre, jour après jour, sinon peindre le portrait de touristes obèses et boire son argent dans les cafés, en éructant ses opinions pour qui veut l'entendre ? Ne te tourmente pas à cause de lui. »

Je voyais bien que je n'avais pas convaincu Zoïa. Elle ne parla plus pendant le reste du chemin et ne me permit qu'un chaste baiser sur la joue quand nous nous séparâmes, comme une sœur en proposerait à son frère. Quand je la vis entrer dans son immeuble, je devinai qu'une nuit difficile l'attendait, qu'elle avait l'esprit plein de choses qu'elle voulait dire, de toute la colère qu'elle voulait exprimer. J'aurais aimé qu'elle m'invite à entrer, à partager ses soucis, rien de plus. Être le partenaire de sa colère. Car j'éprouvais la même rage.

Nous fêtâmes notre second Noël treize jours après, le 7 janvier, et nous rendîmes la pareille à Léo et Sophie en les invitant dans un café où nous comptions payer la note. Il était impossible de préparer un repas dans ma chambre ou dans celle de Zoïa – nos logeuses ne l'auraient jamais toléré – et comme nous ne vivions pas ensemble, j'aurais été gêné d'être invité chez elle ou qu'elle soit invitée chez moi. Je me doutais bien que cet arrangement devait faire jaser Léo et Sophie. Un jour, dans un moment d'ivrognerie exubérante, Léo m'avait appelé « son innocent jeune ami » ; je m'étais offensé de ses sous-entendus, mais cette allégation n'avait pas contribué à augmenter mon amour-propre. Une autre fois, il avait proposé de me conduire dans une maison qu'il connaissait, afin de réparer cette anomalie, mais j'avais repoussé cette suggestion et j'étais rentré satisfaire mon désir seul, avant de me laisser tenter par son offre.

« Mais je ne comprends pas, dit Sophie en ôtant son chapeau et en secouant ses longs cheveux bruns alors que nous nous asseyions. Un deuxième Noël ?

— C'est le Noël russe orthodoxe, expliquai-je. Cela tient au décalage entre le calendrier julien et le calendrier grégorien. C'est très compliqué. Les bolcheviks veulent que les Russes s'alignent sur le reste du monde, ce qui ne manque pas d'une certaine ironie, mais les traditionalistes parmi nous ne sont pas de cet avis. Nous avons donc un Noël à part.

— Bien sûr, dit Léo avec un charmant sourire. Le Ciel vous préserve d'écouter la volonté des bolcheviks ! »

Zoïa et Léo ne s'étaient plus reparlé depuis l'incident de la dernière fois. Le souvenir de leur dispute flottait au-dessus de la table comme un nuage, mais puisque nous avions invité nos amis, cela prouvait bien que nous tenions à leur amitié. À sa décharge, Léo fut le premier à proposer la paix.

« Je pense que je te dois des excuses, Zoïa, dit-il après deux verres de vin, visiblement sous l'effet du coup de coude que lui donna Sophie. Je me suis peut-être montré un peu grossier le soir de Noël. De *notre* Noël. Je devais avoir trop bu. J'ai dit des choses que je n'aurais pas dû dire. Je n'avais pas le droit de parler de ton pays natal comme je l'ai fait.

— Non, tu n'aurais pas dû, répondit-elle sans agressivité. Et en même temps, je n'aurais pas dû réagir comme je l'ai fait chez toi, ce n'est pas ainsi que j'ai été éduquée, et je pense que je te dois des excuses, moi aussi. »

Ni elle ni lui n'avouait s'être trompé ni ne demandait pardon. Chacun déclarait devoir des excuses à l'autre, mais ne les formulait pas, et je préférai ne pas relancer la discussion en le leur faisant remarquer.

« Eh bien, tu es l'invitée de notre pays, dit Léo avec un large sourire, j'ai donc eu tort de te parler comme je l'ai fait. Tu permets ? » Il leva son verre et nous l'imitâmes. « À la Russie !

— À la Russie ! » Nous fîmes tinter nos verres et nous bûmes une gorgée de vin.

« Vive la révolution », murmura-t-il ensuite, mais je pense être le seul à avoir entendu cet ajout, que je préférai ignorer.

« Je me demande quand même pourquoi vous n'en parlez jamais, reprit-il après un moment. Si c'était un pays si merveilleux que ça. Allons, ne me regarde pas comme ça, Sophie, je pose une question tout à fait raisonnable.

— Zoïa n'aime pas parler du passé, répondit Sophie, car elle avait essayé à plusieurs reprises de solliciter les confidences de sa nouvelle amie, mais elle avait fini par renoncer.

— Eh bien, et toi, Gueorgui ? insista Léo. Tu ne veux pas nous raconter un peu comment était ta vie avant d'arriver à Paris ?

— Il n'y a vraiment pas grand-chose à dire. Dix-neuf ans dans une ferme, c'est tout. Pas de quoi fournir des anecdotes.

— Alors où vous êtes-vous rencontrés, tous les deux ? Tu es de Saint-Pétersbourg, Zoïa, c'est bien ça ?

— Nous avons fait connaissance dans le train, le jour où nous partions de Russie, répondis-je. Nous étions assis l'un en face de l'autre, il n'y avait personne d'autre dans le compartiment, et nous nous sommes mis à parler. Et nous ne nous sommes plus quittés.

— Que c'est romantique ! s'exclama Sophie. Mais dites-moi, si vous fêtez deux fois Noël, vous devez vous donner deux fois des cadeaux. J'ai raison ? Je sais que, la première fois, tu as offert du parfum à

Zoïa. Et aujourd'hui, Gueorgui, lui as-tu offert autre chose ? »

Zoïa se tourna vers moi et je hochai la tête, ravi qu'elle leur communique cette information. Elle éclata de rire. « Oui, bien sûr qu'il m'a fait un deuxième cadeau. Vous ne l'avez pas vu ? »

Là-dessus, elle tendit la main gauche pour leur montrer mon présent. Je ne fus pas surpris qu'ils ne l'aient pas remarqué. Ce devait être la plus petite de toutes les bagues de fiançailles. Mais je n'avais pas les moyens de faire mieux. Et l'essentiel, c'était qu'elle la porte.

Notre mariage fut célébré à l'automne 1919, près de quinze mois après notre fuite hors de Russie, au cours d'une cérémonie tellement dépourvue de solennité qu'elle aurait paru presque désolante si l'intensité de notre amour n'était venue en renfort.

Habitués aux ordres stricts d'une doctrine rigide, nous ne souhaitions rien de plus que la bénédiction de l'Église pour sanctifier notre union. Comme nous ne connaissions pas l'église russe orthodoxe de Paris, je suggérai de nous marier dans une église catholique, mais Zoïa ne voulut pas en entendre parler et parut presque s'en offenser. Pour ma part, je n'avais jamais été très pratiquant, même si je ne contestais pas la foi dans laquelle j'avais grandi ; Zoïa, en revanche, était croyante et vit dans le rejet de notre religion une ultime étape nous éloignant de notre pays, un pas qu'elle n'était pas prête à faire.

« Mais où, alors ? Tu ne penses quand même pas qu'il faudrait retourner en Russie pour la cérémonie ? Ce serait bien trop...

— Bien sûr que non », dit-elle, alors qu'elle aurait infiniment aimé regagner son pays natal, je le savais. Elle se sentait rattachée à la terre et au peuple par des liens dont je m'étais bien vite débarrassé ; c'était un élément constitutif de sa personnalité. « Mais Gueorgui, je ne me sentirai pas vraiment mariée s'il n'y a pas eu de cérémonie dans les règles. Pense à mon père et à ma mère, à ce qu'ils éprouveraient si je rejetais nos traditions. »

Ne pouvant rien répliquer à cela, je me mis en quête d'un prêtre russe orthodoxe. La communauté russe à Paris était petite et dispersée, et nous n'avions jamais tenté de nous y assimiler. Le jour où un jeune couple russe était entré dans la librairie où je travaillais, je les avais aussitôt repérés – la musique de la langue qu'ils parlaient me rappelait des images et des souvenirs et me remplissait de nostalgie – et j'avais été contraint de sortir dans la ruelle située derrière le magasin, sous prétexte d'un soudain malaise. M. Ferré, mon employeur, n'avait guère apprécié de devoir servir lui-même ces clients. Je savais que la plupart de mes compatriotes émigrés vivaient et travaillaient à Neuilly, et nous évitions délibérément le XVIIe arrondissement car nous ne voulions pas nous mêler à une société qui aurait pu se révéler dangereuse pour nous.

Je me montrai néanmoins diligent dans mon enquête et finis par être présenté à un vieillard nommé Rakhletski, qui habitait un taudis près des Halles. Il accepta de célébrer la cérémonie, me disant qu'il avait été ordonné prêtre à Moscou dans les années 1870, mais que suite à une querelle avec le diocèse après le soulèvement de 1905, il avait été envoyé en France. Fidèle sujet du tsar, il s'était vigoureusement opposé au prêtre révolutionnaire, le père Gapon, et avait tenté de le dissuader de manifester devant le palais d'Hiver cette année-là.

« Gapon était belliqueux. C'était un anarchiste qui se présentait comme le défenseur des ouvriers. Il ne respectait pas les conventions de l'Église, il s'était marié deux fois, il a voulu braver le tsar, et ils en ont quand même fait un héros.

— Avant de se retourner contre lui et de le pendre, répondis-je au vieil homme avec ma naïveté juvénile.

— C'est vrai. Mais combien d'innocents sont morts à cause de lui, lors du Dimanche rouge ? Mille ? Deux mille ? Quatre mille ? » Il secoua la tête, partagé entre le regret et la rage. « Je ne pouvais pas rester après un tel carnage. Il aurait exigé que je sois tué pour ma désobéissance. Cela m'a toujours étonné, Gueorgui Daniilovitch, que ceux à qui le régime autocratique ou dictatorial déplaît le plus soient parmi les premiers à éliminer leurs ennemis dès qu'ils prennent le pouvoir.

— Le père Gapon n'est jamais parvenu au pouvoir.

— Mais Lénine, oui. C'est le nouveau tsar, vous ne croyez pas ? »

Je ne rapportai pas cette opinion à Zoïa, qui l'aurait sans doute partagée, car je ne souhaitais pas mêler la politique à notre noce. Je voulais simplement lui présenter le père Rakhletski comme un exilé, chassé de chez lui par l'avancée des forces du kaiser. Il m'avait fallu du temps pour trouver cet homme, je ne voulais aucun problème qui puisse retarder notre mariage inutilement.

La cérémonie eut lieu dans l'appartement de Sophie et Léo, un samedi d'octobre, par une chaude soirée. Nos amis nous avaient généreusement proposé leur logis et nous servirent de témoins. Dans l'après-midi, le père Rakhletski passa une heure seul chez eux pour consacrer leur salon afin d'en faire un lieu saint, procédure « hautement irrégulière mais extrêmement agréable », selon son expression que je jugeai amusante.

J'étais triste de ne pouvoir offrir à ma future épouse une fête plus riche, mais nous avions déjà bien du mal à ne pas basculer dans la misère. Nos salaires respectifs étaient modestes, ils suffisaient à payer le loyer et à nous nourrir, mais pas plus. Zoïa veillait à ce que nous économisions chaque semaine quelques francs, au cas où une urgence nous obligerait à fuir Paris, mais nous ne pouvions nous permettre aucun luxe. Zoïa et Sophie confectionnèrent ensemble la robe de mariée, dans leur atelier, après leurs journées de travail; Léo et moi avions revêtu notre plus belle chemise et notre meilleur pantalon. Ce jour-là, j'estimai que nous avions belle allure, malgré nos moyens limités.

Le père Rakhletski n'avait jamais rencontré Zoïa, et lorsqu'elle entra dans le salon à mon bras, un simple voile masquait la beauté et le charme de son visage. Il nous regarda d'un air radieux, comme si nous étions ses enfants, ou ses neveux préférés, et il n'était pas difficile de deviner la joie qu'il prenait à célébrer un mariage de plus dans sa vie. Sophie et Léo se tenaient de part et d'autre, heureux de participer à cet événement inhabituel. Se marier de cette manière et en pareil endroit devait leur paraître terriblement moderne et anticonformiste. Et romantique.

Nous échangeâmes des anneaux ordinaires, je pris la main gauche de Zoïa dans ma main droite, et nous brandîmes les bougies allumées dans nos mains libres, tandis que le prêtre récitait les formules sacrées. À son signal, Sophie et Léo prirent chacun sur une table une petite couronne que Zoïa avait fabriquée avec du feutre et du papier d'aluminium, et ils les placèrent simultanément sur nos têtes.

« Les serviteurs de Dieu, Gueorgui Daniilovitch Yachmenev et Zoïa Fedorovna Danitchenko, psalmodia le prêtre, les mains placées à quelques centimètres au-dessus de nous, sont couronnés au nom du Père, du Fils et du Saint-Esprit. » Je sentis un grand bonheur se répandre en moi lorsqu'il prononça ces mots et je serrai la main de Zoïa dans la mienne ; je pouvais à peine croire que nos vies étaient finalement unies.

Après quoi il procéda à une lecture de l'Évangile et nous bûmes tous deux à la même coupe, en promettant de partager désormais tous les instants de notre vie, nos joies comme nos peines, nos triomphes comme nos fardeaux. Quand nous eûmes prêté serment, le père Rakhletski nous fit faire le tour de la table où étaient disposés la Bible et le crucifix, pour symboliser la parole de Dieu et notre rédemption. Nous fîmes notre premier tour en tant que couple marié et nous revînmes devant le prêtre qui récitait la bénédiction finale, implorant pour que je sois magnifié comme Abraham, béni comme Isaac, me multiplie comme Jacob, aille en paix et œuvre avec justice, puis pour que Zoïa soit magnifiée comme Sarah, heureuse comme Rebecca, se multiplie comme Rachel, se réjouisse d'avoir un époux et obéisse à la loi, car il plaît ainsi à Dieu.

Là-dessus, la cérémonie se termina et notre vie conjugale commença.

Sophie et Léo applaudirent spontanément ; le père Rakhletski parut surpris, mais non dérangé par ce manque de tenue. Il nous félicita, me serra la main de bon cœur et se pencha pour embrasser la mariée qui soulevait son voile.

Il s'arrêta instantanément et tituba en arrière, mouvement inattendu qui me fit croire qu'il venait d'avoir une attaque, une crise cardiaque. Il marmonna quelques mots dans sa barbe – je ne pus les comprendre – et il hésita si longtemps que Sophie, Léo et moi le dévisagions comme s'il était devenu fou. Ses yeux fixaient ceux de Zoïa et, au lieu de détourner la tête en rougissant de confusion, elle soutint son regard, le menton levé, et lui proposa de lui embrasser la main et non la joue. Un instant après, il revint à la réalité, lui prit la main en hâte, la baisa et s'éloigna. Il semblait confus, stupéfait, totalement incrédule.

Bien qu'il eût promis de rester dîner avec nous après la cérémonie, il rassembla bien vite ses affaires et partit, en adressant quelques derniers mots à Zoïa sur le palier, hors de l'appartement.

« Quel drôle de bonhomme ! dit Sophie une heure après, alors que nous étions à table, arrosant ce repas avec une extraordinaire bouteille fournie par nos amis.

— Je pense qu'il n'avait plus vu depuis longtemps une femme aussi jolie que ta mariée russe », déclara Léo sur son ton le plus charmeur. Sa cravate dénouée pendait autour de son col ouvert. « Il t'a admirée, Zoïa, comme s'il regrettait de ne pas t'avoir lui-même épousée.

— On aurait cru qu'il avait vu un fantôme », ajouta Sophie.

Je me tournai vers mon épouse. Mon regard croisa le sien une seconde, elle secoua légèrement la tête et reprit la conversation. J'étais impatient d'être seul avec elle, mais pas pour la raison que vous imaginez. Je voulais savoir ce que lui avait dit le prêtre avant de disparaître.

Le deuxième cadeau que nous firent Léo et Sophie fut l'usage de leur logis pour notre lune de miel, trois nuits en tête-à-tête. Pendant notre séjour, ils occupèrent ma chambre et celle de Zoïa. C'était une délicate attention, car le nouvel appartement où nous devions emménager ne serait pas prêt avant le milieu de la semaine suivante. Évidemment, nous ne souhaitions pas être séparés aussitôt après notre mariage.

« Il t'a reconnue, dis-je à Zoïa quand Léo et Sophie nous eûmes laissés seuls.

— Il m'a reconnue.

— Il va en parler ?

— À personne. J'en suis certaine. C'est un loyaliste, un vrai croyant.

— Tu as confiance ?

— Oui. »

J'acquiesçai, n'ayant d'autre choix que de me fier à son jugement. L'instant de panique qu'avait vécu le prêtre n'avait échappé à aucun d'entre nous, mais il appartenait désormais au passé, nous étions un couple marié. Je pris Zoïa par la main et la menai à la chambre.

Ensuite, enveloppant son corps de mes membres alors que nous tentions de dormir, inaccoutumés à la chaleur et à la douceur de deux formes nues enlacées sous des draps grossiers, je fermai les yeux et promenai les doigts sur ses jambes, son dos parfait, tout le long de son corps, sans rien dire, sans tenir compte des larmes qu'elle versait. Elle s'efforçait de maîtriser son tremblement en se rappelant cette journée, le mariage, et le souvenir de ceux qui n'avaient pu y assister.

La maison Ipatiev

De près, la maison Ipatiev n'avait rien de bien intimidant.

Je la contemplai à quelques mètres de distance, depuis ma cachette dans la forêt qui bordait la maison du marchand, et je tentai de me représenter ce qui se déroulait à l'intérieur de ses murs. Un bouquet de mélèzes me permettait d'observer la maison sans être vu ; leurs branches retombantes me protégeaient un peu du froid, même si je regrettais de ne plus avoir un manteau épais ou les gants de laine que m'avait donnés le comte Tcharnetski lors de mes premiers jours à Saint-Pétersbourg. Devant s'étendait une petite pelouse où je pouvais m'allonger et me reposer quand mes jambes devenaient trop lasses, et plus loin, une haie dense qui menait à une allée de gravier parallèle à la façade de la maison.

C'est là-bas, me dis-je, que la famille impériale était prisonnière du gouvernement bolchevique ; c'est là-bas qu'était Anastasia.

Une dizaine de soldats arrivèrent et passèrent l'après-midi adossés aux murs, à fumer, à bavarder et rire par petits groupes. Un ballon apparut et ils se mirent en manches de chemise pour s'affronter en deux équipes, les buts étant matérialisés d'un côté par le portail, de l'autre par le mur d'en face. Ils avaient pour la plupart une vingtaine d'années, mais leur chef, qui venait de temps en temps interrompre leurs jeux, avait la cinquantaine ; c'était un homme petit et musclé, aux yeux étroits et à l'attitude agressive. C'étaient des bolcheviks, bien sûr, comme le montraient leurs uniformes. Mais ils accomplissaient leur devoir de manière désinvolte, comme indifférents au statut prestigieux de leurs prisonniers. Les temps avaient beaucoup changé depuis l'abdication du tsar. Durant les dix-huit mois qu'avait durés mon odyssée du train à l'arrêt à Pskov jusqu'à la maison à destination spéciale à Ekaterinbourg, j'en étais venu à comprendre que les gens ne traitaient plus la famille impériale avec la déférence qui leur avait toujours été due. C'était à qui leur adresserait l'insulte la plus obscène, condamnant publiquement l'homme jadis considéré comme l'élu de Dieu. Bien entendu, aucun de ces gens n'avait jamais rencontré le tsar en personne, sans quoi ils se seraient conduits tout autrement.

Ce qui m'étonna le plus, néanmoins, ce fut l'absence totale de sécurité. Une ou deux fois, je sortis de ma cachette et m'avançai sur la route, passant près du portail ouvert en veillant à ne croiser le regard de personne ; je n'attirai que des coups d'œil désintéressés de la part des soldats. Je n'étais pour eux qu'un gamin, un misérable moujik qui ne méritait pas qu'on perde pour lui une seconde. Le portail resta ouvert toute la journée, facilitant les allers et retours d'une voiture, toujours la même. La porte d'entrée de la maison n'était jamais fermée, et par les larges fenêtres du rez-de-chaussée, je voyais les gardes réunis pour leur repas ; compte tenu de ces conditions de détention assez souples, je me demandai pourquoi la famille ne descendait pas tout simplement l'escalier pour s'enfuir vers le village. En fin d'après-midi, alors que j'avais les yeux tournés vers l'une des fenêtres de l'étage, une silhouette apparut tout à coup près des rideaux et je sus aussitôt que cette ombre était celle de la tsarine en personne, l'impératrice Alexandra Fedorovna. Malgré nos relations souvent tendues, mon cœur bondit en la voyant car c'était la preuve, si nécessaire, que j'étais parvenu à destination et que je les avais enfin trouvés.

À la nuit tombée, je m'apprêtais à regagner le village afin de trouver un endroit plus chaud où dormir, quand un petit chien déboula à la porte d'entrée ; j'entendis des voix – celles d'un homme et d'une jeune fille – qui discutaient dans l'obscurité, derrière le chambranle de chêne. Un instant après, la jeune fille s'avança dans l'allée, regardant à droite et à gauche d'un air agacé, et je reconnus immédiatement Marie, la troisième des quatre filles du tsar. Elle hélait le fox-terrier de la tsarine, qui avait quitté la propriété, traversé la route et s'était réfugié dans mes bras.

Marie remonta l'allée d'un pas rapide, appela le chien à plusieurs reprises ; comme l'animal aboyait pour lui répondre, elle regarda en direction des bois, n'hésitant qu'un instant avant de venir droit vers moi.

« Où es-tu, Eira ? » cria-t-elle en se rapprochant peu à peu, jusqu'à n'être plus qu'à un mètre de moi, dans les ténèbres de la forêt. Son ton devint plus nerveux lorsqu'elle sentit qu'elle n'était pas seule. « Tu es là ? demanda-t-elle à tout hasard.

— Oui », dis-je en l'attrapant par le bras pour l'attirer dans les buissons où elle tomba sur moi. Elle était trop étonnée pour crier et, avant qu'elle ait retrouvé sa voix, je lui mis ma main sur la bouche, en la serrant fermement alors qu'elle se débattait. Je dus lâcher le chien qui se mit à aboyer contre nous deux, mais je le foudroyai du regard et il cessa tout de suite, grattant le sol avec des gémissements piteux. Marie tourna la tête, ouvrit de grands yeux en comprenant qui était son ravisseur, et je sentis son corps se détendre lorsqu'elle m'eut reconnu. Je lui dis de ne plus bouger, de ne pas crier, et je promis de retirer ma main si elle s'exécutait. Elle hocha la tête et je la libérai.

« Je vous demande pardon, Votre Altesse, dis-je bien vite en la saluant, pour qu'elle sache que je ne lui voulais aucun mal. J'espère que je ne vous ai pas blessée. Je ne pouvais pas prendre le risque de vous laisser crier et alerter les gardes.

— Tu ne m'as pas fait mal. » Elle siffla pour que le chien arrête d'aboyer. « Tu m'as surprise, voilà tout. Mais je ne suis pas sûre de pouvoir en croire mes yeux. Gueorgui Daniilovitch, c'est bien toi ?

— Oui, confirmai-je, ravi d'être à nouveau en sa compagnie. Oui, Votre Altesse, c'est moi.

— Mais que fais-tu ici ? Depuis combien de temps te caches-tu dans les arbres ?

— Ce serait trop long à expliquer, dis-je en jetant un coup d'œil en direction de la maison pour m'assurer que personne ne nous avait repérés. Quel plaisir de vous revoir, Marie », ajoutai-je. Peut-être était-ce une remarque trop intime, mais elle était sincère. « Je suis à la recherche de votre famille depuis… oh, depuis longtemps, maintenant.

— Je suis contente de te voir, Gueorgui », dit-elle en souriant, et je crus voir des larmes perler dans ses yeux. Elle avait maigri depuis notre dernière rencontre ; sa robe ordinaire était trop grande pour elle et pendait, informe, sur son corps. Même dans l'ombre du bois, je distinguais les cernes noirs qui, sous ses yeux, indiquaient le manque de sommeil. « Tu es comme une magnifique vision du passé, et parfois j'ai l'impression que cette époque n'était qu'une illusion de mon imagination. Mais tu es là. Tu nous as retrouvés. » Son émotion était évidente, et elle jeta soudain ses bras autour de mon cou pour me serrer contre elle, en signe d'amitié, rien de plus, mais ce geste m'alla droit au cœur.

« Êtes-vous en bonne santé ? demandai-je en me dégageant, ému par la chaleur de nos retrouvailles. Personne n'est blessé ? Comment va votre famille ?

— Tu veux dire, comment va ma sœur ? Comment va Anastasia ?

— Oui, avouai-je en rougissant, surpris qu'elle lise en moi à livre ouvert. Vous savez, alors ?

— Oh oui, elle m'a tout raconté depuis longtemps. Mais ne t'en fais pas, je n'en ai parlé à personne. Après ce qui est arrivé à Sergueï Stassiovitch… » Elle leva les yeux et regarda à droite et à gauche, dans l'obscurité. « Il n'est pas ici ? demanda-t-elle d'un ton exalté. Oh, je t'en prie, dis-moi que tu l'as amené ici...

— Je suis désolé. Je ne l'ai pas revu depuis le jour où il a quitté Saint-Pétersbourg.

— Le jour où il a été chassé !

— Oui. Il ne vous a pas écrit ?

— S'il l'a fait, ses lettres ont été confisquées. Je prie tous les jours pour qu'il soit en bonne santé et qu'il me retrouve. J'imagine qu'il est parti à ma recherche, lui aussi. Mais je n'arrive pas à croire que tu sois là, mon cher vieil ami. Seulement... Maintenant que tu es ici, que veux-tu ?

— Je veux voir Anastasia. Je veux faire mon possible pour aider votre famille.

— Tu ne peux rien faire. Plus personne ne peut rien.

— Mais je ne comprends pas, Votre Altesse. Vous venez de sortir de la maison. Les soldats ne vous ont pas suivie. Que leur importe que vous restiez ou que vous partiez ?

— Je leur ai dit que je cherchais le chien de ma mère.

— Et peu leur importe ? Ils vous ont laissée sortir ?

— Pourquoi pas ? Où pourrais-je aller, de toute façon ? Ma famille tout entière est dans la maison. Papa et maman sont en haut. Ils savent que je n'irai pas loin. Ils nous accordent autant de liberté que nous voulons, sauf celle de quitter la Russie.

— Cela viendra bientôt. J'en suis sûr.

— Oui, je suis aussi de cet avis. Papa dit que nous irons en Angleterre. Il écrit à notre cousin Georgie presque tous les jours pour lui parler de notre situation, mais il n'a reçu aucune réponse. Nous ne savons pas si les lettres sont expédiées. Tu n'as rien appris à ce sujet, je suppose ?

— Rien du tout. Sauf que les bolcheviks attendent le bon moment pour faire sortir votre famille du pays. Ils ne veulent plus de vous ici, c'est certain. Mais je pense qu'ils attendent le moment où vous pourrez quitter le pays sans danger.

— Pourvu que cela ne tarde pas. Je n'ai plus envie d'être grande-duchesse, mon père ne veut plus être tsar. Nous ne nous soucions plus de tout cela. Ce ne sont que des mots, après tout. Tout ce que nous voulons, c'est partir et retrouver notre liberté.

— Ce jour viendra, Marie. J'en suis certain. Mais voudriez-vous bien me dire quand je pourrai voir Anastasia ? »

Elle regarda vers la maison. L'un des soldats était apparu sur le pas de la porte et bayait aux corneilles. Nous gardâmes le silence, le temps qu'il allume une cigarette, la fume et rentre.

« Je lui dirai que tu es ici. Nous partageons encore une chambre. Nous en parlerons toute la nuit, je te le promets. Tu ne t'en iras pas tout de suite ?

— Je ne partirai pas. Pas sans votre famille.

— Merci, Gueorgui, dit-elle en baissant les yeux vers Eira qui nous observait en silence. Tu vois ce bouquet de cèdres ? Va attendre là-bas. Je vais rentrer dire à Anastasia où tu es. Elle te rejoindra peut-être dans quelques minutes, ou bien il s'écoulera des heures avant qu'elle puisse sortir, mais attends-la et je te promets qu'elle viendra.

— J'attendrai toute la nuit s'il le faut.

— Bien. Elle sera si heureuse de te voir. Maintenant, je ferais mieux de repartir avant qu'on ne vienne me chercher. Attends-la près des cèdres, Gueorgui. Elle te rejoindra bientôt. »

J'acquiesçai, elle ramassa dans ses bras le chien de la tsarine et retraversa la route en courant. Elle jeta un rapide regard en arrière alors qu'elle franchissait le seuil de la maison. J'attendis jusqu'à ce que je sois sûr que personne ne me voyait, puis je me levai, secouai la poussière de mes vêtements et pris la direction qu'elle avait indiquée, le cœur palpitant à l'espoir de revoir Anastasia.

Quand je m'éveillai, il faisait déjà jour. J'ouvris les yeux et j'aperçus le ciel bleu pâle à travers les branches des arbres me surplombant. Je fus d'abord incapable de me rappeler où j'étais. Un instant après, le souvenir des événements de la veille au soir revint et je me redressai, stupéfait, aussitôt tourmenté par une grande douleur dans le dos, sans doute causée par la position inconfortable dans laquelle je m'étais endormi.

J'avais attendu Anastasia près des cèdres pendant plusieurs heures, mais j'avais fini par succomber au sommeil. Je craignais de l'avoir manquée, mais je chassai bientôt cette peur de mon esprit, car si elle avait pu quitter la maison, elle m'aurait sûrement découvert dans ma cachette et m'aurait réveillé. Je me levai et me mis à faire les cent pas, en me massant le bas du dos pour atténuer la douleur ; je sentis aussitôt mon estomac crier famine, car je n'avais rien mangé depuis plus de vingt-quatre heures.

Revenu sur la route, j'hésitai devant les murs de la maison Ipatiev. Je regardai les fenêtres de l'étage, mais je n'entendis aucune voix à l'intérieur. En longeant le portail, cependant, je remarquai un jeune soldat qui changeait les pneus d'une voiture et je m'approchai prudemment.

« Camarade ! »

Il releva la tête et, se protégeant les yeux du soleil, me toisa sans masquer son mépris. « Qui es-tu ? Que cherches-tu ici, gamin ?

— Quelques roubles, si tu en as. Je n'ai rien mangé depuis des jours. Tout ce que tu pourras m'offrir sera le bienvenu.

— Va-t'en mendier ailleurs. Où te crois-tu, à la fin ?

— S'il te plaît, camarade. Je risque de mourir de faim.

— Écoute, dit-il en se passant la main sur le front, ce qui laissa une longue traînée d'huile au-dessus de ses yeux, je t'ai déjà…

— Je pourrais faire ça pour toi, si tu veux. Je sais changer un pneu. »

Il contempla le sol, le temps de réfléchir à cette proposition. Je soupçonnais qu'il s'efforçait de mener à bien cette tâche depuis un bon moment, en vain. Un cric et des outils étaient posés à terre, mais la roue n'avait même pas été dévissée. « Tu en serais capable ? demanda-t-il.

— Pour le prix d'un repas.

— Tu changes cette roue et je te donne de quoi t'acheter une assiette de borchtch. Mais dépêche-toi. On risque d'avoir besoin de la voiture tout à l'heure.

— Très bien. » Et il me laissa seul dans l'allée.

Je m'accroupis pour examiner ce qu'il avait fait jusqu'ici. Je pris le cric, le glissai sous la voiture pour la soulever. Je fus bientôt absorbé par mon travail. J'étais tellement perdu dans mes pensées que je n'entendis même pas qu'on s'approchait de moi. Et quand mon nom fut murmuré par une voix inquiète, je sursautai, la clé à molette m'échappa et m'égratigna les articulations de la main gauche. Je jurai et levai les yeux, mais mon visage perdit aussitôt son expression furieuse.

« Alexeï !

— Gueorgui, répondit-il en se retournant pour vérifier qu'il n'avait pas été suivi. Tu es venu me voir.

— Oui, mon ami. » Cette fois, c'est moi qui eus les larmes aux yeux. Il avait fallu que ce garçon disparaisse de ma vie pour que je me rende compte de l'affection qu'il m'inspirait. « Peux-tu en croire tes yeux ?

— Tu as une barbe.

— Elle n'est pas très fournie, dis-je en me passant la main parmi les poils qui parsemaient mon menton. Certainement pas aussi belle que celle de votre père.

— Tu as l'air différent.

— Plus vieux, sans doute.

— Plus maigre. Et plus pâle. Tu n'as pas l'air en bonne santé. »

Je ris en secouant la tête. « Merci, Alexeï. On peut toujours compter sur vous pour trouver les mots qui font plaisir. »

Il me dévisagea un moment, comme s'il essayait de déchiffrer ce que je voulais dire, mais il afficha un large sourire lorsqu'il comprit que je le taquinais. « Désolé !

— Comment allez-vous ? Vous tenez bon ? J'ai vu votre sœur hier, vous savez.

— Laquelle ?

— Marie.

— Pff, fit-il, émettant un sifflement désagréable. Je déteste mes sœurs.

— Alexeï, ne dites pas cela, je vous en prie.

— Mais c'est la vérité. Elles ne me laissent jamais tranquille.

— Vous savez pourtant qu'elles vous aiment beaucoup.

— Je peux t'aider à changer ce pneu ? demanda-t-il alors que la moitié du travail était accomplie.

— Vous pouvez regarder. Pourquoi ne pas vous asseoir là ?

— Je ne peux pas t'aider ?

— Vous pouvez diriger les opérations. Vous serez aux commandes. »

Il hocha la tête avec satisfaction et s'installa sur un gros rocher qui était à la bonne hauteur pour qu'il s'y assoie et continue à me parler. Je songeai qu'il ne semblait pas particulièrement surpris de me voir travailler là. Il ne s'en étonna même pas. Cela lui paraissait tout naturel.

« Tu saignes, Gueorgui », dit-il en désignant ma main.

En effet, un mince filet de sang se coagulait sur mes doigts, là où la clef m'avait blessé. « C'est votre faute. Vous m'avez fait sursauter.

— Et tu as dit un gros mot.

— C'est vrai. Nous n'en parlerons plus.

— Tu as dit…

— Alexeï ! »

Après avoir froncé les sourcils, je repris les outils et me remis au travail en silence. J'aurais voulu lui parler, mais je craignais de poser mes questions trop vite, au cas où il aurait couru prévenir les autres de sa découverte.

« Votre famille… Ils sont tous dans la maison ?

— Ils sont à l'étage. Papa écrit des lettres. Olga lit un roman idiot. Maman donne leur leçon à mes autres sœurs.

— Et vous ? Pourquoi n'êtes-vous pas en train d'étudier ?

— Je suis le tsarévitch. Je fais ce que je veux. »

Je lui souris, envahi par une brusque vague de tristesse à la pensée de sa situation. Cet enfant ne savait même pas qu'il n'était plus le tsarévitch, qu'il n'était que Alexeï Nicolaïevitch Romanov, un garçon aussi dépourvu d'argent ou d'influence que moi.

« Je suis heureux que vous alliez tous bien. Je regrette l'époque du palais d'Hiver.

— Moi, c'est le *Standart* qui me manque. » De toutes les résidences impériales, le yacht avait toujours eu sa préférence. « Mes jouets et mes livres me manquent aussi. Nous en avons si peu, ici.

— Mais vous allez bien depuis que vous êtes à Ekaterinbourg ? Vous n'avez eu aucun accident ?

— Aucun, répondit-il avec un petit frisson. Maman ne me laisse pas souvent sortir. Le Dr Federov est ici aussi, au cas où, mais je me porte très bien, merci.

— Je suis ravi de l'apprendre.

— Et toi, Gueorgui Daniilovitch, comment vas-tu ? Sais-tu que j'ai treize ans, maintenant ?

— Je le sais. J'ai fêté votre anniversaire, en août dernier.

— Comment ?

— J'ai allumé un cierge pour vous. » Ce jour-là, j'avais marché pendant près de huit heures pour trouver une église où je pourrais célébrer la naissance du tsarévitch. « J'ai allumé un cierge et j'ai prié pour que vous soyez en bonne santé et que Dieu veille sur vous.

— Merci ! J'aurai quatorze ans le mois prochain. Tu feras la même chose ?

— Bien sûr. J'en ferai autant tous les ans, le 12 août. Tant que je vivrai. »

Alexeï promena son regard à travers la cour. Il semblait soucieux et, ne voulant pas le déranger, je poursuivis mon travail.

« Tu vas pouvoir rester ici, Gueorgui ? » finit-il par demander.

Je me tournai vers lui et secouai la tête. « Je ne crois pas. Un des soldats m'a promis quelques roubles si je changeais ce pneu.

— Et qu'en feras-tu ?

— Je m'achèterai à manger.

— Après, tu reviendras ? Nous n'avons personne pour nous protéger, tu sais.

— Les soldats vous protègent, à présent. C'est pour ça qu'ils sont ici, non ?

— C'est ce qu'ils nous disent, oui, répondit-il, le front plissé. Mais je ne les crois pas. Je pense qu'ils ne nous aiment pas du tout. En tout cas, moi je ne les aime pas. Je les entends tout le temps dire des choses terribles. Sur maman. Sur mes sœurs. Ils n'ont aucun respect pour nous. Ils se croient tout permis.

— Mais vous devez les écouter, Alexeï. Si vous êtes sage, ils vous traiteront bien.

— Tu m'appelles Alexeï, maintenant ?

— Je vous demande pardon. Je voulais dire Votre Altesse. »

Il haussa les épaules comme si cela n'avait réellement aucune importance, mais je voyais bien qu'il était troublé par son nouveau statut.

« Tu as des sœurs, toi aussi, Gueorgui ?

— J'en avais. J'en avais trois. Mais j'ignore ce qu'elles sont devenues. Cela fait longtemps que je ne les ai pas vues.

— Alors à nous deux, nous avons sept sœurs, mais pas de frère.

— C'est exact.

— Bizarre, non ?

— Un peu.

— J'ai toujours voulu un frère », déclara-t-il calmement en regardant le sol. Il ramassa quelques cailloux dans l'allée et les fit sauter dans ses mains.

« Vous ne m'avez jamais dit cela, répondis-je, surpris de l'entendre formuler ce vœu.

— Pourtant c'est vrai. J'ai toujours pensé qu'il serait agréable d'avoir un grand frère. Quelqu'un qui s'occuperait de moi.

— Alors c'est lui qui aurait été le tsarévitch, et pas vous.

— Je sais. Ç'aurait été merveilleux. »

Je fus abasourdi.

« Et toi, Gueorgui, tu aurais aimé avoir un frère ?

— Pas vraiment. Je n'y ai jamais pensé. J'avais un ami, autrefois. Kolek Boriavitch. Nous avions grandi ensemble. Il était comme un frère pour moi.

— Et où est-il maintenant ? Il est soldat, au front ?

— Non. Non, il est mort.

— Je suis désolé.

— Oh, c'était il y a longtemps.

— Quand ?

— Il y a plus de trois ans.

— Ça ne fait pas si longtemps.

— J'ai l'impression qu'une vie entière s'est écoulée depuis. Enfin, vous n'avez pas de frère, Kolek Boriavitch est mort, mais vous et moi nous sommes vivants. Je pourrais peut-être vous tenir lieu de grand frère, Alexeï. Qu'en pensez-vous ? »

Il me regarda, perplexe. « Mais c'est impossible. Tu n'es qu'un moujik. Je suis le fils d'un tsar.

— Oui. » Il n'avait pas voulu me blesser, le pauvre garçon. Ce n'était que le résultat de son éducation. « Oui, c'est impossible.

— Mais nous pouvons être amis, s'empressa-t-il d'ajouter, comme s'il regrettait ce qu'il venait de dire. Nous serons toujours amis, hein, Gueorgui ?

— Oui, bien sûr. Et quand vous partirez d'ici, nous resterons bons amis pour toujours. Je vous le promets. »

Il me sourit de nouveau et secoua la tête. « Mais nous ne partirons jamais d'ici, Gueorgui Daniilovitch. Tu ne le savais pas ? »

J'hésitai, perturbé par le calme et la certitude de sa voix. Je tentai de trouver une réponse susceptible de le rassurer, mais en ouvrant la bouche, j'aperçus

Marie qui sortait de la maison et s'avançait vivement vers nous.

« Alexeï, te voici ! Je te cherchais.

— Marie, regarde, c'est Gueorgui Daniilovitch.

— Je le vois bien, répliqua-t-elle en ne m'adressant qu'un rapide coup d'œil. Rentre à la maison. Papa te demande. Et ne lui dis pas à qui tu parlais, tu m'entends ?

— Mais pourquoi ? Il voudra savoir.

— Nous le lui dirons plus tard, pas maintenant. Ce sera une surprise. Fais-moi confiance, s'il te plaît.

— D'accord, dit-il en haussant les épaules. Alors au revoir, Gueorgui », conclut-il en me tendant la main avec cette dignité qu'il réservait aux généraux et aux princes. Je la lui serrai de bon cœur.

« Au revoir, Alexeï. Nous nous reverrons bientôt. »

Il approuva et partit.

Dès qu'il eut disparu, Marie se tourna vers moi. « Je suis désolée, Gueorgui. J'ai parlé à Anastasia. Et elle voulait venir, évidemment. Mais les soldats ont joué aux cartes toute la nuit. Elle n'a pas pu descendre.

— Où est-elle, à présent ?

— Avec maman. Elle veut désespérément te voir. Moi, j'ai pu sortir. Je pensais te trouver près des cèdres. Elle te fait dire qu'elle viendra ce soir. Très tard. Elle promet de venir ce soir, quoi qu'il arrive. »

Attendre encore une demi-journée semblait une torture, mais j'attendais déjà depuis dix-huit mois, je pouvais bien supporter encore ce petit délai.

« Parfait. Là-bas. » Je désignai le bouquet d'arbres où nous avions conversé la veille. « J'y serai à partir de minuit et...

— Non, plus tard encore. Viens vers deux heures du matin. À cette heure-là, tout le monde dormira. Elle viendra, je le promets.

— Merci, Marie.

— Ne reste pas ici. Si maman et papa te voyaient... Mieux vaut que le moins de gens possible sachent que tu es là.

— Alors je pars, dis-je, bien que je n'aie pas fini de serrer les vis après avoir changé le pneu. Et merci encore. »

Elle se pencha et m'embrassa les deux joues avant de rentrer dans la maison. Je la regardai s'éloigner, plein de gratitude envers elle. Du temps où je servais sa famille, je n'avais jamais été proche d'elle mais elle s'était montrée polie avec moi, et Sergueï Stassiovitch l'aimait. J'envisageai un instant d'attendre que le soldat revienne me payer mes roubles, mais il était invisible et j'éprouvai soudain un vif désir de quitter cet endroit.

Alors que je franchissais la grille, j'entendis crisser le gravier derrière moi. Alexeï arrivait en courant et ne manifestait aucune intention de ralentir. J'ouvris les bras et il se jeta contre moi, les mains serrées sur ma nuque tandis que je le soulevais du sol.

« Je voulais te dire, cria-t-il d'une voix étranglée comme pour s'empêcher de pleurer. Je voulais te dire que tu peux être mon frère si tu veux. Du moment que tu me laisses être le tien. »

Il se détacha de moi et me regarda droit dans les yeux. Je souris et m'apprêtais à répondre que oui, que je serais fier d'être son frère, mais mon hochement de tête lui avait suffi ; il fila aussitôt retrouver sa famille.

Les minutes se traînaient une à une.

Comme je n'avais pas de montre, j'entrai dans un cabaret du village pour demander l'heure. Deux heures dix. Une demi-journée à attendre. Cela paraissait impossible. J'arpentais les rues, de plus en plus anxieux et ému, de seconde en seconde. Je passai ce qui me parut être des heures à errer dans les rues, avant de retourner vérifier l'heure au même cabaret.

« Tu me prends pour une horloge, gamin ? cria l'homme derrière le comptoir. Va enquiquiner quelqu'un d'autre avec tes questions.

— Je vous en prie. Je voudrais simplement…

— Il est presque trois heures. Maintenant sors et que je ne te revoie plus. »

Trois heures ! il ne s'était pas même écoulé une heure entière.

Quelques instants après, Dieu eut l'air de m'être favorable car, au coin d'une rue, j'aperçus un objet brillant à mes pieds. Je plissai les yeux pour mieux voir, mais j'avais beau faire, je ne pus mettre la main dessus. Je revins sur mes pas jusqu'à ce que cet éclat lumineux réapparaisse. Sans le quitter du regard, je pus enfin ramasser dans la poussière une pince métallique, à laquelle était attachée une poignée de billets, pas beaucoup, mais plus que je n'en avais vu depuis longtemps. Un villageois malchanceux avait dû les perdre, une minute ou une semaine auparavant, pas moyen de le savoir. Je m'assurai qu'on ne m'avait pas repéré, mais personne ne me prêtait la moindre attention, alors je glissai l'argent dans ma poche, ravi de cette aubaine. J'aurais pu remettre les billets à un soldat, bien sûr ; j'aurais pu trouver la mairie et y laisser la somme pour qu'elle soit restituée à son propriétaire légitime. Mais je ne fis ni l'un ni l'autre. Je fis ce qu'aurait fait n'importe qui dans ma situation de misère et de famine : je gardai l'argent.

« Il est trois heures et quart », rugit le cabaretier lorsque je me présentai à nouveau. Cette fois, je brandis un billet pour lui montrer que je n'étais pas seulement là pour l'ennuyer. « Ah, ça change tout ! »

Je m'assis, commandai un repas et à boire, puis je m'efforçai de ne pas regarder les aiguilles de l'horloge. Maintenant que mon périple de dix-huit mois était terminé, maintenant qu'Anastasia et moi allions enfin être réunis, une seule question se posait : qu'allais-je faire lorsque nous serions ensemble ?

Car jamais les bolcheviks ne l'autoriseraient à quitter la maison Ipatiev pour me suivre. Et même s'ils y consentaient, où serions-nous allés ? Non, ces retrouvailles ne dureraient que quelques minutes, une heure avec un peu de chance, puis elle devrait rejoindre sa famille. Et ensuite, reviendrais-je la voir toutes les nuits ? En arrangeant les rendez-vous clandestins l'un après l'autre ? Non, il existait forcément une solution plus raisonnable.

Peut-être pourrais-je les sauver. Peut-être pourrais-je aider toute la famille à s'évader, les faire sortir clandestinement de Russie et les emmener en Finlande, d'où ils s'enfuiraient vers l'Angleterre ?

Nous rencontrerions forcément des sympathisants désireux de protéger la famille impériale, de mentir, de mourir pour elle si nécessaire. Et si je réussissais, le tsar ne pourrait me refuser la main de sa fille, malgré notre différence de naissance. Ce projet semblait excellent, mais je ne voyais vraiment pas comment le réaliser. Les soldats étaient tous armés de fusils, et je n'avais que quelques billets trouvés dans la rue. Les bolcheviks et maintenant le gouvernement du peuple ne laisseraient jamais leur trophée le plus précieux fuir le pays pour aller créer une cour de Russie en exil. Non, ils s'y accrocheraient jusqu'au bout, ils les garderaient prisonniers, cachés aux yeux du monde. Le tsar et la tsarine n'auraient plus de cour, ils passeraient le reste de leurs jours sous bonne garde à Ekaterinbourg. Leur fils et leurs filles vieilliraient là. Ils resteraient dissimulés toute leur vie, ils ne pourraient jamais se marier ou avoir des enfants, et la dynastie des Romanov s'éteindrait naturellement. Dans cinquante ou soixante ans, ils auraient disparu.

C'était intolérable, mais c'était l'explication la plus vraisemblable. Cette perspective m'accablait. Les heures passèrent, le soleil se coucha, je quittai le cabaret et parcourus à nouveau les rues. Je marchai pendant une heure dans une direction, pour être sûr que je mettrais une autre heure à revenir sur mes pas. Je n'étais toujours pas fatigué, car j'étais sur le qui-vive. Neuf heures sonnèrent, puis dix, puis onze. Minuit approchait. Je n'en pouvais plus.

Je repris le chemin de la maison Ipatiev.

Si la bâtisse n'avait rien d'impressionnant en plein jour, elle prenait un caractère tout autre à la nuit tombée, car le clair de lune mouchetait d'ombres troublantes les murs et les clôtures. Les gardes qui se relayaient dans la journée, qui allaient et venaient apparemment sans se soucier de qui observait leurs mouvements, étaient maintenant invisibles. Le portail était ouvert et un camion était garé dans l'allée, son chargement dissimulé par une bâche. De mon poste sur la pelouse, je lançais autour de moi des regards inquiets et me demandais ce qui se passait dans la maison. Au bout de quelques minutes, craignant que les soldats réapparaissent et me trouvent, je partis vers le bouquet d'arbres où j'avais promis d'attendre. J'espérais qu'Anastasia ne tarderait plus.

Il ne fallut pas longtemps pour que les lumières du rez-de-chaussée s'allument. Tout le contingent de soldats entra dans le salon. Ils n'étaient plus en uniforme bolchevique, et portaient de simples habits de paysans. Ils avaient toujours le fusil à l'épaule, mais au lieu de se diviser comme je le prévoyais, pour dormir, travailler ou veiller, ils prirent place autour de la table et tournèrent leur attention vers un vieil homme qui semblait être leur chef, et qui discourait debout tandis que les autres l'écoutaient assis, en silence.

Un instant après, j'entendis un son inattendu sur le gravier de l'allée. Je m'enfonçai un peu entre les cèdres et dressai la tête pour voir qui était sorti. Il faisait trop sombre et le camion me barrait la vue, je ne pus donc distinguer personne d'autre que les gardes au salon. Je retins ma respiration, et le bruit se fit de nouveau entendre : un pas prudent qui faisait crisser les cailloux.

Quelqu'un s'était échappé de la maison.

Je clignai des yeux pour tâcher de voir si c'était Anastasia, mais je ne voulais pas prononcer son nom, même tout bas, au cas où je me serais trompé. Ne voulant pas être découvert, je ne pouvais rien faire. Mon cœur battait à tout rompre et, malgré le froid, la sueur se mit à perler sur mon front. Quelque chose n'allait pas. Devais-je me risquer à traverser la route ? Avant que j'aie pu prendre une décision, les gardes se levèrent tous ensemble et tendirent le bras droit vers le centre de la pièce, superposant leurs mains avant de les retirer et de former un rang. Deux hommes, l'orateur et un autre, quittèrent le salon ; par la porte entrouverte, je les vis monter l'escalier situé au centre de la maison.

J'espérais identifier l'individu qui s'était avancé vers moi, mais le silence régnait à présent. Peut-être n'était-ce que le fox-terrier de la tsarine. Ou un autre animal. Peut-être m'étais-je imaginé ce bruit. Peu importe ; s'il y avait eu quelqu'un un instant auparavant, il n'y avait maintenant plus personne.

Une lampe s'alluma à une fenêtre de l'étage. J'entendis des voix, des chuchotements, puis une ombre apparut à travers le rideau. Un groupe de silhouettes d'abord blotties les unes contre les autres, qui se détachèrent et se dirigèrent une à la fois vers la porte.

Je me déplaçai vite vers la gauche et scrutai les ténèbres à travers les arbres. Un instant après, la grande-duchesse Olga apparut dans l'escalier, suivie par un petit groupe dont j'eus du mal à deviner l'identité, mais j'étais convaincu qu'il s'agissait de son frère et de ses sœurs, Marie, Tatiana, Anastasia et Alexeï. Je ne les vis que très brièvement avant qu'ils disparaissent. Tous les cinq allaient être emmenés loin de leurs parents. Ils étaient jeunes, après tout. Ils n'avaient commis aucun crime. Peut-être allaient-ils être autorisés à partir ?

Mais non, le couloir ne resta vide qu'une minute avant que le tsar et la tsarine n'y arrivent. Ils descendirent à leur tour, à pas lents, se soutenant l'un l'autre, visiblement à bout de forces, suivis par deux soldats qui les conduisirent dans la même direction que leurs enfants.

Un silence absolu s'ensuivit. Les soldats restés au salon se levèrent et quittèrent aussitôt la pièce. Le dernier éteignit la lumière, ils tournèrent à l'angle du couloir et disparurent eux aussi.

À ce moment, je me sentis tout à fait seul. Le monde entier semblait être un lieu paisible et muet, on n'entendait que le bruissement des feuilles agitées par la brise d'été. Le site avait une certaine beauté, il donnait l'impression que tout allait bien dans notre pays et que tout continuerait à aller bien. Je fermai les yeux et laissai mon esprit partir à la dérive. La maison Ipatiev était plongée dans l'obscurité. La famille avait disparu. Les soldats avaient disparu. Quiconque avait foulé l'allée de gravier était maintenant hors de portée. J'étais seul, terrorisé, dans le doute, amoureux. La fatigue s'abattit brutalement sur moi avec la violence d'un ouragan ; je crus que j'allais simplement m'allonger dans l'herbe, m'endormir et sombrer dans l'éternité. Il aurait été si facile de m'étendre à terre, d'abandonner mon âme entre les mains de Dieu, de laisser la faim et les privations avoir raison de moi et m'emmener en un lieu de paix, où je retrouverais Kolek Boriavitch et où je pourrais lui dire *Je suis désolé.*

Où je pourrais m'agenouiller devant mes sœurs et dire *Je suis désolé.*

Où je pourrais attendre ma bien-aimée et dire *Je suis désolé.*

Anastasia.

Pendant un ultime instant, le silence parfait domina le monde.

Puis les coups de feu retentirent.

Un premier, soudain, inattendu. Je sursautai. Mes yeux s'ouvrirent. Je restai pétrifié. Puis, au bout de quelques instants, un deuxième, et j'eus le souffle coupé. Puis une série de détonations, comme si tous les fusils de tous les bolcheviks tiraient en même temps. Un vacarme affreux. J'étais incapable de bouger. Un éclat lumineux troua la nuit mille fois, à gauche de l'escalier. Les hypothèses se télescopaient dans ma tête. C'était si imprévu, je ne pus que rester immobile, sur place, à me demander si c'était la fin du monde.

Il fallut quinze, peut-être vingt secondes avant que je puisse à nouveau respirer. Au même moment, mes pieds retrouvèrent leur appui et je tentai de me mettre debout. Il fallait que je voie, que je m'approche, que je les aide. Quoi qu'il se passe. Je me soulevai, mais avant que j'aie pu faire un pas, les cèdres furent secoués par un mouvement, un corps se jeta sur moi, me précipita au sol, hébété, incapable de comprendre. Avais-je été fusillé ? L'heure de ma mort avait-elle sonné ?

Mais mon ahurissement ne dura qu'un instant et je me ressaisis, en tâchant de voir qui était couché à côté de moi. Je regardai et restai bouche bée.

« Gueorgui », cria-t-elle.

1918

Jamais, dans mes rêves les plus fous, je n'avais imaginé un pareil moment. Moi, Gueorgui Daniilovitch Yachmenev, fils d'un serf, moi qui n'étais rien, qui n'étais personne, accroupi dans le sous-bois, par une nuit glaciale à Ekaterinbourg, je tenais dans mes bras la femme que j'aimais, la grande-duchesse Anastasia Nicolaïevna Romanova, la plus jeune fille de Sa Majesté impériale le tsar Nicolas et de la tsarine Alexandra Fedorovna Romanova. Comment en étais-je arrivé là ? Quelle destinée extraordinaire m'avait tiré des cabanes de Kachine pour me mener dans les bras de l'une des élus de Dieu ? Je déglutis nerveusement, l'estomac ravagé par sa propre révolution, alors que je tentais de comprendre ce qui m'arrivait.

Au loin, les lumières de la maison Ipatiev se rallumaient et s'éteignaient, j'entendais en sortir une cacophonie de hurlements irrités et de rires furieux. En plissant les yeux, je vis le chef des bolcheviks ouvrir une fenêtre de l'étage, se pencher et tendre le cou de façon quasi obscène pour contempler le panorama de gauche à droite, avant de frissonner de froid, refermer et disparaître.

« Anastasia », murmurai-je en la repoussant à quelques centimètres de moi afin de mieux la contempler ; elle venait de passer plusieurs minutes collée à ma poitrine, comme si elle essayait d'y creuser un trou jusqu'à mon cœur, un abri où se nicher. « Anastasia, mon amour, que s'est-il passé ? J'ai entendu les coups de feu. Qui a tiré, les bolcheviks ? Le tsar ? Parle-moi ! Y a-t-il des blessés ? »

Sans dire un mot, elle continua à me dévisager comme si je n'étais pas un être humain, mais une créature cauchemardesque qui risquait à tout instant de se dissoudre en mille fragments. Comme si elle ne me reconnaissait pas, elle qui m'avait parlé d'amour, qui m'avait promis son affection éternelle. Je lui pris les mains, mais j'eus du mal à ne pas les lâcher aussitôt, épouvanté. Elles n'auraient pu être plus froides s'il s'était agi des mains d'un cadavre. À cet instant précis, elle perdit tout sang-froid et se mit à trembler violemment. Du fond de sa gorge monta le son guttural d'une respiration torturée, la menace d'un cri imminent. « Anastasia, répétai-je, alarmé par ce comportement extraordinaire. C'est moi. C'est ton Gueorgui. Dis-moi ce qui s'est passé. Qui a tiré ? Où est ton père ? Et ta famille ? Que leur est-il arrivé ? » Pas de réponse. « *Anastasia !* »

Je sentis alors l'horreur qui succède à la prise de conscience d'un massacre. Enfant, j'avais vu souffrir et mourir des villageois de Kachine, le corps détruit par la faim ou la maladie. Depuis que j'étais dans la *Leib-Garde*, j'avais vu des hommes menés à la mort, les uns avec courage, les autres avec terreur, mais jamais je n'avais vu personne dans un tel état de choc. Il était clair que ma bien-aimée avait été témoin d'un événement si affreux que son esprit ne pouvait pas encore l'assimiler, mais dans ma jeunesse et mon innocence, j'ignorais comment lui venir en aide.

Le bruit des voix provenant de la maison devint plus sonore et je poussai Anastasia sous les branches. J'étais sûr que personne ne nous verrait là où nous étions couchés, mais je craignais qu'elle ne reprenne tout à coup ses esprits et n'attire l'attention d'une manière ou d'une autre. J'aurais aimé avoir une arme, en cas de besoin.

Trois bolcheviks franchirent les hautes portes rouges de la maison, allumèrent des cigarettes et bavardèrent tout bas. Je vis le rougeoiement d'allumettes qu'on frottait à plusieurs reprises et je me demandai s'ils étaient nerveux, eux aussi, ou si la brise éteignait la flamme aussitôt qu'apparue. J'étais trop loin pour entendre leur conversation mais bientôt l'un d'eux, le plus grand, poussa un cri d'angoisse, et ces mots brisèrent le calme de la nuit :

Mais si l'on découvre qu'elle a…

Rien de plus. Huit petits mots sur lesquels j'ai médité bien des fois tout au long de ma vie.

Je tentai de déchiffrer la mine de ces hommes, joyeux, excités, nerveux, repentants, traumatisés, meurtriers, mais c'était trop difficile. Je baissai les yeux vers Anastasia, qui me faisait mal à force de me serrer. Elle leva la tête au même moment, croisa mon regard, et une telle expression de terreur traversa son visage qu'un doute me frappa : ce qui s'était passé dans cette maison maudite lui avait-il fait perdre la raison ? Elle ouvrit la bouche, inspira profondément et, de peur qu'elle ne pousse un cri et nous trahisse, je plaçai ma main sur ses lèvres, comme je l'avais fait deux nuits auparavant avec sa sœur. Chaque fibre de mon corps se révoltait contre ce crime de lèse-majesté, et je sentis finalement son corps s'avachir contre le mien, comme si elle avait perdu la volonté de combattre.

« Pardonne-moi, ma chérie, chuchotai-je à son oreille. Pardonne ma brutalité. Je t'en prie, n'aie pas peur. Ils sont là-bas, mais je nous protégerai tous les deux. Je veillerai sur toi. Cependant, tu dois te taire. Si nous sommes découverts, ils viendront nous chercher. Nous devons rester ici jusqu'à ce que les soldats rentrent. »

La lune surgit de derrière un nuage, et je vis le visage d'Anastasia baigné dans sa lumière pâle. Elle semblait maintenant presque sereine, calme et tranquille, telle que j'avais toujours imaginé qu'elle apparaîtrait, dans le calme de la nuit. Combien de fois n'avais-je pas rêvé de la voir en me retournant dans mon lit ? Je me redressai pour la contempler endormie, la seule beauté que j'aie connue en dix-neuf ans d'existence. Combien de fois ne m'étais-je pas réveillé en sueur, honteux, alors que son image s'effaçait de mon imagination ? Mais cette sérénité était si en conflit avec notre situation qu'elle m'effrayait. C'était comme si elle n'avait plus toute sa tête. Je redoutais qu'elle se mette à pleurer, à hurler, à rire ou à courir à travers les bois en déchirant ses vêtements, si je commettais l'erreur de la lâcher.

Je la tins donc serrée contre moi et, animé d'un désir juvénile et ardent, je ne pus m'empêcher de prendre plaisir à sentir son corps appuyé au mien.

Je pourrais la posséder maintenant, pensai-je, et je me détestai pour cette idée. Nous affrontions une situation terrible, une mort certaine nous attendait si nous étions découverts, et je n'éprouvais que des sensations animales, primitives. Je me dégoûtais. Je ne la lâchai pourtant pas.

À travers les arbres, je guettais le départ des soldats.

Et je ne la lâchai toujours pas.

La seule chose dont j'étais sûr, c'est que nous devions nous enfuir. Ce qui aurait dû être un rendez-vous romantique entre deux jeunes amoureux avait été remplacé par tout autre chose, et si mon inquiétude était moins physiquement manifeste que la sienne, elle n'en était pas moins réelle. J'avais prévu qu'Anastasia se glisserait entre mes bras, rieuse ; ce serait la même créature aimante, tendre et insouciante dont je m'étais épris dans un cadre splendide, son éclat à peine amoindri par le temps passé à Ekaterinbourg. Au lieu de quoi, je recevais en récompense une muette traumatisée, et les coups de feu résonnaient à mes oreilles en guise de musique. La maison Ipatiev avait été le théâtre d'un événement épouvantable, de toute évidence, mais Anastasia y avait échappé. Si nous étions découverts, nous ne survivrions pas jusqu'au matin.

La nuit était noire et froide, mais mon instinct me conseillait de nous diriger sans délai vers l'ouest pour nous abriter dans une grange ou une cabane à charbon, à condition de pouvoir en trouver une. Je mis Anastasia debout – elle semblait toujours réticente à me lâcher – et je pris son menton dans ma main gauche, en tournant son visage vers le mien. Je l'examinai, tâchant d'obtenir toute son attention. C'est seulement quand je la sentis docile et réceptive que je parlai, d'un ton plein d'assurance.

« Anastasia, j'ignore ce qui s'est produit ce soir et ce n'est pas le moment d'échanger des confidences. Ce qui est fait est fait. Mais tu dois me dire une chose. Rien qu'une chose, mon amour. T'en sens-tu capable ? » Elle continua à me regarder sans montrer qu'elle m'avait compris ; je considérai malgré tout qu'une partie de son cerveau restait à l'écoute. « Tu dois me dire ceci. Je veux que nous partions d'ici, que nous quittions cet endroit tout de suite, sans que tu revoies ta famille. Anastasia, es-tu d'accord ? Ai-je raison de t'emmener loin d'ici ? »

Le silence était tel que j'osais à peine respirer. Je lui serrai les avant-bras si fort qu'à n'importe quel autre moment, elle aurait crié pour protester contre cette violence, mais elle n'eut aucune réaction. Je scrutai son visage dans l'espoir d'y lire une réponse, quand soudain – quel soulagement ! – un hochement de tête presque imperceptible, un mouvement léger vers l'ouest vint indiquer qu'en effet nous devions partir dans cette direction. Cela me permit de penser que la véritable Anastasia existait encore quelque part ; l'effort nécessaire à produire ce signal fut néanmoins trop grand, et elle s'effondra une fois de plus contre ma poitrine. Ma décision était prise.

« Commençons maintenant. Avant que le soleil se lève. Tu dois trouver la force de marcher avec moi. »

J'ai souvent repensé à ce moment, au cours de ma vie, et je me revois la ramasser à terre pour l'emporter là où nous trouverions peut-être la sécurité. Ç'aurait pu être le geste héroïque, le détail adéquat pour ce moment dramatique. Mais la vie n'est pas un poème. Anastasia était une jeune fille mince, mais comment exprimer la cruauté de l'atmosphère, la froidure impertinente de l'air qui mordait toutes les parties exposées de notre corps ainsi que l'aurait fait le détestable roquet de l'impératrice ? Sous notre peau, le sang semblait changé en glace. Il fallait marcher, bouger, ne serait-ce que pour le faire circuler dans nos veines.

Je portais mon manteau et trois couches de vêtements en dessous. J'ôtai donc la couche supérieure pour en envelopper les épaules d'Anastasia, et je boutonnai le devant alors que nous nous mettions en route. Je ne pensais qu'à garder le rythme en nous entraînant tous deux. Nous ne parlions pas et je devins hypnotisé par le bruit de mes propres pas, tout en veillant pourtant à maintenir la cadence pour ne pas perdre notre élan.

Je tendais l'oreille au cas où les bolcheviks nous auraient poursuivis. Il s'était passé quelque chose ce soir-là dans la maison, quelque chose de terrible. Je ne savais pas quoi, mais les possibilités se bousculaient dans mon esprit. Le pire était impensable, un crime contre Dieu même. Mais si ce que je n'osais formuler avait eu lieu, Anastasia et moi n'étions pas les seuls à fuir Ekaterinbourg ; des soldats nous suivraient, *la* suivraient pour la ramener à tout prix. Et s'ils nous trouvaient… je préférais ne pas y penser, et j'accélérai.

À ma surprise, Anastasia ne semblait pas trouver difficile cette marche forcée. Non seulement ses pas étaient aussi larges que les miens, mais elle me dépassait parfois, comme si, malgré son silence, elle avait été encore plus désireuse que moi de mettre autant de distance que possible entre son ancienne prison et elle. Son énergie fut surhumaine ; j'aurais proposé d'aller jusqu'à Saint-Pétersbourg à pied, elle aurait accepté sans songer un instant à s'arrêter.

Au bout de deux ou trois heures, je sus pourtant que nous allions devoir nous reposer. Mon corps protestait à chaque pas. Il nous restait une grande distance à parcourir et nous devions regarnir nos réserves de vigueur physique. Le soleil se lèverait bientôt et je ne voulais pas que nous restions visibles, même si, curieusement, rien n'indiquait que nous soyons suivis. Je repérai une petite cabane à cinq cents mètres et décidai que nous nous y arrêterions pour récupérer des forces.

À l'intérieur, l'odeur était atroce, mais les murs étaient solides et il y avait assez de paille à terre pour que nous y jouissions d'un relatif confort.

« Nous dormirons ici, mon amour. » Anastasia fit oui de la tête et se coucha sans un mot, contemplant le toit de ces mêmes yeux vides, hantés. « Tu n'es pas obligée de me dire quoi que ce soit, ajoutai-je alors qu'elle n'avait guère prononcé que mon nom depuis qu'elle m'avait rejointe. Pas pour le moment. Dors, c'est tout. Tu as besoin de sommeil. »

Nouveau hochement de tête, mais cette fois je sentis ses doigts s'entrelacer aux miens, comme pour montrer qu'elle comprenait ce que je disais. Je m'étendis à côté d'elle, couvrant son corps avec le mien pour lui tenir chaud, et je sus que je m'endormirais au bout de quelques secondes. Je tentai de garder l'œil ouvert pour veiller sur elle, mais en la voyant comme fascinée par le plafond de la cabane, je fus vaincu par mon épuisement.

Trois jours s'écoulèrent avant qu'Anastasia ouvre à nouveau la bouche.

Le lendemain matin, au réveil, nous eûmes la chance de trouver place à bord d'une charrette qui partait vers Ijevsk; le voyage prit une journée entière, mais le fermier qui nous avait laissés monter ne voulut pas accepter plus de quelques kopecks en échange de sa gentillesse et nous proposa du pain et de l'eau en chemin. Nous lui en fûmes reconnaissants car nous n'avions rien mangé depuis l'après-midi précédent. Nous dormîmes par à-coups à l'arrière du véhicule, étendus sur les lattes de bois, mais chaque bosse de la route nous ramenait à la conscience et je priai pour que cette torture ne s'éternise pas. Chaque fois qu'Anastasia se réveillait, il lui fallait un moment pour se rappeler où elle était et comment elle était arrivée là. Son visage semblait détendu et serein pendant une fraction de seconde, puis il s'assombrissait par une soudaine éclipse, ses yeux se refermaient bien vite, comme si elle appelait de ses vœux le sommeil, ou pire. Notre conducteur ne cherchait pas à faire la conversation et il n'avait pas reconnu la princesse impériale assise derrière lui, lui tournant le dos. Je lui savais gré de son silence, car je ne crois pas que j'aurais pu me montrer aimable ou sociable dans les circonstances où nous nous trouvions.

À Ijevsk, nous déjeunâmes dans un petit café avant de nous rendre à la gare, bien plus encombrée que je ne m'y attendais, ce qui me ravit, car nous pouvions sans peine nous fondre dans la foule. Je redoutais que toutes les entrées soient gardées par des soldats lancés à notre poursuite, à la poursuite d'Anastasia, mais je ne remarquai rien d'anormal. Comme Anastasia avait constamment la tête baissée, ses cheveux blonds dissimulés sous un capuchon foncé, elle ressemblait à n'importe quelle fille de fermier. Il me restait l'essentiel des roubles que j'avais ramassés dans la rue la veille, et je décidai de dépenser presque deux fois plus que le strict nécessaire, afin de nous procurer un compartiment privé. J'achetai deux billets pour Minsk, à plus de mille cinq cents kilomètres de distance. Je ne voyais pas comment aller plus loin encore. De Minsk, j'ignorais où nous pourrions aller ensuite.

Il y a dans la vie d'étranges moments de joie, des plaisirs imprévisibles, et l'un de ces instants se produisit quand le train démarra. Le chef de gare émit un sifflement strident, incita les derniers passagers à monter, puis la fumée jaillit de la locomotive tandis que les wagons s'ébranlaient. Quelques instants plus tard, le train atteignait une vitesse correcte, filant vers l'ouest, et je regardai Anastasia, dont le visage affichait un soudain soulagement. Je me penchai et lui pris la main. Elle parut surprise par cette intimité, comme si elle avait oublié que j'avais pris le train en même temps qu'elle, mais elle me regarda et sourit. Je n'avais plus vu ce sourire depuis dix-huit mois, et je lui en sus gré. Ce sourire me remplit de l'espoir qu'elle redeviendrait bientôt elle-même.

« As-tu froid, ma chérie ? demandai-je en attrapant une mince couverture sur une étagère.

Pourquoi ne pas couvrir tes jambes ? Cela te protégera des courants d'air. »

Elle accepta volontiers la couverture et tourna la tête vers la fenêtre pour admirer le paysage nu qui défilait. La terre. Les cultures. Les moujiks. Les révolutionnaires. Un moment après, elle revint vers moi et je retins ma respiration. Ses lèvres s'entrouvrirent. Elle déglutit avec soin. Elle allait parler. Je vis sa gorge se soulever doucement, le cerveau transmettait les ordres à la langue, mais alors qu'elle s'apprêtait à articuler des mots pour la première fois, la porte du compartiment s'ouvrit violemment et je sursautai. Je fus soulagé de voir le contrôleur.

« Billets, s'il vous plaît. » Je jetai un coup d'œil en direction d'Anastasia, qui s'était remise à regarder par la fenêtre, serrant le col de mon manteau autour de son menton, toute tremblante. Je m'approchai d'elle, ne sachant où la toucher.

« *Doucha,* murmurai-je avant d'être interrompu.

— Vos billets, s'il vous plaît », répéta le contrôleur, avec plus d'insistance. Je me tournai vers lui avec une rage si soudaine qu'il fit un pas en arrière, intimidé. Prêt à protester, il se ravisa et garda le silence tandis que je tirais les billets de ma poche.

« Vous allez jusqu'à Minsk ? demanda-t-il peu après.

— C'est exact.

— Vous devrez changer à Moscou. Il y aura un autre train pour la fin du trajet.

— Je suis au courant. » J'avais hâte qu'il nous laisse seuls. Peut-être ne l'avais-je pas autant impressionné que je pensais, car au lieu de me rendre nos billets et de disparaître, il les garda, otages de sa curiosité, et se mit à regarder Anastasia.

« Elle va bien ?

— Tout à fait bien.

— Elle n'a pas l'air dans son assiette.

— Elle va très bien, répétai-je sans hésiter. Mes billets sont en ordre ?

— Madame ? dit-il, sans tenir compte de mon intervention. Madame, vous voyagez avec ce monsieur ? » Anastasia ne répondit rien, les yeux toujours fixés à la fenêtre, refusant même de remarquer la présence du contrôleur. « Madame, poursuivit-il plus sévèrement. Madame, je vous ai posé une question. »

Au bout de ce qui me parut un très long moment, Anastasia tourna la tête et lui lança un regard glacial, comme si jamais elle n'avait été plus insultée.

« Madame, pouvez-vous confirmer que vous voyagez avec ce monsieur ?

— Mais bien sûr qu'elle voyage avec moi, pauvre imbécile ! Sinon pourquoi serions-nous assis ensemble ? Pourquoi aurais-je nos deux billets dans ma poche ?

— Monsieur, cette demoiselle n'a pas l'air bien. Je voulais m'assurer qu'elle n'était pas ici sous la menace.

— Sous la menace ? Vous êtes complètement fou ! Elle est fatiguée, voilà tout. Nous voyageons depuis... »

Avant que j'aie pu terminer ma phrase, Anastasia m'avait posé la main sur le bras. Non sans surprise, je la vis retirer sa main et lancer au contrôleur un regard de défi. Elle ne tremblait plus, et je vis qu'il était ébahi par deux choses : le calme soudain de cette jeune passagère et sa beauté pleine de dignité.

« Je n'ai pas été enlevée, si c'est ce que vous sous-entendez, dit-elle d'une voix un peu croassante, après être restée si longtemps muette.

— Je vous demande pardon, madame. Je ne voulais rien sous-entendre de désobligeant. Vous paraissiez indisposée, voilà tout.

— Ce train n'est pas confortable. Je m'étonne que votre gouvernement du peuple n'investisse pas un peu de son argent pour l'améliorer. Il en a pourtant assez, non ? »

Je retins mon souffle, car cette remarque n'était guère diplomatique. Nous ignorions qui était ce contrôleur, de qui il dépendait, quelles étaient ses opinions politiques. Habituée à ne répondre devant personne d'autre que son père, Anastasia avait visiblement redécouvert toute sa force grâce à l'insolence de cet homme. Le silence emplit les compartiments pendant quelques instants ; je ne savais trop si le contrôleur allait s'acharner contre nous, auquel cas je prévoyais le pire, mais il finit par me rendre les billets en détournant les yeux.

« Il y a une voiture-restaurant au bout du train si vous avez faim, grommela-t-il. Prochain arrêt, Nijni-Novgorod. Bon voyage. »

Il nous regarda une dernière fois – Anastasia continuait à le dévisager d'un air provocateur – puis ferma la porte du compartiment et nous laissa seuls. Je laissai échapper un immense soupir et sentis ma poitrine céder après ce moment de tension. Anastasia me souriait faiblement.

« Tu as retrouvé ta voix. »

Elle hocha la tête. « Gueorgui », murmura-t-elle d'une voix pleine de tristesse.

Je pris sa main dans la mienne.

« Il faut que tu me racontes, insistai-je, sans trahir la moindre anxiété, n'exprimant que la compassion et l'affection. Il faut que tu me racontes ce qui s'est passé.

— Oui. Je te le raconterai. Et rien qu'à toi. Mais d'abord, dis-moi une chose.

— Tout ce que tu voudras.

— M'aimes-tu ?

— Bien sûr !

— Tu ne me quitteras jamais ?

— Seule la mort pourrait me séparer de toi, ma chérie. »

Son visage s'allongea et je sus que j'avais mal choisi mes mots. Je serrai ses mains dans les miennes et la suppliai une fois encore de tout me raconter. De me raconter tout ce qui s'était passé à la maison Ipatiev.

Les gardes ne nous traitaient pas comme des prisonniers. En fait, ils nous laissaient nous promener à notre guise dans la propriété, et même faire de longues promenades dans la campagne environnante ; il était entendu que nous rentrions toujours à la maison. Bien sûr, nous leur obéissions. Après tout, nous n'avions nulle part où aller. Nous n'aurions pu nous cacher dans aucune ville, dans aucun village de Russie. Ils disaient que nous étions en sécurité à Ekaterinbourg, qu'ils nous protégeaient, qu'ils taisaient notre cachette alors que le pays était plein de gens qui nous détestaient. Ils disaient que des gens voulaient notre mort.

Et ils se montraient sympathiques, ce qui me surprenait toujours. Ils nous parlaient comme s'ils ne contrôlaient pas notre vie. Ils agissaient comme si nous étions libres d'aller et de venir, ils ne nous questionnaient jamais quand nous sortions, mais le fusil qu'ils portaient à l'épaule disait tout autre chose. Je me demandais s'il viendrait un jour où ils lèveraient la main pour m'empêcher de franchir cette porte quand j'en aurais envie.

Marie m'a dit que tu étais venu me chercher. Je ne l'ai d'abord pas cru. C'était comme un miracle. Elle m'a juré que c'était vrai, qu'elle t'avait vu et t'avait parlé. J'en ai presque perdu la tête de bonheur, mais maman ne m'a pas laissée quitter la maison, elle a exigé que je reste et que je continue mes leçons. Bien sûr, je ne pouvais pas lui dire pourquoi je voulais sortir. Elle ne m'aurait jamais donné son autorisation. L'idée que tu étais tout près me rendait heureuse, d'autant que Marie avait dit que tu reviendrais le soir même. J'étais si impatiente, Gueorgui.

À la nuit tombée, je me suis faufilée dans l'escalier. J'entendais les gardes discuter dans l'un des salons du rez-de-chaussée. Il me semblait étrange qu'ils soient tous réunis ainsi, car l'un d'eux était presque toujours en faction à la porte. La propriété était déserte, mais je marchais lentement. J'avais peur que le bruit de mes chaussures sur le gravier ne donne l'alarme. C'est étrange, Gueorgui : je ne redoutais pas que les gardes découvrent où j'allais, mais que papa et maman apprennent qui j'allais retrouver.

Je m'accroupis pour passer sous la fenêtre du salon et quelque chose me fit hésiter un moment. Les soldats avaient l'air de se disputer. Je tendis l'oreille : une voix imposa le silence aux autres, tous se turent pour écouter ce qu'elle avait à dire. Sans y prêter davantage attention, je partis vers le portail en ne songeant qu'à toi. J'imaginais même, je rêvais que tu m'emmènerais loin d'Ekaterinbourg, que tu révélerais notre amour à mon père et qu'il nous embrasserait en t'appelant son fils ; nous serions de nouveau tout ce que nous avions été. Marie avait peut-être raison. Elle disait que j'étais stupide de croire que nous serions un jour réunis.

Quand j'atteignis la grille, je me rendis compte qu'il faisait très froid. Mon cœur me disait de courir te rejoindre, que tes bras me réchaufferaient bientôt, mais ma tête me disait de rentrer chercher un manteau. Il y en avait un dans le vestibule, près de la porte, celui de Tatiana, je pense, elle n'en aurait pas besoin cette nuit. En repartant, je remarquai que la pièce où les gardes discutaient tout à l'heure était maintenant vide. Cela me parut étrange et je me demandai si je ne risquais pas d'être découverte à cause de ce manteau. Je m'attendais à voir surgir les soldats, venus fumer dehors. Mais personne n'apparut. Je n'avais aucune envie de les rencontrer, mais je fus troublée de ne pas les voir.

Un instant après, j'entendis un bruit de bottes dans les escaliers, beaucoup de bottes. Je fis bien vite le tour de la maison et je m'aplatis sous une fenêtre. Une lumière s'alluma au-dessus de ma tête et une vingtaine de personnes entrèrent dans la pièce. J'entendis la voix de mon père demander ce qui se passait, et l'un des hommes répondit qu'il n'était plus en sécurité à Ekaterinbourg. Pour protéger notre famille il était impératif de nous emmener immédiatement ailleurs.

« Mais où ? voulut savoir ma mère. Cela ne peut-il pas attendre demain matin ?

— Veuillez attendre ici. » Toutes ces lourdes bottes quittèrent la pièce.

J'étais déchirée entre le devoir et l'amour. Si on les emmenait dans une autre ville, j'aurais dû être avec eux. Mais toi, Gueorgui, tu m'attendais. Tu étais si près. J'aurais peut-être le temps de te voir, de te dire où nous allions, alors tu pourrais nous suivre et trouver un moyen de me sauver. J'essayais de prendre la meilleure décision lorsque j'entendis un soldat entrer à nouveau et poser une question que je ne pus comprendre. Mon père répondit : « Je ne sais pas, je ne l'ai pas vue ce soir. » Ils parlaient de moi, les soldats me cherchaient, mais je restai où j'étais et, après quelques instants, la pièce redevint silencieuse.

Je finis par me lever. Comme la fenêtre était haute, seule la partie supérieure de mon visage aurait été visible de l'intérieur. Je contemplai cette pièce que j'avais si souvent vue. Elle avait toujours été nue, mais il y avait maintenant deux chaises près du mur. Papa était assis sur l'une d'elles, avec Alexeï sur son genou. Mon frère dormait à moitié, il somnolait dans ses bras. Maman était assise près d'eux, l'air inquiet, manipulant nerveusement le long rang de perles qu'elle portait autour du cou. Olga, Tatiana et Marie se tenaient derrière eux et je me sentis coupable de n'être pas avec eux. Peu après, sentant peut-être l'intensité de mon regard, Marie dirigea les yeux vers la fenêtre, me vit et prononça mon nom.

« Anastasia. »

Papa et maman se tournèrent dans ma direction et nos regards se croisèrent un instant. Maman eut l'air choquée, comme si elle ne pouvait pas croire que je sois dehors, mais papa… il me fixa avec force et détermination, avec une intensité farouche. Il leva la main. Il tendit la paume à plat, pour me faire signe de rester exactement où j'étais. C'était comme un ordre, un décret du tsar. J'ouvris la bouche pour dire quelque chose, mais avant que les mots ne viennent, la porte de la pièce s'ouvrit et ma famille vit entrer ses geôliers.

Les soldats formaient un rang silencieux. Puis leur chef tira de sa poche un morceau de papier. Il dit qu'il était désolé mais que notre famille ne pouvait être sauvée. Avant même que j'aie pu comprendre le sens de ces paroles, il prit un revolver et mit une balle dans la tête de mon père. Il tua le tsar, Gueorgui. Ma mère se signa, mes sœurs hurlèrent et s'étreignirent, mais elles n'eurent pas le temps de parler ou de paniquer, car chaque soldat sortit alors son revolver et les abattit. Comme des bêtes. Ils les fusillèrent, les tuèrent. Et moi je regardais. Je regardais ma famille tomber. Se vider de son sang et mourir.

Puis je me suis retournée.

J'ai couru.

Je ne me rappelle plus rien, à part ma volonté d'arriver jusqu'aux arbres, de laisser la maison loin derrière moi, je ne pensais qu'au bosquet où je savais que tu m'attendrais. En courant, j'ai trébuché sur quelque chose, je suis tombée et j'ai atterri dans tes bras.

Je t'ai trouvé. Tu m'attendais.

Et le reste… le reste, Gueorgui, tu le connais.

Il nous fallut près de deux jours pour arriver à Minsk. Épuisés, nous consultâmes les horaires et la liste des destinations. Nous redoutions de devoir passer encore du temps en train, mais nous savions qu'il n'y avait pas d'autre solution. Nous ne pouvions pas rester en Russie. Ce pays ne serait plus jamais sûr pour nous.

« Où irons-nous ? » me demanda Anastasia alors que nous lisions la liste des villes où nous pourrions prendre une correspondance. Rome, Madrid,

Vienne, Genève. Copenhague, peut-être, où son grand-père était roi.

« Où tu voudras, Anastasia. Où tu te sentiras en sécurité. »

Elle désigna une ville et j'acquiesçai, car ce nom semblait romantique. « Paris, alors, annonçai-je.

— Gueorgui, dit-elle en me prenant par le bras. Juste une chose.

— Oui ?

— Mon nom. Il ne faut plus l'utiliser, ce serait trop risqué. Toi, tu ne seras pas recherché, personne n'était au courant pour toi et moi, à part Marie, et elle… »

Elle s'interrompit, le temps de retrouver son calme. « Désormais, tu ne peux plus m'appeler Anastasia.

— Bien sûr. Mais comment vais-je t'appeler, alors ? Je ne vois aucun meilleur nom que le tien. »

Elle baissa la tête et réfléchit. Quand elle se redressa, elle semblait être devenue une tout autre personne, une jeune femme se lançant dans une nouvelle vie dont elle ignorait tout.

« Appelle-moi Zoïa. Cela signifie *la vie*. »

1981

Il est presque vingt-trois heures quand le téléphone sonne. Je suis assis dans un fauteuil devant notre petit chauffage au gaz, j'ai dans les mains un livre que je n'ai pas encore ouvert, je ferme les yeux mais je ne dors pas. Le téléphone est près de moi mais je ne décroche pas tout de suite, je m'accorde un dernier moment d'optimisme avant de répondre et d'affronter la nouvelle. Je laisse sonner six, sept, huit fois. Enfin je tends la main et je soulève l'écouteur.

« Allô.

— Monsieur Yachmenev ?

— Lui-même.

— Bonsoir, monsieur Yachmenev, dit la voix à l'autre bout du fil, une voix de femme. Je suis désolée de vous appeler aussi tard.

— Je vous en prie, docteur Crawford », car je l'ai aussitôt reconnue. De qui d'autre pourrait-il s'agir, à une heure pareille ?

« Je n'ai pas de très bonnes nouvelles, monsieur Yachmenev. Zoïa n'en a plus pour très longtemps.

— Vous disiez qu'elle pourrait encore tenir plusieurs semaines. » C'est ce qu'elle m'a appris dans l'après-midi, peu avant que je quitte l'hôpital pour rentrer à la maison. « Vous disiez qu'il n'y avait pas de quoi s'inquiéter dans l'immédiat. » Je n'en veux pas au Dr Crawford, je suis simplement perturbé. Un médecin vous dit une chose, vous l'écoutez, vous le croyez. Puis vous rentrez chez vous.

« Je sais, admet-elle d'un air penaud. Et c'est ce que je pensais. Malheureusement, son état s'est aggravé dans la soirée. Monsieur Yachmenev, vous ferez comme vous voudrez, mais je pense que vous devriez venir maintenant.

— J'arrive. »

Par chance, je ne me suis pas encore changé. J'ai vite fait de réunir mon portefeuille, mes clefs et mon manteau. Sur le pas de la porte, une idée me vient, et je décide que cela ne peut pas attendre ; je repars dans le salon et téléphone à mon gendre, Ralph, pour lui expliquer ce qui se passe.

« Michael est avec moi, répond-il, et je suis content car je n'ai pas d'autre moyen de contacter mon petit-fils. On se retrouve là-bas. »

Dans la rue, il me faut quelques minutes pour trouver un taxi, mais je finis par en voir un approcher. Je lève la main et il se gare devant moi. J'ouvre la portière, je lui indique le nom de l'hôpital et il démarre déjà.

À cette heure avancée, les rues sont moins calmes que je m'y attendais. Des groupes de jeunes gens sortent des pubs, bras dessus bras dessous, ils vocifèrent en se montrant du doigt les uns les autres. Plus loin, un couple se dispute et une jeune femme essaye de s'interposer ; je ne les aperçois que fugitivement, mais leur visage haineux me trouble.

Le taxi prend un brusque virage à gauche, puis à droite, et avant que je n'aie le temps de m'en rendre compte nous longeons le British Museum. Je distingue les deux lions qui montent la garde à la porte, je me revois lorsque j'ai rencontré M. Trevors pour la première fois, le matin de mon entretien d'embauche, le jour où Zoïa a commencé à travailler à l'usine Newsom. Cela remonte à il y a bien longtemps, j'étais si jeune, la vie était difficile, mais je donnerais tout pour revenir à cette époque-là et prendre conscience de la chance que j'avais. Pour ravoir ma jeunesse, ma femme, notre amour et notre vie devant nous.

Je ferme les yeux et je déglutis. Je ne pleurerai pas. Le temps des larmes viendra plus tard.

« Ça va si je vous dépose ici, monsieur ? » demande le chauffeur en s'arrêtant devant l'entrée des visiteurs. Je lui réponds que c'est parfait et lui tends le premier billet qui me vient sous la main ; c'est trop, je le sais, mais peu importe. Je sors dans l'air froid de la nuit et j'hésite un instant devant les portes de l'hôpital. Je n'avance qu'en entendant le taxi repartir.

Zoïa n'est plus dans l'unité de cancérologie, m'indique une jeune femme pâle et fatiguée, à l'accueil. Ils l'ont installée dans une chambre individuelle au troisième étage.

« Votre accent, dis-je. Vous n'êtes pas anglaise, hein ?

— Non », répond-elle en ne levant les yeux qu'un instant, avant de replonger dans sa paperasserie. Elle préfère ne pas m'avouer d'où elle est originaire, mais je suis sûr qu'elle vient d'Europe de l'Est.

Pas de Russie, en tout cas. Yougoslavie, peut-être. Roumanie. Un de ces pays-là.

J'entre dans l'ascenseur et j'appuie sur le bouton 3 ; même si le coup de fil n'avait pas été suffisamment explicite, je sais ce que cela signifie quand on vous installe dans une chambre individuelle, à ce stade de la maladie. Je suis content qu'il n'y ait personne dans l'ascenseur. Cela me laisse le temps de me préparer. Un peu de temps, mais pas beaucoup, car je débouche bientôt dans un long couloir blanc. Je me dirige lentement vers le bureau des infirmières au bout, et j'entends deux voix en pleine conversation, un jeune homme et une femme plus âgée. Il parle d'un entretien qu'il doit passer, sans doute pour une promotion interne à l'hôpital. Il se tait en me voyant et paraît furieux d'être dérangé, même si je n'ai pas encore ouvert la bouche. Je me demande s'il me prend pour l'un des patients des nombreuses chambres qui se déploient tout le long du couloir comme les tentacules d'une pieuvre. Il croit peut-être que je suis perdu, que je n'arrive pas à dormir ou que je me suis oublié sous moi dans mon lit. C'est ridicule, car je suis tout habillé. Mais je suis vieux.

« Monsieur Yachmenev », dit une voix derrière lui. Celle du Dr Crawford, qui se penche pour attraper une épaisse liasse de papiers. « Vous avez fait vite !

— Oui. Où est Zoïa ? Où est ma femme ?

— Par ici. » Elle me prend le bras, mais je me dégage, peut-être avec plus de violence que nécessaire. Je refuse d'être traité comme un invalide. « Excusez-moi », dit-elle doucement. Nous passons devant plusieurs portes fermées derrière lesquelles se cachent… Quoi ? Les morts, les mourants et les affligés, trois états que je ne tarderai pas à connaître.

« Que s'est-il passé ? Ce soir, après que je suis parti. Comment son état s'est-il aggravé ?

— C'était inattendu, mais ça n'a rien d'exceptionnel, pour être franche. Les dernières étapes de la maladie sont imprévisibles. Le patient reste stationnaire pendant des semaines, voire des mois, puis un jour tout se dégrade d'un seul coup. Nous l'avons installée dans cette chambre pour que vous puissiez la voir en tête-à-tête.

— Mais elle pourrait… » J'hésite, je ne veux ni me bercer d'illusions ni être traité comme un enfant. Pourtant, j'ai besoin de savoir. « Elle pourrait encore se rétablir, non ? Son état pourrait s'améliorer aussi vite qu'il a empiré ? »

Le Dr Crawford s'arrête devant une porte fermée et me sourit à demi en me touchant le bras. « Je ne crois pas, monsieur Yachmenev. Profitez au maximum du temps qui vous reste avec elle. Vous verrez que Zoïa porte encore un moniteur cardiaque et une sonde d'alimentation, mais à part ça, il n'y a plus de machines. Cela nous semble préférable. Cela rend un peu de dignité au patient. »

Je manque éclater de rire. Comme si quelqu'un pouvait soupçonner ici la dignité dont Zoïa est emplie. « Ma femme a grandi dans la dignité. Elle est la fille du dernier tsar martyr, l'arrière-petite-fille d'Alexandre II, le tsar libérateur des serfs. La mère d'Arina Gueorguievna Yachmenev. Rien de ce que vous ferez ne pourra la diminuer. »

C'est ce que j'ai envie de dire, mais évidemment je me tais.

« Je serai au bureau des infirmières si vous avez besoin de moi, dit le Dr Crawford en ouvrant la porte. N'hésitez pas, vraiment.

— Merci. » Elle s'éloigne et me laisse seul dans le couloir. J'ouvre la porte.

Je regarde à l'intérieur.

J'entre.

« Est-ce prudent ? » lui demandai-je à la terrasse du café de Hamina, sur la côte finlandaise, alors que nous tournions les yeux vers les îles du Vyborgskiy Zaliv, vers Saint-Pétersbourg. Bien sûr, Zoïa avait tout manigancé. Ce devait être notre dernier voyage ensemble. C'est elle qui avait choisi la Finlande, elle qui avait suggéré d'aller plus vers l'est qu'initialement prévu, elle qui avait exigé cette ultime traversée.

« C'est sans danger, Gueorgui », répondit-elle. Puisque c'était ce qu'elle souhaitait, nous le ferions. Nous rentrerions chez nous. Pas pour longtemps. Quelques jours, au maximum. Juste pour voir. Pour être là une dernière fois.

Arrivés en fin d'après-midi, nous descendîmes dans un hôtel voisin de la cathédrale Saint-Isaac. Assis à la fenêtre, nous contemplions la place, deux grandes tasses de café devant nous. Nous avions du mal à nous parler tant nous étions émus par ce retour au pays.

« C'est difficile à croire, non ? » Elle regardait les gens traverser la rue d'un pas vif, en faisant de leur mieux pour ne pas être renversés par les voitures qui fonçaient en tous sens. « Tu pensais que nous reviendrions un jour ?

— Non. Non, je ne l'ai jamais imaginé. Et toi ?

— Moi, oui. J'ai toujours su que nous reviendrions. Je savais que ce ne serait pas avant longtemps, avant la fin de ma vie...

— Zoïa...

— Pardonne-moi, Gueorgui, dit-elle en souriant tendrement et en posant sa main sur la mienne. Je ne voulais pas être morbide. J'aurais dû dire que je savais que je reviendrais dans ma vieillesse. Ne t'en fais pas, il me reste encore plusieurs années à vivre. »

Je hochai la tête. Je ne m'étais pas encore habitué à la maladie de Zoïa, à l'idée que j'allais la perdre. La vérité, c'est qu'elle semblait en si bonne santé que j'avais peine à croire qu'elle allait mal. Elle était aussi belle que le premier soir où je l'avais vue avec ses sœurs et Anna Vyroubova, près du marchand de marrons, au bord de la Neva.

« Nous aurions dû emmener Arina. » Je fus surpris, car elle parlait rarement de notre fille. « Ç'aurait été formidable de lui montrer d'où elle venait.

— Ou Michael. »

Elle étrécit les yeux, d'un air dubitatif. « Peut-être. Mais même maintenant ce pourrait être dangereux pour lui. »

J'acquiesçai et suivis son regard vers l'extérieur. Il était très tard, mais la nuit n'était pas encore tombée. Nous avions oublié, mais le souvenir nous revint en même temps à tous les deux.

« Les nuits blanches ! » Et nous éclatâmes de rire.

« Je ne peux pas le croire. Comment avons-nous pu oublier ce moment ? Je commençais à m'étonner qu'il ne fasse pas plus noir.

— Gueorgui, nous devrions sortir, déclara Zoïa avec un soudain enthousiasme. Nous devrions sortir ce soir, qu'en penses-tu ?

— Mais il est tard. Il fait encore clair, mais tu as besoin de repos. Nous sortirons demain matin.

— Non, ce soir. Pas longtemps. Je t'en prie, Gueorgui ! Se promener sur les berges du fleuve, une nuit comme celle-ci... Après tout le chemin que nous avons fait, nous ne pouvons pas manquer ça. »

Je cédai, bien entendu. J'accepterais tout ce qu'elle demanderait. « Très bien. Mais il faut s'habiller chaudement. Et on ne restera pas longtemps dehors. »

Nous sortîmes de l'hôtel moins d'une heure après et partîmes vers les rives de la Neva. Des centaines de personnes se promenaient bras dessus bras dessous dans la lumière nocturne, et il était agréable de partager ce moment avec eux. Nous nous arrêtâmes devant le Cavalier de bronze dans le jardin Alexandre. Les touristes se faisaient photographier avec la statue à l'arrière-plan. Nous marchions sans dire grand-chose, nous savions où nos pas nous conduisaient, mais nous ne voulions pas gâter cet instant en en parlant d'avance.

Longeant l'Amirauté, nous tournâmes à droite et arrivâmes bientôt devant le quartier général de l'état-major bordant la place du Palais. Devant nous se dressait la colonne d'Alexandre et, aussi superbe et majestueux que dans mes souvenirs, le palais d'Hiver.

« Je me rappelle le soir de mon arrivée ici. Je suis passé près de la colonne, je m'en souviens comme si c'était hier. Les soldats qui m'avaient amené m'ont déposé sur le côté du palais, et le comte Tcharnetski m'a regardé comme si j'étais une chose découverte sous le talon de sa botte.

— C'était un vieux grincheux, dit Zoïa.

— Oui. Après, on m'a emmené voir ton père. » Je secouai la tête et soupirai profondément pour éviter de me laisser entraîner par les souvenirs. « C'était il y a plus de soixante ans. C'est impossible à croire.

— Viens. » Elle m'entraîna vers le bâtiment proprement dit, et je la suivis d'un pas prudent. Elle était devenue silencieuse, l'esprit sans doute empli de bien plus de souvenirs du palais que je n'en avais moi-même ; elle avait grandi ici. Son enfance, celle de son frère et de ses sœurs s'était déroulée entre ces murs.

« Le palais sera fermé à cette heure-ci. Demain, peut-être, si tu veux y entrer…

— Non. Non, ce n'est pas ça que je veux. Regarde, Gueorgui, tu te rappelles ? »

Nous étions dans la petite cour située entre les grilles et le portail, les douze colonnes nous entouraient, là où elle avait eu peur du cheval et était tombée dans mes bras. Là où nous avions échangé notre premier baiser.

« Nous ne nous étions encore jamais parlé », dis-je en riant.

Zoïa s'avança et m'embrassa à nouveau, là où nous nous étions embrassés tant d'années auparavant. Cette fois-ci, il fut difficile de parler, après. Je me sentais envahi par un trouble immense, je me demandais si ce n'était pas une très mauvaise idée d'être venu. Je me tournai vers la place et tirai un mouchoir de ma poche pour me tamponner le coin des yeux, résolu à ne pas me laisser submerger par l'émotion.

« Zoïa ! » Elle n'était plus à côté de moi. Je la cherchai des yeux et il me fallut un certain temps pour la trouver. Elle s'était glissée dans le jardin et assise au bord du bassin. Je la contemplai, me rappelant la première fois où j'avais admiré son profil au même endroit. Elle tourna la tête et me sourit.

On l'aurait crue redevenue jeune fille.

Nous regagnâmes lentement l'hôtel, le long de la Neva.

« Le pont du Palais, dit Zoïa en désignant l'énorme structure reliant la ville à l'île Vassilievski. Ils l'ont terminé. »

Cette remarque me fit rire. « Ils y ont mis le temps ! Après toutes ces années. Au début, il est resté inachevé au cas où les travaux t'auraient empêchée de dormir, après...

— Il y a eu la guerre.

— Oui, la guerre. »

Nous nous arrêtâmes pour regarder le pont, et je me sentis plein d'orgueil. C'était une bonne chose qu'il ait enfin été terminé. Les habitants de l'île n'étaient désormais plus isolés.

« Excusez-moi », dit une voix à notre droite. C'était un homme âgé, vêtu d'un épais manteau et d'une écharpe. « Vous auriez du feu ?

— Je suis désolé, dis-je en regardant la cigarette qu'il tendait vers moi. Je ne fume pas.

— Tenez », dit Zoïa en sortant de son sac une boîte d'allumettes. Elle ne fumait pas non plus, et je fus surpris qu'elle en ait, mais le contenu du sac à main de ma femme avait toujours été un mystère pour moi.

L'homme la remercia en prenant la boîte. Je remarquai alors sa compagne, sans doute sa femme, qui dévisageait Zoïa. Elles avaient à peu près le même âge mais, comme mon épouse, sa beauté était restée intacte. Ses traits élégants étaient seulement gâtés par une cicatrice à la joue gauche, qui descendait jusque sous la pommette. L'homme, qui avait fière allure avec son épaisse chevelure blanche, alluma sa cigarette et nous sourit.

« Bonne soirée.

— Merci. À vous aussi. »

Il reprit la main de sa femme qui dévisageait Zoïa d'un air impassible. Personne ne dit rien, jusqu'au moment où la femme s'inclina.

« Puis-je avoir votre bénédiction ? demanda-t-elle.

— Ma bénédiction ? » Zoïa s'étrangla en prononçant ses mots.

« Je vous en prie, Altesse.

— Vous l'avez. Et, bien qu'elle ne vaille pas grand-chose, j'espère qu'elle vous apportera la paix. »

Il fait grand jour, c'est le matin, le salon paraît froid et inhospitalier quand j'ouvre la porte pour y pénétrer. Je m'arrête un instant, je regarde la table, la gazinière, les fauteuils, la chambre à coucher, ce petit endroit où nous vivions ensemble. J'hésite, je ne suis pas sûr de pouvoir aller plus loin.

« Tu n'es pas obligé de revenir ici, dit Michael qui semble hésitant lui aussi. Ce serait sûrement une bonne idée de passer la journée avec papa et moi, non ? »

Je m'avance en secouant la tête.

« C'est une bonne idée, mais plus tard. Ce soir, peut-être. Pas tout de suite, si tu veux bien. J'ai envie d'être ici. C'est ma maison, après tout. Si je n'y entre pas maintenant, je ne le ferai jamais. »

Il approuve, ferme la porte, et nous nous retrouvons tous deux au centre de la pièce. Nous enlevons nos manteaux et les posons sur un fauteuil.

« Du thé ? » suggère-t-il en remplissant déjà la bouilloire. Je souris. Il est tellement anglais.

Il s'appuie à l'évier en attendant que l'eau soit bouillante et je m'assieds dans mon fauteuil. Il porte un tee-shirt orné d'un message comique ; j'apprécie qu'il ne lui soit pas venu à l'esprit de s'habiller de façon plus austère.

« Merci, à propos.

— De quoi ?

— D'être venu à l'hôpital hier soir. Ton père et toi. Je ne sais pas si j'aurais tenu le coup sans vous. »

Il hausse les épaules et je me demande s'il va se remettre à pleurer ; trois ou quatre fois pendant la nuit il a fondu en larmes. Quand je lui ai annoncé que sa grand-mère était morte. Quand il est entré la voir. Quand je l'ai pris dans mes bras.

« C'est naturel, répond-il d'une voix brisée par l'émotion. Où voulais-tu que je sois ?

— Merci quand même. Tu es un brave garçon. »

Il acquiesce et s'essuie les yeux puis, au lieu de préparer une théière, il place des sachets dans deux tasses qu'il remplit d'eau bouillante. Ensuite, il appuie sur le thé avec une cuiller. Si sa grand-mère était là, elle le mangerait tout cru.

« Tu n'es pas obligé de penser à tout ça maintenant, dit-il en s'asseyant en face de moi avec les deux tasses. Mais tu sais que tu peux venir chez nous, hein ? Venir t'installer. Papa est d'accord.

— Je sais. Et je vous suis reconnaissant à tous les deux. Mais je préfère rester ici. Je suis encore en bonne santé, je peux me débrouiller. Et puis tu viendras me voir, non ? » Je ne sais pas pourquoi je lui pose la question, puisque je connais déjà la réponse.

« Bien sûr que je viendrai, répond-il en écarquillant les yeux. Bon sang, je viendrai tous les jours, si je peux.

— Michael, si tu viens tous les jours, je ne t'ouvrirai pas. Une fois par semaine, ce sera parfait. Tu as ta vie.

— Deux fois par semaine, alors.

— Bien. » Je n'ai pas envie de conclure un accord officiel.

« Et tu sais, mes représentations vont bientôt commencer. Dans deux semaines. Tu seras là pour la première, n'est-ce pas ?

— J'essayerai. » Pourrai-je vraiment y aller sans Zoïa à mes côtés ? Sans Anastasia. Je vois son air déçu et je le rassure. « Je ferai de mon mieux, Michael. Je te le promets.

— Merci. »

Nous bavardons encore un peu, puis je lui dis qu'il est l'heure de rentrer chez lui, qu'il doit être fatigué, qu'il n'a pas fermé l'œil de la nuit.

Il s'étire et émet un long bâillement.

« Si tu es sûr que ça va. Parce que je peux dormir ici, si tu veux.

— Non, non. Il est temps que tu rentres. Nous avons tous les deux besoin de sommeil. Et je pense que j'aimerais bien être un peu seul, si ça ne t'ennuie pas.

— OK, dit-il en mettant son manteau. Je passerai en fin de journée pour voir comment ça va. Il y a... » Il s'interrompt, puis reprend. « Tu sais, il y a des dispositions à prendre.

— Je sais. Mais nous pourrons en parler plus tard. On se voit tout à l'heure.

— Alors à tout à l'heure, papy. » Je le raccompagne à la porte, il m'embrasse et me serre dans ses bras, puis sort avant que j'aie pu voir le chagrin sur son visage. Je le regarde monter les marches quatre à quatre, avec ses longues jambes musclées qui l'emmènent partout où il veut. Être à nouveau jeune. J'observe et me demande comment il réussit toujours à sortir au moment où un bus arrive, comme s'il refusait de perdre même une seconde à attendre au coin d'une rue. Il saute à l'arrière et me fait signe, le tsar non couronné de toutes les Russies saluant son grand-père depuis la plateforme d'un autobus londonien, tandis qu'un contrôleur s'approche pour lui faire payer son ticket.

Cela suffit à me faire rire. Je ferme la porte, je me rassieds et plus j'y pense, plus je trouve cela drôle. Je ris tellement que j'en pleure.

Et quand les larmes viennent je me dis *aaah*...

Voilà donc ce que signifie être seul.

Table des matières

Composition :
Soft Office – 5 rue Irène Joliot-Curie – 38320 Eybens

Achevé d'imprimer par GGP Media GmbH, Pößneck
en juillet 2011
pour le compte de France Loisirs,
Paris

N° d'éditeur : 64641
Dépôt légal : août 2011
Imprimé en Allemagne